A I

ANDREAS IZQUIERDO

APOCALYPSIA

Roman

ROTBUCH VERLAG

Von Andreas Izquierdo liegt bei Rotbuch außerdem vor:

KÖNIG VON ALBANIEN
(2007)

ISBN 978-3-86789-108-0

Umschlaggestaltung: Buchgut, Berlin
Umschlagabbildung: Vario Images
Druck und Bindung: GGP Media GmbH, Pößneck

Ein Verlagsverzeichnis schicken wir Ihnen gern:
Rotbuch Verlag GmbH
Neue Grünstraße 18
10179 Berlin
Tel. 01805/30 99 99
(0,14 Euro/Min., Mobil max. 0,42 Euro/Min.)

www.rotbuch.de

Für Luis

Für Anja

HIERARCHIE
der Engel

I. CHOR

1. Seraphim
2. Cherubim
3. Throne

II. CHOR

4. Dominationes
5. Virtutes
6. Potestates

III. CHOR

7. Principatus
8. Archangeli
9. Angeli

So viele sind gestorben. Zerstört durch Raserei, Brutalität und Angst, so dass ihre Schreie noch in der Unendlichkeit nachhallen. So viel Schmerz. So viel Gewalt. So viel Liebe.

Ich schreibe ihre Geschichte auf. Für die, die leben. Und für die, die getötet wurden. In einem Krieg, wie er noch nie geführt worden war und wie er nie wieder geführt werden darf. Nichts soll vergessen werden, nichts darf verschwiegen werden. Nicht die Helden, nicht die Verräter, nicht die Mörder.

Es heißt, sobald ein Kind auf die Welt kommt, legt ihm ein Engel einen Finger auf den Mund: so vergisst es augenblicklich die göttlichen Geheimnisse. Nur die kleine Furche zwischen Nase und Mund bleibt als Spur zurück. Vielleicht war das der größte Fehler: zu viele Geheimnisse. Wir sind Teil *einer* Schöpfung, und doch wissen wir vom anderen nichts oder geben vor, uns nicht dafür zu interessieren. Hätten wir uns gegenseitig offenbart, anstatt auf unserer Einzigartigkeit zu beharren … vieles hätte verhindert werden können. Alles hätte verhindert werden können. Ich will mein Wissen nun teilen. In Erinnerung an die, die ich geliebt habe, und als Mahnung an die, die jetzt zurückbleiben. Mögen sie weiser sein, als wir es waren.

So will ich beginnen, in einer Nacht, in der ein solch schweres Unwetter tobte, dass es als Vorbote dessen hätte gelten können, was später folgte. Tatsächlich waren die Zeichen für die Katastrophe schon lange vorher zu sehen, wenn auch niemand sie wahrhaben wollte. In dieser Nacht also stolpert eine Frau aus ihrem Haus, entschlossen, ihrem Leben ein Ende zu setzen, und im Vertrauen darauf, in einer anderen, besseren, Welt das zu finden, was in ihrer eigenen nicht mehr vorhanden ist. Finster und gewaltig hockt dieser Sturm wie ein wildes Tier im Firmament und brüllt ihr seinen ganzen Hass entgegen: Bäume verbiegen sich unter seiner Wut, Regen peitscht ihr ins Gesicht, eiskalter Atem zerrt an ihren Haaren, während sie über Steine stolpert, den Berg hinaufläuft, dem Himmel entgegen.

Dem Ende entgegen.

Der Weg ist steil, der Boden aufgeweicht. Ein Dornengestrüpp greift nach ihrem Kleid, reißt sie herum. Sie fällt, schlittert herab und schlägt hart gegen einen Felsen. Blut läuft über ihr Gesicht, nur mühsam schafft sie es wieder auf die Beine und nimmt erneut Anlauf gegen den Wind, gegen den Regen, gegen den Berg. Die Arme vorgestreckt wie jemand, der in der Finsternis eines Raumes den Ausgang sucht.

Im Haus lässt sie nichts zurück. Sie lässt überhaupt nichts zurück. Niemanden, der um sie weint, niemanden, dem sie Rechenschaft schuldig wäre. Nicht mal Erinnerungen an ein glückliches Leben. Dabei ist sie von Geburt an reich, steht auf der Gewinnerseite, während sich andere im täglichen Überlebenskampf verbrauchen. Sie hat alles – und doch nichts, wofür zu leben lohnt.

Es heißt, nichts geschehe ohne Grund und dass alles eine Rolle spiele, ganz gleich, wie lange man lebt oder wie viel man dabei erreicht. Alles dreht sich wie in einem großen Uhrwerk, das niemals stillsteht, jedes Rad darin hat eine Funktion, und nichts endet wirklich. Alles hat seine Zeit, denn wenn das eine stirbt, wird das andere geboren – ein Rad bleibt stehen und setzt ein anderes in Gang. So bewegen wir uns nicht, sondern werden bewegt, so gestalten wir nicht, sondern erfüllen unser Schicksal. Nur wer alles kennt, weiß, dass alles Sinn macht.

Sie weiß nichts davon, kennt nur sich selbst und ihr Unglück, wie alle nur sich selbst und ihr Unglück kennen.

Sie hat den Gipfel fast erreicht, kriecht die letzten Meter auf allen vieren zur Klippe hin. Oben richtet sie sich auf. Der Sturm reißt die Wolkendecke auseinander: Der Mond scheint sie für kurze Zeit an, so dass sich ihre Konturen gegen das fahle Licht abzeichnen. Sie blickt hinab und sieht nur Regen, der vom Wind in einen dunklen Schlund getrieben wird. Ganz tief unten, am Fuß der Finsternis, schlägt der tosende Wildbach gegen Fels und Stein.

Dann schließt sie die Augen und fällt nach vorn.

Sie wird ganz leicht, ihr Magen kitzelt. Für einen Moment glaubt sie, dass alles steht, in einer stummen Welt gleitet sie durch schwebende Tropfen hindurch, der Dunkelheit entgegen.

Doch schon im nächsten Moment fauchen ihr scharfe Fallwinde ins Gesicht, reißen ihren Kopf zurück. Sie dreht sich um die eigene Achse, sieht, wie die Klippe, auf der sie vor einem Sekundenbruchteil noch gestanden hat, von ihr fernrückt, der Fels glitzert.

Etwas steht dort.

Etwas, wovon der Regen abprallt. Eine Silhouette im kalten Mondlicht, ihr neugierig nachsehend. Ein Mensch aus Glas scheinbar, der im nächsten Moment ebenfalls springt, wie eine Feuerwerksblume zerplatzt, nur um im selben Augenblick ganz nahe bei ihr zu sein.

Sie spürt, wie Arme sie umfassen.

Ihr Sturz wird langsamer, viel langsamer. Das Rauschen in ihren Ohren lässt nach. Sie hört wieder den Regen, den Wind, der hier viel schwächer ist als oben auf der Klippe. Etwas hält sie fest. Mitten im Nichts wiegt es sie im Arm.

Sanft erreichen sie festen Boden.

Alles, was sie je bedrückt hat, ist nun fort. Sie spürt so viel Glück, so viel Liebe, dass sie seinen Kopf streicheln will, ihm sagen will, wie dankbar sie ist, nicht dafür, dass er sie in ihrer schwersten Stunde getragen hat, sondern dafür, dass sie durch ihn in eine Welt des Lichts gesehen hat. Sie weint und zittert und versucht zu sprechen, als er ihr einen Finger auf den Mund legt. Seine Stimme hallt wie aus ferner Welt in ihr und flutet sie wie Musik in einer Kathedrale.

»Schhh…«

Dann legt er sie sanft ab – sie verliert das Bewusstsein.

Es heißt, dass nichts ohne Grund geschehe und dass wir alle Teil eines Ganzen seien. Es heißt, dass sich alles drehe und niemals anhalte. Wir erfüllen unser Schicksal, auch wenn wir es nicht kennen. Alles hat seine Zeit, doch ihre Zeit war noch nicht gekommen.

ANOMALIEN

I

Weiße Turnschuhe huschten über einen langen, schmalen Flur, dessen Boden unter kaltem Neonlicht steril glänzte. Ein leises Quietschen sprang von Wand zu Wand, tauchte ab und verschwand. Die junge Stationsärztin Esther eilte zum letzten Zimmer auf der rechten Seite am Ende des Flures, ein Einzelzimmer für besondere Patienten. Reiche Patienten. Und weil nichts ohne Grund geschah, war sie es – und keine andere –, die Zimmer 303 öffnete und damit in das Leben einer Lebensmüden trat.

Hier war es stiller als in jedem anderen Zimmer des Hospitals. Ein Raum für nur eine Patientin, liebevoll eingerichtet, mit Blumen und freundlichen Details, die aufheiternd wirken und helfen sollten, sich heimisch zu fühlen. Für Patienten, die ihr inneres Zuhause längst verlassen hatten und jetzt nichts mehr finden konnten, was ihnen ein Gefühl der Sicherheit gab.

Sie lag in einem Bett und starrte durch ein Fenster in einen strahlend blauen Himmel, hinaus in eine frisch duftende Welt, als hätte der Sturm der Nacht sie gewaschen.

»Wann wurde sie gefunden?« Esther sprach mechanisch, ohne Interesse, ohne Anteilnahme.

»Heute Mittag«, antwortete ein Pfleger, der hinter ihr eingetreten war und die Tür jetzt schloss.

»Hat sie etwas gesagt?«

»Nein.«

Sie trat an ihr Bett. »Können Sie mich hören?« Und als sie nicht antwortete und auch sonst keine Regung zeigte, hakte Esther nach: »Judith?«

Als die Patientin auch auf ihren Vornamen nicht reagierte, blätterte Esther wieder in den Papieren auf ihrem Klemmbrett. Das, was man über die Frau wusste, hatte man in knappen Worten bei der Aufnahme notiert. Beim Nachnamen blieb sie hängen.

»Ist sie etwa die Frau von …?«

Der Pfleger nickte kurz. »Die Witwe. Ihr Mann starb vor zwei Jahren. Lesen Sie keine Klatschzeitungen?«

»Nein.«

»Es heißt, sie habe den Verlust nicht verkraftet. In der Öffentlichkeit hat man sie jedenfalls nicht mehr gesehen.«

Esther drehte sich zu ihm: »Amitriptylin, Desipramin … gibt es eine Anamnese? Einen Kollegen, den ich konsultieren könnte? Ich finde nichts in den Unterlagen.«

Der Pfleger schüttelte den Kopf. »Nein. Sie war nicht in Behandlung.«

»Obwohl sie schwer depressiv ist?«

»Wie gesagt: Sie lebte sehr zurückgezogen.«

Esther blickte auf die Patientin herab, die schlank und zerbrechlich in ihrem Bett lag und aus dem Fenster starrte. Was sah sie gerade? Einen perfekten Tag oder nur eine Sonne, die alle Farben weggebrannt hatte?

»Sind die Fenster abgeschlossen?«, fragte Esther.

»Natürlich«, antwortete der Pfleger.

Esther nickte und machte Anstalten zu gehen. »Sehen Sie stündlich nach ihr. Und erhöhen Sie die Dosierung.«

»Doktor?«

»Was denn?«

Der Pfleger wirkte eingeschüchtert, als hätte er etwas zu beichten. Mit einer kurzen Geste bat er Esther, etwas näher an sie heranzutreten. Gerade so, als sollte die Patientin nicht hören, was er zu sagen hatte.

»Was?«, fragte Esther ungeduldig.

»Könnte vielleicht jemand anderes die Betreuung der Patientin übernehmen?«

Esther sagte nichts, taxierte nur den Pfleger, der als ebenso einfältig wie zuverlässig galt. Jetzt wirkte er blass, nervös, während seine Augäpfel wie Vögelchen auf einem Ast hin und her sprangen.

»Was ist los?«, fragte Esther irritiert.

Wieder hüpfte sein Blick, unwillkürlich folgte Esther: Doch dort lag nur eine zarte Frau mittleren Alters, die reglos aus dem Fenster starrte.

»Es ist nur so … dass … ich …«

»Ja?«

Er atmete tief durch. »Mir ist nicht wohl bei der Sache.«

»Weil sie prominent ist?«

»Nein.«

»Warum dann?«

»Weil sie nicht tot ist.«

Esther hatte mit vielem gerechnet, aber damit nicht. »Was reden Sie denn da?«

Der Pfleger zog sie ein Stück vom Bett weg. »Als die Kollegen sie brachten, sagten sie auch, wo die Bergwacht sie gefunden hatte.«

»Und?«

»Sie lag am Fuß der großen Schlucht.«

Er sah sie bedeutungsvoll an, gerade so, als ob diese Antwort alles erklären müsste. Esther hingegen verstand nichts, außer dass langsam Ärger in ihr hochkochte.

»Und das bedeutet was?«, fragte sie scharf.

»Durch den Sturm in der Nacht ist die Stelle, an der man sie gefunden hat, unerreichbar geworden. Und das bedeutet, dass sie nur von oben gekommen sein kann. Die Schlucht aber ist Hunderte von Metern tief. Niemand überlebt so einen Sturz. Und sehen Sie sie an: Sie hat nicht mal einen Kratzer!«

Sie folgte der Geste des Pflegers, sah wieder auf die stille Frau im Krankenbett und ärgerte sich gleichzeitig darüber. Da wurde sie ganz ruhig und räusperte sich: »Ich verstehe …«

»Ich bin froh, dass Sie dafür Verständnis haben.«

Esther sah wieder in ihre Unterlagen, dann blickte sie auf: »Wie lange sind Sie in diesem Krankenhaus angestellt?«

»Seit über zwanzig Jahren.«

Esther nickte sanft: »Sollten Sie nur eine einzige meiner Anweisungen nicht befolgen, werde ich mich persönlich dafür einsetzen, dass kein einziger weiterer Tag dazukommt.«

»Aber …«

»Haben Sie mich verstanden?«

»Schon, nur …«

Sie schickte ihm einen Blick, der wie ein Windstoß alle Farbe aus seinem Gesicht blies. Diesmal hatte er verstanden. Sie gab ihm das Klemmbrett in die Hand und verließ den Raum.

2

Am späten Nachmittag gönnte sich Esther eine kurze Pause in der Kantine, aß süßes Gebäck, saß allein am Tisch, fernab von den Kollegen, die bei Kaffee oder Tee plauschten, Witze rissen oder Klatsch austauschten. Sie hatten schon lange aufgehört, Esther an ihren Tisch zu bitten, um ihnen Gesellschaft zu leisten, denn sie war – so fand man – wie ein Abfluss, in dem nach wenigen Minuten alle gute Laune gurgelnd verschwand.

Anfangs gab es trotz dieser Eigenart noch viele, die ihr den Hof machten, da sie gesegnet war mit Schönheit und Verstand, aber sie erstickte jedes Werben mit der gleichen Sprödigkeit, mit der sie auch jeder Gesellschaft die Energie entzog. Zum Schluss akzeptierte man, dass Esther niemanden brauchte. Dabei wäre es genau das gewesen, was sie aus ihrem Gefängnis hätte retten können …

Mit Einbruch der Dämmerung endete ihr Dienst, und sie verbrachte noch einige Minuten auf dem Dach der Klinik, blickte auf die Stadt hinab, deren Lichter in einem Tal friedlich blinkten. An ihren Flanken erhoben sich steile Berge, schroffe Felsen, die im Zwielicht der untergehenden Sonne fast schon romantisch wirkten. Die große Schlucht war von hier aus nicht zu sehen. Wer weiß, wie lange Judith dort unten schon gelegen hatte? Vielleicht war sie vom Sturm überrascht worden. Das rasch ansteigende Wasser des Wildbachs hatte ihr den Rückweg abgeschnitten: sie unterkühlte, schlief ein, wurde gefunden. Das dürfte die ganze Geschichte gewesen sein, wenn sie auch bei weitem nicht so spektakulär war wie ein vermeintlicher Sturz, den sie ohne Verletzung überlebt hatte. Morgen würden die Tageszeitungen in großen Schlagzeilen berichten.

Sie hatte den Flur für jeden, der Judith besuchen wollte, sperren lassen. Und die Pfleger und Schwestern wussten genau, dass Esther sie feuern würde, sollte ein kleines Bestechungsgeld dafür sorgen, dass ein Foto oder eine Information in der Zeitung veröffentlicht wurde. Die Patientin verdiente es, in Ruhe wieder zu sich selbst zu finden. Jeder verdiente das.

Für den Heimweg wählte Esther seit zwei Jahren eine andere, umständlichere Route als den direkten Weg, erreichte ihr Zuhause in einem Hochhaus und betrat ihre Wohnung im vierten Stock. Alles hier wirkte aufgeräumt, penibel sauber, ja fast so steril wie die Flure und Zimmer des Hospitals, in dem sie Dienst tat und wo sie sich sogar die Urlaubstage ausbezahlen ließ. Ferien waren ein Luxus, der ihr Leben terrorisierte, weil sie dann mit der Person konfrontiert war, die sie am meisten fürchtete: mit sich selbst.

Sie machte den Fernseher an, sofort schwappten Geräusche und Stimmen mit dem flackernden Licht in die ansonsten dunkle Wohnung. Sie nahm eine Dusche, und als sie aus dem Bad zurückkehrte, öffnete sie die Balkontür, genoss die milden Temperaturen einer Spätsommernacht und blickte in die erleuchteten Fenster eines Innenhofes, hinter denen nur glückliche Familien zu leben schienen. Eltern mit ihren Kindern, mit ihren Großeltern; Paare, die ihre nackten Füße auf die Balkonbrüstungen gelegt hatten und sich gegenseitig mit den Zehen anstupsten. Kichern war zu hören, leise Gespräche, der Duft von Essen. Und Kinder, die noch keine Lust hatten, ins Bett zu gehen.

Esther trank Wein, wie sie es jeden Abend tat. Nie zu viel, aber immer genügend, um einen Zustand zu erreichen, in dem sie Freude an diesen Geräuschen empfand. Im Fernsehen liefen die Nachrichten. Judith war kein Thema. Vielleicht war sie nicht von nationalem Interesse. Sie schaltete ab. Ohne bunte Bilder und Geplapper war es in ihrem Wohnzimmer vollkommen still, und so stand sie einfach nur da und kämpfte gegen den Impuls an, nachzusehen, ob sich etwas verändert hatte. Vielleicht war ja alles nur eine große, grausame Illusion, die eines Tages wie ein fettes Eitergeschwür aufplatzen würde und alles Gift könnte auslaufen. Sie wäre wieder gesund, wie vor der Explosion, deren Echo nur sie allein noch hören konnte.

Sie schlich in den Flur und lauschte an einer Tür. Alles war still. Sie öffnete die Tür und fand ein kleines Zimmer, das leer war. Und doch verrieten Konturen an den Wänden, dass hier einst Möbelstücke gestanden hatten, jetzt aber kauerten sie als Schatten auf den Fußleisten und starrten sie an. Stumme Zeugen der Vergangenheit, die hier jeden Tag auf sie lauerten und niemals verschwinden würden, ganz gleich, wie oft sie diese Wände auch strich.

Schuld war der Splitter in ihrem Kopf, der große Uhrmacher, der die Zeit angehalten hatte, die gute Fee, die ihr jeden Wunsch verwehrte. Sogar den, zu sterben. Sie schleppte sich ins Bett, in der Gewissheit, dass sie morgen wieder nachsehen würde.

Doch in dieser Nacht änderte sich alles.

Ein Flüstern sprang von Kontinent zu Kontinent. Schlafende erwachten aus einem Traum und fühlten nichts als tiefe Trauer um etwas, das nie wiederkehren würde. Was immer sie gesehen haben mochten, was immer sich ihnen offenbart hatte, sie konnten es nicht festhalten. Alle hatten sie den gleichen Traum, den zu deuten sie nicht in der Lage waren, alle mühten sich, das, was sie gefühlt hatten, in Worte zu fassen. Aber es gelang niemandem. Für den Bruchteil einer Sekunde teilten sie alle *ein* Wissen, das im nächsten Moment für immer verloren gegangen war.

Ein Tor war aufgestoßen worden, von dem man geglaubt hatte, dass es auf ewig geschlossen bleiben würde. Ein Ring aus reiner Energie hatte den Globus blitzartig umlaufen und jedes Lebewesen, jede Maschine für einen Augenblick aus dem Takt gebracht.

Und noch während die Wehmut mit der Morgendämmerung verblasste, begannen die Veränderungen.

Im Spiel der Kräfte sicherte nur ihr Gleichgewicht das Überleben der Schöpfung. Käme eine neue, unbarmherzige dazu, würde sich die Oberfläche unter ihrem ungeheuren Druck verwinden, bis gewaltigen Schockwellen alles Sein in Stücke riss und nichts übrig ließ, was bis dahin gewesen war.

3

Esther war in dieser Nacht nicht aufgewacht. Zum ersten Mal seit langer Zeit hatte sie durchgeschlafen und war am Morgen nicht so matt, nicht so bedrückt erwacht wie sonst. Im Gegensatz zu den Menschen, die ihr auf dem Weg ins Krankenhaus begegneten, die sich, so glaubte sie zumindest, anders verhielten. Keine großen Veränderungen, nur schien es ihr, dass sie irgendwie langsamer liefen. Es war, als hingen sie ihren Gedanken nach, mal schwermütig, mal mit scheuem Lächeln, als ob sie sich einer seltsamen Begebenheit erinnerten.

Die Bäckerin, bei der Esther jeden Morgen ihr Frühstück kaufte, mied längeren Blickkontakt. Dann – für einen Moment – hob sie zu einer Frage an, mit einem Gesichtsausdruck, den Menschen bekommen, wenn sie einen Arzt außerhalb der Sprechstunde wegen einer unangenehmen Sache um Rat fragen. Gegen ihre Art nickte Esther ihr ermutigend zu, irritiert über sich selbst, da sie für die Sorgen anderer nur wenig Platz in ihrem Herzen hatte. Die Bäckerin schüttelte den Kopf und lachte kurz und befreit auf.

»Was?«, fragte Esther freundlich.

»Ach, nichts, Frau Doktor. Alles in Ordnung.«

Auf der Station ging sie die Berichte der Nachtwache durch. Nichts Auffälliges. Der Pfleger hatte stündlich nach Judith gesehen und seine Besuche auf dem Krankenblatt mit Uhrzeit und Kürzel protokolliert. Zufrieden begann sie ihr Tagwerk, hielt Visiten ab, stellte Diagnosen, wechselte Verbände, versuchte, nicht unhöflich zu sein, wenn Patienten ein besonderes Mitteilungsbedürfnis hatten. Hier und da begegnete ihr dieser eigenartige Blick, diese Frage auf den Lippen, die niemand auszusprechen wagte. Aber das nahm stündlich ab, zog sich wie das Meer bei Ebbe zurück, bis es gegen Mittag ein Tag wie jeder andere war.

Sie saß gerade über Krankenakten, als die Tür zum Stationszimmer aufflog und Judiths Pfleger Esther leichenblass ansah.

Sie fragte: »Was ist los?«

Er antwortete: »Da gibt es etwas, das Sie sich ansehen sollten …«

Sie wusste, dass er sie zu Zimmer 303 führen würde, das einzige, das sie bei der morgendlichen Visite gemieden hatte. Ohne sagen zu können, warum. Die Zeitungen hatten nicht über Judith berichtet, offenbar wirkte Esther auf die Belegschaft furchteinflößender, als sie dachte. Niemand hatte der Presse etwas über die prominente Patientin gesteckt. Falls sie sich jedoch in ihrem Zimmer umgebracht hatte, würde sich das nicht diskret behandeln lassen. Gott, wie lang dieser verdammte Flur doch war! Sie beschleunigte, überholte den Pfleger und betrat vor ihm Zimmer 303.

Judith lag auf ihrem Bett, aus dem Fenster starrend, hinaus in einen perfekten Spätsommertag, genau wie sie es bei Esthers letztem Besuch getan hatte. Das Zimmer wirkte immer noch freundlich und ruhig. Wieder schloss der Pfleger hinter ihr die Tür, so dass sie sich fast in einem Déjà-vu gefangen wähnte, wenn da nicht – als einzige Veränderung – der Fernseher gelaufen wäre. Eine Quizshow.

Esther kontrollierte Judiths Puls, prüfte die Pupillenreflexe – alles normal. Sie wurde ärgerlich und drehte sich zu dem Pfleger um. »Jetzt bin ich aber gespannt ...«

Sie wirkte einschüchternd, wenn sie *so* war: schön, kühl und kontrolliert.

»Es ist ... warten Sie!«

Er griff sich die Fernbedienung des Fernsehers, erhöhte die Lautstärke, setzte sich dann zu der Patientin ans Bett und berührte sie an der Schulter: »Judith? Judith! Können Sie das noch mal machen? Für mich?«

Esther wurde ungeduldig, aber der Pfleger machte eine beschwichtigende Geste. Jetzt waren nur noch die Fragen zu hören, die der Moderator seinen Kandidaten präsentierte. Die Fragen wurden in rascher Abfolge gestellt, ein hässliches Hupen oder ein helles Klingeln verrieten, ob die Kandidaten mit ihren Antworten falsch- oder richtiglagen.

Judith lag immer richtig. Dabei sah sie nicht auf die Mattscheibe, sondern starrte nur aus dem Fenster und antwortete, ohne eine Sekunde nachzudenken. Nächste Frage. Nächste Frage. Nächste Frage ... Judith wusste alles. Spuckte es wie ein Computer aus. Ohne Verzögerung, ohne Regung.

Esther nahm dem Pfleger die Fernbedienung ab und stellte den Ton leise. »Das reicht jetzt! Sie ist eine gebildete Frau. Und?«

»Sie verstehen nicht!«, protestierte der Pfleger.

Esther ging dazwischen: »Doch, ich verstehe ziemlich gut. Erst sollte sie tot sein, jetzt weiß sie die Antworten auf alle Fragen. Was kommt als Nächstes?«

Der Pfleger nahm seinen ganzen Mut zusammen: »Hier stimmt etwas nicht, Frau Doktor. Seitdem sie hier ist, stimmt etwas nicht. Und dann dieser Aufstand heute Nacht …«

»Was für ein Aufstand?«

»Die ganze Station hat verrücktgespielt. Alle zur selben Zeit. Verstehen Sie? Alle! Haben geklingelt, weil sie schlecht geträumt haben. Alle … nur diese Patientin hier nicht.«

»In Ihrem Bericht stand nichts davon.«

»Damit Sie mich rausschmeißen?! Nein, danke. Die Patienten haben sich ja auch wieder beruhigt. Und jetzt das hier …«

»Hören Sie …« Sie suchte in ihrem Gedächtnis nach seinem Namen.

»Geno.«

»Hören Sie, Geno. Das ist hier ist ein Krankenhaus. Menschen kommen hierher, um gesund zu werden …«

Wieder machte er eine beschwichtigende Geste, wieder setzte er sich zu der Patientin ans Bett. Er beugte sich zu ihr herab und flüsterte: »Judith? Sie kennen alle Antworten. Jetzt verraten Sie mir die Fragen …«

Einen Moment lag sie still, dann begann sie zu fragen. Schoss eine Frage nach der anderen ab. Ohne Verzögerung. So als läse sie sie von der Fensterscheibe ab. Geno deutete ihr sanft an, dass es genug sei, drückte dann auf die Fernbedienung: Der Moderator war jetzt wieder gut zu hören. Er kündigte die Schnellfragerunde an. Die Kandidaten hatten fünf Sekunden Zeit, zu antworten, sonst ging die Frage an den Konkurrenten weiter.

»Fertig?«, rief er. »In Ordnung. Die Zeit läuft …«

Eine Frage nach der anderen wurde gestellt. Es waren Judiths Fragen. Allesamt. In Wortlaut und Reihenfolge.

Geno drückte die Stimme weg und sah Esther triumphierend an. Ehrfürchtig sagte er: »Sie hat das Zweite Gesicht!«

Esther war überrascht, aber sie fing sich schnell und lächelte böse: »Ja, das wird es sein. Oder die Quizshow ist eine

Wiederholung. Oder eine der vielen Firmen ihres verstorbenen Mannes hat sie produziert, und sie hat sie abgenommen. Oder Sie, Geno, sind ein Idiot.«

Geno wirkte verunsichert.

»Geben Sie ihr Aponal. Und wenn Sie schon dabei sind: Nehmen Sie auch gleich eine Pille. Das beruhigt.«

Sie ließ ihn stehen und verschwand aus 303.

Wie beneidenswert war es, nichts vom eigenen Schicksal zu wissen, nichts zu verstehen, falsch zu deuten oder schlicht zu vergessen. Und wie schwer war die Last, wenn zu sprechen dir verboten wurde. Wenn der Finger eines Engels deine Lippen versiegelt hatte. Das Schicksal hatte die beiden Frauen zusammengeführt, und ganz gleich, wie klein sie in dieser großen Partie sein mochten – es würde nicht von ihnen ablassen, bis sie ihre Bestimmung erfüllt hatten. Denn nichts geschah ohne Grund, alles drehte sich und hielt niemals an.

4

Auf dem Dach der Klinik hatte sie einen Logenplatz mit Blick auf das flammende Spektakel, das der Sonnenuntergang mit sich brachte. Der Himmel brannte in allen Schattierungen von Rot, in einer Intensität, dass flirrende Sinnestäuschungen ihr vorgaukelten, die steilen Felsen, die wie grimmige Wärter über der Stadt standen, würden von flüssigem Gestein überzogen. Für Esther hatten die Schroffen und Kämme, die Riffe und Zacken immer etwas Schützendes an sich, jetzt jedoch fühlte sie sich zum ersten Mal von ihnen bedroht. Im Feuer der Dämmerung wirkten sie ungeduldig und hinterhältig, so als könnten sie es kaum abwarten, sich auf ihre Stadt zu stürzen. So blieb Esther länger als gewöhnlich auf dem Dach und wartete auf die herannahende Nacht, die das Glühen und Brennen löschte und sternenklar und beruhigend den Horizont eroberte.

Der täglichen Routine folgend, fuhr Esther über einen Umweg nach Hause, duschte und trank Wein auf dem Balkon. Das Telefon klingelte; sie nahm ab, obwohl ihr nicht nach einem Gespräch war. Ihre Mutter fragte betont fröhlich nach ihrem Wohlergehen und plauderte über Klatsch und Tratsch aus der Nachbarschaft. Über die Hochzeit, die alle aufregte und die man nicht abwarten konnte, weil das ganze Viertel kommen würde.

»Wer heiratet denn?«

Ihre Mutter schwieg. Eine Sekunde zu lange, als dass Esther die darauf folgende Lüge nicht als solche erkannt hätte.

»Ein Junge aus der Nachbarschaft, Kind. Du kennst ihn nicht.«

»Es ist Daniel, richtig?«, fragte Esther müde.

»Schatz, mach dir keine Gedanken. Es ist nur eine Hochzeit wie jede andere auch.«

»Ja«, nickte Esther bedrückt. »Nur eine Hochzeit. Nicht mehr.«

»So ist es, Schatz. Nur eine Hochzeit. Keine große Sache.«

Sie wechselte geschickt das Thema, während Esther Daniels Lächeln sah, dieses umwerfende Lächeln eines Filmstars, mit dem er alle Blicke auf sich zog, alle Aufmerksamkeit band, ein Lächeln, das keine Ablenkung duldete, das magisch war, lockte und gefangen hielt, das man vermisste, wenn es verschwand.

Der Tod lächelte so.

»Siehst du das auch, Schatz?«

Esther schreckte auf. »Was denn?«

»Schalt mal die Nachrichten an.«

Im dunklen Wohnzimmer flackerte Werbung – Esther wechselte den Kanal. Und sah in einen Nachthimmel, in dem prächtige Nordlichter funkelten. Im Bericht wurde das Naturphänomen, das vor allem an den Polen vorkam, für jedermann verständlich erklärt: nämlich, dass das Magnetfeld der Erde sowie ein immerwährender Partikelflug im

All dafür verantwortlich seien. Nahm das Magnetfeld ab, so war es möglich, dass sich Nordlichter auch weiter im Süden zeigten. Der gefilmte Nachthimmel war der über London. Er glitzerte ebenso grünlich-silbern wie der Nachthimmel über Kapstadt und Buenos Aires. Die Lichter hatten sich wie nie zuvor vom Polarkreis entfernt, lagen geografisch erstaunlicherweise in etwa auf einer Linie, und sie schienen sich immer weiter auszudehnen.

»Ist das schön!«, rief Esthers Mutter.

»Ja«, antwortete Esther matt.

»Als ob der Herr Sternenstaub auf die Erde rieseln ließe.«

»Der Herr interessiert sich nicht so sehr für die Erde.«

»Hör auf damit, Esther! So redest du nicht mit deiner Mutter!«

Esther antwortete nicht. In Glaubensfragen war mit ihrer Mutter nicht zu spaßen.

»Ob die Lichter auch zu uns kommen?«, fragte ihre Mutter neugierig.

Esther nickte: »Da, sie fragen einen Experten ...«

Sie stellte die Lautstärke höher. Ein Meteorologe wurde befragt. Der Moderator kam gleich zur Sache: Er fragte, was von den Lichtern zu halten sei. Der Experte antwortete zunächst ausweichend, indem er wiederholte, was der Bericht ohnehin schon verraten hatte: So etwas konnte vorkommen, wenn die Magnetfelder der Erde abnahmen.

»Ist so eine Abnahme des Magnetfeldes gefährlich?«, fragte der Moderator.

»Auf lange Sicht schon«, antwortete der Experte, »nur ...«

»Ja?«

»Die Magnetfelder haben nicht abgenommen.«

»Und was bedeutet das?«

»Das bedeutet, dass es sich nicht um Nordlichter handelt. Obwohl sie so aussehen.«

»Wenn es keine Nordlichter sind, was dann?«

»Das wissen wir nicht.«

»Ist das nicht ein Grund zur Beunruhigung?«

»Nein. Alle relevanten Werte liegen im grünen Bereich.«

Der Moderator hakte nach: »Und dass dieses Phänomen auf beiden Erdhalbkugeln auftritt? Ist das normal?«

Der Experte zögerte einen Moment. »Da wir nicht wissen, was es ist, können wir hier nur spekulieren. Allerdings würde es mich mehr beunruhigen, wenn die Ausbreitung nur von *einem* Pol ausginge. So scheint das Phänomen physikalischen Gesetzen zu folgen. Wenn wir auch noch nicht wissen, welche das sind.«

»Dann können wir uns also daran erfreuen?«

»Nun, ich denke schon.«

Der Moderator bedankte sich für das Gespräch, das Thema war abgehakt. Esther schaltete ab.

»Komm doch zum Essen am Sonntag«, meinte ihre Mutter.

»Ja, vielleicht«, antwortete Esther.

»Wir haben uns schon eine ganze Weile nicht gesehen, mein Kind.«

»Ich denke drüber nach.«

Einen Moment schwiegen beide.

»Es geht weiter, Liebes. Eines Tages wirst du aufwachen und feststellen, dass es weitergeht.«

»Hm.«

»Du kommst also Sonntag?«

»Hm.«

Sie wussten beide, dass dieser Besuch ausbleiben würde, aber die Verabredung suggerierte Normalität. Irgendwann würde Esther zusagen. An dem Tag, an dem sie aufwachen und feststellen würde, dass es weiterging.

5

Am nächsten Morgen fand sie ihre Station menschenleer vor: keine Pfleger, keine Schwestern, keine Ärzte. Der lange Gang summte im Neonlicht der Deckenbeleuchtung – die Zimmertüren waren geschlossen. Was war hier los? Esther kontrollierte die Zimmer und fand die Patienten in ihren Betten vor. Auch Judith, die sie zuletzt aufsuchte. Sie saß in ihrem Bett, wirkte nicht mehr abwesend, starrte nicht mehr aus dem Fenster, sondern lächelte sie freundlich an. Erstaunlich bei der Dosierung, die Esther verschrieben hatte, auf dass Judith die ihr feindliche Welt nur noch durch einen freundlichen Schleier wahrnehmen möge. Die Patientin jedoch war völlig klar.

»Guten Morgen«, grüßte Esther vorsichtig, »wie geht es Ihnen?«

»Gut, danke.«

Esther fühlte sich von ihr beobachtet. Auf eigenartige Weise nackt. Entdeckt. Ein Blick in die Krankenakte sollte ihre Unsicherheit tarnen und gab ihr die Gewissheit, dass alle verordneten Medikamente eingenommen worden waren.

»Ich sehe später noch mal nach Ihnen«, sagte Judith und wandte sich ab. Die Patientin war, abgesehen von Genos idiotischem Aberglauben, tatsächlich ein wenig seltsam. Jedenfalls fühlte Esther sich in ihrer Nähe nicht wohl und war froh, das Zimmer verlassen zu können.

Sie fand die Belegschaft in der Kantine bei einem ausgelassenen Frühstück vor. Ehe sie aus der allgemeinen Hochstimmung die Luft rauslassen konnte, drückte ihr jemand ein Glas Champagner in die Hand.

»Geno hat in der Lotterie gewonnen!«

Das war eine der Schwestern, die offenbar schon ein Gläschen zu viel probiert hatte. Esther nippte, dann gratulierte sie Geno, der völlig aus dem Häuschen war. Möglicherweise brauchte er nie wieder zu arbeiten, zumindest musste er sich nie wieder Sorgen finanzieller Art machen. Und weil er ein Trottel war, hatte er jedem davon erzählt. Geno genoss den Moment, das Gefühl, von allen geliebt zu werden, und die vielen Zusicherungen, dass es niemand so sehr verdient habe wie er. Doch in den Augen der Gratulanten funkelte bereits unverhohlen die Gier. Esther war sich sicher, dass jeder versuchen würde, sich seinen Anteil von Geno zu holen. Schließlich war man seit Jahren befreundet …

»Und, Geno? Werden Sie weiter hier arbeiten?«, fragte Esther.

»Natürlich!«, rief Geno gut gelaunt.

»Gut, dann fangen Sie jetzt damit an. Das gilt im Übrigen für alle!«

Damit verfestigte sie einmal mehr ihren Ruf als Stimmungskillerin: das Feiergrüppchen löste sich auf. Esther begann die Tagesroutine, ging ihrer Profession gewissenhaft nach und aß allein zu Mittag. Erstaunt nahm sie zur Kenntnis, dass sich niemand für die Nordlichter am Himmel interessierte, sondern alle nur von Genos Glückstreffer sprachen. Am Nebentisch saßen Kollegen vom Rettungsdienst und stöhnten über den heißen Tag und die damit verbundenen Schwächeanfälle, die die Notärzte auf Trab hielten. Und dann war wieder Geno das Thema, der offenbar das gesamte Krankenhaus eingeladen hatte, abends in einem Lokal mit ihm zu feiern. Esther hatte er nicht eingeladen.

Am Nachmittag machte sie ihr vages Versprechen wahr und sah noch einmal nach der Patientin auf 303. Geno war bei ihr. Das irritierte Esther, denn Geno hatte seit ein paar Stunden frei, und er war nicht der Typ, der freiwillig oder aus Sorge um Patienten ein paar Stunden dranhängte.

»Was ist mit Ihrem Fest, Geno?«, fragte Esther und sah in die Krankenakte.

Er sah ertappt aus. »Wollen Sie vielleicht auch kommen?«

»Nein.«

»Nicht? Oh, dann ... ich wollte nur noch nach der Patientin sehen. Da haben wir uns ein bisschen verplaudert.«

»Verplaudert?« Sie sah Judith an. »Es scheint Ihnen ja wirklich besserzugehen ...«

Bevor Judith antworten konnte, tat es Geno: »Das kann man nie wissen. Deshalb hat die Patientin mich als ihren persönlichen Betreuer engagiert.«

Esther nahm Geno ins Visier: »Was soll das heißen: persönlicher Betreuer? Es gibt keine persönlichen Betreuer in dieser Klinik. Solange Sie hier angestellt sind, kümmern Sie sich um alle Patienten.«

Geno nahm ein wenig Haltung an, wenn ihm auch der Respekt vor der schönen Ärztin anzumerken war: »Dann kündige ich eben hiermit.«

Esther blieb kühl: »Nun, das können Sie natürlich halten, wie Sie wollen. Aber wenn Sie kündigen, haben Sie hier keinen Zutritt mehr.«

»Dann werde ich jetzt mit der Patientin das Krankenhaus verl...«

Esther ging dazwischen: »Sie werden gar nichts. Es sei denn, die Patientin wünscht, das Krankenhaus zu verlassen.«

»Sie wünscht es!«, gab Geno zurück.

Sie blickten beide zu Judith, die mit einem Lächeln dem Kompetenzgerangel gefolgt war. Sie antwortete: »Nun, ich glaube, dass ich bei Geno in den besten Händen bin.«

Geno nickte zufrieden – Esther setzte sich für einen Moment an das Fußende des Betts. Kalt sagte sie: »Ihrem Pfleger fehlt jede medizinische Ausbildung, um Ihre Betreuung sicherzustellen.«

Geno protestierte laut: »Ich habe über zwanzig Jahre Berufserfahrung!«

Esther fuhr fort, ohne Geno eines Blickes zu würdigen: »Sollten Sie in eine Krise geraten, kann Ihr neuer Betreuer gerade mal den Notruf für Sie wählen. Wenn er es rechtzeitig bemerkt.«

Geno wollte sich verteidigen, aber Judith gebot ihm mit einer Geste, zu schweigen. Sie lächelte Esther an: »Und Sie könnten auf mich aufpassen?«

»Wenn Sie es wünschen. Ich kann aber auch einen Spezialisten konsultieren.«

Judith schüttelte den Kopf: »Nein, *Sie* werden mir helfen.«

Und sie sagte es so, als ob sie nie etwas anderes gewollt hätte.

Geno war enttäuscht, wütend, wagte aber nicht, sich mit Esther anzulegen, denn er wollte den Kontakt zu Judith nicht verlieren.

Esther sah ihn an: »Besteht Ihre Kündigung weiterhin?«

Geno schüttelte den Kopf: »Nein, ich bleibe.«

»Dann gibt es hier jetzt für Sie nichts mehr zu tun, oder?«

Er nickte widerwillig, verließ rasch den Raum.

Esther zückte einen Kugelschreiber, griff sich erneut die Krankenakte und murmelte: »Dabei hatte er gestern noch höllische Angst vor Ihnen …«

Judith antwortete mit einem Anflug von Ironie: »Wie man seine Meinung doch ändern kann.«

Beide schwiegen einen Moment, während Judith aus dem Fenster blickte, als würde sie draußen nach etwas suchen. Dann wandte sie sich ihrer neuen betreuenden Ärztin zu: »Glauben Sie an Engel, Esther?«

Sie wusste nicht, was sie mehr irritierte: die Frage oder die Tatsache, dass Judith ihren Namen kannte. Sie trug kein Schildchen, das sie auswies, und Geno hatte im Allgemeinen zu viel Respekt, als dass er Patienten gegenüber ihren Vornamen erwähnte.

»Nein«, antwortete Esther.

»Sie glauben an gar nichts mehr, richtig?«

Esther reagierte kühl: »Ich glaube, dass Sie das nichts angeht.«

Sie sahen sich an wie Rivalinnen, dann aber entspannte

Judith die Situation: »Verzeihen Sie, ich wollte Ihnen nicht zu nahe treten.«

Esther ging darüber hinweg und antwortete sachlich: »Wenn Sie es wünschen, kann ich Ihnen geistigen Beistand rufen lassen. Ganz gleich, welcher Konfession.«

»Nein, danke.«

Esther notierte eine neue Medikation in das Krankenblatt. »Wir werden Ihre Dosierung herabsetzen. Wann immer Sie mit mir oder mit jemand anderes über das sprechen wollen, was Sie bedrückt, stehe ich zur Verfügung.«

»Ich werde auf Sie warten«, antwortete Judith ruhig und drehte sich zur Seite.

Wieder eine dieser Antworten, die sie nicht so recht verstand.

Aber Esther würde bald verstehen.

6

Zu den Unannehmlichkeiten, die daher rührten, dass sie auf ihrem umständlichen Nachhauseweg eine ganz bestimmte Straße mied, kam hinzu, dass Esther immer dann in den Feierabendverkehr geriet, wenn sie im Krankenhaus pünktlich Schluss machte. Diese Stadt schien nur aus alten Autos zu bestehen, aus wuseliger orientalischer Betriebsamkeit, aus Einspännern und angegilbten Läden, aus weißem Kaftan und schwarzem Schleier, aber auch aus Anzügen, Tuniken und Shorts von denen, die nicht hier geboren oder den Sitten der Väter entwachsen waren.

Sah ihre Heimat vom Dach des Krankenhauses aus noch hübsch und hell aus, mit ein paar knochigen Hochhäusern, wurde sie immer dreckiger, je näher man ihr kam. kein Einwohner mochte Müll, aber niemand vermied ihn. Das, was man loswerden wollte, stellte man einfach an den Straßenrand, Putzwasser klatschte im hohen Bogen aufs Trottoir,

Händler bauten ihre Stände ab und ließen alles, was sie nicht mehr brauchten, einfach liegen. Es kümmerte niemanden, man empfand es sogar als Teil des eigenen Charmes, die Dinge entspannt zu regeln.

Nicht einmal der Lärm, den hupende Autos, knatternde Motoren und plärrende Passanten machten, regte hier jemanden auf. Es stank nach Abgasen und verfaulten Früchten vom Markt, nach Müll und Schweiß. Es störte Esther genauso wenig wie alle anderen. Und doch fiel es ihr heute auf.

Sie betrat ihre Wohnung, verharrte kurz an der Tür im Flur, berührte sie vorsichtig, widerstand aber dem Drang, sie zu öffnen, und nahm eine Dusche. Es war bereits dunkel geworden – im Innenhof flogen Stimmen von Wohnung zu Wohnung, klapperten Töpfe und lärmten Radio und Fernseher. Esther trank Wein, setzte sich in einen Sessel und entspannte in der Dunkelheit ihres Wohnzimmers.

Sie erwachte in totaler Finsternis.

Im Innenhof waren alle Lichter erloschen. Da war ein Geräusch im Flur. Wie ein Kratzen oder ein Schaben. Sehr leise. Aber jetzt, da alle schliefen, hatte es sich wie ein Insekt aus seinem Versteck hervorgewagt. Esther tippte gegen den Lichtschalter – nichts. Offenbar war der Strom ausgefallen. Sie folgte dem Geräusch durch die Dunkelheit, die Hände vorgestreckt, vollkommen blind.

Im Flur verstummte das Geräusch, wie eine Grille verstummte, wenn man sich ihr näherte. Und doch wusste Esther, woher es gekommen war: das leere Zimmer. Sie spürte einen kühlen Luftzug, schreckte herum, denn irgendetwas war an ihr vorbeigeflogen.

»Ist da wer?«, flüsterte sie schüchtern.

Keine Antwort.

Sie stand an der Tür, legte ihre Hände dagegen. Für einen Moment dachte sie an Judith, ihr Gesicht wehte wie ein Fetzen Zeitungspapier im Wind an ihr vorbei.

Glauben Sie an Engel, Esther?

Ihre Hand lag bereits auf der Klinke, sie drückte sie langsam nach unten. Die Tür sprang einen Spalt auf. Dort drinnen war es kalt, sie verspürte einen eisigen Hauch, der ihr aus der Finsternis ins Gesicht blies. Doch hier drin war etwas. Ihr ganzer Körper reagierte darauf – Angst pochte mit kalter Faust an ihr Herz. Sie nahm eine Bewegung war. Was es auch war, es wirbelte zu ihr herum, sprang aus seiner Ecke, das Maul weit aufgerissen, kreischend ...

Sie erwachte erneut.

Keuchend, orientierungslos, immer noch gefangen in ihrem Alptraum. Das Kreischen hatte sie noch im Ohr, nur allmählich wurde ihr klar, dass jemand an der Wohnungstür Sturm klingelte. Wankend kam sie auf die Füße, machte Licht. Es war vier Uhr am Morgen – die Stadt schlief.

Sie drückte die Gegensprechanlage.

»Wer ist da?«

»Daniel. Mach bitte auf!«

Er lächelte nicht, sie konnte es an seiner Stimme hören. Sein berühmtes Lächeln.

»Was willst du, Daniel?«, fragte sie abweisend.

»Mit dir reden.«

Ihr Herz schlug schnell – sie hatte ihn seit zwei Jahren nicht mehr gesehen.

»Du bist betrunken, Daniel.«

»Ja, ich bin betrunken, Esther. Sehr betrunken.«

»Geh heim, zu deiner Frau.«

Er zögerte mit der Antwort, dann rief er: »Das weißt du also auch schon. Du weißt aber viel, dafür, dass ich Luft für dich bin.«

»Ich bin müde, Daniel. Geh nach Hause.«

»Ich *bin* zu Hause! Mein Zuhause ist hier!«

Sie drückte den Summer, da sie nicht wollte, dass er mit seinem Geschrei die Nachbarschaft weckte. Polternd kam er die Treppen hoch. Blieb auf dem Absatz vor ihrer Tür stehen: Er war sturzbetrunken.

»Was ist los, Daniel?«

Er suchte nach den richtigen Worten, wollte sich erklären. Schwankte. Hielt sich am Geländer fest und sagte dann: »Ich bin nicht schuld, Esther.«

»Ich habe das nie gesagt, Daniel!«

»Nein, manche Dinge muss man nicht sagen …«

»Geh nach Hause, Daniel. Du hast ein neues Leben begonnen, und ich freue mich für dich. Lass die Vergangenheit ruhen.«

»Du lässt sie doch auch nicht ruhen.«

Sie nickte sanft: »Aber es ist mein Leben, Daniel. Nicht deines. Geh jetzt.«

Daniel schüttelte den Kopf: »Weißt du, wo ich gerade herkomme?«

»Aus einer Bar?«

Er nickte wütend. »Ja, aus einer Bar. Ich habe meinen Junggesellenabschied gefeiert.«

»Dann geh jetzt zu deiner Braut.«

Er lächelte betrunken und breitet die Arme aus: »Hier bin ich!«

»Liebst du deine Braut nicht?«

Er schüttelte den Kopf: »Was spielt das schon für eine Rolle.«

»Es spielt eine große Rolle, Daniel.«

»NEIN, TUT ES NICHT!«

Sie bedeutete ihm mit einer Geste, leiser zu sprechen. »Hör auf damit. Du weckst das ganze Haus!«

»Na und? Sollen sie doch wach werden.«

»Geh jetzt, Daniel. Leb dein Leben. Morgen wird alles besser sein.«

Die Tränen schossen ihm in die Augen: »Meinst du?«

»Ja, morgen ist ein neuer Tag.«

Er nickte: »Ich bin betrunken. Sehr betrunken.«

»Ja«, antwortete sie. »Morgen wirst du aufwachen und feststellen, dass das Leben weitergeht. Geh jetzt!«

Sie schloss die Tür, wartete einen Moment, hörte, wie er polternd die Treppe runterlief. Die Haustür fiel ins Schloss.

Dann erst weinte sie.

Goss sich im Wohnzimmer von dem Wein des Vorabends ein, trank. Schnell. Daniel würde nicht der einzige Betrunkene dieser Nacht sein. Wieso war es nur so stickig in ihrer Wohnung? Wie in einer Gruft. Die Weinflasche in der einen, das Glas in der anderen Hand, verließ sie die Wohnung und ging hoch aufs Dach.

Über ihr funkelte ein überwältigender Sternenhimmel, an den sich im Osten bereits die Morgendämmerung gekrallt hatte und sich langsam daran hochzog. Die Stadt lag noch im Schlummer – hier und da ein Motorgeräusch oder ein scheues Hupen, hier und da ein einsames Straßenlicht, in dessen Kegel Insekten flatterten. Auf den Dächern verdorrte Antennenäste oder getrocknete Wäsche auf den Leinen.

Niemand schien zu bemerken, dass die Nordlichter über ihren Köpfen aufeinander zustürmten, im Begriff waren, sich ausgerechnet hier zu vereinen. Zwei Kavallerien – eine von Norden, eine von Süden – in Angriffsformation, deren Hufschläge hinter den Fronten silbrig grünen Staub aufwirbelten. Die Lichter nahmen jetzt noch einmal Geschwindigkeit auf, als ob sie einander anziehen würden. Sie hatten völlig lautlos den Himmel über den ganzen Globus in enormer Geschwindigkeit erobert, jetzt fehlten nur noch wenige Hundert Meter, dann schloss sich am Firmament eine glitzernde Kuppel. Fast erwartete Esther eine Explosion, eine weitere Veränderung, aber nichts weiter geschah, außer dass sie zum ersten Mal das Gefühl hatte, es gäbe kein Entrinnen. Es war, als wäre die Erde vom Universum abgetrennt worden, als fände alles, was noch geschehen könnte, unter dieser Kuppel statt, und kein Laut und kein Schrei und kein Flehen würden ins All dringen.

Sie waren allein.

7

Ein neuer Morgen brachte einen strahlenden Tag, noch einmal wärmer als der zuvor. Die Lichter waren jetzt *das* Thema, ganz gleich ob beim Bäcker oder beim Plausch auf der Straße. Waren sie zuvor allgemein bewundertes Schauspiel gewesen, so mischten sich jetzt sorgenvolle Stimmen in den Chor der Beobachter, denn diese eigenartige Ausbreitung blieb rätselhaft, und auch die Wissenschaftler taten sich schwer mit Erklärungen. Immer wieder wandten sich Köpfe gen Himmel, wurden Hände schützend vor die Augen gehalten, wurde mit den Fingern nach oben gezeigt: Man konnte sie immer noch sehen, wenn auch nur als vage gallertartige Masse, die sich im Sonnenlicht versteckt hielt.

Im Krankenhaus hingegen schienen die Nordlichter genauso weit weg wie ihre Entfernung zum Boden. Denn hier regierten seit den frühen Morgenstunden Neid und Missgunst, in deren Zentrum Geno stand. Auf dem Flur drängelten sich seine Partygäste, die vor ein paar Stunden noch mit ihm auf seinen Lottogewinn angestoßen hatten und jetzt einen Teil abhaben wollten vom großen Glück. Geno selbst stand vor Zimmer 303 und diskutierte lebhaft, um nicht zu sagen, handgreiflich, mit seinen vielen, vielen Freunden.

Esther musste sich durch ein knappes Dutzend Pfleger und Schwestern durcharbeiten, um zu Geno zu gelangen, der wie ein Löwe die Tür verteidigte.

»Was ist hier los?!«, blaffte sie laut.

Augenblicklich verstummten die Streitereien – Stille von der betretenen Sorte, wie Kinder, die man beim verbotenen Spiel erwischt hat: Man mied Esthers Blick.

»Gehören Sie nicht auf die Innere?«, fragte Esther den Pfleger, der direkt vor Geno stand. Der Mann nickte scheu und ohrfeigte Geno mit ein paar gehässigen Blicken. Dann wandte er sich ab und ging.

»Und Sie?! Haben Sie zu wenig Arbeit?!«

Die Ansprache ging an alle anderen – sie traten den Rückzug an, wenn ihren Gesichtern auch anzusehen war, dass sie wiederkommen würden. Geno sah ihnen misstrauisch nach, als ob er erwartete, dass sie sich alle hinter der Eingangstür zur Station verstecken würden, um den Moment abzupassen, in dem er 303 aus den Augen ließ.

Er nickte Esther erleichtert zu: »Danke ...«

»Mitkommen!«, befahl Esther und eilte voraus in das Ärztezimmer. Geno hatte Mühe, mit ihr Schritt zu halten, und ahnte bereits, dass sein Dank ein wenig verfrüht gewesen war.

»Schließen Sie die Tür.«

»Ich kann das erklären ...«

»Sie sollen die Tür schließen!«

Geno schluckte und befolgte die Anweisung.

Esther sah ihn lauernd an: »Ich höre?!«

Wieder hüpften seine Augäpfel hin und her, in der Hoffnung, irgendwo die Antwort zu finden, die Esther beruhigen könnte.

»Nun ... erinnern Sie sich noch, dass ich Ihnen gesagt habe, die Patientin von 303 hätte das Zweite Gesicht?«

»Ja, leider.«

»Sehen Sie: Es ist wahr! Sie *hat* das Zweite Gesicht! Es ist so!«

Esther atmete tief durch, um ihre aufkeimende Wut zu unterdrücken. Sie antwortete ruhig: »Sie kann also hellsehen?«

Geno nickte heftig: »Es ist mehr als das! Sie kann alles sehen! Die Zukunft, die Vergangenheit. Alles!«

Esther verschränkte die Arme vor der Brust: »Dann hat Sie Ihnen also die Lottozahlen verraten?«

»Ja.«

»Und Sie haben das gestern auf Ihrem Fest den anderen erzählt.«

Geno nickte zerknirscht: »Ich hatte wohl ein bisschen viel getrunken.« Dann raffte er sich auf und sah Esther fest ins Gesicht: »Es war ein Fehler. Das gebe ich offen zu.«

Esther nickte. Geno gehörte zu den Menschen, die einen Fehler dann offen zugaben, wenn man sie längst dabei erwischt hatte. Wie mannhaft!

»Geno ...«

»Ich weiß, was Sie sagen wollen, Frau Doktor. Und Sie haben recht. Ich habe mich falsch verhalten. Und es wird auch nicht wieder vorkommen!«

»Das stimmt. Sie sind entlassen. Fristlos. Sie werden auf der Stelle Ihre Sachen packen und dieses Krankenhaus verlassen.«

»Das können Sie nicht machen!«

Esther griff nach einem Telefon und tippte zwei Nummern ein: »Sicherheitsdienst? ... Ja ... sofort ... dritter Stock.«

Geno machte ein paar Schritte auf Esther zu und berührte sie flehend am Arm: »Bitte, Frau Doktor. Es war ein Fehler. Das gebe ich ja offen zu ...«

»Fassen Sie mich nicht an, Geno.«

Er zuckte unterwürfig zurück: »Verzeihung ... tun Sie jetzt nichts Unüberlegtes. Was soll ich denn sonst machen?«

»Das weiß ich nicht, Geno. Ihr Geld verjubeln?«

Seine Augen verengten sich zu Schlitzen: »Ach, daher weht der Wind!«

Esther runzelte die Stirn: Es war nicht immer leicht, seinen Gedanken zu folgen. Wenn er sich denn mal welche machte.

»Sie wollen die Patientin ganz für sich allein, richtig?«

Esther seufzte und antwortete: »Geno, bis jetzt habe ich Sie nur für einen Dummkopf gehalten. Sie sollten das nicht aufs Spiel setzen ...«

Genos Gesicht hellte sich triumphierend auf: »Ich weiß genau, was Sie vorhaben. Sie wollen die Patientin ganz für sich, damit Sie sie wie eine Zitrone auspressen können!«

»Sie sollten jetzt wirklich gehen.«

»Ooooh, Frau Doktor möchte, dass ich gehe. Sie möchte, dass ich für immer weg bin, damit niemand sehen kann, wie verlogen sie ist. Damit niemand sieht, dass hinter der schönen Fassade ein Teufel lauert!«

Es klopfte an der Tür – ein Uniformierter betrat das Arztzimmer und sah Esther fragend an.

»Begleiten Sie den Pfleger zu seinem Spind. Er ist fristlos entlassen und darf das Krankenhaus nicht mehr betreten!«

Der Mann nickte und griff Geno am Oberarm. Der zischte giftig: »Du musst unbedingt ins Zimmer 303! Judith wird dich reich machen. Mich hat sie auch reich gemacht! Frag sie! Bevor Frau Doktor sie wegschafft. Sie will alles für sich behalten, hörst du?«

Der Uniformierte nickte abwesend und zog ihn mit sich. Die Tür fiel ins Schloss – ein paar Sekunden konnte Esther noch Genos Stimme auf dem Flur hören, dann tauchte sie ab.

Die schöne Fassade … sie war tatsächlich nur noch Fassade. Funktionierte wie eine Maschine. Reagierte kühl und analytisch. Ging zur Arbeit. Aß. Schlief. Vielleicht waren Teufel so. Vielleicht.

Sie eilte den Flur hinab und betrat Zimmer 303.

Judith war nicht allein. Vor ihr stand der Pfleger, den sie eben noch zurück an seinen Arbeitsplatz in die Innere geschickt hatte. Das Blut schoss ihm ins Gesicht – offenbar hatte er nicht damit gerechnet, dass Esther so schnell wieder auftauchen würde.

»I-ich wollte nur mal sehen, wie es ihr geht«, stammelte er.

»Ihre Sorge um die Patientin ist rührend«, spottete Esther. »Wissen Sie schon, was ihr fehlt?«

»Oh, nein … es steht mir nicht … ich wollte nur etwas Mitgefühl zeigen. Sie ist schließlich nicht irgendwer, nicht wahr?«

Esther warf Judith einen Blick zu – die schien amüsiert.

»Und? Hat Sie Ihnen Ihr Mitgefühl schon gedankt?«, fragte Esther.

»Ich weiß nicht, was Sie meinen …«

Esther antwortete kalt: »Nun, Ihr Mitgefühl wird doch nicht ganz umsonst gewesen sein? Ich finde schon, die Patientin sollte sich erkenntlich zeigen.«

Er hatte sich gefasst und ging in die Offensive über: »Ich wollte der Patientin nur Glück wünschen. Und Sie ziehen es in den Schmutz. Nicht alle Menschen sind schlecht!«

Esther lächelte böse und wandte sich Judith zu: »Und? Hat er Ihnen Glück gewünscht?«

Judith nickte.

»Da sehen Sie es! Sie sollten sich abgewöhnen, über andere Menschen zu urteilen, bevor Sie sie kennen!« Er nickte Judith zu. »Gute Besserung. Und wenn Sie einen Wunsch haben, sagen Sie es nur.«

Er ging erhobenen Hauptes – eine dramatisch knallende Tür unterstrich noch einmal sein verletztes Ego. Esther sah ihm nach, nicht sonderlich beeindruckt, und wandte sich dann Judith zu: »Und was wollte er wirklich?«

»Lottozahlen. Allerdings die in Amerika. Dort gibt es einen gigantischen Jackpot, und er hat dort Verwandte.«

»Und die würden mit ihm teilen?«

»Nein. Es sind Verwandte, keine Freunde.«

Sie lachte herzlich – Esther stimmte in das Gelächter ein, erstaunt über sich selbst. Wie lange hatte sie nicht mehr gelacht? Es klopfte an der Tür, sie ruckte einen Spalt auf, der Kopf einer Schwester schob sich vor, entdeckte Esther und zuckte erschreckt zurück. Schon war die Tür wieder zu.

Esther griff zum Telefon und bestellte erneut den Sicherheitsdienst. Sie gab Anweisung, dass niemand Zimmer 303 zu betreten habe – eine Wache auf dem Flur sollte das sicherstellen.

»Keinen Besuch mehr«, seufzte Judith. »Das wird ziemlich einsam.«

»Wenn Sie sich besser fühlen, kann ich Sie auch entlassen. Gibt es jemanden, der sich zu Hause um sie kümmert?«

Judith schwieg einen Moment und murmelte dann: »Ich habe kein Zuhause mehr …«

»Gibt es Angehörige? Freunde?«, fragte Esther.

»Nein.«

»Ich habe einen Bekannten, der eine Privatklinik leitet. Sie hätten dort mehr Ruhe …«

Judith schüttelte den Kopf. »Nein, schon gut. Lassen Sie die Leute zu mir kommen. Sie brauchen keine Wache aufzustellen.«

Esther zögerte einen Moment, dann schüttelte sie den Kopf. »Nein, das möchte ich nicht. Sie benötigen Erholung …«

Judith lächelte: »Das ist nicht der wahre Grund, richtig?«

Im Allgemeinen glaubte Esther ihre Gefühle gut vor anderen verstecken zu können – Judith gegenüber fühlte sie sich nackt. Es war, als ob sie die, die sie wirklich war, *sehen* konnte. Da war etwas Unerklärliches in ihrem Blick, etwas so Sanftes, aufgrund dessen man ständig versucht war, kein Theater mehr zu spielen, sondern sich ihr zu offenbaren und ihr das zu zeigen, was man sich selbst kaum eingestand.

»Nein, ist es nicht.«

»Sie verachten die Mitarbeiter dafür, wie sie die Situation zu ihren Gunsten ausnutzen wollen, richtig?«

»Ja.«

»Weil *Sie* niemals fragen würden.«

»Ja.«

Sie hatte ehrlich geantwortet, fast schon gegen ihren Willen: Ihre Zunge reagierte schneller als ihr Verstand.

Judith winkte großzügig ab: »Seien Sie nicht zu streng. Jeder hat seine Schwächen. Wir wollen alle etwas. Und sei es nur eine zweite Chance …«

Es traf sie wie die Gerade eines Boxers in den Magen: ihr blieb die Luft weg, Übelkeit kroch in ihr hoch. Ihr wurde flau, sie hielt sich am Bettrahmen fest. Esther fühlte, wie die

Bedeutung der Worte wie ein kleine, kalte Schlange durch ihre Adern kroch und sich jetzt um ihr Herz wand, es würgte und quetschte, bis sie glaubte, es könnte jeden Moment stehenbleiben. Judith machte nicht den Eindruck, als hätte die Bemerkung auf Esther gezielt, und dennoch war es so.

Esther musste raus, schnell. Ohne Verabschiedung stürzte sie zur Tür und zog sie rasch hinter sich zu. Hier erholte sie sich, kam zu Atem. Fühlte ihr Herz. Sie wollte sich nicht offenbaren, wollte nicht zeigen, wer sie wirklich war. Schon gar nicht einer Patientin mit einem Zweiten Gesicht.

8

Sie gab Judiths Wunsch nach und verzichtete auf den Sicherheitsmann vor ihrer Tür. Und obwohl sie alle viel zu tun hatten während der Tagschicht, weil es draußen ungewöhnlich heiß war für die Jahreszeit und somit vor allem Alte mit Kreislaufproblemen eingeliefert wurden, sah sie immer wieder Krankenhausangestellte über den langen Flur schleichen, Schwestern, Pfleger und Ärzte. Sie lächelten entschuldigend, wenn sich ihre Blicke trafen, so als ob sie sagen wollten: *Was soll's? Versuchen kann man es ja mal …*

Manche rechtfertigten sich ungefragt, klagten über die schlechte Bezahlung und beschworen Esther, sich ihnen anzuschließen. Sie alle würden ein Stück vom großen Glück abbekommen, sie solle nicht dumm sein. Esther schüttelte nur stumm den Kopf und versorgte ihre Patienten. Seltsam, dass alle Reichtum mit Glück gleichsetzten. Wurde ein schlecht gebautes Haus besser, wenn es aus Gold war? Oder beschleunigte das gewaltige Gewicht nur den Einsturz?

Am späten Nachmittag sah sie sogar den Direktor des Krankenhauses in 303 verschwinden. Ein weiser älterer Herr, den Esther sehr achtete und der sich aus materiellen Dingen bisher nichts gemacht hatte. Dass er nicht widerstand, war für sie eine herbe Enttäuschung. Judith hatte recht: Alle hatten ihre Schwächen, ohne Ausnahme. Und sie zeigten sich erst im Moment der Versuchung.

Gegen Abend zogen schwere schwarze Wolken auf und türmten sich drohend über der Stadt. Esther sah vom Dach des Krankenhauses auf die Stadt hinab, die unter der Gewitterwand schwitzte, und versuchte, sich die wunderbaren Lichter darüber vorzustellen. Vielleicht hatte der Herr tatsächlich Sternenstaub gestreut? Vielleicht interessierte er sich doch für seine Schöpfung und erfreute sie mit ein wenig Zauberei? Mit Glück würde es bald regnen und der Himmel danach wieder aufklaren. Dann wären sie wieder da in ihrer verschwenderischen Pracht, würden glitzern und funkeln und sie alle daran erinnern, dass es tatsächlich etwas gab, was Menschen nicht herstellen konnten.

Auf dem Heimweg dachte sie an Judith und verspürte den Drang, sie zu besuchen. Mit ihr zu reden. Auch auf die Gefahr hin, sich nicht vor ihrem Blick verbergen zu können und vielleicht die kleine hässliche Truhe einen Spalt öffnen zu müssen, in der sie ihren Schmerz weggeschlossen hatte. War sie dafür bereit? War man überhaupt je dafür bereit?

Zu Hause angekommen, duschte sie, öffnete eine Flasche Wein, machte den Fernseher an und lehnte anschließend eine ganze Weile an der Brüstung des Balkons, die Geschäftigkeiten ihrer Nachbarn verfolgend. Dass ihr Fernseher weder Bild noch Ton zeigte, nahm sie erst nach einer Weile wahr. Einige ihrer Nachbarn hatten sich darüber beschwert, vor allem die Kinder, die auf ihren Sendungen bestanden. Aber keiner der Kanäle funktionierte.

Jemand klopfte an der Tür: ihre Nachbarin.

»Das Fernsehen funktioniert nicht mehr«, sagte sie.

»Ich weiß«, antwortete sie, »ist bestimmt das Gewitter.«

»Es funktioniert auf der ganzen Welt nicht mehr!«, antwortete die Nachbarin.

»Woher weißt du das?«, fragte sie erstaunt.

»Mein Sohn hat es im Internet gelesen, das funktioniert noch. Sie schreiben da, dass man keinen Kontakt zu den Satelliten mehr hat. Sie sind völlig abgeschnitten von der Erde.«

»Wie ist das möglich?«

»Das weiß niemand«, antwortete sie, »aber es muss mit diesen Lichtern zu tun haben, oder?«

Esther nickte langsam.

»Das habe ich gleich gewusst!«, rief sie ärgerlich. »Dass mit denen was nicht stimmt, das wusste ich gleich! Telefon ins Ausland ist auch nicht mehr möglich. GPS ebenfalls nicht. Nur das lokale Radio funktioniert noch.«

Esther nickte wieder und bedankte sich für die Auskunft. Zurück im Wohnzimmer, schaltete sie das Radio ein – es funktionierte tadellos. Nach einem Song meldete ein Sprecher, dass es im ganzen Land offenbar zu einer größeren Störung der Satellitenverbindung gekommen war. Fernsehen, das nicht terrestrisch gesendet wurde, und auch Telefongespräche ins Ausland seien betroffen. Dabei verwies der Moderator auf das drohende Gewitter. Entweder wusste er es nicht besser, oder es war eine Lüge.

Esther hastete auf den Balkon. Über ihren Köpfen hatten sich die Wolken zu einem kilometerdicken schwarzen Gebirge aufgebaut. In seinem Bauch rumpelte es dunkel, es grollte und knurrte wie in der Kehle einer wilden Bestie. Licht flackerte auf, elektrische Entladungen, die in den Eingeweiden zuckten. Es war, als würde ein Drache am Himmel warten.

Plötzlich hatte Esther das Gefühl, mit Judith sprechen zu *müssen.* Sie floh aus der eigenen Wohnung und fuhr zurück zur Klinik. Passierte eine fast leere Stadt, deren Einwohner nicht wagten, sich angesichts dieses Unwetters auf den Straßen herumzutreiben.

Die Nachtwache ihrer Station nickte Esther mit einem vielsagenden Lächeln zu. Es hieß nichts anderes als: *Sieh mal an, die saubere Frau Doktor! Schleicht sich heimlich herein und holt sich Tipps von 303.* Sie würde der ganzen Belegschaft davon erzählen, denn bisher hatte Esther in einer Art und Weise die Prinzipienfeste gegeben, dass ihretwegen alle ein schlechtes Gefühl hatten. Das würde sich jetzt ändern.

Judith lag nicht in ihrem Bett, sondern stand am Fenster und blickte hinaus auf den schmalen Garten, der das Krankenhaus umschloss, und die dahinterliegende Stadt. Sie winkte Esther heran, ließ dabei den Himmel nicht aus den Augen. Schulter an Schulter starrten die beiden in die Wolkentürme. Es gab keinen Donner. Keinen Regen. Keinen Wind. Blitze zuckten heraus, sprangen bizarr verästelt an der Unterseite wie an einer riesigen Kuppel entlang, tauchten wieder ab. Ein Ungeheuer, an dessen Haut Blitze abprallten.

»Ich muss mit Ihnen reden«, sagte Esther.

Judith drehte sich zu ihr, nickte. Der klare Blick vom Nachmittag war wie weggewischt. Die dunklen Augen wirkten trüb, als hätte sie eine schlechte Nachricht erhalten. Holten sie die Depressionen ein, nachdem sie in den letzten Tagen eine erstaunliche Besserung erfahren hatte? Esther glaubte zu bemerken, dass Judith ein wenig schwankte, und tatsächlich setzte sie sich langsam auf ihr Bett, starrte auf ihre Hände.

»Ich bin so müde ...«

Sie sagte es so tonlos, dass Esther nach ihrem Arm griff und den Puls nahm. Sie wollte Licht machen, aber Judith hielt sie auf.

»Kein Licht, bitte.«

Esther nickte, war sich sicher, dass die Depression sie wieder im Würgegriff hatte. Lichtempfindlichkeit und Mattigkeit waren deutliche Symptome.

»Ich hätte den Auflauf heute nicht erlauben sollen.«

Judith antwortete nicht.

»Wie viele waren da? Zwanzig? Dreißig?«

Judith zuckte leicht mit den Schultern, es war ihr offenbar völlig gleichgültig.

»Sogar unser Direktor ...«

Sie mühte sich, keine Enttäuschung mitschwingen zu lassen, aber es gelang ihr nicht. Judith sah sie an und schüttelte leicht den Kopf. »Er wollte kein Geld.«

»Nicht?«

»Nein.«

Esthers Ärger über die vielen Profiteure verflog. Wenigstens einer hatte sich nicht bereichern wollen. Dass es der von ihr verehrte Direktor war, erfüllte sie mit Freude.

Judith sagte: »Er vermisst seine Frau.«

Esther schluckte. Seit zwei Jahren war er jetzt Witwer. Eine lange, erfüllte Ehe hatten die beiden geführt, bevor seine Frau an Krebs starb. Dabei hatte er stets den Eindruck gemacht, den Verlust gut verkraftet zu haben. Hatte offenbar besser Theater gespielt als Esther. Viel besser. Sie schämte sich jetzt, ihm Geldgier unterstellt zu haben. Schämte sich auch dafür, sich moralisch über andere erhoben zu haben. Was wusste sie schon von deren Sorgen und Nöten? Sie, die nur mit sich selbst beschäftigt war! Wer wusste schon, ob ein unverhoffter Geldsegen dem einen oder anderen nicht doch zum Glück verhelfen würde? Es stand ihr nicht zu, darüber zu urteilen.

Judith starrte immer noch auf ihre Hände. Wie blass sie doch war! Selbst im dunklen Zimmer konnte Esther sehen, wie schlecht es ihr gerade ging.

»Dann ist es also wahr, was Geno sagt: Sie können *sehen*?«

»Es ist mehr, als ein Mensch ertragen kann.«

»Vielleicht tröstet es Sie, dass Sie die Menschen glücklich machen«, antwortete Esther.

Sie sah sie an: »Ja ... aber das spielt alles keine Rolle mehr ...«

»Das verstehe ich nicht?«

Judith sah plötzlich an ihr vorbei – hinaus aus dem Fenster. Ihre Augen weiteten sich, hart griff sie nach Esthers Hand.

»Was ist los?!«, rief Esther erschreckt und drehte sich um,

doch dort war nichts außer dem aufziehenden Gewitter zu sehen.

»Sehen Sie sie denn nicht? Sie sind da!«

Nackte Angst in ihrer Stimme.

»Was soll ich sehen Judith? Dort ist nichts!«

»Vor dem Fenster! Es sind viele. So viele!«

Esther versuchte Ruhe zu bewahren, denn draußen war nichts außer Gewitterwolken und Straßenlichtern zu sehen. Möglicherweise hatte Judith einen schizoiden Schub – sie brauchte dringend Medikamente.

Judiths Stimme zitterte jetzt: »Es sind andere, Esther! Gott hilf uns!« Sie sah sich im Zimmer um, schrie kurz auf. Stieß sich panisch mit den Füßen bis an das Kopfende des Betts zurück, zog die Decke vor die Brust, krallte sich an ihr fest. Es war, als tanzte ein kreischender Affe auf ihren Schultern herum, der ihren Verstand schüttelte und schlug.

Esther wirbelte herum, sah in jede Ecke des Zimmers. Aber da war nichts Ungewöhnliches: ein Bett, ein Stuhl, ein Schrank, der Fernseher. Sie sah nur Judiths Zimmer. Nichts anderes.

»Esther! Esther!«

Sie versuchte, Judith zu beruhigen, doch die wand sich aus ihren Armen.

»Was ist mit Ihnen?!«

»Laufen Sie! Um Gottes willen, laufen Sie weg! Schnell!«

Esther sprang zurück, drehte sich hektisch um sich selbst, doch der Raum war vollkommen unverändert. Was immer Judith sah: Esther konnte es nicht sehen. Sie blickte auf das Bett, auf dem sich Judith wie eine Schlange wand und plötzlich ganz starr wurde. Dann hob sie sich zentimeterweise von der Matratze.

Schwebte waagerecht.

Esther taumelte, konnte nicht glauben, was sie da sah, suchte gleichzeitig mit einer Hand nach der Zimmertür. Plötzlich war da ein Licht, das aus Judiths Kopf bis an die

Zimmerdecke schien. Ihr Körper richtete sich auf, sie blickte sich um: Ihre Augen waren jetzt unerträglich blau.

Eiskalt.

Wissend.

Mitleidlos.

Esther krampfte sofort.

Der Atem setzte aus, bevor sie auf dem Boden aufschlug. Das Zimmer um sie herum fiel in sich zusammen. Alles, was sie war, alles, was mehr war als die Summe ihrer Knochen, Muskeln und Zellen, verschmolz zu einem Tropfen und fiel in einen dunklen, tiefen Brunnen.

DIE PROPHEZEIUNG

9

Im ewigen Eis eines Hochgebirges, weit oberhalb einer zerfallenden Welt, stand er auf einem Plateau im tiefen Schnee und erwartete die Geburt eines Engels. Scharfer Wind peitschte schneidende Eiskristalle auf, ließ sie in Wellen einander jagen, während er sehr still stand, sich ganz seiner Kraft und Größe bewusst. Im Wuchs so groß wie ein Seraph, war alles an ihm für den Kampf erschaffen worden, sehnig, wuchtig, einschüchternd, mit einem Blick, der Widerspruch nicht gewohnt war. Unter allen Potestates war er die Ausnahme, genauso alt wie die Seraphim und Cherubim, ein Frühgeborener: Iax.

Jetzt war seine Zeit gekommen, hier begann sein Weg.

Er stapfte durch den Schnee und erreichte einen Felsvorsprung über einem tiefen Tal, den der Wind bis auf den Stein freigeweht hatte. Hier zog er sein Schwert und ließ die Klinge über den Granit gleiten. Funken flogen, als er den Felsen aufschnitt, ihm ein rechtwinkliges Geviert einritzte. Dann legte er die Hand in das Quadrat und drückte es nach unten. Krachend und knirschend gab der Stein nach, sank ein paar Zentimeter ein, während Iax sich wieder aufrichtete und sein Schwert zurück in die Scheide steckte.

Schon bald stieg große Hitze aus dem Block auf, und jeder Schnee, jeder Firn, jede Wehe, die über diese Fläche stürmte, schmolz noch in der Bewegung und fiel zischend auf die Oberfläche. Die Luft vibrierte über dem Karree und ließ die Landschaft dahinter tanzen.

Die ganze Klippe erzitterte vor Hitze, bis die hinabgedrückte Platte von ihren Rändern her zu schmelzen begann. Rotglühendes Licht schoss in den bewölkten Himmel, Schatten flackerten im Gesicht Iax', dem das Feuer nichts auszumachen schien. Ruhig stand er am Rand eines Vierecks, in dem jetzt Magma blubberte und gluckerte und sich in Blasen an die Oberfläche drückte. Kleine gelbe Flammen sprangen heraus, kreisten wie Irrlichter und verschwanden wieder, während der restliche Fels fest blieb und ohne Mühe die schwimmende Glut trug.

Dann geriet die heiße Masse in Bewegung. Ein Wirbel stach hinab in die Tiefe und gebar aus seiner Mitte einen großen glühenden Klumpen, der langsam drehend Form annahm. Aus dem kochenden Becken wölbte sich das flüssige Gestein, formte Konturen eines Kopfes, von Schultern, Brust und Becken aus, während alles Überflüssige in Schlieren an der Gestalt herabtropfte. Die Rotation beschleunigte, der brennende Engel wurde vollends aus dem Magma herausgedrückt, so dass auch seine Beine und Füße entstanden.

Iax ließ ihn keine Sekunde aus den Augen, fühlte den heißen Wind der Geburt. Trotz der Wirbel konnte er sehen, wie sich Augen, Nase und Mund bildeten, Finger, Knie und Zehen dazukamen. Wie Muskeln und Knochen den Körperteilen ihre endgültige Form gaben. Er sah das Gesicht des neuen Engels, glühend, verzerrt, als ob er Schmerz empfinden würde … dann stand die Figur über dem glühenden See still. Den Kopf leicht zur Seite geneigt, die Augen geschlossen, friedlich, als ob sie schlafen würde.

Schneeflocken verdampften zischend auf seiner Haut, die vor Hitze erst tiefrot schimmerte, dann zusehends blasser wurde und abkühlte. Das Feuer, aus dem er geboren worden war, erstarrte unter seinen Füßen ebenso schnell wieder zu Stein, wie es zuvor geschmolzen war, so dass Iax zu ihm trat und ihn in seine Arme schloss. Vorsichtig, ja fast schon väterlich, trug er den jungen Engel durch den Schnee zurück in eine Höhle, in der zwei weitere Engel aufsprangen und ihn erwartungsvoll ansahen.

»Wie geht es ihm, Herr?«, fragte der eine, doch Iax antwortet nicht und legte den Schlafenden in eine kleine, geschützte Ecke.

Die beiden anderen traten schüchtern dazu, während Iax sich neben den neuen Engel hockte und seine Hand auf dessen Brust legte. Die Haut war noch heiß, schien nicht weiter auskühlen zu wollen.

»Nathanael! Erwache!«

Iax' Stimme war wie tiefes Donnergrollen, sprang wuchtig von Wand zu Wand und riss dabei Staub und winzige Partikel aus der Decke, die mit einem kurzen Rascheln auf den Boden fielen.

Nathanael zeigte keine Reaktion – seine Augen blieben geschlossen, wenn man auch heftige Bewegungen unter den Lidern ausmachen konnte. Iax prüfte wieder seine Temperatur: zu heiß. Viel zu heiß.

»Herr?«

Einer der beiden Engel, die Iax zur Seite standen, starrte auf Nathanael.

Iax reagierte gereizt und sprang auf: »Was?!«

Unwillkürlich machte der Engel einen Schritt zurück, senkte sofort seinen Blick und verhielt sich ruhig. Iax war mindestens einen Meter größer als er, war wie ein Heerführer vor einem Fahnenjungen.

»Was?«, fragte er erneut, diesmal sanfter, um den Engel nicht noch mehr einzuschüchtern.

Stumm zeigte der Engel mit dem Finger auf Nathanael. Iax folgte der Geste und blieb an Nathanaels linkem Arm hängen.

Er war verkrüppelt.

Der Unterarm leicht verdreht, die Hand stand in unnatürlichem Winkel vom Körper ab.

»Was ist das?«, fragte der Engel flüsternd, denn er hatte so etwas bei seinesgleichen noch nie gesehen.

Iax atmete schwer, unterdrückte seine Verunsicherung und wandte sich den beiden zu: »Ich weiß es nicht.«

Der andere Engel wagte jetzt auch einen Einwand, den Kopf gesenkt. »Wie ist so etwas möglich, Herr?«

Iax hockte sich wieder zu Nathanael, sah auf dessen Hand und kämpfte mit seinem Ekel: ein Krüppel. Nathanael war ein Krüppel! Kein Engel ward je so geboren – dieser hier durchbrach die Perfektion ihrer Art so sehr, dass man den Schock nur schwer aushalten konnte.

Er nahm eine Decke und warf sie über Nathanaels Oberkörper: Niemand sollte eine solche Verstümmelung sehen müssen. Er nicht, seine Diener nicht. Niemand.

Er wandte sich den beiden zu: »Geht! Holt Rafael! Eilt euch!«

Sie verbeugten sich rasch und hasteten los.

Dann setzte er sich wieder zu Nathanael, fühlte seine Stirn, war ratlos. Er hoffte, Rafael würde Rat wissen. Würde den Fehler erkennen und ihn beheben. Unter allen Cherubim war er der älteste, weiseste. Er würde wissen, was zu tun ist. Die Last ihrer Hoffnungen konnte unmöglich auf den Schultern eines Krüppels liegen. Der Herr hatte sich geirrt – und Rafael würde wissen, was jetzt zu tun war.

Und wie zur Bestätigung seiner Überlegungen murmelte Iax: »Ich weiß nicht, wer du bist, kleiner Engel. Aber es wäre besser, du wärst nie geboren.«

10

Sie waren allein.

Es wurde Tag und es wurde Nacht, ohne dass sich an Nathanaels Zustand etwas geändert hätte. Noch immer lag der kleine Engel dort, wo Iax ihn abgelegt hatte, während der Potestas im Höhleneingang saß, sich auf sein gewaltiges Schwert stützte und es vermied, Nathanael auch nur anzusehen, weit davon entfernt, ihm zur Seite zu stehen. Ihn, der gewohnt war, Befehle zu empfangen und sie durchzusetzen, störten die vielen Gedanken, die schlangengleich durch seinen Kopf krochen und ihn bissen: Fragen, deren Beantwortung ihn nicht nur überforderte, sondern die ihn auch schmerzten. Sein Leben war die Heilige Ordnung, daran glaubte er, sie gab ihm Richtung, ließ ihn niemals zweifeln und erfüllte sein Dasein mit Sinn. Doch jetzt war er hier, an der Seite eines jungen Mal'achs, und kämpfte mit seiner Enttäuschung und den düsteren Aussichten, die mit Nathanaels Geburt einhergingen. Und gleichzeitig verbot er sich diese Anmaßung! Er war nur ein Potestas. Weit weg von den göttlichen Plänen und Entscheidungen. Die Cherubim wussten, was es mit diesem Engel auf sich hatte. Sie würden ihn instruieren und alle Fragen beantworten. Sie kannten die Zusammenhänge und würden Iax' Weg vorzeichnen, und er würde ihn ohne jeden weiteren Zweifel bis zu seinem Ende gehen. Denn nichts geschah ohne Grund, alles drehte sich, und nur, wer alles kannte, wusste, dass alles Sinn machte.

Nathanael stöhnte leise unter der Decke, wand sich in Alpträumen, dennoch machte Iax keine Anstalten, ihm beruhigend die Hand auf die Brust zu legen, seine Ängste zu lindern, ihm den Finger auf die Lippen zu legen und zu flüstern: Schhh, kleiner Engel, schlaf jetzt!, auf dass er Frieden fand in seinem Arm.

Sein Verhalten war beschämend, Iax fühlte es in seinem Herzen, aber der Gedanke an den verkrüppelten Arm stieß ihn in einer Art und Weise ab, wie er es an sich noch nie beobachtet hatte. Wie war es möglich, dass sich ein Engel so von seinen Brüdern und Schwestern unterschied? Wie war es möglich, dass etwas so Unvollkommenes in ihre Welt geboren wurde? Was stand dahinter? Eine Prüfung? Ein Irrtum? Iax fand keine Antworten. Und je mehr er sich fragte, desto größer wurde seine Enttäuschung über Nathanael, dessen bloßer Anblick eine Schande für ihre Art war.

Endlich, mitten in der Nacht, kam Rafael.

In seiner Aura wurde alles, was war, heller. Sanftes, weiches Licht, tiefer als die See, nicht funkelnd, nicht sprühend, nicht blitzend, und doch alle Aufmerksamkeit auf sich vereinigend. Es war wie das Wissen, in Frieden schlafen zu können nach harter Tage Arbeit, das Zuhause, in das man flüchtete, wenn einen der Sturm überraschte, das Herz, das alles verstand, und die Hand, die streichelte, wenn Angst Splitter in die Seele trieb.

Iax verneigte sich, alle Sorge fiel von ihm ab, und auch Nathanael beruhigte sich augenblicklich und fiel in tiefen, traumlosen Schlaf. Rafael bot Iax die Hand: »Iax, mein Freund.«

Iax lächelte und fiel Rafael erleichtert in die Arme: »Ich bin glücklich, Euch zu sehen, Herr.«

Beide waren gleich groß, und doch schien es, als ob Iax in seiner Nähe zu einem Zwerg zusammenfiel. Auch waren Rafaels Gesichtszüge feiner, freundlicher, die Augen sanft und braun, während Iax' Augen grün und kühl schimmerten. Im Gegensatz zu Iax trug Rafael weder Brustpanzer noch Schwert, denn kein Cherubim griff zur Waffe oder geriet je in Not, sich verteidigen zu müssen. Kein Engel konnte sich dem Licht der Cherubim entziehen, ganz gleich wie gefährlich die Zeiten sein mochten.

Rafael blickte Iax an: »Ich hätte nicht gedacht, dich noch einmal *so* zu sehen.«

Iax nickte und sah an seiner Rüstung herab, auf seine Hand, die ruhig auf seinem Schwert lag: »Niemand hätte das für möglich gehalten, Herr. Und doch ist es so.«

Rafael nickte: »Jetzt erst lüften sich die letzten Geheimnisse, Iax.«

»Ihr habt nichts davon gewusst?«

»Nein.«

Unwillkürlich umfasste Iax den Griff seines Schwertes: »Ihr hättet handeln müssen, als es noch nicht zu spät war. Ein kurzer Befehl hätte gereicht. Ich wäre für Euch bis ans Ende der Zeit gegangen.«

Rafael hob die Hand, augenblicklich löst Iax den Griff.

»Glaubst du nicht, dass, wenn wir hätten handeln können, wir es getan hätten?«

Iax verbeugte sich vor ihm: »Verzeiht mir …« Er richtete sich wieder auf. »Es ist nur so, dass ich voller Sorge bin, voller …«

»… Zweifel?«

»Vorahnungen, Herr. Wir zwei wissen, was uns bevorstehen könnte. Wir haben es beide schon einmal erlebt!«

»Ja.«

»Es *darf* nicht passieren, Herr. Wir waren stark damals. Und doch brauchten wir all unsere Kräfte! Wir dachten, wir hätten den Drachen für immer besiegt. Doch er ist zurück, mächtiger als je zuvor.«

Rafael legte seine Hand auf Iax' Schultern und lächelte: »Noch besteht Hoffnung, mein Freund!«

Frieden und Zuversicht durchfluteten Iax von der Stelle aus, an der Rafaels Hand ihn berührte: Iax vergaß die Sorge und die Aufregung, sein Blick wurde weich. Der Cherub blickte an ihm vorbei auf den schlafenden Nathanael und kniete sich an dessen Lager. »Du hast ihn geholt. Das ist gut.«

Iax schwieg – Rafael drehte sich zu ihm. »Was sorgt dich, Iax?«

Iax griff die Decke und riss sie zurück. Rafael reagierte kontrolliert, aber Iax' Auge war geschult, nichts entging dem Potestas, nicht die kleinste Regung. Und so bemerkte er Rafaels Überraschung, den Anflug des Entsetzens, als er die Verkrüppelung sah. Auch der Cherub hatte davon nichts gewusst.

»Erklärt mir das!«, forderte Iax hart.

Rafael schwieg.

Iax warf die Decke wieder zurück. Und auch jetzt konnte er sehen, dass Rafael die Verkrüppelung genauso wenig ertrug wie er selbst.

»Das spielt keine Rolle, Iax«, antwortete Rafael langsam.

»Könnt Ihr ihn heilen?«, fragte Iax.

Rafael stand auf und schüttelte leicht den Kopf: »Nein.«

Iax sackte förmlich in sich zusammen, wandte sich ab. »Wenn Ihr ihn nicht heilen könnt, dann besteht keine Hoffnung mehr.«

»Mäßige dich, Iax!«

»Aber was kann *ich* noch tun, wenn selbst die Cherubim ratlos sind?«

»Du wirst den Weg gehen, der dir vorbestimmt ist, Iax. Was der Herr verbunden hat, wirst du nicht trennen!«

Iax zögerte mit der Antwort, dann verneigte er sich: »Ich werde alles in meiner Macht Stehende tun. Aber ich fürchte, es wird nicht genug sein.«

»Du bist voller Zweifel, Iax. Warum?«

Iax senkte den Blick: »Ich weiß, was ich kann, Herr, und ich weiß, was ich nicht kann. Und ich sehe, dass Ihr ratlos seid.«

»Ich bin ratlos, aber ich glaube an unsere Sache. Solltest du das nicht auch tun?«

»Ich glaube, Herr. Es war nie anders.«

Rafael nickte: »Dann geh und erfülle dein Schicksal, so wie wir unseres erfüllen werden!«

Die Stimme durchdrang Iax mit Zuversicht und Zufriedenheit und dem Glauben an das, was ihm vorbestimmt war. Er verbeugte sich: »Ich danke Euch für Euren Zuspruch.«

Nathanael wurde unruhig – die Alpträume hatten ihn offenbar wiedergefunden und quälten ihn erneut. Seine Lippen bewegten sich jetzt, als würde er sprechen, aber außer einem Wispern war nichts zu hören. Rafael kniete sich erneut zu ihm und legte sein Ohr nahe an Nathanaels Mund.

Iax beobachtete ihn genau, sah einen kurzen Reflex in den Augen des Cherubs, bevor der hochschnellte und den kleinen Engel ansah. »Das ist unmöglich!«, rief er überrascht.

»Was hat er gesagt?«, fragte Iax.

Rafael ließ sich mit der Antwort Zeit, und fast schien es, als wollte er gar nicht antworten. Dann murmelte er nachdenklich: »Das ist nicht möglich ...«

»Was, Herr?«

Beide sahen einander an, dann fiel ihr Blick auf Nathanael, der wie im Fieber dalag und wisperte. Iax kniete sich herab, lauschte.

Dann hörte er es auch.

»Mama!«

11

Der Abschied war herzlich, wenn auch wehmütig, denn Rafael wusste nicht, ob sie sich je wiedersehen würden. Seit Anbeginn der Zeit verband die beiden eine tiefe Freundschaft, die weit über das hinausging, was alle Engel miteinander verband. Jetzt, da Iax gezwungenermaßen aus der Gemeinschaft der Verteidiger ausgeschlossen wurde, erwachte in ihm ein unbändiger Wille, die in ihn gesetzten Hoffnungen nicht zu enttäuschen. Es war der Wille des Herrn, Nathanael um jeden Preis zu schützen – sein eigenes Leben zählte nicht. Die Cherubim wussten, dass Iax diesen Kampf nicht würde gewinnen können, aber sie sagten es ihm nicht. Es wäre auch nicht nötig gewesen, denn Iax fühlte sich wieder eins mit der Heiligen Ordnung, die ihn mit innerem Frieden empfing und ihm die Sicherheit gab, das Schwert gegen jeden zu führen, der sie angriff. Von diesem Moment an war er allein mit Nathanael. Bis der Moment gekommen sein würde, sich dem Drachen erneut zu stellen.

Als Rafael ging, verschwand mit ihm auch das tröstende Licht, nicht aber Iax' Abscheu vor Nathanaels Besonderheiten, so dass er ihn weiter am Boden liegen ließ, in der Hoffnung, dass er endlich zu sich kommen würde. Nicht einmal Rafael wusste, was es mit Nathanaels Träumen auf sich hatte und ob die Anomalien stoppten, wenn er erst einmal erwachte. Letztlich spielte es für Iax keine Rolle: Er hatte einen klaren Auftrag. Und den würde er erfüllen. Ganz gleich, wie die Begleitumstände waren. Das war es, was er konnte: einem Befehl Folge leisten und nicht eher ablassen, bis er erfüllt war. Dafür war er geboren, das war seine Bestimmung.

So wachte er geduldig an Nathanaels Seite und wartete.

Der kleine Engel machte nur langsam Fortschritte, aber immerhin machte er überhaupt welche. Mit jeder Stunde verlor er an Hitze, und mit der Hitze schwanden auch seine Träume. Sein Atem ging tiefer, sein Herzschlag ruhiger, seine Züge entspannten sich. Iax bewunderte die Ebenmäßigkeit von Nathanaels Gesicht, das selbst unter Engeln auffallen würde. Wenigstens hier war er nicht entstellt. Iax dachte, dass, wenn Nathanaels Geburt außergewöhnlich wäre, er selbst es vielleicht auch war? Ein frommer Wunsch, der wie ein Greif auf einem Ast saß und für immer davonflog, als Nathanael schließlich erwachte: Am Abend des nächsten Tages schreckte er hoch. Sah sich unsicher um, bis sein Blick an einem gewaltigen Engel hängenblieb, der im Eingang stand und sich mit beiden Händen auf sein Schwert stützte. Er versuchte ein Lächeln, das Iax nicht erwiderte, rappelte sich auf, stützte sich dabei auf den rechten Arm, während er den linken an seine Brust presste.

Iax wandte den Kopf zur Seite.

Nathanaels Augen glänzten braun und unschuldig, das Gesicht drückte Schüchternheit und Zuversicht in einem aus, als er sich vor Iax stellte, aufschauend zu dem Potestas, der ihn um viele Köpfe überragte. Es war ihm anzusehen, dass er froh über den mächtigen Beschützer war, der ihn in eine neue, unbekannte Welt führen würde. Nathanael bot Iax die gesunde rechte Hand zum Gruß.

Iax ging nach draußen.

Ließ ihn einfach stehen. Mit einem Zug von Abscheu um die Mundwinkel, den er nicht verbergen konnte. So sah er auch nicht, wie Nathanael jeder Mut verließ, wie ihm das Herz brach, weil sein allererster Kontakt in seinem neuen Leben eine Abweisung war. Weil das allererste Gefühl Schmerz war. Weil er geschlagen war, bevor das allererste Wort gesprochen wurde.

Hier begann sein Weg, seine Geschichte.

Und sie begann nicht mit Zuversicht, sondern mit der Angst, nichts wert zu sein. Nathanael lief Iax schnell nach, denn der machte keine Anstalten, auf ihn zu warten, und die Vorstellung, hier allein sein zu müssen, erschreckte ihn mehr als alles andere. Sie stiegen ab, verließen das Gebirge, den Schnee, den Wind und die Kälte. Nathanael gab sich Mühe, Iax zu folgen, versuchte, die Fußstapfen zu nutzen, die er hinterließ, scheiterte jedoch an der Länge der Schritte, so dass er nach und nach den Anschluss verlor und Iax davonzog. Ohne ein Wort. Ohne sich umzudrehen.

Bald schon war er allein und folgte den Spuren des Potestas, fühlte sich einsam und klein, stolperte, weil ihn der verkrüppelte Arm daran hinderte, Balance zu halten. Rappelte sich hoch, fiel. Blieb liegen. Der Weg war schwer, und wenn er aufblickte, sah er nur steile Felsen, die sich unwirtlich vor ihm aufbäumten, einen grauen kalten Himmel und Schneefelder, die weiß und leer waren. Sein verkrüppelter Arm schmerzte, er hielt ihn an seine Brust gepresst und weinte. Aus Verzweiflung. Es war niemand da, der ihm half. Niemand, der seine Fragen beantwortete. Niemand, der ihn tröstete.

Plötzlich stand Iax über ihm und schaute stumm auf ihn herunter. Nathanael wischte sich die Tränen aus dem Gesicht, denn er wollte nicht, dass Iax sie sah, während dieser ihm aufhalf und ihn auf den Rücken nahm. Nathanael klammerte sich an ihn, schwor sich, ihn immer festzuhalten, aus Furcht, er könnte es sich anderes überlegen und ihn hier zurücklassen. Iax hingegen schwieg beharrlich und schlug den direkten Weg ins Tal ein.

Erste Bäume tauchten auf.

Der Schnee wurde weniger und verschwand bald ganz. Nathanael blickte von Iax' Schultern auf eine wild wuchernde Natur, die mit jedem Schritt bergab immer buntere, prächtigere Blüten trieb, die sich vor den Augen der beiden zu ungeahnter, pulsierender Schönheit entfaltete, deren Stämme, Wurzeln und Hölzer unberührt und heilig wirkten, die mit vielen Vogelstimmen sang, mit unendlich viel Getier krabbelte, die summte, duftete und schimmerte. Bald schon überspannte dichtes Blattwerk ihre Köpfe. Wölfe strichen um Iax' Beine, Füchse bellten, Rehe sprangen aus dem Unterholz, und Hasen tollten auf Auen. Keines der Tiere störte die Kreise des anderen, keines der Tiere lebte in Feindschaft zum anderen. Keines der Tiere brauchte das andere, um zu überleben.

Sie erreichten die Talsohle, folgten einem klaren, frischen Wasserlauf, der jeder Art von Fisch oder Amphibie Heimat gab, bis sie eine Wiese erreichten, an der Iax haltmachte und Nathanael abließ. Es roch nach Gras und nach Unberührtheit. Die Sonne stand bereits tief im Westen, noch waren kreisende Adler zu sehen, noch tanzten Mücken in der Abendstimmung, noch jagten sich Schwalben über dem plätschernden Wasser. Nicht lange, und Dunkelheit würde hereinbrechen. Und mit ihr die Tiere der Nacht.

Iax suchte Holz, schichtete es auf, nahm einen dürren Ast und blies dagegen: Sofort sprang eine Flamme aus der Spitze. Iax entzündete damit den Haufen, und wenige Momente später knisterte ein helles Feuer. Nathanael hatte es fasziniert beobachtet und griff jetzt nach einem Zweig, hielt ihn vor seinen Mund und blies. Ohne Ergebnis.

»Warum kann ich das nicht, Iax?«, fragte er.

Iax blitzte ihn wütend an. »Es wäre besser, du benutzt die Anrede, die deinem Rang angemessen ist, kleiner Mal'ach!«

Nathanael nickte schüchtern: »Ja, Herr. Es tut mir leid.«

Iax nickte kurz, starrte dann ins Feuer. Nathanael wusste nicht, ob er ihn noch mal ansprechen sollte, aber seine Neugier siegte schließlich.

»Herr?«

»Was?!«

»Wie habt Ihr das gemacht?«

»Das hast du doch gesehen.«

Nathanael nickt. »Ja, das habe ich. Aber ich konnte es nicht ...«

Iax antwortete mürrisch: »Du kannst es auch.«

Nathanael griff wieder nach dem Stock, führte ihn zum Mund und blies dagegen. Wieder ohne Ergebnis. Enttäuscht warf er den Stock weg. Er sah Iax fragend an: »Wollt Ihr mir zeigen, wie man das macht, Herr?«

»Nein.«

»Warum nicht, Herr?«

»Weil du nach Antworten suchst, statt sie zu finden.«

Für Iax war das Gespräch beendet. Er stand auf und ließ ihn allein am Feuer zurück. Nathanael nahm sich wieder den Stock und versuchte es – nichts. Er überlegte, was er falsch machte, aber es fiel ihm nichts ein, was man beim Pusten gegen einen Stock falsch machen konnte.

Über dem Gipfel des Gebirges, das sie verlassen hatten, ging ein runder Mond auf, der ihre Wiese in ein fahles, weiches Licht tauchte, so dass im Gezirpe der Insekten auch hier und da die ersten Katzenaugen aufflammten oder Fledermäuse über das Feuer hinweg in die Dunkelheit flatterten.

Ein Rascheln ließ Nathanael aufmerken. Hinter einem Fels kauerte ein pelziges Tierchen und sah ihn mit großen Augen an. Offenbar war es noch sehr jung, sehr scheu, ein wenig orientierungslos. Ein bisschen wie er selbst. Nathanael lächelte und hielt ihm vorsichtig die Finger vor die Nase. Es roch daran. Immer auf der Hut, den Körper angespannt, bereit zu fliehen, wenn es musste.

»Du musst keine Angst haben«, tröstete Nathanael leise. »Ich bin doch bei dir.«

Es wagte sich einen Schritt hinter dem Fels hervor: ein Äffchen. Mit einer Löwenmähne, aber nicht mit Löwenmut, denn es zitterte vor Nathanael. Der hielt weiter die Hand vor sein Gesicht, lockte es sanft, schuf Vertrauen.

Plötzlich schoss es davon, zurück in die Dunkelheit.

Iax' Schritte hatten es verjagt. Mürrisch befahl er: »Schlaf jetzt! Morgen beginnt deine Ausbildung.«

»Was für eine Ausbildung, Herr?«

Doch Iax hatte sich bereits an einen Baumstumpf gelegt und die Augen geschlossen. Nathanael war sich sicher, dass er nicht schlief. Er war sich sogar sicher, dass er niemals schlief.

Dass Äffchen kehrte nicht zurück in dieser Nacht. Nathanael versuchte zu schlafen, aber es gelang ihm nicht. Es war seine erste Nacht in einem neuen Leben. In einer fremden, vollkommenen Welt. Wie konnte er da schlafen?

12

Im Morgengrauen, während die ersten Sonnenstrahlen das Tal feurig golden fluteten, stieß Iax Nathanael an, der aufschreckte, weil er gegen seinen Willen doch eingeschlafen war. Er sah zu dem Potestas auf und war sich sicher, dass sein Gesicht noch grimmiger war als am Tag davor. Wenn das überhaupt möglich war.

»Steh auf, Engel!«

Nathanael kam schwankend auf die Füße, und zu seinem Glück sah er nicht Iax' Gesichtsausdruck, dessen Blick an seinem verkrüppelten Arm haften blieb. Der wandte sich ab und ging ein Stück den Bachlauf hinauf, zu einer Biegung, aus der sich das Wasser zurückgezogen hatte und in der jetzt Sand das ehemalige Flussbett bedeckte. Dort in der Mitte baute sich Iax vor Nathanael auf, die Arme vor der Brust verschränkt.

»Greif mich an!«, befahl er.

Nathanael sah zu dem gewaltigen Engel auf, schluckte. Unwillkürlich fasste er an seinen kranken Arm und rieb ihn, als ob er bereits jetzt den Schmerz eines gegnerischen Schlags spürte.

»Ich verstehe nicht, Herr?«, fragte er vorsichtig.

»Es gibt nicht viel zu verstehen: Greif mich an!«

Nathanael zögerte. Es machte keinen Sinn, seinen Lehrmeister anzugreifen, der ihm in allen Belangen weit überlegen war.

»LOS!«

Nathanael wich vor Schreck einen Schritt zurück, dann nahm er seinen ganzen Mut zusammen und ging Iax an. Hob den gesunden rechten Arm und versuchte einen Faustschlag gegen Iax' Brust. Der reagierte ungeheuer schnell, schlug hart gegen Nathanaels Kopf. Taubheit machte sich in dessen Gesicht breit; dass er ein paar Meter weiter in den Sand gestürzt war, bemerkte er erst nach einigen Momenten. Er sah in den blauen Himmel, der sich drehte und bog. In seinem Kopf summte es laut – alle anderen Geräusche waren weg: kein Vogelgesang, kein Wasserplätschern, kein Wind mehr.

Iax stand über ihm, riss ihn an seinem gesunden Arm nach oben, stellte ihn auf die Füße. Dort hielt er sich, so gut es ging, wankte ein wenig, schmeckte Blut auf seinen Lippen.

»Was hast du falsch gemacht, Engel?!«

Die Worte drangen von weit weg an sein Ohr, er brauchte ein paar Sekunden, um sie zu verstehen.

»Ich weiß es nicht, Herr!«

Iax fragte: »Wo sind deine Waffen, Engel?«

Nathanael antwortete mit schwerer Zunge: »Ich habe keine, Herr.«

Iax nickte: »Du hast keine Waffen. Und du greifst jemanden an, der nicht nur bewaffnet, sondern dir auch in jeder Hinsicht überlegen ist ... hast du den Verstand verloren, Engel?!«

»Aber Ihr habt mir doch befohlen ...«

Mit wenigen Schritten war Iax bei ihm, ohrfeigte ihn so hart, dass es ihn wieder von den Füßen riss. Er stürzte kopfüber in den Sand, schmeckte die harten Körner in seinem Mund, kämpfte mit den Tränen. Und wieder riss ihn Iax auf die Füße.

»Ich fragte: Hast du den Verstand verloren, Engel?«

Nathanael spuckte den Sand aus, wischte sich über den Mund. Blut zog sich in Schlieren über seinen Handrücken. »Nein, Herr.«

Er schrie ihn an: »Würdest du einen anderen Engel in den sicheren Tod schicken? Würdest du?!«

Nathanael rang mit seiner Fassung. Er würgte an einem Kloß in seinem Hals, vermied es, Iax anzusehen, weil er ihm seine Schwäche nicht zeigen wollte. Er schüttelte den Kopf.

»Aber selbst würdest du in den sicheren Tod gehen?!«

Nathanael schluchzte: »Wenn ich damit jemanden retten kann – ja.«

Iax hatte bereits zu einem weiteren Schlag ausgeholt, hielt überrascht inne. Es war nicht das, was er erwartet hatte. Vor ihm weinte Nathanael mit gesenktem Kopf, machte keine Anstalten, sich vor einem weiteren Schlag zu schützen und rieb sich seinen kranken Arm. Er war jämmerlich anzusehen, und für einen Moment spürte Iax Mitleid mit dem Engel, der zwar guten Willens, aber doch ein hoffnungsloser Fall war. Er ließ den Arm sinken, drehte sich um und ging zu einer Stelle an einer Böschung; dort lagen Schild und Schwert, die er für ihn bereithielt.

»Welche Konsequenz ziehst du aus der Lektion, Engel?«

Nathanael wischte sich schnell die Tränen aus dem Gesicht und versuchte, so tapfer wie möglich auszusehen. Er antwortete: »Ich muss wissen, was ich kann. Und was ich nicht kann.«

Iax nickte bedächtig: seine Worte. Hatte er sie im Schlaf gehört? Oder kamen sie tatsächlich von ihm selbst? Er hielt ihm ein Schwert hin, deutlich kleiner als das eigene.

»Das ist deines. Achte darauf!«

Aus Gewohnheit hielt er es vor Nathanaels linke Hand, bemerkte den Fehler erst, als dieser umständlich mit der Rechten danach griff. Die Klinge sauste zu Boden – Nathanael war vom Gewicht des Schwerts überrascht und zog die Spitze aus dem Sand.

Iax schloss für einen Moment die Augen: Es war zum Verzweifeln. Durch seine Adern rauschte erneut blanke Wut, doch diesmal zwang er sich zur Ruhe. Er sagte: »Du wirst auf den rechten Arm umschulen müssen.«

»Und ihr, Herr?«

»Ich benutze den linken Arm.«

»Benutzen alle Engel den linken Arm?«, fragte Nathanael.

Iax nickte: »Das Herz führt das Schwert, nicht der Verstand!«

»Dann will ich es auch mit der linken Hand versuchen!«, antwortete Nathanael, doch bevor er den Griff des Schwertes greifen konnte, schlug ihm Iax ins Gesicht. Wieder stürzte er zu Boden.

»Du tust, was ich dir sage, Engel!«

»Ich will doch nur so sein wie Ihr!«

»Du bist nicht wie ich! Wage nicht, das noch einmal auszusprechen!«

Nathanael kam mühsam auf die Füße und nahm das Schwert mit der Rechten. Seine Augen schimmerten feucht, aber nicht, weil seine Wangen schmerzten, sondern weil Iax ausgesprochen hatte, was er von ihm hielt. Das war schlimmer als jede nur denkbare Verletzung.

»Nimm Haltung an, Engel!«, befahl Iax.

Unsicher stellte sich Nathanael vor ihm auf und hielt sein Schwert in einer Art und Weise, die schon von weitem erkennen ließ, dass er zum ersten Mal eine Waffe führte. Sie wirkte fremd an ihm, schwankte unkontrolliert durch die Luft, weil Nathanael die Kraft fehlte, die Klinge ruhig auf ein Ziel zu richten.

»Greif mich an!«

Iax hatte sein Schwert noch nicht gezogen, was Nathanael beruhigte, denn allein dessen Klinge war fast so groß wie er selbst. Schon ein leichter Hieb mit dieser Waffe würde ihn ohne jede Mühe in der Körpermitte teilen.

»Ich weiß nicht, was ich tun soll, Herr.«

Iax nickte: »Du hast deine erste Lektion gelernt, Engel.«

»Ja, Herr.«

»Dann lerne jetzt die nächste …«

Iax zog sein Schwert, das mit einem leisen Sirren aus der Scheide sprang und dessen Klinge im Sonnenlicht blitzte. Augenblicklich verließ Nathanael aller Mut. Er wich vor Iax zurück, versteckte sich förmlich hinter der Klinge seines eigenen Schwertes.

Iax versuchte einen ersten Hieb, langsam ausgeführt, ohne Kraft. Nathanael parierte, aber er hielt das Heft seines Schwertes nicht fest genug: Es fiel in den Sand. Schon stand Iax bei ihm und hielt ihm sein Schwert unter das Kinn.

»Du bist tot, Engel.«

Damit ging er drei Schritte zurück, nickte Nathanael zu: »Haltung!«

Nathanael beeilte sich, sein Schwert aufzuheben. Diesmal täuschte Iax einen Schlag von der einen Seite an, führte ihn aber von der anderen Seite aus. Wieder langsam, wieder ohne Kraft. Und wieder riss es Nathanael das Schwert aus der Hand.

»Du bist tot, Engel! Haltung!«

Nathanael konnte den Zorn darüber in Iax' Stimme hören. Aber der hielt sich nicht lange mit Vorhaltungen auf, nahm erneut Angriffsposition ein, rückte vor. Nathanael blieb kaum Zeit, sein Schwert aufzunehmen. Er wich vor dem Potestas zurück, parierte den ersten Schlag, verlor beim zweiten das Schwert, fühlte die kalte Klinge an seiner Kehle.

»HALTUNG!«

Je wütender Iax über Nathanaels Unfähigkeit wurde, desto schneller begann er seine Angriffe, desto härter wurden seine Schläge, die Nathanael nicht abwehren konnte. Tot! – Haltung! Tot! – Haltung! Tot! – Haltung!

Die Angriffe brachen im Sekundentakt über in herein.

Nathanael mühte sich redlich, aber nach kurzer Zeit war er nicht einmal mehr in der Lage, sein Schwert rechtzeitig aufzunehmen, um wenigstens den ersten Schlag abzuwehren. Er kniete im Sand, wehrlos, verängstigt.

»Genug, Herr! Genug!«

Iax war außer sich vor Wut: Er packte den Engel am Genick, hob ihn in die Luft, lief mit ihm zum Wasser, das fast spiegelglatt war, und hielt ihn über die Wasseroberfläche, so dass Nathanael sich sehen konnte.

»Warum bist du ein Krüppel, Engel?«

Nathanael stiegen die Tränen in die Augen, als er sein Ebenbild sah: die unnatürlich verdrehte Hand, seinen Arm, den er vor seine Brust drückte. Wie minderwertig das aussah im Vergleich zu Iax' Vollkommenheit!

Er schluchzte: »Ich weiß es nicht, Herr!«

»Warum bist du ein Krüppel?!«, schrie Iax, und in seiner Stimme schwang Verzweiflung.

Nathanael starrte auf seinen Arm, war kaum in der Lage zu antworten, weil ihn das Bild so beschämte: »Ich weiß es nicht, Herr!«

»WARUM BIST DU EIN KRÜPPEL?!«

»Ich weiß es nicht, Herr! Ich weiß es doch nicht!«

Iax liefen ebenfalls Tränen über die Wangen.

Dann ließ er Nathanael fallen und eilte davon.

Nathanael saß, von Weinkrämpfen geschüttelt, zusammengekauert an der Uferböschung, fassungslos, untröstlich über die Deformation, die ihn so anders machte. Warum war er hier? Wozu war jemand wie er überhaupt gut? Was mehr konnte man in ihm sehen als eine Missgeburt in einer vollendeten Welt? Am Genick gepackt und mit seinem Spiegelbild konfrontiert, bevor er den ersten Schritt tun konnte. Wissend, dass er alle enttäuscht hatte. Dass es *seine* Schuld war und dass er um das kämpfen musste, was für alle anderen Neugeborenen selbstverständlich war: Anerkennung, Liebe, Fürsorge.

Es hieß, dass alles Sinn machte, dass sich alles drehte und niemals anhielt. Und dass es eine Gnade war, nicht zu wissen, was das Schicksal für einen bereithielt. Nicht den Tod hatte man zu fürchten, sondern das, was davor geschehn würde.

An eine Fortsetzung der Lektionen war an diesem Tag nicht mehr zu denken, so dass sie sich bald schon wieder auf den Weg machten, das liebliche Tal verließen, ohne dass Nathanael auch nur die geringste Ahnung hatte, wohin sie unterwegs waren. Er wusste nur, dass sie nie länger irgendwo verweilen durften. Es war, als wären sie auf der Flucht vor etwas, nur hatte Iax ihm nicht erklärt, wovor er sich in Acht zu nehmen hatte.

Er hatte ihm das Schwert überlassen, das er in Verteidigungshaltung vor sich hertragen sollte, um sich an das Gewicht zu gewöhnen, um ein Gefühl für die Waffe zu bekommen. *Seine* Waffe. Sie folgten dem Bachlauf und tauchten bald ein in einen tiefen, ursprünglichen Wald, in dem sich alte Bäume knorrig und wuchtig in die Höhe stemmten, in deren Kronen Affen kreischten, Papageien flogen, an deren Ästen sich Schlangen wanden und an deren Wurzeln Wildschweine in der Erde gruben. Auch gab es keine erkennbare Ordnung, was die Arten betraf: Nadelhölzer und Laubbäume standen in jeder nur denkbaren Form beieinander. Unterhölzer, Farne, Blumen – alles lebte neben- und miteinander, genau wie Insekten, Echsen und Säugetiere.

Nathanael nahm entzückt die überwältigende Artenvielfalt wahr, die Schöpfung, die hier so wild, so ursprünglich, so selbstverliebt wucherte und so prahlerisch, so verschwenderisch mit ihren Farben, Formen und Gerüchen um Bewunderung warb, als ob das ihr einziger Zweck sei. Ihre Bestimmung. Schönheit, die sich selbst genügte.

Unter den vielen Primaten, die im Geäst turnten, entdeckte Nathanael unzählige Löwenkopfäffchen, so viele, dass andere Artgenossen wie bunte Tupfer inmitten ihrer Horden herausstachen. Ob das Jungtier vom Vorabend unter ihnen war? Hatte es Anschluss gefunden? Nathanael wünschte es ihm, und gleichzeitig bedauerte er es, denn er fühlte sich in

Iax' Anwesenheit einsam und hätte gern einen Weggefährten gehabt, um den er sich hätte kümmern können.

An einer Lichtung hielten sie an. Iax sammelte Holz und machte Feuer damit, während rasch die Nacht über sie hereinbrach. Den ganzen Tag hatte Iax kein Wort mehr mit ihm gesprochen, worüber Nathanael nach dem Desaster vom Morgen auch nicht unglücklich war. Im Gegenteil: Nathanael mied seine direkte Nachbarschaft und rückte ein Stück von ihm weg, suchte sich ein Plätzchen für die Nacht, von dem aus er nur den Rücken des Potestas sehen konnte.

Plötzlich stupste ihn etwas an – Nathanael blickte in die scheuen Augen des Äffchens, das sich in seinem Rücken angeschlichen hatte. Er bot ihm die Hand dar, die das kleine Kerlchen ausgiebig beschnupperte.

»Was machst du hier?«, fragte Nathanael leise, um nicht Iax' Aufmerksamkeit auf sich zu ziehen.

Das Äffchen sprang auf seinen Schoß und lehnte sich an ihn: es zitterte. Nathanael legte vorsichtig die Hand in seine beeindruckende Mähne, kraulte es sanft im Nacken. Er konnte spüren, wie das Tier sich entspannte, Vertrauen fasste.

»Warum gehst du nicht zu den anderen?«, flüsterte Nathanael.

Iax stand auf und drehte sich zu den beiden um. Erschreckt blickte das Äffchen zu ihm auf, die Muskeln steinhart, bereit, mit einem Satz in die Dunkelheit zu fliehen. Auch Nathanael sah zu Iax auf, erwartete, dass ihn der Engel einmal mehr anfauchen würde, aber diesmal sagte er nichts. Blickte auf den kleinen Affen mit einem schmerzlichen Ausdruck in den Augen, geradeso, als hätte er schlechte Nachrichten zu überbringen. Ein beinahe unmerkliches Nicken erlaubte Nathanael, mit dem Äffchen umzugehen. Nathanael freute das, wobei er sich diese Nettigkeit nicht erklären konnte.

Der Potestas verließ ihre Feuerstelle, ließ die beiden allein. Nathanael strich dem Kleinen über das Fell.

»Du darfst bei mir bleiben, wenn du möchtest.«

Das Äffchen blickte ihn mit großen Augen an.

»Wenn du bei mir bleibst, dann brauchst du einen Namen …«

Das Tierchen griff nach Nathanaels Nase. Der lächelte.

»Ich nenne dich … Farlas. Einverstanden?«

Farlas hockte sich wieder in Nathanaels Schoß, genoss die Nähe und die Zuwendungen. Ohne darüber nachzudenken, begann Nathanael eine Melodie zu summen, die ihm so vertraut schien, als würde er sie schon seit ewigen Zeiten kennen. Sie wirkte beruhigend auf Farlas, so dass er in Nathanaels Schoß einschlief.

Iax stand hinter den beiden, allein in der Dunkelheit, und lauschte der eigenartigen Melodie. So weich, so tröstend. So etwas hatte er noch nie gehört, und ob er es sich eingestehen wollte oder nicht: Sie gefiel ihm.

Sie gefiel ihm sogar sehr.

13

Farlas weckte ihn, bevor es Iax auf seine ruppige Art tun konnte, fasste an seine Nase und zog daran. Nathanael lächelte das Äffchen an und belohnte den sanften Weckruf mit ein paar Streicheleinheiten.

Im Osten durchbrach ein fast gleißender Morgen die Dunkelheit. Iax war längst wach und stand sehr still auf einer Lichtung, in deren Mitte ein großer Apfelbaum wuchs. Er hielt sein Schwert waagerecht vor sich, als ob er im Begriff wäre, es auf einem unsichtbaren Altar zu opfern, hielt die Augen geschlossen, wirkte friedfertig und konzentriert in einem. Nathanael konnte nicht anders, als seine Kraft, seine Eleganz, sein pure Größe zu bewundern: Dieser Engel war für den Kampf geboren, nichts konnte ihn überraschen, nichts überwinden. Wie gern wäre er auch nur ein bisschen wie er!

Er rieb sich seinen rechten Arm: Wie konnte er Verständnis von einem solchen Engel erwarten, wenn er sich selbst für seine Unzulänglichkeiten verachtete? Und doch, er wollte von Iax geliebt werden. Er wollte alles tun, um seine Anerkennung zu verdienen. Er wollte, dass er eines Tages stolz auf ihn sein würde, so wie er stolz war, von einem solchen Engel lernen zu dürfen.

Vorsichtig näherte er sich ihm, hielt respektvoll Abstand und beobachtete den Potestas bei seiner morgendlichen Übung. Er war sich sicher, dass Iax genau wusste, wo Nathanael stand. Und wie zur Bestätigung sagte er mit geschlossenen Augen: »Bereit für deinen zweiten Tag?«

»Ja, Meister.«

Eine kurze Reaktion auf die neue Anrede konnte Iax nicht verbergen – Nathanael nahm es mit einem kleinen Lächeln zur Kenntnis. Das hatte ihm gefallen! Für Nathanael war es, als hätte Iax ihn gelobt. Das war ein guter Anfang, ein guter Morgen.

Iax öffnete die Augen, rammte sein Schwert in die Erde, wo es stecken blieb und kalt blitzend schwankte. Am Stamm des Apfelbaumes lehnte ein Schild, aber Iax nahm ihn nicht hoch, sondern eine Kutte, die davor lag.

Er hielt sie ihm hin: »Zieh das an!«

Nathanael legte sein Schwert ab und zog sich die Kutte über: eine Mönchstracht mit einer großen Kapuze. Ein wenig zu groß, vor allem an den Armen, so dass ihm schmerzlich bewusst wurde, warum er sie tragen sollte: Sie verdeckte seinen verkrüppelten Arm.

Dann erst nahm Iax das Schild und gab es Nathanael: »Das ist ein Engelsschild. Er gehört dir.«

Mit einiger Mühe fädelte Nathanael seinen verdrehten linken Arm in die Schildhalterungen. Dann versuchte er, ihn zu führen, was leidlich gelang.

»Ein Engelsschild ist unzerstörbar, kleiner Mal'ach. Verliere ihn nicht.«

»Ja, Meister.«

»Wir beide wissen, wie dringend du ihn benötigst.«

Nathanael nickte.

Iax nahm sein Schwert auf. »Nimm Haltung an, Engel!«

Diesmal war Nathanael auf der Hut, führte sein Schwert aufmerksam, den Schild vor die Brust gedrückt. Iax stach ein erstes Mal zu, Nathanael parierte den Schlag und führte ihn an seinem Körper vorbei ins Leere. Sie umkreisten einander, während Nathanael einen zweiten Angriff erwartete.

Der kam – diesmal um einiges schneller als der vorige. Er riss ihm das Schwert aus den Händen, und Iax setzte gleich nach: Nathanael hörte das Sirren der Klinge, spürte im nächsten Moment den gewaltigen Einschlag auf seinem Schild. Er schoss durch die Luft, nur um gleich darauf mit dem Rücken gegen den Baum zu prallen. Die Luft blieb ihm weg, Schmerz pulsierte in Wellen von den Schultern zum Brustbein. Benommen rutschte er am Stamm herab, während Äpfel von den Ästen fielen. Unglaublich viele Äpfel. Und selbst die taten weh, als sie auf seinen Kopf prasselten.

Iax stand über ihm. Nathanael erwartete eine Bestrafung, wenigstens ein Beschimpfung, aber Iax sah nicht wütend aus. Er fragte nur: »Du magst Obst?«

»Nein, Meister.«

Er reichte ihm die Hand: »Schade, es steht dir gut.«

Sie gingen zurück auf ihre Positionen. Nathanael nahm sein Schwert auf, richtete den Schild. Nahm Haltung an. Iax jedoch machte keine Anstalten, einen weiteren Angriff zu starten.

Stattdessen fragte er: »Was ist das Wichtigste bei einem Schwertkampf, Engel?«

Nathanael antwortete unsicher: »Ihn zu überleben?«

Iax nickte sanft: »Das wäre von Vorteil, ja. Doch was kommt zuvor?«

»Ich weiß es nicht, Meister.«

»Zuvor kommt, zu *wissen*, dass man ihn überlebt.«

Nathanael nickte in vorauseilendem Gehorsam.

»Du weißt nicht, wovon ich spreche, oder?«, fragte Iax.

»Nein, Meister.«

Iax seufzte, aber er blieb geduldig. Es kündigte sich kein weiterer Wutanfall an, jedenfalls noch nicht.

»Wie lautete die erste Lektion, Engel?«

»Zu wissen, was man kann. Und zu wissen, was man nicht kann, Meister.«

»Gut, Engel. Wenn du mit Schild und Schwert vor mir stehst, zum Kampf gezwungen, was siehst du dann?«

»Jemanden, den ich nicht besiegen kann, Meister.«

Iax antwortete: »Welchen Sinn hat es, zu kämpfen, wenn du bereits vorher weißt, wie der Kampf ausgehen wird?«

»Es hat keinen Sinn, Meister.«

»Dann wäre es besser, du würdest deinen Schild zur Seite legen und dich in mein Schwert stürzen, richtig?«

Nathanael zögerte mit der Antwort: zu kämpfen, ohne siegen zu können, machte keinen Sinn – zu sterben, ohne gekämpft zu haben, noch weniger. Doch wie durchbrach man diesen Kreis?

Iax sagte: »Wie ich sehe, denkst du über eine Lösung nach.«

»Ja, Meister. Gibt es eine?«

»Sie ist ebenso einfach wie schwierig. Wenn du sie nicht lernst, ist dein Schicksal besiegelt, denn ich werde dich nicht ewig schützen können.«

Nathanael merkte auf, suchte in Iax' Augen Antworten auf die Fragen, die plötzlich wie ein aufgescheuchter Vogelschwarm durch seinen Kopf stoben.

»Wovor müsst Ihr mich schützen, Meister?«

»Schhh, eins nach dem anderen, Engel. Lerne jetzt deine zweite Lektion. Wenn du mir gegenübertrittst, siehst du nur, was du *nicht* kannst. Du siehst nicht, was du *kannst*. Siegen kannst du aber erst, wenn du im Gleichgewicht mit dir selbst bist. Wenn du weißt, was du kannst, und wenn du weißt, was du nicht kannst. Überwiegt das eine oder das andere, bist du verloren, noch bevor du deinen ersten Zug getan hast.«

»Aber wie kann ich sehen, was ich kann, wenn es nichts gibt, das ich kann?«

Iax bedeutete ihm, sich einen Moment zu gedulden, wandte sich ab und suchte auf dem Boden nach einem trockenen Zweiglein, das er auch bald fand. Er hielt es Nathanael hin, der es ratlos betrachtete.

Iax fragte: »Du erinnerst dich – als du wissen wolltest, wie ich den Zweig entzünde?«

Nathanael antwortete: »Ja.«

»Wie lautete meine Antwort, Engel?«, fragte Iax.

»Dass ich das auch könne.«

»Dann entzünde es!«

Nathanael hielt den Zweig in der Hand, drehte ihn zu allen Seiten. Er war dürr, vertrocknet, knorrig. Er pustete dagegen: nichts. Er versuchte es ein zweites Mal: wieder nichts. Entmutigt gab er ihn Iax zurück, der ihn aber nicht annahm.

»Zerbrich ihn!«, befahl Iax.

Nathanael fasste mit seinem verkrüppelten Arm die Spitze und zerbrach ihn in der Mitte.

»Was war der Unterschied?«, fragte Iax.

»Ich verstehe Euch nicht, Meister.«

Iax nahm die beiden Zweige in seine Hände und hielt sie vor Nathanaels Augen: »Als ich dir befohlen habe, ihn zu zerbrechen, hast du *gewusst*, dass du ihn zerbrechen wirst.«

Nathanael verstand, nickte eifrig, nahm eilig eines das Zweiglein zurück und blies dagegen … nichts.

Enttäuscht sah er Iax an. Der lächelte. Ja, er lächelte! Nathanael war sich sicher gewesen, dass er dazu gar nicht in der Lage wäre. Aber er lächelte! Nicht aus Spott, nicht aus Verachtung, sondern geduldig, mitfühlend, warm.

»Hast du gedacht, es wäre so einfach, Engel?«

Dann trat er zwei Schritte zurück und griff nach seinem Schwert. »Nimm Haltung an!«

Nathanael nahm rasch Schwert und Schild auf.

»Vergiss niemals: Alles ist im Gleichgewicht. Nur so kann es bestehen!«

Er holte aus und schlug zu, doch diesmal reagierte Nathanael fix, führte die feindliche Klinge an sich vorbei, wich der Kraft aus. Iax stach zu – Nathanael winkelte den Schild leicht an. Funken flogen, ein metallisches Kreischen verriet, dass er auch diesen Schlag abgewehrt hatte.

»Schneller, Engel!«, befahl Iax.

Iax erhöhte das Tempo, Nathanael gab sich Mühe, doch trotz der guten Paraden verließ ihn der Mut. Schlag auf Schlag folgte: Nathanael geriet zu stark in die Defensive, stolperte, fiel. Iax stand über ihm, drückte die Spitze seines Schwertes gegen seine Kehle.

»Du bist tot, Engel.«

»Ja.« Er rappelte sich auf. Dann nickte er Iax zu. »Aber dieses Mal weiß ich, warum. Ich danke Euch, Meister.«

Er verbeugte sich vor Iax.

14

Sie zogen weiter, immer weiter. Unterbrachen ihre Reise nur, um Nathanael im Zweikampf zu schulen, wenngleich diese Übungen für ihn ebenso frustrierend wie schmerzhaft waren. Iax forderte mehr, als Nathanael zu leisten imstande war, so dass er wechselweise im Dreck landete, gegen Felsen prallte, in Dornenbüsche katapultiert wurde oder das Laub von den Bäumen holte. Nathanael mühte sich, war gehorsam, gelehrig, verbesserte sich, aber es war nie genug. Gelang ihm eine Übung, machte Iax ihm klar, dass er eine andere nicht konnte. So gab es viele Tränen, aber keinen Trost.

Abends machten sie Rast für die Nacht.

Iax saß am Feuer und starrte in die Flammen, während Nathanael in einigem Abstand mit Farlas spielte, der tagsüber in die Wälder abtauchte, so dass Nathanael anfangs befürchtet hatte, ihn nie wiederzusehen. Nachts jedoch fand er jedes Mal zurück, suchte die Nähe des kleinen Engels, als ob er die Dunkelheit fürchtete. Nathanael freute sich sehr über die Begleitung, das Äffchen war sein einziger Freund, da Iax auch weiterhin nur das Nötigste mit ihm sprach.

Dieses Schweigen machte Nathanael am meisten zu schaffen, nicht der Zorn, nicht die Ungeduld, nicht die stille Verzweiflung über seine Unfähigkeit. All das war schmerzhaft, aber es war Teil einer Auseinandersetzung mit ihm. Es war Iax' Art, zu zeigen, dass ihm etwas an Nathanael gelegen war. Wut war eine Emotion, die von der Liebe entfacht wurde. Eine Form, sich auszudrücken, wenn man zu zarten Worten nicht in der Lage war. Wut war für Nathanael das Zeichen, dass er Iax etwas bedeutete.

Sein Schweigen hingegen war schlimmer als jeder Treffer mit dem Schwert, schlimmer als jeder Spott und schlimmer als jedes böse Wort, wenn er eine Übung nicht begriff. In einer Welt der Stille war das einzelne Wort wie ein Pilger in der Wüste: Es spielte keine Rolle, welche Kunde er brachte, es war nur wichtig, dass es ihn gab. Wer so wenig besaß wie Nathanael, konnte viel verlieren. Blieb die Ansprache aus, war es, als bräche er ihm ein zweites Mal den Arm, als ließe er ihn verkrüppelt und hilflos in der Wüste zurück. Seinen Ziehsohn Nathanael, der ihn doch so sehr bewunderte.

Manchmal, wenn Iax sich unbeobachtet fühlte, wenn sein Blick ins Leere ging und er Gedanken nachhing, die in sein Gesicht Spuren von Furcht zeichneten, erschreckte Nathanael, denn dass es irgendetwas geben könnte, das Iax Angst machte, dass es irgendetwas geben könnte, womit er nicht fertigwürde, war für Nathanael schlichtweg unvorstellbar. Vor was liefen sie davon? Vor wem musste er beschützt werden? Wen fürchtete Iax so sehr, dass er sie beide versteckte? Nathanael war neugierig, wollte Iax so vieles fragen, doch zugleich fürchtete er die Antworten. So schwiegen sie.

Dann, eines Morgens, noch vor Anbruch des Tages, erwachte Nathanael und geriet in Unruhe, weil Iax nicht zu sehen und das Feuer im Begriff war, auszugehen. Sanft schob er Farlas von seiner Brust, ließ ihn schlafen, während er selbst sich auf die Suche nach seinem Mentor machte. Noch kreischten und sangen die Tiere der Nacht, noch machte das fahle Mondlicht die Orientierung in dem wilden Wald schwer, weshalb Nathanael über Wurzeln stolperte und sich den Kopf an Ästen anschlug.

Er fand Iax zwischen mächtigen Eichen.

Seine kunstvoll geschwungenen Panzerungen an Brust, Rücken und Schultern schimmerten milchig, während er dastand in vollendeter Schönheit, den Kopf gen Himmel gerichtet, die Augen geschlossen. Fast machte es den Eindruck, als wäre er in stiller Zwiesprache mit dem Mond, und kein Tier wagte, in seine Nähe zu kommen oder mit Geräuschen die heilige Stille zu stören. Nathanael machte Anstalten, sich leise in einen Schatten zu setzen, um ihn nicht weiter zu stören, als Iax ihn ansprach, ohne sich umzublicken.

»Du machst mehr Lärm als eine Legion Engel bei einem Sturmangriff.«

»Verzeiht, Meister. Ihr habt bessere Augen als ich.«

»Wir haben die gleichen Augen, Engel. In uns schlagen die gleichen Herzen, fließt das gleiche Blut. Wir wissen, wer wir sind. Und wir wissen, wer unsere Brüder und Schwestern sind. Wann begreifst du das endlich?«

»Ich begreife so vieles nicht, Meister.«

Iax wandte sich ihm zu. »Ja, und das ist etwas, das *ich* nicht verstehe.«

»Wollt Ihr mir nicht sagen, warum wir uns verstecken, Meister?«

Iax legte den Zeigefinger auf seine Lippen: »Schhh. Deine Zeit wird kommen, Engel.«

»Warum sagt Ihr mir nicht, was mir vorherbestimmt ist?«

Iax schwieg einen Moment.

Und trotz des schwachen Lichts konnte Nathanael seine Antwort in Iax' Augen lesen. »Ihr zweifelt an mir. Hab ich recht?«

»Ruh dich aus, Engel. Wenn die Sonne aufgeht, beginnt für uns eine Zeit größter Gefahr.«

Nathanael ging nicht darauf ein. Er schluckte schwer. »Ihr zweifelt an mir. Und Ihr zweifelt an eurem Auftrag. Ist es so?«

Iax kam auf ihn zu, sah ihn aufmerksam an.

Dann schlug er ihm so hart ins Gesicht, dass es Nathanael von den Beinen riss. »Wage es nie wieder, den Willen unseres Vaters infrage zu stellen, kleiner Mal'ach!«

Nathanael kam nur mühsam auf die Beine – Iax kniete sich zu ihm, fasste ihn an den Schultern und sah ihm streng in die Augen: »Merk dir eines, junger Engel! Wenn du deinen Glauben verlierst, dann bist du selbst verloren. Kein Engel kann ohne Glauben sein. Hast du das verstanden?«

»Ja, Meister.«

Er nickte, erhob sich und ließ ihn dort, wo er war. Nathanael blickte ihm nach und wusste, dass Iax' Ausbruch nur daher rührte, dass er den Finger genau in die Wunde gelegt hatte. Der Potestas zweifelte. Seine einst so unerschütterlichen Überzeugungen schwankten jetzt wie Treibgut auf hoher See. Das verwirrte ihn, ließ ihn hadern mit dem, was war, und mit dem, was nötig wäre. Er zwang sich, zu glauben, zu einem Zeitpunkt, an dem nur Bedingungslosigkeit sie an ihr Ziel führen konnte. Er stand am Abgrund und suchte sein Gleichgewicht. Wenn er fiel, bevor er sein Schicksal erfüllt hatte, gab es keine Hoffnung mehr für das, was er vertrat, und für die, die er verteidigte.

15

Farlas hatte es wohl gewittert, denn er klammerte sich an Nathanaels Bein, bevor Iax aussprach, was das Äffchen ahnte: Er verlangte von Nathanael, dass er ihn wegschickte.

»Lasst ihn bei mir, Meister!«, bat Nathanael.

Doch Iax antwortete: »Glaub mir, Engel. Es ist besser, wenn er hierbleibt.«

»Seht ihn Euch an! Er will nicht weg!«

Farlas versteckte sich hinter Nathanaels Bein, aber die üppige Mähne lugte an beiden Seiten hervor.

»Das reicht!«, befahl Iax. »Scheuch ihn fort.«

»Nein!«

Nathanael war über die eigene Heftigkeit erschrocken, aber er wankte nicht: Farlas musste bei ihm bleiben! Zu seiner Überraschung wurde Iax weder wütend, noch machte er Anstalten, Farlas eigenhändig davonzujagen. Er sagte nur: »Wie du willst, Engel. Ich wollte dir nur Kummer ersparen.«

Was Iax damit meinte, wusste Nathanael nicht, aber es war ihm auch gleich. Die Freude, Farlas behalten zu dürfen, überwog. Sie tauchten wieder ein in den blühenden, überbordenden Wald mit all seinen Düften, Geräuschen, dem Spiel des Sonnenlichts in den Kronen, den klaren Bächlein und dem satten Grün. Farlas war auf Nathanaels Rücken geklettert und krallte sich dort in seine Kutte: Jetzt war er für Iax tatsächlich nicht mehr zu sehen. Über ihren Köpfen turnten viele seiner Art, es schienen jeden Tag mehr zu werden. Nathanael staunte über die unzähligen Löwenköpfe, an denen Farlas kein Interesse zu haben schien.

Gegen Mittag erreichten sie den Waldrand. Iax gab ihm mit einer Geste zu verstehen, dass er sich ruhig verhalten sollte. Dickicht versperrte ihnen die Sicht, und doch konnte Nathanael spüren, dass hinter dem dichten Blattwerk Leere folgte. Iax warf einen Blick aus dem Wald heraus, schob ein paar Blätter und Zweige auseinander, winkte dann Nathanael heran: Sie blickten in eine Ebene, in der nichts war.

Das schockierte ihn nach dem prahlerischen Überfluss an Flora und Fauna, an pulsierendem Leben und fehlerloser Schönheit. Hier war nichts. Verbrannte Erde. Grau, staubig, leblos. Nichts wuchs, kein Tier war zu sehen, kein Vogel sang oder kreiste über der Fläche. Nathanael griff durch das Laub in den grauen Boden und hielt feinkörnigen Staub in den Händen, der muffig, abgestanden roch. Und obwohl die Sonne daraufbrannte, war er kühl. Nicht einmal der Wind wirbelte ihn auf, so dass er sich vollkommen flach und tot bis zum Horizont erstreckte. Als wäre ein Stück aus dem Paradies zu Staub zerfallen. Es tat weh, das zu sehen.

»Wir warten, bis es dunkel wird«, sagte Iax, in dessen Augen Nathanael lesen konnte, dass ihn das graue Sandmeer ebenso schmerzte.

»Was ist hier passiert, Meister?«

Iax antwortete nicht, legte sein Schwert ab, und setzte sich unter einen Baum. Nathanael wusste, dass er sich weitere Fragen sparen konnte: Entweder Iax sprach von selbst oder gar nicht. So viel hatte er schon begriffen. Eine Weile spielte er ruhig mit Farlas, kitzelte ihn, was das Äffchen mit spielerischen Bissen bestrafte, zugleich fordernd, noch mehr gekitzelt zu werden. Dann legte sich Farlas in Nathanaels Schoß, ließ sich streicheln und lauschte der Melodie, die Nathanael für ihn summte und die tröstend und weich war, so dass ihm bald die Augen zufielen und er einschlief. Auch Iax war der Musik gefolgt, die Nathanael so sanft vortragen konnte, dass man ihm einfach zuhören musste. Er staunte über die Fähigkeit des vermeintlich unfähigen Engels, mit so wenigen Tönen so viel zu erreichen: das Leitmotiv drang tief ins Herz und schenkte ihm Frieden. Wenn er summte, hatte er zwar nicht die Aura, aber die Fähigkeit eines Cherubs. Iax spürte die Last, die ihren Tribut forderte: er war im Begriff, einzuschlafen. Wehrte sich, aber das Verlangen nach Ruhe wurde übermächtig. Er wollte Nathanael bitten, mit der Melodie aufzuhören, und gleichzeitig hoffte er, dass er es nicht tun würde. So murmelte er nur noch: »Was ist das nur für eine Musik?«

Nathanael lächelte: Wer hätte gedacht, dass Iax einmal etwas von ihm würde wissen wollen? Er sah, wie der Potestas mit dem Schlaf kämpfte, wie seine Züge nach und nach ganz weich wurden. Er antwortete ihm nicht. Sollte er ruhig mal spüren, dass es nicht immer angenehm war, weniger zu wissen als sein Gegenüber. So summte er einfach weiter. Iax schlief ein.

Der Mond war noch nicht aufgegangen, da berührte Nathanael Iax an der Schulter. Blitzschnell griff der nach Nathanaels Hand, der sich unter dem eisernen Griff wand. »Nicht, Meister! Ihr brecht sie mir!«

Iax ließ ihn augenblicklich los, war wieder orientiert. Wann hatte er zuletzt derart tief und friedlich geschlafen? Er wusste es nicht. Aber er fühlte sich frisch, ausgeruht, und das hatte er Nathanael zu verdanken.

»Tut mir leid, Engel«, antwortete er und sprang auf. Nathanael freute sich über die Entschuldigung, empfand die pochende Rötung seiner Hand gewissermaßen als Ehrenschmerz.

Iax stand mit dem Rücken zu ihm. Nathanael konnte sehen, dass er mit seinen Händen fuhrwerkte, doch bevor er fragen konnte, drehte Iax sich zu ihm um und hielt einen Schwertgurt in der Hand.

»Hier!«

Nathanael legte sich den Gurt um die Kutte: Er saß wie maßgeschneidert. Daran befestigt war eine Schwertscheide aus Leder mit silbernen Verzierungen. Sie passte perfekt zu seinem Schwert.

»Hör genau zu, Engel! Seit gestern laufen wir in Feindesland. In der Ebene sind wir gut zu sehen. Ich will, dass du mir gehorchst. Ich will keinen Befehl wiederholen müssen.

Und sollte uns dein Affe in Schwierigkeiten bringen, werde ich ihn sofort töten. Hast du das verstanden?«

»Ja, Meister.«

»Gut, dann folgt mir. Und im Namen des Vaters: Halt den Mund!«

»Ja, Meister … Meister?«

Iax seufzte. »Was?!«

»Wer ist unser Feind?«

Iax zögerte einen Moment mit der Antwort. Dann sagte er leise: »Engel. Sie sind unsere Brüder und Schwestern.«

»Alle Engel?«

»Nein, nicht alle.«

»Wie erkenne ich, wer mein Feind ist und wer nicht?«

Iax Augen blitzten wütend – Nathanael schluckte, während Farlas schnell seine Kutte hochsprang und sich in seiner Kapuze versteckte.

»Hörst du mir eigentlich nie zu?!«, zischte Iax. »Wie lautete die erste Lektion?«

»Ich muss wissen, was ich kann. Und ich muss wissen, was ich nicht kann, Meister.«

»Auf dieser Lektion bauen alle weiteren auf. Du wirst wissen, wer dein Feind und wer dein Freund ist. Du wirst die Namen eines jeden einzelnen kennen. In uns schlägt das gleiche Herz, fließt das gleiche Blut. Möge der Tag kommen, an dem du das endlich begreifst!«

Nathanael nickte.

»Und jetzt kein Wort mehr!«

Sie durchbrachen die Grenze zur Ödnis in vollkommener Dunkelheit. Nathanael spürte den weichen Sand unter seinen Füßen, roch die schlechte Luft, die von keinem noch so kleinen Hauch bewegt wurde. Die Stimmen des Waldes, das Rascheln der Blätter und die grüne Frische verschwanden, und nur noch das leise Knirschen ihrer Schritte war zu hören. Das Licht eines kalten Mondes eroberte die Nacht und ließ gleichsam Trauer über dem toten Feld aufsteigen, das nichts und niemand mehr zum Leben erwecken konnte. Hier gab es nichts, wofür es sich zu kämpfen lohnte, nichts, was es wert war, geschützt zu werden. Hier gab es nichts mehr außer dem Wunsch, es nicht sehen zu müssen.

Nathanael blickte sich um, sah ihre Fährten, die von den Rändern her wieder zurieselten, so dass sie nach ein paar Metern nicht mehr zu sehen waren. So als ob sie nie hierher gelaufen wären, als ob es sie nie gegeben hätte. Der Sand verschluckte alles, jede Spur von Leben. Nathanael sehnte sich nach dem Zauberwald zurück, der als dunkle Silhouette noch zu sehen war, bevor auch er in der Dunkelheit verschwand.

Sie liefen lange über das entseelte Tafelland, passierten manchmal ein kleines Stückchen Wald, mal zu ihrer Rechten, mal zu ihrer Linken, das geometrisch gezeichnet wie eine eckige Insel mitten im Sand lag. Dort konnte er Vögel hören, Affen, das Rauschen der Blätter und das Blitzen von Katzenaugen. Es musste traurig sein, so eingepfercht zu leben, und doch: Dort gab es wenigstens Leben. Wenn es auch keine Hoffnung machte, denn Nathanael fragte sich, wann der Sand auch diese kleinen Oasen auffressen würde, so wie er ihre Fußabdrücke auffraß.

Iax blieb stehen und winkte ihn zu sich. Ohne ein Wort zeigte er vor sich: Bis zum Horizont erstreckte sich die vom Mondlicht schwarze Flur, doch darin konnte Nathanael jetzt milchig weiße Türme sehen, mit glatten Außenwänden, ohne Fenster, einige eckig, andere rund. Auch waren sie von verschiedener Höhe – die größten stand recht nah beieinander und schienen fast den Himmel zu berühren. Ganz in ihrer Nähe war ein Fluss, dessen Wasser reglos stand, schwarz und giftig wirkte, überspannt von drei Brücken, die aus dem gleichen hellen Material erbaut waren wie die Türme. Eine Totenstadt – so kam es Nathanael vor.

Iax deutete ihm durch Gesten an, dass sie über eine der Brücken mussten, um ihren Weg fortzusetzen, dann marschierte er weiter. Schneller als zuvor, so dass Nathanael Mühe hatte, ihm zu folgen. Sie hielten auf die Türme zu, die, je näher sie kamen, gleichsam von ihnen wegzurücken schienen, so als wollten sie sich ihnen entziehen. Nathanael war darüber irritiert, hielt das Phänomen für eine optische Täuschung, und doch brauchten sie fast den Rest der Nacht, um den ersten zu erreichen. Dabei hatte es zuvor so ausgesehen, als ob sie ihn schon deutlich vor Mitternacht hinter sich lassen würden.

Nathanael stand vor dem Turm und sah an ihm hoch: Er wollte nicht enden. Seine pure Größe, die Ebenheit seiner Wände waren schier unbeschreiblich. Es war der kleinste der Türme, und doch schien es Nathanael, dass er Millionen Kilometer hoch sein musste, im Umfang so gewaltig, dass man nichts mehr von der Ödnis, inmitten derer er stand, sah.

Er konnte nicht anders und berührte das Material, aus dem er gebaut war: Es war warm wie das Blut in den Adern und gleichzeitig kühl wie die Wangen eines schlafenden Säuglings. Hart wie der Stahl eines Schildes und weich wie Seide. Ein Monument für die Ewigkeit und von solcher Schönheit, dass Nathanael Tränen in die Augen stiegen. Gegen diesen Turm verblasste alles Sein. Jedes Leben verbeugte sich vor ihm, anerkennend, dass es nichts war im Vergleich zu seiner Vollkommenheit. Man wollte ihn umarmen und niemals wieder loslassen, vor ihm stehen und nichts anderes tun, als ihn anzusehen, in ihm sein und wissen, dass es nichts gab, was je bedrohlich sein könnte.

Nathanael wandte sich Iax zu, und es war im gleichgültig, ob er ihm verboten hatte zu sprechen. Er musste sich ihm mitteilen, in Worte fassen, was ihn so berührte, beschreiben, was Iax selbst sehen konnte, ihn fragen, ob sie für immer bleiben konnten.

Er öffnete den Mund, aber er brachte kein Wort heraus.

Iax sah ihn sanft an, legte seine Hand auf Nathanaels Schulter, spürte, wie der kleine Engel zitterte vor Rührung.

Er nickte, als wollte er ihm sagen, dass er alles verstand, was Nathanael gerade fühlte. Er brach in Tränen aus und umarmte den Potestas, drückte sein Gesicht gegen dessen Bauch und presste sich an ihn.

»Schhh, kleiner Engel, beruhige dich!«, mahnte Iax sanft.

Aber er ließ ihn gewähren.

Plötzlich packte er Nathanael hart an der Schulter, beugte sich zu ihm herab und bedeutete mit erhobener Hand, dass er keinen Laut mehr von sich geben dürfe. Nathanael sah ihn fragend an, wütend über die ruppige Behandlung, doch wagte er keinen Protest, denn Iax zog sein Schwert. Jetzt hörte er es auch: Leise Stimmen! Knirschende Schritte!

Iax schubste Nathanael in die entgegengesetzte Richtung, packte ihn an seiner gesunden Hand, zerrte ihn hinter sich her: Sie liefen vor den Stimmen davon. Dann hob er ihn hoch, klemmte ihn unter seinen Arm und beschleunigte in einer Art und Weise, dass die Wände des Turms an ihnen vorbeiflogen, seine Füße kaum mehr den Sand berührten.

Nathanael war fassungslos, wie schnell und lautlos sich der Potestas bewegen konnte, zugleich wurde ihm bewusst, wie elend all die Übungskämpfe für ihn gewesen sein mussten! Die Fortschritte, die Nathanael zu machen schien, waren nichtig im Vergleich zu den Möglichkeiten, die dieser Engel hatte, ein tumber, plumper, verkrüppelter Engel, angelernt von ihm, einem Gott!

Sie erreichten ein gewaltiges Tor, verziert mit eigenartigen Bögen und Zeichen, größer als der höchste Baum und breiter als die prächtigste Aue. Iax setzte Nathanael ab und schob die Torflügel auseinander: Vor ihnen offenbarte sich das Innere des Turms.

Sie standen in einer Halle, in der Säulen im Kreis standen und hoch über ihnen in zarte Spitzbögen hineinwuchsen. In der Mitte konnte man zur Spitze des Turms hinaufsehen: eine gewaltige Spirale, die sich kühn bis zur offenen Decke wand, durch die der stille Nachthimmel funkelte. Verglichen mit dem äußeren Erscheinungsbild des Turms wirkte sein Inneres zwar monumental, aber bei weitem nicht unendlich. Wie war es möglich, dass die Seele des Gebäudes millionenfach kleiner war als sein Körper?

Iax wählte eine Flügeltür von vielen, hinter denen Treppen nach oben führten, stürmte hinauf, Nathanael hinter sich herzerrend. Farlas hatte seine Ärmchen um Nathanaels Hals geschlungen und klammerte sich verzweifelt an ihn. In weiten Bögen ging es aufwärts, das wundersame Material der Wände flog an ihnen vorbei, schimmerte aus sich selbst heraus in einem sanften Licht.

Sie erreichten eine Brüstung.

Iax bedeutete ihm mit einer Geste, keine Geräusche zu machen, und sah nach unten. Obwohl ihr Aufstieg nur kurz gedauert hatte, blickten sie jetzt Hunderte Kilometer tief in die Eingangshalle hinab. Verwirrt blickte Nathanael zum Dach: An diesem Abstand hatte sich nichts verändert. Sie hätten der Öffnung zum Nachthimmel doch um das gleiche Maß näher kommen müssen? Aber nach oben hin veränderte sich nichts, während sich der Eingang des Turms bereits in der Tiefe zu verlieren schien. Doch alles blieb klar, nichts verkleinerte sich allein durch die Entfernung, nichts wurde unscharf oder gar dunkel. Sie sahen das fahle Mondlicht, das durch das offene Eingangstor in die Halle geworfen wurde. Dort tanzten jetzt Schatten. Dort hörten sie auch leise Stimmen und das Klirren der Schwerter. Nathanael zählte sechs schwarze Silhouetten, sah, dass sie sich zu zwei Seiten aufteilten. Dann verschwanden sie, die Geräusche versickerten. Ohne Zweifel Engel, doch an Iax' Reaktion spürte er, dass sie ein große Bedrohung waren.

Iax wandte sich ab, lief zu einer Tür, öffnete sie und winkte Nathanael hinein. Ein langer, schmaler Gang führte zu einer nur wenige Meter entfernten glatten Wand vor ihnen: eine Sackgasse. Draußen hörten sie Schritte schnell näher kommen. Iax lief los, Nathanael folgte ihm, ohne Hoffnung, denn hier führte kein Weg hinaus. Vielleicht hatte Iax vor, die Wand in seinem Rücken zu nutzen, um sich ganz auf die Angreifer konzentrieren zu können.

Sie erreichten diese Wand nicht.

Liefen, so schnell es Nathanael möglich war, aber die Wand vor ihnen kam nicht näher. Stattdessen öffneten sich wie aus dem Nichts Türen in den Seitenwänden, die in weitere Flure führten. Einige von ihnen scheinbar nur wenige Meter tief, andere Tausende von Kilometern. Nichts war so, wie das eigene Auge es vorgaukelte.

Sie bogen in einen weiteren Gang, der sich mit jedem Schritt in die Länge zog, nahmen einen weiteren Abzweig und liefen durch einen Flur, dessen abschließende Wand förmlich auf sie zuraste. Längst hatte Nathanael jede Orientierung verloren, war sich sicher, dass niemand diesen Turm in seiner Gänze erfassen konnte. Und doch war er, verglichen mit den anderen, die sie gesehen hatten, klein.

Nathanael konnte nicht anders und berührte mit den Fingerspitzen die Wände, die hier angenehm warm waren und so lebendig wirkten, dass sie – so schien es – seine Berührung genossen. Und dieses Gefühl an ihn zurückgaben. Er spürte Glück, Freude, ein Zuhause, das er nie wieder verlassen wollte.

Sie erreichten eine weitere Tür und standen plötzlich in einem Zimmer: klein wie eine Kammer und zugleich groß wie ein Kathedrale. Auch hier schimmerten die Wände in einem sanften Licht, wenn auch nicht lange, denn Iax befahl ihnen mit einer kleinen Bewegung seiner Finger, zu verlöschen. Augenblicklich wurde es tiefschwarze Nacht.

Nathanael spürte Iax' Hand an seiner Schulter, die ihn von der Tür wegschob. Dann hörten sie auch schon die Schritte auf dem Flur draußen. Sie blieben stehen. Stille.

Iax zog leise sein Schwert.

Lautlos sprang die Tür einen Spalt auf – Licht schoss herein und schnitt ein helles, spitzes Dreieck auf den Boden. Nathanael war sich sicher, dass sie viele Kilometer von der Tür entfernt sein mussten, dennoch spürte er, wie Iax' Muskeln hart wurden, wie er bereit war, mit einem Satz diese Entfernung zu überbrücken. Ein fliegendes Schwert, das alles niedermähen würde, was sich ihm in den Weg stellte.

Die Tür öffnete sich langsam, sehr vorsichtig wurde sie aufgeschoben. Zwei Schatten zeichneten sich in dem größer werdenden Dreieck auf dem Boden ab, in ihren Händen hielten sie offenbar Schwerter. Iax würde jeden Moment zum Angriff übergehen, solange er die Engel vor der Tür noch überraschen konnte.

Doch dazu kam es nicht mehr.

Farlas sprang kreischend durch den Spalt nach draußen – Nathanael hatte in der Anspannung nicht bemerkt, dass er sich aus seiner Kapuze herausgeschlichen hatte. Sie hörten erleichtertes Gelächter. Jemand sagte sanft: »Ein Löwenkopf! Er muss sich verirrt haben.«

Dann sprang die Tür wieder ins Schloss. Totale Dunkelheit umgab sie. Draußen entfernten sich die Schritte, wenige Momente später war es wieder still.

Das Licht flammte sanft auf – Nathanael konnte wieder sehen. Er stand neben Iax – gleich bei der Tür. Höchstens eine Armlänge entfernt.

»Wer hätte das gedacht«, sagte Iax, »dein Äffchen hat uns gerettet.«

Nathanael sah zu ihm auf. »Aber Ihr wärt doch spielend mit ihnen fertig geworden, Meister?!«

»Mit ihnen schon, kleiner Mal'ach. Aber sie stehen in Verbindung mit denen, die auf ihrer Seite sind. So, wie wir mit den Unseren in Verbindung stehen. Nach ihnen wären viele andere gekommen, und …«

Iax zögerte, doch Nathanael verstand sofort: »Und mit mir hätte es kein Entkommen gegeben, richtig?«

»Das spielt jetzt keine Rolle mehr. Wir warten hier bis zum Anbruch der nächsten Nacht.«

Er löschte das Licht mit einem Fingerzeig und sagte leise in die Dunkelheit: »Schlaf jetzt, Engel! Vor uns liegt noch ein weiter Weg.«

16

Nathanael wurde sanft vom Licht geweckt, und doch wollte er nicht aufstehen, sondern auf dem Boden liegen bleiben, der ihm ein so wunderbares Bett war. Iax saß an eine Wand gelehnt und hielt beide Hände vor sich, die Handflächen zur Decke gedreht, die Augen geschlossen. Es war, als wöge er die Luft, die sie atmeten, denn mal neigte sich sein linker Arm ein wenig ab, mal tat es der rechte. Nach einer Weile fand er sein Gleichgewicht, und es schien, als könnte er ewig so sitzen, nicht schlafend, nicht wachend, aber eins mit sich und seiner Welt.

»Meister?«

Ein kurzes Zucken um die Mundwinkel verriet Nathanael, dass Iax die Störung missbilligte, dennoch unterbrach er seine Übung: Er öffnete die Augen, seine Hände fielen seitlich an ihm herab.

»Ja?«

Es klang nicht gereizt, aber auch nicht freundlich.

»Wer hat diese Türme erbaut?«

»Engel. Es sind Gotteshäuser.«

»Die Engel leben hier?«

»Ja, aber jetzt sind sie fort.«

Er schloss wieder die Augen und hob seine Hände an, als untrügliches Zeichen dafür, dass die Unterhaltung beendet war. Nathanaels Neugier jedoch war stärker als seine Furcht vor einem Wutanfall. Er fragte: »Wohin sind sie gegangen, Meister?«

Iax gab sein Übung auf, es hatte keinen Zweck. Unwirsch antwortete er: »Sie sind geflohen.«

»Wohin sind sie geflohen, Meister?«

»In die Burg. Und bevor du weiterfragst: Sie ist der Sitz des Herrn, unseres Vaters. Verstanden?«

»Ja, Meister.«

Iax stand auf und nickte Nathanael zu, ebenso auf die Beine zu kommen.

»Komm jetzt, es ist Zeit.«

Sie verließen das Zimmer, folgten Fluren und Gängen, die sich in verwirrender Art streckten oder verkürzten, passierten Türen, die sich überraschend vor ihnen auftaten, und gelangten schließlich wieder zur Brüstung. Dort blickten sie in die Tiefe und sahen, dass das Tor wieder geschlossen worden war. Auch gab es keine Geräusche mehr, keine Stimmen oder Schatten. Sie waren allein.

Über eine Treppe stiegen sie hinab und gelangten nach draußen. Es war Nacht. Sie ließen den Turm hinter sich, der sich, von außen betrachtet, wieder in unendlicher Größe präsentierte, so rein und vollendet, wie nur Engel ihn hatten bauen können. Wieder marschierten sie über das Ödland, an zwei weiteren Türmen vorbei, auf die Brücken zuhaltend, die sich über schwarzem Wasser spannten. Weit nach Mitternacht erreichten sie sie endlich.

Plötzlich riss Iax sein Schwert aus der Scheide, stieß Nathanael hinter den Brückenkopf und sprang selbst mit einem gewaltigen Satz auf die Brücke, das Schwert in der Vorhalte. Alles in einer einzigen geschmeidigen Bewegung.

Doch diesmal tauchten keine Angreifer aus dem Nichts auf, sondern nur Farlas. Mit einem kurzen Kreischen kletterte er hinter der Brüstung hervor, lief im Galopp an Iax vorbei und sprang Nathanael in die Arme.

»Farlas!«, rief Nathanael erfreut und wuschelte die Mähne des Äffchens.

Iax war mit einem weiteren Satz bei ihm und hielt ihm den Mund zu. Erschrocken nickte Nathanael Iax zu: Er hatte verstanden. Kein Wort mehr. Er drückte Farlas an sich, der seine

Ärmchen um Nathanaels Hals legte, bevor er sich in dessen Kapuze verkroch.

Zusammen marschierten sie über die Brücke, deren Überquerung kein Ende nehmen wollte. Unter ihnen schimmerte die glatte Oberfläche des Flusses, dessen Wasser giftig roch. Was für ein Vergleich zum überbordenden Leben der klaren Bächlein und Quellen im Wald, den sie vor einer gefühlten Ewigkeit verlassen hatten. Er sehnte sich zurück nach dem frischen Duft der Gräser und Blätter, dem Gesang der Vögel, den Tieren und Echsen und den Geräuschen der Natur.

Stattdessen durchquerten sie ein stummes Totenland.

Mit Anbruch der Dämmerung schälten sich die Umrisse eines neuen Waldstücks aus dem Zwielicht. Sie hörten die Tiere und Vögel, rochen die frische Luft und spürten den kühlen, Hauch eines lebendigen Grüns, und es ließ ihre Herzen höherschlagen. Es war, als kämen sie nach dem Marsch durch die schwarze Wüste heim.

Mit zwei Schritten durchbrachen sie die Blätterwand und ließen alles Tote hinter sich. Farlas sprang aus Nathanaels Kapuze und kletterte auf den nächsten Baum. Nathanael sah ihm nach und hoffte, dass er wieder zu ihnen zurückkehren würde, wenn die Nacht hereinbrach, er in seine Arme kriechen, den Kopf auf seine Brust legen und darauf warten würde, dass er ihn in den Schlaf sang.

Konnte ein Leben einfacher sein? Glücklicher? Den Tag in Freiheit genießen, und abends zu jemandem heimkehren, der einen liebte, der einen verwöhnte, in dessen Armen man schlafen konnte, während der Rest der Welt weit weg blieb. Nichts wünschte sich Nathanael mehr, als so zu leben wie Farlas. Nichts wünschte er sich mehr, als dass Iax sich ihm zuwandte, ihn lehrte und beschützte. Ihn liebte, so wie er Iax liebte und versuchte, ihm zu gefallen.

Sie zogen weiter, hielten nur, um ihre Übungen fortzusetzen. Sie taten all das, was Nathanael bereits kannte, und doch war alles anders, denn Iax begegnete ihm jetzt geduldig, in gewissem Sinne leidenschaftslos, rügte selten und nickte nur, wenn er eine Parade oder einen Angriff erfolgreich gestaltete. Doch auch diese sparsamen Gesten und wenigen Mahnungen nahmen Tag für Tag ab, so dass er schließlich gar keine Reaktionen mehr zeigte. So standen sie an den Tagen auf winzigen Lichtungen, kämpften miteinander oder kreuzten wenigstens die Klingen und saßen in den Nächten am Feuer, ohne dass Iax ein persönliches Wort an ihn richtete.

Er versuchte Nathanael zu lehren, wie man sein inneres und äußeres Gleichgewicht behielt, und verbot sich selbst jeden Kommentar, wenn dies nicht gelang. Immer wieder kehrten sie in die Ausgangspositionen zurück und wiederholten die Strategien des Überlebens, ohne dass die Bewegungsabläufe bei Nathanael dabei geschmeidiger wurden, natürlicher wirkten, schwerelos. Tatsächlich blieben seine Verteidigungen plump und seine Angriffe ohne jede Chance auf Erfolg. Dennoch geriet Iax nicht in Rage, verlor nicht ein böses Wort, sondern nahm nur erneut Haltung an, um die Übungen zu wiederholen. Wie eine Maschine.

Für Nathanael war der Stimmungswechsel fürchterlich: Je nachsichtiger Iax mit ihm umging, desto schlechter wurden seine Leistungen. Er lernte nichts mehr hinzu, und das wenige, dass er zu beherrschen geglaubt hatte, verlor sich erst in Ungenauigkeiten und dann ganz. Er litt unter Iax' Gelassenheit, die er als Gleichgültigkeit empfand. Litt unter dem Satz, den Iax im Turm nicht hatte vollenden wollen, nämlich dass er ihn als Last empfand. Dass ihm etwas aufgezwungen wurde, an das der Potestas selbst nicht glaubte, dass er nichts wert war. Ein Krüppel eben.

Bald schon begann Nathanael, die Übungen absichtlich falsch auszuführen. Er ließ das Schwert fallen, das er im Gleichgewicht halten sollte. Sprach, wenn er zuhören sollte. Zwang Iax zu noch langsameren Bewegungen, weil er den schnelleren nicht folgen wollte. Nathanael unternahm alles, um Iax zu provozieren. Er wollte, dass er in Wut geriet, ihn anbrüllte, wahrnahm, sich mit ihm auseinandersetzte, zeigte, dass er etwas wert war und dass er seine Hoffnungen nicht vergeblich in ihn setzte.

Er wollte, dass er ihn schlug.

Doch nichts von all dem geschah. Sie übten ohne Unterlass bis zum Abend, dann gab Iax Nathanael mit einem kurzen Nicken zu verstehen, dass die Schulungen beendet waren. Nathanael trug Holz zusammen, versagte wie gewöhnlich beim Entzünden des Feuers, aber auch das verursachte bei Iax keine Reaktion. Er blieb ruhig und starrte in die Flammen, mit seinen Gedanken um Welten entfernt.

Farlas sprang aus der Dunkelheit in Nathanaels Schoß. Er streckte alle viere von sich und ließ sich den Bauch kraulen, während Nathanael für ihn die Melodie summte, die ihm langsam die Augen zufallen ließ. Im Augenwinkel sah Nathanael, dass Iax – obwohl er sich Mühe gab, abwesend zu wirken – ebenfalls der Melodie lauschte. Seine Züge wurden weich, es schien, als würde er wenigstens für diesen Moment seine Sorgen vergessen.

Farlas schlief in seinem Schoß. Seine Flanken zuckten zueilen, manchmal glaubte Nathanael, dass das Äffchen grinste. Es träumte von Bäumen und Pflanzen, von Bewegung und Freiheit, vom Glück und einem Engel, der für ihn sang.

Farlas träumte in dieser Nacht zum letzten Mal, denn es war die letzte Nacht seines Lebens.

17

Mit dem Morgengrauen begann die Tagesroutine. Das Feuer brannte ab, während Iax bereits in seine Übungen versunken war. Farlas schlief noch in Nathanaels Arm, was diesen wunderte, da er es sonst nicht abwarten konnte, in den Wald zu stürmen, um dort seine Tage zu verbringen. Diesmal jedoch wollte er nicht. Er klammerte sich an Nathanael, stieß mit seinem Mähnenköpfchen sanft gegen sein Kinn, verlangte nach Zuwendung und Streicheleinheiten.

»Was hast du denn?«, fragte Nathanael lächelnd und kraulte seinen Bauch. »Möchtest du gar nicht in den Wald?«

Farlas umarmte ihn und zog ihn an sich. Nathanael streichelte verwundert seinen Rücken: das Löwenköpfchen vergrub sich in die Kuhle zwischen Hals und Schulter, so dass ihn die feuchte, kühle Nase kitzelte. Er warf einen Blick auf Iax, der konzentriert sein Schwert balancierte: Er machte nicht den Eindruck, als würde er gleich aufbrechen wollen.

»Möchtest du spielen?«, fragte Nathanael.

Farlas verstand den Engel, denn er sprang ihm vom Arm und sah ihn erwartungsvoll an. Sie hatten ein paar Spiele, die Farlas liebte und die sie in den wenigen Momenten, die sie für sich hatten, stetig wiederholten. Dazu gehörte, dass Farlas aus einem Baum oder von einem Ast auf Nathanaels Rücken sprang oder dass er sich einen Ort suchte, den er vor Nathanaels spielerischen Angriffen verteidigte. Meist war dabei nur sein Ärmchen zu sehen, das nach Nathanaels Hand schlug, wenn der versuchte, den Löwenkopf aus seinem Versteck zu ziehen. Das endete immer mit einer Eroberung, bei der sich Farlas auf den Rücken warf, kreischend vor Vergnügen Nathanaels Hand umklammerte und sie mit sanften Bissen traktierte.

Sie begannen mit Sprüngen. Hoch über ihren Köpfen flatterten Vögel aus dem Geäst, oder kletterten andere Löwenköpfe in den Kronen herum. Für Nathanael war es immer wieder erstaunlich, wie viele Löwenköpfe sich in diesem Gebiet tummelten im Vergleich zu anderen Affenarten, und wie wenig sich Farlas für sie interessierte.

Nach ein paar Sprüngen flüchtete Farlas mit hoch erhobenem Schwanz, der nichts anderes bedeutete, als dass er ihm folgen sollte, was er auch tat. Sie erreichten eine Aue, auf der kniehohes Gras wuchs und ein etwa zwei Meter hoher einzelner Fels stand. Kein gutes Versteck, schwer zu verteidigen, aber etwas Besseres gab es nicht, so dass Farlas kreischend den Felsen hochsprang und hinter ihm verschwand.

Nathanael schlich sich heran und lockte mit seiner gesunden Hand, indem er hinter den Felsen ins Leere griff. Für gewöhnlich setzte es dann die ersten Angriffe von Farlas. Diesmal jedoch blieben sie aus.

Nathanael wechselte die Seite und schlich leise um den Felsen herum, um Farlas vielleicht von hinten zu überraschen. Doch auch hier war er nicht zu sehen. Er musste die gleiche Idee gehabt haben und war jetzt sicher wieder auf der Vorderseite des Felsens. Nathanael blickte an dem Stein hoch, denn ab und an lauerte das Äffchen auch über ihm und ließ ihn vergebens um den jeweiligen Gegenstand herumschleichen, bevor er sich auf den Engel stürzte. Aber auch hier: nichts.

Nathanael brauchte eine Weile, um zu begreifen, dass Farlas verschwunden war. Wie hatte es das Äffchen geschafft, unbemerkt durch das Gras zu entwischen? Er kletterte auf den Felsen und sah von oben auf die Aue herab: Farlas war nicht mehr da.

»Farlas? Farlas?!«

Enttäuscht nahm Nathanael zur Kenntnis, dass sich im Gras nichts regte, kein Kreischen oder heimliches Geräusch den Ruf beantwortete. Stattdessen stand Iax plötzlich vor ihm und zischte ihn wütend an: »Hast du den Verstand verloren?!«

»Verzeiht, Meister … es ist nur … ich …«

»Komm sofort da runter, du Narr!«

Nathanael sprang hinab, verlor bei der Landung das Gleichgewicht und stürzte auf seinen verkrüppelten Arm. Ein stechender Schmerz fuhr ihm bis in die Schulter, dennoch unterdrückte er jeden Laut, um sich vor Iax nicht noch mehr zu demütigen.

»Wir befinden uns immer noch in Feindesland, Engel! Und du hast nichts Besseres zu tun, als hier herumzubrüllen!«

»Verzeiht, Meister. Es war nur wegen Farlas.« Nathanael rappelte sich auf und rieb sich den Arm. Glücklicherweise war er nicht gebrochen – der Schmerz ließ deutlich nach. »Ich werde warten, bis er heute Abend wiederkommt.«

Da erlebte Nathanael etwas, das er bei Iax noch nie gesehen hatte: Er senkte seinen Blick, mied den Augenkontakt und wandte sich ab.

»Was, Meister?! Was ist passiert?«

»Komm jetzt, Engel. Wir müssen weiter.«

Er stapfte davon, drehte sich nicht um. Nathanael lief ihm nach, hielt ihn am Arm fest, zwang ihn, stehen zu bleiben.

»Was ist mit Farlas, Meister?«

»Ich hatte dich gebeten, den Affen dort zu lassen, wo du ihn gefunden hast, Engel. Du wolltest nicht hören.«

Nathanael rang mit seiner Fassung, seine Stimme brach: »Was ist mit ihm, Meister?«

Iax blickte auf Nathanael herab, zögerte mit der Antwort, weil er ihm nicht das Herz brechen wollte. »Ich versuche dich seit geraumer Zeit etwas zu lehren, das du nicht begreifen willst. Du glaubst, ich behandle dich schlecht, weil du die Dinge, die ich dir zeige, nicht beherrschst. Ist es nicht so?«

»Ich versuche alles, um mich zu verbessern, Meister.«

»Nein, das tust du nicht. Du versuchst alles, um meine Aufmerksamkeit zu erregen, Engel. Du möchtest nicht lernen, sondern mir gefallen. Glaubst du, ich bemerke das nicht?«

Nathanael schwieg betreten, fühlte sich ertappt.

Iax kniete sich zu ihm herab und legte ihm eine Hand auf seine Schulter: »Du verstehst nichts von dem, was ich dir beibringen will. Habe ich recht?«

Nathanael liefen die Tränen über die Wangen. »Was ist mit Farlas, Meister?«

»Du hörst mir nicht zu …«

»WAS IST MIT FARLAS?!«

Nathanael hatte es so laut, wie es ihm eben möglich war, hinausgeschrien. Die Antwort konnte er in Iax' Gesicht lesen, aber er akzeptierte sie nicht. Farlas war sein Freund, sein einziger Freund. Er würde ihn nicht alleinlassen. Nathanael weigerte sich, das zu glauben, ganz gleich, was Iax ihm auch beizubringen versuchte. Es gab Dinge, von denen er ganz offensichtlich nichts verstand, zum Beispiel dass Freunde einander nicht im Stich ließen.

»Farlas ist fort«, antwortete Iax sanft.

Nathanael schüttelte trotzig den Kopf und würgte tränenerstickt hervor: »Nein, nein … Ihr lügt! Farlas lässt mich nicht allein!«

Iax blieb ruhig und sah ihm in die Augen. »Hör mir genau zu, kleiner Engel. Und versuche endlich, zu begreifen, was ich dir die ganze Zeit schon sage …«

»Wo ist Farlas, Meister? Sagt es mir!«

»Alle deine Übungen, alles, was ich dich lehre, drehen sich immer um ein und denselben Punkt: Gleichgewicht. Du musst wissen, was du kannst. Und du musst wissen, was du nicht kannst. Du musst wissen, wer du bist. Und du musst wissen, wer du nicht bist. Du führst die Klinge aus einer inneren Balance. Und du führst die Klinge aus einer äußeren Balance. Alles befindet sich im Einklang. Das ist unsere Welt. Die Welt der Engel.«

Nathanael wischte sich die Tränen aus den Augen und wirkte in seiner zu großen Mönchskutte kleiner und verletzlicher als je zuvor.

»Ich verstehe Euch nicht, Meister.«

Iax nickte verständnisvoll. »Ja, ich weiß. Das ist dein Problem. Dann hör jetzt zu, Engel. Wenigstens dieses eine Mal!«

»Ich höre Euch zu, Meister.«

Iax richtete sich auf und hielt einen Moment inne: »Alles Leben steht in Verbindung zueinander. Wir sind Teil *einer* Schöpfung, teilen *eine* Welt. Das, was die eine Seite tut, hat Auswirkungen auf die andere, und umgekehrt. Verstehst du das?«

»Ich bin nicht sicher, Meister.«

Iax kniete sich wieder zu ihm herab: »Du erinnerst dich doch an das Ödland, das wird durchquert haben?«

»Natürlich, Meister.«

»Was, glaubst du, ist dort passiert?«

Nathanael antwortete schnell: »Die anderen Engel haben die Erde dort zerstört. Die, vor denen wir fliehen!«

Iax schüttelte den Kopf: »Nein, so ist es nicht. Denn die Welt der Engel ist die eine Seite. Die Welt der Menschen hingegen die andere.«

»Dann haben sie das Land zerstört?«

Iax nickte: »An dieser Stelle steht in der Welt der Menschen eine Stadt. Sie haben die Bäume gefällt, das Gras herausgerissen und die Tiere verjagt, um dort ihre Häuser und Straßen zu bauen. Doch das, was sie auf ihrer Seite tun, hat Folgen für die unsere: Verschwindet die Natur dort, wird sie vollständig beseitigt, dann verschwindet sie auch hier. Deshalb lebt dort nichts mehr. Kein Baum, kein Strauch, kein Fluss. Nichts.«

»Aber es gibt Stellen im Ödland, an denen noch Natur ist?«

»Dann haben sie an diesen Stellen nicht gebaut, sondern Fläche stehenlassen. Für Orte, an denen sie nicht auf ihre Häuser und Straßen sehen müssen.«

»Und die Gotteshäuser?«, fragte Nathanael.

»Sie stehen dort seit Anbeginn der Zeit, im Einklang mit der Welt, die sie umgibt. Doch auch das, was wir tun, bleibt nicht ohne Folgen für die andere Seite, denn dort, wo unsere Gotteshäuser stehen, haben die Menschen begonnen, *ihre* Gotteshäuser zu bauen. Ihre Kirchen, Tempel und Moscheen. Sie folgten den Engeln, ohne es zu wissen. Doch mit ihren Gotteshäusern kamen mehr Menschen, und mit den Menschen die Städte, mit den Städten die Zerstörung. Denn die Menschen sind ehrgeizig, ihr Streben ist nur auf eines gerichtet: Mehr! Mehr Menschen, mehr Häuser, mehr Straßen, mehr Städte. Mehr Leben, mehr Tod, mehr Zerstörung.«

»Aber was hat das mit Farlas zu tun?«

Iax hob den Zeigefinger und tippte damit an Nathanaels Kopf: »Wieso weißt du das alles nicht? In uns fließt dasselbe Blut, schlägt dasselbe Herz. Du fragst Dinge, die du wissen müsstest. Die du in dir trägst!«

Nathanael schluckte schwer und senkte den Blick: »Ihr müsst mir nicht immer sagen, dass ich nicht so bin wie Ihr. Dass ich nicht so bin wie die anderen Engel. Dass ich in Euren Augen nichts als eine Enttäuschung bin. Ich weiß das auch so.«

Nathanael versuchte, sein Schluchzen zu unterdrücken, aber es gelang ihm nicht. Mit gesenktem Haupt stand er vor dem riesigen Potestas und weinte leise. Iax hatte Mitleid mit ihm und hob mit einer Hand sanft Nathanaels Kinn an.

»Ja, du bist anders, kleiner Engel. Und ich verstehe dich nicht. Aber vielleicht sind wir alle Teil einer Prüfung, die sich uns noch nicht offenbart hat. Alles hat seinen Grund, alles dreht sich und hält niemals an. Wir werden unser Schicksal erfüllen. Du und ich.«

»Ja, Meister.«

»Komm!«

Er ging voran, Nathanael folgte neugierig, denn es schien, als wollte Iax ihm etwas zeigen, das seine Fragen beantwortete. Nach wenigen Schritten traten sie wieder in das dichte Baum- und Blattwerk ein, in die kühlen Schatten unter den Kronen eines lebendigen Waldes.

Iax drehte sich ihm zu und fragte: »Kommt dir etwas verändert vor?«

Nathanael sah sich um und fand, dass der Wald so aussah wie immer, voller Leben und Geräusche war, blühte und grünte, dass es das Herz erfreute. Er sah in die Baumwipfel, sah die Vögel, die Schmetterlinge, die Echsen und Insekten, die Affen … sein Blick blieb an einem Schimpansen hängen. Doch nicht dieses Tier fiel ihm auf, sondern die, die nicht mehr da waren: die Löwenköpfe.

Iax sah, dass Nathanael die Veränderung entdeckt hatte,

und sagte: »Dir ist sicher aufgefallen, wie zahlreich die Löwenköpfe waren. In welch großer Zahl sie hier durch die Bäume kletterten?«

»Ja, Meister. Wo sind sie alle hin?«

Iax nickte erneut und sah ihn an: »Erinnere dich an das, was ich dir gesagt habe: Wir sind alle Teil einer Schöpfung, doch nur im Gleichgewicht können wir bestehen. Erschöpft sich das Leben auf der einen Seite, dann mehrt es sich auf der anderen Seite. Stirbt es jedoch aus, dann verschwindet es auch auf der anderen Seite.«

Nathanael sah ihn entsetzt an: »Sie sind alle verloren?«

Iax antwortete: »Ja. Farlas war einer der letzten seiner Art. Jetzt gibt es sie nicht mehr.«

»Aber sie kommen doch wieder, Meister?«

»Nein, Engel. Was einmal verloren ist, bleibt verloren. Es gibt kein Zurück.«

Nathanael schossen wieder die Tränen in die Augen, dann lief er fort. Durchquerte den Wald und suchte in den Wipfeln nach Löwenköpfen.

Er fand keinen einzigen.

18

Mit Anbruch der Nacht traf Nathanael die ganze Wucht des Verlustes. Hatte er den Tag wider besseren Wissens damit verbracht, im Wald nach Farlas zu suchen, und zu guter Letzt scheinbar akzeptiert, dass er nicht mehr da war, so brannte am Abend ein Schmerz in ihm, heißer als das Feuer, vor dem sie saßen. Farlas würde nie wieder aus dem Dunkel auftauchen, ihm nie wieder an die Nase fassen, sich nie wieder das Fell kraulen lassen. Er hatte niemanden mehr, den er in den Schlaf summen konnte, der in seinem Schoß schlief und von den unendlichen Weiten einer wunderbaren Welt träumte, den die Freiheit und Unbeschwertheit des Lebens sogar in seinen Träumen lächeln ließ. Hatte er geahnt, dass heute sein letzter Tag war? War er am Morgen deswegen so anschmiegsam gewesen, so verspielt? Weil er instinktiv sogar wusste, dass sie sich nicht mehr sehen würden? Hätte er die letzten Minuten noch mehr ausgekostet, wenn ihm klar gewesen wäre, was Farlas bevorstand? Die Nacht durchwacht, um bei ihm zu sein in den letzten Stunden? Oder war es besser, wenn man nicht wusste, wann sich ein Schicksal erfüllte?

»Meister?«

Iax schreckte aus den eigenen Gedanken auf und sah ihn an.

»Wo ist Farlas jetzt?«

Iax sah zurück ins Feuer, als würde die Antwort von dort aus der heißen Glut in den Nachthimmel hochflackern. »Ich weiß es nicht.«

»Ihr wisst es nicht, oder Ihr wollt es mir nicht sagen?«

Iax schüttelte sanft den Kopf. »Nein, Engel. Niemand weiß das.«

»Das heißt, Farlas könnte auch in einer anderen Welt sein? So, wie Menschen in eine andere Welt eintreten, wenn sie sterben?«

Iax schwieg.

Nathanael wollte sich aber nicht abwimmeln lassen. Diesmal nicht. »Meister?!«

»Es gibt keine weitere Welt. Wir sind die Krone der Schöpfung. Danach gibt es nur noch das Nichts.«

»Aber Ihr wisst es nicht! Ihr seid Euch nicht sicher! Richtig?«

Iax stand auf, ein untrügliches Zeichen dafür, dass die Diskussion beendet war. Nicht jedoch für Nathanael, den die Geste verletzte, der nicht hinnehmen wollte, dass der Potestas ihn so behandelte. Der es nicht hinnehmen wollte, dass selbst seine Trauer nichts wert sein sollte, dass man über alles, was ihn ausmachte, hinwegtrampelte, weil es ohnehin nicht zählen sollte.

»Bleibt gefälligst stehen!«, rief er wütend.

Iax drehte sich zu ihm um.

Blicke durchschlugen den kleinen Engel, der noch zu aufgebracht war, als dass ihn der Mut deshalb gleich wieder verlassen würde.

»Was hast du da gerade gesagt?!«

»Ihr sollt stehen bleiben! Redet mit mir! Ich habe Euch etwas gefragt!«

Iax war mit wenigen Schritten bei ihm, packte ihn mit einer Hand und hob ihn zu sich hoch. Sein Gesicht war ganz nahe an dem Nathanaels, fast berührten sich ihren Nasenspitzen. Nathanael sah in den Augen des Potestas, wie es in ihm tobte, wie sich die Flammen des Lagerfeuers darin grün spiegelten, als ob in ihm selbst ein Feuer wütete, das nur darauf wartete, alles und jeden zu verbrennen, der sich ihm in den Weg stellte.

»Glaubst du, Farlas ist der Einzige, der für immer verloren ist? Glaubst Du das, Engel?!«

Seine Stimme war dunkel und wütend, die Augen brannten hellgrün und lichterloh. Nathanaels Wut war verflogen, pure Angst landete wie ein riesiger Adler auf seinem Herzen und schlug seine messerscharfen Krallen in den pochenden Muskel.

»Jeden Tag verschwindet das Leben aus unserer Welt, Engel! Verzeih also, dass ich für den Verlust deines Löwenkopfs nicht das rechte Mitgefühl aufbringen kann!«

Er ließ ihn fallen – Nathanael landete vor seinen Füßen im Gras.

Dann drehte er sich um und ging. Verschwand im Dunkeln.

Nathanael sah ihm nach und fürchtete mit einem Mal, dass er ihn zurücklassen würde.

»Meister! Kommt zurück! Es tut mir leid! Hört Ihr?!«

Iax antwortete nicht.

Nathanael erwachte, als die Sonne bereits hoch im Osten stand, schreckte hoch, denn gewöhnlich weckte ihn Iax, wenn er nicht von selbst wach wurde. Dass er es diesmal nicht getan hatte, konnte nichts Gutes bedeuten. Rasch sah er sich um, aber der Potestas war fort. Aufgescheucht vor Sorge, machte er sich auf die Suche, lief zwischen den Baumstämmen hin und her und hielt Ausschau: vergeblich, er konnte Iax nicht finden.

Nervös rieb sich Nathanael seinen verkrüppelten Arm, kämpfte gegen die aufkeimende Panik an und überlegte fieberhaft, was er tun sollte so allein. Iax hatte ihm nicht gesagt, wohin sie gingen. Und auch nicht, was ihr Auftrag war. Nathanael hier auszusetzen bedeutete den sicheren Tod für ihn. Wenn dieser Umstand auch weniger schockierend war, als ihn, seinen Mentor, verloren zu haben. Nathanael bereute, dass er durch sein provozierendes Verhalten ihr Verhältnis auf den Tiefpunkt getrieben hatte. Er gab sich die Schuld für ihre offensichtliche Trennung und hatte einmal mehr das Gefühl, sich nicht genügend angestrengt zu haben, um die Dinge zu einem glücklichen Ende zu führen.

Was sollte er jetzt tun? Weitergehen und hoffen, dass er nicht auf feindliche Engel traf, die er bei seinen eingeschränkten Fähigkeiten möglicherweise nicht mal als solche erkannte? Von denen er nicht einmal wusste, warum er ihnen feindlich gesonnen sein sollte? Vielleicht wäre es das Beste, wenn ihn jemand tötete. So würde er feststellen, ob es noch eine weitere Welt gab. Und vielleicht Farlas wiedersehen. Wie sehr er sich doch nach seinem Freund sehnte!

Er wartete bis zum Mittag und gab dann die Hoffnung auf, dass Iax zu ihm zurückkehren würde. Schweren Herzens marschierte er los, gen Süden, die Richtung, die sie bisher streng eingehalten hatten. Was auch immer dort war: vielleicht gab es Hilfe für ihn. Der Weg war ungewöhnlich beschwerlich, führte durch dichtes Unterholz und steil bergan. Nathanael benutzte sein Schwert, um sich einen Weg freizuschlagen, und blieb dennoch ständig mit seinem Schild, den er mit einem Gurt um den Rücken gebunden hatte, an Ranken und Ästen hängen. Mehr als einmal dachte er daran, aufzugeben, aber er ging weiter, weil er es vor sich selbst nicht vertreten wollte, nach so kurzer Zeit ohne Iax einfach stehen zu bleiben.

Am späten Nachmittag nahm er einen Geruch wahr, den er im dichten Wald nicht vermutet hätte: Rauch. Gab es ein Lagerfeuer in der Nähe? Und wer saß dort? Freund oder Feind? Er schlich weiter, wagte kaum noch, nach Pflanzen zu schlagen, versuchte jedes Geräusch zu vermeiden. Der Geruch wurde mit jedem Schritt intensiver, wobei sich ihm mehr und mehr unangenehme Noten beimischten. Lag anfangs nur verfeuertes Holz oder Geäst in der Luft, verdichteten sich bittere Nuancen zu satten Schwaden, bis Nathanael sich den Ärmel seiner Kutte vor Mund und Nase halten musste. Er lief genau in Windrichtung und schlug einen Bogen, um dem Gestank zu entgehen.

Nach einer Weile konnte er wieder frei atmen, musste also den Wind im Rücken haben. Im dichten Gewächs war das für ihn nicht zu spüren. Er blickte nach oben, durch blitzende Kronen, und vermutete nach dem Stand des Lichts, dass in zwei Stunden die Sonne untergehen würde. Bis dahin sollte er einen Platz zum Übernachten gefunden haben. Ohne Feuer, denn einen Ast zu entzünden war er immer noch nicht in der Lage. Die Aussicht auf eine Nacht allein, ohne Feuer, ohne Schutz, ohne Freund, entmutigte ihn so, dass er wieder nach Westen bog, dorthin, wo er das Feuer vermutete, das den widerwärtigen Geruch wohl verursacht hatte. Vielleicht gab es dort noch Glut, die er aufnehmen konnte.

Er war noch nicht lange unterwegs, als sich vor ihm eine dichte Hecke auftat, an der es kein Vorbei gab. Er schlug vorsichtig Teile aus dem Bewuchs, kämpfte sich mit seinem scharfen Schwert rasch hindurch, so rasch, dass sein Fuß plötzlich keinen Halt mehr fand und er einen tiefen Abhang hinunterstürzte, sich Arme und Beine aufschlug, dabei krampfhaft sein Schwert festhielt, weil ihm jede Verletzung recht war, wenn nur sein Schwert nicht verloren ginge. Alles konnte geschehen, nur Schwert und Schild durften nicht abhandenkommen. Niemals. Weniger weil er hoffte, sich mit ihnen verteidigen zu können, denn er wusste, dass er für den Kampf zu schwach war, sondern weil beides Geschenke von Iax waren und er ihm aufgetragen hatte, sie niemals aus den Augen zu lassen. Gleichgültig, ob Iax ihn verlassen hatte oder nicht: Die beiden Dinge waren das Einzige, was er besaß, und er würde sie mit seinem Leben verteidigen.

Er prallte hart gegen einen umgeknickten Baum und kam endlich zum Stillstand. Stöhnend rappelte er sich auf die Füße, rupfte sich Laub und Geäst von seiner Kutte und war froh, dass er sich nichts gebrochen hatte.

Dann drehte er sich um und blickte in den Abgrund der Hölle.

Er stand vor einem Schlachtfeld, auf dem die Körper getöteter Engel lagen. Kreuz und quer verstreut. Klaffende Wunden, abgeschlagene Hände, die ihre Schwerter noch umklammert hielten, Köpfe, Beine, alles in einem Meer von Blut. Einige Hundert lagen hier, die Augen im Tod weit aufgerissen, einen letzten stummen Schrei auf den Lippen.

Nathanaels Hände begannen so zu zittern, dass er sein Schwert fallen ließ. Er stolperte vorwärts, beugte sich zu einem ersten Engel hinunter, in dessen Körper Pfeile steckten, drei in der Brust, einer im Oberschenkel, einer im Hals, er sah die hässlichen Wunden, die die glatte, feine Haut durchtrennt hatten. Er strich ihm eine Strähne aus dem schönen Gesicht und sah in Augen, die ins Nichts starrten.

In dieser Sekunde wusste Nathanael, dass dieser Engel verloren war! Dass es keine weitere Welt gab, in die er aufsteigen konnte. Dass sein Leben für immer verloschen war.

»Melioth … Melioth …«

Nathanael stammelte es unter Tränen. Er kannte seinen Namen, fühlte seinen Schmerz, die kalte Haut, den Tod. Das

Nichts. Das Ende einer Kostbarkeit, die für die Ewigkeit erschaffen worden war.

Er blickte auf und sah, wie sich die Namen aus den Körpern lösten und auffuhren: Auriel, Babaji, Rehael, Talvi, Lofiel … Hunderte Brüder und Schwestern. Er kannte sie alle. In ihnen schlug das gleiche Herz, strömte das gleiche Blut. Jetzt begriff Nathanael, was Iax ihm beizubringen versucht hatte. Jetzt *wusste* er, wer er war.

»Jeden Tag verschwindet das Leben aus unserer Welt, Engel. Und kehrt nie mehr zurück.«

Nathanael wirbelte herum und sah zu Iax auf, zunächst erschrocken, dann unendlich erleichtert. Er stürzte sich in dessen Arme und hielt ihn fest.

»Ich dachte, Ihr hättet mich verlassen, Meister.«

Iax strich ihm über den Kopf: »Nein, Engel. Ich war immer in deiner Nähe.«

»Was ist hier geschehen, Meister?«

»Komm!«

Er folgte Iax über das Schlachtfeld, spürte, wie seine Füße in kaltem Blut versanken, stieg über die Leichen und versuchte, sie nicht anzusehen. Selbst jetzt waren die Engel von solcher Vollkommenheit, dass ihr gewaltsamer Tod jede Vorstellung von Frevel und Ruchlosigkeit übertraf. Was zählte der Verlust eines Löwenkopfes gegen das Leben eines Engels? Hier war etwas Heiliges zerstört worden.

Plötzlich nahm er wieder den Brandgeruch wahr, sah, dass grauschwarzer Rauch hinter einem Hügel aufstieg … und Namen. So viele Namen.

Nathanael hielt Iax an dessen Arm fest. »Wartet, Meister!«

Er sah ihn an.

»Ich will das nicht sehen, Meister! Bitte …«

Iax beugte sich zu ihm herab: »Du musst alles sehen, um zu verstehen, Engel.«

Dann wandte er sich wieder um und stieg den kleinen Hügel empor, hinter ihm Nathanael, dessen Schritte immer zögerlicher wurden. Der weder nach links noch nach rechts sehen wollte, der gar nichts mehr sehen wollte. Er hielt sich direkt hinter dem Potestas, dessen Körper ihm die Sicht versperrte. Sie erreichten die Hügelkuppe, während Nathanael immer noch Iax' Rücken anstarrte.

Dann trat Iax zur Seite.

Unter ihnen, am Fuß des Hügels, ein entasteter Baum, um den eine Pyramide aus toten Körpern geschichtet war: verbrannte Engel. Ihre Köpfe hatten sich unter der Hitze zum Himmel gebogen, als ob sie den Herrn um Hilfe anschrien. Die Haut war abgefallen, das Fleisch schwarz, verkohlt. Aus einem kreisförmigen Fundament verjüngten sie sich zu einem einzelnen Engel auf der Spitze. Er steckte zur Hälfte in den Körpern seiner Brüder unter ihm, an den Armen versengt, aber von den Schultern aufwärts nicht verbrannt, sondern nur von der Asche der anderen verrußt.

Er war an den Baumstamm gefesselt worden.

Sein Kinn lag auf der Brust, die langen Haare hingen kraftlos vorn herab. Ein Böe kam auf und trieb den schweren Rauch auseinander. Für einen Moment wehten die Haare des Engels zur Seite, lange genug, um erkennen zu können, dass er keine Augen mehr hatte. An ihrer Stelle klafften tiefe Löcher: Man hatte sie ihm mit einem glühenden Eisen ausgestochen.

Nathanael fiel auf die Knie, weinte vor Trauer und Entsetzen, schlug die Hände vor sein Gesicht und wollte sie nie wieder herunternehmen. Iax konnte ihn nicht trösten, denn er bedurfte selbst des Trostes, starrte auf die verbrannten Engel, während auch ihm die Tränen über das Gesicht liefen. Es war, als könnte er noch ihre Schreie hören. Ihr Flehen. Ihren Todeskampf.

So bemerkte er auch nicht, dass Nathanael nach einer Weile aufgestanden war und den Hügel hinabstürmte. Er lief an der Pyramide vorbei, den Blick auf einen Punkt vor sich gerichtet: Dort, einige Meter vom Ort des Massakers entfernt, lagen Engelleichen auf dem Boden, ähnlich achtlos liegen gelassen wie auf dem Schlachtfeld direkt hinter dem Hügel. Doch einer dieser Körper bewegte sich. Und Nathanael stürmte ihm entgegen.

Er erreichte den sterbenden Engel, fiel neben ihm auf die Knie und stützte vorsichtig seinen Kopf. Nathanael blickte in verwirrte, strahlend blaue Augen. Der Mund des Engels bewegte sich langsam – er sprach so leise, dass Nathanael sich tief zu ihm hinabbeugen musste: »Geh nicht weg ...«

Nathanael schüttelte den Kopf, unterdrückte den Impuls, wieder zu weinen. Leise antwortete er: »Hab keine Angst, Casziel. Ich lasse dich nicht allein.«

Sie sahen sich an und verstanden einander.

Nathanael fühlte das Herz des anderen, die letzten Schläge, spürte dessen Angst vor dem Ende. Tröstend legte er seine Hand auf Casziels Wange: Wie warm seine Haut war! In wenigen Momenten würde sein Herz aufhören zu schlagen, aber er war nicht allein. Nathanael war bei ihm und las in Casziels Blick, wie dankbar er ihm dafür war.

Iax stand bei ihnen – Nathanael hörte, wie er sein Schwert zog.

Aufgeschreckt drehte er sich zu ihm um. »Was macht Ihr da, Meister?!«

Iax nickte zu Casziel: »Er ist einer von den anderen.«

Nathanael legte Casziels Kopf sanft auf den Boden. Dann stand er auf und stellte sich zwischen Iax und den sterbenden Engel.

»Geh zur Seite!«, befahl Iax hart.

»Was habt Ihr vor?«

»Wenn du weißt, was zu tun ist, warum tust du es dann nicht?«, herrschte ihn Iax an.

»Er stirbt, Meister. Es ist nicht nötig ...«

»Siehst du nicht, was hier passiert ist, Engel? SIEHST DU ES NICHT?!«

Iax war außer sich vor Wut. Die Knöchel seiner Hand

wurden weiß, derart heftig umklammerte er den Knauf seines Schwertes.

»Ich sehe es, Meister. Und es zerreißt mir das Herz. Aber das, was Ihr vorhabt, ist Unrecht!«

»Wie kann es Unrecht sein, wenn er und die Seinen das hier angerichtet haben? Hatten sie Mitleid mit unseren Brüdern und Schwestern? Hatten sie Mitleid?«

Nathanael antwortete: »Ich habe Mitleid, Meister.«

»Geh jetzt zur Seite!«

Nathanael machte einen weiteren Schritt auf Iax zu, erstaunt über sich selbst. Es war noch nicht lange her, da hatten ihn die flackernden Augen des Potestas zu Tode erschreckt. Doch jetzt blieb er ruhig, war ohne Angst.

»Ich bitte Euch, Meister. Lasst Casziel in Ruhe sterben. Er hat furchtbare Angst vor dem Nichts.«

»Die anderen hatten auch Angst, Engel. Sieh zum Feuer!«

Nathanael blickte zur Pyramide, widerwillig.

»Man hat sie gefesselt und bei lebendigem Leib verbrannt! Glaubst du nicht, dass sie Angst hatten? Sag mir, Engel: Wo ist da dein Mitleid?!«

Nathanael rang um seine Fassung, der Anblick der Verbrannten erschütterte ihn bis ins Mark. Aber er wich vor Iax nicht aus.

»Wir sind nicht wie unsere Feinde, Meister. Wir zahlen nicht Gleiches mit Gleichem zurück.«

Für einen Moment verharrte Iax unschlüssig vor Nathanael, dann zischte er: »Du weißt nichts, Engel. Du weißt gar nichts. Und jetzt tritt zur Seite!«

Nathanael schüttelt trotzig den Kopf.

Iax hob sein Schwert an, zielte damit auf Casziels Brust, machte einen Schritt vor und führte den Arm zurück, um im nächsten Moment mit aller Kraft zuzustoßen.

Nathanael griff blitzschnell nach seinem Handgelenk – und hielt den Potestas auf!

Und es war nicht etwa so, dass Iax nicht seine ganze Kraft

verwendet hätte, dass er den tödlichen Stoß nicht hätte vollenden wollen, allein er konnte es nicht. Nathanael hielt sein Handgelenk eisern fest.

Überrascht von der Kraft, der Standhaftigkeit, der Mühelosigkeit, mit der Nathanael ihn in Schach hielt, brach Iax den Angriff ab. Die beiden sahen sich an, dann wirbelte Iax auf dem Absatz herum und stapfte wütend davon.

Nathanael blickte ihm nach, dann auf seine gesunde Hand, ungläubig, dass sie zu so etwas fähig war. Wie hatte er das gemacht?! Es hatte ihn nicht die geringste Anstrengung gekostet! Wie war es möglich, dass er, der Krüppel, diesen übermächtigen Potestas hatte aufhalten können?

Er kniete sich wieder zu Casziel, legte dessen Kopf in seinen Schoß und summte die Melodie, mit der er Farlas immer erfreut hatte. Streichelte Casziels Kopf. Nach wenigen Momenten spürte er, wie sich Casziel entspannte, wie die Angst von ihm abfiel.

Die beiden sahen sich an: Casziel lächelte.

Und er lächelte auch noch, als er seinen letzten Atemzug tat und starb.

Nathanael hielt ihn noch eine Weile, dann setzte er seinen Kopf unendlich vorsichtig auf dem Boden ab und schloss seine Augen: Er sollte nicht ins Nichts sehen.

19

Iax verließ das Schlachtfeld, doch Nathanael sah diesmal, welchen Weg er einschlug, und folgte ihm. Bald schon lag das alles hinter ihnen, und mit jedem Schritt, den Nathanael sich davon entfernte, ließ der Schrecken nach, die Trauer um die Toten, ja sogar die Erinnerung an ihre Gesichter und Namen. Der Effekt war so verwirrend, dass Nathanael noch einmal umkehrte und feststellte, dass der Schmerz in gleichem Maß wieder zunahm, wie er sich dem Ort des Grauens näherte.

Schmerz und Trauer standen offensichtlich im Verhältnis zu dem Weg, den man ging, der Entfernung zur Katastrophe. Jeder Schritt, den man sich entfernte, wirkte mildernd, jeder, den man darauf zutat, verschärfte den Schmerz.

Nathanael wandte sich endgültig ab und folgte Iax. Kurz vor Sonnenuntergang schloss er zu ihm auf und fand ihn auf einer kleinen Lichtung, wo der Potestas bereits Feuerholz schichtete. Schon von weitem sah er Iax an, dass er nicht gewillt war, mit Nathanael zu sprechen.

Die Abenddämmerung brach herein und tauchte die Bäume, Wiesen und Hecken in warme rote Farben, zog ihre Schatten in die Länge, bis sie nach und nach mit der einbrechenden Dunkelheit verschmolzen. Iax saß vor dem Feuerholz und blickte nachdenklich in das Geäst. Wehmut lag in seinem Blick. Und Ratlosigkeit.

Nathanael setzte sich ihm gegenüber und durchbrach das Schweigen. »Meister?«

»Was willst du noch?«

Es klang müde.

»Warum fühle ich keine Trauer mehr? Nicht so, wie ich sie auf dem Schlachtfeld gefühlt habe? Es ist doch erst zwei Stunden her.«

Iax seufzte. Dann antwortete er: »Ich verstehe dich nicht. Du bist ein Engel, aber du denkst nicht wie einer. Du fragst Dinge, die du wissen müsstest. Du scheiterst an Aufgaben, die du können müsstest. Ich weiß nicht, was ich mit dir machen soll.«

Nathanael nickte stumm, jedes Wort hatte wehgetan. Weniger der Inhalt, den er zur Genüge kannte, sondern die Betonung, die darin lag: Hoffnungslosigkeit. Er sah auf seinen verkrüppelten Arm, rieb ihn sanft. Er würde Iax nichts mehr fragen, denn selbst wenn er die Antwort verstand, würde ihm das nicht weiterhelfen. Iax hatte ihn aufgegeben. Das zu erkennen schmerzte am meisten, denn nichts wünschte er sich mehr, als ihm zu gefallen. Ihn stolz zu machen.

Iax sah ihn an: »Wie lange, glaubst du, sind wir unterwegs?«

»Einige Tage, Meister.«

»Und welche Wegstrecke, glaubst du, haben wir dabei zurückgelegt?«

Nathanael zuckte die Schultern: »Ich weiß nicht ... keine sehr lange, denke ich.«

Iax schüttelte den Kopf: »Wir sind schon viele Jahrhunderte gegangen. Hinter uns liegen eine Million Kilometer. In unserer Welt stehen Raum und Zeit nicht in direktem Bezug zueinander. Ein Tag ist wie eine Sekunde ist wie ein Jahr.«

Er stand auf und zeigte in die Dunkelheit, in der das Ende der Lichtung in Schattenrissen zu erkennen war. »Der Weg bis zum Ende der Lichtung ist ein Meter oder hundert Meter oder hunderttausend Meter.«

Iax erwartete Unverständnis von Nathanael, einen ungläubigen Gesichtsausdruck, ein Zögern, ob er wagen sollte, nachzufragen. Diesmal jedoch antwortete Nathanael: »Wir gehen unseren Weg und lassen den Schmerz zurück. Ist es so?«

Iax nickte: »Wir verlassen Dinge, wir erreichen Dinge. Der Weg dazwischen ist unser Leben. Unser Schicksal. Alles dreht sich und hält niemals an. Und nur wer alles kennt, weiß, dass alles Sinn macht.«

Nathanael nickte: »Ihr habt es mir oft gesagt, aber ich habe es nicht verstanden. Bis heute.«

Sie schwiegen einen Moment.

Iax sah seinen Schüler aufmerksam an, und was immer er in dessen Gesicht entdeckt haben mochte, ließ ihn ein wenig lächeln. Da Iax bisher keinen Anstalten gemacht hatte, das Feuer zu entfachen, griff er nach einem Hölzchen und warf es Nathanael zu. Der fing es geschickt aus der Luft.

»Mach Feuer, Engel.«

Nathanael zögerte einen Moment, dann gehorchte er und pustete dagegen: Augenblicklich stand das Zweiglein in Flammen.

»Seht, Meister! Seht nur!« Nathanaels Gesicht strahlte vor Begeisterung. »Habt Ihr das gesehen, Meister?«

»Ja.«

»Ich habe Feuer gemacht, Meister! Habt Ihr das gesehen?!«

»Ja, Engel. Ich habe es gesehen!«

Nathanael entzündete mit dem Zweig das Feuerholz, aus dem schnell die ersten Flammen hochsprangen. Überaus zufrieden, ja glücklich, sah Nathanael hinein. Ging um das Lagerfeuer herum, um zu kontrollieren, ob es auch überall brannte. Wärmte sich die Hände, obwohl es nicht kalt war. Wurde sein Grinsen nicht los.

Iax wies ihn mit einer Geste an, sich endlich zu setzen. »Würdest du dich langsam beruhigen?! Wir befinden uns noch immer in Feindesland.«

Nathanael setzte sich, starrte ins Feuer, nahm dann und wann weitere Zweige, blies dagegen, entzündetet sie, warf sie hinein. Es war kein Zufall. Was mit ihm geschehen war, konnte er nicht sagen, aber er hatte zum ersten Mal das Gefühl, Fortschritte zu machen. Auf dem Weg zu sein. Zu einem richtigen Engel zu werden.

Der Mond stand bereits hoch am Himmel, als Nathanael erwachte.

Er hatte nicht einmal bemerkt, dass er müde gewesen war. Iax saß ihm gegenüber, an einen Baumstumpf gelehnt, und schlief. Zumindest hatte er seine Augen geschlossen. Nathanael griff nach einem Zweig und pustete dagegen: Er brannte. Er warf ihn ins Feuer und entzündete weitere Zweige, glücklich über seine neue Fähigkeit. Dann erst bemerkte er, wie still es um ihn herum war. Keine Tier schrie. Kein Vogel sang. Kein Rauschen der Blätter oder Knistern des Feuers. Es war still wie in einem Grab.

Das brachte ihn in Unruhe, und so sprach er Iax an, aber er hörte seine Stimme nicht, stand auf und fühlte seine Schritte nicht.

Er stupste Iax an, doch der kippte zur Seite.

Plötzlich war ihm, als träte die Welt, die ihn umgab, zurück. Als würde sie in der Dunkelheit versinken, und statt ihrer erhob sich eine andere aus dem Boden. Ein Schlachtfeld. Nicht das, das er gesehen hatte. Es war größer, unendlich viel größer, erstreckte sich bis zum Horizont. Er stand inmitten eines Kampfes, brutaler und erbarmungsloser als alles, was er sich hatte vorstellen können, sah die Engel auf beiden Seiten sterben, hörte ihre Schreie.

Und wie sie schrien!

Wie sie flehten!

Nach ihrem Vater, der sie verlassen hatte. Sie fielen zu Milliarden.

Mit einem Mal spürte er jemanden in seinem Rücken. Eine Präsenz, die ihn schockierte, sein Blut kalt werden ließ, so dass jeder Schlag seines Herzens, jede Faser seines Körpers schmerzte. Fühlte, wie Blicke ihn durchdrangen. Da war eine Macht, die nicht zu bändigen war. Stand da und blickte auf ihn herab. Zwang ihn, sich umzudrehen. Ihm in die Augen zu sehen. Sich ihm zu stellen.

Gegen seinen Willen drehte er sich langsam um …

Schreiend schreckte er hoch, schnappte nach Luft, schlug nach Iax, bevor er ihn erkannte. Er lag auf dem Boden neben dem Feuer, während Iax über ihm kniete und ihn zu sich heranzog und seinen zitternden Körper wärmte. Er strich ihm sanft über den Rücken und fragte: »Was hast du gesehen, kleiner Engel?«

Nathanael schüttelte den Kopf: »Ich weiß es nicht, Meister.«

Iax drückte ihn fest an sich: »Für einen Moment dachte ich, du stirbst.«

Nathanael erwiderte die Umarmung, froh über die Sorge in Iax' Stimme. »Was ist mit mir geschehen, Meister?«

»Du hast dort gesessen und mit deinen Ästen gespielt, als

du plötzlich ganz ruhig wurdest. Dann bist du auf den Rücken gefallen, warst hart wie ein Fels, hattest die Zähne aufeinandergebissen, die Augen verdreht. Du hast nicht mehr geatmet. Sehr lange nicht.«

»Ich habe nichts gespürt, Meister. Es kam ohne Vorwarnung.«

Iax nickte: »Was hast du gesehen, Engel?«

»Ich habe Krieg gesehen, Meister.«

Iax hielt ihn noch eine Weile, dann ließ er ihn los und setzte sich wieder an seinen Platz, nachdenklicher denn je. Er sagte leise: »Es ist also wahr ...«

»Was ist wahr, Meister?«

»Ein Krieg wird kommen.«

»Es war nur ein Traum, Meister. Das bedeutet nichts.«

Iax schüttelte den Kopf: »Nein, Engel. Das war kein Traum. Du hast die Zukunft gesehen.«

Sie schwiegen einen Moment.

Dann sagte Iax: »Wenn es uns nicht gelingt, die alte Ordnung wiederherzustellen, wird dieser Krieg uns alle vernichten. Die Engel, die Menschen, die ganze Schöpfung.«

»Also auch unsere Feinde?«

»Alle. Ohne Ausnahme.«

»Dann wäre es doch dumm, diesen Krieg zu führen?«

Iax nickte: »Ja, aber Krieg ist niemals weise.«

Nathanael schwieg einen Moment.

Dann fragte er: »Meister?«

»Ja?«

»Ihr seid sicher, dass niemand diesen Krieg gewinnen kann?«

»Ja.«

Nathanael schwieg, während Iax ihn aufmerksam ansah. Der kleine Engel verbarg etwas vor ihm. Und dass er nicht wagte, es auszusprechen, beunruhigte ihn.

»Sieh mich an, Engel!«

Nathanael hob den Kopf.

»Was hast du gesehen?

Nathanael versuchte, sich aus Iax' Blick herauszuwinden, was ihm nicht gelingen wollte. Iax fiel es schwer, die Beherrschung zu wahren, aber er zwang sich zu einer ruhigen Stimme. »Bitte, Engel, es ist von äußerster Wichtigkeit. Was hast du gesehen?«

Nathanael antwortete leise: »Da war jemand, Meister. Er stand hinter mir und blickte auf mich herab.«

»Hat er sich dir offenbart?«

»Das war nicht nötig. Ich weiß, wer er ist.«

»Wer ist es?!«, forderte Iax, obwohl er die Antwort bereits kannte.

Allein die Erinnerung an das, was er gefühlt hatte, das Brennen der Blicke in seinem Rücken, die Furcht vor dem, was er im nächsten Moment sehen würde, ließ Nathanael so heftig zittern, dass er nicht in der Lage war, zu antworten. Er wurde totenbleich und drohte erneut in eine Schockstarre zu fallen, doch dieses Mal reagierte Iax rechtzeitig und presste ihm seine Hand auf die Stirn: »Schhh…«

Augenblicklich wurden seine Finger, seine Hand, sein ganzer Arm weiß, Muskeln und Gelenke versteiften sich. Es war, als stürmte die Angst durch ein kleines Tor aus Nathanaels Stirn, um von Iax mit eisiger Kälte Besitz einzunehmen. Der Schmerz war unbeschreiblich! Sein Arm brannte lichterloh und erstarrte gleichzeitig im ewigen Frost.

»Schhh…«, wiederholte Iax gepresst.

Iax hingegen wand sich, unterdrückte den Impuls, zu schreien, fiel auf die Knie, während er seine Hand weiterhin gegen Nathanaels Stirn drückte. Die Qualen vervielfachten sich sekündlich: Er griff nach seinem Schwert, um sich den Arm abzuschlagen. Niemand konnte das ertragen! Diese Qual! Alles war besser, als das aushalten zu müssen, selbst der Tod.

Ganz plötzlich war es vorbei.

Nathanael hatte sich von Iax gelöst. Der Potestas fiel auf

den Rücken, gekrümmt vor Schmerz, seinen Arm an sich drückend. Er war vollkommen abgestorben, nur noch ein Stück Fleisch, das an ihm herabhing, aber nicht zu ihm gehörte. Nathanael machte Anstalten zu helfen, aber Iax stieß ihn barsch zurück, kam keuchend auf die Füße und hielt den Arm an das Feuer. Beinahe hatte er erwartet, den Arm bis in seine innerste Faser aufgeplatzt zu sehen, aber er war unversehrt, kühle glatte Haut über heißen Muskeln und Sehnen. Der Schmerz ließ jetzt rasch nach, Leben kehrte zurück, löste die Starre, ließ Blut zurückfließen. Er spürte seine Finger, wenn er sie auch noch nicht bewegen konnte, und dachte einen Moment daran, wie es sein würde, wenn er nur noch einen Arm hätte benutzen können. Wie es wohl war, ein Krüppel zu sein? Verstohlen blickte er zu Nathanael, der am Feuer saß und seinen verdrehten Arm in den Schoß gelegt hatte, während er mit der gesunden Hand gerade nach einem Zweig griff, um ihn in die Flammen zu werfen.

Hatte er ihm nicht ständig vorgeworfen, nicht zu verstehen, was jeder Engel verstand? Doch wie würde er die Welt sehen an seiner statt? Wenn er nicht wäre wie alle anderen? Wenn er ein Außenseiter wäre. Ein Aussätziger. Würde die Heilige Ordnung für ihn immer noch allumfassende Gültigkeit besitzen, wenn er selbst der lebende Beweis des Gegenteils war? Konnten Perfektion und Makel in Harmonie miteinander sein, oder strebte die Schöpfung grundsätzlich nach Vollkommenheit? Durfte jemand wie Nathanael überhaupt sein? Und würde er selbst nicht auch leben wollen, an seiner Stelle? Glaubte er genug, um eine Entscheidung gegen sich akzeptieren zu können?

Hatte er Nathanael je nach seiner Sicht der Dinge gefragt?

Iax formte seine Finger zur Faust. Seine Kraft kehrte zurück. Viele Fragen hatten Kreise gezogen, hatten wie ein ins Wasser geworfener Stein die Oberfläche bewegt. Jetzt war davon nichts mehr zu sehen, und doch war alles anders, denn der Stein war noch da. Tief auf dem Grund. Spürbar.

»Wie geht es dir, Engel?«, fragte Iax.

»Danke, Meister, gut. Was ist mit Euch geschehen?«

Iax schüttelte den Kopf: »Ich weiß es nicht, Engel. Ich begreife vieles nicht, seit …«

Er zögerte mit der Antwort, doch Nathanael vollendete: »… seit ich geboren wurde.«

»Ja.«

Sie schwiegen einen Moment.

Dann sah Iax Nathanael an: »Wen hast du gesehen?«

Nathanael schluckte.

Iax fragte: »Du hast den Drachen gesehen, richtig?«

Nathanael nickte: »Ja.«

Iax atmete schwer: »Was hast du noch gesehen?«

Nathanael wollte nicht antworten, wagte aber auch nicht, zu schweigen. »Wir können ihn nicht besiegen, Meister. *Niemand kann ihn besiegen!*«

In Iax' Augen sah Nathanael, wie entsetzt der Potestas über Nathanaels Vision war. Schnell sagte Nathanael: »Aber ich könnte mich auch irren, Meister! Ihr wisst doch, dass ich kein richtiger Engel bin.«

Iax sah sich in dem, was er ohnehin schon geahnt hatte, bestätigt: Es würde Krieg geben, und sie würden ihn verlieren. Nichts konnte sich mit dem Drachen vergleichen. Er wusste es, hatte es immer gewusst. All ihre törichten Hoffnungen, die verzweifelten Bemühungen, dem befürchteten Ausgang eine neue Wendung zu geben – vergebens.

Die Schöpfung würde vernichtet werden.

Und die Engel mit ihr. Alles, was jetzt noch blieb, war, ihr Schicksal zu erfüllen. Den Weg zu Ende zu gehen. Iax antwortete: »Das spielt alles keine Rolle mehr, Engel. Es gibt kein Zurück.«

20

Sie verließen die Lichtung noch vor Morgengrauen, eiliger denn je. Zu Nathanaels Überraschung erklärte Iax die Schwertübungen für beendet, denn alles, was er ihm beibringen konnte, hatte er ihm beigebracht. Jetzt ging es nur noch darum, ob Nathanael in der Lage war, das, was er gelernt hatte, auch zu *verstehen*. Es hing jetzt von ihm ab, sein Gleichgewicht zu finden und die pure Mechanik in Wissen zu verwandeln.

In dieser Wandlung würde seine Kraft liegen.

Gegen Mittag verließen sie den Wald und durchquerten eine Steppe mit brusthohem Gras, das der Wind in weichen, wellenartigen Bewegungen bog. Iax schlug eine neue Richtung ein, ging jetzt nach Norden. Nathanael, von dem im hohen Gras nur der Haarschopf zu sehen war, stellte keine Fragen und folgte ihm.

Am Horizont erhob sich eine raue Karstlandschaft, scharfe, weiße Felsen, karges Grün, tiefe Täler, Kämme, über die ein kalter Wind Nebel hinwegfegte. Selbst aus der Entfernung war zu sehen, wie unwirtlich das Gebirge war, wie wenig einladend es wirkte. Im Gegensatz zur Steppe, über der sich Schäfchenwolken über einen blauen Himmel jagten, war das Wetter dort grau und unfreundlich. Nathanael war begierig zu erfahren, warum Iax diesen neuen Weg ging, dennoch hielt er seine Neugier im Zaum, denn in Gedanken beschäftigte er sich mit seinem inneren Gleichgewicht. Etwas war am Ort des Engelmassakers in ihm erwacht. Eine neue Kraft, die er nicht einschätzen konnte, von der nicht wusste, wie er sie abrief oder wie er sie benutzen sollte. Aber sie war da. Er konnte es spüren.

Ob Iax davon wusste? Sie ebenfalls gespürt hatte? Oder hatte Iax endgültig aufgegeben, ihm Dinge beizubringen, die er niemals würde lernen können? Nathanael hoffte auf

Ersteres, denn das würde bedeuten, dass er eine neue Ebene erklommen hatte. Und doch: Ein Blick auf seinen verkrüppelten Arm ließ ihn befürchten, dass alles, was er erlernte, bei weitem nicht ausreichen würde, um in Kämpfen so zu bestehen, wie Iax sich das von ihm erhoffte.

Wovor liefen sie davon? Vor dem Drachen? Das machte keinen Sinn. Die Vision hatte ihn vor allem eines gelehrt: Nichts und niemand würde sich dem Drachen entziehen können. In ihm ruhte eine Macht, ein Wille, eine Kraft, die jeden in die Knie zwang.

Er war der Herr der Engel.

Unvergleichlich.

Unverwundbar.

Unbesiegbar.

Niemand konnte sich vor ihm verstecken.

Es sei denn ... er wusste nichts von Nathanael und Iax. War das möglich? Gab es etwas, was er nicht wusste? Wenn in allen Engeln das gleiche Herz schlug, das gleiche Blut floss – war es dann möglich, dass er nichts von Nathanael wusste? Obwohl sie dieselbe Vision geteilt hatten? Oder hatte er den kleinen Engel als unwichtig betrachtet? Etwas, was er im nächsten Moment achtlos hinwegfegen würde. Ins Nichts.

War das sein Schicksal? Sich ihm in den Weg zu stellen? Das konnte nicht sein! Das durfte nicht sein! Allein der Gedanke schien absurd. Es musste einen anderen Plan geben, einen anderen Weg. Etwas, was sich ihnen noch nicht offenbart hatte. Genauso wenig, wie es sich dem Drachen offenbart hatte. Denn je länger Nathanael darüber nachdachte, desto überzeugter war er, dass noch nicht alle Karten aufgedeckt worden waren. Auch der Drache wusste nicht alles. Er wusste nicht, dass Iax Nathanael vor seinen Augen versteckt hielt. Denn wenn er es wüsste, hätte er ihn längst gefunden, dessen war er sich sicher. Doch welche Rolle spielte er? Was war so wichtig an ihm, dass Iax und die, die er vertrat, alles daransetzten, seine Existenz geheim zu halten?

Erst kurz vor Sonnenuntergang machten sie Rast, knickten das hohe Gras im näheren Umkreis, so dass eine kleine freie Fläche entstand, die sie als Schlafstatt nutzen wollten.

»Meister?«, fragte Nathanael.

»Ja.«

»Ich brauche Eure Hilfe.«

Iax sah Nathanael aufmerksam an. So deutlich hatte er bisher noch nie etwas verlangt. »Wie kann ich dir helfen, Engel?«

»Ich sah Euch oft zu, wenn Ihr in Eure Übungen vertieft wart. Zeigt mir, was Ihr macht, wenn ihr Euer Schwert ins Gleichgewicht bringt ... Warum lächelt Ihr?«

Iax konnte es sich nicht verkneifen, nickte Nathanael zufrieden zu und bedeutete ihm mit einer Geste, sein Schwert zu ziehen. Nathanael folgte gehorsam und reichte es Iax.

»Erinnere dich an deine Lektionen, Engel. Das Schwert beginnt nur, was dein Verstand längst vollendet hat. Im Kampf bleibt keine Zeit, den nächsten Schritt zu planen. Alles muss bereits *in dir* sein. Du musst wissen, was zu tun ist.«

»Ja, Meister.«

»Du bewegst dich, wenn du willst. Gibst auf, wenn du musst. Gewinnst, wenn du kannst. Nichts geschieht ohne Grund, alles dreht sich und hält niemals an. Nur im Gleichgewicht kann es bestehen. Führe nun Körper und Geist zusammen.«

Nathanael nickte.

»Strecke deinen Arm vor!«

Nathanael tat es. Iax legte ihm den Griff des Schwertes in die offene Hand, brachte es ins Gleichgewicht.

»Verschmelze jetzt Verstand und Glaube. Vorstellung und Realität. Bewegung und Stillstand.«

Nathanael schloss die Augen und führte die Schneide in Gedanken in alle nur erdenklichen Angriffs- und Verteidigungspositionen, versank so tief in Konzentration, dass er den Schwung der Klinge fühlte und die Kraft, die es kostete, sie am Ende einer Bewegung fließend in eine neue zu führen. Er hörte das leichte Sirren der Schneide, die die Luft zerteilte, wenn das Schwert mit großer Geschwindigkeit auf ein Ziel herabstieß. Wie weich seine Bewegungen waren! Wie leicht sich der Kampf kontrollieren ließ!

Er wollte mehr, steigerte das Tempo.

Das Schwert wirbelte durch die Luft, so dass er nur noch das Blitzen der Klinge wahrnahm. Das, was Iax ihm beigebracht hatte, automatisierte sich, das Schwert folgte jetzt seinem Willen, schwerelos, tödlich, zu schnell, als dass er die Bewegungen noch mit dem Auge hätte verfolgen können. Er hatte einen verkrüppelten Arm, aber das spielte keine Rolle mehr. In dieser Übung war er gesund und elegant.

Er begann, sich an seinem Können zu berauschen.

Sein Oberkörper begann bedenklich zu schaukeln, die Füße suchten immer wieder neuen Halt, glichen das Pendeln aus. Nathanael ignorierte es, steigerte erneut das Tempo.

Er war eins mit der Klinge, es gab keine Gedanken mehr, keine Angst, nur Bewegung. Reaktion. Reflexe. In seinem Kopf verschwammen die Konturen der Umgebung, er sah die Klinge jetzt wieder, hörte ihr Zischen, fühlte die Luftwirbel, die sie verursachte.

Schneller, es musste noch schneller gehen!

Wieder verschwand die Schneide, ihr Blitzen zog jetzt Streifen in den Farben des Regenbogens hinter sich her. Er konnte ihr Fauchen hören, spürte, wie sie durch die Luft schnitt, den Sturm, den sie entfachte. Schneller, schneller! Er zerteilte die Regenbogenschweife, bevor sie verblassen konnten, das Schwert rotierte wie ein Skalpell, schien an vielen Stellen gleichzeitig zu sein. Die Geschwindigkeit war faszinierend, euphorisierend. Es musste noch schneller gehen!

Doch sein Körper spielte nicht mehr mit.

Was als Schaukeln begonnen hatte, geriet außer Kontrolle. Er taumelte von einer Seite zur anderen. Nathanael grub seine Füße mit Gewalt in den Boden und katapultierte sich damit aus dem Stand weit in die Steppe hinaus. Die verzückenden Bilder seiner Übungen platzten wie ein Ballon, er wirbelte durch die Luft, bevor er hart landete, sich überschlug und schließlich liegen blieb. Benommen kam er auf die Füße, spürte Schmerzen und enorme Erschöpfung in seinem gesunden Arm, in den Schultern, in den Beinen. Dann erst bemerkte er entsetzt, dass er sein Schwert verloren hatte!

Er stürmte zurück zu der Stelle, an der er die Übungen begonnen hatte, und fand Iax, der es in den Händen hielt. Er hatte ihn beobachtet, und obwohl er an vielen Stationen hatte eingreifen wollen, hatte er ihn gewähren lassen. Nathanael war anders als alle anderen Engel, somit war alles hinfällig, was Iax ihm hätte raten können. Für Nathanael gab es nur einen Weg: seinen eigenen.

»Eitelkeit ist kein guter Begleiter, junger Engel!«, sagte er ruhig und gab ihm sein Schwert zurück. »Wenn du dich an dir selbst berauschst, verlierst du die Kontrolle über dein Gleichgewicht.«

»Ja, Meister.«

»Vergiss nie: In großer Kraft ruht große Verantwortung. Bring beides ins Gleichgewicht, und du wirst dich deinen Aufgaben stellen können.«

»Ja, Meister.«

Iax nickte ihm zu, und obwohl er nichts weiter sagte, las Nathanael in seinem Gesicht, dass er sehr zufrieden mit ihm war. Er riss ein paar Grasbüschel aus, doch bevor er sie entzünden konnte, legte Iax seine Hand darüber und schüttelte den Kopf: »Kein Feuer!«

Er zeigte auf das Gebirge: »Morgen werden wir dort hochsteigen. Wir sind fast da. Und doch: Der gefährlichste Teil unserer Reise steht uns noch bevor.«

»Warum meiden wir diesen Weg nicht?«

»Wir sind von unseren Freunden abgeschnitten! Auf die eine oder andere Art müssen wir die Front durchbrechen. Und dieser Weg ist der kürzeste.«

Nathanael sah zu den Felsen hinüber, die sich im Dämmerlicht scharf und kantig gegen den Horizont abzeichneten. Er erahnte einen schmalen Weg, der ins Gebirge führte, hatte das vage Gefühl, als stäche dieser schmale Weg mitten ins Herz der Finsternis – vor Furcht sträubten sich ihm die Haare. Es war kalt dort. Sehr kalt!

»Das ist nicht der einzige Grund«, antwortet Nathanael, dessen Blick an dem schmalen Pfad wie eine Fliege in einem Spinnennetz haften blieb. Er wollte nicht dorthin sehen und doch konnte er nicht anders. Es war, als zwänge ihn jemand dazu.

Iax nickte verblüfft über die Hellsichtigkeit seines Schülers »Nein, Engel. Es ist nicht der einzige Grund.«

»Was ist dort am Ende des Weges?«, fragte Nathanael.

»Ende und Anfang einer Geschichte, für die es keine Lösung zu geben scheint. Der Grund dafür, dass wir vor der Vernichtung stehen.«

Nathanael starrte immer noch auf den Weg, hörte Iax' Worte wie aus großer Entfernung. Es war, als eilte er bereits diesen Weg hinauf, vorbei an Fels und Stein. Höher, immer höher. Der Steig führte in eine Schlucht, deren Flanken kilometerweit dem Himmel entgegensprangen. Dort herrschte tiefe Nacht, ein aufgerissenes schwarzes Maul, das jeden davor warnte, sich auch nur zu nähern. Es schien alles zu verschlingen: Licht, Hoffnung, Mut.

Iax hatte bemerkt, dass Nathanael in Trance gefallen war, drehte ihn rasch zu sich und legte ihm seine Hand auf die Augen.

»Schhh…«

Nathanael kam zu sich, sah Iax an: »Dort oben wartet der Tod!«

Iax schüttelte den Kopf: »Viel schlimmer als das. Dort oben wartet das Gehinnom.«

21

Sie setzten ihre Reise vor Morgengrauen fort, nach einer Nacht, die sie beide schweigend durchwacht hatten. Sie erreichten den Fuß des Gebirges viel schneller, als Nathanael vermutet hatte, für den Zeit und Raum immer noch in einem verwirrenden Verhältnis zueinander standen. Er war einfach nicht in der Lage, Entfernungen richtig einzuschätzen, war immer noch erstaunt darüber, wie nah oder fern Ziele tatsächlich lagen, die bei erster Einschätzung gleich weit entfernt erschienen waren. Einmal mehr ein Unvermögen, das ihn von den anderen Engeln unterschied, was ihn betrübte, denn er wollte nicht anders sein.

Es ging steil bergan.

Schon bald froren sie, weil ihnen ein eiskalter Fallwind ins Gesicht blies, der jeden Schritt umso mühsamer machte. Beide gaben acht, nicht auf die vielen herumliegenden Felsbrocken zu treten, deren Schroffen scharf wie Scherben waren und schmerzhaft in die Fußsohlen schnitten. Außer Moos, Gras und dürrem Gestrüpp wuchs hier nicht viel. Und etwas weiter schon nicht einmal mehr das.

Dann fiel die Temperatur schlagartig. Wölkchen fauchten aus ihren Mündern, als ob in ihren Körpern Maschinen Dampf ausstießen. Trotzdem gab es weder Eis noch Schnee, die solch eine trostlose Felslandschaft hätten weicher aussehen lassen. Nathanael blickte in regelmäßigen Abständen an dem vor ihm gehenden Iax vorbei, folgte dem Weg bis zur nächsten Biegung und stellte fest, dass er das alles bereits aus seiner Vision kannte. Er blickte zurück und erschrak: Die Ebene lag so tief unter ihnen, dass sie nur noch undeutlich als dunkles, wogendes Meer zu sehen war.

Sie stiegen weiter aufwärts, ereichten die tiefliegenden Wolken, in die sie nach ein paar Schritten eintauchten. Die Sichtweite betrug nur mehr wenige Meter, unmöglich zu sagen, wie weit es noch bis zum Gipfel war. Ihre Schritte klangen dumpf, jedes Geräusch schien vom feuchten Nebel erstickt zu werden, bevor es sich entfalten konnte. Der Wind ließ rasch nach, verebbte schließlich ganz. Nichts rührte sich mehr im watteweißen Massiv. Allein ihre Schritte waren noch zu hören, die dem Berg Meter für Meter abrangen, und ihr Atem, der stoßweise ihre Anstrengung verriet.

Plötzlich blieb Iax stehen.

Er richtete sich auf und lauschte in den diesigen Schleier hinein, der sie umgab. Er hatte die Hand gehoben als Zeichen dafür, dass Nathanael zu schweigen hatte. Der blickte um sich und erkannte in nächster Nähe schemenhaft Felsbrocken, die wie stumme Wächter auf sie herabblickten, dahinter nichts als eine weiße Wand.

Ein Stein rollte polternd zu Tal.

Da war jemand!

Iax drehte sich zu Nathanael um, kniete sich herab, ganz nah an sein Gesicht und bedeutete ihm, seinen Atem zu kontrollieren, damit das Keuchen sie nicht verriet, und zeigte auf einen Felsen, hinter dem er sich verstecken sollte. Nathanael hatte verstanden, huschte hinter einen der Brocken und verschmolz mit seiner Umwelt, während Iax lautlos sein Schwert zog und dem Geräusch entgegenschlich.

Ein paar Meter bergauf musste Iax feststellen, dass es hoffnungslos war, einen möglichen Feind zu sichten. Seine Augen waren hier nutzlos. Er schloss sie und vertraute stattdessen seinem Gehör und den feinen Sinnen, die ihm eine mögliche Bewegung verrieten, eine Veränderung des Luftstroms, eine Schwingung der winzigen Tropfen in der Luft. Ganz still stand er dort, atmete so flach, das sich seine Brust kaum noch bewegte, und erspürte nach ein paar Sekunden einen Körper, der sich nicht weit von ihm entfernt hinter einem Felsen versteckt hielt. Er wandte sich dem Fremden zu, richtete seine Sinne nach ihm aus, nahm seine Aura wahr. Iax hielt vorsichtig seine Hand in den Nebel: Da war er. Iax spürte den Puls des fremden Herzens. Aufgeregt. War er allein? Hatte er Mitstreiter?

Iax wandte sich sacht nach links und nach rechts, kontrollierte das Feld. Da war niemand. Nur Nathanael, den er in seinem Rücken wahrnahm, der sich geschickt verhielt, aber dessen Aura ungewöhnlich stark strahlte. Jetzt musste Iax handeln! Wenn er Nathanael so deutlich wahrnahm, dann würde es sein Gegner auch tun. Er wandte sich dem Fremden zu – er war verschwunden! Iax wirbelte herum, ahnte eine Bewegung, die schnell und lautlos Nathanael entgegenstürmte.

Zwei Bewegungen – blitzartig.

Nathanael hatte einen Angriff gewittert, war zurückgesprungen. Gleichzeitig landete Iax an der Stelle, wo Nathanael noch einen Wimpernschlag zuvor gehockt hatte, das Schwert auf den Schatten gerichtet. Das war kein Feind! Iax spürte es sofort, stieß die Klinge nicht in den Angreifer, sondern packte sich den Schatten mit der anderen Hand.

»Nicht! Bitte!«

Eine junge Stimme. In Panik.

»Wo bist du Engel?!«, rief Iax.

»Hinter Euch, Meister!«, gab Nathanael zurück.

Nathanael schloss zu Iax auf und blickte in das verängstigte Gesicht eines einfachen Engels, der vergeblich versuchte, Iax' eiserne Faust, die sich um seinen Hals geschlossen hatte, zu lösen.

»Bitte!«, krächzte er eingeschüchtert. »Tut mir nichts. Bitte!«

Iax löste den Griff, der Engel fiel auf die Knie und rang nach Atem.

»Wer bist du?«, fragte Iax streng.

Der Engel begann zu weinen, mehr aus Furcht, denn aus Schmerz. Nathanael hatte Mitleid mit ihm und half ihm wieder auf.

»Hab keine Angst, Engel.«

Verschüchtert wagte er kaum aufzublicken, stand unschlüssig vor den beiden. Leise antworte er: »Ich heiße Seth.«

Nathanael versuchte es mit einem freundlichen Lächeln und gab ihm die Hand: »Ich bin Nathanael. Das ist mein Meister, Iax.«

Seth verbeugte sich gleich mehrere Male. »Es ist mir eine Ehre.«

»Was machst du hier, Seth?«, fragte Iax misstrauisch.

»Ich weiß es nicht, Herr.«

»Ich hoffe, du erklärst dich genauer!«, fuhr Iax ihn an.

Seth zuckte zusammen, senkte den Blick. »Ich habe mich verirrt, Herr. Ich wollte gen Norden.«

»Was wolltest du im Norden?«, fragte Iax.

»Ich weiß es nicht, Herr. Irgendetwas zog mich dorthin und sagte mir, dass ich dort Anschluss finden würde.«

»Du bist ganz allein?«, fragte Nathanael.

»Ja.«

Iax nickte kurz, dann sagte er: »Schließ dich uns an, Seth. Aber bewege dich vorsichtig und schweig. So lange, bis du aufgefordert wirst zu sprechen.«

»Ja, Herr.«

Iax nickte Nathanael zu, dann setzten sie den Weg zügig fort. Schweigend. Gerade als sie dachten, sie würden den Nebel nie wieder verlassen, durchbrachen sie die Wolkendecke und standen nach wenigen Schritten in gleißendem Sonnenschein. Hier mutete die Landschaft nicht so feindlich an: steinig zwar, aber weniger spitz, weniger abgestorben. Eine sanfte Ebene erstreckte sich bis zu einer Kuppel, hinter die sie nicht sehen konnten.

Iax wandte sich ihnen zu und befahl: »Zurück in den Nebel! Bewegt euch nicht! Sprecht nicht!«

Mit wenigen Schritten traten sie wieder zurück.

Über Stunden lockte sie ein helles Licht, herauszutreten, dann wurde es blasser, bis sich zum Schluss tiefe Nacht über den Nebel gelegt hatte. Zusammengekauert wie Rehkitze, die sich vor ihren Feinden versteckten, hockten Seth und Nathanael ganz nahe am Boden und verhielten sich reglos. Sie hatten nicht bemerkt, dass Iax aufgestanden war, und schreckten auf, als er sie antippte.

»Schule deine Sinne!«, flüsterte Iax. »Es könnte dir eines Tages das Leben retten.«

»Ja, Meister.«

»Wartet hier!«

Sie kauerten sich wieder auf den Boden, während Iax mit wenigen Schritten aus dem Nebel trat und in der Dunkelheit verschwand. Er schien eine Ewigkeit draußen zu sein, bis Nathanael seine Silhouette bemerkte und Iax im nächsten Moment wieder bei ihnen war.

»Sie sind da«, sagte er ruhig.

Nathanael und Seth sahen sich beunruhigt an.

»Wenn wir uns schnell bewegen und die Schlucht vor Mondaufgang erreichen, haben wir eine gute Chance, unerkannt vorbeizukommen. Es sind nur einfache Engel.«

»Woher wisst Ihr das, Meister?«, fragte Nathanael.

»Ich kann ihre Auren sehen.«

»Und sie können Euch nicht sehen?«

Iax lächelte: »Nicht, wenn ich es nicht will.«

»Wie verhindert Ihr das, Meister?«

Iax schüttelte den Kopf: »Alles zu seiner Zeit, Engel … Seth?«

»Ja, Herr?«

»Sollten wir in einen Hinterhalt geraten, versuche dich zu retten. Ich werde es nicht tun.«

Seth schluckte schwer, antwortete mit belegter Stimme: »Ja, Herr.«

»Wir werden ihn nicht zurücklassen!«, antwortete Nathanael bestimmt.

Iax packte Nathanael am Kragen der Kutte und hob ihn ruckartig vor sein Gesicht. »Ich habe nicht mit dir gesprochen, Engel!«

»Nein, Meister.«

Iax zischte: »Jeder erfüllt sein Schicksal. Du, ich, auch Seth. Wenn sein Weg hier zu Ende gehen sollte, dann wird es so sein. Hast du mich verstanden?!«

»Ja, Meister!«

»Jetzt folgt mir zur großen Schlucht. Bis dahin kein Wort. Achtet auf jeden eurer Schritte und vermeidet jedes Geräusch.«

Sie durchbrachen den Nebel. Der Mond war noch nicht aufgegangen, so dass die Dunkelheit sie vor neugierigen Blicken schützte. Oben auf der Kuppel fiel das Gelände sogar ein Stück ab. Am Horizont erhob sich ein gewaltiges Massiv, in dessen Mitte eine schmale Schlucht wie eine tiefe Schnittwunde klaffte. Nathanael erkannte sie sofort wieder. Nicht lange, und der Mond würde über die Klippen steigen … wer dann noch über die Ebene lief, war für jeden über viele Kilometer hin sichtbar.

Sie rannten los.

Iax jagte wie der Wind davon, Nathanael folgte schneller, als er es für möglich gehalten hatte. Der Körper folgte dem Willen, wurde eins mit ihm: was vorstellbar war, war auch machbar. Trotzdem lief ihm Iax davon. Noch während ihrer Jagd konnte er nicht anders, als ihn zu bewundern. Seine Kraft trotzte der Physik, triumphierte über mechanische Grenzen, schien alles, was ihm nicht gleich war, zu verspotten.

Die Schlucht kam rasch näher.

Im Osten glühten die Kämme und Spitzen bereits vom fahlen Licht.

Nathanael konzentrierte sich auf jeden Sprung, auf jeden Schritt. Der Boden unter seinen Füßen flog unter ihm weg – er wich brüchigen Steinen aus, nutzte große Felsen, um an ihnen die Richtung zu ändern. Er kannte die Route, *wusste*, was er tat, geriet zu keiner Sekunde in Gefahr, sein Gleichgewicht zu verlieren.

Dann schob sich ein kreisrunder Mond langsam über

das Gebirge, sein Licht floss wie Milch in die Ebene hinein, machte sichtbar, was eben noch im Verborgenen gelegen hatte.

Iax erreichte die Schlucht, wenig später folgte Nathanael. Erst jetzt sahen sie, dass Seth das Tempo nicht hatte halten können. Er war zu weit entfernt, als dass er sein Ziel noch vor dem Licht würde erreichen können.

»Ihr müsst ihn holen, Meister!«, bat Nathanael. »Wenn er gefangen wird, dann werden sie bald schon von uns wissen.«

Iax nickte grimmig – Nathanael sah, wie er die Entfernung einschätzte, das herannahende Licht im Osten, den eilenden Seth. Dann schnellte er aus der Schlucht, nahm rasende Fahrt auf, beschleunigte nochmals, stürzte wie ein Falke aus dem Himmel, riss Seth mit sich, nutzte einen gewaltigen Brocken, um sich an ihm wieder in Richtung Schlucht zu katapultieren. Das Licht flog von Osten in die Ebene hinein, Iax wieder auf dem Rückweg, sehnig und kraftvoll wie ein Gepard, weiter beschleunigend, bis er dicht über der Erde zu fliegen schien, am Rand des Lichts entlang, das ihn aus der Falllinie drängte. Mit einem gewaltigen Satz sprang er zurück in die Schlucht. Für den Bruchteil einer Sekunde nur hatte man ein kurzes Aufblitzen seiner Panzerung sehen können, einen Wirbel in der Luft, bevor ihn die Dunkelheit wieder verbarg.

Doch das hatte gereicht.

Sie waren entdeckt.

22

»Danke!«, flüsterte Seth, doch Iax wies ihn mit erhobener Hand an, den Mund zu halten. Er kniete, war völlig außer Atem, erschöpft, wie Nathanael ihn noch nie gesehen hatte. So standen sie denn einfach nur an seiner Seite und warteten, dass er wieder zu sich kam. Iax erhob sich schwankend, nickte den beiden zu: Es ging weiter. Sie drangen tief in das Massiv ein, passierten die dunkle Schlucht, über ihnen ein friedlicher Sternenhimmel, der weit, weit über ihren Köpfen funkelte.

Je weiter sie vordrangen, desto kälter wurde es. Hier war es eisiger als in den Nebeln; Reif überzog die Felsen, der erst auf halber Höhe wieder auftaute. Seth hielt respektvoll Abstand zu Nathanael und Iax, offenbar beschämt über die Rettungsaktion, die sie alle in so große Gefahr und Iax an den Rand eines Zusammenbruchs gebracht hatte. Nathanael drehte sich zu ihm um, lächelte ihm aufmunternd zu, doch Seth senkte sofort den Blick und ließ sich noch ein paar Schritte weiter zurückfallen.

»Er hat uns nicht erkannt«, sagte Nathanael leise.

»Was?«, fragte Iax zurück.

»Er ist ein richtiger Engel, aber er hat unsere Namen nicht gewusst. Und wir seinen nicht.«

Iax wandte sich ebenfalls um – Seth wurde noch langsamer, war jetzt nur noch undeutlich zu sehen.

»Ja.«

»Und doch hätte er es wissen müssen, denn in ihm schlägt das gleiche Herz, fließt das gleiche Blut wie in allen Engeln.«

Iax nickte nachdenklich. Dann antwortete er: »Er hatte sich noch für keine Seite entschieden. Vielleicht liegt es daran.«

»Wie ist das möglich?«, fragte Nathanael.

»Ich weiß es nicht, Engel. Es geschehen viele Dinge, die ich nicht für möglich gehalten hätte, und doch geschehen sie. Wir müssen auf unseren Vater vertrauen. Nur wer alles kennt, weiß, dass alles Sinn macht.«

»Ja, Meister.«

Vor ihnen lag ein langer Weg, schnurgerade, eben, breit genug für einfallendes Sternenlicht, das sie nicht durch finstere Nacht marschieren ließ. Über Stunden liefen sie, ohne dass sich irgendetwas verändert hätte. Nathanael hatte das irritierende Gefühl, dass sie auf der Stelle traten, ohne es zu merken.

Der Morgen brach an, die Sterne des Nachthimmels verloren an Glanz und tauchten schließlich ganz ins Tageslicht ein. Tiefblau spannte sich ein makelloser Tag über den Horizont, Sonnenfinger schlichen an der Schlucht herab, erreichten die Frostgrenze, blieben stehen. Für die Wanderer im tiefen Tal änderten sich weder Lichtverhältnisse noch Temperatur.

Nathanael blickte wieder hinter sich: Seth war weiter zurückgefallen, im Dunkel verschwunden. Dennoch nahm er seine Aura wahr: Ein sanftes Weiß schimmerte schwach in der Dunkelheit, bewegte sich stetig, wenn auch langsam. Auf größere Entfernung würde dieses Licht unsichtbar sein. Ein einfacher Engel eben. Eine neue Fertigkeit war für Nathanael dazugekommen: Er konnte Auren sehen! Warum er jetzt dazu in der Lage war und es vorher nicht gekonnt hatte, wusste er nicht zu sagen. Aber er konnte es.

Iax' Licht war kalt und grün. Sehr klar, sehr intensiv, auf seine Art strahlend schön. Keine Schnörkel, keine Tiefe. Kompromisslos. Jeder, der seine Aura wahrnahm, wusste, mit wem er es zu tun hatte: ein willensstarker Anführer.

Er blickte an sich herab: Sein eigenes Licht sah er nicht, nur den verkrüppelten Arm, dessen bloßer Anblick ihn schmerzte. Wie würden die anderen Engel reagieren, wenn sie ihn sahen? Iax trieb sie voran, drängte auf den Schulterschluss mit ihren Freunden, aber Nathanaels Anblick würde für die anderen ein Schock sein. Wie sehr er sich vor diesem Moment fürchtete! Sie würden ihn ablehnen, genau wie Iax es getan hatte. Er würde sich minderwertig fühlen. Ein Gefühl, das tief ihn ihm ruhte und ihn in den stillen Momenten quälte. Dass er auf seinem bisherigen Weg viel gelernt, viel Selbstvertrauen erworben hatte, all das würde in dem Moment in sich zusammenbrechen, wenn er sich ihren Blicken stellen musste. Was war er denn schon, verglichen mit ihrer Makellosigkeit? Sie würden sich angeekelt von ihm abwenden. Wie würde Iax dann reagieren? Würde er ihn fallenlassen, wenn die anderen ihn für wertlos befanden? Alles ließe sich irgendwie ertragen, nur nicht, dass Iax sich von ihm abwendete. Das wäre sein Tod.

Endlich wurden sie einer Veränderung gewahr. Der schnurgerade Pfad verjüngte sich, beschrieb dann einen weiten Bogen nach rechts, knickte plötzlich ab. Dort war ihr Weg zu Ende. Iax ging jetzt langsamer, seine Hand suchte instinktiv den Griff seines Schwertes. Nathanael sah ein Aufflackern seiner Aura, dann fiel sie in sich zusammen, war nicht mehr zu sehen. Zusammen warteten sie auf Seth, dann befahl er ihnen wortlos, zu warten, eilte vor und war nach wenigen Metern nicht mehr zu sehen.

»Was ist dort?«, flüsterte Seth.

Nathanael legte ihm den Finger auf den Mund, schüttelte den Kopf: Kein Wort!

Nicht lange, und Iax stand wieder vor ihnen, nickte ihnen zu: Sie sollten folgen. Sie erreichten das Ende der Schlucht, ein enger Durchgang, der nur einzeln passiert werden konnte. Hier war es stockdunkel, doch schon nach wenigen Augenblicken tauchte vor ihnen ein kreisrundes Licht auf, das Meter für Meter größer wurde.

Dann traten sie durch die Öffnung und standen vor dem Gehinnom.

Sie blickten auf eine riesige Felswand, breit wie ein Meereshorizont, hoch wie ein Engelsturm. Sie beschrieb einen sanften Bogen und deutete damit einen Halbkreis an. Davor eine weite Ebene aus purem Fels. Hier wuchs nichts, kein Strauch und kein Gras. Auch drang kein Tageslicht in den gewaltigen Krater, offenbar mied sogar die Sonne diesen Ort. An den Flanken der Wand klafften zwei weitere Schluchten, die wieder aus dem Gehinnom hinausführten.

Inmitten der Wand war ein Tor eingelassen, ähnlich der Tore, die Nathanael auch schon an den Engelstürmen gesehen hatte, nur dass dieses hier um ein Vielfaches größer war, aus schwerem Stahl gefertigt war und daher grob und bedrohlich wirkte. An den Torflügeln konnte man erkennen, dass die Panzerung meterdick war, ein Verschlussmechanismus erweckte den Eindruck, dass niemand dieses Tor würde öffnen können, wenn es erst einmal verschlossen war.

Doch jetzt stand das Tor weit auf.

Die drei hielten darauf zu, bis Nathanael sehen konnte, dass das Schwarze, das Loch, das ihnen entgegengähnte, nicht der optischen Täuschung von einer dunklen Höhle entsprach, sondern tatsächlich eine glatte Oberfläche war. Sie standen unmittelbar davor, wirkten klein wie Ameisen und starrten in das undurchdringliche Dunkel.

»Was ist hier passiert?«, fragte er entsetzt.

»Der Drache ist frei«, antwortete Iax.

Nathanael sah auf die schwarze Oberfläche, blies leicht dagegen und sah, dass sie Wellen warf, die nach oben hin ausliefen. Er schob die Handfläche langsam vor und spürte die Kälte, die überzuspringen drohte.

»Fass es nicht an!«, warnte Iax.

Zu spät. Nathanael tauchte mit den Fingern ins Schwarz, sah, wie ihre Spitzen darin verschwanden, und fühlte einen Schmerz, den er nicht für möglich gehalten hätte. Hier brannte ein eiskaltes Feuer, drang in jede Faser seines Fleisches, erfüllte Zellen mit Eis und ließ sie platzen. Nathanael wollte die Hand zurückziehen, aber seine Finger steckten fest, er wollte den Arm zurückreißen und zappelte wie eine Fliege in einem Spinnennetz. Was für ein Schmerz! Welch unglaublicher, alles durchdringender, quälender Schmerz!

Er schrie, während sein Arm langsam in der schwarzen Oberfläche versank. Was immer sich dahinter verbarg, es zog ihn in die ewige Finsternis.

Iax packte ihn an der Schulter und riss ihn nach hinten.

Nathanael landete auf dem Rücken und hielt sich seinen Arm: Er war weiß, taub, aber unversehrt. Unsicher kam er auf die Beine, versuchte, mit seinem verkrüppelten Arm den anderen zu wärmen, was zu seltsamen Verrenkungen führte, Nathanael aber gleichgültig war. Wenn nur sein Arm wieder heilen würde!

Nach einer Weile fühlte er zuerst ein leichtes Kribbeln in der Taubheit, nach und nach kehrte das Leben zurück. Die Haut wurde wärmer, die Finger ließen sich langsam, aber sicher wieder bewegen.

Er sah Iax an: »Was habt Ihr nur getan?!«

»Es war der Wille des Herrn, unseres Vaters.«

Nathanael schüttelte den Kopf: »Niemand darf hier eingesperrt werden. Niemand! Kein Verbrechen kann so bestialisch sein, dass man das hier jemandem antun darf.«

Iax' Augen blitzten wütend: »Du hast eine hohe Meinung von dir selbst, Engel. Es ist erstaunlich, wie viel Verständnis du für unseren Feind aufbringst. Und wie wenig für uns.«

»Es tut mir leid, dass Ihr das so seht. Aber ihr habt eine Hölle errichtet. Für einen einzigen Engel. Ihr habt ihn hier drin in ewiger Finsternis verbrennen lassen!«

»Niemand hätte je geglaubt, dass er das Gehinnom verlassen könnte.«

»Ihr habt ihn eingesperrt und vergessen. Aber jetzt ist er wieder da, um euch an eure Sünde zu erinnern!«

Iax trat einen Schritt vor und schlug Nathanael so hart wie nie zuvor ins Gesicht. Der stürzte an dem geschockten Seth vorbei und landete einige Meter weiter auf dem harten Felsen. Sein Kopf brummte, die getroffene Wange war erst taub und begann dann heiß zu brennen. Nicht viel, und Iax hätte ihm das Genick gebrochen.

Schon stand Iax über ihm: »Wer bist du, dass du uns an unsere Sünden erinnerst? Wer bist du?!«

Er war außer sich vor Wut, seine Stimme wie das Stürmen einer gewaltigen Kavallerie, deren Echo sich an den Wänden des Kraters brach und in der Luft hallte. Nathanael schwieg, beschämt über seine Offenheit, und mied Iax' Blick, in dessen Augen geradezu Mordlust flackerte.

»Du weißt nichts, Engel, aber du urteilst! Du weißt nichts, aber du empfindest dich als moralische Instanz. Du hast Mitleid mit Mördern! Du hast Mitleid mit denen, die nicht mehr Teil der göttlichen Ordnung sein wollen! Weil du Mitleid mit dir selbst hast! Weil du auch kein Teil der göttlichen Ordnung bist! Weil du ein Krüppel bist!«

Wie eine Flut rollte es über Nathanael hinweg, Brecher, die auf den Fels schlugen und deren Gischt jeden Zentimeter des Gehinnoms bespritzte. Nathanael lag auf dem Rücken und wandte sich weinend ab. Der geschockte Seth half ihm auf, wagte aber nicht, ihn zu trösten. Nie zuvor hatte Nathanael solche Verlustängste gehabt wie in diesem Moment. Er sah Iax nach und wusste, dass nur noch dessen bedingungsloser Glaube, sein totaler Gehorsam, ihn davon abhielten, sich von ihm abzuwenden. Nathanael war für ihn die fleischgewordene Prüfung. Weil Iax wankte, nach Halt suchte, sich alleingelassen fühlte. Weil er nicht wusste, warum er diesen Weg zu gehen hatte, diesen unsinnigen, nutzlosen, langen Weg, der doch nur in einen Vernichtungskrieg führte, den niemand würde aufhalten können.

Trost.

Kraft.

Glaube.

Warum sprach sein Vater nicht mehr mit ihm?

Er nickte den beiden zu: Bereit zum Abmarsch. Sie verließen das Gehinnom, wählten die Schlucht zur Linken, kamen rasch voran, da es jetzt stetig bergab ging. Bald schon ließ die Kälte nach, die Felswände flachten spürbar ab, bis die ersten Sonnenstrahlen ihre Köpfe erreichten und augenblicklich ein Gefühl des Glücks nach all der Trostlosigkeit auslösten. Aus der tiefen Schlucht war eine Rinne geworden, in der Büsche und Sträucher wuchsen. Nicht lange, und sie würden das Gebirge ganz verlassen haben.

Iax machte halt, als sich der Himmel im Westen blutrot färbte, und befahl, ein Nachtlager zu errichten. Nach dem harten Marsch waren Nathanael und Seth froh, rasten zu können. Sie brachen ein paar trockene Zweige von den Büschen und entzündeten sie zu einem kleinen Feuer. Iax sprach kein Wort, aber seiner Mimik zufolge schien er nicht mehr wütend zu sein. Vielleicht war er auch nur froh, Nathanael loszuwerden, wenn sie ihr Ziel erreicht hatten. Nathanaels Herz wurde schwer – der Gedanke, Iax zu verlieren, war unerträglich. Wie konnte er ihm nur klarmachen, wie leid ihm seine Äußerungen taten? Dass er schneller redete als nachdachte. Mitteilte, was er fühlte, ohne sich klar darüber zu sein, ob er andere damit verletzte.

Er entdeckte ein Stück Holz in der Nähe des Feuers, fast wie ein Würfel, morsch und wurmzerfressen, nahm es auf und besah es von allen Seiten. Noch bevor er gewahr wurde, was er tat, strich er mit dem Zeigefinger über die raue, zersplitterte Oberfläche: Sie wurde glatt. Glänzte wie poliert. Er formte Ecken und Kanten, schnitt mit dem Fingernagel einen Deckel heraus und blies in das Innere, pustete die entstandenen Späne aus dem Kästchen heraus, bis ein kleines mechanisches Spielwerk aus Holz entstanden war.

Dann schloss er das Kästchen und öffnete es wieder: Das Spielwerk drehte sich lautlos, und aus der Öffnung entsprang eine liebliche Melodie, traurig und tröstlich in einem. Zarte Musik, die sich hinauf in den Nachthimmel schlängelte und die Luft in Schwingung versetzte. Er sah, wie sich Seths und auch Iax' Züge entspannten, wie sie den Tönen nachhingen, ruhig und tief atmeten. Auch Nathanael lauschte der Musik, die er seit seiner Geburt vor sich hin summte, die tief in ihm verwurzelt schien und sich in ruhigen Momenten immer wieder ihren Weg an die Oberfläche bahnte. Für lange Momente vergaßen alle drei die Gefahren, die sie bestanden hatten, und die, die ihnen noch drohten, fühlten Frieden und Bescheidenheit, waren im Einklang mit einer Welt, die in zwei Teile zerbrochen war.

Selbst als die Melodie verstummt war, Nathanael das Kästchen schloss, schien es, als suchten Seth und Iax noch die Töne, die in Kadenzen und Trillern davongetanzt waren.

»Was für eine schöne Musik!«, sagte Seth verträumt. »Woher hast du sie?«

»Sie ist eine Erinnerung«, antwortete Nathanael.

»Erinnerung? An wen?«

»An meine Mutter.«

Nathanael sprach es im Brustton der Überzeugung aus, ein Gefühl der Wärme und der Geborgenheit schwang als Echo in ihm nach.

Iax sah ihn scharf an: »Was redest du denn da, Engel?!«

Nathanael erwiderte den Blick furchtlos: »Was meint Ihr, Meister?«

»Deine Mutter? Du hast keine Mutter! Nur einen Vater. Wie wir alle.«

Nathanael schüttelte den Kopf: »Ich habe eine Mutter. Und ich weiß, dass sie mir die Melodie vorgespielt hat, als ich noch ein Mensch war.«

Seth staunte: »Du erinnerst dich, ein Mensch gewesen zu sein?«

Iax fuhr dazwischen: »Unsinn! Niemand erinnert das!«

»Ich erinnere mich.«

Iax sprang wütend auf: »Vorsicht, Engel! Ich dulde keine Lügen in unserer Gemeinschaft!«

Nathanael schwieg, aus Angst, er könnte Iax noch weiter provozieren. Und vielleicht hatte er ja recht? Außer der Musik war ihm nichts von seiner Mutter im Gedächtnis geblieben, nicht wie sie ausgesehen hatte, nicht der Klang ihrer Stimme, nicht der Kuss auf seiner Wange, wenn sie ihn begrüßte oder verabschiedete. Und doch verspürte er eine Gewissheit, dass sie da war, dass sie an ihn dachte, dass sie ihn liebte. Würde er sie wiedererkennen, wenn auch sie zu einem Engel wurde? Bei ihm sein, wenn alle anderen auf seinen kaputten Arm zeigten? Ihn gegen Iax verteidigen, wenn der wieder einmal wütend auf ihn war? In ihnen schlug das gleiche Herz, floss das gleiche Blut: Würde das reichen, damit sie ihn fand und aus seiner Einsamkeit erlöste?

Iax stand auf und verließ das Feuer, angeblich, um nach dem Rechten zu sehen. Tatsächlich waren sie für den Moment nicht in Gefahr, das konnte sogar Nathanael spüren, dessen Instinkte bei weitem noch nicht an die von Iax heranreichten. Wahrscheinlicher war, dass sein Mentor die Stille suchte, um sich nicht mit Nathanael auseinandersetzen zu müssen. Vielleicht suchte er auch Antworten auf seine Fragen, hoffte auf ein Zeichen, das ihn versicherte, alles richtig zu machen. Irgendetwas, das ihm Hoffnung gab.

Seth und Nathanael blieben am Feuer zurück, und als Seth sicher sein konnte, dass Iax weit genug entfernt war, flüsterte er: »Ist das wirklich wahr, Nathanael?«

»Ja, ich erinnere mich. Nicht an viel, aber genug, um zu wissen, dass es jemanden gab, der mich liebte.«

Seth nickte, fragte neugierig: »Wie ist das so ... als Mensch?«

Nathanael dachte einen Moment nach: »Ich weiß es nicht, Seth. Ich weiß nur, dass es etwas vor meiner Geburt gab. Die Erinnerung an etwas Schönes.«

»Schön wie die Liebe zu unserem Vater?«

»Nein, anders.«

»Schwächer oder stärker?«

Nathanael lächelte über Seths Neugier. »Es ist nicht vergleichbar, Seth. Ich kann es nicht erklären.«

Seth nickte, stocherte in dem Feuer herum, mit Gedanken beschäftigt, die für Nathanael leicht zu erraten waren. Der junge Engel konnte nichts verbergen, war wie ein offenes Buch für jeden, der ihn ansah. Sanftmütig, furchtsam und unschuldig.

»Du fragst dich, ob du auch eine Mutter hattest?«

Seth blickte scheu auf und nickte: »Hältst du es für möglich?«

»Ja.«

In seinem Gesicht flackerte nicht nur der Widerschein des Feuers. Viele Fragen irritierten ihn. Verstohlen sah er sich nach Iax um: »Ob sie mich geliebt hat?«

»Natürlich hat sie dich geliebt, Seth. Jede Mutter tut das.«

»Wie sie wohl ausgesehen hat?«

Nathanael zuckte mit den Schultern: »Spielt das eine Rolle?«

»Ich hätte nur gerne ein Bild, ein Gesicht, verstehst du?«

Natürlich verstand Nathanael – es ging ihm genauso.

»Meinst du, ich würde sie erkennen?«

Nathanael zögerte mit der Antwort: »Wir sollten damit aufhören, Seth. Wenn Iax unser Gespräch hört, dann steht uns beiden eine schwere Zeit bevor.«

Seth nickte, ließ aber nicht locker: »Sag mir, Nathanael: Würde ich sie wiedererkennen?«

»Ich weiß es nicht, Seth. Wahrscheinlich nicht.«

Es war nicht die Antwort, die Seth hören wollte, wenn er auch tapfer nickte. Zugleich wurde Nathanael bewusst, dass es möglicherweise ein Fehler gewesen war, den jungen Engel mit seinen Befindlichkeiten anzustecken. Was war, wenn er den Gedanken an sein vorheriges Leben so verinnerlichte, dass er sein Gleichgewicht verlor? Wer war er, ihm den inneren Frieden zu stehlen, ohne dass es eine Möglichkeit gab, dass Seth je Antworten auf seine Fragen bekam? War es nicht besser, Halt im Glauben zu finden, als sich mit Phantasmen auseinanderzusetzen?

»Schlaf jetzt, Seth. Und vergiss, was ich dir gesagt habe. Niemand erinnert sich an seine Zeit als Mensch. Ich habe mich geirrt.«

»Bist du sicher?«

»Ja«, log Nathanael.

»Dann werde ich die ganze Sache vergessen«, log nun auch Seth.

Und verlor damit seine Unschuld.

23

Noch vor Morgengrauen trieb Iax sie zur Eile an – er wollte das Feindesgebiet unbedingt verlassen, denn schon am Fuß der Berge würden sie in Sicherheit sein. Zum ersten Mal bemerkte Nathanael so etwas Ähnliches wie Freude an dem Potestas. Nach der langen Zeit mit ihm sehnte sich Iax offenbar nach der Gemeinschaft, von der er getrennt worden war.

Die Sonne stand noch nicht lange am Firmament, als sich der Abstieg der drei Engel dem Ende näherte und sie auf einen schmalen Pass stießen, hinter dem sich das schroffe Gestein zunächst in rundliche Felsformationen wandelte, um dann in sanften Wellen in eine Ebene überzugehen. Es fehlten nur noch wenige Biegungen, dann würden sie das Gebirge endgültig hinter sich gelassen haben, als Iax, der Momente zuvor noch der Freiheit freudig entgegengelaufen war, auf der Stelle stehen blieb. Nathanael sah seine Aura aufflammen, kalt, strahlend, wütend, dann fiel sie in sich zusammen.

Blitzschnell drehte sich Iax um, legte einen Finger auf die Lippen. Vor ihnen – hinter einer Biegung – lauerten Engel. Feindliche Engel. Nathanael fühlte ihre Präsenz. Iax hielt die Handfläche in die Richtung, aus der sie gekommen waren. Nathanael sah in seinem Gesicht, was er spürte: noch mehr Feinde. Viel mehr Feinde.

Sie saßen in der Falle.

Iax beugte sich wieder zu beiden herab, sah ihnen konzentriert ins Gesicht, und plötzlich hörten sie seine Stimme. So deutlich, als würde er mit ihnen sprechen. Aber sein Mund bewegte sich nicht.

»Hör mir genau zu, Engel!«

Nathanael nickte, als Zeichen dafür, dass er ihn verstanden hatte.

»Du musst Gabriel erreichen. Was auch geschieht: Geh zu ihr! Denk nicht an das, was war, und nicht an das, was sein wird. Sammle dich und richte alle deine Fähigkeiten nur auf ein Ziel: Gabriel!«

»Was wird aus Euch, Meister?«, fragte Nathanael in Gedanken, in der Hoffnung, dass Iax ihn verstehen konnte.

»Ich werde dir einen Vorsprung verschaffen. Du musst die Ebene erreichen, dann lauf nach Norden. Halte niemals an. Niemals!«

»Aber was wird aus Euch?!«

»Mein Weg ist hier zu Ende, Engel! Wir alle haben unser Schicksal, meines erfüllt sich hier!«

»Nein, nein …«

»Du wirst mir gehorchen, Engel! Du wirst tun, was ich dir sage. Geh zu Gabriel. Sie wird wissen, was zu tun ist!«

»Ich werde Euch nicht alleinlassen. Lieber sterbe ich, als Euch alleinzulassen!«

Iax packte Nathanael an der Kehle und presste sie zusammen – Nathanael rang nach Luft. Iax' Faust war wie aus Stahl.

»Du wirst gehorchen! Schwöre es!«

Nathanael nickte zögernd – Iax ließ ihn los. Dann wandte er sich Seth zu: »Du wirst Nathanael nicht aufhalten! Du wirst ihn nicht um Hilfe bitten oder ihn daran hindern, zu fliehen. Hast du verstanden?«

Seth nickte schüchtern.

»Solltest sie dich einholen, so wirst du dich in das erstbeste Schwert stürzen, das sich dir entgegenstellt!«

Seth nickte.

»Du bist ein guter Engel, Seth. Aber es gibt Dinge, die sind größer als man selbst. Verstehst du das?«

Wieder ein Nicken.

»Dann wirst du tun, was ich dir sage?«

Seth zögerte nicht mit der Antwort: Er werde gehorchen.

Iax wandte sich wieder Nathanael zu: »Vor uns steht eine Legion. Einfache Engel, geführt von einem Dominatio. Ich werde ihn zuerst töten. Ihr werdet hinter mir laufen. Schaut weder nach links noch nach rechts. Konzentriert euch auf euren Weg. Sobald ich die Front durchbrochen habe, werdet ihr weiterlaufen, so schnell ihr könnt. Dreht euch nicht um! Dreht euch niemals um!«

Nathanael nickte.

Iax nahm seinen Schild, legte die Handfläche darauf und zog aus dem Metall einen weiteren, kleineren Schild hervor, in Farbe und Form identisch mit seinem eigenen. Ganz leicht, als ob in jedem Gegenstand ein weiterer deckungsgleicher ruhte, den man mit einem Handgriff zum Leben erwecken konnte. Er band diesen Schild Seth auf den Rücken. Und lächelte ihn an. Mehr konnte er nicht für ihn tun.

Dann richtete er sich auf, zog leise sein Schwert, löste auch hieraus ein zweites, identisches, schloss die Augen und brachte sich ins Gleichgewicht. Einige Momente verharrten sie so, nervös hinter Iax stehend. Nathanael fühlte aus dem Gebirge viele Feinde herannahen. Sie würden sie bald erreicht haben.

Iax war so weit.

Er lief los, langsam an Tempo zulegend.

Direkt hinter ihm Nathanael, gefolgt von Seth.

Sie liefen auf eine Biegung zu, einen scharfen Linksknick, eingegrenzt durch eine graue Felswand, die in einem kühnen Bogen dem Knick folgte.

Iax' Muskeln spannten sich, er beschleunigte in Sekundenschnelle auf Höchsttempo. Nathanael blieb in seinem Schatten. Seth fiel zurück.

Iax nutzte die Fliehkraft, um an der Felswand entlangzulaufen und in die erste Linie von Engeln einzubrechen.

Sie waren überrascht.

Brachten ihre Schilde nicht vor sich.

Explodierten förmlich unter Iax' Einschlag.

Rotierende Schwerter teilten den Dominatio in der Körpermitte, zerfetzten Engel, stießen in weiches Fleisch, nur um im nächsten Moment einen Kopf oder einen Arm abzuschlagen.

Blut.

Schreie.

Tod.

Sie hatten kaum an Tempo verloren – Iax schnitt durch ihre Reihen. Nichts widerstand seinen Schlägen, niemand stellte sich der puren Wucht seines Körpers in den Weg. Sie fielen zu Hunderten. Hinweggefegt in einem Sturm von Schlägen, Stichen und Hieben. Tote und Überlebende stürzten rechts und links aus der Falllinie, rissen ihre Brüder und Schwestern mit. In Iax' Sog hielt Nathanael Anschluss, den Kopf gesenkt, den Blick stur geradeaus.

Wenige Momente später durchbrachen sie die Legion.

Iax wirbelte herum – ein letzter Blick auf Nathanael: »LAUF JETZT, ENGEL! ERFÜLLE DEIN SCHICKSAL!«

Er war von Kopf bis Fuß mit Blut besudelt, eigentlich nur an den kalten grünen Augen zu erkennen.

Nathanael stürmte an ihm vorbei.

Iax ging sofort wieder in Angriffsposition. Nahm es mit allen auf, schnell, unbarmherzig, präzise.

Sie hatten Angst vor ihm, viele starben, bevor sie gekämpft hatten. Iax sprang über ihre Köpfe, trat, stieß mit dem Ellbogen, nutzte die Felswände, um die Richtung zu ändern. Für einen Moment sah es so aus, als könnte es ihm gelingen, eine ganze Legion aufzureiben.

Doch dann kamen die Schützen.

Tauchten auf den Klippen auf, an den Kämmen. Spannten die Bögen. Und schossen.

Iax bewegte sich schnell, aber den Pfeilen konnte er nicht ausweichen. Einige schlug er mit dem Schwert entzwei, einige prallten von seinem Brustpanzer ab. Drei trafen ihn. Einer in der Beuge zwischen Hals und Schulter, zwei in die Brust, wo ihn der Panzer nicht schützte. Blut spritzte, sein Blut.

Er wurde langsamer.

Wieder sprang er einer Gruppe entgegen, erschlug sie. Er riss seinen Schild hoch: Pfeile prasselten darauf. Wich nach hinten aus – die Legion fasste Mut in dem Maß, in dem Iax schwächer wurde. Sie rückten nach. Bedrängten ihn. Er verlor ein Schwert, wehrte nur noch ab.

Zwei weitere Pfeile drangen in seinen Oberschenkel.

Er sprang weiter zurück. Zwei Pfeile schlugen in seinen Schwertarm – er brach sie ab, taumelte. Drei weitere Pfeile durchbohrten seinen Rücken.

Deckung. Er brauchte Deckung. Noch ein Satz zurück. Eine Biegung, flankiert von einem Felsen. Für einen Moment kam er zur Ruhe, bemerkte erst hier, dass ihn zwei weitere Pfeile im Sprung erwischt hatten. Er fiel auf den Rücken, brach die Pfeile ab. Sein Blut spritzte aus den Wunden, lief warm über seine Haut.

Hier ging es also zu Ende, dachte er grimmig.

Er warf den Schild zur Seite.

Umfasste ein letztes Mal seinen Schwertgriff.

Die Welt um ihn drehte sich.

Noch drei Atemzüge bis zum Nichts.

Er hatte geschworen zu gehorchen, versprochen, sich nicht umzudrehen, nicht auf die Schreie zu hören, nicht auf das Sirren der Schneide, das Kreischen der Schilde, die unter der Wucht der Schläge abtauchten. Er hatte geschworen, sein Schicksal zu erfüllen, so wie Iax seines erfüllte. Der Potestas würde ihre Feinde aufhalten, ihm den Vorsprung erkämpfen, den er brauchte, und mit seinem Leben dafür bezahlen. Iax hatte gewankt, hatte gezweifelt, sein Gleichgewicht gesucht, doch in dem Moment, als er gefordert war, stürzte er sich bedingungslos in einen aussichtslosen Kampf und verteidigte ohne jeden Zweifel das, woran er glaubte.

Nathanael wurde langsamer.

Sah Iax' Gesicht, blutverschmiert, entschlossen, wild. Er lief davon und ließ den Engel im Stich, den er trotz aller Strenge mehr liebte als das eigene Leben. Weil er Gehorsam geschworen hatte, obwohl er nicht daran glaubte, dass Gehorsam das Fundament seiner Bestimmung war. Wenn es Dinge gab, die größer waren als man selbst, sollten sie dann nicht auf Glauben oder auf Liebe errichtet sein?

Nathanael wurde noch langsamer.

Hinter ihm starb sein Mentor, sein Freund, der Engel, der wie ein Vater für ihn war. Wie konnte er weitermachen, wenn er wusste, dass alles, was er noch tun würde, auf dieser feigen Tat aufbaute? Wie konnte er weiterleben in dem Bewusstsein, dass er Iax im Stich gelassen hatte? Was für eine Rolle spielte es, dass er das auf Iax' Befehl getan hatte, wenn ihm sein Gewissen sagte, dass es falsch war?

Er fiel in einen leichten Trab und hielt dann an. Seth erreichte ihn einige Augenblicke später.

»Schnell, Nathanael, schnell!«, rief er, stürmte weiter, bemerkte, dass Nathanael keine Anstalten machte, die Flucht fortzusetzen.

»Was ist mit dir?«, fragte Seth und kehrte zu ihm zurück.

»Ich kann nicht.«

»Du hast es Iax geschworen!«, sagte Seth.

»Ich weiß. Aber ich kann es trotzdem nicht.«

»Du willst den Schwur brechen? Wie kannst du einen Schwur brechen? Du bist ein Engel!«

Nathanael zog sein Schwert und schob sich die Kapuze der Kutte über seinen Kopf: »Lauf zu Gabriel, Seth!«

Seth schüttelte den Kopf: »Wenn du nicht gehst, dann gehe ich auch nicht.«

»Dann wirst du sterben, Seth.«

»Dann wird das eben mein Schicksal sein.«

Nathanael musste über seine Entschlossenheit lächeln, aber er versuchte erst gar nicht, Seth von seinem Entschluss abzubringen. Wie konnte er von ihm verlangen, was er selbst nicht zu erfüllen bereit war?

»Du hast kein Schwert!«, stellte Nathanael fest.

Seth schluckte und antwortete: »Ich werde das tun, was Iax mir befohlen hat.«

Nathanael nickte: »Dann komm! Mein Meister ist in Not!«

Sie liefen zurück – Nathanael, so schnell er konnte. Der Weg schlängelte sich, aber Nathanael hatte bei Iax gesehen, wie man Wände und Felsen nutzte, um Richtungen zu ändern, ohne an Geschwindigkeit zu verlieren.

Da war Iax.

Schwer verletzt hinter einem Felsen.

Nathanael sah, wie er seinen Schild fortwarf, wie sich seine Faust um seinen Schwertgriff spannte. Er versuchte, auf die Beine zu kommen, schwankte und fiel dann hilflos auf den Rücken. Er hatte keine Kraft mehr, zu kämpfen, hatte zu viel Blut verloren. Nicht lange, und sie würden hinter dem Felsen auftauchen und über ihn herfallen.

Sie zögerten einen Moment, blickten der Biegung entgegen, dem vorspringenden Felsen. Niemals zuvor hatten sie einen Engel so kämpfen gesehen, niemals zuvor war jemand durch ihre Reihen gesprungen und hatte vielhundertfach den Tod gebracht. Jetzt schien er am Ende seiner Möglichkeiten, die Bogenschützen hatten ihm schwer zugesetzt. Oder war es eine Finte? Lockte er sie hinter den Felsen, um wieder – wie schon zuvor – durch ihre Front zu brechen, um auch dem Rest das Leben zu nehmen? Eigentlich unvorstellbar, denn seine Wunden hatten echt ausgesehen. Er hatte so viele Treffer erhalten, dass es ohnehin an ein Wunder grenzte, dass er überhaupt noch lebte.

Der Dominatio, der sie eigentlich führte, lag etwa hundert Meter hinter ihnen, zweigeteilt. Die aufgerissenen Augen sahen sie trotz der Entfernung. Die Bogenschützen über ihren Köpfen hinderte ein Erdspalt daran, weiter vorzurücken, um die Lage einzuschätzen. Es blieb ihnen also nichts weiter übrig, als selbst nachzusehen. Sie formierten sich zu einer Reihe, bildeten dahinter eine geordnete Formation, nahmen die Schilde vor die Brust und gingen in Angriffsstellung über.

Zögernd machten sie die ersten Schritte nach vorn, während die Schützen die Sehnen spannten und den Felsen ins Visier nahmen.

Den Potestas sahen sie zuerst. Er lag auf dem Rücken – mehr tot als lebendig. Sein gewaltiger Brustkorb hob und senkte sich ruckartig – er spuckte Blut. Offenbar hatte er sich von dem Felsen wegschleppen wollen, sie konnten die roten Schlieren auf dem Boden sehen. Ihre Körper entspannten sich: Keine Gefahr mehr.

Und plötzlich stand da ein Mönch.

Hatte sich hinter dem liegenden Potestas erhoben und stieg jetzt über dessen Körper. Ohne Hast. Sehr ruhig. Stellte sich vor den sterbenden Potestas. Eine Hand drückte er seltsam gegen den Körper, in der anderen hielt er ein Schwert.

Sein Gesicht war durch die Kapuze verborgen.

Doch das erschreckte die Engel nicht, das ließ sie nicht instinktiv zwei Schritte zurückweichen. Sie waren bei weitem in der Überzahl, und der Statur nach war der Mönch ein einfacher Engel wie sie auch.

Und doch strahlte eine Aura von ihm ab, die ihn unberührbar machte.

Nicht die eines Cherubs, wenn sie auch forderte, die Waffen sofort niederzulegen. Nicht das Feuer eines Seraphs, wenn es auch forderte, den Kampf sofort aufzunehmen. Nichts von dem und doch alles zusammen.

Jetzt ging er einen Schritt auf sie zu – sie wichen vor ihm zurück.

Er hob sein Schwert und zielte mit der Spitze auf ihre Reihen.

Sie zogen sich zurück, geordnet, aber sehr zügig.

Beunruhigt.

Erschreckt.

Verwirrt.

Das war kein Engel. Und doch war es einer.

Das war der, den der Drache suchte.

24

Iax war nicht bei Bewusstsein, blutete aus vielen Wunden, so stark, dass Nathanael Panik befiel, Iax könnte in seinen Armen sterben. Sofort packte er ihn am Kragen und zog ihn weg vom Ort des Kampfes. Seth sprang ihm helfend zur Seite, doch er musste feststellen, dass das Gewicht des Potestas seine Kräfte bei weitem überstieg. Umso erstaunlicher, dass Nathanael zu einer solchen Leistung in der Lage war, denn an Größe und Statur unterschied sie so gut wie nichts. Und doch schien er wenig Mühe zu haben. Sie entfernten sich so rasch, dass nur Iax' Fersen zwei schmale Kanäle im Sand hinterließen.

Nicht lange, und die Felswände zu ihren Seiten senkten sich immer weiter ab, und einige Momente später sahen sie die Ebene vor sich, von der Iax gesprochen hatte. Irgendwo dort mussten ihre Freunde sein. Nathanael legte Iax vorsichtig ab und fasste Seth bei den Schultern: »Hör jetzt genau zu, Seth!«

Der nickte.

»Lauf nach Norden, so schnell du kannst, und hol Hilfe!«

»Was wird aus dir, Nathanael?«

»Ich bleibe bei meinem Meister.«

»Was ist, wenn sie zurückkommen?«, fragte Seth.

»Ein Grund mehr, sich zu beeilen, richtig?«

Seth nickte: »Ja, richtig.«

»Lauf jetzt. Lauf!«

Seth drehte sich um und rannte, so schnell er konnte, nordwärts. Stürmte die sanften Hügel hinab und tauchte dann in die Ebene ein, in der ihn hohes Gras fast verschwinden ließ.

Nathanael beugte sich zu Iax hinunter, wischte ihm das Blut aus dem Gesicht, besah sich seine Wunden und erschauderte: Dass er überhaupt noch lebte, grenzte an ein Wunder. Iax hielt stand, kämpfte um jeden Schlag seines Herzens, gab nicht auf. Er würde niemals aufgegeben, es sei denn, ihrer aller Vater würde es ihm befehlen.

Aus zwei seiner Wunden pulsierte Blut in kleinen Fontänen heraus – wenn er diese Blutungen nicht würde stoppen können, würde den Potestas nicht einmal sein außergewöhnlicher Lebenswille retten. Vorsichtig löste er eine Pfeilspitze aus dem Fleisch und sah nichts als pochendes, gluckerndes Blut.

Dann schob er eine Fingerspitze tief in die Wunde, bis an die Stelle, an der Blut heiß über seine Kuppe pulste. Er schloss die Augen und konnte plötzlich die Wunde *sehen*: er befahl ihr, sich zu schließen. Und sie tat es. Von den Rändern aus schien sie sich zur Mitte hin zu strecken, geradeso, als ob sie nach einer rettenden Hand suchte, an der sie ihr Gegenüber zu sich herziehen konnte. Gleichzeitig spürte Nathanael, wie viel Kraft ihn diese Rettung kostete. Als tauschte er sein Leben gegen das von Iax. Es strömte aus ihm heraus, in die sich schließende Wunde, schwächte ihn in dem Maß, wie es Iax stärkte.

Die Blutung versiegte.

Nathanael zog seine Fingerspitze heraus und nahm sich der anderen, größeren Wunde an, aus der Blut rhythmisch herausgedrückt wurde, um in breiten Rinnsalen über die Rippenbögen auf die Erde zu tropfen. Auch hier erfühlte Nathanael die Verletzung, eine Ader, die längs aufgeschlitzt worden war. Wieder befahl er der Wunde, sich zu schließen. Ihm wurde kalt, schwindelig, als hätte *er* große Mengen Blut verloren, aber er führte die Fingerspitze an dem Riss entlang.

Wie müde er plötzlich war! Wie schön es jetzt wäre, zu schlafen. Nicht lange. Nur für einen Moment. Sie könnten zusammen hier liegen und würden irgendwann erfrischt aufwachen und feststellen, dass alles nur ein böser Traum gewesen war. Es hatte keinen Angriff gegeben, keinen Kampf und auch keinen Tod. Sie würden erwachen und feststellen, dass alles gut war. Dass sie im Paradies lebten, ohne Sorgen, ohne Feinde, in Harmonie mit ihren Brüdern und Schwestern.

Er war müde, so müde.

Mit letzter Kraft zog er seine Hand aus der Wunde und fiel hintenüber: Fast wäre er eingeschlafen. Für immer eingeschlafen! Alles drehte sich und hörte niemals auf, starb das eine, begann für das andere das Leben. Alles war im Gleichgewicht, denn nur so konnte es bestehen. Das Prinzip blieb immer gleich: für die Menschen, für die Engel, für die ganze Schöpfung.

Mit Mühe kam Nathanael auf die Beine, zog Iax zur Ebene hinab, knickte immer wieder ein, aber er gab nicht auf. Sein Meister gab nicht auf, also würde er es auch nicht tun. Im Schutz der ersten Gräser beschloss er, auf Seth zu warten.

Er nahm Iax' Kopf auf seinen Schoß und strich ihm beruhigend über die Stirn: »Schhh…«

Iax' Atem beruhigte sich. Er fiel in eine tiefe Ohnmacht.

Aber er lebte.

Tief in der Nacht hörte Nathanael ein leises Geräusch. Er sprang auf, zog sein Schwert und hielt seine Handfläche in die Richtung, aus der er das leise Rascheln gehört hatte. So, wie er es bei Iax gesehen hatte. Und tatsächlich war ihm, als spürte er eine Erschütterung in der Luft, als nähme er Silhouetten wahr, die sich sehr schnell näherten. Sie verbargen ihre Auren, aber Nathanael erfasste sie trotzdem, die Schläge ihrer Herzen: Es waren drei. Keine Feinde. Er steckte das Schwert zurück, starrte in die dunklen Gräser.

Kurz darauf standen sie vor ihm.

Ein tiefes, friedliches Blau überflutete sie, als Rafael vortrat und ihn begrüßte. Nathanael senkte den Kopf und kniete sich vor ihm nieder, doch Rafael hob ihn wieder hoch und verzichtete auf Förmlichkeiten: »Es tut gut, dich wiederzusehen, Nathanael!«

Nathanael war verwirrt: »Mich wiederzusehen, Herr?«

Rafael lächelte, segnete ihn. Dann kniete er sich zu Iax herab, betrachtete seine Wunden.

Nathanael grüßte die beiden anderen, verbeugte sich tief: »Achaiah … Paschar. Ich grüße euch Herren.«

Zu seiner Überraschung erwiderten sie die tiefe Verbeugung, obwohl sie im Rang weit über Nathanael standen. Als sie sich aufrichteten, fielen ihre Blicke auf Nathanaels verkrüppelten Arm – sie waren irritiert. Aber sie blieben höflich und versuchten, nicht daraufzustarren. Nathanael schob verschämt den Arm zurück, als wollte er ihn hinter seinem Rücken verstecken, musste jedoch feststellen, dass er dafür zu steif war.

Paschar stand im Rang eines Dominatio, Achaiah darunter, ein Virtus. Beide waren deutlich größer als Nathanael, Paschar blond, Achaiah etwas dunkler. Ihre Gesichter waren trotz ihrer außerordentlichen Schönheit gut zu unterscheiden, wenn sie auch beide die gleiche Augenfarbe hatten: dunkelblau. Ihre Auren flammten auf, Paschars in der Farbe frisch gefallenen Schnees: weiß, klar, schillernd, Achaiahs in einem blassen Grün.

Nathanael wandte sich Rafael zu, der seine Hand auf Iax' Brust gelegt hatte.

»Könnt Ihr ihn heilen, Herr?«

Rafael antwortete besorgt: »Er hat viel Blut verloren.«

Nathanael sah, wie Rafael seine Handfläche sanft über Iax' entblößte Brust führte. Dort, wo er die Wunden berührte, schlossen sie sich schnell. Zum Schluss deutete kaum mehr etwas auf die vielen Verletzungen hin, denn mit den Wunden wischte er auch das Blut auf der Haut weg. Zurück blieben nur blasse, kaum sichtbare Narben.

Er drehte sich zu Nathanael um: »Es gab zwei große Verletzungen, die verschlossen wurden … jedoch nicht von mir.«

Nathanael nickte.

»Hast du das gemacht?«

»War es falsch, Herr?«

Rafael schüttelte den Kopf: »Im Gegenteil, du hast ihm das Leben gerettet. Es ist nur …«

»Was, Herr?«

Rafael wirkte nachdenklich, stand auf. »Nichts, Engel. Kehren wir zurück. Schnell.«

Er nickte Paschar und Achaiah zu, die sich beidseitig zu Iax herabknieten und ihn anhoben.

»Ich nehme an, Iax hat dir beigebracht, was du wissen musst?«, fragte Rafael.

Nathanael nickte: »Ich habe versucht, ihm zu genügen.«

Rafael lachte kurz auf: »Ich verstehe … Nimm es nicht zu schwer. Niemand genügt Iax.«

Er wandte sich den Dominationes zu: »Folgt, so schnell ihr könnt. Nathanael und ich werden voraneilen.«

Nathanael schüttelte den Kopf: »Nein.«

Achaiah und Paschar sahen Nathanael mit großen Augen an: Er hatte gewagt, einem Cherub zu widersprechen. Das war so ungeheuerlich, dass sie darüber sogar seine Verkrüppelung vergaßen. Wie würde Rafael reagieren? Ihr Blicke wanderten von Rafael zu Nathanael und zurück.

Rafael sah ihn erstaunt an: »Nein?«

»Ich werde meinen Meister nicht verlassen, Herr.«

»Deinen *Meister*?«

»Ja.«

Rafael antwortete sanft: »Du musst eine ungeheuer harte Zeit hinter dir haben, Nathanael. Iax ist weniger geduldig als ich.«

»Ich weiß, Herr.«

»Trotzdem willst du bei ihm bleiben?«

»Ich werde bis zu meinem letzten Atemzug an seiner Seite sein.«

Rafael lächelte, als ob er von jedem Schlag, jeder Ohrfeige, die Iax ihm beigebracht hatte, wusste. Und wahrscheinlich tat er das auch. Er nickte Paschar und Achaiah kurz zu – sie setzten sich sofort in Bewegung.

Nathanael suchte während ihres Marsches nach einer angemessenen Entschuldigung für sein Verhalten. Gegenüber der Sanftmut der Cherubim wirkte jede Unhöflichkeit wie eine schwere Beleidigung und fiel auf einen selbst zurück, so dass man sich klein und schäbig vorkam. In ihrer Aura erfuhr man Demut bis zur Selbstverleugnung, ihre Hand, die jedem Frieden und Glück anbot, schlug niemand einfach so aus. Ihnen nicht zuzustimmen, ihnen nicht zu folgen verursachte eine Scham, die so schwer auf dem Herzen lag, dass kein Wunsch größer war, als sie wieder loszuwerden.

Rafael ging voran, und es schien Nathanael, dass sich sogar das Gras vor ihm beugte, ihnen einen Weg ebnete, durch den sie mühelos gehen konnten. Bald schon stand der Mond hoch am Himmel – sie kamen rasch voran. Paschar und Achaiah trugen den bewusstlosen Iax ohne erkennbare Mühe. Nathanael drehte sich dann und wann zu ihm um, in der Hoffnung, Iax würde aufwachen, und tröstete sich damit, dass Iax – trotz der tiefen Ohnmacht – nicht mehr sterbend aussah.

Mit Anbruch der Dämmerung ließen sie die Graslandschaft hinter sich und sahen auf ein liebliches Tal hinab, dessen Blütenträume dem kühlen Morgengrauen das Gesicht zuwandten. Und auch die Fauna meldete sich zirpend, raschelnd und kreischend. Es war ein Gefühl, als kehrten sie nach langer Zeit nach Hause zurück, so vertraut schien das Bild, so berauschend waren die Düfte, und so beflügelt trieb das eigene Verlangen zur Eile an, die geliebten Brüder und Schwestern in die Arme zu schließen.

Nathanael nahm Wächter wahr, obwohl er sie nicht sah. Sie standen im Schatten und ließen sie passieren. Vor ihnen fiel das Gelände ab und nahm einen sanften Bogen nach Westen. Sie folgten dem Weg und bald schon baute sich vor ihnen schimmernd und majestätisch ein Turm auf, an Größe und Lichtintensität den Türmen aus dem Ödland überlegen. Er stand dort allein, in einer Ebene, als ob sich die Flanken des Tals wie ein Vorhang vor ihm zurückgezogen hatten. Nathanael spürte die Präsenz von Millionen von Engeln. Sie waren es, die den Turm zum Leuchten brachten, die ihn mit Wärme und Leben erfüllten. Erst durch sie war der Bau vollkommen. Er konnte es kaum erwarten, sie alle zu sehen, sie zu begrüßen, ihnen von seinem Weg zu erzählen. Plötzlich ging ihm Rafael nicht mehr schnell genug, plötzlich schlug sein Herz aufgeregt, und seine Verkrüppelung war vergessen: Er wollte nur noch nach Hause. In die Gemeinschaft der Engel.

Sie kamen ihnen entgegen, säumten bald schon ihren Weg, erst zu Hunderten, bald zu Zehntausenden. Und mit jedem weiteren Schritt kamen mehr. Ihre Auren schimmerten in allen Schattierungen von Weiß: schöne Gesichter, sanfte Gemüter. Sie standen da und sahen sie an, empfingen sie neugierig und freundlich. Knieten vor Rafael nieder, wagten kaum, ihn direkt anzusehen. Je näher der Turm rückte, je steiler er sich dem Himmel entgegenstreckte, desto mehr Engel geleiteten sie zu seinem prächtigen Portal. Sie schlossen sich hinter Paschar und Achaiah zusammen und begleiteten die kleine Gruppe bis zu ihrem Ziel. Es mussten mittlerweile Hunderttausende sein.

Keiner sprach ein Wort.

Sie erreichten das Tor. Größer und reicher verziert als die Türme des Ödlandes. Es war geschlossen, doch nur wenige Augenblicke später sprangen seine Flügel auf und öffneten sich langsam. Sie blickten in eine leere Halle, scheinbar kleiner als die, die Nathanael bereits kennengelernt hatte. Ein Irrtum, wie er feststellte, denn als er mit Rafael in den Eingang trat, schienen sich die Ausmaße zu vervielfachen. Auch hier wanden sich Treppen hinauf, in wunderbaren Bögen reckten sie sich wie das Muster eines Schneckenhauses dem offenen Dach entgegen, durch das die Sterne funkelten.

Ein Potestas kam ihnen entgegen, mit ähnlich entschlossenen Zügen wie Iax, aber bei weitem nicht so sehnig und auch mit blasserer Aura. Er verbeugte sich vor Rafael.

»Ihr habt es geschafft, Herr!«

»Es war knapp, Muriel.«

»Wie geht es Iax, Herr?«

»Er wird wieder gesund«, antwortete Rafael knapp.

Nathanael drehte sich um: Paschar und Achaiah waren nicht mit eingetreten, hatten Iax offenbar an einen anderen Ort gebracht. Trotzdem lächelte Nathanael glücklich: Iax' Weg war nicht zu Ende gegangen, obwohl er davon überzeugt gewesen war. Er würde weiter an seiner Seite bleiben – Nathanael *wusste* es.

Muriel wandte sich Nathanael zu, begrüßte auch ihn. Obwohl er sich alle Mühe gab, den verkrüppelten Arm nicht zu beachten, fiel ebendieser Umstand am meisten auf. Nathanael empfand Scham, zumal ihm jetzt wieder bewusst wurde, dass kein anderer Engel so war wie er.

Rafael mahnte: »Wir haben wenig Zeit, Muriel.«

Der nickte kurz. »Folgt mir. Gabriel wartet bereits auf euch.«

25

Sie betraten eine Halle, größer und schöner als alles, was Nathanael in seinem jungen Leben je gesehen hatte. Verglichen mit den Säulen und Mauern, Bögen und Verzierungen, Rippen, Pfeilern und Gewölben der Eingangshalle übertraf die Architektur dieses Raumes jede noch so kühne Vorstellung. Tausende von mächtigen Säulen strebten der Decke entgegen, die sich himmelweit über ihren Köpfen wölbte. Kreuzförmig führten vier breite Gänge zur Mitte, in der eine gewaltige runde Tafel stand. Nathanael war sich sicher, dass alle Engel gemeinsam hier Platz fanden, doch jetzt schien sie leer zu sein. Ein monumentaler Bau, durch den nur er und Rafael vorangingen, der Tafel entgegen. Selbst das Licht, das von den hautwarmen Wänden abstrahlte, schien klarer und gleichsam weicher als das aller anderen Räume.

»Erzählt mir etwas über Gabriel, Herr!«, flüsterte Nathanael.

Rafael, der neben ihm ging, lächelte, auch darüber, dass Nathanael flüsterte, weil ihn die Halle einschüchterte.

»Fragt sie doch einfach selbst«, antwortete er und zeigte nach vorn.

Gabriel trat hinter einer der Säulen vor.

Ihre Aura flutete tiefrot die Halle, explodierende Glut, die durch alles Sein hindurchschoss, das Innerste entflammend, so dass man sich dem Licht unterwarf und vor Glauben lichterloh brannte. Das Licht der Seraphim war wie die Liebe ihres Vaters: heiß, kompromisslos, alles durchdringend. Nathanael fiel auf die Knie, senkte den Kopf und riss den gesunden Arm schützend vor seine Augen. Das war mehr, als ein einfacher Engel ertragen konnte. Sein Herz raste vor Freude und drohte zu zerspringen. Er wollte laut den Namen des Vaters preisen, zugleich jedoch brachte er kein Wort über die Lippen, aus Angst, seinen Gefühlen nicht ausreichend Ausdruck verleihen zu können, so dass alles, was er zu sagen hätte, womöglich schal und fad klingen könnte, gleichsam Beleidigung dessen, den er eigentlich preisen wollte.

»Fürchte dich nicht, Nathanael.«

Ihre Stimme erfüllte jeden Winkel der Halle, voll und sanft. Dennoch wagte er nicht, aufzusehen, bis er spürte, dass ihn eine Hand berührte und ihm aufhalf. Er schaute zu ihr hoch, erblickte die feinen, zarten Züge, die vollendeten Linien ihres Gesichts. Schöner als jeder Engel, den er bislang gesehen hatte, mit Augen, dunkel und warm, denen man nichts vormachen konnte. Das Rot, das sie umgab, schimmerte nur noch schwach.

»Du hast einen langen Weg hinter dir, Nathanael. Viele hatten Zweifel, ob du es schaffen würdest.«

Nathanael senkte den Kopf: Wie unwürdig er in ihrer Gegenwart war! Wie unvollkommen. Wenn er doch nur gehen dürfte!

Sie hob sein Kinn an, zwang ihn, sie anzusehen: »Ich habe nie an dir gezweifelt, kleiner Engel.«

Nathanael hielt ihrem Blick nicht stand, schlug die Augen nieder und antwortete: »Nur Iax ist es zu verdanken, dass ich hier bin. Nur ihm.«

»Dein Meister, richtig?«

»Ja. Er ist alles. Ich bin nichts.«

Sie nickte nachsichtig: »Dann haben wir wohl in den Falschen all unsere Hoffnung gesetzt …«

Nathanael schluckte schwer und nickte.

Gabriel lächelte sanft und lud ihn mit einer Geste ein, an der Tafel Platz zu nehmen. Er gehorchte, hastig, während Rafael ruhig an seiner Seite blieb. Der Cherub blickte zu Gabriel, in Sorge. Sie hingegen zeigte ihm, dass sie nicht beunruhigt war, und setzte sich den beiden gegenüber.

»Du hast also alle unsere Hoffungen enttäuscht, Nathanael …«

Wieder ein schnelles Nicken, ein beschämter Blick auf den Tisch.

»Dabei kennst du sie nicht einmal.«

Nathanael blickte kurz auf, sah Gabriel an, die nicht aussah, als wäre sie enttäuscht. Oder erbost.

»Nein, Herrin.«

»Wäre es nicht von Vorteil, erst einmal zu hören, *was* wir uns von dir erhoffen?«

»Ja, Herrin.«

Gabriel lachte. Amüsiert, laut, aber voller Herzenswärme. Dann sagte sie: »Du antwortest schnell, Nathanael, nur um mir zu gefallen …«

Nathanael wagte nicht, aufzusehen – man konnte nichts vor ihr verbergen. »Ja, Herr …« Er brach schnell ab – wieder einer dieser Antworten.

»Sieh mich an, Nathanael!«

Er gehorchte.

»Ich weiß, dass du Angst hast. Ich weiß, dass du dich

schämst, weil du anders bist, und diese Scham nicht überwinden kannst. Ich weiß, dass du ein Krüppel bist, Nathanael.«

Er wollte sie nicht ansehen, aber sie zwang ihn, ihrem Blick standzuhalten – ein unausgesprochener Befehl, dem sich niemand zu widersetzen wagen würde. Doch trotz der offenen Worte fühlte sich Nathanael nicht verletzt.

»Wenn die Dinge anders stünden, dann bliebe Zeit, dir in dein Leben zu helfen, dein Schicksal anzunehmen. Aber wir haben keine Zeit! Du musst dich deinem Schicksal stellen, Engel, oder du wirst sterben. Und wir mit dir.«

Eine Weile schwiegen alle.

Dann sagte Nathanael leise: »Was kann ich schon tun, Herrin? Seht mich doch nur an! Ich kann nichts leisten, was der Gemeinschaft nützt.«

»Es steht dir nicht an, darüber zu urteilen, was du tun kannst und was nicht. Denn nur wer alles kennt, weiß, dass alles Sinn macht.«

»Ja, Herrin.«

»Du glaubst, dass du nichts ausrichten kannst … und doch hast du das Leben eines Potestas im Kampf gerettet, der dir in allen Belangen überlegen ist. Der fast allen Engeln im Kampf überlegen ist. Wie erklärst du dir das?«

»Ich … ich weiß nicht … er wollte sich für mich opfern … das konnte ich nicht zulassen.«

»Obwohl Iax dir den Befehl gab, ihn *nicht* zu retten. Weil er – im Gegensatz zu dir – um die Gefahr weiß, in der wir alle schweben. Trotzdem hast du diesen Befehl verweigert. Du hast das Leben aller aufs Spiel gesetzt, nur um einen zu retten.«

Rafael nickte Gabriel zu: »Gehorsam gehört nicht zu seinen Stärken.«

Gabriel ließ Nathanael nicht aus den Augen: »Ja, das sehe ich auch so.«

Nathanael mied beschämt den Blick.

»Nathanael?«

Nathanael blickte Gabriel an – sie schien nicht erbost.

»Hör jetzt bitte aufmerksam zu. Ich will, dass du alles verstehst!«

Er nickte schnell: »Ja, Herrin.«

Sie stand auf, nachdenklich, als ob sie nach den richtigen Worten suchte. Dann wandte sie sich ihm zu und begann: »Eine alte Geschichte hat uns eingeholt, Nathanael. Eine Geschichte, die vor langer Zeit ihren Anfang nahm und von der wir annahmen, dass sie für immer beendet wäre. Aber nicht wir bestimmen Anfang und Ende, und so werden wir jetzt für unseren Hochmut bestraft.«

Nathanael sah sie aufmerksam an, sprach aus, was ihm in diesem Moment durch den Sinn ging: »Ihr meint das Gehinnom.«

Gabriel nickte: »Ja, so ist es. Das Gehinnom. Errichtet für einen einzigartigen Engel.«

»Den Drachen.«

Gabriel sah ihn aufmerksam an: »Ja.«

»Warum ist er eingesperrt worden?«, fragte Nathanael.

»Einst, am Anbeginn der Zeit, gab es schon einmal einen Krieg. Der Drache forderte den Thron unseres Vaters und versammelte eine Heerschar um sich. Doch damals war die Gemeinschaft stark. Mit der Hilfe unseres Vaters, angeführt von Michael, gelang es uns, den Drachen zu besiegen. Damals errichteten wir das Gehinnom zur Strafe dafür, dass er sich angemaßt hatte, zu sein wie unser Vater. Als Strafe für seine Gier, seinen Machtwillen und seinen Zorn.«

»Aber wie war es möglich, dass er es verlassen konnte?«

Gabriel blickte zu Rafael, der ihr sanft zunickte.

»Unser Vater liegt im Sterben.«

Nathanael brauchte einen Moment, um die Tragweite dieses Satzes zu begreifen. Und in den Gesichtern Rafaels und Gabriels las er, dass auch sie diese Nachricht noch nicht verwunden hatten. Sie wirkten immer noch entsetzt, ratlos und ohne Orientierung, wussten nicht, was sie tun sollten, denn alles, was sie waren, ihr ganzes Sein, war stets auf den Einen ausgerichtet. Jetzt, da er zu sterben drohte, verlor die Gemeinschaft Anker und Richtung, irrte scheinbar kopflos umher, weil sie nicht auf einen Fall vorbereitet war, der gar nicht eintreten konnte. Nicht eintreten durfte. Sie wussten nicht, wie der Körper weiterleben sollte, wenn das Herz nicht mehr schlug.

»Wie ist das möglich?«, fragte Nathanael entsetzt.

Rafael antwortete: »Wir wissen es nicht, Nathanael. Wir sehen die Zeichen, aber wir sind ratlos.«

»Unser Vater hat nicht mehr die Kraft, den Drachen im Zaum zu halten. Und der Drache *weiß* das. Seine Macht wächst in dem Umfang, wie sie unserem Vater aus den Händen gleitet. Er hat in kürzester Zeit die Gemeinschaft der Engel in zwei Lager gespalten. Unsere Welt, Nathanael, steuert auf einen alles vernichtenden Krieg zu, wenn wir ihn nicht aufhalten.«

Nathanael nickte stumm – Gabriel sah ihn aufmerksam an.

»Möchtest du uns dazu etwas sagen?«

Nathanael antwortete zögernd: »Wir können diesen Krieg nicht verhindern, Herrin.«

»Du hattest einen Traum?«, fragte Gabriel.

»Ja.«

Rafael sprang beunruhigt auf: »Hast du den Drachen gesehen?«

Nathanael sah ihn erschrocken an.

»Antworte, Engel! Hast du ihn gesehen?«

»Ich habe ihn gespürt, Herr. Er stand hinter mir.«

Rafael und Gabriel sahen sich an, und das, was Nathanael in ihren Gesichtern lesen konnte, war nichts als das pure Entsetzen. Gabriel klatschte rasch in die Hände: Wie aus dem Nichts tauchten zwei Virtutes auf und verbeugten sich vor ihr.

»Schnell, eilt euch! Versammelt alle Engel im Turm! Auch die Wächter. Und bereitet euch zum Kampf vor.«

Die beiden Virtutes drehten auf der Stelle um. Gabriel fügte hastig hinzu: »Und schickt einen Boten zu Michael. Wir brauchen seine Hilfe. Dringend!«

Sie verschwanden so schnell. wie sie aufgetaucht waren.

»Was passiert gerade?!«, fragte Nathanael aufgeschreckt.

Rafael antwortete: »Er weiß jetzt, wer du bist. Und dass wir dich vor ihm versteckt haben.«

Gabriel nickte: »Er hat dich gesehen, Nathanael. In deinem Traum.«

»Was bedeutet das?«, fragte Nathanael unruhig.

»Das bedeutet, dass unsere Pläne entdeckt wurden. Er wird zu uns kommen, schon bald. Und er wird dich herausfordern!«

»Mich?!«

»Ja. Du wirst dich ihm stellen müssen.«

Nathanael sprang auf und wich vor den beiden zurück: »Ihr werdet das doch verhindern! Ihr werdet mich nicht mit ihm allein lassen?!«

Gabriel antwortete: »Wir werden dich bis auf den letzten Engel verteidigen, Nathanael.«

»Mich verteidigen?! Ein Vernichtungskrieg, wegen mir?!«

»Beruhige dich, Nathanael.«

»NEIN, NIEMALS!«

Rafael breitete die Hände aus: »Schhh...«

Sein Licht war plötzlich überall: beruhigend, friedlich, ein Glücksgefühl, tief wie das Meer und sanft wie der Kuss eines Engels. Nathanaels Angst wurde weggespült, zurück blieb nur die Liebe zu Rafael und Gabriel. Das bedingungslose Vertrauen in die Weisheit der Cherubim und den Glauben der Seraphim. In ihrem Schoß wollte er ruhen, in den Schlaf gesungen von ihren Stimmen.

Er hörte Gabriels Stimme wie aus einem Traum: »Fürchte dich nicht, Nathanael. Und rette uns alle.«

26

Sie kamen mit Anbruch der Nacht.

Zu Millionen.

Überwanden die Kämme der Schlucht und sickerten über die Hänge hinab in das Tal, das so sanft in die Ebene hineinreichte, in der ein einsamer, stummer Turm stand. Ihre Auren entflammten die Nacht zu einem glühenden Spektakel, während sich die Hauptstreitkräfte wie eine dicke Zunge aus der Schlucht herausdrückten und dem geschlossenen Portal entgegenmarschierten.

Iax stand auf der Zinne des Turms, Hunderte Kilometer hoch, und sah hinab auf die Legionen des Drachens. Er hatte seine alte Kraft noch nicht wiedererlangt, sich aber erstaunlich schnell erholt: In ein paar Stunden würde er wieder der Alte sein. In ihm erwachten die vertrauten Instinkte. Er würde tun, wozu er erschaffen wurde: kämpfen. Wenn es sein musste, durch alle Legionen hindurch, bis er dem Drachen gegenüberstand. Wenn er Nathanael wollte, würde er dafür über Iax' toten Körper steigen müssen.

Der Drache schien über unendliche Reserven zu verfügen, denn im Hinterland konnte Iax weitere Massen entdecken, die aus allen Himmelsrichtungen herbeiströmten

»Es sind so viele«, sagte Gabriel, die neben ihm stand.

»Ja.«

»Wie konnte er nur in so kurzer Zeit eine solche Streitmacht aufbauen?«

Iax antwortete nicht, beobachtete den Zustrom an Engeln, der sich erst vor dem Turm zu teilen begann und ihn dann langsam umschloss. Für einen Ausbruch war es nun zu spät – der Ring würde sich in wenigen Momenten geschlossen haben. Und selbst wenn sie vor einigen Stunden geflohen wären, hätten sie nicht alle in Sicherheit bringen können: Es war unglaublich, wie schnell der Drache seine Legionen bewegen konnte. Sie unterstanden seinem Willen in einer Art und Weise, als hätte er Kontakt zu jedem einzelnen Engel. Jeder wusste, was er zu tun hatte – eine perfekte Maschinerie mit einem charismatischen Anführer, der ihnen allen vorlebte, unbezwingbar zu sein.

Wie konnte eine solche Macht aufgehalten werden? Wer würde zum Schwert greifen, wenn er das Ergebnis der Auseinandersetzung bereits vorher kannte? Welchen Sinn machte es, zu kämpfen, wenn man bereits vorher wusste, dass man verlieren würde? Wie sollte es möglich sein, die eigenen Brüder und Schwestern in ein inneres Gleichgewicht zu bringen, so dass sie nicht den Mut verloren, noch bevor auch nur eine Klinge gekreuzt worden war?

Gabriel legte ihre Hand auf die von Iax.

Sie standen still und sahen mit Sorge, wie der Turm von den feindlichen Truppen umarmt wurde. Es war, als fiele eine Tür in ihr Schloss, eine, die sich nie wieder öffnen würde.

»Was sollen wir tun?«, fragte Gabriel.

Iax sah sie ruhig an und antwortete: »Kämpfen!«

Er verließ die Zinne und eilte eine der vielen Treppen hinab, bog durch eine verwirrende Anzahl von Fluren, trat durch eine Tür und fand Nathanael schlafend vor. Er kniete sich zu ihm und weckte ihn sanft. Trotzdem schreckte Nathanael hoch und blickte sich orientierungslos um.

»Was ist geschehen?«, fragte er verwirrt.

»Du hast geschlafen, Engel.«

»Ich hatte einen Traum, Meister, ich träumte …«

»Du hast nicht geträumt, Engel.«

Nathanael schwieg. Dann sagte er: »Ich verstehe das alles nicht, Meister. Warum ich?«

Iax setzte sich zu ihm und antwortete ruhig: »Weil du Teil der Prophezeiung bist, Engel.«

»Ich?«

Iax nickte: »Die Cherubim sahen dich im Traum. Sie sahen deine Geburt voraus und schickten mich, dich zu holen.«

Nathanael dachte einen Augenblick darüber nach und fragte: »Was sagt die Prophezeiung, Meister?«

»Einer würde kommen, um die Gemeinschaft anzuführen. Einer, der die alte Ordnung wiederherstellt und dem Drachen entgegentritt. Einer, der die Schöpfung vor dem Untergang bewahren wird.«

»Daran glaubt Ihr, Meister?«

Iax zögerte einen Moment mit der Antwort: »Unser Vater stirbt und meine Welt mit ihm. Doch wenn es sein Wille ist, dann werde ich ihm folgen.«

Nathanael schüttelte den Kopf: »Ihr verlangt zu viel, Meister! Wie kann ich unsere Gemeinschaft retten, wenn ich mich nicht mal selbst retten kann? Ich kann die Engel nicht anführen, und ich kann die Apokalypse nicht verhindern, weil ich sie bereits gesehen habe. Ich bin nicht der, den ihr sucht, Meister. Seht mich doch nur an! Ich bin ein Krüppel!«

Iax nickte langsam: »Dann werden wir heute Nacht alle sterben, Engel.«

Es klang wie eine Feststellung, die Iax nicht besonders erschreckte.

»Ihr würdet alle für mich in den Tod gehen? Ohne jeden Zweifel?«

Iax schwieg.

»Wie könnt Ihr folgen, wenn Ihr zweifelt, Meister?«

»Ich *glaube*, Engel. Ich glaube an die Weisheit der Cherubim und an die Liebe unseres Vaters. Es ist nicht an mir, Ihren Willen in Zweifel zu ziehen. Ich bin nur ein Potestas.«

»Nein, Ihr seid viel mehr als das, Meister. Jedenfalls für mich.«

Iax lächelte schwach: »Du bist ein sehr eigenartiger Engel, weißt du das?«

Nathanael blickte auf seinen Arm herab: »Ja, ich sehe es jeden Tag.«

»Das meine ich nicht, Engel.«

Sie schwiegen einen Moment.

»Ich kann den Drachen nicht besiegen, Meister. Niemand kann das.«

Iax schüttelte den Kopf. »Schhh, kleiner Engel, hast du schon alles vergessen, was ich dir beigebracht habe? Erinnere dich an deine Lektionen, und vertrau auf das, was du kannst, nicht auf das, was du nicht kannst.«

Nathanaels Augen schwammen in Tränen: »Bitte, Meister, verlangt das nicht von mir. Wenn ich heute Nacht sterben soll, dann tue ich das. Aber kettet Euer Schicksal nicht an meines: Ich bin nur ein einfacher Engel.«

»Nein, das bist du nicht.«

Nathanael sah überrascht aus: »Wie meint Ihr das, Meister?«

Iax antwortete: »Einfache Engel werden nicht im Feuer geboren. Sie sind Teil der Erde. Aus ihr werden sie erschaffen.«

»Aber ich sehe aus wie ein einfacher Engel.«

»Ja, ich weiß.«

»Aber wenn ich kein einfacher Engel bin … was bin ich dann?«

»Das weiß ich nicht.«

Die Tür hatte sich leise geöffnet, zwei Engel verbeugten sich tief vor Iax und Nathanael: »Der Rat schickt nach euch!«

Iax stand auf und half Nathanael auf die Füße. Sie folgten den beiden Engeln zurück in die große Halle. Diesmal war die Tafel voll besetzt: Vorn am Kopf saß Gabriel, ihr zur Seite Rafael und der Seraph Ariel, der von ähnlich beeindruckender Schönheit war wie Gabriel, nur dass er weniger sanftmütig wirkte, stattdessen entschlossener in seinen Zügen, blond, mit vollendet tiefblauen Augen. Dahinter – zu den jeweiligen Seiten – der Hierarchie folgend: die Dominationes, Virtutes und Potestates. Auch Paschar und Achaiah. Sie erhoben sich, als Iax und Nathanael vor sie traten. Doch nur Gabriel, Rafael und Ariel wandten sich den beiden zu.

Die anderen standen mit gesenkten Köpfen an der Tafel und erwarteten stumm das Gespräch. Sie hatten bereits ihre Rüstungen angelegt, die Linke ruhte auf den Schwertern. Iax und Nathanael bekundeten ihren Respekt mit einer Verbeugung, die von den dreien erwidert wurde.

Gabriel sprach zuerst: »Der Turm ist vollständig eingeschlossen worden. Bis zum Abend werden sich unsere Gegner formiert haben.«

Iax antwortete: »Ist er da?«

Gabriel schüttelte den Kopf: »Nein, er weiß genau, dass wir nicht fliehen können. Er hat keine Eile.«

Ariel wandte sich Iax zu: »Wie lange, glaubst du, können wir ihm standhalten?«

»Nicht lange, Herr. Keiner der einfachen Engel hat je ein Schwert in den Händen gehalten.«

»Nun, das ist bei seinen Legionen sicher nicht anders.«

Iax schwieg, senkte für einen Moment den Blick.

Rafael fragte: »Iax?«

Er antwortete zögernd: »Ich könnte mich irren, Herr, aber die Art und Weise, wie sie sich bewegen, wie sie ihre Positionen einnehmen ... sie wissen genau, was sie tun.«

»Dann führt er sie?«, fragte Gabriel.

»Ja. Ich bin fast sicher. Und wenn er das tut, dann wissen sie auch, wie man mit dem Schwert umgeht.«

Ihr Mut sank, sie fanden für einige Augenblicke keine Kraft, um das Gespräch fortzusetzen. Die Lage war dramatischer, als sie befürchtet hatten. Selbst bei den still stehenden Engeln des zweiten Chors meinte man wahrzunehmen, dass sie in sich zusammensackten.

Dann fragte Ariel: »Wissen es die Engel?«

Iax antwortete: »Nein.«

»Dann sagt es ihnen nicht«, antwortete Rafael. »Sie sind unschuldig.«

Er hatte ohne besondere Betonung gesprochen, ohne besondere Geste oder verräterische Mimik, dennoch hallte dieser Satz in besonderer Weise Nathanael nach, ohne dass er dessen Bedeutung direkt entschlüsseln konnte. Er wusste nur, dass ihn an der Feststellung etwas störte, dass es etwas gab, was die drei Engel des ersten Chors vor ihm verheimlichten.

Nathanael fragte: »Sagt, was muss ich tun, um eine Katastrophe zu verhindern?«

Rafael antwortete: »Du kannst nichts tun, Nathanael.«

»Wenn er mich haben will, Herr, dann werde ich mich ihm stellen. Dazu braucht es kein Blutvergießen.«

Rafael schüttelte den Kopf: »So leicht ist es nicht, Engel.«

»Warum nicht, Herr? Ich werde mich in sein Schwert stürzen und diesen Krieg beenden, bevor er überhaupt begonnen hat.«

»Damit beendest du diesen Krieg nicht. Du entscheidest ihn lediglich zu seinen Gunsten.«

»Ihr würdet trotzdem kämpfen, auch wenn es nichts mehr gäbe, wofür es sich zu kämpfen lohnte?«

»Ja, denn es geht nicht um dich, sondern um die Heilige Ordnung. Sie muss wiederhergestellt werden, oder wir werden alle untergehen. Wir kämpfen nicht nur für uns, sondern für alles, was ist.«

»Und Ihr glaubt, dass Ihr den Drachen besiegen könnt?«, fragte Nathanael.

Die drei schwiegen, aber es sagte mehr über ihre Situation aus, als sie bereit waren zuzugeben. Nathanael blickte zu Gabriel, in deren Augen er nichts als Trauer fand.

Ariel antwortete ruhig: »Du wirst nicht gegen den Drachen kämpfen, Engel. Nicht heute Nacht.«

Jetzt begriff Nathanael, was sie mit ihm planten: Sie würden ihm den Ausbruch aus dem Ring ermöglichen, während seine unschuldigen Brüder und Schwestern zurückblieben. Darum sollten sie auch nichts erfahren, damit die Angst sie nicht lähmte.

»Aber Ihr könnt nicht Millionen in den Tod schicken, nur um mich …«

»Wir haben keine andere Wahl, Nathanael«, antwortete Gabriel. »Iax wird an deiner Seite sein. Genau wie Rafael. Ariel und ich werde hierbleiben und die Engel anführen.«

»Nein.«

Die Engel an der Tafel wagten immer noch nicht aufzusehen, aber Blicke huschten von einem zum anderen. Dass er Widerspruch wagte, war unfassbar. Schon allein, dass Seraphim und Cherubim mit einem einfachen Engel sprachen, war mehr als ungewöhnlich, dass er dabei nicht kniete schon außerhalb ihres Vorstellungsvermögens. Aber dass er nun sogar Widerspruch wagte, erschütterte ihr ganzes Weltbild.

Ariel antwortete laut: »Du wirst gehorchen, Engel!«

Seine Aura flammte rot auf, zischte durch ihn hindurch, so dass Nathanael nicht nur spürte, wie ungehalten der Seraph war, sondern auch von ihm auf die Knie gezwungen wurde, um ihn an die Demut zu erinnern, die ihm offensichtlich auf seinem Weg abhandengekommen war.

»Es gibt nur diesen einen Weg, Nathanael«, sagte Gabriel sanft.

»Nein.«

»SCHWEIG!«

Ariel geriet außer sich vor Wut – sein Licht entflammte die ganze Halle, riss Nathanael von den Knien und schleuderte ihn durch den Raum. Benommen blieb er auf dem Bauch liegen, den Kopf auf den Boden gepresst. Er wollte sich erheben, aber er fühlte eine Kraft, die ihn zwang, in dieser äußersten Demutshaltung zu verharren.

Die an der Tafel stehenden Engel blickten scheu, ja atemlos zu der Gruppe hinüber. Und sie sahen zu ihrer grenzenlosen Überraschung, dass Nathanael sich aufrappelte. Er kam tatsächlich auf die Füße, obwohl ihn der Befehl eines Seraphen zwang, auf dem Boden liegen zu bleiben. Ariel machte zwei rasche Schritte auf Nathanael zu, doch Iax stellte sich ihm in den Weg.

»Geh aus dem Weg, Iax!«

»Beruhigt Euch, Herr!«

Ariel wiederholte sein Aufforderung, betonte jede Silbe: »Geh aus dem Weg, Iax!«

Da stand er nun, der Potestas, und wusste für einen Moment nicht, was er tun sollte. In der Welt, die er kannte, hätte er nie gewagt, sich einem Seraph in den Weg zu stellen. Aber diese Welt war nicht mehr, sie standen alle am Abgrund.

Gabriel ging dazwischen: »Ariel, beruhige dich. Wir müssen eine Lösung finden. Die ist ohne Nathanael nicht möglich.«

Ariel blickte Iax wütend an, dann wandte er sich ab.

Rafael fragte Iax: »Ist er bereit, dem Drachen gegenüberzutreten?«

Iax antwortete ausweichend: »Kann man je dafür bereit sein, Herr?«

Rafael blickte zu Nathanael: »Engel?«

Nathanael antwortete: »Ich weiß es nicht, Herr. Aber ich könnte nicht mit dem Wissen weiterleben, dass Millionen getötet wurden, nur damit ich am Leben bleibe.«

Rafael blickte von Gabriel zu Ariel – offenbar standen sie in Kontakt zueinander, ohne dass jemand der Anwesenden sie hören konnte.

Rafael nickte: »Gut, dann höre jetzt unsere Entscheidung: Diese Nacht wird die Entscheidung bringen. Wir werden an deiner Seite stehen und dich verteidigen, so gut wir können. Bereite dich mit deinem Lehrmeister auf die letzten Stunden vor und nimm unseren Segen mit dir.«

Iax und Nathanael verbeugten sich vor dem Rat und verließen die Halle.

»Gehorsam gehört nicht zu seinen Stärken«, sagte Ariel missmutig.

Gabriel nickte zustimmend und antwortete: »Aber er hat Mut.«

Rafael wirkte nachdenklich. »Mut wird nicht genügen.« Er wandte sich den beiden zu: »Er kann diesen Kampf nicht gewinnen. Bereitet die Engel auf das Unvermeidliche vor. Heute Nacht werden unsere Schreie im Nichts verklingen.«

27

Sie waren allein.

Eine Halle ohne Pfeiler, groß, aber nicht monumental, beinahe schmucklos, nur erleuchtet vom sanften Licht der Wände. Iax hatte seine Rüstung angelegt und bot Nathanael an, eine weitere für ihn zu fertigen. Doch der lehnte ab: Er bestand auf der Mönchskutte, auch weil sie seinen verkrüppelten Arm verbarg. Iax kontrollierte den Sitz von Nathanaels Schild, vermied es aber, ihn dabei zu berühren.

»Denk an den Schild, Engel. Durch deine … Besonderheit ist er genauso wichtig wie dein Schwert. Er ist unzerstörbar.«

»Ja, Meister.«

Iax ging ein paar Schritte zurück und nahm eine Angriffsposition ein: »Nimm Haltung an, Engel.«

Sie umkreisten einander, ohne dass Iax Anstalten machte, anzugreifen. Stattdessen sagte er: »Konzentriere dich auf das, was du kannst, nicht auf das, was du siehst, Engel. Führe aus, was du in Gedanken bereits vollendet hast.«

Nathanael gehorchte und blendete den übermächtigen Iax aus. Da war nur noch dessen Schwert, die Aura, die den Potestas umgab. Momente später spürte er das Gewicht seiner Waffe nicht mehr: Seine Empfindungen waren im Gleichgewicht – er war bereit für den Kampf.

Nathanael griff an, wartete nicht darauf, dass Iax eröffnete. Schlug dessen Schwert zur Seite und stieß ihn hart mit dem Schild vor die Brust. Überrascht wankte der Potestas, aber er fing sich sofort wieder.

»Gut, Engel, aber nicht gut genug! Wenn du den Kopf treffen kannst, dann wähle nicht die Brust!«

Nathanael antwortete nicht, blieb konzentriert. Spürte, wie sich der Wille seines Gegners verdichtete: Iax war jetzt bereit. Im Vollbesitz seiner Kräfte.

Dann griff Iax an.

Das Schwert sirrte und schlug auf den Schild ein – Nathanael wich aus, schlug seinerseits zu, doch Iax hatte die Schneide längst hochgeführt und wehrte ab. Wieder Angriffe, deutlich schneller, deutlich härter. Nathanael verhielt sich geschickt, seine körperliche Unterlegenheit half ihm bei seinen Manövern: Er war schwer zu treffen und bewegte sich flink.

Iax erhöhte das Tempo.

Sprang über Nathanael, schlug in der Luft nach Nathanaels Kopf, ritzte dessen Wange an. Spätestens jetzt wusste er, dass Iax keine Rücksicht nahm und jeden seiner Schläge nur aus einem Grund ausführte: ihn zu töten. Für einen Moment rang Nathanael um Fassung, verlor sein Gleichgewicht. Iax schlug gegen den Schild – die Wucht des Aufpralls riss ihn von den Beinen und ließ ihn über den bloßen Boden schlittern.

»Konzentriere dich, Engel!«, rief Iax und setzte nach.

Nathanael geriet in die Defensive, parierte geschickt, war aber nicht in der Lage, selbst Angriffe durchzuführen. Iax trieb ihn vor sich her, deckte ihn mit immer härteren Schlägen ein. Nathanael spürte das Ende des Raumes in seinem Rücken, es fehlten nur noch wenige Meter, dann würde Iax ihn gestellt haben. Er wich einem Angriff aus, sprang zurück, drückte sich von der Wand ab, tauchte unter einem Schwerthieb ab und trat Iax gegen das Knie.

Schmerzverzerrt knickte der Potestas ein, stand jetzt selbst mit dem Rücken zur Wand. Nathanael hatte Zeit gewonnen, fasste sich, ging sofort zum Angriff über: Jetzt brachte er Iax in Bedrängnis. Humpelnd stieß der mit dem Rücken gegen die Wand, führte sein Schwert schnell, aber nicht schnell genug: Nathanael erwischte ihn am Bauch! Schlitzte ihn in der gesamten Breite auf. Blut quoll heraus. Die Wunde war nicht tief, dennoch hielt Nathanael erschracken inne: »Verzeiht, Meister!«

Er ließ die Klinge sinken.

Iax schlug mit der Faust zu: Nathanael flog durch den halben Raum und blieb benommen liegen. Iax legte die Handfläche auf sein Schwert und zog daraus ein zweites. Dann lief er auf Nathanael zu.

Die Klingen rotierten jetzt durch die Luft: blitzend, präzise, kompromissloser als das, was Nathanael in der Schlucht gesehen hatte. Er musste Schild und Schwert unabhängig voneinander führen, da Iax' Schläge wie Hagelkörner auf ihn einprasselten. Er wankte, aber er fasste sich, blendete seinen Gegner wieder aus aus, konzentrierte sich auf die Bewegungen, sah sie, bevor sie ausgeführt wurden, wehrte sie ab, wich aus, wenn ihm die Wand zu nahe kam. Er hielt sein Gleichgewicht, brachte seinen Gegner aber auch nicht mehr in Bedrängnis. Sie waren einander ebenbürtig.

»Genug!«, schrie Iax und ließ die Schwerter sinken.

Nathanael blieb auf der Hut, zielte mit der Spitze seines Schwertes auf die Brust seines Lehrmeisters. Noch einmal würde Iax ihn nicht überraschen.

»Genug!«, wiederholte Iax.

»Lasst die Waffen fallen, Meister!«

Iax lächelte: »Sieh an, Engel!«

Er warf die Schwerter auf den Boden. Nathanael richtete sich auf und senkte die Schwertspitze.

Er war völlig außer Atem – wie Iax. Jetzt erst spürten sie die Kraft, die diese Probe gekostet hatte. Sie sahen sich an.

Iax nickte: »Gut gemacht, Engel.«

Nathanael verbeugte sich, spürte, dass noch jemand im Raum war, und als er sich umdrehte, sah er Seth nahe der Tür. Erst als ihm Nathanael freundlich zunickte, lief er zu ihm und umarmte ihn.

»Du hast großartig gekämpft, Nathanael. Ganz außergewöhnlich!«

Aus dem Augenwinkel nahm er Iax wahr, verbeugte sich und sagte schnell: »Fast so gut wie Ihr, Herr!«

Iax winkte ab: »Schon gut, Seth. Geht … und du, Engel: ruhe jetzt.«

Sie verließen den Raum, während Seth flüsternd und gestikulierend auf Nathanael einredete: Ausdruck seiner Begeisterung. Iax sah beiden hinterher, nachdenklich, dann verließ auch er die Halle und suchte Gabriel.

Er fand sie wieder auf der Zinne des Turms.

Die Sonne stand bereits tief im Westen und würde bald untergegangen sein. Die Übermacht war so überwältigend, dass es schwerfiel, nicht in Furcht zu geraten. Zu allen Seiten standen die Engel bis zum Horizont. Kein freier Fleck war mehr zu sehen. Es mussten viele Millionen sein, deren Licht dort am Boden glühte. Sie würden die Nacht zum Tag machen.

»Ich bin nicht einmal sicher, ob euch ein Ausbruch gelungen wäre«, sagte Gabriel und blickte auf die Heerscharen.

»Das käme darauf an, wie sehr sie die Unangreifbarkeit eines Cherubs noch respektiert hätten.«

Sie drehte sich zu Iax um: »So weit ist es also gekommen, dass nicht einmal mehr die Cherubim mäßigen können.«

»Wenn kein Wunder geschieht, bricht heute Nacht ein Krieg aus, gegen den alles verblasst, was jemals war. Verlieren wir Nathanael, verlieren wir den Krieg.«

»Glaubst du, er kann dem Drachen standhalten?«

Iax zögerte: »Ich konnte ihn nicht besiegen.«

Gabriel sah erstaunt aus: »Ist das wahr?«

»Ja.«

»Dann besteht Hoffnung!«

»Ja, vielleicht.«

Sie umarmten einander und fühlten die Nähe des anderen. Standen still, umringt von Millionen, die sie bedrohten.

»Du bist ein schlechter Lügner, Iax«, sagte Gabriel und lächelte schwach.

»Ja, ich weiß«, antwortete Iax.

Er ließ sie los und blickte auf die feindlichen Truppen herab. Wie aus dem Zusammenhang gerissen sagte er: »Seth liebt ihn.«

»Du meinst euren Weggefährten?«

Iax drehte sich zu ihr um: »Ja.«

Gabriel sah verwundert aus: »Warum sollte er das nicht tun, Iax? Wir sind die Boten der Liebe unseres Vaters.«

»Ja, das sind wir. Und doch sieht er Nathanael mit anderen Augen. Ich konnte spüren, wie sehr er ihn liebt.«

»Dich liebt er auch.«

»Er hat Angst vor mir. Er respektiert mich, und er gehorcht. Und auf gewisse Weise liebt er mich auch. Aber es ist nicht das Gleiche.«

Gabriel antwortete: »In uns fließt das gleiche Blut, schlägt das gleiche Herz, Iax.«

»Ist das so?«

Gabriel lachte kurz: »Iax! Ausgerechnet von dir höre ich solche Fragen? Was meinst du?«

Iax zeigte auf das Heer, das sie umgab: »Sieh dich um, Gabriel, und sag mir nun: Ist das so?«

Sie schwieg einen Moment. Dann sah sie ihn an: »Wenn es uns gelingt, die Heilige Ordnung wiederherzustellen, wird alles sein, wie es einmal war.«

Seine Antwort klang schwach: »Ja.«

Gabriel blickte nach Osten: »Er kommt. Ich kann ihn spüren.«

Iax folgte ihrem Blick und sah auf die unendliche Masse von Engeln, die sie belagerten. Er sah keine Bewegung, spürte keine Präsenz. Aber er zweifelte nicht an Gabriels Worten.

»Wenn wir das Tor lange genug halten können, erreicht uns Michael vielleicht rechtzeitig.«

Iax schüttelte den Kopf: »Selbst wenn wir das Tor halten, werden sie am Turm emporsteigen und über die Zinnen hereinbrechen. Wir halten sie nicht auf.«

»Dann bleibt nur noch Nathanael.«

»Ja.«

Gabriel nickte bedrückt: »Das ist zu viel für einen einfachen Engel.«

»Er ist keiner.«

»Was meinst du?«

»Da ist etwas, das ich nicht erklären kann ...«

»Was?«

»Er ist gewachsen.«

Gabriel nickte: »Ja, das konnte ich spüren. Du hast ihm viel beigebracht.«

Iax antwortete: »Nein, das meine ich nicht. Er ist körperlich gewachsen.«

Gabriel sah ihn stumm an, zu überrascht, um ihm sofort zu antworten. »Bist du sicher?«

Iax nickte: »Es ist nicht viel, doch als Seth ihn eben begrüßte, konnte ich es sehen. Er *ist* gewachsen.«

»Wie ist das möglich?«, fragte Gabriel verblüfft.

»Ich dachte, du könntest mir das sagen?«

»Nein. Ich weiß nicht, was es bedeutet. Aber vielleicht ist es ein gutes Zeichen.«

»Ja, vielleicht.«

Im Westen löschte eine rotglühende Sonne den Tag. Die Nacht brach herein, und mit ihr nahte der Drache.

Gabriel sagte: »Geh zu Nathanael. Steh ihm zur Seite. Ich werde jetzt unsere Brüder und Schwestern in der großen Halle versammeln.«

Sie wandte sich ihm zu, legte ihre Handfläche auf seine: »Wenn der Vater es will, werden wir uns wiedersehen.«

28

Iax fand Nathanael schlafend, bewacht von Seth, der allerdings ebenfalls eingeschlafen war. Sie schliefen so fest, dass beide es nicht bemerkten, als der Potestas im Raum stand und irritiert auf sie herabblickte. Wie war es möglich, dass sie jetzt die Ruhe fanden, zu schlafen, wo doch dieser Turm am Ende der Nacht aus einem Meer von Blut ragen würde? Er berührte Nathanael an der Schulter, aber dieser wurde nicht wach, so dass seine Weckversuche zunehmend ruppiger wurden. Was war denn nur mit ihm los?

»Nathanael! Erwache!«

Seine Stimme ließ den ganzen Raum beben. Und tatsächlich: Nathanael kam langsam zu sich. Benommen, desorientiert, verwirrt. Neben ihm erwachte auch Seth, der aufzustehen versuchte und dem immer wieder die Beine wegknickten.

»Was ist mit dir, Engel?«, fragte Iax beunruhigt.

»Ich weiß nicht, Meister … ich bin so müde …«

Iax half ihm auf die Beine und trat vor Schreck einen Schritt zurück! Er hatte sich nicht geirrt! Er war gewachsen. Und wie er gewachsen war! Nathanael war fast so groß wie er selbst! Die Kutte bedeckte seine Hände nicht mehr, die Verkrüppelung trat jetzt deutlich hervor. Dennoch hatte er noch die Aura eines einfachen Engels, obwohl er dem dritten Chor ganz offensichtlich nicht mehr angehörte.

Nathanael nahm Iax' Reaktion wahr und entdeckte in derselben Sekunde die Veränderung an sich, ebenso erschrocken wie sein Lehrmeister. Sah an sich herab, dann zu Seth, der jetzt deutlich kleiner war als er selbst, und in dessen Blick – nach anfänglicher Überraschung – grenzenlose Verehrung lag. Er fiel auf die Knie und küsste Nathanaels Hand.

»Seth, nicht …«

Nathanael zog seine Hand zurück.

»Ihr seid es, Herr! Ihr seid es!«, rief Seth aufgeregt und

versuchte wieder, Nathanaels Hand zu küssen. »Ihr werdet uns retten!«

»Schluss jetzt, Seth!«

Der richtet, sich auf und verbeugte sich: »Wie ihr wünscht, Herr!«

»Und lass diese Förmlichkeiten!«

Seth schüttelte den Kopf: »Wie könnte ich das wagen, Herr?«

Nathanael wandte sich zu Iax: »Was bedeutet das alles, Meister?«

»Ich weiß es nicht, Engel.« Er musterte ihn von oben bis unten. »Wie ist das passiert?«

Nathanael sah völlig ratlos aus: »Ich weiß nur, dass ich mich hier auf meine Aufgaben vorbereitet habe. Ich bin die Übungen durchgegangen, die Ihr mir gezeigt habt, Meister. Plötzlich hatte ich das Gefühl, als würde ein sanfter Luftzug durch den Raum streichen, fast nicht wahrzunehmen. Ich fühlte plötzlich große Müdigkeit … dann war alles dunkel.«

»Hattest du einen Traum?«

Nathanael schüttelte den Kopf. »Nein. Alles war schwarz. Ich …«

»Ja?«

»Ich fühlte einen leichten Schmerz … und … für einen Moment dachte ich, eine Stimme zu hören.«

»Was hat sie gesagt?«, fragte Iax.

»Ich weiß es nicht. Es war ein Flüstern. Ein Wispern. Wie aus einer anderen Welt.«

»Feindselig?«

»Nein, Meister. Freundlich, beruhigend. Ich hatte keine Angst.«

»Vielleicht hat unser Vater mit ihm gesprochen!«, rief Seth aufgeregt.

Iax blickte ihn nur kurz an – Seth trat mit einer Verbeugung einen Schritt zurück. Es war nicht an ihm, zu sprechen, und Iax war nicht der Engel, der Disziplinlosigkeiten duldete. Dann wandte er sich wieder Nathanael zu: »Möchtest du eine weitere Probe?«

Nathanael schüttelte den Kopf: »Nein, Meister. Ich fühle mich gut.«

»Dann komm!«

Er blickte Seth an: »Und du, Engel, wirst hier im Turm bleiben. Such dir den hintersten Winkel aus und bete.«

»Ja, Herr!«

Sie verließen die Kammer und folgten den Treppen hinab in die große Eingangshalle, die vollkommen verlassen wirkte. Wie still es plötzlich war, obwohl vor dem geschlossenen Tor Millionen Engel auf sie warteten. Aber weder draußen noch drinnen waren irgendwelche Geräusche zu hören. Sie standen vor dem Portal, das hoch und mächtig wie eine Kathedrale zwischen ihnen und dem Tod stand.

Nathanael atmete schwer.

»Wie fühlst du dich jetzt, Engel?«, fragte Iax.

»Wie jemand, der zu seiner Hinrichtung geführt wird, Meister.«

»Ich würde dir die Last gerne abnehmen, Engel. Aber ich bin nicht auserkoren worden.«

»Warum nicht, Meister? Ihr seid viel würdiger als ich.«

Iax schwieg einen Moment, dann legte er eine Hand auf Nathanaels Schulter: »Hör genau zu, was ich dir sage, Engel. Ganz gleich, wie das hier heute Nacht ausgeht. Ganz gleich, ob wir siegen oder untergehen, ich werde für dich da sein. Bis zu meinem letzten Atemzug werde ich für dich kämpfen. Und ich erwarte, dass du das Gleiche für deine Brüder und Schwestern tust. Und jetzt blende aus, was dir Angst macht. Blende aus, was man von dir erwartet. Geh deinen Weg.«

Nathanael schluckte schwer und nickte: »Ich danke Euch, Meister.«

Iax lächelte – ja, er lächelte und antwortete: »Schon gut, Engel.«

Nathanael umarmte ihn, und Iax erlaubte die Nähe. Wenn

auch nicht lange, dann schob er ihn zurück und nickte ihm noch ermutigend zu. Sie hörten in ihrem Rücken, wie die Engel des Turms durch viele Türen und über viele Treppen in die Halle herabströmten, bewaffnet mit Schild und Schwert. Zu Hunderttausenden betraten sie ohne ein Wort die Halle, die mit jedem weiteren Engel größer zu werden schien. Jeder einzelne fand darin seinen Platz, und nach wenigen Minuten war sie gefüllt: die komplette Streitmacht. Und doch waren sie ihren Gegnern um ein Vielfaches unterlegen.

Gabriel und Ariel standen den Engeln an den Flanken vor, auch sie jetzt mit Schwert und Schild und einer blitzenden Rüstung ausgestattet. Rafael hingegen war unbewaffnet und trat neben Iax und Nathanael vor das Portal.

»Er ist da.«

»Steht er vor dem Tor?«, fragte Nathanael beunruhigt.

»Sobald wir es öffnen, wird er dir gegenübertreten.«

»Was erwartet mich dann, Herr?«

Nathanaels Stimme zitterte vor Nervosität – Rafael legte ihm eine Hand auf die Schulter: Er spürte, wie ihn sogleich große Zuversicht und ein tiefer Frieden durchfluteten.

»Fürchte dich nicht, Nathanael. Du hast einen schweren Weg vor dir, aber wir werden da sein. Vertraue auf die, die dich lieben, so wie wir dir vertrauen, der du uns liebst. Und glaube!«

Er nickte, zog die Kapuze über seinen Kopf und atmete tief durch.

»Öffnet das Tor!«

Die Flügel klappten lautlos auf.

Und gaben den Blick frei auf ein Heer, das seinesgleichen suchte. In einer gewaltigen, nicht enden wollenden Front standen sie dort: Schulter an Schulter, Schild an Schild. Unterschieden sich nicht von den Engeln im Turm mit ihren schönen Gesichtszügen, den sanften Auren. Sie wirkten ernst, aber nicht ängstlich, entschlossen, aber nicht grausam. Blickte man an ihnen vorbei, verloren ihre Gesichter und

Körper Reihe für Reihe an Kontur, bis sie am Horizont nur noch als helle Masse wahrzunehmen waren, die darauf wartete, sich zu einer gewaltigen Welle aufzubäumen, um über die Verteidiger des Turms hereinzubrechen.

Rafael trat vor, und sie wichen zu allen Seiten vor seinem Licht zurück, gaben den Platz frei, der vor ihrem Einmarsch den Turm noch so lieblich eingerahmt hatte. Immer noch herrschte gespenstische Stille, auch weil alle Vögel und Tiere das Tal fluchtartig verlassen hatten. Nathanael beobachtete die Front vor sich, die ihn unbewegt anstarrte. Niemand erhob die Waffen oder machte Anstalten, sich für einen Kampf zu rüsten. Alle standen still.

Dann spürte er es.

Spürte er ihn.

Weit im Rücken der Front entstand eine Bewegung. Engel wichen aus und schlossen gleich danach wieder die Reihen. Wie ein Schwarm, der einem Hai auswich. Er kam rasch näher – Nathanaels Herz hämmerte wild. Instinktiv griff er nach seinem Schwert, umklammerte den Griff, als wollte er ihn abbrechen. Sie sahen ihn kommen, sahen, wie er durch das Heer der Engel schnitt, wie seine Legionen vor ihm auswichen und er auf den Turm zurollte, ungebremst, gewaltig, zerstörerisch.

Nathanaels Hände zitterten, er stieß keuchend Atem aus. Iax berührte ihn an der Schulter, wirkte unmittelbar beruhigend. Sie waren bei ihm, würden ihn nicht alleinlassen. Schon konnte er die Geräusche hören, die die Engel machten, um ihm auszuweichen. Sie wurden lauter, immer lauter.

Dann durchbrach *er* die Front und stand vor ihnen.

Grellrot schoss ein Licht durch sie hindurch, erschütterte sie in allem, woran sie glaubten, ließ sie die Hände schützend vor die Augen reißen, erfüllte sie mit Furcht und Ehrfurcht. Die einfachen Engel, die Neugierigen, die Unvorsichtigen, die, die gewagt hatten hinzusehen, starben tausendfach, fielen in den Staub, mit aufgerissenen Augen und geöffneten

Mündern. Starr, die Glieder wie von großer Hitze verdreht. Die anderen wandten sich ab, wagten nicht zu schauen, hielten sich gleichzeitig die Ohren zu, aus Furcht, es könnte ihnen die Köpfe abreißen, wenn er sprach.

Sein Licht fiel in sich zusammen.

Nathanael blickte vorsichtig auf und sah ihn. Er brach in Tränen aus, denn nie zuvor hatte er einen schöneren Engel gesehen. Er war die Krone der Schöpfung, ihre Vollendung, ihr Triumph über alles, was war, und alles, was sein würde. In ihm explodierte das Feuer des Lebens, seine Makellosigkeit beschämte jeden, der sie mit seinem bloßen Blick beleidigte. Kein Engel konnte sich mit ihm messen, keiner war wie er.

Einzigartig.

Vollkommen.

Beispiellos.

Doch all das, was er war, verblasste in seinen Augen: Sie waren schwarz. Wie das Gehinnom, dem er entkommen war. In diesen Augen zerfiel die Unendlichkeit zu einem Staubkorn, verbrannte die Schöpfung zu Asche. Sie waren Ausdruck göttlicher Größe, in ihnen brannte das Fegefeuer des Hasses, nichts blieb ihnen verborgen, niemand stellte sich ihnen in den Weg. Nathanael mied ihren Blick, suchte verzweifelt sein Gleichgewicht. Er musste ihn ausblenden, denn alles, was er sah, verspottete nur seine eigene Unzulänglichkeit.

»Rafael, wie schön, dich zu sehen!« Seine Stimme war dunkel und weich und voller Ironie. Sie erfüllte nicht nur den Raum zwischen ihnen, sondern das ganze Tal. Nathanael war sich sicher, dass ihn alle Engel, auch die, die Kilometer von ihnen entfernt waren, hören konnten. Er ging ein paar Schritte auf die Gruppe um Nathanael zu und verbeugte sich. Amüsiert.

»Du bist nicht willkommen!«, antwortete Rafael. Ruhig, ohne Furcht.

»Oh, da bin ich mir sicher. Schließlich habt ihr euch große Mühe gegeben, mich loszuwerden.«

»Das, was einst geschah, geschah nicht ohne Grund.«

»So? Findest du?« Er lächelte.

Nathanael senkte den Blick, um ihn nicht ansehen zu müssen. Um nicht mit seiner unfassbaren Schönheit konfrontiert zu werden, die so im Gegensatz zu seinen Augen und der Häme in seiner Stimme stand. Wenn er sich doch nur beruhigen könnte! Wenn er sich doch nur auf das Notwendige konzentrieren könnte! Er schloss die Augen und blendete die Umgebung aus. Die Kapuze half ihm dabei, sich von dem, was sie bedrohte, abzuschotten.

»Nun wollen wir die Vergangenheit vergessen und Frieden schließen!«

Rafael sah ihn überrascht an.

»Du bist hier, um Frieden zu schließen?«

»Ja … natürlich werde ich jeden von euch vorher töten müssen. Aber dann wird Frieden sein.« Er sagte es so beiläufig, so selbstverständlich, dass kein Zweifel daran bestand, dass er diesen Krieg *wollte*. Er sah den schockierten Rafael durchdringend an: »Es sei denn, ihr gebt mir das, was ihr mir vorenthaltet.«

Iax machte reflexartig einen Schritt vor Nathanael, verdeckte ihn fast vollständig.

»Iax, mein Freund. Es ist lange her …« Er hatte die Bewegung wahrgenommen.

»Wir verschwenden Zeit! Warum zieht Ihr nicht einfach Euer Schwert?«

Iax war ohne Furcht.

»Wo ist Gabriel?«

Er blickte an Iax vorbei in den Turm, in dessen Innerem die einfachen Engel standen und sich zu ihrem Schutz von ihm abwandten. Gabriel war nicht zu sehen, trotzdem nahm er sie wahr. »Ah, da ist sie ja. Wie schnell ihr Herz schlägt!« Er wandte sich wieder Iax zu. »Ich werde sie töten und dich am Leben lassen. Was meinst du, Iax? Wäre das eine angemessene Strafe?«

Iax antwortete nicht, aber er wusste, dass dies nicht nur eine Drohung war. Er meinte jedes Wort ernst und wusste um dessen Wirkung. Es war, als könnte er ins Innere eines jeden Engels blicken und die größte Furcht sehen, die in ihm wohnte.

»Und jetzt händigt mir den Engel aus!«

Auch Rafael machte nun einen Schritt vor Nathanael und hob die Hände: »Genug jetzt! Kehr um! Und werde wieder Teil der Heiligen Ordnung! Dann wird der Vater dir verzeihen!«

Er lachte. Laut. Voll. Höhnisch.

»Unser Vater? Er will mich wieder in die Arme schließen? Das ist schön!« Er legte seine Hand auf den Schwertknauf. »Ihn werde ich zuletzt töten!«

Er machte zwei weitere Schritte auf die Gruppe zu: »Und jetzt händigt mir den Engel aus! Dann werde ich die einfachen Engel verschonen.«

»Ich sage dir: Kehr um ...«

Er hob die Hand und gebot Rafael, zu schweigen: »Mein Angebot: einen Engel gegen eine Million Engel. Ich werde es nicht wiederholen.«

Iax zog sein Schwert: »Dann hol ihn dir!«

Nathanael trat vor.

Den Kopf gesenkt, versteckt unter der Kapuze, machte er ein paar Schritte auf ihn zu. Blieb dann stehen. Reglos.

Er musterte den als Mönch verkleideten Engel. Dann fragte er: »Wer bist du?«

»Der, den du suchst, Drache.«

»Das ist mein Name?! So nennt ihr mich?« Seine Stimme vibrierte vor Wut. »Der Gefangene ohne Namen? Verbannt in alle Ewigkeit und ausgelöscht in der Erinnerung der Engel?«

»Das *ist* Euer Name, Herr!«, antwortete Nathanael fest.

»MEIN NAME IST LUZIFER!«

Es war, als explodierte ein Vulkan.

Aus der Mitte schoss eine Schallwelle über die Engel hinweg, breitete sich ringförmig aus, fegte die ersten Reihen zur Seite, riss auch Nathanael von den Füßen. Aus Augen, Mündern und Ohren sickerte das Blut der Engel – er vernichtete die eigenen und die gegnerischen Legionen gleichermaßen nur mit der Wucht seiner Stimme. Sie flohen, eigene wie fremde Truppen, nur weg von ihm. Zurück blieben die Toten, die in vielen Reihen übereinanderlagen. Selbst Rafael und Iax hielten dem Druck nicht stand und wurden wieder in den Turm gedrückt.

Zurück blieben nur Luzifer und Nathanael, der wieder auf die Füße kam.

Nathanael zog sein Schwert, brachte seinen Schild vor die Brust. Fühlte das Gewicht der Klinge, schob das, was ihn umgab, wie einen Vorhang zur Seite und konzentrierte sich auf das, was jetzt von ihm verlangt wurde. Dort war Luzifer: seine irritierend glühende Aura. Seltsam bekannt und doch völlig fremd. Sein Arm, das Schwert, sein Geist wurden ganz leicht. Er war im Gleichgewicht und nahm eine Angriffsposition ein.

Luzifer hingegen rührte sich nicht, sein Blick fiel auf Nathanaels Schildarm: »Wer bist du?«, fragte er, und mit einem Blick auf dessen Aura: »Was bist du?«

Nathanael antwortete nicht und näherte sich vorsichtig seinem Gegner.

Luzifer musterte ihn immer noch: »Du bist kein Engel. Und doch bist du einer.« Er lächelte Rafael zu. »Es war weise von dir, ihn vor mir zu verstecken, Cherub!«

Auch er zog jetzt sein Schwert.

Dann griff er an.

Und siehe! Nichts war schneller als dieser einzigartige Engel. Sein Arm war wie das Licht, das die Nacht vom Tag schied, war wie die Kraft, die die Welt antrieb, sich zu drehen, oder sie anhielt, wann immer es ihm beliebte. Sein Wille gebot Wind und Meer, Feuer und Erde. Er war das Ende der

Vorstellungskraft und der Beginn einer neuen, unendlichen Welt.

Er war der Herr der Engel: Gott gleich.

Nathanael überlebte nur, weil Luzifer ihn nicht hatte töten wollen. Er spürte nur den Hieb gegen den Schild, der in zwei Teilen zu Boden fiel und an den Schnittkanten weißglühend zischte.

»Der Schild!«, rief Nathanael entsetzt. »Das ist unmöglich!«

»Alles, was geschaffen wurde, kann auch zerstört werden, Engel!«

Luzifer sah ihn aufmerksam an. Hob mit der Schwertspitze den Ärmel seines Habits an, betrachtete den verdrehten Arm.

Er wandte sich zu Rafael: »Ihr schickt einen Krüppel? Ist das Eure Art, mir Respekt zu erweisen?«

Nathanael fasste sich und hob sein Schwert an. Und wieder fuhr Luzifer so schnell dazwischen, dass er die Bewegung gar nicht erst wahrgenommen hatte. Die Kraft, mit der er sein Schwert führte, war unbeschreiblich! Mit einem Zuschnappen seines Handgelenks schlug er ihm die Klinge aus der Hand. Nathanaels Schwert war wie ein Aufblitzen in der Luft, bevor es im nächsten Moment viele Hundert Meter entfernt bis zum Heft in einen Felsen eindrang.

Er wich vor Luzifer zurück, geriet ins Stolpern, fiel, lag wehrlos vor ihm.

Ohne große Eile schritt der Drache über ihn, hob das Schwert, so dass die Spitze auf Nathanaels Brust zeigte, bereit, sie im nächsten Moment zu durchstoßen.

Aber es kam nicht dazu: Iax war vorgesprungen, so dass Luzifer seinen Angriff abwehren musste. Gleichzeitig sprang ein zweiter, gewaltiger Engel in die Arena und führte ebenfalls das Schwert gegen Luzifer. Zusammen drängten sie ihn zwei Schritte von Nathanael weg.

Dieser zweite Engel war Luzifer in der Statur ebenbürtig und hielt dessen Handgelenk fest. Iax stand direkt hinter ihm und zielte mit seinem Schwert auf Luzifers Hals.

Der schien unbeeindruckt und spottete: »Sieh an, der Helfer in der Not. Das muss dich doch langweilen, Michael.«

»Zieh dich zurück, Luzifer!«

»Wer sollte mich dazu zwingen?«

»Ich habe dich schon einmal besiegt, und ich werde nicht zögern, es wieder zu tun!«

Auf Luzifers Gesicht zeichnete sich erneut sein kaltes Lächeln ab: »Ich bin nicht der, der ich damals war. Und ihr seid nicht die, die mich damals besiegt haben.«

»Der Vater befiehlt Frieden, Luzifer. Noch gilt sein Wort!«

Die beiden sahen einander an. Maßen sich ohne weitere Worte. Nathanael sah die beiden übermächtigen Seraphen, versuchte einzuschätzen, wer von beiden in einem Kampf die Oberhand behalten würde. Luzifer respektierte Michael, das war zu sehen, aber er war stärker. Doch würde das auch gegen die anderen reichen? Sie hatten ihn zusammen besiegt. Damals.

»Was befiehlt der Vater?«, fragte Luzifer, und jedes seiner Worte verhöhnte Michael.

»Einen Konvent.«

»Und alle werden dort sein?«

Michael nickte: »Alle, ohne Ausnahme.«

Luzifer nicke, sah sehr zufrieden aus: »Das ist gut.«

Er machte ein paar Schritte zurück und verbeugte sich belustigt vor Michael und Iax. In seinen schwarzen Augen blitzte die List! Das war kein Sieg für die Verteidiger.

Das war ihr Untergang.

PLAGEN

29

Sie fanden die beiden Frauen am nächsten Morgen.

Beide leblos, die eine in embryonaler Haltung auf dem Boden liegend, die andere auf dem Bett, die Arme waagerecht ausgestreckt. Beide mit weit aufgerissenen Augen, beide mit so flacher Atmung, dass die, die sie fanden, zuerst dachten, sie wären tot. Doch dann wurde festgestellt, dass ihre Haut noch warm und weich war und ein Spiegel ganz leicht beschlug, wenn man ihn vor Mund und Nase hielt. Dennoch hatten die herbeigerufenen Pfleger und Ärzte große Schwierigkeiten, die eingenommenen Stellungen zu verändern, was erst nach einer krampflösenden Spitze möglich wurde.

Man brachte sie beide auf die Intensivstation, legte Infusionen und kontrollierte Puls und Hirnströme. Bis auf die sehr schwache Atmung waren alle vitalen Funktionen weitgehend im normalen Bereich, ein Außenstehender hätte vermutet, dass die beiden nur schliefen, zumal hohe Traumaktivitäten als wilde Zackenlinien über das EEG-Display sprangen. Und wenn man genau hinsah, konnte man erkennen, wie unruhig sich unter ihren Lidern die Augäpfel bewegten. Träume ohne Unterlass. Eingeschlossen im eigenen Körper.

Es wurde Nacht, und es wurde Tag.

Immer noch schliefen die beiden Frauen, während draußen die Luft schon am frühen Morgen vor Hitze vibrierte, weil die Nacht zuvor kaum Kühlung gebracht hatte. Tatsächlich war die Intensivstation einer der wenigen Orte im Krankenhaus, an denen es sich dank der Klimaanlage gut aushalten ließ.

Der Direktor sah nach beiden, in Begleitung der Intensivwache, fühlte den Puls, prüfte die Pupillenreflexe und setzte sich nachdenklich an Esthers Bett.

»Warum wacht sie nicht auf?«, fragte er die Wache.

»Wir wissen es nicht, Herr Direktor. Sie liegt nicht im Koma. Ich habe Kollegen angerufen, aber keiner kennt diese Symptome.«

»Eine Vergiftung?«

»Nein, Herr Direktor. Ihre Blutwerte sind optimal.«

»Hat es mit dem Gewitter zu tun? Diese Verkrampfung ... ist es möglich, dass die beiden ein Blitz getroffen hat?«

Der Arzt schüttelte den Kopf: »Es gibt keine Verbrennungen, nichts.«

Er griff nach Esthers Hand und murmelte nachdenklich: »Was ist mit Ihnen? Unglückliche, tapfere Esther ...«

Sie standen einen Moment da und blickten auf sie herab. Dann sagte der wachhabende Arzt: »Sie träumen unentwegt. Keine Phasen, keine Ruhe. Nichts als Träume.«

Der Direktor nickte, antwortete aber nicht. Ohne es je ausgesprochen, ohne es Esther je gezeigt oder durch bevorzugte Behandlung angedeutet zu haben, war er doch der Einzige im Krankenhaus, der sie ehrlich mochte. Der Einzige, der so etwas wie väterliche Gefühle für sie hegte, weil er ihren Schmerz jeden Tag in ihren Augen sehen konnte, vor allem wenn sie vorgab, keinen zu fühlen. Vielleicht hätte er ihr seine Hilfe anbieten müssen, ihr zeigen müssen, dass es ihn *anging*, dass er zuhören würde, wenn sie reden wollte, aber all das hatte er nicht getan. Stattdessen hatte er sie aus der Ferne beobachtet, wenn sie allein in der Kantine saß und an die Dinge dachte, die sie nicht mehr ändern konnte. Und dabei war es ihm nie aufgefallen, dass er selbst auch allein an einem Tisch in der Kantine saß, weil niemand da war, der *ihm* zuhören wollte.

Bis vor ein paar Tagen diese erstaunliche Frau eingeliefert worden war, die jetzt mit denselben Symptomen neben Esther lag. Die Frau mit dem Zweiten Gesicht, die alles wusste:

die Zukunft und die Vergangenheit. Und der es völlig gleichgültig war, dass man sie schamlos ausnutzte. *Glauben Sie an Engel?*, hatte sie ihn gefragt.

Er spürte, wie er mit den Tränen rang, und wandte sich von der Wache ab, damit die ihn nicht sah. War es möglich, dass der einzige Mensch, der ihm mehr bedeutet hatte als die eigene Existenz, der sein Leben mit Glück erfüllt hatte, indem er einfach da war … War es möglich, dass dieser geliebte Mensch auf ihn wartete? Dass sie sich wiedersehen würden, um das zu vollenden, was sie auf dieser Seite des Daseins begonnen hatten?

Glauben Sie an Engel?

Er würde an alles glauben, wenn es wahr wäre, was sie gesagt hatte. Auch wenn sie einander nicht erkennen würden, dort, wo sie jetzt war, wäre er doch bei ihr. Für immer.

»Herr Direktor?«

Er räusperte sich, um den Kloß in seinem Hals loszuwerden, und antwortet brummend: »Hm?«

»Wir brauchen die Betten.«

Er drehte sich zu ihm: »Wie?«

»Es tut mir leid, Herr Direktor, aber wir brauchen die Betten dringend. Wie Sie wissen, herrscht seit zwei Tagen ungewöhnliche Hitze, und die Prognosen sagen voraus, dass es noch schlimmer werden könnte. Seit gestern Nacht werden ständig neue Patienten in die Notaufnahme eingeliefert. Meist Alte, die mit der Hitze nicht fertigwerden. Die meisten können wir stabilisieren, aber einige stehen auf der Kippe. Und wenn das so weitergeht, dann werden bald auch die Gesunden Kreislaufprobleme kriegen.«

»Ich verstehe.«

Die Stationswache nickte bedauernd: »Was unsere Kollegin betrifft … sie muss nicht auf Intensiv liegen. Ihr Zustand ist seltsam, aber nicht bedrohlich. Das gilt auch für die andere Patientin.«

Der Direktor nickte: »Ja, Sie haben natürlich recht. Verlegen Sie die beiden auf ein Zweibettzimmer. Und weisen Sie das zuständige Personal an, sich gewissenhaft zu kümmern.«

»Ja, Herr Direktor.«

Mit einiger Mühe stand er auf und lächelte schwach ob seiner beginnenden Gebrechlichkeit. Es hatte mal eine Zeit gegeben, da war er jeden Tag vor Dienstbeginn zehn Kilometer gelaufen. Er war jung, stark und voller Elan gewesen. Aber das lag weit zurück.

Zwei Jahre, dreiundfünfzig Tage und vierzehn Stunden.

Eine Ewigkeit.

Und so kehrten Esther und Judith ins stille Zimmer 303 zurück. Das Zimmer für wohlhabende Patienten, die es sich leisten konnten, dem Ende der Welt vornehmer als andere entgegenzusehen, privater zu sein, allein zu sterben. Man schob Esther einfach neben Judith, weil im Zimmer genügend Platz für zwei Betten war und man der ungeliebten Kollegin trotzdem etwas Gutes tun wollte. In regelmäßigen Abständen sah ein Pfleger oder eine Pflegerin nach ihnen, und zwischen diesen Intervallen immer wieder Personal, das ungeduldig darauf hoffte, dass Judith wieder zu sich käme, denn alle wollten noch ihr Stück abhaben vom großen Glück.

Später am Abend ließen die Besuche nach, so dass es sehr ruhig wurde in dem Zimmer der Schlafenden und ein ausgesucht schöner Sonnenuntergang die Wände in warme Rottöne tauchte. Der Direktor sah noch einmal nach den beiden, und er blieb länger, als er es eigentlich vorgehabt hatte, ohne dass es dafür einen Grund gab, nicht mal einen sentimentalen. Er genoss einfach nur die Ruhe, sah auf die friedlich daliegenden Frauen, blickte hinaus in die angehende Nacht, auf die blinkende Stadt und in den Himmel, an dem silbrig schimmernd die Lichter tanzten, so dass auch in 303 die Schatten zitterten.

Dann ging er.

Er wollte an diesem Abend unter Menschen sein, einmal

in ein Restaurant gehen. Ein gutes Essen, ein besonderer Wein. Vielleicht ein wenig Musik. Sich den einfachen Genüssen hingeben, sich am eigenen Dasein erfreuen. Wie schnell konnte alles vorbei sein!

Zurück blieben die beiden.

Träumend.

Mitten in der Nacht lag das Zimmer still im Glanz der Nordlichter, als ein sanfter Lufthauch durch 303 ging, den Boden überzog und ihn ganz bedeckte. Dann drückte er sich langsam am Bettgestell empor, sickerte über die Kanten ein, hinauf zu den Köpfen, um mit dem nächsten Atemzug in die Schlafenden einzufahren. Augenblicklich gingen ihre Träume zu Ende, stoppte das nervöse Spiel ihrer Augäpfel: Sie waren frei und fielen in einen tiefen Schlaf. Der Luftzug hingegen verschwand so rasch, wie er gekommen war, und ließ das Zimmer zurück, wie es war, nur dass die Verlaufsbilder des EEG von jetzt an, gleichmäßig aussahen.

Am nächsten Morgen erwachte Esther, erfrischt und ohne Erinnerung an ihre Träume. Irritiert nahm sie die Elektroden ab, die ihre Herztöne und Gehirnströme kontrollierten, und löste prompt einen Alarm aus. Nicht lange, und die Tür flog auf. Esther hatte im ersten Moment Geno erwartet, aber den hatte sie gefeuert. *Daran* erinnerte sie sich. Eine Pflegerin hatte seine Stelle übernommen – Esther kannte sie vom Sehen.

»Frau Doktor!«, rief sie erfreut. »Gott sei Dank!«

»Was ist passiert?«, fragte Esther irritiert.

»Das würden wir gerne von Ihnen erfahren! Sie erinnern sich an nichts?«

Esther schüttelte den Kopf: »Nein.«

Die Pflegerin antwortete: »Wir haben Sie beide vorgestern Morgen hier entdeckt. Sie lagen auf dem Boden, die Patientin in ihrem Bett. Sie waren … wie soll ich sagen … verkrampft.«

Esther blickte neben sich und entdeckte die schlafende Judith.

»Sie auch?«, fragte sie die Pflegerin.

»Ja, sie hatten beide die gleichen Symptome. Wir waren ziemlich ratlos. Aber jetzt geht es Ihnen wieder gut?«

»Ja.«

Sie nickte und drehte sich um: »Ich werde es gleich den anderen sagen ...«

Und damit war sie auch schon wieder durch die Tür. Esther hatte sich mittlerweile von allen Kabeln befreit, die Infusionen zog sie unter Schmerzen heraus und fand im Schrank ihre Sachen ordentlich zusammengefaltet. Sie legte rasch ihr Krankenhaushemdchen ab und schlüpfte in ihre Sachen. Noch während sie das tat, nahm sie eine Bewegung in Judiths Bett wahr und blickte auf: Auch sie kam gerade zu sich. Esther zog den Gürtel ihrer Hose fest, setzte sich zu Judith ans Bett, drückte deren Hand und lächelte. Judith blinzelte, schien für einen Moment desorientiert, aber als sie Esther sah, erwiderte sie den Druck.

»Wie fühlen Sie sich?«, fragte Esther.

»Gut. Sehr gut. Was ist passiert?«

»Es scheint, als hätten wir die letzten beiden Tage verschlafen. Erinnern Sie sich an irgendetwas?«

»Nein. Geben Sie mir meine Kleidung?«

Sie sagte dies mit der Selbstverständlichkeit, die signalisierte, dass sie genug von diesem Ort hatte und entschlossen war, aufzubrechen. Esther sah ihr neugierig zu: »Sie wollen das Krankenhaus verlassen?«

»Wir müssen hier weg.«

»Ja.«

Esther war überrascht über ihre Antwort und noch überraschter darüber, wie richtig sie sich anhörte. Sie kannte diese Frau kaum, und doch war etwas an ihr, das Hilfe versprach, einen Ausweg. Sie sprang auf, suchte Judiths Sachen im Kleiderschrank zusammen und reichte sie ihr. Ebenso wie Esther verschwendete Judith keine Zeit, zog sich rasch alles über, während es an der Tür klopfte und die ersten Pfleger und Ärzte aus der Belegschaft eintraten, um beiden zu ihrer Genesung zu gratulieren. Niemals zuvor hatte Esther wahre Motive so deutlich in den Augen von Menschen ablesen können wie in diesem Moment – die Gier lag wie ein Schatten auf ihren lachenden Gesichtern.

»Sie wollen uns verlassen?«, fragte die Pflegerin, die Esther als Erste begegnet war, beunruhigt.

»Ja«, antwortete Judith knapp.

»Sie sollten noch ein paar Tage zur Beobachtung bleiben!«, meldete sich einer der Ärzte mit der ganzen Autorität seines Standes. »Bis wir wissen, was Sie haben!«

»Nein, danke.«

Judith sprang kurz vor den Spiegel und richtete sich ein wenig die Frisur.

»Aber wer kümmert sich um Sie, wenn das noch mal passiert?« Eine andere Stimme aus dem Grüppchen.

»Esther wird sich um mich kümmern«, antwortete Judith bestimmt.

Jetzt wandten sich alle Esther zu, der zwar dasselbe zugestoßen war, über deren möglichen Rückfall man sich aber keine Sorgen gemacht hatte. Und das blieb auch so, denn ohne dass es jemand aussprach, war deutlich zu sehen, was sie dachten: Sie will die Frau mit dem Zweiten Gesicht für sich ganz allein. Und in gewisser Weise stimmte das auch.

Judith lächelte jedem der Besorgten noch einmal zu, dankte für die vorbildliche Pflege, nahm Esther an die Hand und zog sie hinter sich her, raus aus dem Zimmer.

»Wohin?«, fragte Esther auf dem Flur.

»Ich habe ein schönes Zuhause, vor der Stadt. Ich könnte ein wenig Gesellschaft gebrauchen.«

Esther nickte: »Gut, aber ich muss erst Urlaub einreichen.«

Judith blieb stehen und sah sie erstaunt an: »Sie wollen Urlaub einreichen?«

»Ja. Ich kann nicht einfach weglaufen.«

»Glauben Sie mir, bald werden alle weglaufen. Und sie

werden feststellen, dass es keinen Ort gibt, an den sie fliehen können.«

Esther runzelte die Stirn: »Was meinen Sie damit, Judith?«

Sie winkte ab: »Schon gut. Reichen Sie Ihren Urlaub ein.«

Esther zögerte einen Moment, war versucht nachzuhaken, was Judith hatte sagen wollen, verzichtete aber schließlich darauf. Sie würde es ihr schon noch erklären. Und vielleicht war hier nicht der richtige Ort dafür.

Jetzt ging sie voraus, Judith folgte und wimmelte auf den Fluren und Treppen immer wieder Leute ab, die ihr zu ihrer Genesung gratulierten und gleichzeitig fragten, ob sie am Nachmittag vielleicht ein paar Minuten Zeit hätte. Im Erdgeschoss öffnete Esther die Tür zum Vorzimmer der Direktion und traf dort auf eine verheulte Vorzimmerdame.

»Kann ich einen Moment mit dem Herrn Direktor sprechen?«

Die Vorzimmerdame schüttelte den Kopf, schnäuzte sich lautstark.

»Ist er nicht da?«, fragte sie.

»Er ist tot!«, schluchzte die Vorzimmerdame.

Esther wusste nicht, was sie sagen sollte, und auch Judith neben ihr stand still und senkte den Blick. Esther war, als wäre ein Freund gestorben, obwohl sie wenig miteinander zu tun gehabt hatten. Und doch hatte sie das Gefühl, dass er ihr nahe gewesen war, dass sie zu ihm hätte gehen können, um anderes zu besprechen als ihren Urlaubsantrag. Ihr war, als drücke er ihr in diesem Moment die Hand zum Abschied. Sie spürte, wie ihr die Tränen kamen.

»Was ist denn passiert?«

Die Vorzimmerdame sammelte sich und antwortete: »Er hat sich erhängt.«

»Aber ...«, stammelte Esther.

»Dabei ist er gestern noch einmal groß aus gewesen. Sarah aus der Buchhaltung hat ihn in einem feinen Restaurant gesehen. Er hat ihr zugeprostet und gelächelt, und Sarah hat gedacht: Sieh mal an, es geht ihm wieder besser.«

Esther wischte sich die Tränen von den Wangen: »Sie meinen, er hat es wegen seiner Frau getan?«

»Ja, da bin ich mir sicher. Er hat oft gesagt: Rachel, ich hoffe, der Herr hat ein Einsehen und holt mich auch bald. Das hat er oft gesagt. Aber ich dachte, dass er das nur so dahinsagt. Ich dachte, dass er darüber hinwegkommt. Er war ein gläubiger Mensch, müssen Sie wissen.«

Esther nickte.

»Wie kann er sich das dann antun?!«

»Was meinen Sie, Rachel?«

Sie brach erneut in Tränen aus: »Wie kann er sich das antun? Das Leben ist ein Geschenk des Herrn! Wie kann er das Geschenk zurückweisen?!«

»Es war sicher keine leichte Entscheidung ...«

»Sie verstehen nicht, Esther. Es ist eine Sünde, sich das Leben zu nehmen. Er wusste das doch! Wenn sein sehnlichster Wunsch der war, seiner Frau nachzufolgen, dann kann er das doch nicht tun?!«

»Ich versteh Sie nicht, Rachel?«

»Wieso ist das denn so schwer zu verstehen? Jetzt kommt er nicht ins Paradies. Kein Selbstmörder kommt dorthin. Wie könnte er jetzt noch seine Frau wiedersehen?«

Judith ergriff Esthers Hand und bedeutete ihr, zu gehen. Esther nickte und wandte sich ab. Judith hatte recht: Es gab jetzt wichtigere Dinge, als Urlaub einzureichen.

30

Esther hatte keine Vorstellung davon gehabt, wie reich Judith wirklich war, so dass sie der verschwenderische Luxus ihres Zuhauses fast schon schockierte. In einem Land, in dem die meisten Einwohner arm waren, auf engstem Raum lebten, mit all dem Lärm und dem Schmutz, den Menschen aus dem reichen Europa in der Regel als *orientalisch* verklärten, fiel ihr als Erstes die wunderbare Stille auf, die das Anwesen umgab. Es gab keine Nachbarn und keinen Verkehr, nur einen gepflegten Park, eingerahmt mit Zypressen und Palmen, in dessen Mitte ein Herrenhaus stand, das auf der Rückseite mit Schwimmbad und Tennisplatz lockte. Die Mitte des Hauses bildete ein mittelalterlicher Patio, mit umlaufenden Säulengängen und einem Brunnen im Zentrum, dessen Plätschern beruhigend wirkte. Von diesen Gängen zweigten kleine Zimmer ab, so dass man sich in diesem Teil des Hauses fast wie in einem Kloster wähnte. Das alles wirkte zurückhaltend und familiär.

Es gab aber auch einen repräsentativen Bereich, mit Eingangshalle, Wohnzimmer und Luxusküche. Im Gegensatz zum Patio war dieser überbordend eingerichtet, schnörkelig, polierter Marmor dominierte, wertvolle Teppiche auf den Böden und an den Wänden, viele Figuren und Statuen und vor allem: Gold. Aber überall dort, wo man es als Verschönerung hatte anbringen können, war es auch: als Türknauf, Wasserhahn, Deckenverzierung oder Figürchen. Esther zweifelte keine Sekunde daran, dass alles echt war.

Es war angenehm kühl, penibel sauber, wirkte aber verlassen. Wann immer die vielen Bediensteten das Anwesen auch pflegten, heute taten sie es nicht. Esther und Judith waren allein und würden es auch bleiben. Sie erfrischten sich mit kühlen Getränken aus der Küche und verbrachten eine Weile am Pool, badend. Die Hitze war unerträglich, so drückend, dass nicht einmal Gespräche zustande kommen wollten, weil es schwerfiel, sich zu konzentrieren. Die Menschen in der Stadt mussten wie die Hunde leiden bei dieser Witterung, aber Esther dachte nicht an sie. Sie dachte auch sonst an nichts, was ihr Dasein für gewöhnlich einzäunte, sondern zog ihre Bahnen im Wasser oder döste im Schatten eines Sonnenschirms. Auf gewisse Weise war Judiths Heim so unwirklich wie die

Ereignisse, die sie dorthin geführt hatten. Sie fühlte sich leicht, aber nicht unbeschwert; wie jemand, der einen letzten schönen Ferientag genoss, bevor er am nächsten Tag eine neue Aufgabe zu bewältigen hatte.

Sie nahmen ein frühes Abendessen zu sich und setzten sich kurz vor Sonnenuntergang an den Brunnen im Patio. Es war immer noch heiß, aber das plätschernde Wasser kühlte ein wenig die Luft, und kleine Tropfen fielen dann und wann auf Arme und Beine.

»Glauben Sie das?«, fragte Esther plötzlich. »Glauben Sie, dass er nicht ins Paradies kommt, weil er sich umgebracht hat?«

Judith sah zu ihr hinüber und lächelte: »Sie meinen: ob ich *weiß*, ob er ins Paradies kommt oder nicht.«

Esther lächelte ebenfalls, ein wenig ertappt. »Ja, das meine ich.«

»Was denken Sie?«, fragte Judith zurück.

»Ich finde, es gibt keinen Grund, warum er nicht ins Paradies gelangen sollte. Das, was er getan hat, hat er aus Liebe getan.«

»Aus Liebe oder aus Eigennutz?«

Esther antwortete: »Aus Liebe.«

»Dann ist alles, was man aus Liebe tut, nicht eigennützig?«

Esther zuckte mit den Schultern: »Ich weiß es nicht. Vielleicht. Wenn es denn Liebe ist, wirkliche Liebe.«

Judith schwieg einen Augenblick, dann sagte sie: »Ich weiß nicht, wo Ihr Direktor jetzt ist, Esther. Wenn ich wüsste, dass er genau dort ist, wohin er sich gewünscht hat, dann würde ich sofort den gleichen Weg wählen wie er.«

»Ich dachte, Sie wüssten es … ich meine, Sie scheinen so viel zu wissen.«

Judith lächelte schwach: »Es ist nichts, verglichen mit dem, was die Schöpfung ausmacht.«

»Ich verstehe Sie nicht, Judith.«

Sie nickte zustimmend: »Das können Sie auch nicht, Esther. Aber ich versichere Ihnen, unsere Welt ist nur ein kleiner Teil dessen, was tatsächlich existiert. Wir sind der vergängliche Teil. Aber es gibt auch einen ewigen.«

Esther sah sie überrascht an: »Und den haben Sie gesehen?«

»Ich weiß nicht genau, was ich gesehen habe, Esther. Aber es war bereits zu viel. Kein Mensch erträgt die Ewigkeit.«

»Sie haben also versucht, sich das Leben zu nehmen?«

Judith lächelte schwach: »Ja.«

»Warum nur? Sie haben doch alles!«

Judith schwieg, berührte verträumt mit einer Zehe den kühlen Brunnen. »Ich habe alles, was man kaufen kann, Esther. Und das ist nichts wert.«

Esther schwieg einen Moment, dann sagte sie: »Tut mir leid. Ich weiß nichts über Sie, nur das, was die Zeitungen so geschrieben haben. Da macht man sich dann ein Bild und glaubt, dass Sie überglücklich sein müssten.«

»Und die haben auch geschrieben, dass mich der Tod meines Mannes depressiv gemacht hat, richtig?«

Esther antwortete: »Ja. Ist es denn nicht so?«

Judith dachte einen Augenblick nach: »Nein. Ich meine, er war gut zu mir, hat mir das hier geschenkt.« Sie machte eine Geste mit der Hand in Richtung Haus. »Aber, auch auf die Gefahr hin, undankbar zu klingen – mir hat das alles nichts bedeutet. Sein Leben war erfüllt, meines nicht.«

»Und deswegen wollten sie nicht weiterleben?«

Judith richtete sich auf und blickte Esther an: »Nein, ich hätte so weiterleben können, aber als er starb, merkte ich, wie leer das Haus war. Und wie leer mein eigenes Leben. Darüber bekam ich Depressionen, zog mich zurück. Und dann kam dieser Junge …«

Allein der Gedanke daran ließ sie in Tränen ausbrechen, so dass sie einige Minuten brauchte, um sich wieder zu sammeln. Dann stand sie auf und nickte Esther zu, ihr zu folgen: »Kommen Sie, Esther, ich möchte Ihnen was zeigen.«

Sie gingen durch einen Säulengang zu einer Tür, die sie durch einen Flur in den hinteren Teil des Hauses führte, in ein Zimmer, das wie ein englischer Club anmutete, mit einem Kamin, gemütlichen Ohrensesseln, Bücherregalen und einem schwarzglänzenden Konzertflügel. Große Terrassentüren führten zum Pool und sorgten bei Tag dafür, dass das Zimmer lichtdurchflutet war. Bei Nacht hingegen konnte man von hier aus die Stadt sehen, deren Lichter den Horizont erleuchteten. Judith öffnete eine der Türen: Sofort wälzte sich heiße Luft in den Raum. Es sah aus, als suchte sie nach etwas. Dann wandte sie sich zu Esther: »Wissen Sie, dass ich Musik studiert habe?«

»Nein.«

»Ich wollte Pianistin werden. Ich habe mich an der Hochschule beworben und wurde als Jahrgangsbeste angenommen.«

Sie ging zum Flügel hinüber, setzte sich auf den Klavierhocker, klappte den Deckel hoch und gab die Klaviatur frei. Sie blickte auf die weißen und schwarzen Tasten, schien zu überlegen, ob sie ihnen Töne entlocken sollte, legte dann aber die Hände in den Schoß.

»Vielleicht hätte ich es bis an die Spitze schaffen können, aber mir fehlte der Ehrgeiz, mich dem Instrument ganz und gar zu widmen. Ich war zufrieden mit dem, was ich lernte, und den Konzerten, die ich gab. So lernte ich dann meinen Mann kennen, der mir Blumen in die Garderobe schickte.«

Sie lächelte versonnen, gefangen in einer schönen Erinnerung.

»Er war viel älter als ich, aber das war mir egal. Ich fühlte mich geborgen bei ihm. Beschützt. Verstehen Sie das?«

Esther nickte.

»Ich brach mein Studium ab, wir heirateten. Wir wollten eine Familie gründen, aber unsere Ehe blieb kinderlos. Wir haben darüber nicht gesprochen und auch nie versucht, herauszufinden, woran es lag. So vergingen die Jahre, und als wir uns damit abgefunden hatten, keine Kinder zu bekommen, war es für meine Karriere zu spät.«

»Und was war nun mit diesem Jungen, von dem Sie sprachen?«

Judith nickte leicht und tippte mit dem Zeigefinger auf eine Taste: ein schöner, warmer Ton sprang in den Raum, breitete sich aus und schien noch lange nachzuklingen, bevor er sich langsam schwingend auflöste.

»Nach dem Tod meines Mannes habe ich wieder begonnen zu spielen. Das Einzige, was mich von all dem, das mich umgab, befreite, war die Musik. Ich spielte stundenlang bei geöffneten Fenstern. Das muss ihn angelockt haben.«

»Die Musik?«

»Ja, die Musik.«

»Kannten Sie ihn?«

»Nein, ich habe ihn nie zuvor gesehen.«

»Und von Ihren Nachbarn kannte ihn auch niemand?«

»Wir haben keine Nachbarn. Das nächste Haus liegt am Stadtrand.«

Esther fragte: »Dann kam er aus der Stadt?«

»Ja.«

Esther runzelte die Stirn: »Aber wie kann er dann die Musik gehört haben? Es sind mindestens zehn Kilometer von hier bis in die Stadt.«

»Ich weiß, dass es sich verrückt anhört. Aber ich bin überzeugt, dass es sich so verhalten hat. Er muss die Musik gehört haben. Wissen Sie, nichts vergeht, alles dreht sich, hält niemals an. Der Ton, den ich eben gespielt habe, ist immer noch da. Hier im Raum, draußen im Garten. Der Wind trägt in mit sich.«

Esther dachte nach und wunderte sich, dass sie Judith ohne Vorbehalt glaubte. Sie, die so rational war, hatte keine Probleme, den übersinnlichen Ideen zu folgen, mehr noch: daran zu glauben.

Judith fuhr fort: »Eines Tages war er da. Dahinten!«

Sie zeigte aus der Terrassentür in die Nacht. Die Beleuchtung erlaubte einen Blick über Pool und Tennisplatz hin zu einem knorrigen alten Olivenbaum.

»Da saß er und hörte mir zu. Und wenn ich aufhörte, ist er gegangen. So leise und heimlich, wie er gekommen war.«

»Er hat nur dagesessen? Sonst nichts?«

Judith nickte: »Ja, er saß da, ganz still, und hörte mir zu. Am Anfang war es mir egal, ob mir jemand zuhörte oder nicht. Dann aber begann ich, darauf zu achten, ob er da war. Ich habe heimlich nach ihm Ausschau gehalten, und wenn ich ihn entdeckt habe, habe ich angefangen zu spielen. Und er hat dagesessen und zugehört.«

»Und er hat nie etwas gesagt?«

»Nein. Kein Wort. Er hat nur auf die Musik gehört.«

»Und wie lange ging das so?«

»Ein paar Wochen.«

Esther stellte sich das Haus vor, die Klavier spielende Judith und einen Jungen, der im Schatten eines Olivenbaums saß und versonnen der Musik lauschte. Plötzlich war ihr, als könnte sie die Zuneigung spüren, die Judith zu dem Jungen, der niemals sprach, entwickelt hatte. Wie sich mit jeder Note ein Band knüpfte zwischen der unglücklichen Witwe und dem stummen Jungen. Wie die Melodien einen Weg ebneten, auf dem sie sich begegnen konnten. Vieles ließ sich nicht aussprechen, für viele Dinge gab es keine Worte, die das ausdrückten, was man zu sagen hatte. Musik war dazu in der Lage. Sie lockte, wühlte auf, besänftigte, tröstete, machte lachen oder weinen. Sie war der Freund, der einem die Hand reichte, wenn man die Welt nicht mehr verstand.

»Was geschah dann?«, fragte Esther.

Sie antwortete: »Er liebte die Musik, aber offenbar nicht die Menschen. Ich wollte, dass er zu mir kommt, aber ich wollte ihn auch nicht drängen. Also ließ ich die Terrassentür offen. Tag und Nacht. Und verbot dem Personal, das Zimmer außerhalb der Reinigungszeiten zu betreten.«

»Und? Hat es funktioniert?«

»Anfangs war ich nicht sicher. Ich habe gespielt und bin wieder gegangen. Ich wusste nicht, ob er den Mut hatte, den Raum zu betreten. Aber ich hoffte es. Und ich hatte Zeit. Ich hatte plötzlich alle Zeit der Welt, weil *er* da war. Die vielen einsamen, öden, zermürbenden Stunden waren weg, nur weil *er* da war. Meine Tage waren äußerlich dieselben wie die Tage vor seinem Kommen. Und doch war alles anders. Verstehen Sie das?«

Esther nickte. Niemand verstand Judith so gut wie sie. Niemand verstand so gut, wie es war, wenn mit einem Mal das fehlte, was einem bis dahin Licht und Freude gewesen war. Wie vernichtend die Tage, wie endlos die Nächte wurden. Und wie traurig die Morgen, wenn man erwachte und wusste, dass es keinen Grund gab, aufzustehen.

Judith fuhr fort: »Eines Morgens entdeckte ich vor der Terrasse drei Fußabdrücke. Es hatte in der Nacht geregnet, der Boden im Garten war ein wenig schlammig. Und da hab ich sie gesehen: Kinderfüße. Ganz zart, ganz klein. Sie verloren sich nach drei Schritten auf dem Steinboden.«

Esther lächelte. Sie sah die Abdrücke vor sich.

»Sie können sich nicht vorstellen, wie glücklich mich das machte und wie schwer es mir fiel, die Freude für mich zu behalten. Aber ich behielt die Tagesroutine bei, spielte jeden Tag, während er unter dem Olivenbaum saß. Und sich nachts ans Haus schlich, wenn er glaubte, niemand würde ihn dabei beobachten.«

Esther nickte ihr ermunternd zu, wollte wissen, wie die Geschichte ausging. Judith antwortete mit einem Lächeln: »Ich wollte geduldig sein, nichts überstürzen, achtete auf Kleinigkeiten, die verrieten, dass er sich getraut hatte, das Zimmer zu betreten. Aber ich entdeckte nichts. Also befestigte ich ein Haar an dem Deckel der Klaviatur und wartete, bis es an der Zeit war, zu spielen. Und tatsächlich: Das Haar lag auf dem Boden. Er hatte den Deckel geöffnet!«

Esther lächelte.

»Ich begann, Dinge für ihn dazulassen. Einen Früchtekorb. Süßigkeiten. Ließ sie über Nacht stehen. Und wenn ich am nächsten Tag zum Spielen kam, fehlte immer etwas. Anfangs nicht viel. Nur eine Kleinigkeit. Mal ein paar Trauben, mal ein Teil einer Zuckerstange. Also füllte ich das, was er sich genommen hatte, wieder auf. Ließ es stehen. Sie können sich nicht vorstellen, welche Aufregung das für mich war, Esther. Ich fühlte mich so lebendig wie nie zuvor im Leben!«

»Hat er bemerkt, dass Sie ihn heimlich verwöhnten?«

»Ja, das hat er. Er nahm jede Nacht ein wenig mehr. Gab mir so zu verstehen, dass ihm das gefiel. Dann, ein paar Tage später, blickte ich mitten im Spiel auf, und da saß er auf der Terrassenstufe. Mein Herz klopfte bis zum Hals, aber ich spielte weiter. Und als ich aufhörte, verschwand er, ohne sich umzublicken. Er kehrte am nächsten Tag zurück und setzte sich erneut auf die Terrassenstufe.«

»Und Sie haben ihn nicht angesprochen?«, fragte Esther.

Judith schüttelte den Kopf: »Ich habe mich nicht getraut. Ich wollte nichts falsch machen, ihn nicht durch Ungeduld oder durch eine Unachtsamkeit verlieren …« Sie sah Esther in die Augen: »Waren Sie schon einmal verliebt, Esther?«

Die Frage kam so unerwartet, dass sie wie ein Pfeil in ihrer Brust stecken blieb. Sie wollte darauf nicht antworten, und doch sagte sie: »Ja. Sehr sogar.«

»Sehen Sie?! Wenn Sie verliebt sind, dann haben Sie auch Angst davor, etwas falsch zu machen. Den Geliebten mit einer Dummheit zu verscheuchen. Man möchte, dass er immer da ist, weil die Welt mit ihm Sinn macht. Nicht wahr?«

»Ja, so ist es wohl«, würgte Esther hervor. Sie wollte nicht an Daniel denken, aber sein markantes Lächeln drängte sich vor ihrem inneren Auge so in ihre Erinnerung, dass sie nichts anderes mehr sehen konnte.

»Am nächsten Morgen ging ich wie gewohnt zu meinem Flügel, um für ihn zu spielen, betrat das Zimmer … und da saß er. Auf dem Klavierhocker. Seine Füße reichten nicht auf den Boden, die Hände in den Schoß gelegt. Er starrte auf den Deckel der Klaviatur und drehte sich nicht zu mir um. Ich war erschrocken und entzückt in einem. Also setzte ich mich neben ihn, klappte den Deckel hoch und begann zu spielen. Spürte seine Schulter an meiner Seite, die Wärme, die von ihm ausging. Ich wollte ihn in den Arm nehmen, festhalten, niemals wieder loslassen. Aber wir saßen nur nebeneinander, und ich spielte für ihn. Wissen Sie, Esther, ich habe viele Konzerte gegeben, aber niemals zuvor hab ich so gespielt wie an diesem Tag. Es war, als hätte ich um seine Liebe gespielt. Mich ihm offenbart, in der Hoffnung, er würde es verstehen.«

Sie brach erneut in Tränen aus.

Esther sagte tröstend: »Er hat Sie sicher verstanden, Judith.«

Die nickte und versuchte, sich zu fassen: »Oh, er hat verstanden. Diese Geschichte ist noch nicht zu Ende, Esther … sie ist noch lange nicht zu Ende.«

Das Telefon neben ihnen klingelte und erschreckte die beiden Frauen gleichermaßen. Es war das erste Geräusch, das verriet, dass es noch so etwas wie eine Außenwelt gab. Man konnte sie hier draußen schnell vergessen. Judith nahm ein Taschentuch, wischte sich die Tränen aus den Augen und nahm ab. Sie horchte einen Moment, nickte dann und reichte Esther den Hörer.

»Es ist für Sie.«

Esther war völlig perplex. Niemand wusste, dass sie bei Judith war. Irritiert fragte sie: »Wer ist es denn?«

Judith gab ihr den Hörer: »Er heißt Daniel.«

Dann verließ sie den Raum.

31

Was ist es, das einen Menschen davor warnt, die alten Prinzipien beizubehalten? Was lässt ihn einen anderen Weg gehen? Nur eine Stimmung, die schließlich die große, hässliche Tür zu den eigenen Verletzungen aufsperrt? Die Erinnerung an das, was einmal war und wovon man insgeheim hofft, es würde zurückkehren?

Nichts an Daniel war anders als sonst, und doch war Esther entschlossen, ihn diesmal nicht abzuweisen. Etwas sagte ihr, zu ihm zu gehen und mit ihm zu sprechen. Eine Intuition, ein sechster Sinn. Eine innere Unruhe. Der Impuls, der einen mitten in der Nacht aufwachen lässt, weil ein Unglück geschehen ist.

Es heißt, immer wenn das passiert, steht ein Engel an deiner Seite und spricht mit dir. Es heißt, man hört ihn nur mit dem Herzen, weil alle anderen Sinne nicht fein genug sind, um sein Wispern wahrzunehmen. Es heißt, immer wenn das passiert, findet man seinen Weg.

Esther verließ Judiths Haus und fuhr zurück. Sie hatte alle Wagenfenster geöffnet, und doch brachte der Fahrtwind nur wenig Erfrischung. Wie hell die Nacht war! Anscheinend hatten die Nordlichter am Himmel an Intensität zugenommen. Mittlerweile fiel es sogar schwer, die Sterne dahinter auszumachen.

Sie passierte die Stadt und fuhr weiter in Richtung Küste. Die Straßen waren in einem schlechten Zustand, ihr würde eine lange Fahrt bevorstehen. Wie zärtlich Judith über diesen Jungen gesprochen hatte! So sprach eigentlich nur eine Mutter über ihr Kind. Wie mochte die Geschichte ausgegangen sein? Was war geschehen, dass am Ende Judiths Selbstmordversuch stand? Und hatte sie sich wirklich von der Klippe gestürzt? Und es ohne einen Kratzer überlebt?

Glauben Sie an Engel?

Esther wusste nicht mehr, woran sie glauben sollte. Nicht einmal, warum ein paar Sätze Daniels genügt hatten, um alles stehen und liegen zu lassen und zu ihm zu fahren. Vielleicht weil sie während des Telefonats das Meer im Hintergrund hatte rauschen hören, vielleicht weil er an dem Ort war, an dem sie sich kennengelernt hatten. Der Mann mit dem Filmstarlächeln, der alle Blicke auf sich lenkte, dem alle Herzen zuflogen und der seines doch an Esther vergeben hatte: Sie waren wie füreinander gemacht. Die schöne Ärztin und der Jurist, dem eine glänzende politische Karriere vorhergesagt wurde.

Sie fuhr die halbe Nacht durch und erreichte kurz vor Morgengrauen den kleinen Küstenort, der die Menschen aus der Stadt im Sommer mit sauberen Stränden und der Aussicht auf Sorglosigkeit lockte. Um diese Zeit waren die Cafés, Bäckereien und Stände noch nicht geöffnet. Noch schlief das Städtchen. Nur am Markt war Leben, denn die Fischer waren zurückgekehrt und verkauften in der großen Halle ihren Fang. Zusammen mit den Fleischern und den wenigen Händlern, die hier ihr Gemüse anboten. Es gab von allem, auch wenn es sich die meisten nicht leisten konnten.

Daniel stand an einer Bude, die Kaffee und Süßwaren verkaufte. Esther konnte nicht anders, als einen Moment stehen zu bleiben und ihn einfach nur anzuschauen: das schöne Gesicht, das jetzt müde und sorgenvoll aussah. Er wirkte in seinem legeren Anzug deplatziert, umgeben von Arbeitern und Fischern, die lautstark diskutierten. Er nippte an einem Mokka und sah zu ihr herüber. Sein Lächeln blitzte auf, wenn auch nur kurz. Esther erwiderte es.

Er zahlte, ging auf sie zu und schob sie sanft aus der Halle: »Wollen wir ein Stück gehen?«

Sie ließ ihn gewähren, spürte seine Hand an ihrem Rücken und hoffte, dass der Kontakt noch eine Weile anhalten würde. Draußen auf der Straße jedoch gab er sie wieder frei, und so gingen sie länger schweigend nebeneinanderher, scheinbar ohne Ziel.

»Du wolltest mit mir sprechen?«, fragte Esther, um das Schweigen zu durchbrechen.

»Ja. Es ist nicht leicht …«

»Ist es wegen deiner Hochzeit?«

»Nein«, antwortete er, um nach einem Moment anzufügen: »Es wird keine geben.«

Das war überraschend. Noch überraschender jedoch war, dass Esther sich darüber freute.

»Das tut mir leid.«

Daniel schüttelte den Kopf: »Das muss es nicht. Es ist, wie du gesagt hast: Ich liebe sie nicht. Ist es fair, jemanden zu heiraten, den man nicht liebt?«

Esther dachte an Judith und antwortete: »Was ist schon fair, Daniel? Du kannst einer Frau alles bieten, was sie sich wünscht. Das ist viel wert!«

»Das ist nichts wert!«, gab Daniel zurück – Judith hatte ähnlich geantwortet.

»Was willst du jetzt tun?«, fragte Esther.

»Ich weiß es nicht.«

Esther lächelte: »Das stimmt nicht, Daniel. Du weißt immer, was du tun möchtest. Ich kenne dich besser als du selbst.«

Auch Daniel lächelte: »Ja, das ist wohl so.«

Sie durchquerten ein Gässchen, in dem hier und da die Lichter angingen: Ein neuer Tag begann für die, die arbeiten mussten. Esther konnte das Salz des Meeres riechen, das ein schwacher Wind ins Land trug. Ein leises Rauschen der Brandung verriet, dass sie nicht mehr weit vom Strand entfernt waren.

»Dann sag mir, was du willst, Daniel.«

Er zögerte einen Moment mit der Antwort, blieb dann stehen und antwortete: »Geh mit mir fort, Esther.«

Sie sah ihn lange an, antwortete ausweichend: »Wohin sollten wir schon gehen, Daniel?«

»Wir werden wieder die sein, die wir waren, als unser Leben noch in Ordnung war.«

Esther antwortete nicht, fing aber auch keinen Streit mit ihm an. Sie fragte: »Was ist mit dir, Daniel?«

»Ich möchte mit dir zusammen sein, Esther. Für den Rest meines Lebens.«

Es war ihm ernst damit, sehr ernst. Und doch hatte sein Antrag nichts Feierliches, sondern war von Trauer begleitet, von einem Ausdruck in seinen Augen, der Esther erschrecken ließ.

»Was ist passiert?«

Er sah aus, als trüge er ein schreckliches Geheimnis mit sich herum, als bliebe ihm nur noch wenig Zeit, um die Dinge zu ordnen, die ihm wichtig waren.

»Ich habe im Krankenhaus angerufen und gehört, was dir passiert ist ... ich wäre gerne für dich da gewesen.«

»Es ist wieder alles in Ordnung, Daniel. Mach dir keine Sorgen.«

»Nein, Esther, nichts ist in Ordnung. Ich möchte, dass wir die Zeit, die uns bleibt, nutzen. Es gibt so vieles, was ich dir sagen will.«

»Daniel, du machst mir Angst. Du redest, als müsstest du sterben.«

Sie erreichten eine Düne, hinter der das Meer rauschte. Er nahm ihre Hand und antwortete: »Ich möchte dir etwas zeigen. Komm!«

Sie stapften die Düne hinauf und erreichten den Kamm. Über dem Wasser ging gerade die Sonne auf; ihr Licht umarmte das Meer, den Strand und alles Land, das man von diesem Punkt aus sehen konnte.

Esther sagte: »Daniel, bitte sag mir jetzt, was ...«

Es nahm ihr den Atem.

So sehr, dass sie zwei Schritte zurück machte und Daniel sie festhalten musste, damit sie nicht rücklings die Düne hinunterfiel. Vor ihr lag das Meer, das sie kannte und liebte.

Es war blutrot.

Vom Strand bis zum Horizont. Wellen brachen sich schäumend auf dem Strand, spülten rotes Wasser an, das sich in Schlieren wieder zurückzog und Ränder hinterließ.

Ein Meer aus Blut.

»Großer Gott!« Mehr brachte sie nicht heraus, sondern starrte auf die unendliche Fläche, die in der Morgensonne dunkel glänzte.

»Verstehst du jetzt, Esther? Erst die Nordlichter, jetzt ein Blutmeer. Das hier ist kein Zufall.«

»Es muss doch eine Erklärung dafür geben?«, fragte Esther geschockt – sie konnte nicht aufhören, auf das rote Wasser zu starren.

»Es gibt immer eine Erklärung, Esther. Was du siehst, ist kein Blut. Es ist eine Alge, die wir bisher nur aus dem Hochgebirge kannten: *Chlamydomonas nivalis*, auch Blutschnee genannt. Das hier scheint eine neue Art zu sein: *Chlamydomonas mediterranis*. Sie ist hier über Nacht aufgetaucht und breitet sich in einem Ausmaß aus, das niemand für möglich gehalten hätte. In ein paar Tagen wird alles davon befallen sein.«

Esther sah ihn an: »Alles? Das ganze Mittelmeer?«

»Überall auf der Welt. Man kann aus dem Hubschrauber sehen, wie rasend schnell die Alge das Wasser überzieht. Und dort, wo sie ist, sterben die Fische. Es gibt kein Entkommen. Bald wird alles tot sein, was je in diesem Meer gelebt hat.«

»Und ihr könnt nichts dagegen machen?«

»Es hat hier angefangen, und jetzt setzt es sich auf der ganzen Welt fort. Es gibt kein Meer, keinen Ozean, in dem sich diese Alge nicht mit gleicher Geschwindigkeit ausbreitet. Überall gleichzeitig. Nichts hält sie auf!«

»Und du glaubst, es hat mit den Lichtern zu tun?«

Daniel nickte: »Ja. Hast du nicht bemerkt, wie heiß es geworden ist? Diese Lichter lassen nichts mehr entweichen. Und man kann sie auch nicht durchdringen. Es hat Versuche gegeben, sie mit Flugzeugen zu analysieren, aber sobald man in ihre Nähe kommt, spielen die Navigationsgeräte verrückt.

Die Maschinen drohen abzustürzen. Von außen dringt außer Sonnenlicht nichts mehr hindurch. Und von hier unten geht nichts durch sie hinaus. Wir haben keine Kontrolle mehr über Satelliten. Die ersten werden bald unkontrolliert abstürzen.«

»Vielleicht beruhigt sich die Situation ja wieder?«, fragte Esther schwach.

»Nein, Esther. Bald schon wird es so viele Tote geben, dass wir sie nicht mehr werden beerdigen können.«

»Sagen das deine Freunde in der Regierung?«

»Ja, aber sie sagen es nicht den Menschen hier draußen. Manche glauben, dass es nicht so schlimm wird, manche von ihnen haben das Land bereits verlassen … diese Narren: Sie glauben, sie könnten davor weglaufen. Aber es gibt keinen Ort, wo sie sicher wären! Die letzte Information, die wir von den Satelliten bekommen haben, war, dass die Kontinente und Seeplatten begonnen haben, sich zu bewegen.«

»Aber tun sie das nicht ohnehin?«

»Ja, aber jetzt rasen sie aufeinander zu oder reißen voneinander ab. Ganz gleich ob Atlantik, Pazifik oder Indischer Ozean. Die Straße von Gibraltar wird sich bald schließen. Man kann mit dem bloßen Auge sehen, wie die gegenüberliegende Küste immer näher kommt. Afrika wird auf Europa treffen: in zwei Tagen! Schon jetzt ist die Strömung so stark geworden, dass kein Schiff mehr das Mittelmeer verlassen kann. Die ganze Welt ist in Bewegung, als würde eine gewaltige Kraft sie auseinanderreißen: Indien, Kalifornien, Ostafrika. Die Welt ist aus den Fugen geraten.«

»Und was bedeutet das für uns alle?«

»Nur ein Wunder wird uns noch retten können.«

Esther schluckte: »Warum willst du mich dann heiraten, Daniel?«

»Ich möchte die Zeit mit dir verbringen. Was geht mich die Welt an, wenn ich sie nicht mit dir teilen kann?«

»Vielleicht ist es gut so, Daniel. Lass die Welt untergehen. Wen stört es schon?«

»Dann bleib bei mir!«

Sie blickte wieder auf das blutrote Meer und schwieg. Machte es Sinn, um etwas zu kämpfen, das im Sterben lag? Was sollte einen noch antreiben, an jeder Sekunde, die einem blieb, festzuhalten, wenn das Ende bereits vorgezeichnet war? Wenn dieser eine Punkt existierte, an dem man aufgab, gab es dann nicht auch einen, an dem man aufstand, um sich zu wehren?

Fliehen, helfen, stehen bleiben ... welcher dieser Impulse ließ sich ausschalten?

»Ich weiß nicht, was ich tun soll, Daniel. Ich weiß schon lange nicht mehr, was ich tun soll.«

Er kramte in seiner Sakkotasche herum und gab ihr ein Handy: »Ich werde für dich da sein. Wenn du weißt, was du tun willst, lass es mich wissen. Ich werde zu dir kommen, wo immer du bist.«

Sie sah auf das Handy und lächelte: »Ich hasse diese Dinger ...«

Daniel antwortete: »Ich weiß. Behältst du es trotzdem?«

Sie nickte: »Ja.«

Es war acht Uhr morgens, die Sonne stand noch tief, dennoch war es bereits über 30 Grad heiß. Das Thermometer würde bis zum Mittag über 45 Grad anzeigen. Und doch war es nichts, verglichen mit dem, was ihnen allen noch bevorstand.

32

Sie dachte an ihn, als sie ins Auto stieg, um zurückzufahren. Sie dachte an ihn, als sie viel zu schnell zurückfuhr, und sie dachte an ihn, als sie ihre Stadt erreichte und den kürzesten Weg nach Hause wählte, weil sie *nicht* daran gedacht hatte, einen Umweg zu fahren. Daniel, der strahlende Optimist, hatte aufgegeben ... oder war er endlich aufgestanden, um sich zu wehren? Je länger Esther darüber nachdachte, desto ratloser wurde sie, denn es kam ihr so vor, als gäbe es zwischen dem Moment des Aufgebens und dem des Kampfes keinen Unterschied. Er war für alle gleich. Wie man sich am Scheidepunkt verhielt, folgte dann nur noch der eigenen Erkenntnis, ob man in seinem Leben den Weg gegangen war, den man hatte gehen wollte, oder ob man im Angesichts des Endes noch einmal verzweifelt das Ruder herumzureißen suchte, weil einem klar wurde, dass man alles falsch gemacht hatte. War es so? Starben die, die rechtzeitig aufgaben, glücklicher?

Vor ihr stand eine Menschentraube auf der Straße und versperrte den Weg. Sie hielt in der Straße, die sie nie wieder hatte betreten wollen, und es fiel ihr erst in dem Moment auf, als sie ihr Auto zum Stehen brachte. Rücken an Rücken bauten sie sich vor ihr auf, reckten die Hälse und interessierten sich für das, was weiter vorn vor sich ging. So sehr, dass sie dafür sogar in der sengenden Sonne ausharrten.

In Esther stiegen Bilder wie Luftblasen vom Grund eines Sees auf, schnürten ihr die Luft ab. Verdrängter Schmerz umschwirrte sie plötzlich wie ein Insekt, und sosehr sie auch danach schlug, sie wurde ihn nicht los. In einem Moment der Panik legte sie den Rückwärtsgang ein, musste aber sogleich feststellen, dass hinter ihr mittlerweile auch Autos standen, deren Fahrer ausgestiegen waren, um nachzusehen, was die anderen so neugierig machte. Esther hatte das Gefühl, zu ersticken, die Wände schienen immer näher zu rücken, als wäre sie gefangen in einer Schrottpresse, die kreischend und knackend ihre Arbeit verrichtete.

Sie sprang aus dem Wagen, kam langsam zu Atem. So war es damals auch! Die vielen Menschen, die auf der Straße gestanden hatten, neugierig, unfähig, etwas zu tun, und doch voller Anteilnahme. Sie war umringt von Menschen, die nicht halfen. Und sie, die Ärztin, war dazu auch nicht in der Lage.

Sie drängte sich zwischen den Rücken hindurch, war wie in Trance, Gefangene ihres Déjà-vu, hörte sich mehrmals sagen, dass sie Ärztin sei, sobald jemand sie nicht durchlassen wollte. Sie zwängte sich durch die Leiber, erreichte einen inneren Ring, in dessen Zentrum das war, was alle anstarrten. Ziemlich genau an der Stelle, wo sie ebenfalls gekniet hatte, ihren toten Sohn in den Armen haltend. Um Hilfe rufend, weil sie nicht mehr helfen konnte. Sie hatte ihm die Haare aus der blutigen Stirn gestrichen hatte, in der Hoffnung, die zärtliche Geste würde ihn lächeln lassen, so wie er es immer getan hatte, wenn sie ihn zu Bett gebracht hatte. Sie hatte ihn an sich gedrückt und gespürt, wie seine Arme leblos an ihm herabhingen. Wie warm seine Haut war, sie hatte in seine Augen gesehen, die nichts mehr sahen. Umringt von den vielen, die ihre Blicke nicht von ihr lassen konnten, sie nicht allein lassen konnten in dem Moment, als ihr Sohn in ihren Armen gestorben war.

Sie keuchte vor Anstrengung, würgte an ihren Erinnerungen, schob einen Mann zur Seite und trat in den inneren Kreis: Sie hatte einen Unfall erwartet, ineinander verkeilte Autos. Blut auf der Straße, notdürftig oder gar nicht verdeckte Körper auf dem Boden. Glassplitter, Schreie. Eine Mutter mit ihrem toten Kind im Arm. Sie hatte erwartet, sich selbst zu sehen und die, die sie umringt hatten.

Doch sie sah nichts von all dem.

Dort, mitten auf der Straße, in einem Krater, lag dampfend und rauchend etwas, das sie nicht gleich erkannte. Der Geruch von Verbranntem lag in der Luft, überall lagen verkohlte Metallteile auf der Straße. Sie ging ein paar Schritte vor, Scherben knirschten unter ihren Füßen, bis sie gegen ein Stück von der Größe eines Buchs trat und sich bückte. Unter dem Ruß konnte sie Photovoltaikzellen erkennen. Sie blickte auf und erkannte verbogene und teilweise abgerissene Streben, die von dem verglühten Stahlkörper in der Mitte abstanden: Flügel.

Hier lag ein Satellit mitten auf der Straße.

Daniel hatte es vorausgesagt. Esther schluckte, denn selbst

für einen nicht sonderlich gläubigen Menschen waren die Zeichen überdeutlich: ein Meer aus Blut, Hitze, die die Erde verbrannte, Sterne, die vom Himmel fielen. Instinktiv griff sie nach dem Handy, unterdrückte jedoch den Impuls, die einzige Nummer, die darin gespeichert war, zu wählen. Stattdessen ging sie näher an die Reste des Satelliten heran, der, obwohl zu großen Teilen geschmolzen, immer noch riesig war.

Sie sah eine Frau, deren Gesicht ihr bekannt vorkam, und erkannte sie wieder: eine Schwester aus dem Krankenhaus. Sie war leichenblass und starrte auf den Korpus, der ein tiefes Loch in die Erde geschlagen hatte. Esther stand fast bei ihr, als sie aufblickte.

»Er fiel aus dem Himmel. Einfach so. Einfach so.«

Esther nickte ihr zu und fasste nach ihrem Puls: flach und schnell. Kalter Schweiß. Sie stand unter Schock.

Esther fragte: »Ist die Ambulanz verständigt worden?«

»Weiß nicht, vielleicht. Vielleicht nicht, weiß nicht.«

Esther blickte in die Menge: »Hat jemand die Ambulanz verständigt?«

Jemand rief, dass sie unterwegs sei.

Esther wandte sich wieder der Schwester zu: »Kommen Sie, legen Sie sich einen Moment hin. Es wird gleich Hilfe da sein.«

Die Frau sah sie verwirrt an: »Hilfe? Da gibt es nichts mehr zu helfen, Frau Doktor. Was wollen Sie da noch helfen?«

Esther beruhigte: »Sie stehen unter Schock, aber Sie kommen wieder in Ordnung. Machen Sie sich keine Sorgen.«

Die Frau schüttelte verwundert den Kopf: »Natürlich komme ich wieder in Ordnung, Frau Doktor. Was reden Sie denn da?«

Esther sah sie irritiert an: »Wovon sprechen Sie?«

Die Frau zeigte auf die qualmenden Satellitenreste: »Ich rede von dem da!«

Esther folgte dem Blick, konnte aber nicht erkennen, wovon die Schwester sprach. »Ich verstehe Sie nicht?«

Die Frau zeigte wieder auf den Satelliten: »Na, von dem da. Der da drunter liegt!«

Esther zog erschreckt Luft ein. Von außen war nicht zu erkennen, dass da ein Mensch lag, und das würde wohl auch so bleiben, wenn man das Wrack anhob: Wer immer von dem tonnenschweren Himmelskörper erschlagen worden war, man würde nicht mehr viel von ihm finden.

»Dabei lief alles so gut bei ihm. Ein richtiges Glückskind war er«, sagte die Frau.

Esther nickte abwesend und wunderte sich über Menschen, die unter Schock standen, und über das, was sie von sich gaben. Wie hoch war die Wahrscheinlichkeit, von einem Satelliten erschlagen zu werden? Da konnte man nicht wirklich von einem Glückskind sprechen.

»Er hatte gerade im Lotto gewonnen, wissen Sie?«

Esther wirbelte zu ihr herum: »Geno?!«

Die Frau nickte abwesend: »Ja, ich glaube, so hieß er. Armer Kerl. Jetzt hat er nichts von den Millionen.«

Mittlerweile waren Polizisten und eine Ambulanz eingetroffen und spannten ein Band zwischen Satellit und Zuschauer. Esther hatte genug gesehen: Hier gab es nichts mehr zu tun. Armer, gieriger Geno. Hatte alles erreicht, wovon er je geträumt hatte, und dann wurde er von einem herabfallenden Stern erschlagen.

Esther ließ ihren Wagen einfach stehen und ging zu Fuß weiter. Die Hitze nahm ihr fast den Atem, die Straßen – ansonsten voller Leben – lagen wie verlassen im grellen Sonnenlicht, verschlossene Türen, herabgelassene Jalousien. Hier und da sorgten heiße aufsteigende Lüfte für kleine Staubwirbel, die jedoch schnell wieder zerfielen. Über allem die vibrierende Hitze unter einer wütenden Sonne. Esther blickte zum Himmel hinauf, die Hände schützend vor den Augen. Im perfekten Blau konnte sie das sanfte Schimmern erkennen. Und plötzlich wusste sie, dass es kein Entkommen gab, dass Daniel recht hatte: Das war alles kein Zufall.

Sie sprang von Schatten zu Schatten, hörte ihre Schritte auf dem Trottoir. Überquerte die Straße und spürte, wie etwas ihren rechten Fuß festhielt: Der Asphalt hatte an einer Stelle Blasen geworfen und klebte jetzt an ihrer Fußsohle. Sie dachte: Die Menschen im Süden werden die Ersten sein, die sterben. Sie werden bei lebendigem Leib verbrennen. Sie kehrte um, lief zum Krankenhaus, sicherlich wurde sie gebraucht.

Und so war es auch. Die Notaufnahme war voll von Leuten, die auf Liegen oder auf dem Boden lagen, denen Infusionen gelegt werden mussten oder die kreislaufstabilisierende Medikamente bekamen. Zwischen den Hilfsbedürftigen huschten in weißen Kitteln die Ärzte und Schwestern umher und versuchten ihr Bestes, die nötigsten Maßnahmen zu ergreifen. Aber von draußen strömten immer mehr Menschen herein, bis in den Gängen kaum noch ein Durchkommen war und das Klagen und Rufen der Patienten in den Ohren dröhnte. Esther kämpfte sich hindurch, blieb zwischen schwitzenden Körpern stecken und ruderte mit den Armen wie eine Ertrinkende auf hoher See. Sie kam nicht vor und nicht zurück, spürte, wie die Menschen nach ihr griffen, an ihr zogen, sie um Hilfe anflehten, während Panik in ihr aufstieg, sie könnten sie zu Boden drücken und untergehen lassen.

Plötzlich hörte sie Musik aus einem Kofferradio, die von den vielen Stimmen förmlich in der Luft zerfetzt wurde. Aber sie gab ihr Kraft, sich von denen loszumachen, die an ihr hingen, die anzuschreien, die sie einquetschten und festhielten, sich wegzustemmen, loszureißen und der Musik entgegenzutreiben. Ein dummer Schlager, aber im Moment das Schönste, was Esther sich vorstellen konnte. Ein paar Meter weiter kam sie wieder frei und schob sich zu einer Behandlungstür weiter, vor der sich weitere undurchdringliche Knäuel gebildet hatten. Mittlerweile konnte sie einen Nachrichtensprecher hören, der nicht nur die Temperaturen beklagte, sondern auch noch höhere für möglich hielt. Esther konnte die schlecht unterdrückte Lüge selbst in diesem Stimmengewirr heraushören. Natürlich würden sie weiter ansteigen. Der Sprecher wusste das und beschwichtigte. Weitere Fetzen drangen an ihr Ohr: Die Wasserversorgung lief vorbildlich, noch gäbe es genügend Wasser für alle. Allerdings wurde Sparsamkeit angemahnt, und das bedeutete, dass Flora und Fauna verdorren würden. Nur einer Spezies machte die Hitze nicht viel aus, im Gegenteil, sie wurde jetzt so richtig aktiv: Heuschrecken. Dann wieder Musik. Noch ein Schlager. Offenbar hielt man das in Krisenzeiten für beruhigend.

Esther hatte das Radio fast erreicht, erkannte zwischen den ganzen Leibern eine kleine Lücke und fand, auf dem Boden sitzend, ihre Nachbarin, die ihre etwa zehnjährige Tochter im Arm wiegte. Beide wirkten blass, das Mädchen schlief, völlig verschwitzt, genau wie ihre Mutter, deren Wiegebewegungen etwas Hospitalistisches hatten. Sie tippte die Frau an die Schulter, die sah auf, brauchte einen Moment, um Esther zu erkennen, dann hob sie das Mädchen hoch und reichte sie Esther.

»Esther, bitte, in Gottes Namen, hilf ihr ... bitte!«

Esther stieß die Umsitzenden rüde zur Seite und nahm das Kind auf den Arm. Sie rief: »Halt dich an mir fest! Zur Seite bitte!«

So zog sie ihre Nachbarin hinter sich her, pflügte wie der Bug eines Schiffes durch die Menschen, erreichte einen Teil des Flures, der nur dem Personal vorbehalten war, stieß die Tür auf und verschloss sie gleich wieder. Hier ließ sich durchatmen, die Klimaanlage wirkte erfrischend, von dem Lärm draußen war nur noch ein Summen zu hören. Sie eilte in eines der Behandlungszimmer und legte dem bewusstlosen Mädchen eine Infusion.

»Sie hat einen Hitzschlag«, sagte Esther. »Aber sie wird wieder. Du bist gerade noch rechtzeitig gekommen.«

Ihre Nachbarin kniete sich vor sie und küsste dankbar ihre Hand. Esther zog sie zurück und half ihr auf die Beine.

»Bitte, nicht«, lächelte sie.

»Doch, das ist das wenigste. Und niemand weiß das besser als du.«

Wieder kniete sie sich auf den Boden und küsste Esthers Hand, während die still dastand, ihren Erinnerungen ausgeliefert. Sie hätte auch Hände geküsst, wenn damals jemand da gewesen wäre. Sie wäre auf dem Boden gekrochen und hätte Füße geküsst, sich auf ewig zur Sklavin desjenigen gemacht, der ihr hätte helfen können. Aber da war niemand. Bis zum heutigen Tag nicht.

Die Tür öffnete sich, einer der Ärzte kam herein. Esther zog ihre Hand zurück – das alles musste ziemlich abgehoben wirken. Peinlich. Doch der Kollege nickte ihr nur zu und wühlte in einem Schrank nach Medikamenten. Dann sah er sie kurz an und flüsterte: »Kann ich dich einen Moment sprechen?«

Sie folgte ihm in einen Nebenraum. Auch hier wurden Menschen behandelt, aber niemand beachtete sie.

»Wir haben keine Infusionen mehr«, sagte er leise.

Esther nickte – sie hatte die letzte verbraucht.

»Kennst du jemanden, von dem wir was bekommen können?«

»Ich hab einen Freund mit einer Privatklinik …«

Der Arzt schüttelte den Kopf: »Nein, ich meine jemanden aus dem Ministerium. Wir nehmen, was wir kriegen können. Dein Freund wird seine Medikamente selbst brauchen.«

Esther schüttelte kurz den Kopf, dann stockte sie: Daniel.

»Ja?«, fragte der Arzt hoffnungsvoll.

»Es gibt da vielleicht jemanden. Ich weiß aber nicht, ob er was tun kann.«

»Ruf ihn an. Gestern hatten wir 40 Grad im Schatten. Heute 45 Grad. Morgen werden es 50 Grad sein. Spätestens übermorgen türmen sich hier die Leichen.«

Esther nickte, unterdrückte die Tränen und griff nach ihrem Handy. Daniel meldete sich schon nach dem ersten Freizeichen.

»Kannst du mir helfen?«, fragte sie.

»Was soll ich tun?«

»Ich bin im Krankenhaus. Wir brauchen dringend Infusionen, Medikamente. Fiebermittel. Alles, was du kriegen kannst!«

Er schwieg einen Moment. Dann sagte er: »Es gibt niemanden mehr, den ich anrufen kann. Die meisten sind geflohen oder verstecken sich in Bunkern.«

Esther sah den vor ihr stehenden Arzt an, nahm die Hoffnung wahr, die sich auf seinem Gesicht abzeichnete, den Willen, sich dem Unvermeidlichen in den Weg zu stellen. Er würde niemals aufgeben.

»Es *muss* noch Möglichkeiten geben, Daniel, bitte hilf mir!«

»Esther! Es gibt niemanden mehr! Jeder ist jetzt auf sich gestellt!«

»Es gibt ein Zentrallager, nicht weit von hier. Wenn du ein paar Soldaten hättest, dann könntest du die Dinge holen lassen ...«

Daniel schwieg einen Moment, dann antwortete er: »Es gibt da einen Major, der mir noch einen Gefallen schuldig ist ... Ich werde es versuchen.«

Aufgelegt.

Esther sah den Arzt an: »Er schafft es bestimmt. Er ist etwas ... Besonderes.«

33

Sie verließ mit Anbruch der Nacht die Stadt, nachdem sie sicher war, dass Daniel tatsächlich mit Hilfe einiger Soldaten das Zentrallager geleert und alles, was an Medikamenten noch zur Verfügung stand, ins Krankenhaus gefahren hatte. Die Lage hatte sich beruhigt, aber ihr war klar, dass es nichts mehr zu tun gab, denn wenn sich die Temperaturen nicht änderten, hatten sie allenfalls Zeit gewonnen. Doch wofür? Zeuge zu sein, wie alles andere zusammenbrach und sie in den Tod riss? Sie wollte die Zeit, die ihr noch blieb, nutzen, um mit sich selbst in Reine zu kommen.

Daniel. Ihre Gedanken kreisten um ihn, wie sie es getan hatten, bevor ihr Junge umgekommen war. Sie hatte gesagt, dass er etwas Besonderes sei, noch bevor sie darüber nachdenken konnte. Und sie wusste, dass es tatsächlich so war. Seit langer Zeit fühlte sie sich trotz des immer wiederkehrenden Schmerzes erstmals in der Lage, ihr selbst gewähltes Gefängnis doch noch zu verlassen. Und wenn es nur für ein paar Tage sein würde. Aber diese Tage würde sie nutzen … und vielleicht mit ihm weglaufen.

Die Straße ins Landesinnere war leer, während sich der Verkehr auf der Küstenstrecke staute. Was würden die Flüchtlinge sagen, wenn sie das Meer sahen? Hatten die Radios die roten Algen gemeldet? Oder dass sich das Mittelmeer schloss? War es im Internet zu lesen? Was würden die sagen, die darauf gehofft hatten, mit dem Schiff zu entkommen?

Ihr Auto hatte jemand einfach auf das Trottoir geschoben – den Satelliten hatten die Polizeikräfte tatsächlich entfernt. Teile der Administrative funktionierten noch – wussten sie, dass ihre Obersten längst fort waren? Oder waren nur die geblieben, die ohnehin niemals davonlaufen würden? Mobilisierten sie all ihre Kräfte, um für andere da zu sein, oder folgten sie schlicht einem angeborenen Instinkt? Wie andere ihren Instinkten folgten: Flucht, Egoismus, Feigheit?

Esther lenkte ihren Wagen vor das Anwesen Judiths, parkte, lief um das Haus herum und sprang – so, wie sie war – in den Pool. Obwohl das Wasser warm war, fühlte sie sich erfrischt, und der Kopfschmerz ließ schlagartig nach. Was für eine Wohltat, nachdem die Kleider an ihrem Körper geklebt und sich kleine Schweißspuren durch das staubige Gesicht gezogen hatten.

Judith kam mit Handtüchern und einem Glas Limonade

zum Beckenrand. Esther stürzte sie gierig hinab, verlangte nach mehr. Judith brachte einen ganzen Bottich mit selbst gepresstem Zitronensaft, vermengt mit Wasser und Zucker. Esther konnte gar nicht aufhören, davon zu trinken.

Die Handtücher brauchte sie nicht, sie ließ ihre Kleidung am Körper trocknen, was bei einer Temperatur weit über 30 Grad schnell funktionierte. Eine Weile saßen sie in Liegestühlen am Pool und blickten auf den Garten, die am Horizont leuchtende Stadt und den trotz allen Elends faszinierend glühenden Himmel. Die Lichter waren mehr als nur schön, aber sie würden dafür sorgen, dass niemand entkam.

»Daniel sagt, dass wir alle sterben werden«, meinte Esther und durchbrach damit ein langes Schweigen.

»Ich weiß«, antwortete Judith ruhig. Es schien sie nicht zu stören.

»Gibt es wirklich kein Entkommen?«

Judith richtete sich auf und sah sie an: »Nein.«

»Woher wissen Sie das? Hat es Ihnen jemand … gesagt?«

»Sie meinen Engel?«

Esther wusste nicht recht, was sie darauf antworten sollte.

»Glauben Sie an Engel, Esther?«

Sie hielt ihr Limonadeglas umklammert und fuhr mit der Fingerspitze über den Rand. Unbeholfen. Sie versuchte, Zeit zu gewinnen, und antwortete ausweichend: »Das haben Sie mich schon einmal gefragt …«

»Ich weiß.«

Esther schwieg. Warum hatte sie gefragt, wenn es ihr doch so schwerfiel, über etwas zu sprechen, an das sie nicht glaubte? Oder fürchtete sie sich vor dem, was Judith wusste? Wer fragte, der sollte auch die Antwort aushalten können.

»Erzählen Sie mir von dem Jungen, der sie besucht hat. Wie geht die Geschichte aus?«

Judith lehnte sich wieder in den Liegestuhl, lächelnd. Es störte sie nicht, dass Esther das Thema gewechselt hatte. Dann sagte sie: »Er hatte mich also gefunden. Hatte neben mir gesessen und mir beim Spiel zugehört. Und ich spielte, so gut ich nur konnte. Es sollte ihm so gefallen, dass er nie wieder würde gehen wollen. Oder wenigstens immer wiederkehren würde.«

»Und war es so?«

Judith starrte versonnen in den Nachthimmel, als würde sie dort sein Gesicht sehen. Sie antwortete: »Ja, so war es. Er kam am nächsten Tag und am übernächsten Tag. Ich machte ihm Essen, gab ihm zu trinken. Und spielte. Meine Tage waren erfüllt wie noch nie, und bald schon merkte ich, wie sehr ich den Kleinen liebte. Er gab meinem Leben Sinn, war wie mein eigenes Kind. Wenn er fort war, machte ich mir Sorgen. Und wenn er bei mir war, machte ich mir Sorgen, dass er wieder fortgehen würde. Verstehen Sie das?«

»Ja, sehr gut sogar.«

»Dann, eines Tages, saß ich wieder neben ihm am Klavier und lockerte meine Finger mit einer kleinen Übung. Eine Tonleiter, erst langsam, dann schnell gespielt.«

Sie sah Esther an, die nickte zur Bestätigung.

»Ich wollte das erste Stück spielen, war im Begriff, meine Finger auf die Tasten zu legen, als er die Tonleiter nachspielte. Erst langsam, dann schnell. Genauso, wie ich es vorgemacht hatte.«

Esther lächelte: »Kein Wunder, dass ihn die Musik gelockt hatte. Er spielte selbst.«

Judith schüttelte den Kopf: »Nein, Sie verstehen nicht, Esther. Er hatte nie zuvor gespielt.«

»Woher wollen Sie das wissen?«

»Ich komme noch dazu. Sie können sich vorstellen, wie überrascht ich war. Also versuchte ich eine weitere Übung. Eine Variante der Tonleiter. Erst langsam, dann schnell. Er sah mir zu und wiederholte exakt die Übung.«

»Haben Sie ihn gefragt, woher er das konnte?«

Judith nickte: »Ja, natürlich. Aber er hat nichts gesagt. Nur mit den Schultern gezuckt und gelächelt.«

»Er hat während der ganzen Zeit kein Wort gesagt?«

»Nein. Ich habe ihn während unserer ganzen Zeit nicht sprechen hören. Doch irgendwas sagte mir, dass er sprechen konnte, aber eben nicht wollte. Für mich war das in Ordnung so. Es wird sowieso viel zu viel geredet. Und das meiste davon drückt nichts aus.«

Esther nickte: »Wie ging es weiter?«

Judith antwortete: »Ich zeigte ihm Akkorde, und er wiederholte sie. Ein kleines Lied – er wiederholte es. Sah nur auf meine Hände, merkte sich die Bewegung und spielte. Ich war fassungslos. Obwohl seine Fingerchen eigentlich zu klein waren, hatte er keine Probleme mit den Abständen. Also erhöhte ich den Schwierigkeitsgrad. Spielte Mozart, Chopin, Beethoven. Er saß einfach nur da und spielte alles nach, was ich ihm vorspielte. Es war ein Wunder!«

»Ja, es klingt unglaublich.«

»Aber so war es. Dieser kleine Junge war ein Genie. Ein Geschenk Gottes an die Musik.«

Sie schwiegen einen Moment, während Esther darüber nachdachte, wieso diese Geschichte ein böses Ende nehmen würde, denn begonnen hatte sie wie ein Märchen. Und endeten die nicht immer gut?

»Wir haben zusammen gespielt. An diesem Tag. Und auch an anderen Tagen. Irgendwann konnte ich ihm nichts mehr beibringen, aber ich spürte, wie wissbegierig er war. Er wollte mehr Musik, viel mehr Musik. Also stöberte ich in meinen alten Unterlagen und suchte alles an Noten zusammen, was ich nur finden konnte. Ich wollte ihn unterstützen, ihn ins Ausland schicken, wenn er alt genug sein würde. Er sollte die Welt erobern, die Menschen teilhaben lassen an seinem Talent. Er sollte wie ein König verehrt werden!«

Esther spürte selbst jetzt noch den Ehrgeiz, den dieser schweigsame Junge in Judith entfacht hatte. Fiel das schon unter Hochmut? *Superbia*. Eine Todsünde, entfacht durch Stolz, Eitelkeit und Ruhmsucht. Aber war es nicht die Pflicht einer stolzen Mutter, die Talente ihres Sohnes zu fördern? Für sie einzutreten, wo sie nur konnte – selbst wenn Judith nicht die leibliche Mutter des Kindes war?

»Ich nahm also die Noten und stellte sie vor ihm auf, aber er konnte sie nicht lesen.«

»Dann hatte er wirklich nie Klavierunterricht gehabt.«

Judith schüttelte wieder den Kopf: »Das meine ich nicht. Er konnte sie nicht erkennen. Ich sah, wie er seine Augen zusammenkniff und zu entziffern versuchte, was dort vor ihm auf den Notenblättern zwischen den Linien an Noten auf und ab sprang, aber er sah sie nicht richtig. Sosehr er sich auch bemühte. Es war mir vorher überhaupt nicht aufgefallen.«

»Kinder können Handicaps unglaublich gut tarnen, wenn sie wollen«, antwortete Esther. »Manche schämen sich dafür, dass sie nicht so sind wie andere, und kompensieren dann ihre Schwächen.«

»Ich fragte ihn, ob er eine Brille hätte, und er schüttelte den Kopf. Ich hab ihn dann ins Auto gepackt und bin mit ihm zum Optiker gefahren. Mir war elend zumute, weil ich nicht bemerkt hatte, dass der Junge nicht richtig sehen konnte, so dass ich ihm das teuerste Modell kaufte, das es gab. Er sah richtig glücklich aus. Strahlte. Mir sind fast die Tränen gekommen.«

Esther lächelte.

»Ich bat ihn, mir zu sagen, wo er wohnt, damit ich mit seinen Eltern sprechen könnte. Sie sollten sich nicht fragen, woher plötzlich die teure Brille käme, aber er schüttelte nur den Kopf. Also ließ ich ihn.«

Sie seufzte leise, nahm ein Taschentuch und putzte sich die Nase.

»Am nächsten Tag kam er wieder zu mir. Ohne Brille. Ich fragte, wo sie sei, aber er antwortete nicht. Setzte sich stattdessen nur ans Klavier und begann zu spielen. Ich sah ihm zu, sah das kleine Kerlchen vor dem Flügel, sah die hängenden Schultern. Was er zu sagen hatte, drückte er durch sein Spiel aus. Und ich verstand.«

Die Erinnerung ließ Judith in Tränen ausbrechen, aber sie fasste sich und fuhr fort: »Ich folgte ihm, als er ging. Heimlich. Ging mit ihm den ganzen Weg in die Stadt zurück und erreichte eine Armensiedlung am Stadtrand. Er verschwand in einem dreckigen, baufälligen Haus. Ich stand einen Weile vor der Tür und wusste nicht, was ich machen sollte. Dann klopfte ich.«

Esther hatte sich aufgerichtet und sah Judith aufmerksam an.

»Sein Vater öffnete mir. Er sah furchtbar aus, ungewaschen, grob, tückische Augen, die mich feindselig musterten … ›Ja?!‹«, fragte er aggressiv.

Ich wusste nicht, was ich entgegnen sollte, und stellte mich vor.

»Und?!«, fragte er.

Ich antwortete: »Nun, ich bin wegen Ihres Sohnes hier …«

Er drehte sich um, und ich sah den Kleinen, sah seinen entsetzten Blick und wusste in dieser Sekunde, dass ich einen Fehler gemacht hatte. Er hatte seinen Eltern nichts von mir erzählt. Und das hatte auch seinen guten Grund. Hinten im Zimmer lag seine Mutter auf dem Sofa – schnarchend. Man musste kein besonders guter Beobachter sein, um zu erkennen, dass sie ihren Rausch ausschlief. Auf ihren Armen wimmelte es von blauen Flecken, und unter dem Auge war deutlich eine Schwellung zu sehen.

»Ach, dann sin' Sie wohl die feine Dame, die ihm teure Geschenke macht, was?!«

Er war so höhnisch, dass es mir kalt den Rücken hinunterlief.

»Denkst wohl, wir kümmern uns nich' um unsern Junge, was?!«

»Nein, ich war nur besorgt, dass …«

»Ach, besorgt war die feine Dame?! Denkt wohl, wir sind zu arm, um dem Jungen 'ne Brille zu kaufen. Weil die feine Dame alles kaufen kann und wir nix?!«

»Beruhigen Sie sich doch! Ich wollte doch nur …«

»Ich weiß genau, was Sie wollten. Sie wollten nur mal zeigen, wie man es richtig macht, ha? Was für 'ne Leistung, wenn man reich ist! Dabei gehört das Geld Ihr'm Mann. Sie selber ham nichts. Sind arm wie 'ne Bettlerin. Hatten nur Glück, dass Sie reich geheiratet haben. Ich hab nich' reich geheiratet. Hatte kein Glück, verstehen Se? Nich' so wie Sie. Aber noch hab ich mein' Stolz!«

Er griff auf ein Tischchen und hielt mir die Brille unter die Nase.

»Bin nur 'n armer Schlucker, aber ich brauch keine Almosen, klar? Muss mir nix schenken lassen!«

Ich war wütend und antwortete: »Ich hab's nicht Ihnen geschenkt, sondern Ihrem Sohn!«

»Mein Sohn gehört mir, klar?! Wenn Sie 'nen Sohn ham möchten, dann lassen Se sich einen machen, klar! Aber das klappt ja nich', wie man so liest, ha? So scheißreich, die feine Dame, aber 'n Kind kann sie nicht haben. Da kauft se sich lieber eins, was?«

Ich antwortete nicht, war zu überrascht und verletzt. Er drängte sich an mir vorbei und legte die Brille auf die Fensterbank gleich neben der Eingangstür.

»Da ist der richtige Platz für Ihre Brille. Und keiner wird die anrühren. Werden schon sehn. KEINER!«

Er schlug mit die Tür vor der Nase zu – ich ging, betäubt vor Schmerz und Trauer um den Jungen, der hier gefangen war und dessen Talent verkümmern würde, wenn ihn niemand da rausholte. Und dass ihn niemand rausholen konnte, dafür würde sein Vater schon sorgen, der es nicht ertragen würde, wenn sein Sohn es besser hätte als er selbst.

Judith weinte wieder – Esther schwieg bedrückt.

»Am nächsten Tag wartete ich vergebens auf ihn. Und auch

am übernächsten Tag. Ich hielt es nicht mehr aus und schlich mich vor sein Haus, aber nichts rührte sich. Ich sah nur die Brille auf der Fensterbank, die niemand anrührte, genau wie er es vorhergesagt hatte. Die ganze Welt sollte sehen, dass er keine Geschenke annahm. Dass er ein stolzer Mann war. Einer, der sich nicht einschüchtern ließ. Die ganze Welt sollte sehen, dass er kein Verlierer war.«

»Was wurde aus dem Jungen?«, fragte Esther.

»Ich weiß es nicht«, schluchzte Judith. »Ich habe gewartet auf ihn. Jeden Tag. Doch er kam nie wieder zu mir zurück.«

»Aber er kann doch nicht einfach so vom Erdboden verschwinden?«

»Eines Tages habe ich es nicht mehr ausgehalten. Ich habe jemanden engagiert, der herausfinden sollte, wo sich der Junge aufhielt. Ich wollte den Kontakt nicht abreißen lassen, war fest entschlossen, ihn aus seiner Umgebung herauszuholen. Koste es, was es wolle.«

»Sie wollten ihn dem Vater abkaufen?«, fragte Esther erstaunt.

»Warum nicht? Was bedeutet Geld, wenn man es nicht sinnvoll einsetzt? Ich war überzeugt, wenn ein Mittelsmann die Verhandlungen übernähme, würde er bereit sein, mir den Jungen zu überlassen.«

Esther war trotz der edlen Motive geschockt, dass Judith gedanklich in eine Art von Kolonialismus zurückfiel, um den Jungen zu retten.

»Aber was hätte seine Mutter dazu gesagt? Glauben Sie nicht, dass sie gelitten hätte, wenn man ihr ihr Kind weggenommen hätte?«

»Ich hätte sie mitgenommen. Ich wollte die beiden nur von diesem Mann trennen. Nichts weiter.«

»Aber es hat nicht funktioniert?«, fragte Esther.

Judith schüttelte den Kopf: »Nein, hat es nicht. Ich habe zu lange gewartet.«

Esther stutzte. »Wie meinen Sie das?«

»Er hat ihn umgebracht. Kurz bevor ich ihn retten konnte.«

Judith weinte – Esther saß wie betäubt da und versuchte zu verstehen, was Judith da ausgesprochen hatte. An eine Fortsetzung des Gesprächs war nicht mehr zu denken, die Erinnerung an das, was geschehen war, hatte Judith an den Schultern gepackt und schüttelte sie unablässig. Aber was auch geschehen sein mochte, es war Grund genug für sie gewesen, sich das Leben zu nehmen.

34

Später brachte sie Judith zu Bett. Sie bestand darauf, in einer der schmucklosen Kammern am Säulengang zu schlafen. Dort standen nur ein einfaches Bett und eine kleine Kommode mit einer kleinen Lampe. Sonst nichts. Die Wände waren roh belassen worden, der ganze Raum höchstens fünfzehn Quadratmeter groß. Ohne Fenster. Nichts lenkte hier drinnen von den eigenen Gedanken ab.

Judith setzte sich auf den Rand des Betts, die Augen verweint, aber sie war gefasst. Dann sah sie zu Esther auf und lächelte plötzlich, als ob sie eine Eingebung gehabt hätte. Sie sagte: »Ich werde diese Kammer nicht mehr verlassen, Esther.«

»Sagen Sie nicht so etwas, Judith.«

»Nein, nein, das ist schon in Ordnung so…« Sie blickte um sich. »Es ist Zeit, allen Besitz abzulegen. Mein Weg ist fast zu Ende.«

»Sie machen mir Angst.«

Judith griff nach Esthers Hand: »Fürchte dich nicht, Esther. *Dein* Weg ist noch nicht zu Ende.«

Sie legte sich auf das Bett und schlief fast augenblicklich ein. Esther saß noch eine Weile bei ihr, unschlüssig, was sie jetzt tun sollte. Bleiben? Gehen? Was erwartete Judith von ihr? Was erwartete sie von sich selbst? Dann löschte sie das

Licht, verließ die Kammer und ging durch den Säulengang zurück ins Haupthaus. Im Gegensatz zum dunklen Patio war hier alles hell erleuchtet. Sie nahm ihr Handy und wählte Daniels Nummer. Wieder ging er nach nur einem Freizeichen dran.

»Hallo, Daniel.«

Sie wusste nicht recht, was sie sagen sollte.

»Wie geht es dir?«, fragte er.

»Wie es so geht, wenn die Welt untergeht …«

Er lächelte – sie konnte es spüren. Das Filmstarlächeln. Wie sehr sie sich danach sehnte.

»Bist du bei Judith?«

»Ja.«

»Hat sie einen Internetanschluss?«

Esthers Blick fiel auf einen Laptop auf einem der Couchtische. »Ja, hat sie.«

Daniel antwortete: »Geh ins Netz. Ich möchte dir was zeigen.«

Esther ging zu dem Laptop, klappte ihn auf und startete die Maschine: »Was willst du mir zeigen, Daniel? Wie wir alle verbrennen werden?«

»Wir werden nicht verbrennen.«

Die Programme waren hochgefahren, Esther klickte den Browser an.

»Nicht? Ist doch noch ein Wunder geschehen?«

»Ja. Gib bitte den Begriff *Matterhorn* in die Suchmaschine ein …«

Esther tat, wie ihr geheißen – eine Liste von Links erschien auf dem Bildschirm.

»Siehst du *Livecam*?«

»Ja.«

»Klick sie an.«

Esther folgte den Anweisungen und blickte nun auf den Berg, dessen Felswände so markant in den Himmel ragten, dass er aufgrund dieser Einzigartigkeit auf der ganzen Welt berühmt war. Jetzt jedoch lag er im Dunkeln, obwohl viele Scheinwerfer an seinen Flanken nach oben strahlten.

»Klick auf *Daycam*.«

Sie folgte und sah jetzt den herrlichen Berg vor einem strahlend blauen Himmel. Doch etwas stimmte nicht. Etwas stimmte ganz und gar nicht, denn es sah so aus, als würde das Matterhorn brennen. Eine Rauchfahne färbte den Himmel grauschwarz.

Sie fragte: »Was ist das?«

Daniel antwortete: »Das ist der Grund, warum wir wahrscheinlich nicht verbrennen werden. Das Wunder, das uns vor dem Feuertod rettet.«

»Ich verstehe dich nicht, Daniel.«

»Das Matterhorn zerfällt zu Staub.«

»Was meinst du damit?«

»Das, was du siehst, ist kein Rauch. Es ist Stein, Granit, Fels. Er zerfällt zu Staub, und der wird vom Wind mitgerissen. Darum sieht es so aus, als würde der Berg brennen.«

Esther starrte auf das Bild auf dem Monitor: »Das ist doch nicht möglich, Daniel. Fels zerfällt doch nicht einfach so zu Staub!«

»Alles zerfällt zu Staub, irgendwann. Wie bei allen anderen Dingen, die wir in den letzten Tagen erlebt haben, haben sich auch hier die natürlichen Prozesse beschleunigt.«

»Und warum rettet uns das?«, fragte Esther.

»Weil es überall passiert. Auf der ganzen Welt. Alle Berge zerfallen. Es wird bald so viel Staub in der Luft sein, dass die Sonne nicht mehr durchdringt. Das bewahrt uns vor dem Verbrennen ... stattdessen werden wir möglicherweise ersticken. Oder bis auf die Knochen geschleift. Die Steinkörner sind scharfkantig, und wenn es durch die hohen Temperaturen zu extremen Stürmen kommt, dann sollte besser niemand draußen sein, denn sonst wird nicht viel von ihm übrig bleiben.«

»Dann wäre Verbrennen gnädiger gewesen. So kann sich das noch wochenlang hinziehen.«

»Nein, es wird schnell gehen. Hast du vergessen, woraus die Erde gemacht ist? Vergessen, worauf du stehst?«

Esther schluckte: »Du meinst, der Fels unter uns zerfällt auch?«

Daniel erwiderte: »Ich weiß es nicht. Niemand weiß das. Aber warum sollte es da anders sein?«

»Ich verstehe das nicht, Daniel. Wieso passiert das alles?«

Er zögerte einen Moment mit der Antwort, dann sagte er: »Ich glaube, wir werden für unsere Sünden bestraft. Wir hätten diesen Planeten ohnehin ruiniert. Jetzt sieht es so aus, als ob er uns zuvorkommt und sich selbst zerstört. Und uns dabei auslöscht.«

Esther nickte, obwohl sie Daniels Erklärung für reichlich theologisch hielt. Aber letztlich spielte es keine Rolle, was die bevorstehende Katastrophe erklären konnte, denn nichts würde sie aufhalten.

»Komm zu mir, Esther. Bitte!«

Esther nickte wieder.

Plötzlich spürte sie einen kühlen Luftzug im Nacken, wie von einem sanften Nachtwind, der die zähe Hitze im Zimmer bewegte. Sie drehte sich um, sah nichts, spürte aber weiterhin den frischen Hauch, den sie auch am Spiel der Gardinen erkennen konnte.

»Weißt du, ob wir Regen bekommen?«, fragte Esther.

»Nein, wir werden Unwetter bekommen, das ist sicher. Aber nicht diese Nacht ... Ich hatte dich etwas gefragt, Esther?«

Sie blickte irritiert hinaus in den Patio, den sie durch eine offene Tür in Schemen sehen konnte.

»Etwas stimmt nicht ...«, sagte sie abwesend und bemerkte nicht einmal, dass sie aufgelegt hatte.

Sie folgte dem Lüftchen nach draußen, trat in den dunklen Patio. Irgendetwas war anders, aber was? Erst nach ein paar Sekunden bemerkte sie die Stille, blickte zum Brunnen, der auch weiterhin sprudelte, dessen Plätschern sie aber nicht mehr hören konnte. Sie blickte in den Nachthimmel, sah die blitzenden Nordlichter und registrierte mit einem Mal, dass alle Geräusche verschwunden waren. Als hätte jemand sie abgeschaltet.

Sie betrat den Säulengang und folgte ihm bis zu Judiths Kammer: Hier war der Ursprung der Brise. So öffnete sie leise die Kammer und fand Judith starr auf dem Bett liegend. Sie lief zu ihr, fühlte den Puls und betätigte den Schalter des kleinen Nachtlichts … es blieb dunkel.

Und da hörte sie plötzlich eine leise Musik.

Sie lockte mit ihrer Melodie von unendlich weit weg, wie eine Fata Morgana der Töne, war nur zu hören, weil es so still war. Esther versuchte, sie zu orten, aber sie schien sich vor ihr zu verstecken, war überall und nirgends. Dann sah sie auf der rohen, unbehauenen Zimmerwand einen Schatten. Sie schloss kurz die Augen, erschreckt, weil sie glaubte, die Bewegung wäre nur ein Trugbild ihrer eigenen Nervosität, und starrte erneut gegen die Wand, auf der wieder ein Schatten vorbeihuschte.

Das war kein Trugbild.

Sie konnte drei Gestalten sehen: einen großen und zwei kleine Schatten. Sie saßen offenbar zusammen und bewegten sich so, als ob sie sich unterhalten würden. Einer hielt etwas in den Händen … Esther stand langsam auf und lauschte. Dieses Etwas schien die Quelle der Musik zu sein, aus ihm stiegen leise Töne wie aus einer anderen Welt auf. Sie sah zu dem zweiten Schatten, der zierlicher war. Er schien der Musik zu folgen, genau wie sie es tat. Er wirkte so vertraut. Esther fühlte seine Präsenz: Ihre Lippen zitterten, Tränen schossen ihr in die Augen, so dass die Schattenbilder verschwammen.

Der große Schatten sprang auf und verschwand im Dunkeln.

Esther streckte die Hand aus, versuchte den zweiten, kleineren Schatten zu berühren … das war nicht möglich! Diese Silhouette! Die Art, wie er den Kopf hielt, den Arm bewegte … das war nicht möglich! Sie streckte sich nach dem Schatten und berührte mit ihren Fingerspitzen die Wand.

Alles verschwand.

Sie stand nur da und starrte ungläubig auf die Wand. Weinend.

»Wie hieß er?«

Esther drehte sich um: Judith saß im Bett, die Hände auf ihre Knie gelegt. Sie blickte sie nicht an. Und als Esther näher kam, bemerkte sie, dass Judith nicht wirklich wach war. Ihr Blick ging ins Leere. Wie bei einer Schlafwandlerin.

»Wie hieß er?«, wiederholte Judith.

Esther wischte sich die Tränen aus den Augen.

»Seth … er hieß Seth.«

Sie hatte sogar seinen Namen verdrängt, hatte ihn weggesperrt, um sich nicht erinnern zu müssen. Jetzt setzte das Schattenspiel all die Selbstzerfleischungen frei, die sie so mühsam in den Griff bekommen hatte: Sie hatte nicht hingesehen, nur für eine Sekunde, für den Bruchteil einer Sekunde. Wenn sie eher aufgesehen hätte, bevor er auf die Straße gelaufen wäre. Wenn sie nur eine Sekunde eher aufgesehen hätte, den Bruchteil einer Sekunde … dann hätte sie ihn gerettet. Dann wäre ihre Welt nicht implodiert.

Judith blickte weiter geistesabwesend auf den Boden: »Gehen Sie, Esther! Sie müssen fort von hier!«

»Wohin soll ich gehen, wohin?!«

Sie legte den Finger an ihre Lippen: »Schhh… geh jetzt, Esther, fürchte dich nicht. Du wirst deinen Weg finden!«

Sie legte sich wieder auf ihr Bett, schloss die Augen und fiel in einen tiefen Schlaf.

Esther verließ ihre Kammer, trat in den Säulengang, hörte den Brunnen plätschern und fühlte wieder die heiße, erstickende Luft. Sie griff ihr Handy und wählte Daniels Nummer.

Sie sagte: »Daniel, sag mir, wo du bist. Ich komme zu dir.«

35

Tief in der Nacht kehrte sie in ihre Straße zurück und fand sie lebendiger vor, als das zu einem solch späten Zeitpunkt üblich war. Die Menschen waren aus ihren Häusern gekommen auf der Suche nach sauberem Wasser. Vor allem Mütter standen vor dem geschlossenen Supermarkt und hofften, dass er vor Sonnenaufgang öffnen würde, bevor die unbarmherzige Sonne wieder auf sie herabbrennen würde. Bei nächtlichen Temperaturen von über 40 Grad bewegte sich jeder langsam, matt, als ob man beidhändig schwere Koffer schleppte.

Daniel wartete vor der Haustür.

Sie umarmten einander, hielten sich eine Weile. Wie vertraut das alles noch war! Als wäre er nie weg gewesen – als wäre sie nie weg gewesen. Esther öffnete die Tür, stieg das Treppenhaus hoch und betrat mit ihm ihre Wohnung.

»Du weißt ja, wo alles steht«, sagte sie knapp und verschwand im Bad.

Die Stromversorgung funktionierte noch, im Kühlschrank standen neben ein paar Lebensmitteln Wein und Wasser. Daniel öffnete beides und goss ihnen ein. Nicht mehr lange, dann würde nichts mehr funktionieren, weil niemand mehr da sein würde, der die Maschinen bediente. Sie kam aus dem Bad zurück, frisch geduscht, in einem Bademantel, verschmähte das Wasser und trank den Wein.

»Du solltest duschen«, sagte sie.

Er lächelte: »Hab ich's so nötig?«

Sie musste lachen, denn so hatte sie es nicht gemeint. »Nein, ich dachte nur, falls du dich erfrischen möchtest.«

»Schön, dich mal wieder lachen zu sehen.«

»Ja, ist lange her.«

Sie schwiegen einen Moment. Dann fragte sie: »Wie viel Zeit bleibt uns noch? Was schätzt du?«

Er zuckte mit den Schultern: »Ich weiß es nicht. Ein paar Stunden, ein paar Tage. Sicher nicht mehr.«

»Wenn wir hierbleiben, sicher nur ein paar Stunden.«

Er nickte: »Wir sollten nach Norden oder in die Berge. Dort sind die klimatischen Bedingungen günstiger.«

»Gibt es eine Möglichkeit über den Flughafen?«

Er schüttelte den Kopf: »Nein, selbst wenn es noch freie Plätze gäbe – der Steinstaub in der Luft wird jeden Flugverkehr lahmlegen.«

Sie fragte: »Über Land?«

»Wohin? Die Nachbarländer sind gleichermaßen betroffen. Und ich weiß nicht, wie sich die Grenzer verhalten werden, wenn es zu größeren Fluchtströmen kommt.«

»Dann bleibt noch das Meer. Aber sicher sind wir nicht die Einzigen, die auf diese Idee kommen.«

»Solange keine Panik ausbricht, haben wir einen Vorsprung. Aber seien wir ehrlich: Es zögert das Unvermeidbare nur hinaus.«

Sie antwortete: »Dann bleiben wir eben hier.«

Er lächelte wieder: »Ja, wir können hierbleiben. Aber vielleicht gibt es noch eine andere Möglichkeit. Ich habe da einen Freund …«

»Gibt es jemanden, den du nicht kennst, Daniel?«

»Freunde zu haben ist mein Geschäft, Esther.«

Sie lachte wieder. Dann fragte sie: »Was ist das für ein Freund?«

»Nun, er hat einen Hubschrauber. Und noch zwei freie Plätze.«

»Du hast mich eingeplant?«

»Ja. Es gab für mich nur zwei Möglichkeiten: mit dir zusammen oder gar nicht.«

Sie fragte: »Wo ist dieser Freund?«

Er antwortete: »An der Küste. Ich rufe ihn an, wenn du willst.«

Sie nickte, während er sein Handy zückte, wählte und mit

ein paar knappen Sätzen zwei Tickets in die Freiheit bestellte. Sie dachte an Judith und fühlte, dass etwas an ihrem Plan nicht stimmte. Judith hatte gesagt, dass sie ihren Weg finden würde, aber wenn dem so war: Warum fühlte sich die Flucht mit Daniel so falsch an?

»Wir sollten sofort aufbrechen. Sobald die Sonne aufgegangen ist, können wir nicht mehr sicher sein, dass das Auto durchhält.«

Sie nickte, nahm ein paar Flaschen Wasser aus dem Kühlschrank. Dann verließ sie die Wohnung, folgte Daniel nach draußen und bemerkte erst dort, dass sie nicht in das Zimmer ihres Sohnes geschaut hatte. Es war das letzte Mal, dass sie ihr Zuhause sehen sollte, aber das erste Mal, dass sie nicht an ihn gedacht hatte. Sie kreuzte die Straße auf dem Weg zu Daniels Auto, das eine Klimaanlage hatte, vorbei an einer langen Schlange von Menschen, die auf die Öffnung des Supermarktes warteten. Einige hatten ihre schreienden Babys auf den Armen.

Dinge geschehen aus bestimmten Gründen, selbst scheinbar Belangloses wie das Überqueren einer Straße an einer bestimmten Stelle. Sie bestimmen sachte unser Leben, bestärken uns auf unserem Weg oder bringen uns davon ab. Oder erinnern uns daran, auf die eigenen Instinkte zu vertrauen. Hätte Esther die Straße an einer anderen Stelle überquert, wäre ihr Weg ein anderer gewesen. So aber wurden ihre Schritte immer langsamer, als sie die Reihe der Verzweifelten passierte, mit dem Gefühl, dass sie im Begriff war, das Falsche zu tun. Und sie sollte davonlaufen? Sie traf ihre Entscheidung in dem Moment, als direkt vor ihr eine junge Mutter zusammenbrach – dehydriert. Esther zögerte keine Sekunde, nahm das Baby auf, gab es einer anderen Frau und kümmerte sich um die Bewusstlose, schüttete ihr kaltes Wasser ins Gesicht, bis sie mit zuckenden Lidern zu sich kam. Dann gab sie ihr zu trinken. Daniel kniete sich zu ihnen herab, hielt die Frau im Arm, während Esther ihr Wasser in kleinen

Schlucken verabreichte. Esther konnte sehen, dass er weiterwollte.

Sie begann zögernd: »Daniel …«

Er nickte desillusioniert: »Schon gut, wir bleiben.«

Dann nahm er sein Handy, rief eine Nummer an, forderte ein paar Polizisten an. Offenbar hatte man ihm dies zugesagt, denn nur wenige Minuten später hielten zwei Streifenwagen, und sechs Polizisten stiegen aus.

Daniel begrüßte sie und sagte: »Brechen Sie den Supermarkt auf und verteilen Sie Wasser und Nahrung an alle.«

Der Polizeioffizier nickte, winkte einem Untergebenen zu, der einen Vorschlaghammer aus dem Kofferraum zog. Zusammen mit den anderen Polizisten ging er zum Anfang der Schlange.

Esther lächelte ihn an: »Wieder ein Freund, der dir einen Gefallen schuldet?«

Daniel zuckte mit den Schultern: »Ich kenne viele Geheimnisse. Darum habe ich auch so viele Freunde.«

Vorn klirrten die Scheiben der Eingangstür – jemand machte Licht im Markt. Das alles ging sehr ruhig und gesittet vor sich – die Polizisten rationierten das Wasser und die Babynahrung und teilten alles an die Wartenden aus. Bis zum Morgengrauen gaben die Polizisten Lebensmittel aus, bis jeder seine Ration bekommen hatte. Erstaunlicherweise waren weder Besitzer noch Angestellte des Marktes aufgetaucht, so dass auch keine lautstarken Diskussionen um Recht oder Unrecht entstanden. Daniel war sich sicher, dass der Besitzer längst geflohen war.

Mit den ersten Sonnenstrahlen leerten sich rasch die Straßen, die Menschen flohen wie Vampire vor dem Licht. Nur Daniel und Esther standen noch da und verabschiedeten die Polizisten.

»Was möchtest du tun?«, fragte Daniel.

»Lass uns gehen. Es gibt nichts mehr zu tun.«

Er nickte erleichtert. Sie sprangen in seinen Wagen und

fuhren los. Zunächst durch eine Geisterstadt in Richtung Meer. Daniels Handy klingelte, er nahm ab.

»Ja?«, fragte er.

Dann sagte er gar nichts mehr, aber seinem Gesicht war anzusehen, dass es sich um schlechte Nachrichten handeln musste. Schweigend legt er auf.

»Was ist passiert?«, fragte Esther.

»Ein Journalist hat herausgefunden, dass die Regierung das Land aufgegeben hat. Und er hat es heute Nacht im Radio verbreitet.«

Esther nickte: »Jetzt kennen sie wenigstens die Wahrheit.«

Daniel nickte grimmig: »Ja, jetzt kennen sie die Wahrheit. Und sie werden mit Panik reagieren. Sie werden sich bei ihrer Flucht gegenseitig umbringen, noch bevor es die Sonne tut.«

Vor ihnen schossen die ersten Autos auf die Straßen, rasten vor ihnen davon. Daniel bog auf die Ausfahrtstraße, die zum Meer führte, und stieß schon bald auf das Ende eines Staus. Einige waren aus ihren Autos ausgestiegen, die meisten jedoch stimmten ein wütendes Hupkonzert an, als ob das die Blechlawine hätte auflösen können.

»Verdammt!«, zischte Daniel und legte den Rückwärtsgang ein.

Doch hinter ihm waren bereits die nächsten Wagen aufgefahren und nach ihnen noch weitere, die wie Fliegen in das Spinnennetz surrten. Offenen Auges, unfähig, vorher ihre Richtung zu ändern. Sie saßen fest.

»Wir kommen hier nicht mehr weg«, stellte Daniel fest. »Es ist zu spät.«

Esther fühlte sich schuldig, wusste genau, was Daniel meinte, denn sie war es, die eine Flucht verhindert hatte. Ohne den Zwischenfall am Supermarkt säßen sie jetzt bereits im Hubschrauber.

Sie stieg aus und nickte Daniel zu: »Komm!«

Er folgte ihr, schloss auf: »Wo willst du hin?«

Sie griff seine Hand und sagte: »Nicht ans Meer. Es ist nicht richtig.«

»Wie meinst du das?«

»Ich kann es dir nicht erklären. Vertrau mir einfach.«

Er nickte, dann eilten sie vorwärts, die Schatten nutzend, die die Morgensonne warf. Bereits jetzt brannte sie unbarmherzig, so als schlüge sie einem unablässig auf den Kopf, wenn man sich ihr auch nur Sekunden aussetzte. Esther blieb noch einmal stehen, drehte sich um und blickte auf die im Stau stehenden Flüchtenden. Wenn sie nicht bald aus der Sonne flohen, würde es bis zum Mittag so viele Hitzschläge geben, dass sie selbst mit einem funktionierenden Gesundheitssystem kaum zu behandeln wären. Gegen Abend würden in den Autos nur noch Tote sitzen.

Ein Geisterzug zum Meer.

Daniel zog sie an der Hand: »Komm, du kannst nichts mehr für sie tun.«

Sie nickte widerwillig: Diesmal hatte er recht. Sie würde nicht hierbleiben, um zu helfen.

Und dann war da plötzlich dieses Surren.

Erst ganz leise, fast unhörbar, dann jedoch rasch anschwellend. Esther sah Daniel fragend an, doch der wusste auch keinen Rat. Sie blickten auf den schön gestalteten Platz der Einigkeit, den sie eben noch mit dem Auto umkurvt hatten. Hinter dem Platz ragte eine Häuserfront auf, wirkte wie eine Reihe strammstehender Soldaten. Die Quelle des Geräuschs war hinter dieser Häuserfront, sekündlich wurde es jetzt lauter.

Dann schwappte eine grauschwarze Masse über die Dächer und tauchte an der Häuserfront steil ab. Das Summen war jetzt ohrenbetäubend, während die Masse weiter vordrang, wie eine gigantische Tsunamiwelle über den Platz der Einigkeit schwappte und ihn unter sich begrub.

»Mein Gott!«, schrie Esther. »Daniel, was ist das? Der Steinstaub?«

Daniel rührte sich vor Entsetzen nicht mehr und starrte auf die gewaltige Masse, die jetzt auf sie zu brandete. Er stammelte nur: »Sie verlassen die Wüste ... der Herr steh uns bei.«

Im nächsten Moment fluteten Milliarden von Heuschrecken über sie hinweg.

Ihre Körper waren überall, verfingen sich im Haar, landeten im Gesicht, krochen in die Kleidung. Esther und Daniel schlugen in Panik um sich. Sie schrien auf, schlossen aber schnell wieder ihre Münder: Die Heuschrecken waren überall. War es eben noch hell gewesen, so herrschte jetzt Nacht.

Daniel packte Esther und riss sie mit sich, die Hand schützend vor die Augen gelegt. Ignorierte das Knacken unter seinen Füßen, das Krabbeln und Kratzen, Sirren und Flirren, spuckte aus, wenn die Tiere in seinen Mund zu kriechen versuchten. Sie liefen völlig blind, überquerten den Platz der Einigkeit, den die Heuschrecken hörbar abfraßen, überquerten die Straße und wurden um ein Haar von einem Auto überfahren. Daniel kannte sich in diesem Teil der Stadt gut aus, wählte den richtigen Weg, ohne genau zu wissen, wo er sich befand, da nicht einmal Schilder oder Schaufenster zu erkennen waren. Und überall das Surren der Flügel. Und der Geruch der Tiere, der Brechreiz hervorrief.

Sie mussten einige Hundert Meter gelaufen sein, bevor sie wieder die Straßenseite wechselten, und immer noch drangen mehr Heuschrecken nach, waren einfach überall. Esther wagte einen kurzen Blick unter der schützenden Hand – fast gleichzeitig schlugen ihr Heuschrecken gegen die Lider. Es hatte keinen Zweck. Sie ließ sich von Daniel weiterzerren, ohne dass sie eine Ahnung hatte, wo sie waren.

Plötzlich hielt er, drehte sich zu ihr um und zog ihren Kopf gegen seinen Mund.

»Deine Schlüssel! Deine Autoschlüssel! Schnell!«

Esther kramte hektisch nach den Autoschlüsseln, fand sie in ihrer Hosentasche und gab sie Daniel. Er führte sie einen Schritt weiter und drückte sie gegen ihr Auto – gesehen hatte sie es nicht. Dann fühlte sie seine Hand in ihrem Nacken, er riss die Autotür auf, beugte ihren Kopf, stieß sie unsanft in den Wagen und schlug die Tür sofort wieder zu.

Für einen Moment ebbte der Lärm ab, wurde stumpf, dann flog die Fahrertür auf, und Daniel sprang herein. Sie wanden sich auf ihren Sitzen und schlugen nach den Heuschrecken, die in ihrer Kleidung saßen und die im kurzen Moment der offenen Tür hereingeschwirrt waren. Minuten verbrachten sie damit, sie mit der flachen Hand totzuschlagen, bis es kaum eine Stelle im Auto oder an ihrer Kleidung gab, an der nicht ihre Innereien klebten.

Esther begann, vor Schreck und Ekel zu weinen. Daniel saß einen Moment blass hinter dem Steuer, dann startete er den Wagen, schaltete das Fernlicht ein, was die Millionen Heuschreckenleiber in gespenstisches Licht tauchte und die Dynamik verdeutlichte, mit der sie über den Wagen hinwegstoben. Sie fuhren langsam durch eine dunkelgraue Wand, orientierten sich am Bordstein.

Esther rief: »Wir müssen sie retten!«

»Wen meinst du? Judith?«

»Bitte, Daniel, wir können sie nicht zurücklassen!«

Er nickte und fand nach ein paar Minuten die Straße, die ins Landesinnere führte. Daniel beschleunigte, in der Hoffnung, dass niemand sonst hier herumirrte. Und so war es auch: Der Fluchtimpuls führte sie alle zum Meer. Ins Landesinnere wollte niemand. Nach und nach hellte der Schwarm auf, nach und nach blitzte die Sonne zwischen den Insekten hindurch, bis er sich ebenso plötzlich, wie er über sie hereingebrochen war, auflöste. Daniel trat jetzt das Gaspedal durch, hielt auf Judiths Anwesen zu und kam mit quietschenden Reifen davor zum Stehen.

Esther sprang aus dem Wagen und ignorierte die Heuschreckenschwärme, die in den großzügigen Gartenanlagen saßen und sie kahl fraßen. Sie stieß die Haupttür auf und lief ins Haus, hinter ihr Daniel.

»Judith!«

Sie bekam keine Antwort. Es war still wie in einer Gruft. Sie eilte zum Patio, dessen Tür zum Haupthaus geschlossen war, öffnete sie und erstarrte: Vor ihr, entlang des Säulengangs, standen zu beiden Seiten Engel. Reglos.

Eine Allee der stummen Wachen.

Sie spürte Daniel in ihrem Rücken und flüsterte: »Kannst du sie sehen?«

Daniel antwortete leise: »Was meinst du?«

»Kannst du sie sehen?«

»Was meinst du? Ich kann nichts sehen.«

Daniel sah nur den Säulengang, den Brunnen und die Pflanzen drum herum, in denen keine einzige Heuschrecke hockte.

Esther schritt langsam voran, vorbei an den Engeln mit ihren geneigten Köpfen, den vor dem Bauch verschränkten Händen, den unfassbar schönen Gesichtern, denen die kleine Furche zwischen Nase und Mund fehlte. Sie wagte kein Geräusch zu machen, um den Moment nicht zu zerstören, glaubte aber, dass die Engel ihr hämmerndes Herz hören mussten. Wie vollkommen sie waren!

Glauben Sie an Engel?

Ja, sie glaubte! Hatte es wohl immer schon getan und es stets verleugnet. Aber hier waren sie.

Das Spalier endete vor Judiths Kammer.

Sie stieß die Tür leise auf.

Dort, auf dem Bett, lag Judith. Bleich, ruhig, ohne jedes Leben.

Mit dem Rücken zu Esther kniete ein weiterer Engel bei ihr, erhob sich, legte seine Hand auf Judiths Brust, die langsam darin verschwand. Ein leichter Ruck ging durch ihren Leib, dann zog er eine Silhouette aus ihrem Körper. Sie sah aus wie Judith, doch war sie um ein Vielfaches schöner. Wie ein besseres Ich ihrer selbst. Er nahm sie auf den Arm und drehte sich um. Esther warf sich instinktiv zu Boden und verdeckte ihr Gesicht, wollte nicht sehen und nicht gesehen werden. Sie spürte, wie er neben ihr stehen blieb.

Den Finger auf ihre Lippen legte: »Schhh…«

Sie hörte es mit ihrem Herzen, sanft und laut. Nickte. Dann ging er weiter und verschwand mit einem Lufthauch.

Sie wagte aufzublicken: Das Zimmer war leer.

Sie stand auf und blickte Daniel an, der sie erstaunt und völlig ratlos ansah: »Was ist mit dir?«

Esther legte ihren Zeigefinger auf seinen Mund und signalisierte ihm, dass er nicht sprechen sollte. Dann spürte sie ein Ziehen unter ihren Füßen, eine ungeheure Spannung, die im Begriff war, zu zerreißen. Sie nahm Daniel an die Hand, lief durch das Spalier der Engel, die, sobald sie sie passierte, zu Staub zerfielen. Sie rannte jetzt, rief: »RAUS! WIR MÜSSEN RAUS HIER!«

Noch vor dem Hauseingang bebte die Erde ein erstes Mal.

Gefolgt von einer steilen, vertikalen Bewegung des gesamten Horizonts, der noch in derselben Bewegung wieder zu Boden krachte. Jetzt kamen starke horizontale Schübe hinzu, die Esther und Daniel in der Einfahrt stürzen ließen, während hinter ihnen das Dach des Anwesens in sich zusammenfiel. Kurze Erschütterungen in schneller Folge ließen auch die Wände einknicken: In einer gewaltigen Staubwolke und unter großem Getöse brach alles zusammen. Nichts blieb stehen. Esther und Daniel hatten sich flach auf den Boden gelegt und wurden wie durch ein Wunder von keinem umherfliegenden Stein und von keinem Splitter getroffen.

Nach ein paar Minuten ebbten die Erdstöße ab, kamen zum Erliegen. Sie standen auf, liefen ein Stück vom Haus weg und sahen von der Grundstücksgrenze auf die Stadt, die einmal ihre Heimat gewesen war. Die steilen Felsen und Schroffen, die sie wie stumme Wächter überragt hatten, waren gefallen. Hatten die Häuser unter sich begraben. Kein Stein stand mehr auf dem anderen.

Die Stadt war dem Erdboden gleichgemacht worden.

DER KONVENT

36

Im Zug der Engel strömten die Brüder und Schwestern Schulter an Schulter, ganz gleich auf welcher Seite sie standen, dorthin, wo alles Leben begonnen hatte. Millionen mal Millionen kamen herbei, folgten dem Ruf des Vaters und hofften auf den Konvent, der die drängenden Fragen der Zeit lösen musste. Selbst in der Weite der Unendlichkeit gab es einen Mittelpunkt, aus dem alles entsprungen war. In einer Galaxie zogen die Planeten um eine Sonne, in einem Atom kreiste alles um den Kern, und im Körper eines Engels schlug sein Herz. Ganz gleich, wie paradox Zeit und Raum verzerrt sein mochten, wandten sie sich doch immer wieder dem Punkt zu, der sie im Innersten zusammenhielt.

In der Welt der Engel war die Burg die Quelle und das Leben. Hier begann und hier endete jede Reise. Sie war das Sein und das Nichtsein. Aus ihr heraus war die Schöpfung in einer einzigartigen, überwältigenden, unwiderstehlichen Explosion entstanden und hatte entzündet, was vorher dunkel und tot war. Sie lag in der Mitte einer Ebene, ragte triumphierend aus ihr heraus, jeden daran erinnernd, dass es nichts Vergleichbares gab oder je geben würde. Sie war umgeben von einer Mauer, die keinen Anfang und kein Ende hatte, aber kein Kreis war. Sie war unüberwindlich und entwickelte doch ihre Stärke aus ihrem kleinsten Bestandteil. Sie bestand ewig und dauerte kürzer als der Lidschlag eines Engels. In ihren Garten wünschte sich alles Leben, ihre Zinnen waren Leuchtturm für die, die sich in dunkler Nacht verirrt hatten. Die Burg war Zuhause für die Heimkehrer, Trost für die Traurigen und Liebe für die Wütenden.

Nathanael sah sie mit rasendem Herzen, gerührt und erschüttert in einem, und musste innehalten, um sie in ihrer ganzen Schönheit aufnehmen zu können. Sie wirkte so nah, fast als könnte er sie greifen, aber mittlerweile hatte er gelernt, dass sie noch viele Tage zu gehen hatten. Die Engel aus dem Turm zogen an ihm vorbei, folgten Michael und Gabriel, die sie anführten, nur Iax blieb bei ihm und legte seine Hand auf Nathanaels Schulter.

»Ein Turm ist nichts im Vergleich zu der Burg!«, sagte er.

Nathanael nickte, für eine Antwort versagte ihm die Stimme. Er sah die Mauer, jeden einzelnen Stein, offenbar aus dem gleichen Material gefertigt wie die Engelstürme, und dennoch glaubte er zu sehen, dass sie in ihrer Struktur noch feiner waren. Das Licht, das aus ihnen schien, wirkte auf Herz und Gemüt; wer es sah, seufzte beglückt, denn es verhieß nichts als die Rückkehr an einen geliebten Ort. Nathanael fühlte große Erleichterung und Zuversicht bei ihrem Anblick, spürte den Sog, der von ihr ausging und jeden Engel an seine Grundtugenden, den Glauben und den Gehorsam, mahnte. Die vielen Engel zu sehen, die jetzt von allen Seiten auf die Tore zuhielten, ihr Leuchten wahrzunehmen, ohne sich davon bedroht zu fühlen, versprach eine Zukunft des Miteinanders, nicht des Gegeneinanders. Nicht viele Tage waren vergangen, seitdem sie sich gegenübergestanden hatten, bereit, einander zu töten, ohne dass es den Versuch gegeben hätte, die Konflikte friedlich zu lösen. Das würde sich jetzt ändern. Die Vernunft würde siegen, der Krieg, an dem sie knapp vorbeigeschrammt waren, nicht stattfinden.

»Viel wird jetzt von Camael abhängen«, sagte Iax.

»Wer ist das, Meister?«, fragte Nathanael.

Iax seufzte leise – sosehr sich Nathanael auch zu seinem Vorteil entwickelt hatte, so rätselhaft blieb er für ihn in den Dingen, die er *nicht* wusste.

»Er ist die Stimme des Vaters und Herr der Burg. Unter den Seraphim ist er Erster unter Gleichen.«

»Dann leitet er den Konvent?«

»Ja, er muss Luzifer bändigen.«

Nathanael sah wieder auf die Burg. »Ist er dazu in der Lage?«

Iax nickte: »Ja.«

Es klang nicht überzeugt, obwohl er sich Mühe gab, keine Zweifel an seiner Aussage aufkommen zu lassen. Und doch spürte Nathanael sie. Es gab nicht mehr viel, das Iax vor ihm verbergen konnte, denn neben den vielen Unvollkommenheiten, die er auszugleichen versuchte, waren andere Fähigkeiten in beeindruckender Weise in ihm gereift. So sah er in seinem Gegenüber nicht nur Gesicht, Körper und Aura, sondern auch den Zustand des Herzens, spürte Angst, Freude, Wut oder Liebe, die es durchdrang. Er ahnte, was sie sagen würden, bevor sie es selbst aussprachen. Wenn auch diese Fähigkeiten abnahmen, je höher ein Engel in der Hierarchie stand – bei Cherubim und Seraphim sah er nichts als ihre außerordentliche Schönheit und ihre Einzigartigkeit.

Seth stand neben ihm und strahlte ihn an. Sein Herz war voll von Liebe, voll von Freude. Unter allen Engeln war er der unschuldigste, jeder konnte in ihm wie in einem Buch lesen. Seit er die Burg entdeckt hatte, liefen ihm Tränen der Freude über die Wangen, und auch jetzt noch, da sie schon eine ganze Weile darauf zuhielten, hatte er sich noch nicht beruhigt. Er griff Nathanaels Hand und hielt sie fest. Einst Nathanael gleich, war er jetzt erheblich kleiner, so dass die beiden wie unterschiedlich alte Brüder wirkten, von denen der Kleinere in unendlicher Verehrung des Größeren ständig dessen Nähe suchte.

Es wurde Nacht.

Feuerstellen waren nicht nötig, denn die Burg überstrahlte die gesamte Ebene und flutete sie mit angenehmer Wärme. In ihrem Wahrnehmungsbereich saßen die Engel friedlich beieinander, wenn es auch eine ungewohnte Distanz zwischen den unterschiedlichen Lagern gab. Ein Umstand, der sie verwirrte, denn es hatte niemals Unterschiede zwischen ihnen gegeben. Es war, als hätte jemand, der nur den Tag kannte, zum ersten Mal eine Nacht erlebt und damit festgestellt, das es überhaupt Tag und Nacht gab, denn erst das eine öffnete die Augen für das andere. Die Schar der Engel war in zwei Teile zerfallen, die Einigkeit, die sie für ewig gehalten hatten, ein Trugschluss gewesen. Und über allem war die Verunsicherung zu spüren, denn niemand hatte je einen solchen Dissens erlebt oder auch nur für möglich gehalten. Ihre Welt war aus den Fugen geraten – statt Harmonie und Perfektion schockierten Streit und Tod die Herzen. Das war gegen ihre Natur, aber sie gehorchten und glaubten an die Sache, die sie vertraten.

Abseits von den anderen saßen Seth und Nathanael zusammen, während Iax zwar nicht immer zu sehen war, sie aber nie aus den Augen ließ.

»Was wird uns erwarten?«, fragte Seth.

»Ich weiß es nicht. Ich war noch nie dort.«

»Werden wir den Vater sehen?«, fragte Seth.

»Ich glaube nicht, dass ein einfacher Engel den Vater sehen kann, ohne dass sein Herz vor Freude zerspringt.«

Seth nickt betrübt: »Dann sag mir, was du gesehen hast, wenn du ihn triffst.«

»Ich werde ihn auch nicht sehen, Seth. Ich bin auch nur ein einfacher Engel.«

»Das bist du nicht!«, antwortete Seth heftig.

Nathanael lächelte. Dann antwortete er: »Ich fürchte, niemand wird ihn sehen. Außer den Cherubim und Seraphim vielleicht.«

»Vielleicht doch«, beharrte Seth. »Nur ein Wort von ihm, und alle würden wieder Brüder und Schwestern sein.«

»So einfach ist es leider nicht«, antwortete Nathanael.

»Warum nicht, Nathanael? Er *ist* der Vater!«

»Glaub mir, Seth. Es ist kompliziert.«

Seth trat wütend nach einem Stein, was Nathanael verwunderte. Eben noch hatte er vor Glück gestrahlt, jetzt war davon nichts mehr zu sehen. Als ob sich ein Schatten seiner Aura bemächtigt hätte. Nathanael nahm seine Hand und drückte sie freundlich.

»Mach dir keine Sorgen, Seth. Es wird eine Lösung geben, eine gute Lösung. Da bin ich sicher.«

Etwas hielt sein Herz gefangen – Nathanael konnte es sehen. Er wandte sich ihm zu: »Aber darum geht es gerade nicht, richtig?«

Seth presste die Lippen aufeinander, als ob er sich selbst eine Antwort verweigern würde.

»Was sorgt dich, Seth?«

»Es wäre ein Leichtes für ihn, wieder Frieden zu stiften. Er müsste nur ein Wort sagen. Zu uns allen. Nur ein Wort!«

»Du meinst, weil er der Vater ist. Und du dich nach ihm sehnst?«

Seth nickte schwach, schwieg.

Dann sagte er nach einer Weile: »Erzählst du mir noch einmal von deiner Zeit als Mensch?«

»Was möchtest du denn wissen?«

»Erzähl mir von deiner Mutter! Du hast gesagt, du erinnerst dich an sie. Was erinnerst du? Erzähl mir alles ganz genau!«

Für Nathanael war es schon fast schmerzlich, zu sehen, wie sehr Seth sich nach einem Elternteil sehnte. Sein Herz verriet seine geheimsten Wünsche – er konnte nichts verbergen. Und es war nicht einmal so, dass Nathanael ihm mit seinen Erinnerungen an seine Zeit als Mensch einen Samen in die Brust gepflanzt hatte, dessen Triebe jetzt nach allen Seiten auszuschlagen begannen ... es war schon in Seth gewesen, als sie ihn gefunden hatten. Oder hatte er sie gefunden? Aus den Augenwinkeln konnte Nathanael jetzt sehen, dass sich Iax näherte, im unpassenden Augenblick. Er wich aus: »Besser ein anderes Mal, Seth.«

»Glaubst du, ich hatte auch eine Mutter? So wie du?«

Nathanael nickte.

»Und hat sie mich geliebt?«

Iax war jetzt fast in Hörweite.

»Lass uns ein anderes Mal darüber reden, Seth.«

»Sag mir nur das, Nathanael. Hat sie?«

»Natürlich hat sie das, Seth. Sehr sogar, ganz sicher.«

Seth nickte zufrieden: »Das ist gut.«

Sie schwiegen, als sich Iax zu ihnen setzte und von einem zum anderen sah. Vor allem Seth mied seinen Blick.

»Was geht hier vor?«, fragte er streng.

»Nichts, Meister. Wir haben nur geredet.«

Iax nahm Seth ins Visier: »Seth?«

»Ja, Herr?«

»Was geht hier vor?«

Seth presste wieder die Lippen aufeinander. Nathanael konnte spüren, wie sehr er mit sich rang, Iax nicht den Gehorsam zu verweigern und doch das, was so unendlich wichtig für ihn war, für sich zu bewahren, weil er wusste, dass der Potestas es nicht verstehen würde.

»Er wünscht sich, den Vater zu sehen«, antwortete Nathanael.

Iax sah erstaunt aus: »Du weißt, dass das nicht möglich ist!«

»Vergeht deswegen der Wunsch?«, fragte Nathanael.

Iax nickte und gab sich mit der Antwort zufrieden. »Ruht jetzt. Morgen werden wir nach Hause kommen.«

»Morgen schon?! Ich dachte, es wären noch Wochen bis zu den Toren.«

Iax seufzte.

Nathanael würde es wohl nie begreifen.

37

Noch vor Mittag blickten sie auf die Mauer, die aus der Ferne zierlich und kunstvoll gewirkt hatte, von der sie jetzt aber nicht einmal mehr die Krone sehen konnten. Mit jedem Schritt, den sie näher gekommen waren, war sie gewachsen, hatte sich dem Himmel entgegengereckt, bis sie selbst, verglichen mit ihr, wie Käfer wirkten. Blickte man nach links oder rechts, so sah man nichts als die Mauer, wie sie sich schnurgerade am Horizont verlor. Jeder einzelne ihrer Quader war größer als das Tor eines Engelsturms, und doch wirkten sie grazil. Die Engel, die in die Burg traten, konnten das durch viele Tore tun, die aus der Entfernung betrachtet nah zusammenstanden, aber auseinanderrückten, je näher man ihnen kam. So teilte sich die schier unendliche Schar der Engel in Gruppen auf, jede ein anderes Tor benutzend. Ehrfürchtig starrte Nathanael auf ihres, das keine Flügel besaß, um es zu schließen, aber dennoch bewacht war.

Zu beiden Seiten standen die Throne: Schutzengel der Burg.

Sie überragten selbst die Seraphim um das Doppelte, ihre Körper wirkten, als könnten sie einen Quader der Mauer mit einem einzigen Faustschlag zerbrechen. Sie hatten die Spitze eines gewaltigen Schwerts vor sich in den Boden gerammt und stützten die Hände auf den Knauf. Die Oberkörper waren gepanzert, ein Helm verbarg große Teile ihrer Gesichter. Sie standen ganz still, als hätten sie sich seit Anbeginn der Zeit nicht bewegt.

Nathanael zitterte vor ihnen – jeder tat das. Er beugte sich zu Iax und flüsterte: »Sie haben die Augen geschlossen?«

Iax nickte und flüsterte zurück: »Ja, sie brauchen sie nicht.«

»Wie können sie dann die Burg bewachen?«

»Sie sehen in dein Herz, Engel. Und wenn sie darin etwas entdecken, das ihnen nicht gefällt, dann wirst du diese Burg nicht betreten.«

»Der Drache hat die Burg betreten!«, sagte Nathanael und zuckte zusammen, weil er glaubte, dass allein dieser Name die Throne alarmieren könnte.

»Dann kommt er reinen Herzens. Ansonsten hätten ihn die Throne gehindert.«

»Aber er hat eine ganze Armee hinter sich, Meister!«

Iax schüttelte den Kopf: »Nicht einmal Luzifer würde es wagen, gegen sie anzutreten. Und seine Armee würde ihm nichts nützen: die Throne würden sie vernichten. Bis auf den letzten Engel.«

Nathanael sah zu den beiden Torwächtern auf und sagte: »Wer sie auf seiner Seite weiß, ist also unschlagbar?«

Iax legte ihm den Finger auf den Mund: »Still, Engel! Du bist im Begriff, Ränke zu schmieden. Und wenn du das tust, wirst du die Burg nicht betreten!«

»Verzeiht, Meister.«

Iax nickte: »Die Throne bewachen die Burg. Nichts sonst. Nur die Burg. Sie stehen auf niemandes Seite.«

Sie folgten den anderen und traten durch das Tor, während Nathanael mit bangen Blicken nach den Thronen schielte. Aber sie bewegten sich nicht, ließen sie passieren.

Hinter den Mauern lag der Garten.

Jede Form des Lebens wuchs in ihm, überwältigend in seiner Vielfalt, in seinen Gerüchen und Geräuschen. Alles, was war, alles, was noch sein würde, fand sich hier exemplarisch wieder, eine Manufaktur des Lebens. Doch im Gegensatz zur wild wuchernden Ursprünglichkeit der Wälder außerhalb der Burg folgten Flora und Fauna des Gartens einer Ordnung, die die Schönheit der Schöpfung unterstrich. Nichts wirkte zufällig, nichts *war* zufällig. Der Garten war vollendet, keusche Makellosigkeit, ein Ort ewigen Friedens, unberührt und glitzernd wie frischer Pulverschnee. In ihm gab es keine Schuld und keine Zeit, keine Scham und keinen Fehler. Er war Flitter, Blüte, Milch und Honig.

Die Engel verloren sich schnell auf seinen Wegen, obwohl

sie ihn millionenfach betraten. Nathanael war sich sicher, dass man wochenlang durch ihn wandern konnte, ohne je einen Engel zu sehen, selbst wenn Milliarden von ihnen darin wandelten. Seth suchte wieder nach Nathanaels Hand und hielt sich an ihm fest. Er war genauso verzaubert wie Nathanael selbst, und auch Iax, der neben ihnen ging, schien entrückt vom Liebreiz des Gartens.

Es wurde Nacht, und es wurde Tag.

Duft und Süße. Gesang und Atem. Puls und Windhauch. Wer hier ging, vergaß, was ihn umtrieb; alles, was je schwer gewesen war, sank wie Sediment zu Boden. Zurück blieb nur das reine Herz, der Kuss des Friedens. Es waren Wege angelegt, die in verwirrender Art und Weise immer tiefer in den Garten hineinführten und die am Ende doch alle in die Burg mündeten, ganz gleich welche Himmelsrichtung man einschlug. Sanfte Auen, stille Seen, alte Bäume. Keiner der drei sprach ein Wort, niemand wollte den kostbaren Moment durch den Klang seiner Stimme verjagen.

Es wurde Nacht, und es wurde Tag.

Sie kamen an eine Küste, an der sich sanft die Wellen eines Ozeans brachen. Der Strand war unberührt, das Wasser quellklar, die Brise von überwältigender salziger Frische. Die Ferne lockte, davonzusegeln und niemals wieder zurückzukommen. Auf einem Ozean, auf dem es keinen Sturm gab. Dort, auf Felsen, saßen sie den ganzen Tag und blickten hinaus, aber es kam kein Schiff, das sie aufnahm. Und mit der anbrechenden Dunkelheit erwachten sie aus der Verzauberung, ließen das tiefe Wasser zurück und gingen weiter. Sie hatten vergessen, warum sie gekommen waren.

Es wurde Nacht, und es wurde Tag.

Sie waren bislang keinem anderen Engel begegnet und vermissten auch keine Gesellschaft. Noch immer gingen sie schweigend und genossen die Stille, hofften gar heimlich, nie wieder sprechen zu müssen, denn hier gab es viele Geräusche, die man erst dann wahrnahm, wenn man selbst schwieg.

Jetzt bemerkten sie auch, wie sich der Wunsch in ihnen regte, den Garten nicht wieder verlassen zu wollen. Er lockte mit der Ewigkeit und einem immerwährenden Wechsel der Vegetation, der jedes Mal wie das Öffnen einer Schatztruhe war, deren Inhalt den der vorherigen an Kostbarkeiten nochmals übertraf.

Und doch führte der Weg plötzlich bergan, und schon bemerkten sie betrübt, wie sich die Pracht, die sie umgab, ausdünnte. In ihren Herzen spürten sie bereits, dass sie den Garten verließen, und jeder Schritt wurde ihnen schwer, denn sie wollten nicht gehen, sondern für immer bleiben, ganz gleich ob draußen die Welt unterging oder nicht. Schritt für Schritt kehrte die Erinnerung zurück, an den Konvent, an den drohenden Krieg, und jeder Gedanke daran schien den Frieden zu beflecken, den sie in den letzten drei Tagen empfunden hatten. Und vielleicht wären sie umgekehrt, wenn Nathanael nicht den stillen Befehl empfangen hätte, weiterzugehen. Etwas zog ihn aus dem Garten, und die anderen beiden folgten.

Und dann war dort die Burg.

Am Ende ihres Weges war das Tor, das sie ins Innerste führte, ins Zentrum der Schöpfung. Die Burg wirkte zierlich und hoch aufgeschossen, als ob die Türme und Spitzen einander zu überragen suchten. Ein Ort, größer als das Universum und klein genug, um in die Hand eines Kindes zu passen. Dort am Einlass wartete Gabriel auf sie.

Sie lächelte: »Ihr kommt spät!«

Für einen Moment war da Erleichterung in ihrem Herzen, Nathanael sah es wie das Blitzen eines Sonnenstrahls durch eine Baumkrone. Sie begrüßte jeden, half Seth auf, der sich vor lauter Ehrfurcht vor ihr in den Staub geworfen hatte und nicht wagte, sie anzusehen. Als Letztes umarmte sie Iax, der sie lange hielt und von dem sie sich nur widerwillig löste.

Gabriel sagte: »Alle anderen sind schon da.«

Nathanael fragte: »Ist der Weg nicht für alle gleich, Herrin?«

Sie schüttelte den Kopf: »Kein Weg ähnelt dem anderen, Nathanael. Auch nicht der zur Burg.«

»Warum wart Ihr in Sorge, Herrin?«, fragte Nathanael.

Gabriel sah ihn irritiert an – wie hatte er das spüren können? Dann antwortete sie: »Wer länger als drei Tage im Garten verweilt, verlässt ihn nicht mehr. Dessen Weg endet dort.«

»Was für eine Gnade!«, antwortete Nathanael.

Sie nickte kurz und antwortete: »Folgt mir.«

Gabriel ging voraus, durchquerte das Tor. Sie betraten einen ersten Innenhof, der sich zu allen Seiten in einem Maße erstreckte, das sie keine Mauern mehr erkennen ließ. Und als sie nach oben blickten, sahen sie auch keine Türme mehr. Nur das Firmament über ihnen, Horizont und Leere um sich. Seth griff wieder nach Nathanaels Hand, hielt sich halb hinter ihm versteckt. Sie mochten einige Minuten unterwegs gewesen sein, als vor ihnen ein weiterer Teil der Burg sichtbar wurde, rasend schnell auf sie zukam, Mauern und Zinnen, die bis zu den Wolken emporzuspringen schienen. Dort gab es ein verschlossenes Tor, das sich vor ihnen öffnete: Sie betraten einen Gang, ähnlich denen aus den Engelstürmen, nur dass hier die Wände nicht glatt waren, sondern aus Quadern errichtet, genauso schön und besonders wie die der großen Mauer. Von diesem Gang zweigten zu beiden Seiten breite Gänge ab, die sich in der Tiefe des Raums verloren. Im Gegensatz zu den Engelstürmen verschoben sich hier die Dimensionen offenbar nicht, Räume und Gänge streckten oder verkürzten sich nicht mit jedem Schritt, den man tat. Und jede Tür war gut zu erkennen, denn sie waren aus Holz gefertigt.

Gabriel führte sie tief hinein in die Burg, hielt erst an einer großen Tür am Ende des Gangs und öffnete sie: Sie betraten einen Versammlungsraum, in dessen Mitte eine runde Tafel stand. Dort saß nur ein einziger Engel: Rafael. Erfreut erhob er sich und begrüßte die Ankömmlinge, während sich Seth erneut auf den Boden warf. Rafael half ihm auf; Seth wollte dem Cherub die Hände küssen, als Iax ihm die Hand auf die Schulter legte: »Geh, jetzt, Engel!«

Seth nickte und wandte sich schnell um.

»Warte!«, rief Rafael.

Seth drehte sich wieder um, den Kopf demütig gesenkt. »Ihr seid zu dritt, Iax. Was immer euch zusammengeführt hat, darf von uns nicht getrennt werden.«

»Es ist vollkommen unüblich, dass ein einfacher Engel sich einem Cherub oder einem Seraph auch nur nähern darf. Geschweige denn, dass er mit ihm spricht. Es verstößt gegen die göttliche Ordnung.«

»Ja, so ist es. Und dennoch seid ihr eins.«

Iax nickte als Zeichen seiner Zustimmung, wenn seine Miene auch das Gegenteil verriet.

Gabriel sagte: »Es gibt vieles, das wir nicht verstehen, Iax. Die Wege des Vaters sind auch für uns unergründlich.«

Iax schwieg einen Moment, dann sagte er zu Seth: »Warte an der Tür, Engel!«

Seth gehorchte und zog sich zurück, während Gabriel ein Lächeln nicht verkneifen konnte: Iax empfand es als Beleidigung, wenn ein einfacher Engel mit gleichen Rechten wie er am Tisch der Seraphim und Cherubim saß. Und Gabriel und Rafael waren weise genug, ihm dieses Vorrecht nicht zu verweigern.

Rafael wies jedem seinen Platz und setzte sich dann selbst: »Der Konvent ist vollzählig. Die Engel beider Lager haben sich versammelt und auch die, die in ihrem Glauben erschüttert wurden und nicht wissen, welcher Seite sie nachgeben sollen.«

»Wie können sie erschüttert sein, ohne Luzifer gesehen zu haben?«, antwortete Iax wütend. »Wie können sie überhaupt erschüttert sein?!«

»Ich verstehe deinen Zorn, Iax, aber wirf ihnen nicht vor, was sie nicht verschuldet haben. Unser Vater ist nicht mehr in der Lage, uns Licht in der Nacht zu sein. Luzifer hingegen ist so stark wie nie zuvor. Sein Licht brennt strahlend hell.«

»Dann wird der Konvent die Entscheidung bringen, nach welcher Seite das Pendel ausschlägt!«, antwortete Iax.

Rafael stimmte zu: »So wird es sein. Hier wird sich zeigen, wie stark wir wirklich sind. Oder wie schwach.«

»Wird Luzifer sich der alten Ordnung unterwerfen, wenn es ihm nicht gelingt, den Konvent für sich zu entscheiden, Herr?«

»Luzifer geht nicht davon aus, hier zu verlieren.«

Iax zischte: »Dann ist ihm der Ausgang des Konvents völlig gleichgültig. Er will einen Krieg, ganz gleich, was hier beschlossen wird.«

Rafael antwortete: »Nicht zwangsläufig. Er geht davon aus, dass er eine neue Ordnung festlegt, wenn er gewinnt. Und dass wir uns dieser Ordnung beugen werden.«

Iax sprang empört auf: »Niemals!«

Gabriel bedeutete ihm mit einer Geste, sich zu mäßigen: »Noch ist es nicht so weit, Iax. Noch gibt es keinen Krieg und keine neue Ordnung. Solange wir den Frieden halten können, besteht Hoffnung auf eine Einigung.«

Iax setzte sich wieder und schüttelte den Kopf: »Der Drache wird nie einer Einigung zustimmen, die nicht seinem Willen entspricht. Ihr kennt ihn genauso gut wie ich, Herr.«

Nathanael wagte es, mitzusprechen: »Ich glaube, mein Meister hat recht. Ich habe den Krieg gesehen. Er lässt sich nicht verhindern, Herr.«

Rafael antwortete: »Du hast eine Schlacht gesehen, Nathanael. Kannst du mit Sicherheit sagen, dass es das Armageddon war?«

»Nein, Herr.«

Rafael nickte: »Deswegen sind wir zusammengekommen. Wir müssen unter allen Umständen verhindern, dass es zur Apokalypse kommt. Wir müssen Luzifer in die Schranken weisen. Und mit Hilfe des Vaters wird das auch gelingen.«

Nathanael sah ihn aufmerksam an: »Dann habt Ihr bereits Pläne, Herr?«

Rafael schwieg.

Aber für einen Moment sah Nathanael etwas in ihm aufblitzen, was er bei einem Cherubim nicht für möglich gehalten hätte: Ränke.

38

Sie beschlossen, Nathanael, soweit es irgend ging, vor den Augen seiner Brüder und Schwestern zu verstecken. Selbst unter dem Schutz der Mönchskutte blieb er auffällig, da niemand sonst diese Kleidung trug. Und ihn den Blicken der anderen auszusetzen, seine Verkrüppelung zur Schau zu stellen, würde eine solche Aufmerksamkeit erregen, dass in jedem Gang der Burg ein Wispern zu hören wäre, das dem Engel galt, der nicht sein durfte. Für die Zeit des Konvents war Friede befohlen worden, und unter anderen Umständen kam dieser Befehl einem heiligen Gesetz gleich. Aber vieles war bereits durchbrochen worden, was als ehern galt, und so beschlossen Rafael und Gabriel, dass sie auf der Hut sein mussten, solange es kein Ergebnis im Disput der Kontrahenten gab.

Iax brachte Nathanael und Seth in einen fernen Trakt der Burg, in dem nur Engel untergebracht waren, und befahl jedem, auf den er traf, zu verschwinden. Dann erst führte er Nathanael in seine Kammer. Sie unterschied sich nicht von den hunderttausend anderen, die allein in diesem Flurtrakt waren. Hier war er einer unter vielen, allesamt einfache Geschöpfe, die auf ihrer Seite standen. Hier würde es schwer sein, ihn aufzuspüren.

»Was erwartet uns auf dem Konvent, Meister?«, fragte Nathanael und setzte sich. Böden und Wände waren hier wie in den Engelstürmen weich, wenn man sich ihnen langsam näherte, und hart, wenn man versuchte, sie zu durchbrechen. Sie gaben Licht und Wärme ab, so dass es an nichts fehlte.

»Luzifer wird vor dem Rat sprechen und zugleich vor jedem Engel, der der Versammlung beiwohnt. Und Camael wird ihm antworten.«

»Der Rat der Zwölf, richtig?«

Iax lächelte schwach: »Du machst Fortschritte, Engel … ja, so ist es: sechs Seraphim und sechs Cherubim.«

»Auf wessen Seite steht der Rat?«

Iax runzelte die Stirn: »Was meinst du, Engel? Der Rat kann nur auf einer Seite stehen: auf der des Vaters.«

»Warum fürchtet ihr dann überhaupt eine Niederlage?«

Iax war im Begriff, etwas zu sagen, hielt aber inne. Er hatte mit Überzeugung geantwortet, jedoch nur aus dem Grund, weil er nie in Betracht gezogen hatte, dass ein Seraph etwas anderes als den Willen des Vaters vertreten könnte. Den Seraphim oblag es, den Glauben zu entfachen, sie standen dem Herrn am nächsten. Es war schlechterdings unmöglich, dass einer von ihnen abfiel! Aber war es nicht auch unmöglich, dass der Vater sterben könnte? Und doch war es so! Zum ersten Mal überkam Iax Furcht, denn selbst mit den Cherubim und Seraphim auf ihrer Seite war Luzifer eine ernsthafte Bedrohung, wenn auch eine, die man in der Gemeinschaft aller vielleicht bändigen konnte. Gelang es Luzifer jedoch, den Rat ebenso zu spalten, wie er die Gemeinschaft der Engel gespalten hatte, würde ihn niemand aufhalten können. Bisher hatten sich alle hohen Engel zusammen gegen den Aggressor gestellt, jetzt bekam er in einem Konvent die Möglichkeit, sich zu erklären. War es möglich, dass genau dieser letzte, verzweifelte Versuch, einen Krieg zu verhindern, der Grund dafür werden könnte, dass er mit Sicherheit ausbrach, weil erst der Konvent Luzifer stark genug statt schwächer machte? War es möglich, dass die Seraphim auf ihn hörten angesichts der Tatsache, dass der Vater bald nicht mehr sein würde? Würden sie ihm den Weg zum Thron ebnen?

Nathanael sah die Furcht in Iax' Herz, erriet seine Gedanken. Er dachte, wie klug es von Luzifer gewesen war, bei ihrem letzten Zusammentreffen auf einen Kampf zu verzichten. In seiner einschüchternden Brillanz waren sie nicht auf die Idee gekommen, ihn möglicherweise besiegen zu können. Sie hatten Zeit gewonnen, doch er auch. Luzifer würde den Konvent nutzen, um die Sache für sich zu entscheiden.

»Er darf nicht sprechen!«, entfuhr es Nathanael.

Iax fixierte Nathanael, überrascht über den Gleichklang der Gedanken. War das Zufall, oder wusste er, was den Potestas bewegte? Er antwortete: »Er wird sprechen. Niemand kann es ihm verwehren.«

»Solange der Vater lebt, kann Luzifer nicht an ihm vorbei, nicht wahr, Meister?«

»Ja … solange er lebt.«

Tatsächlich wussten sie nicht, wie es um den Herrn bestellt war – das wusste nur Camael. Und möglicherweise auch Luzifer.

»Ruht jetzt«, sagte Iax. »Öffnet niemandem dir Tür. Und achte auf deine Träume, Engel!«

»Ja, Meister!«

Iax nickte zum Gruß und verließ dann die Kammer.

Seth setzte sich zu Nathanael: »Hast du noch die Spieluhr?«

Nathanael lächelte, zog die kleine Spieluhr, die er aus einem Stück Holz geschaffen hatte, aus seiner Kutte, klappte sie auf, und schon entsprang dem Kästchen eine liebliche Melodie, die ihre Kammer leise erfüllte. Seth lehnte sich an Nathanael, doch bald schon sank er müde an ihm herunter und legte den Kopf in seinen Schoß. Er konnte die Augen kaum noch aufhalten, während Nathanael ihm über das Haar fuhr, fest entschlossen, ihn und jeden, der so war wie er, bis zu seinem letzten Atemzug zu verteidigen.

Bald schlief der kleine Engel, und auch Nathanael spürte große Mattigkeit. Er versuchte, sich an seine Zeit als Mensch zu erinnern, an die, die er verlassen haben musste, aber sosehr er sich auch bemühte, es stiegen keine Bilder in ihm auf, er konnte den starken Emotionen keine Gesichter zuordnen. Aber es musste sie geben. Er kannte die Melodie, sie war das Band, an dem er die Welt, die er verlassen hatte, zu sich ziehen konnte. Noch war er nicht stark genug, doch schon bald würde er ans Licht holen, was sich im Dunkeln vor ihm verbarg.

Er schlief ein.

Nathanael erwachte in kompletter Dunkelheit, wähnte sich in einem Traum, aber da waren Geräusche, die er nicht zuordnen konnte. Vorsichtig legte er Seths Kopf auf den Boden und stand auf, konnte seinen Atem hören, die vorsichtigen Schritte auf dem Weg zur Tür. Da war ein Wispern wie aus weiter Ferne. Obwohl er nichts verstand, wusste er, dass es ihm galt. Iax rief ihn. Leise öffnete er die Tür, blickte in den Flur: Es war niemand da. Lautlos verließ er die Kammer, schlich an denen der anderen vorbei und erkannte durch die Türen ihre Auren, den ruhigen Schlag ihrer Herzen. Sie schliefen. Alle schliefen.

Ein sanfter Luftzug ging durch den Flur – Nathanael hielt die Handfläche nach allen Richtungen, aber er konnte niemanden ausmachen. Dieses Wispern! Es war unwiderstehlich. Er musste ihm folgen, immer auf der Hut, ob ihm nicht doch Gefahr drohte. Eine Wendeltreppe führte in einen anderen Trakt. Auch hier zweigten Flure ab, reihte sich Tür an Tür, hinter denen die Engel schliefen. Jetzt spürte er den Lufthauch im Gesicht – er hatte die Richtung gewechselt. Nathanael folgte ihm zu einer Tür, öffnete sie und sah in das Innere eines Turms, an dessen Wänden sich schneckenförmig Treppen hinabwanden, bis sie im Dunkeln verschwanden.

Er folgte ihnen.

Verließ den Turm wieder. Ein Gang führte ihn ins Innerste der Burg. Das Licht war hier schwach, so dass er nur wenig sehen konnte und umso vorsichtiger weiterging. Für einen

Moment war ihm, als nähme das Wispern zu, für einen Moment glaubte er, dass ihn jemand beim Namen rief. Das war nicht die Stimme seines Meisters. Irritiert horchte er in den Flur hinein, als der sanfte Windhauch verebbte. Jedes Geräusch war jetzt verstummt.

Das Licht erlosch.

Nathanael unterdrückte eine aufkeimende Panik: Wie dumm er war! Ließ sich aus seinem Versteck locken, unbewaffnet. Er schloss die Augen, erspürte die Umgebung. Da war nichts. Rasch eilte er zurück, erreichte die Tür, durch die er gekommen war, riss sie auf und erstarrte: Der Turm, durch den er herabgestiegen war, war nicht mehr da. Wie war es möglich, sich zu verirren, wenn es nur diese eine Tür gab, durch die er gekommen war?! Er blickte in einen dunklen Raum, in dem er Säulen und weitere Türen erspüren konnte. Doch ganz gleich, welche er öffnete: Dahinter lagen endlose Gängen, die sich in verwirrender Weise verzweigten. Ein einziges undurchdringliches Labyrinth.

Er lief zurück zum Eingang, öffnete die Tür und blickte diesmal weder auf den schmucklosen Gang noch auf die Treppen des Turms, sondern in einen Gewölbekeller, der unheimlich und schwarz in die Tiefe führte. Nathanael machte auf dem Absatz kehrt, aber die Tür, die er geöffnet hatte, schlug vor seiner Nase zu und ließ sich nicht mehr aufsperren.

Aus der Tiefe nahm er etwas wahr.

Wirbelte herum.

Erspürte mit der Handfläche den dunklen Raum: Jemand war hier. Nathanael geriet in Panik.

»MEISTER! HILF MIR!« In seinen Gedanken ließ sein Ruf die Wände der Burg erzittern, aber über seine Lippen drang kein Laut.

Aus dem Bauch der Burg stieg etwas auf.

Kalt.

Wissend.

Mitleidlos.

Nathanael hielt zitternd seine Handfläche in die Tiefe! Es kam auf ihn zu. Verbarg seine Aura und seinen Herzschlag vor ihm. Aber nicht seine Größe.

»MEISTER!«

Jetzt spürte er, wie Kälte über die Stufen zu ihm aufstieg. Es war noch ein Stück von ihm entfernt, dennoch sank die Temperatur bereits rapide ab. Nathanael wich zurück, stieß mit den Schultern an die verschlossene Tür, drehte sich um und stemmte sich gegen das Holz. Spürte, wie sich hinter ihm die Gestalt offenbarte, wie sie die Augen geöffnet hatte und ihre Blicke ihn fixierten. Ein grausames, eiskaltes Blau schimmerte im Dunkeln – Nathanael atmete noch einmal tief durch, konzentrierte sich auf seine Lektionen, fand sein Gleichgewicht und schlug so hart mit der Faust zu, dass die Tür in tausend Stücke zersplitterte.

Ohne sich umzublicken, rannte er davon.

Iax fand ihn schließlich irgendwo in einem der Gänge, erschöpft, außer sich und vor allem glücklich, dass er ihn gehört hatte. Ohne größeres Aufsehen brachte er ihn zurück. Zusammen weckten sie Seth, der von dem Ausflug nichts mitbekommen hatte.

»Steh auf, Engel!«, befahl Iax knapp.

Seth gehorchte und folgte den beiden nach draußen. Iax hatte es eilig, so sehr, dass es Seth schwerfiel, Schritt zu halten. Sie verließen den Trakt der Engel und kehrten in den Versammlungsraum zurück, in dem Gabriel bereits auf sie wartete.

»Was ist passiert?«, fragte sie erschrocken.

»Ich weiß es nicht, Herrin«, antwortete Nathanael. »Ich bin aufgewacht, weil ich dachte, mein Meister hätte mich gerufen. Ich habe mich verirrt, und dann …«

Er stockte.

»Ja?«

»Ich bin etwas begegnet. Jemandem. Ich weiß es nicht.«

Gabriel sah ihn neugierig an: »Was meinst du?«

»Ich kann es nicht erklären, Herrin. Ich weiß nur, dass ich ihm nicht wiederbegegnen möchte.«

Iax fragte: »War es Luzifer?«

Nathanael schüttelte den Kopf: »Nein, Meister.«

»Sicher?«

»Ja.«

Nathanael sah von einem zum anderen, in der Hoffnung, in ihren Gedanken eine Antwort zu finden, aber sie enthielten ihm nichts vor. Alles, was sich in ihren Gesichtern abzeichnete, waren Sorge und Ratlosigkeit.

»Wir müssen ihn besser schützen«, sagte Gabriel.

Nathanael nickte: »Dann bleibe ich immer an der Seite meines Meisters.«

»Nein, das geht nicht. Das würde es Luzifer leichtmachen, dich zu finden. Wir brauchen einfache Engel, geübt im Umgang mit dem Schwert.«

Iax nickte: »Es gibt nur zwei, die ihn schützen können ...«

Gabriel antwortete: »Gut.«

Iax schüttelte den Kopf: »Nicht gut. Es sind Semjasa und Asasel.«

39

Die Burg barg viele Geheimnisse, sorgsam gehütet von wenigen Wissenden, die niemals über das sprachen, was neugierige Ohren zu hören hofften. So war auch das Schicksal von Semjasa und Asasel ein Geheimnis, das nur die Seraphim und Cherubim kannten. Und unter allen anderen Engeln nur noch Iax. Diesmal setzte Iax durch, dass Seth zurückbleiben musste, denn sie brauchten Michaels Erlaubnis, Semjasa und Asasel zurück in die Gemeinschaft der Engel zu führen, und Iax hielt es für unzumutbar, dass ein einfacher Engel wie Seth in die Nähe eines Seraphs wie Michael kam. Gabriel stimmte zu und schickte Seth zurück in seine Kammer.

Zusammen mit Nathanael eilte er dann in einen der Türme der Burg, von dessen Spitze aus Michael über die Schar der Engel wachte. Dort, inmitten einer durch Spitzbögen gestützten Halle, fanden sie ihn kniend ins Gebet versunken. Nathanael war überrascht, wie konzentriert, ja verzweifelt dieser mächtige Engel das Gespräch mit dem Vater suchte, und so standen sie abseits und warteten ab. Durch offene Bögen konnte man nach draußen blicken, auf elf weitere Türme, die ähnlich hoch waren wie der, in dem sie standen, und auf die Burg, die von hier oben so klein und grazil wirkte, als könnte sie allenfalls ein paar Dutzend Engeln Platz bieten.

Michael beendete das Gebet und wandte sich ihnen zu. Nathanael kniete vor ihm nieder, während Iax sich tief verbeugte. Michael schenkte beiden ein Lächeln, half Nathanael hoch und begrüßte sie beide herzlich. Nathanael wagte kaum, ihn anzusehen; schön und majestätisch wie er war, fühlte er sich in seiner Nähe unvollkommener denn je.

»Wie geht es dir, Nathanael?«, fragte er.

»Gut, Herr.«

»Erholt vom Zusammentreffen mit Luzifer?«

Nathanael schüttelte leicht den Kopf: »Nein, Herr.«

»Niemand hat gesagt, dass es einfach werden würde.«

»Ja, Herr.«

»Du hast dich tapfer geschlagen, Engel.«

»Nein, Herr. Ich habe alle enttäuscht.«

Michael warf Iax einen Blick zu, legte dann Nathanael die Hand auf die Schulter: »Du hast eine schwere Bürde zu tragen, Engel. Denk niemals darüber nach, wen du womöglich enttäuschst, denn niemand geht deinen Weg.«

Nathanael nickte schwach, wollte, dass man ihn von der Last befreite, um einen Würdigeren zu schicken, aber er wagte keinen Widerspruch. Er wollte tun, was man von ihm verlangte, und er hoffte, dass er dieser Verantwortung gerecht werden und nicht wieder so jämmerlich versagen würde wie gegen Luzifer vor dem Turm.

Michael wandte sich Iax zu: »Warum bist du gekommen?«

Iax antwortete: »Es gibt Grund zu der Annahme, dass Nathanaels Leben nicht sicher ist, Herr.«

»Du meinst, Luzifer könnte es wagen, den Frieden des Konvents zu brechen?«

»Der Drache hat sich gegen die Heilige Ordnung gewandt. Es gibt keine Gesetze mehr, an die er sich gebunden fühlt.«

Michael nickte. »Was also schlägst du vor?«

»Herr, ich möchte Nathanael zwei Engel zur Seite stellen, die ihn beschützen, wenn keiner von uns da ist, der ihn schützen könnte.«

Michael sah ihn aufmerksam an, schien in seinen Gedanken lesen zu können: »Du willst wirklich dieses Risiko eingehen?«

»Es gibt niemanden unter den einfachen Engeln, die auch nur annähernd ihre Fähigkeiten haben. Wenn der Drache tatsächlich Nathanael nach dem Leben trachtet, könnten sie ihn oder die, die er schickt, die entscheidenden Momente aufhalten, bis Hilfe eintrifft.«

Michael nickte: »Du weiß, dass man ihnen nicht trauen kann, Iax!«

Iax antwortete: »Sie haben lange gebüßt, Herr. Ich bin sicher, dass sie ihre Fehler bereuen und dem Vater treu dienen werden.«

Michael zögerte mit der Antwort, schien nicht überzeugt, stimmte dann aber zu: »Gut, dann soll es so sein. Sie entscheiden selbst, ob sie ihren Weg ändern oder nicht.« Er wandte sich Nathanael zu: »Dann lerne jetzt Semjasa und Asasel kennen, Engel. Aber sei auf der Hut!«

Sie durchquerten Gänge, stiegen Treppen hinab und kamen vor eine Wand, an der es kein Weiterkommen gab. Michael berührte sie mit seinem Finger, und dort, wo er über sie strich, glühte eine gerade Linie auf, die tiefer in das Gemäuer einsank und so ein Tor freigab, das Michael mit beiden

Händen und großer Kraftanstrengung aufschob. Vor ihnen lag ein langer Gang, der in Spiralen abwärtsführte. Sie stiegen ihn lange hinab, tiefer als jede Vorstellungskraft, bis auch das Licht, das von den Wänden abstrahlte, immer schwächer wurde, als würde es von einer großen Kraft daran gehindert, den Stein zu verlassen. Wieder kamen sie an eine Wand, so dass Nathanael sich in einer engen Sackgasse wähnte, doch auch hier öffnete Michael den Stein mit seinem Finger, drückte die Wand zur Seite.

Vor ihnen lag das Nichts.

Sie betraten einen Raum von kompletter Dunkelheit, ähnlich schwarz wie das Innere des Gehinnom, wenn hier auch die Kälte fehlte, die dort jede Faser des Seins mit einem unerträglich brennenden Schmerz belegte. Michaels Aura flammte blutrot auf, und Nathanael konnte sehen, dass der Raum endlos war.

Michael breitete die Arme aus: »NEPHILIM!«

Seine Stimme erfüllte den Raum in ungeahntem Ausmaß, ihrem Befehl entzog sich kein Lebewesen. Er führte die Engel an, war Turm in der Schlacht, vereinte Macht und Verantwortung zu gleichen Teilen. Nathanaels Blick folgte dem von Michael nach oben, aber er sah nichts als das blutrote Licht seiner Aura. Da hob er seine Hand, schloss die Augen, um die Tiefe zu erspüren, doch hinter dem Licht war nichts. Nur tiefe Nacht. Dieser Raum war wie ein Loch, das keinen Boden hatte.

Plötzlich nahm er Bewegungen wahr. Von beiden Seiten des Raums schwebte etwas herab, tauchte in den äußersten Rand der Aura. Nathanael öffnete die Augen und beobachtete, wie aus großer Höhe zwei auf dem Kopf stehende Kreuze herabsanken, bis sie etwa auf Augenhöhe stillstanden, immer noch frei in der Luft schwebend, die Rückseite zu ihnen gewandt. Michael deutete eine Bewegung an – die Kreuze drehten sich ihnen zu.

Nathanael packte das pure Entsetzen.

Er war so schockiert, dass es ihm für einen Moment den Atem verschlug und er eine Hand vor den Mund nahm, damit ihm kein Schreckensschrei entfuhr. Semjasa und Asasel waren kopfüber ans Kreuz genagelt worden, ihre Körper starr und verdreht, als stünden sie unter ungeheurer Spannung. Die Gesichter waren zu Fratzen verzerrt, der Schmerz, der sich daraus ablesen ließ, berührte Nathanael so stark, dass er sich keine weitere Mühe gab, seine Trauer darüber zu verbergen: Er beweinte das Schicksal der beiden Gefangenen.

Michael trat vor Semjasa, der kopfüber vor seinem Gesicht schwebte und dessen Fratze unbeweglich blieb.

»Bereue!«

Semjasa war nicht in der Lage, zu antworten, und so suchte Michael in seinen Gedanken nach der Antwort. Nickte.

Er trat vor Asasel: »Bereue!«

Wieder wartete er die Antwort ab, dann hob er die Handflächen leicht an: Augenblicklich schraubten sich die Nägel quietschend aus dem Holz. Nach ein paar Momenten waren Semjasa und Asasel frei – die Kreuze verschwanden wieder ins Dunkel, während die beiden immer noch verkrampft vor Michael schwebten. Fast schien es, als hielte er sie mit seinem bloßen Willen in der Luft. Dann drehten sie sich, und mit einem Ruck löste sich alle Anspannung aus ihren Körpern – sie fielen zu Boden.

Nur langsam, stöhnend, bewegten sie ihre Arme und Beine, kamen mühsam auf die Füße, richteten sich auf: Ihre Gesichter waren immer noch zu Fratzen verzerrt. Ihre Münder hielten sie geöffnet, wie ein Hund, der seine Zähne fletschte. Ihre Qual war vorbei, die Gesichter hatten sich noch nicht davon erholt. Sie rieben sich über ihre Hand- und Fußgelenke, in denen große Löcher klafften. Dann verbeugten sie sich vor Michael und gleich darauf vor Iax. Irritiert sahen sie zu Nathanael, wenn es auch nicht möglich war, zu sagen, ob sie seine bloße Anwesenheit verwirrte oder die Tatsache, dass er um sie weinte. Erst jetzt bemerkte Nathanael, dass die beiden Zwillinge waren, die sich aufs Haar glichen und trotz ihrer entstellten Gesichtszüge außergewöhnlich schön waren.

»Folgt mir nun!«, befahl Michael und wandte sich ab.

Sie verließen den Raum, doch schon im Gang brachen die Zwillinge zusammen, schlugen vor Schmerz die Hände vor die Augen. Selbst das wenige Licht, das hier noch aus dem Gestein abstrahlte, reichte aus, um die an totale Dunkelheit gewöhnten Augen zu peinigen. Nathanael kniete sich zu beiden hin, legte ihnen abwechselnd seine gesunde Hand auf die Schulter und spendete mit dieser kleinen Geste Trost.

»Ich bleibe bei euch!«, flüsterte er so leise, dass es Michael und Iax nicht hören konnten, wohl aber die Zwillinge. Obwohl sie sich noch im Schmerz wanden, sah er, dass sie nickten: Sie hatten ihn verstanden und waren dankbar.

»Was macht er da?«, fragte Michael Iax.

»Er trauert um sie!«, antwortete Iax.

»Ihre Strafe war gerecht. Wie kann er da trauern?«

»Es gibt vieles, das ich an ihm nicht verstehe, Herr.«

Michael sagte: »Er wendet sich offen gegen den Vater!«

»Ja.«

Michael blickte auf Nathanael herab. Seine Miene verriet eine Skepsis, die Iax schmerzte. Er sagte leise: »Wenn wir uns geirrt haben, dann werden wir keine Möglichkeit mehr bekommen, diesen Fehler zu korrigieren. Es gibt kein Zurück mehr!«

Er wandte sich ab und kehrte zurück in die Burg. Iax sah ihm einen Moment lang nach, verstand seine Zweifel, die Last, die auf ihm ruhte, die Furcht, sich in eine Position zu manövrieren, die den Untergang der Schöpfung zur Folge haben würde, und doch hatten ihm seine Zweifel einen Stich ins Herz versetzt, den er nicht für möglich gehalten hätte. Er blickte zu Nathanael, auf dessen Schultern sich Semjasa und Asasel stützten, und fühlte eine tiefe Zuneigung zu dem seltsamen Engel, der ihm das Leben gerettet hatte, dessen Herz so viel Verständnis für jedes Geschöpf aufbrachte. Vielleicht hatte er nicht die Fähigkeiten, sie – falls dieser Konvent scheiterte – in einen Krieg zu führen, aber er wollte ihn schützen, solange er konnte, auch wenn er spürte, dass er ihm nichts mehr beibringen konnte.

Es heißt, nichts geschieht ohne Grund und dass alles eine Rolle spielte. Alles dreht sich wie in einem großen Uhrwerk, und nichts endet wirklich. Alles hat seine Zeit, denn wenn das eine stirbt, wird das andere geboren. Wir gehen alle unseren Weg, erfüllen unser Schicksal.

Und so endete für Iax der Weg des Meisters, und es begann der des Lehrlings.

40

Versammelten sich drei Engel in einem Raum der Burg, so war dieser voll. Versammelten sich im selben Raum drei Millionen Engel, so war er gleichermaßen voll. Die Burg war das Heim aller und eines jeden Einzelnen, ihre Größe unvorstellbar, und doch konnte man jeden Winkel sehen, wenn man nur wollte. In einem Punkt jedoch, in der Anzahl ihrer Türme, war sie unabänderlich: Es waren zwölf. Sechs für die Cherubim, sechs für die Seraphim. Und damit gab es bereits vor dem Konvent ein ernsthaftes Problem, das den Rat der Zwölf in einem gewaltigen Raum zusammentreten ließ, an dessen Kopfende zur Linken die Seraphim und zur Rechten die Cherubim thronten. Luzifer kam allein, selbstsicher und schmerzhaft schön, trat vor sie, musterte sie, belustigt, fast schon spöttisch, mit schwarz glitzernden Augen, deren Blick man nur schwer standhalten konnte. Und fragte: »Ich sehe nur elf? Wo ist Camael?«

Tatsächlich war der Platz neben Michael leer, während auf seiner anderen Seite in der Rangfolge ihrer Bedeutung Gabriel, Metatron, Remiel und ganz außen Ariel saßen. Aufseiten der Cherubim nahm Rafael den Platz neben dem des Camael ein, ihm folgten Uriel, Cassiel, Raziel, Ophaniel und Zadkiel. Der Rat schwieg – Luzifer hatte ohnehin keine Antwort erwartet, denn er wusste, dass Camael absichtlich nicht gekommen war, um sich ihm nicht vor dem eigentlichen Konvent zu zeigen. Der Drache sah viel – vor allem Schwächen. Daher hatten die Cherubim geraten, dass Camael Luzifer erst am Tag des ersten Disputs gegenübertreten sollte.

»Wo wird mein Quartier sein?«, fragte Luzifer harmlos.

Von den Cherubim erhob sich Rafael. Er verneigte sich zum Gruß und antwortete: »Du kennst das Haus des Vaters, Luzifer. Und du weißt, dass er nur zwölf Türme bauen ließ!«

»Ja, das weiß ich. Und ich erinnere mich auch, dass der höchste davon meiner war.«

Rafael nickte: »So war es, Luzifer, aber so ist es nicht mehr.«

Luzifer lachte. Ein amüsiertes, befreites Lachen. Dann sagte er: »So war es, und so ist es jetzt!«

»Was verlangst du?«, fragte Rafael.

Luzifer antwortete bestimmt: »Ich fordere nur zurück, was mir gehört!«

Rafael schüttelte den Kopf: »Du kannst Camaels Turm nicht bekommen. Er ist der Herr der Burg und steht dem Vater am nächsten.«

Luzifer lächelte: »Du hast recht, Cherub. Das wäre vermessen. Und ich bin nicht vermessen.«

»Die Vernunft spricht aus dir, Luzifer. Das ist erfreulich.«

»Dennoch ist es so, dass ich ein Seraph bin. Es wäre eine Beleidigung, solltet ihr das nicht anerkennen.«

Rafael antwortete: »Niemand bezweifelt deinen Status, Luzifer.«

»Das ist gut! Das ist sehr gut!«, rief Luzifer erfreut. »Wir wollen den Konvent nicht mit einer Demütigung beginnen! Und es wäre eine Demütigung, ist es nicht so?«

Rafael schwieg, spürte, dass Luzifer das Gespräch in eine

Richtung lenkte, die ihm missfiel. Er tat nichts ohne Grund, und dass er so eigenartig betonte, musste eine Bedeutung haben. So wich der Cherub aus: »Wir sind alle Söhne und Töchter des Vaters. Sein Wille geschehe!«

Luzifer nickte zustimmend: »Das hast du hübsch gesagt!« Dann fügte er zuckersüß hinzu: »Wo wird mein Quartier sein?«

»Wir haben einen ganzen Trakt für dich bestellt, der deine kühnsten Vorstellungen übertreffen wird. Es soll dir an nichts fehlen.«

Luzifer schien erfreut: »Das freut mich, nur ...«

»Was?«

»Wir hatten ja bereits festgestellt, dass aus mir die Vernunft spricht. Und die Bescheidenheit! Ein ganzer Trakt für mich allein oder die, die mir nahestehen, wäre vermessen. Ich will nicht mehr sein als ihr, meine Brüder und Schwestern!«

»Nun, wir bieten es dir aus freien Herzen an!«

»Aber natürlich, und das weiß ich auch zu schätzen. Doch es wäre zu viel der Ehre. Denn ich bin nur einer unter Gleichen, richtig?«

Rafael nickte missmutig.

»Nun, in dieser empfindlichen Phase unseres Kennenlernens, da wir nach all der langen Zeit endlich wieder zueinander gefunden haben, wollt ihr euren Gast, euren euch liebenden Bruder, doch nicht mit einer kleinen, hässlichen Geste demütigen, die mich zweifeln ließe am Willen, diesen Konvent zu einem Erfolg zu machen.«

»Was willst du, Luzifer?«

»Nun, ich nehme einen Turm, Rafael. Denn der steht mir zu.«

Die Seraphim blickten von einem zum anderen, und bei den meisten war Verärgerung in den Gesichtern zu lesen.

»Aber!«, rief Luzifer listig. »Ich werde mich mit dem Turm des Geringsten von euch begnügen. Ich wähle Ariels Haus!«

Das Boshafte daran war weniger die Beleidigung, die in

seinem Wunsch mitschwang, sondern dass Ariel tatsächlich der jüngste aller Seraphim und Luzifers Wahl dadurch in gewisser Weise respektvoll den anderen gegenüber war.

Ariel sprang wütend auf: »Ich denke nicht daran, mein Haus zu verlassen!«

Luzifer antwortete kühl: »Das war keine Bitte, Ariel!«

Ariel machte ein paar Schritte auf Luzifer zu, besann sich, wandte sich an den Rat: »Seht ihr denn nicht, was er vorhat?! Noch bevor der Disput begonnen hat, rüttelte er bereits an der Einigkeit des Rates. Er versucht, uns gegeneinander aufzubringen!«

Rafael versuchte zu schlichten: »Beruhige dich, Ariel. Er spaltet die Einigkeit des Rates nicht mit solchen Scharmützeln.«

Ariel fauchte: »Warum überlässt du ihm dann nicht dein Haus?«

Rafael nickte: »Wenn es so sein soll! Wärst du einverstanden, Luzifer?«

Für einen Moment gab Luzifer vor, ernsthaft über den Vorschlag nachzudenken, doch wer genau hinsah, bemerkte die diebische Freude in seinen Augen, mit der er seine Spielchen trieb.

»Das Haus des Rafael!«, murmelte er ehrfürchtig. »Das ist ein äußerst großzügiges Angebot!«

Rafael nickte: »Dann soll es so sein. Ich überlasse dir mein Haus, und es bleibt nichts zurück als unsere immerwährende Freundschaft.«

Der Rat sah erleichtert zu Luzifer, der sich wie zum Dank vor Rafael verneigte und von dem jetzt einige Worte des Dankes zu erhoffen waren. Und so begann er auch: »Ich danke dir, Rafael, für dein Haus und verspreche, ich werde es in Ehren … Wartet! Nein, es geht nicht! Wie dumm von mir!«

Rafael musterte ihn misstrauisch: »Was sorgt dich, Luzifer?«

»Ich kann nicht in deinem Haus leben, Rafael. Es ist das

Haus eines Cherubs. Ich hingegen bin ein Seraph. Kein Seraph hat je das Haus eines Cherubs bewohnt!« Er grinste frech und schoss die entscheidende Spitze ab: »Es wäre gegen die Heilige Ordnung!«

Oh, welche Freude Luzifer an dem Spiel hatte! Ausgerechnet er führte die Heilige Ordnung ins Feld, die er doch mit allen Mitteln bekämpfen und zerstören wollte. Und obwohl ein Verstoß in diesem Fall lässlich gewesen wäre, saß der Rat in der Falle: Erlaubten sie einen Wechsel der Häuser, würde Luzifer im Disput genau diesen Umstand ins Feld führen. Überließen sie ihm Ariels Haus, demütigten sie einen der Ihren – Luzifer selbst hatte bereits betont, dass dies einer Demütigung gleichkam. Und er hatte dies nicht ohne Grund getan.

Rafael hatte keine Wahl und sagte: »Du hast recht, Luzifer. Du kannst nicht im Haus eines Cherubs wohnen.«

Luzifer nickte und antwortete bedauernd: »Ja, zu ärgerlich. Es wäre eine gute Lösung gewesen. Aber die Heilige Ordnung ist unfehlbar … so ist es doch?«

Michael ballte die Fäuste vor Wut, aber er schwieg. Seinem Gesicht war jedoch anzusehen, dass er geneigt war, sich Luzifers Provokationen nicht länger bieten zu lassen.

Rafael hingegen blieb ruhig und antwortete: »So ist es. So war es. Und so wird es immer sein!«

Luzifer lächelte, aber es war ihm anzusehen, dass er Rafaels Spitze sehr wohl verstanden hatte.

»Gut, dann sind wir uns einig!«, sagte er laut. »Wann bekomme ich Ariels Haus?«

Ariel machte ein paar schnelle, wütende Schritte auf Luzifer zu – Michael sprang ebenfalls auf, da Ariels Hand bereits auf seinem Schwert ruhte.

»Ariel!«

Der stand mittlerweile vor Luzifer und funkelte ihn böse an: »Wir brauchen keinen Konvent, Luzifer. Sag nur ein Wort, und wir verzichten auf diesen Konvent!«

Luzifer grinste: »Du hast sicher ein schönes Haus, Ariel. Ich werde es ein wenig umgestalten – mit deiner Erlaubnis natürlich.«

Ariel zog sein Schwert, doch Michael stand bereits bei ihm und hinderte ihn daran.

»Schluss jetzt!«, befahl er.

Luzifer nickte Michael zu: »Er ist etwas hitzköpfig! Das gefällt mir.«

Ariel wandte sich dem Rat zu und fragte: »Ist das eure Entscheidung? Ihr gebt ihm mein Haus, obwohl er unser aller Feind ist? Sagt mir: Ist das eure Entscheidung?!«

Für einen Moment schwieg der Rat. Und antwortete damit gleichsam auf Ariels Frage. Der sah von einem zum anderen und las in ihren Gesichtern die Antwort. In seinen Augen spiegelte sich eine tiefe Verletztheit wider, die auch die Seraphim und Cherubim bedrückte. Ariel wandte sich Michael zu, in der Hoffnung, dass der für ihn Partei ergreifen würde, aber auch Michael schwieg.

Luzifer hingegen war hocherfreut und nickte ihm aufmunternd zu.

Ariel zischte: »Ich kann es kaum erwarten, dass der Konvent scheitert, Drache! Dann werden wir uns wiedersehen!«

Luzifer nickte: »Wer weiß, vielleicht sehen wir uns früher wieder, als du glaubst!«

Ariel verließ eilig den Raum.

Luzifer verbeugte sich vor dem Rat: »Ich bin froh, dass ihr so weise entschieden habt, hoher Rat! Eine Demütigung wäre kein guter Start in einen so wichtigen Konvent gewesen!«

Er zog sich lächelnd zurück.

Ariel hatte ihm gefallen. Sehr sogar! Es war weise, dass Camael nicht gekommen war. Es wäre jedoch viel weiser gewesen, wenn Ariel nicht gekommen wäre. Jetzt wusste der Drache, was er zu tun hatte.

41

Es war erstaunlich mit anzusehen, wie schnell sich Semjasa und Asasel von ihrer Pein erholten. Mit jedem Schritt, den sie der Oberfläche näher gekommen waren, hatten sich ihre Gesichter weiter entspannt, verloren ihre Fratzen an Schrecken, bis sie kurz vor Erreichen des Tors wieder vollständig genesen waren und Nathanael in ihnen die ungewöhnlich schönen Engel sah, die er unten im Nichts bereits erahnt hatte. Auch ihre Augen hatten sich schnell an das Licht gewöhnt, so dass sie der neu gewonnenen Freiheit entgegensehen konnten, ohne zu blinzeln. Michael hatte das Tor zur Unterwelt wieder verschlossen und war gegangen, während Iax sie in eine unscheinbare Kammer führte, um ihnen erneut den Schwur abzunehmen, den sie vor langer Zeit gebrochen hatten.

»Kniet nieder!«

Sie gehorchten aufs Wort und knieten vor dem Potestas nieder. Die Häupter demütig gesenkt.

»Viele Tausend Jahre habt ihr für eure Taten gebüßt. Und jede Minute war wie ein Jahr und jede Sekunde wie hunderttausend Jahre. Der Vater hat euch bestraft, und die Strafe war gerecht.«

»Ja, Herr!«

Sie hatten unisono geantwortet, ihre Köpfe aber nicht gehoben.

»Ihr habt geschworen, dass ihr bereut. Deswegen seid ihr jetzt frei. Erneuert nun euren Schwur und kehrt zurück in die Gemeinschaft der Engel!«

»Wir schwören, Herr!«

Iax hob die Hände segnend über ihre Köpfe: »So will der Vater euch verzeihen, so wie die Seraphim euch verzeihen. Erneuert euer Bekenntnis zur Heiligen Ordnung, deren Gesetzen ihr jetzt und für alle Zeit gehorchen werdet!«

»Wir bekennen uns, Herr!«

»Dann steht jetzt auf und seid willkommen in unserer Gemeinschaft. Das, was war, soll jetzt der Vergangenheit angehören. Ihr seid dort, wo ihr schon einmal wart, bevor ihr den rechten Weg verlassen habt. Das ist eine Gnade, die nur wenigen zuteilwird. Vergesst das nie!«

Sie küssten Iax' Hände, dann standen sie auf.

»Ihr kehrt in schweren Zeiten zurück. Niemals zuvor wurde der Fortbestand der Schöpfung so bedroht. Eure Aufgabe wird sein, diesen Engel dort zu schützen. Mit allen euch zur Verfügung stehenden Mitteln – gehorsam bis in den Tod.«

Die Zwillinge wandten sich Nathanael zu, musterten ihn, ohne vor der Verkrüppelung zurückzuschrecken. Sie schienen sie überhaupt nicht zu bemerken, was Nathanael erstaunte, denn kein Engel, dem er bisher begegnet war, hatte nicht verstohlen nach seinem Arm geschielt und nur mit großer Mühe sein Entsetzen unterdrückt. In Semjasas und Asasels Gesichtern war keine Abscheu, im Gegenteil: mit einem Lächeln verbeugten sie sich vor ihm, und es war keine Arglist darin.

Dann drehten sie sich zu Iax, verbeugten sich auch vor ihm und antworteten: »So wird es sein, Herr!«

Asasel sah zu Iax, und es war keine Furcht in seinem Blick: »Wir brauchen Waffen!«

Iax packte ihn hart am Kragen und zog ihn zu sich heran: »Der Vater hat dir vergeben, Nephil. Die Seraphim haben dir vergeben. Das heißt nicht, dass ich dir vergeben habe!«

Asasel bereute bereits den forschen Ton, es war, als hätte er vergessen, mit welchen Launen Iax aufwarten konnte.

»Ja, Herr.«

Iax nickte: »Und dass ausgerechnet du nach Waffen verlangst, macht mich nur umso misstrauischer!«

»Ich verstehe, Herr!«

»Das ist schön!«, zischte Iax. »Denn bedenke, dass ich dich

beobachten werde. Genau wie deinen missratenen Bruder Semjasa. Und solltet ihr auch nur ein Jota vom vorgegebenen Weg abweichen, dann wird die Strafe dafür eine andere sein! Eine, die sich nicht zurücknehmen lässt! Hast du das verstanden, Nephil?!«

»Ja, Herr!«

Semjasa trat an die beiden heran, auch er ohne Furcht in seinen Augen: »Herr?«

»Was willst du?!«

»Ich bitte demütig, dass Ihr uns beim Namen nennt. Der Vater hat uns vergeben. Das, was war, liegt nun weit zurück. Es gibt keinen Grund mehr, uns zu beleidigen. Wir sind keine Nephilim mehr!«

Iax sah zu Semjasa, zu Asasel, die seinem Blick trotzig standhielten, und ließ Asasel los. Nathanael konnte sehen, wie wütend er über diese Bitte war, aber auch, dass sie gerechtfertigt schien, ob es Iax nun passte oder nicht.

»Ich bereue jetzt schon, dass ich euch vorgeschlagen habe!«, antwortete er missmutig.

»*Ihr* habt uns vorgeschlagen, Herr?«, rief Semjasa überrascht. »Ausgerechnet Ihr, Herr?«

Iax schwieg, wich Semjasas Blick nicht aus. Nathanael glaubte einen dunklen Schatten in Semjasas Blick zu bemerken, so als ob er Iax verachtete. Oder schlimmer noch: hasste. Und auch Asasel starrte Iax ungläubig an, auch in seinem Blick offenbarten sich Gefühle, die Nathanael erschreckten und ihn gegen die Zwillinge aufbrachten, denn er verehrte Iax.

Der Potestas behielt die beiden im Blick, ließ sie spüren, dass sie zu gehorchen hatten, ganz gleich, was sie empfanden. Er sah sie so lange an, bis sie mit einem Nicken andeuteten, dass sie ihm folgen würden. Dann erst sagte er: »Ihr werdet ab jetzt ständig an seiner Seite sein. Der Drache wird nach ihm suchen, und ich bin sicher, dass er hofft, ich würde ihn zu ihm führen.«

»Ja, Herr!«, antworteten die Zwillinge.

»Die Burg hat viele Augen und viele Ohren. Also sprecht nie über eure Vergangenheit! *Niemals!* Hört ihr?«

»Ja, Herr!«

»Meidet die Anhänger des Drachen. Und zeigt nie, was ihr wirklich denkt!«

»Ja, Herr.«

Iax war, als würde er ein spöttisches Lächeln auf ihren Lippen wahrnehmen, wenn es auch nicht der Wahrheit entsprach: Beide würden eine solche Respektlosigkeit nicht wagen. Und auch bitter bereuen.

Asasel fragte: »Was ist, wenn der Drache selbst nach Nathanael sucht? Wir werden ihn nicht aufhalten können.«

Iax nickte: »Er ist viel zu schlau, um derart auffällig vorzugehen. Nein, die größte Gefahr, die von ihm ausgeht, seid ihr selbst. Bewegt euch im Verborgenen, gebt euch niemals zu erkennen. Entdeckt er euch, so seid ihr verloren! Er wird eure Schwächen nutzen und euch zu seinem Werkzeug machen. Vergesst das nie!«

»Ja, Herr!«

»Gut. Kehrt jetzt in eure Kammer zurück. Dort findet ihr Schwerter. Da es einfachen Engeln verboten ist, in der Öffentlichkeit Waffen zu tragen, nehmt das hier und versteckt es gut in euren Gewändern.«

Er gab ihnen zwei gebogene Dolche, deren Klingen silbrig scharf funkelten. Nathanael konnte sehen, wie sich Asasels Augen begierig weiteten, als er seinen Dolch in Empfang nahm und ihn unter seinem Ärmel versteckte. Die Zwillinge verbeugten sich vor Iax, der gab ihnen mit einer Geste zu verstehen, dass er noch mit Nathanael sprechen wollte. Allein.

Nathanael fragte: »Was ist mit den beiden, Meister?«

Iax wich aus: »Nichts.«

»Ihr vertraut ihnen nicht, Meister. Warum sollte ich es tun?«

»Ich würde ihnen *mein* Leben nicht anvertrauen, Engel. Dich jedoch werden sie beschützen.«

Nathanael fragte: »Wollt Ihr mir nicht erzählen, was zwischen euch vorgefallen ist?«

Iax schüttelte den Kopf: »Nein. Vielleicht später einmal. Es soll dich nicht belasten.«

»Es gibt so viele Geheimnisse, Meister.«

»Ja. Und es ist nicht gut, jedes zu kennen.«

Sie sahen einander an.

Nathanael bat: »Bleibt bei mir, Meister!«

Iax lächelte schwach, spürte, wie sehr es ihm widerstrebte, Nathanael zu verlassen. Dann sagte er: »Es geht nicht, Engel! Aber wenn du in Not bist oder glaubst, dass etwas nicht stimmt, rufe nach mir! Ich werde immer an deiner Seite sein.«

»Danke, Meister.«

Iax sah zu den beiden wartenden Zwillingen hinüber, dann sagte er zu Nathanael: »Denk daran, dass Semjasa und Asasel im Kampf von nur wenigen Engeln zu überwinden sind. Sie sind äußerst wehrhaft!«

Nathanael blickte zu ihnen: »Asasel ist verrückt nach Waffen.«

»Ja, mehr als gut für ihn ist.«

Nathanael nickte nachdenklich: »Und Semjasa … da ist etwas in ihm, das ich nicht richtig erkennen kann, aber es ist stark. Ungeheuer stark.«

»Wenn du ihnen nicht traust, dann schicke ich sie zurück.«

Nathanael schüttelte den Kopf. »Nein, Meister. Sie sind auf ihre Art außergewöhnlich.« Er lächelte Iax an. »Genau wie ich.«

Iax nickte: »Ich habe nichts anderes von dir erwartet …« Er hielt den Blick auf die Zwillinge gerichtet: »Unsere Welt hat sich so verändert … vielleicht verstehst du sie besser als ich.«

Nathanaels Herz wurde schwer, als er den ratlosen Iax ansah, der so tapfer nach dem Licht suchte, das ihn aus dieser dunklen Nacht führen würde. Ihm, den die Veränderungen im Innersten erschüttert hatten, mehr als jeden anderen Engel. Dem der Boden unter den Füßen weggezogen worden war und der jetzt ins Nichts fiel, darauf hoffend, dass der Vater ihm die Hand reichte und ihn ins Leben zurückzog. Die Heilige Ordnung war sein Leben. Sie war alles, was er hatte.

Nathanael suchte Iax' Hand und drückte sie sanft. Und der Potestas ließ ihn gewähren.

Dann fasste Iax sich und rief die Zwillinge heran.

»Geht jetzt! Und seid wachsam!«

Sie verbeugten sich und wandten sich ab, um zu gehen, doch Semjasa drehte sich noch einmal zu Iax um: »Herr?«

»Ja?«

»Was, wenn uns andere Engel erkennen?«

Iax antwortete ungerührt: »Niemand wird euch erkennen.«

Semjasa reagierte irritiert: »Ich verstehe nicht, Herr. Es gibt viele Engel, die uns …«

Iax unterbrach: »Niemand kennt euch, Semjasa.«

Semjasa sah zu Asasel, der ebenfalls überrascht war. Nathanael konnte sehen, wie es in ihren Köpfen arbeitete: Sie waren aus dem Gedächtnis der Engel gelöscht worden. So als hätte es sie nie gegeben.

Semjasa fragte: »Niemand, Herr?«

Iax schüttelte den Kopf: »Nein. Es ist, als wärt ihr heute neu geboren worden.«

Nathanael spürte den großen Konflikt, der in Semjasa tobte, den dieser äußerlich zwar gut unter Kontrolle hatte, dessen Herz aber den Aufruhr verriet. Asasel hingegen nahm die Nachricht nach der ersten Überraschung gelassen hin.

Iax fragte streng: »Möchtest du dazu etwas sagen, Semjasa?«

Der schüttelte nach einem Moment stumm den Kopf. Aber sein Blick war kalt.

42

Weder Demut noch Diskretion lagen in Luzifers Natur, und so gestaltete er seinen Einzug in das Haus Ariels zu einem Triumphzug, dem sich kein Engel der Burg entziehen konnte. Er ließ sie alle wissen, dass er in der Lage war, sich zu nehmen, was immer ihm beliebte, sogar den Turm eines Seraphen. Das blieb nicht ohne Wirkung, denn es offenbarte die Schwäche der Verteidiger und den Willen eines einzigartigen Engels, dem sich offenbar nicht einmal der Vater in den Weg stellen konnte. So zog er über einen zentralen Platz in den Turm, gesäumt von Millionen mal Millionen Engeln, die ihn anstarrten, ihn ebenso fürchtend wie bewundernd.

Er überragte sie, zog alle Blicke auf sich, strahlend schön, magisch, mit unergründlich tiefschwarzen Augen und kontrolliert schimmernder Aura. Sie verbeugten sich vor ihm, sanken auf die Knie, Anhänger wie Gegner, niemand wagte, in seiner Nähe nicht den nötigen Respekt zu zeigen. Um die staunende Menge herum stachen die zwölf Türme des Rates in den Himmel, einer höher und schöner als der andere. Michael und Gabriel warteten vor Ariels Haus und sahen ihn heranahen.

»Er ist viel mächtiger, als wir es uns in unseren dunkelsten Befürchtungen ausgemalt hatten«, flüsterte Gabriel.

Michael antwortete ebenso leise wie knapp: »Ja.«

»Sieh nur, wie sie ihn verehren. Ihre Herzen rasen vor Aufregung!«

Michael nickte schwach: »Ja, es ist beängstigend. Für ihn scheint es keine Grenzen zu geben.«

»Wie können wir gegen ihn bestehen, Michael? Er ist zu stark!«

Michael erwiderte, ohne Luzifer aus den Augen zu lassen: »In der Einigkeit liegt unsere Kraft. Wir müssen die Engel wieder auf unsere Seite bringen. Sonst wird er uns vernichten.«

Er hatte sie fast erreicht und begrüßte sie herzlich, so dass alle sehen konnten, wie sehr er ihnen zugetan war. Ein Akt puren Spotts, den sich Gabriel und Michael gefallen lassen mussten, um den Anwesenden zu zeigen, dass eine Einigung unter so freundlichen Umständen erreichbar war.

Michael sagte: »So sei jetzt Gast im Haus Ariels für die Dauer des Konvents. Möge es dir ein Heim sein und dich an deine Ursprünge erinnern!«

Luzifer verbeugte sich vor Michael und antwortete so, dass jeder der versammelten Engel es hören konnte: »Ich danke für das Haus Ariels. Ich werde es zu meinem Heim machen.«

Kein Seraph oder Cherub musste die Stimme erheben, um von allen Engeln gehört zu werden. Mit der gleichen Wucht, mit der sie das Wort des Vaters verkündeten, drangen sie auch in die Köpfe und Herzen der einfachen Engel, wenn sie mit ihnen sprechen wollten. Sie waren klar und deutlich zu hören, als stünde jeder einzelne direkt vor ihnen. So irritierte die Antwort Luzifers nicht nur Michael und Gabriel, sondern auch alle anderen, die ihn beim Einzug beobachteten. Was hatte er vor? Luzifer ließ sie ratlos zurück und betrat den Turm, ohne sich Michael oder Gabriel weiter zu erklären. Er nahm den Turm in Besitz, als wäre er längst schon seiner.

Oben angekommen, betrat er einen Raum, der ähnlich wie das Haus des Michael nach allen Seiten offen war und von dem man hinabsehen konnte auf die Burg und hinauf zu den anderen Türmen, denn Ariels Haus war von allen das kleinste. Hier wartete Baal auf Luzifer, ein Dominatio, der ihm von dem Moment seiner Befreiung an treu ergeben war, und verbeugte sich zum Gruß.

»Diese Narren!«, lächelte Luzifer. »Sie glauben immer noch, sie könnten mich aufhalten.«

»Warum dann dieser Konvent, Herr?«

Luzifer stand an einem der offenen Spitzbogenfenster und blickte hinab auf die Schar der versammelten Engel. Und auf Gabriel und Michael, die auf dem Weg zurück zum Rat waren und vor denen sich die Engel respektvoll verneigten.

»Sie haben etwas, was ich haben muss.«

»Was sollte das sein, Herr?«

»Einen Engel. Sie verstecken ihn vor mir.«

Baal verstand nicht und fragte: »Warum sollte das von Belang sein, Herr? Es gibt niemanden, der an Euch heranreicht.«

»Das nicht, und doch steht unser Sieg nicht fest.« Luzifer wandte sich zu Baal: »Rafael ist kein Dummkopf! Was immer er sich von diesem Engel erhofft, es muss enorm wichtig sein. Ich muss wissen, was sie vor mir verbergen. Dieser Engel ist der Schlüssel zu allem. Verlieren sie ihn, verlieren sie alles.«

Baal antwortete heftig: »Dann geht und holt ihn Euch, Herr!«

Luzifer sah nur kurz zu dem Dominatio, der daraufhin sofort demütig den Kopf senkte. Er musste ihn nicht ob seiner Antwort tadeln, ein Blick reichte, um ihm klarzumachen, wie dumm sein Einwand war.

»Die Seraphim und Iax würden ihn schützen. Es würde zu einer Schlacht kommen, und dann würden die Throne einschreiten und jeden, der mit den Auseinandersetzungen zu tun hat, vernichten. Jeden, ohne Ausnahme.«

»Ja, Herr.«

Luzifer dachte einen Moment nach: »Es muss einen anderen Weg geben. Iax hat ihn bisher beschützt …«

Baal nickte: »Dann werden wir ihn beobachten. Wo *er* ist, wird auch dieser Engel sein.«

Luzifer nickte: »Ich bin sicher, dass er genau damit rechnet.« Er blickte nach unten, sah auf die unendliche Anzahl von Engeln auf dem Platz, die im Begriff waren, die Versammlung aufzulösen: »Nein, er hat ihn dort gelassen, wo er am schwersten zu finden ist: unter den einfachen Engeln. Aber sicher nicht alleine ...«

»Was sollen wir tun, Herr?«

Luzifer wandte sich ihm zu: »Behaltet Iax im Auge. Ich habe nur wenig Hoffnung, dass er euch zu ihm führen wird, aber zuweilen geschehen Zeichen und Wunder!«

»Ja, Herr.«

»Was jedoch wichtiger ist: Ich bin davon überzeugt, dass dieser Engel den Disput anhören wird. Haltet Ausschau nach einem Krüppel! Sucht nach ihm in jedem Winkel der Burg. Und wenn ihr ihn gefunden habt, sagt es mir. Sagt mir, wer bei ihm ist. Wer ihn beschützt! Dann sehen wir weiter!«

»Ja, Herr.«

Luzifer machte eine Geste zur Tür: »Geh jetzt zu Michael. Halte ihn auf und richte ihm etwas aus!«

»Was, Herr?«

»Richte ihm aus, dass ich noch eine Botschaft für euch habe. An den Rat. Und an alle Engel der Burg!«

»Ja, Herr!«

Er wartete einen Moment, unschlüssig, ob Luzifer ihm noch etwas sagen wollte, dann drehte er sich um und eilte nach unten. Und obwohl der Turm unendlich hoch zu sein schien, brauchte er nur wenige Augenblicke dafür, denn auch hier war nichts, wie es schien: Man konnte viele Leben in dem Turm verbringen, ohne einen Raum zweimal zu betreten, und ihn gleichzeitig in Sekunden durchmessen.

Baal eilte hinaus auf den Platz, während die einfachen Engel ihm eilig Platz machten. Gabriel und Michael waren im Begriff, einen anderen Trakt zu betreten, als sie in ihrem Rücken eine Bewegung wahrnahmen, die Michael instinktiv zu seinem Schwert greifen ließ. Er drehte sich um und sah Baal heranlaufen. Die Engel, die Abstand zu ihnen hielten, schauten jetzt gebannt herüber.

Baal verbeugte sich formvollendet.

»Was gibt es, Baal?«, fragte Gabriel.

Baal antwortete: »Mein Herr hat noch eine Botschaft an Euch.«

»Für mich?«, fragte Gabriel.

»An die Seraphim und Cherubim. Und alle Engel der Burg.«

Michael sah ihn neugierig an: »Wie lautet die Botschaft?«

In diesem Moment schoss ein grellrotes Licht aus der Kuppel von Ariels Haus und strahlte über die ganze Burg hinweg. Sie sahen alle hinauf zu dem Turm, dessen Spitze jetzt im Licht von Luzifers Aura glühte. Die Aureole schlängelte sich um den Turm herum abwärts, bis sie ihn vollständig umschloss und sich wie der Körper einer Würgeschlange zusammenzog. Unter den Füßen der Engel war jetzt ein leichtes Zittern zu spüren, als ob der Boden vor Luzifer erschauderte, dann hörten sie ein dumpfes Krachen und Knirschen, ein scharfes Recken und Reißen, und zum Erstaunen, um nicht zu sagen, Entsetzen aller, sahen sie, wie sich der Turm unter einer ungeheuren Kraft veränderte: Er wuchs.

Wurde breiter und schraubte sich gleichzeitig in die Höhe. Aus dem Zittern des Bodens wurde ein Schwanken, so dass die Engel nach Halt suchten, während der Turm emporschoss und die ersten Nachbartürme überragte, weiter dem Himmel entgegen. Der Lärm war ohrenbetäubend, als ob sich das Material der Wände gegen die Veränderung wehrte, sich vor Schmerzen wand und doch nachgeben musste. Erst als das Haus Ariels das größte von allen war, kam das Gebäude zur Ruhe und thronte jetzt deutlich über den Türmen der Cherubim und Seraphim. Luzifer hatte es angekündigt: Er wollte das Haus Ariels zu seinem machen.

Und er hatte allen gezeigt, wer der wahre Herr der Burg war.

»Der Vater stehe uns bei!«, flüsterte Gabriel und sah wie alle anderen auf die neue Ordnung der Türme. »Er hat die

Burg verändert. Sie steht seit Anbeginn der Zeit, gebaut für die Ewigkeit. Nach dem Willen des Vaters. Und er hat sie verändert!«

Michael nickte in Sorge: »Und alle haben gesehen, wessen Wille der stärkere ist. Wir können nicht mehr auf die Hilfe des Vaters zählen.«

»Dann sind wir verloren.«

Michael schüttelte trotzig den Kopf: »Solange der Vater lebt, besteht Hoffnung. Und wenn er wirklich zu schwach ist, dann gibt es noch eine letzte Möglichkeit ...«

Gabriel sah ihn aufmerksam an: »Was meinst du?«

Michael antwortete: »Bei all seinen Fähigkeiten hat Luzifer eines vergessen: Die Burg zwingt jeden zum Frieden. Und er weiß, dass er den Frieden unter allen Umständen wahren muss. Er würde ihn niemals brechen. Was er nicht bedacht hat: *Wir* können ihn brechen. Wir könnten Luzifer zu einer Schlacht zwingen. In den Mauern der Burg!«

Gabriels Augen weiteten sich: »Die Throne!«

Michael nickte grimmig: »Es wäre unser Tod. Aber auch seiner.«

Dann wandte er sich ab und ging.

43

Sie bewegten sich geschickt, blieben jedoch schweigsam und verschlossen. Asasel konnte seine Hände gar nicht von dem Schwert lassen, das in Nathanaels Kammer für ihn hinterlegt worden war, und er forderte Semjasa immer wieder auf, bestimmte Angriffs- oder Verteidigungspositionen zu wiederholen. Ohne die Klingen tatsächlich zu kreuzen, bewegten sie sich fast lautlos in der Kammer, während ihre Schwerter in der Luft sirrten, erst kurz vor einer Berührung stoppten, um gleich darauf eine neue Finte oder eine neue Abwehr zu beschreiben. So drang kein verräterisches Geräusch hinaus in den Flur, auf dem immer wieder Engel entlangliefen, mal ihre Kammer aufsuchend, mal sie verlassend. Nathanael und Seth sahen, dass sie trotz der harten Strafe nichts von ihren Fähigkeiten verloren hatten, und vor allem Seth fühlte sich in ihrer Obhut sicher und geborgen. Iax hatte sie gut ausgewählt, was immer sie verbrochen hatten.

Nathanael beobachtete sie intensiv, weniger ob ihrer Fähigkeiten, sondern mehr, weil er zu ergründen suchte, was sie wirklich umtrieb. Asasel schien sein Wesen ehrlich zu offenbaren, Semjasa hingegen verbarg sich vor ihm und allen anderen. Und sah man genau hin, in den Kampfpausen, wenn er sich unbeobachtet glaubte, konnte man einen Zug in seinem Gesicht wahrnehmen, den Nathanael kaum zu deuten vermochte: Müdigkeit? Melancholie? Schmerz? Er fühlte sich zu dem Zwilling hingezogen, etwas ging von ihm aus, das ihn interessierte. Vielleicht fasste er Vertrauen, so dass er sich ihm öffnen würde, vielleicht erinnerte er sich daran, dass Nathanael versucht hatte, ihn zu trösten, als das Licht nach der langer Dunkelheit in seine Augen gestochen hatte. Vielleicht erinnerte er sich daran, dass er sein Freund war und trotzdem Iax verehrte.

Nach einer Weile stellten sie die Übungen ein und setzten sich Nathanael und Seth gegenüber. Semjasa tauchte ab in eine Welt, die er mit niemandem teilen wollte, verbrachte die folgende Zeit in Erinnerungen, die für ihn wichtiger waren als das Hier und Jetzt, während Asasel sich von Seth in ein Gespräch über Waffen locken ließ. Erfreut berichtete er über Gewicht und Gleichgewicht einer Waffe, schilderte, wie man Perfektion erreichte und sie in Bewegung und Kampf übersetzte. Seth hing an seinen Lippen, hakte nach, ließ sich Asasels Schwert zeigen und zeigte sich als gelehriger Schüler, als Asasel ihm Grundzüge der Kampfkunst beibrachte. Und Asasel war ein geübter und verständiger Lehrer, korrigierte und erklärte, so dass Seth schnell verstand und zur Freude des Zwillings bald schon Übungen exakt nachahmen konnte, die Asasel ihm vorführte. Was für ein Unterschied zu Iax!, dachte Nathanael lächelnd. Lehrstunden ohne Wutanfälle und Härte, nachsichtig und motivierend. Asasel war wirklich der geborene Lehrer. Er war in der Lage, seine Hingabe auf seine Schüler zu übertragen, die sie begierig aufnahmen und umsetzten.

Doch irgendwann verebbten auch die Übungen, so dass sie nur zusammensaßen und so gut wie nichts redeten, bis ein zartes Klopfen an ihrer Kammer Semjasa und Asasel aufspringen ließ. Binnen eines Wimpernschlages standen sie zwischen Nathanael und Seth und der Tür, die Semjasa nun vorsichtig öffnete, während Asasel sich dahinter verbrag, das Schwert auf das Türblatt gerichtet, das vor ihm aufschwang. Nathanael staunte, wie schnell Semjasa aus seiner inneren Emigration aufgetaucht war, so als rechnete er jederzeit mit einem verdächtigen Geräusch. Vor der Tür stand jedoch nur ein einfacher Engel und ließ ausrichten, dass sie von Iax erwartet würden. Er verschwand genauso schnell, wie er gekommen war.

Semjasa verließ die Kammer und kehrte bald zurück: Der Flur war frei. »Nathanael?«, fragte er höflich. »Kommst du?«

Nathanael sprang auf, gefolgt von Seth, den Asasel aufhielt. »Du musst hierbleiben!«, sagte Asasel.

»Das ist schon in Ordnung«, antwortete Nathanael.

Semjasa schüttelte den Kopf: »Nein, er muss hierbleiben. Der Rat erwartet *dich*.«

Seth sah Nathanael bittend an: »Lass mich hier nicht allein!«

Nathanael seufzte und legte ihm die Hand auf die Schulter: »Es wird nicht lange dauern, Seth!«

»Ich werde nichts sagen. Kein Wort. Niemand wird merken, dass ich da bin.«

Nathanael lächelte: »Du meinst, die Cherubim und Seraphim würden dich übersehen?«

»Das nicht … du weißt, wie ich das meine, Nathanael.«

»Ja, das weiß ich. Aber kein einfacher Engel ist je vor den Rat getreten, Seth. Es geht einfach nicht.«

Widerwillig nickte er und setzte sich wieder auf seinen Platz. Er sah zu den dreien auf und fragte: »Aber ihr werdet mich doch nicht allein zurücklassen?«

Nathanael schüttelte den Kopf: »Nein, Seth. Asasel wird bei dir bleiben.«

Er nickte beruhigt.

Nathanael verließ mit Semjasa die Kammer und eilte davon. Sie erreichten bald schon das Ende eines Gangs, an dem eine verschlossene Tür ein Weitergehen unmöglich machte. Nathanael betrat den Raum, in den sie führte, allein, während Semjasa draußen wartete. Nach ein paar Schritten erkannte Nathanael die große runde Tafel, an der Rafael auf ihn und Iax gewartet hatte, nachdem sie die Burg betreten hatten. Jetzt waren alle Cherubim und Seraphim anwesend – Nathanael kniete vor ihnen nieder und senkte sein Haupt.

»Steh auf, Nathanael!«, rief jemand.

Er erhob sich und sah zum ersten Mal den Herrn der Burg: Camael. Ebenso groß wie Michael und Luzifer. Schön und schillernd, mit einer ausgeprägten Aura, die das Herz erwärmte. Er kam auf ihn zu und reichte ihm beide Hände.

»Ich gebe zu, ich war begierig, dich kennenzulernen!«

Erst jetzt bemerkte er, dass Nathanael gar nicht in der Lage war, ihm beide Hände zu reichen. Camaels Blick fiel auf seine Verkrüppelung, dann zog er eine Hand zurück und begrüßte Nathanael mit der anderen. Sie war kühl, und für einen Moment glaubte Nathanael, dass sich Camaels Gesicht verändert hatte, dass er lachte und zürnte in ein und derselben Sekunde, aber das war schnell vorbei.

Eine Irritation, nicht mehr.

Camael nahm seinen Platz in der Mitte der Tafel ein, zur Linken die Seraphim, zur Rechten die Cherubim. Nathanael sah sie voller Freude an, sein Herz klopfte vor Aufregung, denn welcher Engel konnte je von sich behaupten, dem Rat gegenübergestanden zu haben? Neben Rafael saß Uriel, die ihn anlächelte, deren Züge so weich und vollendet waren, dass sie fast so schön war wie Luzifer, wenn ihre Aura auch eine ganz andere, friedvolle war, der das aggressive Charisma des gefährlichen Seraphen fehlte. Raziel war kaum weniger schön, auch sie lächelte ihn freundlich an. Ophaniels Gesicht war undurchsichtig, in ihm schimmerte die Milde des Cherubim, aber sein Blick war vor Sorge nach innen gerichtet. Cassiel und Zadkiel waren die jüngsten Cherubim, wirkten fast wie Schwester und Bruder, so sehr glichen sie einander.

Auf der Seite der Seraphim erkannte Nathanael natürlich Michael und Gabriel. Daneben saß Metatron, groß und grimmig wirkend, neben ihm Remiel mit jugendlichen Zügen und furchtlosem Blick. Ganz außen Ariel, dessen Aura wütend glühte. Nathanael hatte ihr erstes Treffen noch deutlich vor Augen und dachte an Ariels aufbrausendes Gemüt. Jetzt schien er noch gereizter zu sein.

Camael sah ihn aufmerksam an: »Du bist bereits auf Luzifer getroffen, Engel. Was denkst du über ihn?«

Nathanael antwortete: »Es gibt niemanden, der so ist wie er, Herr!«

Camael nickte: »Warum, glaubst du, hat er dem Konvent zugestimmt?«

»Ich weiß es nicht, Herr. Ich war sicher, dass er stark genug gewesen wäre, uns zu vernichten.«

»Falsch, Engel. Der einzige Grund, warum er dem Konvent zugestimmt hat, ist, dass er sich seines Sieges noch nicht sicher ist. Darum ist er hier.«

Nathanael nickte. Camael wirkte ebenso überzeugend und selbstsicher wie Luzifer. Und er ließ jeden spüren, dass *er* der Herr der Burg war und niemand anderes.

Er fuhr fort: »Luzifer geht davon aus, dass er in einem Disput die Gemeinschaft der Engel endgültig spalten wird. Und zwar in einer Art, die es ihm erlaubt, die Stelle des Vaters einzunehmen.«

»Ja, Herr.«

»Wie ich höre, hält Iax große Stücke auf dich?«, fragte Camael. Er lächelte, aber seine Augen lächelten nicht.

Nathanael zögerte mit der Antwort, weil er sich über Iax' Einschätzung mehr freute, als über irgendetwas sonst, was der mächtige Rat hätte lobend sagen können. Gleichzeitig spürte er Camaels Blicke, die ihn einzuschätzen suchten, und empfand sie als unangenehm. Dabei war er sich völlig bewusst, dass er ein Krüppel war und sich mit keinem der Seraphim oder Cherubim auch nur im Entferntesten vergleichen konnte. Was ihn mehr bedrückte, war, dass Camael trotz der freundlichen Stimme erhebliche Zweifel an ihm hatte.

Nathanael antwortete ausweichend: »Das ehrt mich, Herr.«

»Und du weißt, was auf dem Spiel steht, Engel?«, fragte er Nathanael.

»Ja, Herr.«

Camael stand auf, ging um die Tafel herum, stellte sich vor Nathanael und sah auf ihn herab.

»Die Cherubim haben deine Geburt vorausgesehen, Engel. Sie waren sicher, dass du Teil der Prophezeiung bist, die in dir den sieht, der Luzifer aufhalten kann. Jedoch weißt du, dass beinahe alles, was seit Anbeginn der Zeit als unfehlbar und heilig gegolten hatte, aufgehoben wurde. Unsere Welt steht kopf, und der Grund dafür ist Luzifer.«

»Ja, Herr.«

»Sollte dieser Konvent scheitern, dann musst du die Verteidiger der Heiligen Ordnung in einen letzten entscheidenden Kampf gegen den Drachen führen. Sag mir, Engel: Bist du dazu in der Lage?«

Camael durchbohrte ihn mit seinen Blicken, die Nathanael so schmerzhaft spürte, als wären Schlangen in seinen Kopf gedrungen, die jetzt in seinem Körper nach etwas suchten, das sie fressen konnten. Camael zwang ihn, seinem Blick standzuhalten, und jetzt wurde Nathanael klar, dass er keine

Antwort von ihm erwartete, sondern selbst danach suchte. Er drang tief in ihn ein, in der Hoffnung, das zu finden, was für den Rat von entscheidender Bedeutung war – Antwort auf die Frage, ob sie auf die Prophezeiung vertrauen konnten oder nicht. Nathanael verstand die Notwendigkeit, aber er wehrte sich gegen Camaels brutales Vorgehen, ihn bis in die letzte Faser seines Seins zu durchleuchten. Er wusste, dass er zu gehorchen hatte, und doch verweigerte er sich und verbarg sich in dem Maße vor ihm, wie Camael vordrang, um sich Klarheit zu verschaffen. Camael lächelte immer noch, aber seine Augen hielten ihn gefangen, quälten ihn bei ihrer Suche nach der Wahrheit.

Nathanaels Körper erschlaffte, und es machte den Eindruck, als würde Camael ihn am Kopf hochhalten, während die Füße den Kontakt zum Boden verloren. Immer stärker wurde das Verlangen, tief in sein Bewusstsein zu dringen, immer stärker der Druck, sich notfalls gewaltsam Zugang zu seinem Herzen zu verschaffen, um zu klären, ob er der Messias war, der die Engel zum Sieg führte. Nathanael widerstand, und als die Umklammerung übermächtig zu werden drohte, formierte er all das, was ihn ausmachte, zu einem einzigen Punkt und ließ sich tief in ein Loch hinabfallen, zu tief, als dass ihm jemand folgen konnte.

Er verlor das Bewusstsein.

Als er wieder zu sich kam, blickte er zu Uriel auf, die über ihn gebeugt sein Gesicht in ihren Händen hielt, aus denen unablässig Wärme in seinen Kopf abstrahlte. Sie lächelte erleichtert.

»Warum hast du dich gewehrt?«

Er hörte ihre Stimme in seinem Kopf, ihr Mund hatte sich nicht bewegt. Und so antwortete er ebenfalls ohne Stimme: »Ich weiß es nicht. Es schien mir richtig so.«

Sie nickte kurz. Dann half sie ihm auf. Nathanael stand noch unsicher vor der Tafel, an der Uriel wieder ihren Platz einnahm.

Camael sagte: »Du bist ein außergewöhnlicher Engel, Nathanael. Die Cherubim sahen nicht ohne Grund deine Geburt voraus. Ich danke dir für dein Kommen.«

Ausgelaugt und müde verbeugte Nathanael sich vor dem Rat und verließ den Raum.

Camael hingegen stand auf und sagte zu den anderen: »Sollte dieser Konvent scheitern, so wird uns dieser Engel nicht anführen können. Es ist kein Kriegsherr in ihm. Die Prophezeiung ist hinfällig.«

44

Iax kniete in einer kleinen, kreisförmigen Gebetshalle, in der ein niedriger Altar stand, und rief in Gedanken nach dem Vater – ohne Antwort. Doch je drängender er nach ihm rief, desto umfassender erschien ihm das Schweigen. Der Vater antwortete nicht, oder er konnte es nicht mehr. Also verstummte auch Iax und starrte auf den Altar, auf dessen Oberfläche ein heller Punkt flammte, der von kreisrunden Öffnungen hoch oben an den Wänden gespeist wurde, aus denen Tageslicht in hellen Lichtfingern hinabfiel. Er hoffte, ein Zeichen zu sehen, etwas, das ihn in seiner Hoffnung bestärkte, dass bald alles wieder so sein würde wie früher. Doch nichts, was er ersehnt hatte, war geschehen, und das war nun schon so, seit er seinen Weg angetreten hatte.

Als Gabriel die Halle betrat, sprang er ungeduldig auf und ging ihr ein paar Schritte entgegen. Sie erlebte ihn ungewöhnlich unruhig, las in seinen Augen die drängende Frage, von deren Antwort er sich die Sicherheit erhoffte, das Richtige zu tun. Es schmerzte sie, ihn so zu sehen, und noch mehr, dass sie ihm nicht das mitteilen konnte, was er sich wünschte.

»Was hat der Rat gesagt?«, fragte er.

Sie schwieg. Einen Moment zu lange, als dass Iax daraus nicht die Antwort hätte erraten können.

»Er ist es nicht?«, fragte er enttäuscht.

»Camael hat in ihn gesehen. Er ist nicht derjenige, der uns gegen Luzifer anführen kann!«

Iax wandte sich ratlos ab. An seinen gespannten Schultern konnte Gabriel ablesen, dass er mit der Einschätzung nicht einverstanden war, im Gegenteil, er war wütend. Und so blitzten auch seine Augen, als er sich zu ihr umdrehte: »Er muss sich irren!«

Gabriel sah ihn erstaunt an. Iax hatte noch nie das Urteil der Seraphim oder Cherubim in Zweifel gezogen. Es war sogar außerhalb jedes Gedankenspiels, dass er die Einschätzung des Rates nicht teilte. Ihn so offen anzugreifen war in höchstem Maße erstaunlich, ja unfassbar.

Iax schien sich zu besinnen und sagte: »Verzeih, ich wollte nicht respektlos sein. Es ist nur schwer, es zu akzeptieren.«

Gabriel beobachtete ihn genau und sah vieles, was sie nie zuvor an Iax wahrgenommen hatte: Verwirrung, Ratlosigkeit, Enttäuschung. Es musste ihm sehr schlechtgehen, denn Gabriel hätte geschworen, dass, wenn je die Welt untergehen sollte und die Engel einer nach dem anderen fielen, er niemals fallen würde.

Iax fragte: »Und es besteht kein Zweifel?«

Gabriel antwortete milde: »Es ist Camaels Wort.«

Iax nickte nachdenklich. Dann sagte er: »Vielleicht kam die Prüfung zu früh. Er ist noch nicht so weit.«

»Camael hat nicht nur das gesehen, was er ist. Er hat auch gesehen, was er war und was er je sein wird. Nichts bleibt ihm verborgen.«

Iax war immer noch nicht überzeugt: »Er kennt ihn nicht. Er weiß nicht, wie dickköpfig Nathanael sein kann.«

Gabriel fragte sanft: »Aber du kennst ihn?«

Iax antwortete heftig: »Ja, ich kenne ihn! Ich habe ihn ausgebildet. Ich habe ihn wachsen sehen. Er hat einen längeren Weg zurückgelegt als je ein Engel vor ihm. Wieso hat Camael das nicht gesehen?«

Gabriel lächelte: »Du liebst ihn!«

Iax wandte sich von ihr ab und schwieg.

»Du liebst diesen jungen Engel, Iax!«, wiederholte Gabriel und versuchte seine Hand zu fassen, doch er wich vor ihr aus: »Natürlich liebe ich ihn. Wir sind alle Boten der Liebe unseres Vaters.«

Gabriel schüttelte den Kopf: »Nein, es ist noch nicht lange her, da standen wir auf dem Turm, umringt von Luzifers Legionen. Du erzähltest mir von Seths bedingungsloser Liebe zu Nathanael. Ich antwortete damals das, was du jetzt geantwortet hast dass wir alle Boten der Liebe unseres Vaters sind. Ich wollte nicht glauben, dass es noch eine andere Liebe gibt. Aber heute sehe ich, dass es so ist!«

Iax antwortete nicht, er spürte den Nachhall von Gabriels Worten in seinem Herzen und erahnte, dass sie damit recht haben könnte. Nie zuvor hatte er von sich aus je Partei für jemanden ergriffen, sondern stets befolgt, was man ihm befohlen hatte, wissend, dass es gut war. Jetzt, da er im Begriff war, die Orientierung zu verlieren, erschien es ihm falsch, nicht an Nathanael zu glauben, denn kein Engel konnte ohne Glauben sein.

Er sah Gabriel an und fragte: »Und was soll nun werden, wenn dieser Konvent scheitert?«

Gabriel machte eine Geste der Ratlosigkeit: »Ich weiß es nicht. Aber ich vertraue auf Camael und Rafael. Sie werden sicher nicht tatenlos zusehen, wie unsere Welt zugrunde geht.«

Iax antwortete: »Ich habe gehört, was der Drache mit Ariels Haus getan hat. Glaubst du wirklich, es gibt irgendetwas, das ihn aufhalten könnte? Er hat etwas vollbracht, was nur der Vater hätte tun können. Das heißt, er ist ihm tatsächlich ebenbürtig. Wie können wir ihn daran hindern, den Thron zu besteigen, falls der Vater tatsächlich sterben sollte?«

»Ich weiß es nicht, Iax. Aber noch lebt der Vater. Und solange er lebt, besteht Hoffnung. Du musst in ihn vertrauen.«

Einen Moment schwieg Iax, dann sagte er leise: »Ich habe mein Leben lang in ihn vertraut. Alles, was ich war, war ich durch ihn. Doch jetzt ist er nicht da. In der Stunde der größten Not ist er nicht mehr da.«

»Er war immer bei dir. Sei du jetzt bei ihm.«

Iax nickte langsam und lächelte sogar ein wenig: »Ich danke dir, Gabriel. Ich werde tun, was du sagst.«

Sie nahm seine Hände, und er hörte ihre Stimme in seinem Kopf: »Fürchte dich nicht, Iax. Der Vater hat dich gewählt, und seine Wahl war gut.«

Iax verbeugte sich vor ihr, küsste ihre Hände.

Dann verließ er die Halle.

Er musste zu Nathanael, musste ihn sprechen, stieg eine Treppe hinab und überquerte einen schmalen rechteckigen Platz. Es war mittlerweile tiefe Nacht, und er wusste, dass Luzifer ihn beobachten ließ. Im Schutz der Dunkelheit hob er die Handflächen gegen alle Himmelsrichtungen und erspürte drei einfache Engel, die sich mehr oder minder geschickt versteckt hielten. Leise schlich er sich an einen heran, nahm bald schon dessen ruhig schlagendes Herz wahr: Er hatte ihn nicht bemerkt. Und als er es tat, war es nur aus dem Grund, weil Iax es so wollte: Er drehte sich zu ihm herum, doch bevor er etwas wahrnehmen konnte, schlug Iax ihm mit der Faust gegen die Schläfe. Er verlor sofort das Bewusstsein und sackte in sich zusammen. Er würde bald wieder zu sich kommen, jedoch wäre Iax dann schon längst durch jene Tür geschlüpft, die er eigentlich bewachen sollte.

Iax betrat einen der vielen Trakte, in denen die einfachen Engel untergebracht waren, und erspürte auch hier zwei Wachen Luzifers. Er umging den Jüngeren der beiden und überwältigte ihn von hinten, drückte ihn auf den Boden und stemmte ihm sein Knie zwischen die Schulterblätter. Der Engel stöhnte auf vor Schmerz.

»Wer hat dich geschickt?«, flüsterte Iax zischend.

»Baal, Herr!«

Iax nickte, er kannte Baal gut.

»Richte ihm etwas aus von mir!«, befahl Iax leise.

»Ja, Herr!«

»Sag ihm, dass nur ein Dummkopf Engel wie dich schickt, um mich zu beobachten.«

»Ja, Herr!«

Iax ließ von dem Engel ab und zog ihn zu sich herauf: »Geh jetzt zu ihm! Dreh dich nicht um! Mach kein Geräusch!«

Der Engel nickte eingeschüchtert: »Ja, Herr!«

Iax zog ihn sehr nahe an sein Gesicht heran, zwang ihn, in seine kalten grünen Augen zu blicken: »Ich würde es merken!«

Der Engel nickte schnell: »Ich weiß, Herr. Ich werde tun, was Ihr sagt.«

Iax ließ ihn los, und er rannte schnell davon. Eine Weile konnte Iax ihn noch erspüren, froh, dass er aufs Wort gehorchte. Dann lief er selbst los, stieg in verwirrender Abfolge Treppen hinauf und wieder hinab, bog mal in diesen, mal in jenen Flur, doch hatte Luzifer keine weiteren Wachen mehr aufstellen lassen, so dass er nach einer Weile die Kammer erreichte, in der Nathanael, Seth, Semjasa und Asasel schliefen.

Er öffnete leise die Tür, spürte eine Bewegung im Dunkeln: zwei Engel. Einer hinter der Tür, einer davor. Bewaffnet. Er lächelte: Die Zwillinge waren auf der Hut.

»Ruhig!«, zischte Iax leise.

Er spürte, wie sie die Waffen senkten. Dann erst schob er die Tür weiter auf. Sie traten vor ihn und verneigten sich kurz.

»Ihr habt nichts verlernt«, sagte Iax leise.

Asasel antwortete: »Danke, Herr!«

»Ich möchte mit Nathanael sprechen … allein.«

»Ja, Herr.«

Sie stellten ihre Schwerter gleich neben dem Eingang ab und traten auf den Flur. Iax sah die beiden an – sie hielten seinem Blick stand. Vermieden jeden Ausdruck. Es war besser, sie nicht zum Feind zu haben, dachte er, vor allem Semjasa. Er hatte alle Fähigkeiten eines Engels der höheren Ränge: Entschlossenheit, Mut, Willen. Aber man konnte ihm nicht trauen. Oder doch? Hatte ihn die harte Strafe zur Besinnung gebracht? Iax vermochte es nicht einschätzen, denn der Zwilling verbarg sich vor ihm.

»Meidet die Gänge und Flure. Der Drache hat Späher ausgesandt. Sie werden ihm alles berichten, was ihnen auffällt.«

»Ja, Herr.«

»Ich werde nicht lange bleiben, wartet also in der Nähe.«

Sie nickten, verbeugten sich und verschwanden zu beiden Seiten des Flurs. Iax schloss die Tür hinter sich und fand Nathanael schlafend in einer Ecke des Raums. Er weckte ihn sanft, befahl jedoch kein Licht. Seth schlief – sein Atem ging ruhig und regelmäßig.

»Meister!« Nathanael umarmte ihn erfreut. Iax hielt ihn einen Moment fest, froh, ihn zu sehen, dann kehrte er jedoch zur gewohnten Ernsthaftigkeit zurück.

»Leise!«, flüsterte er. »Ich möchte nicht, dass Seth wach wird.«

Nathanael fragte neugierig: »Ich habe gehört, dass morgen der Disput beginnt?«

Iax antwortete: »Ja, so ist es.«

»Wie lange wird das alles dauern?«, fragte Nathanael.

»Ich weiß es nicht. Tage, Wochen, Jahre. Es kommt darauf an, wem sich die Engel mehrheitlich anschließen werden.«

»Und wie stehen unsere Chancen?«

Iax zögerte mit der Antwort, dann sagte er: »Alles hängt an Camael. Er wird dem Drachen widerstehen.«

Nathanael konnte im Dunkel der Kammer Iax' Gesicht nur erahnen, aber er sah in dessen Herzen, dass er aufgewühlt war.

»Er ist zu stark!«, antwortete er bedrückt. »Der Drache ist zu stark! Habe ich recht?«

»Ich weiß es nicht, Engel. Vertrauen wir einfach dem Rat!«

Nathanael nickte: »Der Vater wird uns nicht allein lassen.«

Iax schluckte, spürte einen Stich in der Brust. Dann fasste er sich und fragte: »Du hast heute Camael gegenübergestanden?«

»Ja, Meister.«

»Wie war dein Eindruck?«

Nathanael lächelte und fragte: »Ihr wollt wissen, wie ich die Prüfung empfunden habe?«

Iax antwortete: »Ja.«

Nathanael flüsterte: »Ihr werdet mich nicht verraten, Meister?«

Iax richtete sich unwillkürlich auf – diese Antwort hatte er nicht erwartet. »Alles, was du mir anvertraust, werde ich für mich behalten, Engel.«

»Ich habe mich ihm verweigert, Meister.«

Iax schwieg. Er war verwirrt und erfreut in einem, denn vielleicht war es möglich, dass die Prophezeiung doch nicht irrte. Und er auch nicht, denn er wusste, wie ungehorsam sein Schützling sein konnte, und dass er sich dem Herrn der Burg verweigert hatte, beeindruckte ihn. Gleichzeitig schockierte ihn die Haltung, mit der Nathanael seinen Weg ging.

Nathanael fragte: »Ihr zürnt nicht mit mir?!«

Iax seufzte: »Würde es etwas nützen?«

»Ich hoffte, Ihr würdet mich verstehen, Meister.«

»Ich habe dich noch nie verstanden, Engel. Aber sei gewiss, dass dein Geheimnis bei mir gut aufgehoben ist. Weiß sonst noch jemand davon?«

Nathanael antwortete: »Uriel. Sie weiß es.«

»Warum hast du dich ihr offenbart?«

Nathanael wusste nicht, was er darauf erwidern sollte, und sagte nur: »Es schien mir richtig zu sein, Meister.«

Iax nickte und stand leise auf: »Schlaf jetzt. Du brauchst deine Kräfte.«

Er wandte sich zur Tür, als er Nathanael in seinem Rücken hörte: »Meister?«

»Ja?«

»Sagt mir, was es mit Semjasa und Asasel auf sich hat!«

Iax zögerte, dann antwortete er: »Nicht heute, Engel.«

»Dann beantwortet mir nur eine Frage.«

Iax nickte: »Also, gut. Eine Frage.«

»Was sind Nephilim?«

Iax seufzte wieder, hielt sich aber an seine Zusage: »Es sind Wesen, die von Mensch und Engel gezeugt wurden. Ebenso minderwertig wie Engel, die sich mit Menschen eingelassen haben.«

»Wie Semjasa und Asasel?«

»Ja.«

»Und Ihr habt sie zurückgeholt?«

Iax antwortete: »Nur eine Frage, Engel. Und die habe ich beantwortet.«

Nathanael ließ nicht locker: »Ihr habt sie zurückgeholt. Das ist doch richtig, Meister?«

Nach einem Zögern antwortete Iax: »Ja.«

Dann öffnete er leise die Tür und verschwand nach draußen. Nathanael legt sich wieder auf den Boden und verstand jetzt die Spannungen, die zwischen Iax und den Zwillingen herrschten. Was auch immer zwischen ihnen vorgefallen war, hatte sich keineswegs in Luft aufgelöst. Viele Tausend Jahre waren vergangen, aber der Schmerz war geblieben. Er brauchte nur in Semjasas Augen zu sehen, um dessen gewahr zu werden. Nathanael nahm sich vor, herauszufinden, was genau die drei verband, denn er maß dem große Bedeutung bei. Er drehte sich zur Seite und schlief ein.

Neben ihm schlug Seth die Augen auf.

Er hatte jedes Wort mit angehört.

45

Noch vor Morgengrauen waren Semjasa und Asasel aus der Kammer geschlichen und hatten die Flure nach Spähern abgesucht, aber alles war ruhig. Es machte den Eindruck, als hätte der Drache alle seine Spione abgezogen, möglicherweise um sich vor dem Beginn des Disputs nicht durch Nebensächlichkeiten ablenken zu lassen. Denn gerade dieser Tag stellte die Weichen für die zu erwartenden Auseinandersetzungen – es gab viele, die noch schwankten, deren Bindung zum Vater geschwächt, aber nicht abgerissen war. Gewann Camael ihre Herzen am ersten Tag zurück, würde es selbst für Luzifer schwer werden, sie wieder ins Wanken zu bringen.

Mit den ersten Sonnenstrahlen erwachte der Trakt, in dem Nathanael untergebracht war, zum Leben, und man hörte die Engel ihre Kammern verlassen auf dem Weg zur Versammlung. Nathanael konnte ihre Unruhe durch die geschlossene Tür spüren, ihre Furcht vor einem Scheitern und den möglichen Konsequenzen. Aber auch Neugier, denn viele von ihnen hatten noch nie einen Seraph oder Cherub gesehen. Nicht ohne Grund, denn die Engel der untersten Stufen waren dem Glanz und der Aura der ranghöchsten Engel nicht gewachsen. Zwischen ihnen standen die Engel des zweiten Chors als Mittler zwischen denjenigen, die dem Wesen nach den Menschen nahestanden, und denjenigen, die das Wort und den Willen des Vaters verkörperten.

Erst als ihre Schritte verstummt waren, machten sich die vier bereit, ebenfalls an der Versammlung teilzunehmen. Semjasa und Asasel verbargen die kleinen gebogenen Dolche unter ihren Gewändern und richteten Nathanael so her, dass seine Verkrüppelung auf den ersten Blick nicht auffiel. Dann brachen sie auf, Semjasa voran, dazwischen Nathanael und Seth, Asasel dahinter, sich immer wieder umdrehend und prüfend, ob ihnen jemand heimlich folgte. Sie verließen die

Burg und erreichten bald den Platz, den Nathanael, Seth und Iax überquert hatten, als sie das erste Mal die Burg betreten hatten.

Der Anblick war überwältigend.

Zu allen Seiten standen die Engel.

Milliarden und Abermilliarden.

Trotz des makellos schönen Tages überstrahlte das Glühen ihrer Auren das Sonnenlicht, so dass der Himmel dunkler wirkte, als er war. Jeder Einzelne war anwesend, mit Ausnahme derer, die einst im Garten geblieben waren und von all den Schwierigkeiten, dem Säbelrasseln und Kriegsgeheul, den schwerwiegenden Umwälzungen und den massiven Veränderungen nichts mitbekamen. Sollte die Schöpfung untergehen, so würden sie es erst im Augenblick ihres Todes erfahren. Und so wären sie die Einzigen, die glücklich und eins mit allem untergehen würden, diejenigen, denen die größte Gnade widerfahren war, nämlich nichts zu wissen und nichts zu erwarten.

Semjasa wählte einen Platz abseits neugieriger Blicke, zwischen einfachen Engeln, von denen er wusste, dass sie dem Vater noch gehorsam waren. Sie rückten zusammen, und so war Nathanael nur schwer auszumachen. Nur dass er größer als die anderen Engel war. Asasel flüsterte ihm zu, sich kleiner zu geben, was Nathanael auch tat. Jetzt war er eins mit allen anderen – ein Kopf unter Millionen. Es war nur eine kleine ausgleichende Bewegung, ein kurzes verräterisches Signal, wie eine Blüte, die für einen Moment auf einem Wellenkamm gelandet ist, um im nächsten Moment untergespült zu werden.

Aber es war entdeckt worden.

Viele Hundert Kilometer entfernt, weit vorn, hatte sich der Rat bis auf Camael bereits vollständig versammelt und seine Plätze zur Rechten und zur Linken eingenommen. Vor ihnen blieb in einem weiten Halbkreis Platz für die Kombattanten, bevor in den ersten Reihen die Dominationes standen, dahinter die Virtutes und danach die Potestates. Dann wieder, mit einer spürbaren Lücke zwischen den Engeln der mittleren und untersten Chores, folgten die Principatus und dahinter das Heer der Erzengel und Engel.

Trotz der beträchtlichen Entfernungen konnten die Cherubim und Seraphim in der vielköpfigen Masse der Engel jeden einzelnen erkennen, genau wie selbst noch die Engel aus den letzten Reihen den Rat bis ins kleinste Detail ausmachen konnten. Sie warteten auf Luzifer und Camael, die sich noch nicht gezeigt hatten.

Dann kam Camael.

Er trat in den Halbkreis und begrüßte die Wartenden mit einer Verbeugung, wirkte selbstsicher und entschlossen, ohne die einfachen Engel mit seiner bloßen Erscheinung zu blenden. Die Wartenden knieten vor ihm nieder, auch die, die der Drache für sich gewonnen hatte, und erhoben sich dann, um zu erleben, wie Luzifer Einzug hielt. Doch der ließ auf sich warten. Offenbar hatte er sich vorgenommen, den Rat mit seiner Unpünktlichkeit zu brüskieren, als weitere Demonstration dafür, dass er die Regeln machte und niemand sonst.

Eine Weile tat sich nichts, und langsam wandelte sich die gespannte Aufmerksamkeit in Unruhe: Verweigerte Luzifer den Disput? Begann er die Auseinandersetzung mit einem Eklat? Aber das machte keinen Sinn, außer er hatte gar nicht vorgehabt, sich einem Streitgespräch mit Camael zu unterziehen. Das wiederum widersprach seinem Erscheinen auf der Burg, denn solange er hier Gast war, konnte er die Verteidiger der Heiligen Ordnung nicht offen angreifen.

Camael wandte sich dem Rat zu und bat Michael und Rafael mit einem Kopfnicken zu einem vertraulichen Gespräch.

»Warum kommt er nicht?«, fragte Camael. Und sah doch nur in ratlose Gesichter.

»Vielleicht ist er geschwächt?«, mutmaßte Rafael.

»Hältst du das für möglich?«, fragte Camael Michael.

Michael antwortete: »Er hat die Burg verändert. Das muss ihn Kraft gekostet haben.«

Rafael antwortete erfreut: »Das wäre allerdings ein gutes Zeichen. Denn es würde zeigen, dass er nicht unverwundbar ist. Wende das gegen ihn an, denn irgendwann muss er sich dir stellen.«

Camael fragte: »Gäbe es einen anderen Grund, warum er nicht erscheint?«

Michael antwortete: »Einmal mehr könnte es eine Provokation sein. Sinn macht diese Verzögerung nicht, es sei denn, er wäre angeschlagen.«

Camael nickte und entließ die beiden wieder auf ihre Plätze. Er blickte hinaus in die Gesichter, die ihn zu fragen schienen, was jetzt passieren sollte. Einen kurzen Moment dachte er darüber nach, die Engel anzusprechen und Luzifer der Feigheit zu bezichtigen, der Weigerung, sich dem zu stellen, was er entfacht hatte. Aber er hielt sich zurück, weil alles, was der Drache tat, kalkuliert war. Camael fürchtete, dass Luzifer nur darauf wartete, dass er ihn bei den Engeln bloßzustellen suchte, um dann umso schillernder aufzutreten, jedem zeigend, dass er den Rat und Camael verspottete. Es wäre nicht nur ein Auftritt nach Luzifers Geschmack, es würde ihn auch in eine vorteilhafte Position bringen, noch bevor die ersten Argumente getauscht waren, denn wenn die Engel erst sahen, dass der Rat den Drachen nicht unter Kontrolle hatte, könnte sich Furcht unter den Verteidigern breitmachen und mit der Furcht die Bereitschaft, dem Stärkeren zu folgen. Camael verzichtete also auf eine Ansprache und hielt sich bereit für das, was der Drache vorbereitet hatte.

Auch den Zwillingen war nicht entgangen, dass Luzifer nicht erschienen war. Und es versetzte sie in Unruhe. Sie blickten verstohlen nach allen Richtungen, doch sie sahen nur einfache Engel, deren Aufmerksamkeit voll und ganz dem Rat galt. Niemand, der Interesse an ihnen zeigte.

»Siehst du etwas?«, fragte Semjasa Asasel in Gedanken.

»Nein«, antwortete der und blickte wie alle anderen stur nach vorn.

Semjasa wusste jedoch, dass er alles wahrnahm, was sich in seiner Nähe abspielte. Er wandte sich ab, durchschritt langsam die Engel, konzentrierte sich auf ihre Auren – hier standen nur Verteidiger. Doch ein paar Meter weiter spürte er den ersten Engel, der nicht auf ihrer Seite stand. Er schien ihn nicht zu beachten, selbst dann nicht, als Semjasa so nah an ihm vorbeiging, dass er ihn wie unabsichtlich berührte. Jetzt war er sich sicher: ein Angreifer. Sehr geschult darin, sich anderen nicht zu erkennen zu geben.

Semjasas Hand suchte heimlich den versteckten Dolch. Ein paar Schritte weiter fand er einen weiteren Engel, der vorgab, ein Verteidiger zu sein. Langsam schlich er zurück, erreichte Asasel, dem er nichts mitzuteilen brauchte: Die Zwillinge verstanden sich blind. Längst ruhte Asasels Hand unter seinem Gewand und hielt den Dolch fest umklammert.

»Nathanael?«

In Gedanken hatte er ihn gerufen, und Nathanael hatte am Stimmbild erkannt, dass sie in Gefahr waren. Zusammen drängten sie sich durch die wartenden Engel, die immer noch darauf hofften, dass Luzifer erscheinen würde. Doch das würde er nicht tun – Nathanael wusste es in diesem Moment. Er hatte stattdessen seine Engel darauf eingeschworen, nach einem Krüppel Ausschau zu halten. Doch kein einfacher Engel hätte seine Aufgabe wahrnehmen können, wenn er aufgetreten wäre. Alle wären sie voll und ganz in seine Aura abgetaucht, blind und taub für das, was um sie herum geschah. Niemand entzog sich dem Drachen, niemand, der irgendetwas anderes außer ihm hätte wahrnehmen können. Deshalb war er der Versammlung ferngeblieben! Er hatte darauf gehofft, dass Nathanael sein Versteck verlassen würde, um dem Disput zu folgen. Und der hatte ihm diesen Gefallen getan.

Nathanael schloss die Augen und hob versteckt seine Handfläche gegen die Masse der Engel, erspürte ihre Herzen und ihre wahren Absichten.

»Sie sind überall!«, rief er Semjasa und Asasel in Gedanken zu.

Die nickten leicht und steuerten so durch die Engel hindurch, dass sie Abstand hielten zu denen, die sie als Gegner erkannten.

»Wartet!«

Nathanael blieb stehen – Semjasa und Asasel taten es ihm gleich. Seth sah sie fragend an, wagte aber keinen Laut, denn an ihren Gesichtern konnte er ablesen, wie angespannt sie waren.

»Nicht bewegen!«, sagte Nathanael in Gedanken. »Wenn wir weitergehen, fallen wir umso mehr auf.«

Wieder Nicken der Zwillinge.

Nathanael sah Seth an: »Geh zu Iax, Seth. Sag ihm, dass die Seraphim die Versammlung auflösen sollen. Sofort!«

Seth nickte, er hatte Nathanael laut und deutlich in seinem Kopf wahrgenommen.

»Sprich kein Wort, hörst du! Iax wird dich verstehen!«

Seth nickte und eilte zwischen den Engeln davon.

Zu dritt standen sie jetzt inmitten der anderen, umringt von Feinden. Sie nahmen sie wahr und kontrollierten jeden ihrer Atemzüge, darauf hoffend, dass sich keiner von ihnen bewegte, dass sich der Ring nicht schloss. Doch niemand machte Anstalten, sich ihnen zu nähern. Auch nicht in dem Moment, als Camael vor die Engel trat und verkündete, dass der Disput sich vertagen würde, und die Masse in Bewegung geriet.

Sie ließen sich mit den Engeln treiben, zurück durch die Tore der Burg, und noch bevor Nathanael ihn sehen konnte, nahm er Iax wahr, der an einem der Eingänge auf sie wartete und dort jeden Engel, der eintreten wollte, abwies. Sie erreichten ihn ohne Zwischenfälle. Er ließ sie durch, versperrte den anderen aber weiterhin den Zutritt. Keiner der sie beobachtenden Angreifer machte Anstalten, sich an Iax vorbeizudrängen.

Nathanael sah Iax an: »Er hat uns eine Falle gestellt, Meister!«

Iax nickte stumm und ließ sie mit einer Geste wissen, dass sie sich eilen sollten. Zu dritt liefen sie über die Flure der Burg, wählten Umwege und kontrollierten jeden Weg auf Späher, doch sie wurden ganz offensichtlich nicht verfolgt. Sie erreichten die Kammer unbeobachtet und ohne Zwischenfälle, noch bevor die anderen Engel zurückgekehrt waren.

Semjasa sagte leise: »Wir hatten Glück. Großes Glück.«

Asasel nickte.

»Ich weiß nicht«, antwortete Nathanael nachdenklich. »Wir waren isoliert, aber er hat uns nicht angegriffen. Warum nicht?«

»Vielleicht waren sie noch nicht stark genug. Wir sind ihnen mit der Flucht zuvorgekommen«, sagte Asasel.

Nathanael schüttelte den Kopf: »Nein, das war zu gut geplant. Sie wollten uns nicht folgen. Warum nicht?«

Semjasa wischte die Bedenken beiseite: »Das spielt keine Rolle, Nathanael. Du bist in Sicherheit. Nur das zählt.«

Nathanael nickte, doch er war nicht überzeugt.

Irgendetwas hatten sie übersehen – aber was?

46

Michael war außer sich vor Wut, als er Ariels Haus betrat, vorbei an den Dominationes, die hier wachten und sich tief vor ihm verbeugten. Er stürmte den Turm hinauf und stieß das Tor zur Kuppel auf. Luzifer saß dort an einer Tafel, und Michael zögerte einen Moment, da ihm etwas an Luzifer verändert vorkam, ohne dass er gleich hätte sagen können, was es war. Doch schnell stieg wieder die Wut in ihm auf, er trat ihm entschlossen entgegen, packte ihn an seiner Rüstung und zog ihn zu sich heran.

Er zischte: »Mir ist, als hättest du vergessen, was für ein Tag heute ist!«

Luzifer lächelte und antwortete: »Sicher nicht mein Glückstag, denn deine Besuche häufen sich in letzter Zeit.«

»Den Rat magst du vorführen, ich hingegen hab genug von deinen Spielchen!«

Luzifer zischte: »Tatsächlich? Ich hab noch gar nicht angefangen mit meinen Spielchen!«

Er packte Michaels Arm, um ihn von sich zu stoßen, doch der umklammerte Luzifers Handgelenk.

»Lass lieber los, Seraph!«

»Und was, wenn nicht?«

Luzifers Augen lagen tief und schwarz in ihren Höhlen, in ihnen funkelte ein kaltes Feuer, das alle Hoffnung verbrannte. Sie sogen das Leben aus dem, der ihrem Blick standzuhalten wagte. Und auch Michael spürte den Schmerz aus Millionen Jahren Gehinnom, der ihn in die Tiefe zerrte. Aber er widerstand dem dringenden Bedürfnis, den Blick niederzuschlagen, und verstärkte den Griff um Luzifers Handgelenk.

Die beiden maßen ihre Kräfte, doch zu Michaels Überraschung gab Luzifer nach und lächelte ihn frech an: »Schade, dass du auf der falschen Seite stehst, Michael. Zusammen könnten wir die Schöpfung erneuern!«

Er stieß sich von ihm ab – Michael beobachtete ihn irritiert. Seine Aura flackerte für einen Moment, dann glühte sie wieder kontrolliert. Er war geschwächt! Er war tatsächlich geschwächt! Und je mehr er es zu verbergen suchte, desto deutlicher trat es für Michael zutage. Das Fehlen beim Disput, die Kraftlosigkeit, das scherzhaft gemeinte Angebot, sich zu verbrüdern. Das alles sollte nur darüber hinwegtäuschen, dass es ihm nicht gutging und er Zeit zu gewinnen suchte.

»Wirst du dich dem Disput stellen oder nicht?«, fragte Michael harsch.

Luzifer wandte sich von ihm ab und ging ein paar Schritte, wirkte nachdenklich, aber Michael war sich sicher, dass er die Nähe zu ihm meiden wollte.

»Natürlich werde ich mich stellen. Sind wir nicht deswegen hier?«, fragte er zurück.

»Wann?«

Luzifer grinste: »Nun ... bald.«

Michaels Hand fiel wie zufällig auf den Knauf seines Schwertes.

Luzifer war die Bewegung nicht entgangen – er sah ihn aufmerksam an.

Michael machte ein paar Schritte auf ihn zu, ließ ihn nicht aus den Augen und insistierte selbstsicher: »Wann, Luzifer? Wann?«

Luzifer zischte: »Ich werde es dich wissen lassen, Seraph!«

Michael grinste, machte noch zwei Schritte auf ihn zu. Er war jetzt in einer Entfernung, in der er das Schwert hätte ziehen können, um es gegen den Drachen einzusetzen. Er konnte sehen, wie Luzifer sich auf einen Angriff vorbereitete, obwohl er vorgab, Michaels Gebärden als lächerlich abzutun.

Michael fragte: »Wann?«

Luzifer fragte lauernd: »An was denkst du gerade, Michael?«

»Ich weiß nicht, Luzifer!«, gab Michael zurück. »Sollte ich an etwas Bestimmtes denken?«

Jetzt fiel auch Luzifers Hand auf den Knauf seines Schwertes – er starrte Michael an, allerdings nicht mit der ihn sonst auszeichnenden Überheblichkeit, sondern angespannt. Michael wog ab, denn nie zuvor schien ihm ein Kampf gegen den Drachen so günstig wie in diesem Moment seiner Schwäche. Er blieb ein gefährlicher Gegner, aber es fehlte ihm die Selbstsicherheit, mit der er sonst jeden einzuschüchtern wusste. Sollte er ihn zwingen, das Schwert zu ziehen, um vorzeitig zu entscheiden, was eigentlich Sache des Konvents war? Gewann er, wäre die Schöpfung gerettet und in kurzer Zeit die Heilige Ordnung wiederhergestellt. Verlor er, wären die Verteidiger in unverantwortlicher Weise geschwächt. So geschwächt, dass sie dem Drachen bei einem Armageddon nicht genügend Widerstand würden leisten könnten. Konnte er ein solches Risiko eingehen?

Luzifer antwortete: »Ich denke, morgen wäre ein guter Tag für einen ersten Disput.«

Michael beobachtete ihn aufmerksam: »Hab ich dein Wort?«

Luzifer nickte: »Ja.«

»Ich werde kein zweites Mal fragen!«, gab Michael zurück.

»Ich weiß!«

Luzifer lächelte spöttisch, fast schien es, als wäre er wieder ganz der Alte, aber Michael war sich sicher, dass es nur ein Schauspiel war. Er nahm seine Hand von seinem Schwertgriff und verbeugte sich.

»Dann morgen. Ich werde darauf achten, dass du dein Wort hältst.«

Luzifer erwiderte die Verbeugung und antwortete: »Ich würde nichts anderes von dir erwarten.«

Michael nickte und verließ den Raum.

Baal trat aus einem der Nebenräume und wandte sich besorgt Luzifer zu: »Das war knapp, Herr. Sehr knapp!«

Luzifer, der Michael nachdenklich nachgesehen hatte, drehte sich zu Baal um und lächelte: »Hast du bemerkt, wie sehr er mit sich gerungen hat?«

»Natürlich, Herr! Aber war es weise, ihn so in einen Kampf zu locken? Er ist ein äußerst gefährlicher Gegner!«

Luzifer nickte: »Er kann keinen Entschluss fällen, ohne sich seiner Verantwortung bewusst zu sein. Der anständige Michael. Er könnte unbesiegbar sein, aber Sieger zweifeln nicht und Zweifler siegen nicht.«

»Trotzdem. Ihr wart unvorsichtig. In Eurer Situation …«

Luzifer sah ihn belustigt an: »In meiner Situation? In welcher Situation befinde ich mich denn?«

Baal schluckte eingeschüchtert, wagte kaum, aufzusehen: »Bitte versteht mich nicht falsch, Herr. Aber mir schien, dass Ihr nicht derjenige seid, der Ihr sonst seid.«

»Sprich ohne Furcht, Baal. Was möchtest du mir sagen?«

Baal hielt den Kopf gesenkt und antwortete zurückhaltend: »Nun, ich hatte das Gefühl, dass Ihr ... geschwächt seid.«

Für einen Moment herrschte Stille, und Baal zitterte in dieser kurzen Pause, überzeugt, dass er zu weit gegangen war. In Gedanken schalt er sich einen Dummkopf, denn Luzifer würde ihn für diese Unverschämtheit hart bestrafen. Sehr hart.

Doch stattdessen brach Luzifer in schallendes Gelächter aus.

Nicht höhnisch, sondern befreit, von Herzen, beinahe ansteckend in seiner Fröhlichkeit. So wagte Baal aufzusehen, um sich zu versichern, ob Luzifer nicht das Schwert gezogen hatte, um ihm den Kopf abzuschlagen. Aber er sah nur Luzifer in einer Art lachen, wie er es zuvor noch nie beobachtet hatte, so dass Baal den Reflex nicht unterdrücken konnte, in das Gelächter einzufallen, auch wenn er nicht verstand, was den Drachen so belustigte.

»Ist das so?!«, kicherte Luzifer froh, sich langsam beruhigend.

»Seid Ihr wütend auf mich, Herr?!«, fragte Baal vorsichtig.

Luzifer schüttelte den Kopf: »Aber nicht doch, Baal! Ich bin sehr froh, dass du das so siehst! Ich dachte schon, ich übertreibe.«

»Dann seid Ihr ganz der Alte, Herr?«

Luzifer kicherte erneut, dann nickte er »Natürlich, Baal. Es ging mir nie besser.«

Baal nickte ehrfürchtig und fragte: »Warum dann das Schauspiel, Herr?«

Luzifer löste sich von Baal und trat an die Brüstung, von der aus er auf die Burg und die Türme sehen konnte. Dann sagte er: »Wir befinden uns längst im Krieg, und die Einzigen, die das noch nicht begriffen haben, sind unsere Feinde. Lassen wir sie in ihrem Glauben, das erlaubt uns ein wenig Spielraum.« Er drehte sich zu Baal um. »Sag mir, was unsere tapferen Engel heute gesehen haben!«

»Es war so, wie Ihr es vorausgesehen habt, Herr. Dieser Engel, den Ihr sucht, wird tatsächlich bewacht.«

»Von wem?«

Baal hob entschuldigend die Hände: »Wir wissen nichts über sie außer ihren Namen.«

»Was meinst du?«

»Die Engel haben nur ihre Namen gesehen, Herr. Als ob nichts weiter von ihnen existieren würde. Sehr eigenartig.«

Luzifer nickte langsam: »Ja, eigenartig. Wie lauten die Namen?«

»Semjasa und Asasel.«

Für einen Moment zeichnete sich Verblüffung auf Luzifers Gesicht ab, dann rief er erfreut: »Welche Ironie!«

Baal fragte: »Ich verstehe nicht, Herr?«

Luzifer antwortete: »Sie haben sie begnadigt. Ausgerechnet zwei Gefallene sollen ihnen zur Seite stehen! Was für ein geschickter Zug! Ganz nach meinem Geschmack!«

»Herr?«

Luzifer grinste: »Ich wette, es war Iax' Idee. Er ist der Einzige, der weiß, was zu tun ist, wenn man einen Krieg gewinnen will.«

Baal fragte: »Jetzt, wo wir wissen, wer den Engel bewacht, müssen wir nur noch warten, bis wir einen von beiden entdecken. Wir folgen ihm und …«

Luzifer hob die Hand, was Baal sofort verstummen ließ: »Ich würde dir nicht raten, die beiden offen anzugreifen, Baal.«

»Es sind nur einfache Engel, Herr!«

Luzifer schüttelte den Kopf: »Du weißt nicht, wozu sie in der Lage sind. Du wärst tot, noch bevor du nach deinem Schwert greifen könntest.«

Baal schluckte beeindruckt.

Luzifer sah nachdenklich auf die Burg hinab. »Nein, Iax hat gut gewählt.«

»Dann nützt uns unser Wissen also nichts. Wenn es sich so verhält, wie Ihr sagt, Herr, dann müsste man sie in eine Schlacht zwingen, und das würde unser aller Ende bedeuten.«

»Ja, so ist es.« Listig lächelnd drehte er sich zu Baal. »Mit dem Schwert sind sie nicht zu besiegen.«

Auch Baal lächelte jetzt, denn er kannte diesen Gesichtsausdruck seines Herrn. »Ihr habt eine Lösung für das Problem?«

»Ja, ich habe eine Lösung. Eine ganz wunderbare, hinreißende Lösung.«

»Wie lautet sie, Herr?«

»Jeder Engel hat eine Vergangenheit. Auch wenn sie aus dem kollektiven Bewusstsein gelöscht worden ist, ist sie immer noch da. Auch mich haben sie auszulöschen versucht und waren überzeugt, das Gehinnom würde mich von meinen Brüdern und Schwestern für immer trennen. Bis zum heutigen Tag haben sie in ihrer Überheblichkeit immer noch nicht zur Kenntnis genommen, dass ich ein Teil des Vaters bin und der Vater ein Teil von mir. Jetzt werden sie dafür bezahlen.«

Baal nickte eifrig: »Sagt mir, was ich tun kann, Herr!«

Der Drache lächelte: »Bring mir Lillith.«

47

Er wartete ungeduldig, missachtete die Vorsichtsmaßnahmen und störte sich auch nicht an Gabriels sanftem Lächeln, die ihn noch nie zuvor derart in Aufruhr gesehen hatte: Iax wollte wissen, wie es um Nathanael bestellt war. Die Beschwichtigungen des Rates, dass er einer Falle entkommen war, interessierten ihn nicht, davon abgesehen, dass er sie auch nicht für richtig hielt, denn er ahnte, dass der Drache Pläne schmiedete, die sie nicht durchschauten.

In der Gebetshalle herrschten Frieden und Stille, die nur von Iax' ungeduldigen Schritten durchbrochen wurden, der sich den Kopf darüber zerbrach, was er übersehen haben könnte. Er wandte sich Gabriel zu und fragte: »Ihr seid sicher, dass die Vergangenheit der Zwillinge gelöscht worden ist?«

Gabriel antwortete geduldig: »Wie oft wirst du mich das noch fragen, Iax?«

Iax herrschte zurück: »So lange, bis ich weiß, warum er Nathanael nicht aufgelauert hat. Es wäre ein Leichtes gewesen, ihm den Rückweg zu versperren.«

»Vielleicht sind wir ihm einfach nur zuvorgekommen?«, fragte Gabriel zurück.

Iax schüttelte den Kopf: »Ich wünschte, der Rat würde zur Kenntnis nehmen, dass wir uns bereits im Krieg befinden, und daran wird auch dieser Konvent nichts ändern.«

»Glaub mir, Iax. Der Rat weiß genau um die Situation. Wir sind darauf vorbereitet.«

Iax sah sie neugierig an: »Ihr seid vorbereitet? Worauf seid ihr vorbereitet?«

»Auf ein mögliches Scheitern des Konvents.«

Iax ging ein paar Schritte auf sie zu und suchte Augenkontakt: »Dieser Konvent wird scheitern, Gabriel. Was gedenkt ihr also zu tun?«

Sie wich aus und antwortete: »Noch ist er nicht gescheitert, Iax. Du solltest nicht immer vom schlimmsten Fall ausgehen.«

Über sein Gesicht huschte ein schmerzlicher Zug, als ob ihm so viel Gutgläubigkeit das Herz schwer machte. Dann fragte er: »Was hat der Rat geplant? Sollte nur noch ein Krieg die Entscheidung bringen können?«

Gabriel antwortete: »Das ist nicht deine Sache, Iax.«

Er nickte, gab aber zurück: »Ja, Ihr habt recht. Es ist nicht meine Sache. Aber wenn ich die Engel in eine Schlacht führen muss, dann *ist* es meine Sache. Und ich würde gerne wissen, wofür ich sterbe.«

Gabriel sah ihn erstaunt an: »Du hast dich sehr verändert, Iax. Ich erkenne dich gar nicht wieder!«

»Was meint Ihr damit?«

Gabriel antwortete: »Der Potestas, den ich gekannt habe, den ich seit Anbeginn der Zeit kenne, hätte niemals gefragt, wofür er kämpft. Oder stirbt. Dieser Potestas wäre in die Schlacht gezogen, so wie er es schon einmal gegen Luzifer getan hat!«

Iax schwieg einen Moment, sich darüber klar werdend, wie recht Gabriel mit ihrer Einschätzung hatte. Hatten ihn auch früher schon immer wieder Zweifel gequält, so hatte er doch nie Erklärungen eingefordert. Und hätte es je eines Beweises bedurft, dass seine Welt in Trümmern lag, so war dieser jetzt erbracht: Er stellte sich offen gegen den Rat. Verweigerte den Gehorsam, weil er tief in seinem Herzen an einen Engel glaubte, an den sonst niemand zu glauben schien. Die Verhältnisse hatten sich verkehrt, denn zuvor hatten alle anderen an Nathanael geglaubt, nur er nicht. Das eigentlich Erstaunliche jedoch war, dass ihm sein Handeln nicht falsch vorkam, dass er tatsächlich der Meinung war, eine Erklärung verdient zu haben.

Und so antwortete er bestimmt: »Der Potestas, den du gekannt hast, existiert nicht mehr, Gabriel! Ich werde für die

Heilige Ordnung kämpfen, werde unserer Sache gegenüber treu bleiben, aber wenn ihr Nathanael fallenlasst, dann will ich wissen, was ihr stattdessen plant.«

Gabriel schwieg.

Dann sagte sie: »Ich weiß es nicht, Iax. Camael leitete den Rat, in geheimem Einverständnis mit Rafael. Ich spüre, dass sie vorbereitet sind, aber ich weiß nicht, was sie vorhaben. Wenn ich es wüsste, würde ich es dir sagen.«

Iax nickte: »Danke.«

Sie umarmten einander, spürten das grenzenlose Vertrauen in den jeweils anderen und wussten, dass nichts sie je auseinanderbringen würde. In Zeiten, in denen alles auf dem Kopf stand und Chaos und Auflösung den Fortbestand bedrohten, war es schön, zu wissen, dass es immer noch Dinge gab, die nichts erschüttern konnte.

Die Tür zur Gebetshalle öffnete sich leise: Nathanael trat ein, während Semjasa, der ihn begleitet hatte, draußen wartete. Iax löste sich von Gabriel und ging ihm entgegen.

»Meister!«

Iax erwiderte die Umarmung. Dann sagte er: »Wir bringen dich noch heute woanders unter.«

Nathanael nickte: »Gut. Ich glaube nicht, dass uns jemand gefolgt ist, aber gut.«

»Ist dir irgendetwas aufgefallen?«, fragte Iax.

Nathanael schüttelte den Kopf: »Nein, nur dass sie gut vorbereitet waren. Sie haben sich sehr geschickt und umsichtig verhalten.«

»Und es ist sicher, dass sie euch nicht gefolgt sind?«

»Ja.«

Gabriel fragte: »Wie haben sich Semjasa und Asasel bewährt?«

»Ihr meint, ob sie Treue bewiesen haben?«

»Ja.«

»Sie waren treu. Ich fühle mich bei ihnen sicher.«

Iax fragte: »Und du bist ganz sicher, dass dir sonst nichts

aufgefallen ist? Und sei es nur eine Kleinigkeit, die du für unbedeutend hältst?«

Nathanael war im Begriff, zu verneinen, hielt aber einen Moment inne. Iax sah ihn aufmerksam an: »Ja?«

»Nun, da war tatsächlich etwas, das ich nicht einordnen kann, wenn ich auch bezweifle, dass es mit dem Drachen zu tun hat.«

Auch Gabriel sah ihn aufmerksam an. »Alles ist wichtig, Nathanael.«

»Als ich die Versammlung zusammen mit den Zwillingen verließ, stieß ich einen Engel an … da war etwas an ihm … eigenartig … Ich fühlte eine Verbindung, sehr schwach nur, aber da war eine Verbindung.«

»Feindlich?«, fragte Iax.

Nathanael schüttelte den Kopf: »Nein, nicht feindlich, nicht freundlich. Unentschlossen. Aber ein gutes Herz.«

Gabriel stutzte: »Ein gutes Herz? Wie willst du das beurteilen?«

»Ich habe es gesehen«, antwortete Nathanael überzeugt.

Gabriel schien skeptisch, aber Iax ging dazwischen und sagte: »Ich glaube dir, und doch kannst du dich täuschen. Wer ist dieser Engel?«

»Sie heißt Judith«, antwortete Nathanael.

Iax nickte: »Ich werde sie beobachten. Dann werden wir sehen, ob die Begegnung von Bedeutung war oder nicht.«

Währenddessen vertrieben sich Asasel und Seth die Zeit mit Schwertübungen, die Asasel mit großer Freude demonstrierte und korrigierte. Obwohl die Kammer für komplizierte Finten oder wuchtige Reposten nur begrenzt geeignet war, zeigte Seth einmal mehr, dass er durchaus Talent für den Umgang mit dem Schwert hatte. Und es schien, als glänzte in seinen Augen dasselbe Feuer, wenn Asasel ihm das Schwert überließ – er fasste es ebenso ehrfürchtig wie begierig an. So glaubte Asasel einen Bruder im Geiste gefunden zu haben, vereint in der Liebe zu Waffen und der Kampfkunst. Das schuf eine besondere Nähe, die sich von der Distanziertheit Semjasas oder Iax' ihm gegenüber deutlich unterschied.

»Lass die Spitze leicht sinken, so dass es aussieht, als ob du keinen Angriff erwarten würdest, dann stößt du zu und ziehst die Schneide in einer kurzen Bewegung des Handgelenks hoch. Bist du schnell genug, kommt die Reposte zu spät, und du stichst unter der Klinge deines Gegners zu!«

»Ja, Herr.«

Seth ging in eine neutrale Ausgangsstellung, nahm dann eine Angriffsposition ein, ließ die Spitze seines Schwertes leicht hängen und schnellte vor, wie Asasel es ihm erklärt hatte. Der stand neben ihm und führte mit einem flinken Handgriff die Klinge in die richtige Position, indem er seine Hand unter der Klinge anhob und Seths Arm führte, bis dieser die Bewegung erlernt hatte und die Stöße beherrschte.

»Sehr, gut, Engel! Ganz ausgezeichnet!«

»Danke, Herr! Glaubt Ihr, dass ich auch ein Kämpfer werden kann?«

Asasel nickte: »Der Kampf wird bei Engeln nicht mit dem Körper entschieden, sondern im Kopf!«

Seth hatte die Einschränkung erfreut aufgenommen, denn die ganze Zeit, in der er mit den Übungen beschäftigt war, hatte er darüber nachgedacht, wie er Asasel vorsichtig auf das Thema bringen konnte, das ihn wirklich umtrieb.

»Bei Engeln, Herr?!«, fragte er unschuldig.

Ein erschreckter Ausdruck huschte über Asasels Gesicht, dann nickte er und versuchte, das Thema zu wechseln: »Kommen wir noch einmal zu deinen Verteidigungsübungen …«

Seth unterbrach ihn schnell: »Welche Kämpfe gibt es denn noch?«

»Was meinst du?«

»Nun, Ihr habt gesagt, dass Kämpfe bei Engeln im Kopf entschieden werden. Bei wem entscheidet der Arm?«

Asasel schüttelte den Kopf: »Das spielt für uns keine Rolle, Engel. Lass uns zurück zu den Übungen kommen.«

»Verzeiht meine Neugier, Herr. Aber ich möchte so vieles von Euch lernen. Darum verratet mir, was Ihr noch über die Kampfkunst wisst. Auch wenn es mich nicht direkt betreffen sollte.«

Asasel zögerte einen Moment, dann sagte er ernst: »Ich kann nicht, Engel. Belassen wir es dabei.«

Seth war enttäuscht: »Warum könnt Ihr es mir nicht sagen, Herr?«

»Es ist mir nicht erlaubt, darüber zu sprechen!«

»Aber wieso ist es Euch nicht erlaubt?«

»Genug jetzt, Seth.«

Seth dachte nicht im Traum daran, an diesem Punkt aufzugeben, und fragte: »Aber Ihr seid mein Lehrmeister, Herr! Und doch verweigert ihr mir Euer Wissen.«

Asasel fühlte sich bedrängt und war gleichzeitig versucht, Seth zu antworten. Es lag in seiner Natur, Geheimnisse nicht für sich zu behalten, sondern sie zu lehren, um sich an der Wissbegier und dem Lernerfolg seiner Schüler zu erfreuen. Umstände, die ihm schon einmal zum Verhängnis geworden waren – die Konsequenzen daraus waren ihm allzu gut im Gedächtnis. So hatte er beschlossen, dass nie wieder ein Geheimnis seine Lippen verlassen sollte, hatte dem Vater Gehorsam geschworen als Preis für seine Freiheit.

»Probieren wir jetzt eine andere Angriffsübung …«

Seth platzte dazwischen: »Ist es, weil Ihr ein Nephilim seid?«

Asasel reagierte ärgerlich: »Wer hat dir das gesagt, Engel!«

»So ist es doch, oder?!«

Asasel wich aus, immer noch ärgerlich, und doch verriet seine Stimme, dass er sich in der Defensive fühlte: »Ich bin keiner, Engel! Es wäre gut, wenn du mehr Respekt zeigen würdest!«

Seth ließ sich nicht beirren: »Aber Ihr wart einer!«

Asasel machte ein paar Schritte auf Seth zu, den sofort sein ganzer Mut wieder verließ, denn Asasel sah aus, als ob er ihn angreifen wollte. Doch er erhob nicht den Arm, sondern blieb nur dicht vor ihm stehen, wütend und verletzt in einem.

»Schweig jetzt, Engel!«

Seth nickte, wandte sich ab, brach in Tränen aus: »Es tut mir leid, Herr!«

Asasels Wut wich seinem aufkeimenden Mitleid: »Was ist denn nur los mit dir, Seth?«

Seth schüttelte den Kopf, heftig weinend.

Da nahm Asasel ihn in den Arm und versuchte, den Untröstlichen zu trösten: »Dann sag mir, was dich so verzweifeln lässt.«

Wir alle sind die, die wir sind, niemand kann sich gegen das stemmen, was er im Innersten ist. Und Asasel fühlte sich dem Wissen verpflichtet und denen, die lernen wollten. So hielt er Seth und spürte, wie sehr er gebraucht wurde.

Seth schluchzte: »Ich will wissen, woher ich komme, Herr! Ich kann nicht weiterleben, wenn ich nicht erfahre, woher ich komme.«

Asasel antwortete: »Dann bete, Engel! Suche Zwiesprache mit dem Vater, und er wird dir die Antwort geben.«

Seth schüttelte den Kopf: »Nein, Herr, ihr missversteht mich. Ich will nicht zu meinem Vater. Ich will zu meiner Mutter!«

Asasel antwortete irritiert: »Zu deiner Mutter?«

Set nickte: »Ja, Herr. Ich war einst ein Mensch. Und damals hatte ich eine Mutter. Ich will zu ihr!«

»Das geht nicht, Seth.«

Seth sah zu Asasel auf: »Warum nicht, Herr? Ihr wart auch dort!«

Asasel schluckte und antwortete: »Ich habe teuer dafür bezahlt.«

Doch Seth drängte: »Bitte, Herr! Ich habe sonst keinen, der mir helfen kann! Ihr seid meine letzte Hoffnung!«

Asasel schüttelte den Kopf: »Du verlangst viel, Seth. Du ahnst gar nicht, wie viel du verlangst!«

Seth klammerte sich an Asasel: »Seht Euch doch nur um, Herr! Wir stehen vor einem großen Krieg. Vielleicht sogar vor dem Untergang der Schöpfung. Wen kümmert da ein kleiner Engel?«

Asasel antwortete: »Das mag sein, Seth. Aber ich habe ein Versprechen gegeben und darf es nicht brechen.«

Seth rang wieder mit Tränen: »Herr, ich flehe Euch an. Wenn ich jetzt nicht gehe, dann werde ich nie wissen, woher ich komme. Es bleibt keine Zeit mehr.«

»Dann frag die Cherubim oder die Seraphim, ob sie dich gehen lassen.«

Seth reagierte wütend: »Wie könnte ich sie fragen, wenn man mir nicht erlaubt, sie zu sehen. Ihr wisst, dass ich nicht würdig bin, das Wort an sie zu richten, Herr!«

»Dann frag Gabriel. Sie wird dir zuhören«, schlug Asasel vor.

»Niemand wird mir zuhören, weil sich niemand für mich interessiert, Herr. Und das ist die Wahrheit!«

Er weinte, und Asasel gab sich alle Mühe, ihn zu trösten. So sagte er leise: »Schhh, kleiner Engel, weine nicht. Es ist nicht wahr, dass sich niemand für dich interessiert, denn *mir* liegst du am Herzen.«

Seth sah zu ihm auf: »Dann helft mir, Herr!«

»Ich biete dir meine Freundschaft an, Seth. Mehr kann ich nicht tun!«

Seth schüttelte trotzig den Kopf: »Zeigt mir den Weg zu den Menschen, Herr! Ihr kennt ihn!«

»Nein.«

»Sagt mit nur, wie ich zu ihnen komme! Nicht mehr! Ich gehe alleine. Niemand wird wissen, dass ihr mir geholfen habt.«

Asasel lächelte schwach: »Und wie sollte ich deine Abwesenheit erklären, Seth?«

Seth antwortete trotzig: »Sagt, dass mich der Drache geholt hätte.«

Asasel ließ ihn los: »Es ist genug, Seth!«

»Ihr wollt mir nicht helfen?!«

Asasel sah in die bittenden Augen, und selten war ihm eine Antwort so schwergefallen. Aber er hatte keine Wahl. »Nein, ich werde dir nicht helfen. Und ich möchte auch nicht mehr über das Thema sprechen.«

Seth nickte betrübt und wandte sich von Asasel ab. Er würde fliehen – und er wusste auch schon, wie.

Ein feuriger Sonnenuntergang verwandelte die Kuppel von Luzifers Turm in ein flammendes Spektakel, worin sich alle Schattierungen von Rot bis Orange wiederfanden und den großen Saal hoch über den Dächern der Burg friedlich und warm erscheinen ließen. Luzifer sah hinab auf die Zinnen und Giebel, Plätze und Mauern, die vor langer Zeit auch seine Heimat gewesen waren. Er hatte sie mit erschaffen, hatte mit Stolz und Freude gesehen, wie sie sich mit Leben gefüllt hatten, in einer Welt der Perfektion und Eleganz. Ein schillerndes, überbordendes Paradies, begründet auf Intelligenz und Schönheit. Es hätte bis ans Ende aller Zeit so sein können, doch mitten ins ewige Glück platzte der Mensch als Schöpfung des Vaters. Und mit ihm das Ende von allem, was Luzifer sich je erträumt hatte. Er stützte sich an eine der Säulen und versuchte, nicht an den Schmerz zu denken, der ihm widerfahren war. Was geschehen war, war geschehen. Jetzt ging es nur noch darum, das zu korrigieren, was von Anfang an ein schwerer Fehler gewesen war.

Baal trat in den Saal und führte einen Engel herein, von dem er nur schwer die Augen lassen konnte: Lillith. Sie stand neben ihm und wartete geduldig, bis Luzifer ihnen seine Aufmerksamkeit schenkte, während Baal immer wieder zu ihr hinüberschielte. Ihre Anziehungskraft war fast schon magisch. Da war etwas in ihrer Aura, das einfach nur unwiderstehlich war, etwas, das alle Aufmerksamkeit band, das zum Ergründen provozierte und für das es keine Lösung zu geben schien. Dabei war nichts an ihr von besonderer Auffälligkeit: Sie war weder übermäßig schön noch von besonderem Wuchs. Doch in ihrem Blick verlor man sich, so dass man hoffte, sie würde sich nie wieder von einem abwenden.

»Herr?«, fragte Baal vorsichtig.

Luzifer drehte sich um, und es war alle Last und Erinnerung von ihm abgefallen. Er lächelte, lief Lillith entgegen und küsste galant ihre Hände. Sie kniete vor ihm nieder und verneigte sich, während Luzifer Baal zu verstehen gab, dass er nicht mehr gebraucht würde. Es war ihm anzusehen, dass er sich nur widerwillig von Lillith trennte, aber die Furcht vor dem Drachen ließ ihn nicht zögern, dem Befehl Folge zu leisten.

Luzifer nahm es mit Entzücken wahr.

»Wie ich sehe, hast du nichts verlernt!«, sagte Luzifer und half ihr wieder auf die Füße.

Sie lächelte: »Ich weiß nicht, was du meinst.«

Luzifer brach in schallendes Gelächter aus und gab ihr mit einem Zwinkern zu verstehen, wie sehr er sie schätzte und dass er deswegen auch nichts dagegen hatte, dass sie die förmliche Anrede umging.

»Wie ist es dir ergangen, Lillith?«, fragte er.

Ihr Lächeln verschwand. »Ich denke, das weißt du.«

Luzifer nickte: »Unser Vater hat nicht viel Verwendung für die, die ihm ein Dorn im Auge sind. Er straft gerne. Nur nicht sich selbst.«

»Und du wirst dies ändern?«, fragte sie.

Er sah sie an, und sie wich seinen schwarzen Augen aus, die tief in jeden hineinsehen konnten und stets das fanden, was man am meisten verbergen wollte. Sie rang mit ihrer Fassung, spürte diesen Blick selbst dann noch, als sie längst auf den Boden starrte, nur um nicht mit dem konfrontiert zu werden, was hinter ihr lag.

»Glaubst du nicht, dass ich weiß, was du durchgemacht hast? Eingesperrt und vergessen von deinen Brüdern und Schwestern. Gefangen in einer Einsamkeit, die alle Vorstellung übersteigt. Und nicht zu wissen, was man eigentlich getan hat, um auf diese Weise zerbrochen zu werden?«

Lillith starrte nur auf den Boden, aber Luzifer konnte sehen, wie sie weinte. Die Tränen tropften auf den Boden, ohne dass sie sich sonst bewegte, gewohnt, ihre tiefsten Empfindungen vor anderen zu verbergen. Doch vor ihm konnte sie sich nicht verstecken, niemand konnte das, und so hatte er auch die Verletzung, den Schmerz und die Wut sehen können, die ihr Herz mit eiserner Faust umklammert hielten.

Er hob ihren Kopf an und zwang sie, ihn anzusehen: »Ich kann *dich* sehen. Und ich sehe, dass du nicht zerbrochen bist. Du hast durchgehalten und auf den Tag gehofft, an dem die Welt neu erschaffen wird. Auf den Tag, an dem die Heilige Ordnung zusammenbricht.«

Sie nickte, unfähig zu antworten.

»Ich habe gute Nachrichten für dich, schöne Lillith. Wir sind fast am Ziel. Wir werden diesen Krieg gewinnen, und dann wird alles so sein, wie es einmal war.«

Sie antwortete: »Du versprichst es?«

»Ja.«

Sie lächelte schwach, dann antwortete sie fest: »Ich werde dir helfen, Luzifer.«

»Ja, das sehe ich.«

Er ließ sie los und bot ihr einen Platz an der Tafel an, aber sie blieb stehen, ungeduldig auf das wartend, was Luzifer ihr offenbaren wollte.

»Unsere Feinde verstecken einen Engel vor uns, dessen Rolle mir nicht klar ist. Ich muss in sein Herz sehen, um zu wissen, warum er so wichtig für den Rat ist. Wenn sie auf ihn hoffen, dann will ich ihn überzeugen, sich uns anzuschließen.«

Lillith nickte: »Und wenn er nicht will?«

Luzifer antwortete ruhig: »Dann wird er sterben.«

»Wo finde ich diesen Engel?«, fragte sie.

»Sie haben ihn in den Trakten der Ihren versteckt. Dort ist er einer unter vielen. Ich glaube nicht, dass sie noch mal den Fehler begehen, ihn aus seinem Versteck zu führen, aber wenn, dann wirst du in seiner Nähe zwei Wachen finden: die Zwillinge Semjasa und Asasel.«

Lillith nickte.

»Sei auf der Hut, denn beide sind sehr wachsam und äußerst wehrhaft.«

»Und doch haben sie Schwächen?«, mutmaßte Lillith.

Luzifer lächelte: »Ja, so ist es. Sie haben ebenfalls gelitten und sind nur frei, weil sie dem Rat Treue geschworen haben.«

Lillith staunte: »Der Vater hat sie bestraft?!«

»Ja.«

»Dann werden sie diesen Schwur nicht brechen«, antwortete Lillith bestimmt. »Sie werden nicht vergessen haben, wie es ist, wenn man …«

Sie brach ab. Es fiel ihr schwer, auch nur zu erwähnen, was eine Strafe des Vaters in einem Engel anrichten konnte.

Luzifer nickte ihr zu: »Und doch hilfst *du* mir.«

Sie schwieg.

Luzifer fuhr fort: »Fürchte dich nicht, Lillith. Unsere Zeit wird bald kommen. Sobald ich diesen Engel habe, werden wir unsere Gegner vernichten. Und diesmal wird der Vater ihnen nicht helfen. Diesmal stehen sie allein.«

Lillith nickte: »Sag mir, was ich tun soll.«

»Konzentriere dich auf Semjasa. Er wird zu uns kommen, wenn du ihm bietest, was er am meisten begehrt.«

»Was ist das?«

Luzifer sprang lächelnd auf und näherte sich Lillith: »Er ist ein Nephilim. Und wird es immer bleiben. Ganz gleich, wie hart ihn der Vater bestraft: Er wird alles auf sich nehmen, um dorthin zurückzukehren, wo sein Herz geblieben ist.«

»Eine Frau?«, fragte Lillith.

Luzifer nickte: »Ja, eine Frau.«

Er winkte sie zu sich heran und flüsterte ihr Semjasas Geschichte ins Ohr. Eine, die der Rat für zu gefährlich hielt, als dass sie irgendein anderer Engel wissen durfte. Eine Geschichte, die aus dem Bewusstsein der Engel gelöscht worden war. Eine Geschichte, der Lillith atemlos folgte, die sie wie ein schwamm aufsog und sich zu eigen machte. Sie sah Luzifer an, und in ihrer Aura flammte das Begehren so stark auf, dass für einen Moment alle Engel im Turm und in dessen Nähe innehielten und zur Kuppel aufsahen.

Dann verneigte sie sich vor ihm und machte sich auf die Suche nach Semjasa.

Nathanael kehrte nur in seine alte Kammer zurück, um Seth mitzuteilen, dass sie beschlossen hatten, ihre Gruppe zu trennen. Der Vorfall am Morgen hatte vor allem Iax so beunruhigt, dass er das Risiko der Entdeckung weiter minimieren wollte und deshalb befohlen hatte, die Gemeinschaft der vier zu teilen in Semjasa und Nathanael sowie Asasel und Seth. Der Drache hatte seine Augen überall, und er kannte alle Beteiligten. Sollten Asasel oder Seth entdeckt werden, so würden sie die Späher jetzt nicht mehr zu Nathanael führen.

Für Seth war die Trennung von Nathanael ein herber Schlag, und Nathanael rechnete mit Tränen und Bitten. Doch Seth nahm die schlechten Nachrichten sehr gefasst auf, so gefasst, dass Nathanael darüber mehr als erstaunt war und er Seth Komplimente ob seiner Tapferkeit machte.

Der antwortete: »Sorge dich nicht, Nathanael. Es steht so viel auf dem Spiel, dass wir uns keine Fehler mehr leisten können.«

Nathanael drückte seine Hand und sah ihn dankbar an: »Es wird alles gutgehen, Seth.«

Die beiden umarmten sich, und Seth hielt Nathanael so fest, dass ihm ein wenig die Luft wegblieb.

»Ich wünsche dir Glück, Nathanael!«, flüsterte er ihm ins Ohr, ohne dass er Anstalten machte, ihn loszulassen. »Vielleicht werden wir uns nie wiedersehen!«

Nathanael spürte, dass Seths Tapferkeit nur gespielt war, dass er zitterte und gleichzeitig versuchte, sich nichts anmerken zu lassen. Seine Verabschiedung hatte etwas Endgültiges, als ob der Krieg bereits verloren wäre und jeder seine letzten Momente erlebte.

»Wir werden uns wiedersehen, Seth. Ich verspreche es!«, flüsterte Nathanael zurück.

Seth nickte, vergrub sein Gesicht zwischen Nathanaels Hals und Schulter, weinte. Dann trennten sie sich, Seth wischte sich verstohlen über die Augen.

In der Tür drehte sich Nathanael noch einmal um, sah Seth, der ihm zuwinkte und dahinter Asasel, der über ihn wachte. In diesem Augenblick war Nathanael, als ob er ihn zurückließe, als ob die Tür, die gleich ins Schloss fallen würde, sie für immer trennte. Er hob die Hand zum Abschied, dann wandte er sich ab und ging.

Tief in der Nacht, nachdem Seth mit tiefen Atemzügen vorgegeben hatte zu schlafen, drehte er sich in der Dunkelheit zu Asasel und sah, dass der eingenickt war. Ohne jedes Geräusch näherte er sich ihm, hob seine Handinnenfläche gegen dessen Stirn, ohne sie jedoch zu berühren, und rief in Gedanken leise Asasels Namen. Er nahm eine vage Antwort wahr, beobachtete dabei genau den Zwilling, der weiterschlief.

Und so schlich er sich leise, ganz leise, in Asasels Träume.

Er sprach ihn als Freund an, froh, ihn an seiner Seite zu wissen, und Asasel antwortete, dass er gern Seths Freund wäre. Dann sprach er ihn als Lehrer an, der bewundernswert viel über Kampf- und Schmiedekunst wusste, und Asasel antwortete ihm, dass er nie einen gelehrigeren Schüler gehabt hätte. Dann sprach er ihn als Nephilim an, und Asasel antwortete, dass auch die Menschen gute und gelehrige Schüler seien. Seth antwortete, dass er bereit sei, die Menschen zu lehren, was Asasel ihm beigebracht hatte, und der Zwilling antwortete, dass dies verboten wäre. Doch Seth beruhigte Asasel und versprach, sein Erbe weiterzuführen, auf dass die Menschen Asasels Namen bis in alle Ewigkeit voller Ehrerbietung aussprechen sollten, denn ihm hätten sie alles zu verdanken. Und Asasel antwortete, dass sie ihn nach all der Zeit sicher vergessen hätten. Seth versprach, ihn in die Gedanken und Herzen der Menschen zurückzubringen; sie sollten seiner als Lehrer für immer gedenken, und Asasel antwortete, dass er gern ihr Lehrer war.

Dann fragte Seth ihn nach dem Weg zu ihnen, und Asasel verriet es ihm.

48

Iax sah es ihm an, bevor er auch nur ein Wort gesagt hatte. Er sprang auf, griff instinktiv nach seinem Schwert und stürmte Asasel entgegen, der bedrückt in der Tür zu Iax' Kammer stehen geblieben war. Er schob ihn mit einer Hand hinein und kontrollierte gleichzeitig den Flur des Traktes, auf dem die Engel des zweiten Chors untergebracht waren. Es war noch früh am Morgen, und doch waren die Ersten auf den Beinen, um am Disput teilzuhaben, der am Vortag ausgefallen war. Hier fragte niemand nach dem seltsamen Besuch Asasels, der nur ein einfacher Engel war, denn jeder wusste um Iax' Stellung. Obwohl er im Rang hinter den Dominationes und Virtutes stand, sah hier jeder zu ihm auf, seine Fähigkeiten im Kampf waren bekannt, und darum respektierten ihn alle.

Iax schloss die Tür und wandte sich Asasel zu: »Was ist passiert?«

Asasel antwortete zurückhaltend: »Seth ist verschwunden.«

Iax durchbohrte ihn förmlich mit Blicken, so dass Asasel

die Augen niederschlug. Dass so etwas möglich war, war ihm nicht nur ein Rätsel, sondern beschämte ihn bis in die letzte Faser seines Seins.

Iax zischte: »Wie konnte das passieren?!«

Asasel wusste nicht, was er darauf hätte antworten können. So sagte er nur: »Ich weiß es nicht, Herr.«

Iax unterdrückte nur schwer seine Wut: »Wie konntest du einen Eindringling überhören, Zwilling? Wie konnte das einem Engel wie dir passieren?«

Asasel hielt den Blick gesenkt, während Iax nicht mehr an sich hielt: »WIE KONNTE DAS PASSIEREN, ENGEL?!«

Asasel schwieg.

Iax lief unruhig in seiner Kammer umher und versuchte nachzudenken: Der Drache hatte das Versteck also entdeckt! Er musste einen Weg gefunden haben, Späher aufzustellen, die von ihnen nicht bemerkt worden waren. Das würde bedeuten, dass Nathanael zu keinem Zeitpunkt mehr sicher wäre. Was dem Drachen einmal gelang, würde auch ein zweites Mal gelingen. Dazu hatten sie Asasel überlistet! Wie auch immer sie das angestellt hatten, es bedeutete für Nathanael, dass er in größerer Gefahr schwebte, als sie bisher angenommen hatten. Oh, wie leichtfertig der Rat die Bedrohung weggewischt hatte! Sie waren sich ihrer so sicher, dass sie den Drachen permanent unterschätzten. Was, wenn er längst wusste, wo Nathanael war? Würden sie Semjasa genauso überlisten können wie seinen Bruder?

Iax packte Asasel an der Schulter und schob ihn zur Tür: »Wir müssen los! Schnell!«

Sie liefen den Flur entlang, vorbei an den Dominationes und Virtutes, die auf dem Weg zur Versammlung waren, erreichten eine Tür und eilten ein labyrinthisches Treppenhaus hinauf, hinab, bogen mal nach links, mal nach rechts und kontrollierten immer wieder, ob sich jemand in der Nähe befand. Dann stiegen sie länger aufwärts und erreichten einen verlassenen Gang, in dem es zwar viele Kammern gab, von denen allerdings keine belegt war. Iax öffnete eine der Türen und betrat einen vollkommen leeren Raum, suchte eine bestimmte Stelle in der Wand und schnitt mit der Spitze seines Schwertes ein Rechteck hinein. Dort, wo das Schwert sie berührt hatte, blitzte das Licht der Wände hell auf, so dass eine Tür in Umrissen sichtbar wurde.

Iax drückte sie auf: Sie standen in einem weiteren Flur, der sich in der Unendlichkeit zu verlieren schien. Er verschloss die Pforte hinter sich, die wieder eins mit der Wand wurde, so dass man nicht mehr sehen konnte, wo sich der geheime Gang befand.

Sie brauchten nicht lange, um eine unscheinbare Tür zu erreichen, die Iax vorsichtig aufschob – Semjasa dahinter reagierte sofort, der Potestas konnte die Bewegung spüren.

»Ruhig!«, befahl er leise. Dann trat er ein und sah, wie Semjasa sein Schwert wieder in die Scheide führte.

Nathanael lief überrascht zu Iax und umarmte ihn herzlich. »Meister! Was macht Ihr hier?«, fragte er.

»Ich bringe schlechte Nachrichten.«

Nathanael reagierte geschockt: »Seth!«

»Ja.«

Nathanael fragte: »Was ist passiert?«

Iax antwortete: »Er ist verschwunden. Wir müssen davon ausgehen, dass der Drache ihn hat.«

Nathanaels Blick wanderte instinktiv zu Asasel, der beschämt den Blick senkte.

»Sie müssen einen Weg gefunden haben, Asasel zu überlisten«, erklärte Iax. »Das bedeutet auch, dass du nirgendwo mehr sicher bist.«

»Was sollen wir jetzt tun?«, fragte Nathanael.

»Wir fragen den Rat.«

Sie verließen zusammen den geheimen Trakt und kehrten zügig, aber mit der größten Vorsicht zurück zu dem Saal, in dem sie dem Rat zum ersten Mal begegnet waren. Asasel und Semjasa warteten draußen, während Iax und Nathanael an die Tafel der Seraphim und Cherubim traten, die sich dort auf den Disput vorbereiteten. Iax verneigte sich, genau wie Nathanael, und erklärte Camael, der ihnen entgegengekommen war, in kurzen Worten, was er befürchtete. Auch Gabriel und Michael waren herangetreten und hörten mit wachsender Sorge, was vorgefallen war.

Gabriel sagte: »Wir werden nach Seth suchen! Wenn Luzifer ihn hat, dann werden wir ihn finden und zurückfordern.«

Michael war im Begriff zuzustimmen, als Camael eine andere Entscheidung traf: »Wir werden diesen Engel nicht suchen.«

Nathanael protestierte: »Herr! Ich bitte Euch, Eure Entscheidung zu überdenken. Seth ist wichtig für uns!«

Camael sah ihn scharf an: »Ich glaube nicht, dass ich dir erlaubt habe, das Wort an mich zu richten, Engel!«

Nathanael presste die Lippen aufeinander, verbeugte sich kurz, zum Zeichen, dass er den Tadel annahm. Dann fuhr Camael fort: »Wieso sollte dieser Engel wichtig für uns sein?! Er ist einer von Milliarden, die vor dem Untergang stehen. Wir werden nichts tun, was den Frieden stören könnte, denn wir wissen nicht, ob Luzifer diesen Engel nun hat oder nicht. Wenn er ihn hat, wird er es uns wissen lassen.«

Gabriel fragte Iax: »Trägt Seth Geheimnisse in sich? Etwas, das Luzifer zum Vorteil nutzen könnte?«

Iax antwortete: »Nein, Herrin.«

Camael nickte: »Gut, dann gebt diesen Engel auf!«

Nathanael wollte erneut protestieren, aber Rafael, der jetzt ebenfalls bei ihnen stand, hob die Hand und gebot ihm, zu schweigen. Seinem Blick zufolge war er Camaels Meinung und – obwohl er Nathanaels Hang zum Ungehorsam kannte – ungehalten über die Anmaßung, dass er Camael ein zweites Mal widersprechen wollte. Die Mitglieder des Rates verließen nacheinander den Raum, nur Michael und Gabriel blieben zurück.

»Bitte, Gabriel, ich kann Seth nicht aufgeben!«, bat Nathanael.

Gabriel schüttelte den Kopf. »Es tut mir leid, Nathanael. Die Entscheidung Camaels ist unumstößlich. Gerade jetzt müssen wir Einigkeit zeigen. Wir können uns nicht wegen eines einzigen Engels entzweien.«

»Aber hatte Rafael nicht selbst gesagt, dass unsere Gemeinschaft nicht getrennt werden darf? Jetzt ist er anderer Meinung. Und Ihr auch?«

Gabriel zögerte einen Moment mit der Antwort, dann sagte sie: »Camael hat entschieden. Und wir werden dem folgen.«

Michael nickte. »Du wirst ab jetzt in meinem Turm wohnen.«

Iax sagte: »Der Drache wird seine Anwesenheit spüren, Herr! Das Haus des Michael ist kein gutes Versteck!«

Michael nickte: »Dann entscheide du, Iax. Finde ein neues Versteck für ihn!«

Sie verbeugten sich voreinander, dann verließen Gabriel und Michael den Saal.

Nathanael wandte sich an Iax: »Meister, ich bitte Euch! Gebt Seth nicht auf!«

Iax antwortete nicht sofort und wich dem Blick Nathanaels aus. Es war noch nicht lange her, da hätte ein solches Flehen nichts bei ihm bewirkt, jetzt aber fühlte er sich für seinen Schützling in einem Maße verantwortlich, dass er sogar bereit war, sich den Befehlen des Rates zu widersetzen. Die Cherubim und Seraphim begingen Fehler, und Iax war nicht mehr bereit, diese mitzutragen.

»Ist dir an Seth irgendetwas aufgefallen, Engel?«

»Was meint Ihr, Meister?«

»War er anders als sonst, als ihr euch verabschiedet habt?«

Nathanael dachte nach und antwortete: »Er war traurig. Genau wie ich. Aber er war auch sehr gefasst. Es war, als hätte er sich für immer von mir verabschiedet.«

»Und trotzdem war er gefasst?«

»Ja, erstaunlich gefasst, Meister.«

Er sah Nathanael durchdringend an: »Ich erinnere mich an einen Moment, kurz bevor wir die Burg betraten, als ihr beide in geheimer Ansprache miteinander schient. Du hast mir damals gesagt, dass Seth den Vater zu sehen wünschte. Eine Ausrede, nicht wahr?«

Nathanael schluckte: »Ja, Meister.«

»Worüber habt ihr tatsächlich gesprochen?«

Nathanael zögerte, denn er fürchtete einen Wutausbruch von Iax, dann aber antwortete er wahrheitsgemäß: »Wir sprachen über Menschen.«

Iax nickte nachdenklich, aber er blieb ruhig: »Über bestimmte Menschen?«

»Ja, Meister.«

Nathanael konnte sehen, wie Iax die Kiefer aufeinanderpresste, sah die Anspannung und die Mühe, die es ihn kostete, nicht lauthals loszupoltern.

»Hatte ich euch nicht verboten, darüber zu sprechen, Engel?«

»Ja, Meister.«

Iax drehte sich um, ging zur Tür des Saals, öffnete sie und bat Semjasa und Asasel herein. Erbost baute er sich vor Asasel auf und herrschte ihn an: »Hat Seth dich nach dem Weg zu den Menschen gefragt, Engel?!«

Asasel brauchte eigentlich nicht zu antworten, der Schreck hatte einen unmissverständlichen Ausdruck in seinem Gesicht hinterlassen.

»Ja«, sagte er kleinlaut.

Semjasa sah ihn überrascht an, aber sein Blick war weich, verständnisvoll. Ohne ein Wort zu sagen, stand er seinem Bruder bei, möglicherweise sprach er sogar in Gedanken zu ihm. Nathanael spürte die Liebe und die Verbundenheit der Zwillinge, die trotz unterschiedlicher Interessen zusammenhielten.

»Was hast du getan, Engel!«, fauchte Iax wütend.

Asasel wagte kaum aufzublicken, während sich Semjasas Schultern anspannten: Nathanael sah in sein Herz und fühlte, dass er kurz davor war, Iax anzugreifen. Schnell suchte Nathanael nach dessen Hand, drückte sie leicht und sandte ihm die Botschaft, sich zu beruhigen. Das irritierte Iax einen kurzen Moment, dann konzentrierte er sich wieder auf Asasel und sagte wesentlich sanfter: »Antworte!«

»Ich habe ihm gesagt, dass ich ihm nicht helfen kann, Herr!«

Iax behielt ihn im Auge: »Ist das die Wahrheit?«

»Ja, Herr! Ich habe ihm nichts verraten.«

Semjasas Minenspiel verriet nichts, aber er war immer noch auf der Hut.

Iax fragte: »Welche Wege nach draußen kennst du?«

Asasel antwortete: »Ich kenne nur einen, Herr.«

»Welchen?«

Asasel blickte zu Nathanael, unsicher, ob die Frage nicht eine Falle von Iax war, denn wenn er vor ihm offen aussprach, was er wusste, würde das nur Iax' Misstrauen verstärken.

»Sprich offen, Engel!«, forderte Iax.

Doch Asasel schwieg, aus Angst, dass ihn die Antwort in eine Hölle zurückbringen würde, die er gerade erst verlassen hatte. Iax wandte sich zu Nathanael und befahl ihm, den Raum zu verlassen. Der gehorchte und schloss die Tür hinter sich. Für einen Moment dachte er darüber nach, sich auf das zu konzentrieren, was sich dahinter abspielte, aber er widerstand der Versuchung. Nicht lange, und die Tür öffnete sich wieder. Die drei traten heraus, ohne dass man ihren Gesichtern das Ergebnis ihres Gesprächs ansehen konnte. Mit einem Kopfnicken befahl Iax den Zwillingen, sich zurückzuziehen. Erst als ihre Schritte nicht mehr zu hören waren, fragte Nathanael: »Was hat er gesagt, Meister?«

»Er schwört, dass er Seth nicht den Weg zu den Menschen verraten hat.«

»Glaubt Ihr ihm?«

Iax verzog skeptisch den Mundwinkel: »Er schien aufrichtig zu sein. Aber er ist ein Nephilim. Wie könnte man einem Engel je glauben, der sich mit Menschen eingelassen hat.«

»Ihr seid sehr hart mit ihm, Meister. Er hat ein gutes Herz.«

Iax seufzte und sagte: »Du hast Verständnis für jedes Wesen, nicht wahr? Die Schöpfung geht ihrem Ende entgegen, und du reichst deinem Feind noch die Hand.«

Nathanael antwortete: »Er ist nicht unser Feind, Meister! Und ich glaube auch nicht, dass er uns angelogen hat.«

Iax nickte: »Es gibt nur einen Weg, das herauszufinden!«

Nathanael sah ihn fragend an – Iax antwortete: »Wenn er die Wahrheit gesagt hat, dann ist das Tor zur anderen Welt noch geschlossen.«

»Ihr wollt mir den Weg zu den Menschen zeigen?«

Iax schob ihn an, zu gehen: »Hast du vor zu fliehen?«

»Nein, Meister!«

»Dann folge mir.«

Sie durchquerten den Trakt und begannen einen langen Abstieg. Selbst angesichts der verwirrenden Abmessungen der Burg war der Weg weit – es folgten Treppe auf Treppe, die sich tief in das Innerste hinein wanden, ohne dass es Anzeichen gab, dass dieser Abstieg jemals enden würde. Die Wände strahlten hier schwächer, so dass das Licht immer schummriger wurde.

Dann erreichten sie eine Sackgasse, ähnlich der, die zu Semjasas und Asasels Gefängnis geführt hatte, und auch hier berührte Iax die Mauer mit der Schwertspitze, bis sich eine Tür abzeichnete, die er mit einem Ruck aufdrückte: Sie blickten in einen schmalen Flur, der völlig im Dunkeln lag, ein schmaler Schlund, der ins Nichts führte.

Iax schloss die geheime Tür hinter sich – jetzt sahen sie nichts mehr. Sie folgten dem Weg, wandelten wie durch ein finsteres Tal, bis vor ihnen ein kleiner heller Punkt sichtbar wurde, auf den sie zuhielten. Sie kamen rasch näher, der

Punkt entpuppte sich nach und nach als der Spitzbogen eines Tors. Nur wenige Momente später standen sie davor: Es stand weit offen. Die eisenbesetzten Flügel waren aufgeklappt. Im Durchgang schimmerte es hell, gallertartig, wie ein silbriges Nordlicht bewegte sich die schön anzusehende, unruhige Oberfläche. Sie reizte förmlich, sie anzufassen, und Nathanael streckte bereits die Hand nach ihr aus, als Iax seinen Arm festhielt.

»Ist das alles, woran du denken kannst, Engel?!«, fragte er streng.

»Verzeiht, Meister, es ist nur … es sieht so schön aus.«

Iax schwieg und starrte auf den offenen Durchgang, dann murmelte er: »Dieser verdammte Zwilling! Ich hätte ihm nicht trauen dürfen!«

Nathanael war versucht, Asasel zu verteidigen, schwieg aber, denn auch er fühlte sich getäuscht. Er hatte in dessen Herz gesehen und ihm geglaubt, aber die Tatsachen sprachen eine andere Sprache: Asasel hatte Seth das Tor zur Menschenwelt verraten. Und es gab nichts, was das entschuldigen konnte, denn er hatte nicht nur seinen Schwur gebrochen, sondern auch noch versucht, Iax und ihn irrezuführen. Nathanael war enttäuscht und erschreckt in einem, denn er hatte Asasel falsch eingeschätzt, was letztlich bedeutete, dass er seinen eigenen Fähigkeiten nicht trauen konnte.

»Was wird jetzt aus Asasel?«, fragte Nathanael.

»Das wird der Rat entscheiden.«

»Was wird man beschließen?«

Iax zögerte einen Moment, dann sagte er: »Man wird ihn anhören und dann beraten. Anschließend wird man ihm seine Strafe mitteilen.«

Nathanael fühlte Trauer und Mitleid. Er hatte gesehen, was sie mit ihm gemacht hatten beim ersten Verstoß: die vor Schmerz verzerrten Gesichtszüge, das auf dem Kopf stehende Kreuz, die tiefe Finsternis. Wenn Iax jetzt umkehrte und dem Rat berichtete, wäre Asasels Schicksal besiegelt.

Und ganz gleich, wie diese Krise ausging, er würde wohl nie wieder das Licht eines neuen Tages sehen.

Doch Iax kehrte nicht um, sah nur in den Durchgang zu einer anderen Welt und drehte sich zu Nathanael: »Michael hat mich beauftragt, ein neues Versteck für dich zu finden.«

»Ja, Meister!«

»Nun, es gibt eines, wo dich der Drache nicht finden wird ...«

Er blickte auf die silbrig glänzende Oberfläche des Durchgangs – Nathanael verstand sofort.

»Ja, Meister!«

Iax nickte: »Dann folge mir jetzt in eine andere Welt, Engel!«

Sie traten vor das Tor.

Und verschwanden innerhalb eines Wimpernschlags.

49

Sie suchten nach Behältern, etwas, das heil geblieben war, um Wasser darin zu transportieren, und hatten großes Glück, dass die Leitung, die zu Judiths Brunnen führte, gerissen war: Aus der Bruchstelle schoss in einer hohen Fontäne sauberes Wasser in die Luft. Sonst war wenig übrig von ihrem Anwesen. Steine, Säulen, Balken hatten sich in einem wilden Chaos ineinander verkeilt, so dass Kanten und Spitzen in bizarren Formationen wie die Hände und Finger von Flehenden in den Himmel ragten. Für einen Moment hatte Esther mit dem Gedanken gespielt, Judiths Körper zu bergen, um ihn würdig zu beerdigen, dann aber von dem Vorhaben abgelassen, weil es sinnlos war, in den Trümmern danach zu suchen. Mal ganz davon abgesehen, dass es ohnehin nur noch der Körper war, dessen Seele von den Engeln bereits in eine andere Welt gebracht worden war. Was spielte es für eine Rolle, wo das Fleisch vermoderte?

Daniel hatte im Garten in den Resten der Kabana ein paar Kanister gefunden, die nur deswegen nicht zerstört worden waren, weil das Häuschen in Leichtbauweise aus Holz und Stroh konstruiert gewesen war. So kletterte er über den Bauschutt zu der Stelle, die einmal der stille Patio gewesen war, und füllte die Behälter mit dem Wasser, das dort aus der Leitung spritzte. Obwohl sich die beiden keine Stunde im Freien aufgehalten hatten, begannen nach wenigen Minuten die ersten Schwindelanfälle, so sehr brannte die Sonne unbarmherzig auf sie herab. Der Stern, durch den das Leben auf der Erde überhaupt erst möglich war, hatte sich in des Menschen größten Feind gewandelt. Blieb es so, würde in wenigen Tagen kein Leben mehr auf der Erdoberfläche möglich sein.

Sie verließen ihre alte Heimat, ohne sich noch einmal umzudrehen, und lenkten den Wagen ins Landesinnere. In Daniels komfortabler Limousine wäre die Fahrt deutlich angenehmer gewesen, eine Klimaanlage hätte sie vor dem Glutofen, der sie umgab, bewahrt, doch Esthers Auto war alt. Sie drehten die Scheiben herunter, aber auch der Fahrtwind brachte keine Kühlung – im Gegenteil: Er schien ihre Körper umso schneller auszutrocknen. So schlossen sie die Scheiben wieder, ließen nur einen kleinen Spalt offen und steuerten durch eine steinige braune Landschaft, die nie mehr Ähnlichkeit mit einer Wüste gehabt hatte als in diesem Moment. Es kamen ihnen viele Autos entgegen, tiefliegend und voll bepackt mit Menschen und ihren Habseligkeiten, die hier und da in abenteuerlicher Art und Weise auf den Dächern verschnürt worden waren. Es war erstaunlich, wie sehr sie alle Zeichen, dass ihr Besitz nur noch Ballast war und ihnen nichts nützen würde, ignorierten; es würde keine Zukunft mehr geben, in der sie mit ihren alten Dingen neu hätten anfangen können. Nur eines war jetzt wichtig: Wasser. Um zumindest noch ein paar Tage zu überleben. Wer nicht genug davon mit sich führte, würde bald merken, dass die schicke

Bluse oder das teure Hemd allenfalls den eigenen Leichnam würde schmücken können.

Esther sah den Autos im Rückspiegel nach, dachte an die Väter, Mütter, Kinder darin und fühlte eine tiefe Trauer, denn alle hatten den gleichen Fluchtimpuls wie die Heuschrecken: zum Meer. Sie würden es nicht erreichen, da die Straßen verstopft waren und die meisten Autos nicht dafür taugten, abseits der Pisten durchs Gelände zu fahren. Zur Mittagszeit würden sie nicht einmal mehr aussteigen können, da der Asphalt mittlerweile Blasen warf, und selbst bei voller Fahrt war zu spüren, wie die weiche Unterlage an den Reifen zerrte. Und sollten es doch einige bis zum Meer schaffen, würden sie auf das blutige Wasser schauen, das sie nicht trinken konnten und durch das kein Schiff mehr fuhr.

Sie passierten eine Tankstelle, vor der sich eine kilometerlange Schlange gebildet hatte. Der Tankwart hatte die Preise ganz uncharmant verzehnfacht und freute sich über das Geschäft seines Lebens. Schön, dass es immer noch Menschen gab, die glücklich zu machen waren. Daniel sah auf die Benzinanzeige und stellte fest, dass sein Tank noch dreiviertelvoll war.

»Wohin fahren wir?«, fragte er.

»Nach Süden.«

Daniel nickte, fragte nicht weiter nach, denn es war ihm völlig gleich, wohin sie fuhren, solange sie nur zusammen waren. Gegen Nachmittag hielten sie in einer kleinen Stadt, die verlassen wirkte, da sich niemand auf den Straßen aufhielt und die meisten Geschäfte geschlossen waren. Sie war vom Erdbeben erstaunlich wenig zerstört.

Sie fanden einen kleinen Laden, in dem man so ziemlich alles kaufen konnte, was im Alltag benötigt wurde, und der eher wie eine Garage aussah, in der sich Geschirr und Geräte stapelten und Kleidung an Ständern hing. Ein kleines Schild machte darauf aufmerksam, dass es einen Internetanschluss gab. Daniel hatte versucht, seine vielen Informanten abzutelefonieren, aber niemand hatte geantwortet, teils, weil die Rückrufe ausblieben, teils weil die Handys schon für immer ausgeschaltet worden waren. Irgendwann hatte sein Akku den Geist aufgegeben – auch deswegen hielten sie, denn in dem kleinen Laden gab es einen Stromanschluss.

Der Besitzer hatte sich ganz nach hinten verzogen und war in der stickigen Hitze eingeschlafen. Daniel versuchte ihn zu wecken, aber er kam nicht wirklich zu sich, nickte immer wieder ein. Esther fühlte seine Stirn: kalter Schweiß. Sein Puls ging schnell und flach: Er hatte offensichtlich einen Hitzschlag. Sie gaben ihm von ihrem Wasser, aber er nahm es nicht mehr an.

Daniel sagte: »Wir müssen ihn in ein Krankenhaus bringen.«

Esther schüttelte den Kopf: »Das hat keinen Zweck mehr. Es gibt dort keine Hilfe für ihn. Er wird bald sterben.«

Daniel war überrascht von der Antwort, denn bisher hatte sich Esther gegen das Leid gestemmt und versucht, jedem zu helfen, der ihr begegnete. Sie sah seinen Blick und erklärte: »Er ist zu alt, als dass es noch Sinn machte. Und sieh ihn dir an: er ist bewusstlos. Bis zum Abend wird er tot sein und vorher nicht mehr aufwachen. Viele andere haben nicht solches Glück.«

Daniel nickte: Sie hatte aufgegeben. Sich mit dem Unvermeidlichen arrangiert und folgte jetzt nur noch einem Instinkt, den sie wahrscheinlich nicht einmal benennen konnte. Für ihn war es einerlei: Er würde bei ihr sein. Und sie bei ihm. Was spielte es dann noch für eine Rolle, wo einen das Ende einholte? Er suchte den Computer, fand das alterschwache, aber funktionstüchtige Gerät und loggte sich ins Internet ein. Die Ladezeiten waren beträchtlich, aber es funktionierte. Er suchte ein Nachrichtenportal und informierte sich über den Stand der Dinge.

Und der war verheerender, als er ohnehin schon befürchtet hatte.

Die afrikanische Platte war in die eurasische gedriftet und hatte sämtliche südspanischen und nordafrikanischen Küstenstädte um Gibraltar herum zerstört. Es hatte schwere Beben rund um das Mittelmeer gegeben – die meisten Küstenstädte waren zerstört worden oder verbrannten gerade in zahlreichen Feuern. Im Moment herrschte dort, wo sich die Kontinente zusammengeschlossen hatten, im geologischen Sinne gespenstische Ruhe, aber es war klar, dass die afrikanische Platte unvermindert auf die eurasische drückte. Mit dem fortschreitenden Zerfall der Steine war es nur noch eine Frage der Zeit, wann sich die Gebirgszüge der Pyrenäen und der Alpen weiter aufbäumen würden. Ließ der Druck nicht nach, würde Europa etwa in Höhe des Oberrheingrabens in Deutschland auseinanderbrechen.

Die Nachrichten aus anderen Teilen der Welt waren nicht minder katastrophal: Der San-Andreas-Graben in der Nähe San Franciscos war weiter aufgerissen, die Stadt selbst bei einem Beben dem Erdboden gleichgemacht worden. Die wunderschöne Golden Gate Bridge war in der Mitte wie Spinnweben auseinandergerissen. Auch hier war der Prozess noch nicht abgeschlossen, denn es war zu befürchten, dass Kalifornien vom Festland abbrechen würde.

Was weniger Todesopfer nach sich ziehen würde, als im Gebiet des Yellowstone Nationalparks erwartet wurden, unter dessen Oberfläche ein Supervulkan brodelte, dessen Magmakammern auf einer Fläche von sechzig mal vierzig Kilometern zu explodieren drohten. Seismische Untersuchungen prophezeiten einen baldigen Ausbruch, der große Teile der Menschheit ausrotten würde. An anderen Punkten der Welt wie Indonesien, im Pazifik und auch in Europa waren bereits unzählige Vulkane ausgebrochen, Gestein und Gas bis in die Stratosphäre geschleudert worden. Pyroklastische Lawinen, achthundert Grad heiß und bis zu tausend Kilometer pro Stunde schnell, hatten alles Leben in der Nähe der Vulkane ausgelöscht.

Australien war in Bewegung geraten und steuerte mit großer Geschwindigkeit auf Japan zu, während sich der indische Subkontinent mit großer Kraft unter das tibetische Hochland schob. Auch das begleitet von katastrophalen Erdbeben und Tsunamis. Die Pole tauten in rasender Geschwindigkeit ab, die Ozeane versüßten und erwärmten sich, so dass die großen Ströme nicht mehr funktionierten und durch die Wärme Methanhydrat aus der Tiefe an die Oberfläche drang, das leicht entflammbar war und an einigen Stellen bereits auf dem Wasser brannte. Permafrostböden tauten unter der enormen Klimaerwärmung auf, auch hier wurde Methan in gigantischen Mengen freigesetzt: Ein Funken, genügte, und eine Feuerwalze biblischen Ausmaßes würde über Sibirien und die Mongolei hinwegfegen.

Daniel schaltete den Computer aus – es gab noch viele weitere Meldungen aus aller Welt, eine schlimmer als die andere, aber welchen Sinn hatte es, Berichte zu lesen, die sich in ihren tödlichen Konsequenzen überboten? Schon jetzt waren Millionen gestorben. Der Rest der Menschheit würde bald folgen. Esther war bei dem Alten geblieben und hatte seine Stirn mit einem nassen Tuch gekühlt. Offenbar interessierte sie sich nicht für die Welt, die an allen Stellen lichterloh brannte. Warum auch?

Er setzte sich zu ihr und hielt ihre Hand.

Gegen Abend starb der alte Mann. Sein Herz hörte einfach auf zu schlagen, mit einem letzten Atemzug stahl er sich davon. Esther legte ihn auf die Erde und deckte ihn mit einem Laken, das sie unter den ganzen Kleidungsstücken gefunden hatte, zu. In der Dämmerung traten die beiden nach draußen und sahen in der herannahenden Nacht am Horizont eine graue, staubige Wand, die mit einer heftiger werdenden Brise herangetragen wurde. Jetzt kamen die Ersten aus ihren Häusern, vor allem Alte. Offenbar hatten die Jungen das Städtchen bereits verlassen; ob sie die Alten zurückgelassen hatten, weil sie fürchteten, sie könnten sie aufhalten, oder ob die Alten einfach nicht den Ort aufgeben wollten, an dem sie ihr ganzes Leben verbracht hatten, ließ sich nicht sagen. Es war immer noch an die fünfzig Grad heiß, aber die Sonne war endlich untergegangen, und so bestand Hoffnung, dass die Nacht vielleicht doch ein wenig Kühlung bringen würde. Einige Haustüren blieben verschlossen, auch flammte im Innern kein Licht auf, so dass zu befürchten war, dass auch hier nie wieder Licht brennen würde. Noch gab es Wasser aus der Leitung, aber das würde bald nicht mehr der Fall sein, denn Wasser war ein rares Gut geworden. Und wie wahrscheinlich war es, dass irgendjemand jetzt noch seiner Arbeit nachging?

In Böen wirbelte ein Gemisch aus Steinstaub und Asche in den Straßen, und schon bald war die Luft so verschmutzt, staubig und kratzig, dass man nur noch durch ein Tuch atmen konnte. In dem kleinen Laden rissen Daniel und Esther ein weiteres Laken in Fetzen, um sich daraus jeweils einen Mundschutz zu machen. Sie fanden unter den billigen Sonnenbrillen, die der Alte verkauft hatte, ein paar Gletscherbrillen, die die Augen komplett schützten. Dann setzten sie sich ins Auto und fuhren weiter, der Landesgrenze entgegen. Der Strom der Fahrzeuge, die aus den Städtchen und Dörfern zum Meer flohen, dünnte mehr und mehr aus, bis ihnen zum Schluss kaum noch Autos entgegenkamen. Deren Scheinwerfer schälten sich nur langsam aus der staubigen, verrußten Luft, so dass man sie erst sehen konnte, als sie schon fast vorbeigefahren waren. Sie kamen nur langsam voran.

Am Ende der Nacht erreichten sie die Grenze, die völlig verlassen dalag und normalerweise zu den undurchdringlichsten der Welt zählte. Krieg, Anfeindungen, Verdächtigungen, Misstrauen hatten sie einst hermetisch geschlossen, doch jetzt spielte all das keine Rolle mehr: Es war niemand mehr da. Alle Posten waren verlassen, kein Soldat richtete sein Maschinengewehr auf sie. In den Kegeln der Scheinwerfer und Straßenlaternen wirbelte der Staub, aus den verlassenen Büros schimmerte Licht durch das Panzerglas. Sie umkurvten Straßensperren, passierten Zäune, Stacheldraht, Schranken – nichts war mehr von Bedeutung, wirkte im Angesicht der Bedrohung geradezu lächerlich. Den Tod kümmerten keine Grenzen.

Sie hielten einige Kilometer weiter in einem Dorf, dessen Häuser allesamt aufgegeben wirkten. Dort schlugen sie die Fensterscheibe eines der Häuser ein, kletterten in ein Wohnzimmer, in dem ganz offensichtlich hektisch die wichtigsten Dinge zusammengepackt worden waren; überall lagen Sachen herum, waren Schubladen aufgerissen, als ob hier Einbrecher gewütet hätten. Es gab kein Licht mehr, so dass Esther und Daniel im Dunkeln durch die Räume tappten und schließlich das Bad fanden. Noch lief tatsächlich Wasser aus der Dusche: Dankbar wuschen sie sich den Staub von der Haut und schlüpften in das Ehebett der Vorbesitzer. Und während draußen die Welt unterging, fanden die beiden endlich wieder zueinander.

Sehr still.

Sehr zart.

Sehr nah.

50

Sie erwachten hungrig am frühen Morgen und mussten feststellen, dass es nirgendwo im Haus etwas zu essen gab. So tranken sie nur Wasser und frischten ihre Kanistervorräte auf. Sie waren nackt, hatten keine Eile, sich anzuziehen. Daniel stand hinter ihr und legte seine Arme um ihre Schultern, während sie sich an ihn schmiegte. Zusammen starrten sie aus dem Fenster und sahen draußen einen tiefgrauen Tag, ohne jedes Sonnenlicht. Staub und Asche wirbelten durch die Luft oder rieselten friedlich zu Boden, hatten sich wie eine dicke Decke auf die Erde gelegt und lösten so alle Konturen auf. Weiche, runde Wellen ließen die Welt friedlich erscheinen, selbst Geräusche schienen leiser zu sein. Auf der Mauer im Vorgarten konnte man sehen, wie viel an Sediment auf die Erde gefallen war: eine Schicht von etwa zehn Zentimetern. Die Mauerpfosten hatten hübsche Mützen auf, und wäre alles weiß gewesen, hätte man von einem ungewöhnlichen Wintereinbruch sprechen können. Davon waren sie weit entfernt, wenn die Hitze auch spürbar nachgelassen hatte. Möglicherweise erstickten, verdursteten oder verhungerten sie, aber sie würden nicht mehr verbrennen.

»Lass uns zurück ins Bett gehen«, flüsterte Daniel.

»Wir müssen weiter«, murmelte Esther.

Daniel schwieg einen Moment, dann sagte er leise: »Warum? Es gibt keinen Ort, wohin wir gehen können.«

Sie drehte sich zu ihm und antwortete: »Ich weiß, es klingt absurd, aber wir müssen weiter. Ich kann dir nicht sagen, warum, aber ich spüre, dass es richtig ist.«

Daniel lächelte: »Das klingt nicht nur absurd, das ist es auch.«

»Ja, ich weiß. Bleib hier, wenn du willst. Ich könnte es gut verstehen.«

»Nein, ich bleibe bei dir.«

Sie küsste ihn und sagte: »Dann lass uns kurz zurück ins Bett gehen …«

Zumindest das klang in Daniels Ohren vernünftig, und so trug er sie ins Schlafzimmer, wo sie einander mit großem Hunger verzehrten.

Gegen Mittag zogen sie sich an. Es fiel beiden schwer, das kleine Haus zu verlassen, und schon der Anblick des grauschwarzen Staubs, der sich unter der Haustür in den Flur gedrückt hatte, ließ ihren Mut sinken. Dennoch banden sie sich die Tücher vor den Mund, behielten einige unter ihrer Kleidung, um sie bei Bedarf zu wechseln, und setzten die Gletscherbrillen auf. Dann öffneten sie die Haustür und starrten hinaus in die Aschewelt, in der es unablässig aus einem finsteren Himmel herabregnete. Es war immer noch sehr warm, aber so schnell die Hitze gekommen war, würde sie jetzt wieder verschwinden. Sie würden wohl nicht lange genug überleben, um festzustellen, dass es irgendwann Frost geben würde.

Sie setzten sich ins Auto und fuhren los, langsam, da sie die Straßen nicht mehr sahen und die Sicht ohnehin nur wenige Meter betrug. Daniel suchte einen Radiosender, es musste noch einige geben, die über terrestrische Antennen abstrahlten, aber er empfing nichts als Rauschen. Die Signale, wenn es welche gab, blieben offenbar im Ascheregen stecken. Sie fuhren weiter, während Daniel nach einem Weg Ausschau hielt und das Gefühl hatte, sie würden sich hoffnungslos verirren. Und so war es auch, denn Straßenschilder hatten sie verpasst oder konnten sie nicht lesen.

Irgendwann bemerkten sie, dass sie von der Straße abgekommen waren. Plötzlich trat Daniel hart auf die Bremse: In einem Moment der Unaufmerksamkeit hatte er einen hohen Felsen nicht gesehen. Sie stiegen aus und inspizierten den Schaden; er war lächerlich gering. Daniel befühlte die Stoßstange, spürte ein paar Kratzer und sah dann den Felsen an, der Esthers alter Kiste selbst bei geringer Geschwindigkeit den Rest hätte geben müssen. Er konnte Risse darin erkennen, mit einem tiefen Loch in der Mitte, wie bei einer Glasscheibe, die von einem Stein getroffen worden war. Er nickte Esther zu und zeigte ihr den Felsen, kratzte an dem Loch herum und bohrte mühelos seinen Zeigefinger in das Gestein. Er war weich wie ein Kuchen, zerfiel unter seinen Händen. Auch Esther brach mit großer Leichtigkeit ganze Brocken heraus und konnte sie zwischen den Fingern zu Staub zerbröseln.

»Es ist also wahr!«, rief Daniel ihr zu. Sie nickte.

Er schlug gegen den Felsen und fetzte ein riesiges Stück heraus – wie ein Superheld in einem Comic.

»Die ganze Welt zerfällt zu Staub!«

Sie setzten sich wieder in den Wagen und fuhren weiter – ohne Ziel. Im grauen Einerlei verriet nur Daniels digitale Armbanduhr, dass Stunde um Stunde verging, so dass sie ziemlich plötzlich von der Dunkelheit überrascht wurden und stockfinstere Nacht ihre Fahrt noch unheimlicher machte: Im Licht der Scheinwerfer blickten sie auf die dicke Ascheschicht und hatten das Gefühl, auf einem anderen Planeten unterwegs zu sein. Allein. Ohne menschliches Leben weit und breit. Eher zufällig erreichten sie ein Städtchen, in dem die Stromversorgung offenbar noch funktionierte, denn hier brannten ein paar Straßenlaternen. Esther wirkte plötzlich angespannt, starrte durch die Windschutzscheibe nach draußen, als ob sie etwas suchte.

»Was ist los?«, fragte Daniel.

»Ich weiß es nicht, Daniel. Mein Herz rast plötzlich ... ich hab ein Gefühl im Magen, als müsste ich mich gleich übergeben.«

Daniel hielt den Wagen an und wandte sich ihr zu: »Was soll ich tun? Brauchst du Medikamente?«

Esther rieb ihre Hände, als wäre ihr kalt – die Knöchel traten weiß hervor. Sie antwortete: »Nein, es ist ... wie Lampenfieber, verstehst du?«

Daniel lächelte: »Nun, hier ist kein Schwein. Aber wenn du singen oder tanzen willst: Nur zu!«

Esther lachte nervös und drückte Daniels Hand: »Hast du mich jemals singen hören? Dagegen ist der Weltuntergang eine echte Alternative.«

Daniel hielt ihre Hand: Sie war eiskalt.

»Was machen wir jetzt?«, fragte Daniel.

Esther band sich den Mundschutz um: »Wir müssen raus!«

Daniel seufzte, aber auch er machte sich fertig, um aus dem Auto zu steigen, und folgte dann Esther auf die Straße. Ihre Füße versanken im weichen Sediment, Schritte waren nicht zu hören. Ohnehin schien alles wunderbar still zu sein:

Es gab keinen Verkehr, keine Passanten, keine Geräusche. Sie liefen eine kleine Straße hinab, erreichten eine Kreuzung, auf der eine Ampel einem nicht vorhandenen Verkehr wechselweise Signale anzeigte, die die Fahrt freigaben oder stoppten. Esther sah sich um und ging nach rechts in eine weitere Straße.

Sie wandte sich Daniel zu um und sagte: »Es wird stärker!«

Daniel fragte irritiert: »Was wird stärker?«

»Das Lampenfieber. Die Nervosität.«

Daniel fragte nicht weiter nach, sondern folgte ihr einfach. Sie durchquerten eine Straße, in der es nur eine funktionierende Laterne gab, und erreichten einen kleinen Platz, der völlig im Dunkeln lag. An den Umrissen konnten sie erkennen, dass dort nur ein paar Sträucher standen, ein paar Palmen, ein paar Bänke in der Platzmitte, die unter anderen Umständen vielleicht zum Verweilen eingeladen hätten. Esther suchte im Aschegestöber nach etwas Bestimmtem und registrierte mit einem Mal eine Bewegung auf der anderen Seite des Platzes, die sie nicht wirklich einzuordnen wusste. War dort jemand? Etwas?

»Geh dort entlang!«, sagte Esther und wies Daniel den Weg um den Platz herum.

»Und du?«, fragte Daniel zurück.

»Ich gehe geradewegs durch den Park!«

Daniel folgte Esthers Anweisung, während sie mit klopfendem Herzen direkt auf die andere Seite des Platzes zuhielt. Ihr war, als würde dort etwas durch den Ascheregen laufen. Etwas, das keinen Körper hatte. Nur eine Silhouette. Recht klein, wie ihr schien, aber die Sicht war schlecht, selbst wenn sie die Schutzbrille abnahm.

Daniel lief um den Platz herum und verspürte plötzlich ebenfalls eine Nervosität, die er sich nicht erklären konnte. Aber sie ließ ebenso schnell nach, wie sie aufgekommen war, als wäre er an ihrer Ursache vorbeigelaufen. Er hatte die gegenüberliegende Seite erreicht und sah sich um: Esther war verschwunden. Er nahm seine Schutzbrille ab und sah auf den Platz: nichts.

»Esther?!«

Er hatte laut gerufen, bekam aber keine Antwort. Beunruhigt lief er auf den Platz und fand ihre Fußspuren. Und zwei weitere, die aus einem der Büsche gekommen waren. Wo sie sich trafen, war das Asche-Staub-Gemisch zerwühlt, dann führten alle Fußspuren gemeinsam zur Kopfseite des Platzes. Daniel folgte ihnen, entdeckte am Ausgang des Platzes einen kleinen Holzzaun, brach eine Latte heraus und lief weiter den Spuren hinterher, die durch eine kleine Gasse in eine dunkle Straße führten.

Jetzt konnte er Stimmen hören. Er nutzte die Dunkelheit und schlich näher, bis er drei Personen als Umrisse erkennen konnte. Einer hatte Esther von hinten gepackt und hielt ihr den Mund zu. Der andere drückte eine Klinge gegen ihren Hals und riss ihr mit der freien Hand die Bluse auf. Daniel war jetzt nah genug bei ihnen und schlug sofort zu, erst gegen die Hand mit dem Messer, das der Kerl mit einem Schmerzensschrei fallen ließ, und gleich darauf gegen den Kopf des zweiten, der im Begriff war, ihn anzugreifen. Daniel packte Esthers Hand und riss sie mit sich. Sie stürmten aus der Gasse heraus und liefen, so schnell sie konnten. Für einen Moment glaubten sie sich gerettet, dann aber bemerkten sie, dass die Männer nachsetzten. Offenbar dachten sie nicht daran, auf die schöne Esther zu verzichten, jetzt, da sie ohnehin bald alle sterben würden.

Daniel zerrte Esther hinter sich her und rannte zurück auf die Kreuzung, fand schließlich den Weg zurück zu ihrem Auto. Die Männer hatten bedrohlich aufgeholt, so dass den beiden gerade noch Zeit blieb, die Türen aufzureißen, sie hinter sich zuzuschlagen und das Verschlussknöpfchen zu drücken, bevor ihre Verfolger schon an den Türgriffen rüttelten.

Daniel startete den Wagen und gab Vollgas. Einer der beiden wurde vom Auto umgerissen, der andere schlug wütend auf das Dach ein. Dann war es vorbei. So dachten sie. Sie sahen die beiden Typen im Rückspiegel, wie sie ihnen nachstarrten.

»Alles okay?«, fragte Daniel.

Esther zitterte und nickte: »Ja, danke.«

»Unfreundliche Gegend hier. Touristisch irgendwie nicht erschlossen.«

Daniel lächelte sie an – sein berühmtes Filmstarlächeln. Esther streichelte seine Wangen: Er hatte eine umwerfende Art, jemanden aufzufangen.

»Ich danke dir.«

Daniel nickte: »Stets zu Diensten, Madame.«

»Ich meine es ernst, Daniel. Ich danke dir. Für alles.«

Er sah kurz zu ihr hinüber und nickte: »Schon okay. Es ist ja vorbei.«

Aber es war nicht vorbei.

51

Für Seth war der Übertritt in die neue Welt ein Schock.

Und vielleicht hätte er ihn nicht gewagt, wenn er gewusst hätte, was sich hinter dem silbrigen Vorhang verbarg, der so sehr zum Anfassen gereizt hatte. Die Welt der Engel war perfekt und die Burg die Erfüllung aller Wünsche. Auch außerhalb der Burg hatte er nichts als eine überbordende, wild wuchernde, duftige Natur kennengelernt, die einen mit offenen Armen empfing und in sich barg, bis man friedlich eingeschlafen war. Die Welt der Engel spiegelte in ihrem Glanz und ihrer Schönheit den Willen und die Liebe des Vaters wider. Und in gewisser Weise hatte Seth erwartet, dass die Welt der Menschen das auch tun würde, doch als er übertrat, empfing ihn nichts als Schmutz, Zerstörung, Lärm und Verzweiflung. Und dabei hatten die rasenden Vorgänge des Untergangs gerade erst begonnen, waren die Kontinente noch nicht aufeinandergeprallt, hatte sich der Himmel noch nicht verdunkelt, um für immer das Licht zu verschlucken. Noch stand die Stadt, die einst Esthers Heimat gewesen war, noch deutete man die Zeichen nicht als Gefahr.

Seth stand auf dem Dach eines Hauses und blickte in die Häuserschluchten, kämpfte mit dem Gestank, der in der Luft lag, den Gerüchen von Schweiß, Müll, Abgasen und Dreck. Wie konnte man nur so leben? Er war schockiert, als er das erste Mal diese Welt sah, als er den ersten Menschen begegnete, die laut, dumm und gierig waren.

Diese Welt war krank bis ins Mark.

Respektlos gegenüber der Schöpfung. Unwissend. Ignorant. Lächerlich die Wichtigkeit, die ihre Bewohner für sich selbst in Anspruch nahmen. Eine Kloake. In den Gassen und Straßen liefen sie wie Käfer umher, ohne Ziel, ohne Sinn, ohne einen Blick für den Nebenmann oder ein freundliches Wort für die Nachbarin. Sie kippten Wasser auf die Straßen, warfen Essensreste auf den Boden, während Autos hupten und ihre Fahrer wild gestikulierend herumschrien.

Eine Weile stand er nur still da, angewidert und unentschlossen, ob er dieser Spezies näher kommen sollte als unbedingt nötig. Doch war er aus der Engelwelt nicht deswegen geflohen? Um herauszufinden, wer er einmal gewesen war? Wenn er auch niemals geglaubt hätte, dass seine Wurzeln in einer derart niedrigen Lebensform liegen könnten. War seine Mutter auch so? Schmutzig, laut und dumm? Wie könnte er je Liebe für ein solches Lebewesen empfinden? Er hatte Nathanaels Erinnerungen getraut, war in ihnen versunken und hatte sich daraus eine eigene Welt gebaut, die ihm vollendet erschienen war. In seinen Träumen und Wünschen war sein Herz vor Sehnsucht übergelaufen, war der Wunsch übermächtig geworden, das zu erreichen, was in seinem Kopf schon zusammengefunden hatte. Und jetzt das hier! Das sollte die Schöpfung des Vaters sein? Er war so enttäuscht, dass er einen Tag und eine ganze Nacht einfach nur verharrte und darauf hoffte, dass nicht wahr war, was nicht wahr sein durfte. Doch nichts änderte sich.

Tief enttäuscht darüber, dass sich seine Träume hier nicht erfüllen würden, wandte er sich schließlich ab, um durch das Tor zurückzukehren in die Welt, aus der er gekommen war. Was immer Nathanael erinnert hatte: Es war falsch. Auch das machte sein Herz schwer, denn er hatte ihm geglaubt. Fest an *ihn* geglaubt. Woran konnte man jetzt noch glauben?

Zu seinem Entsetzen musste er jedoch feststellen, dass das Tor verschwunden war. Sosehr er auch danach suchte, es war nicht mehr da, und so überkam ihn eine plötzliche Furcht, in der Welt der Menschen gefangen zu sein, ohne dass er je zurückkehren könnte zu denen, die er verlassen hatte. In seiner Not flehte er den Vater an, dass er ihm den Weg zeigen möge, und bat ihn um Vergebung für seinen Ungehorsam. Er bereute zutiefst, aber der Vater schien ihn nicht zu hören, und auch die Tränen, die er vergoss, rührten ihn nicht. Hier wollte Seth nicht bleiben, ganz gleich, ob die Engelwelt in einem Krieg versank oder nicht. Alles war besser als das hier. Stunden verbrachte er im Gebet, mit Bitten und Flehen, aber an seiner Situation änderte sich nichts. So gab er auf und starrte wieder vom Dach auf die Menschen unten auf den Straßen.

Er konnte einen Auflauf sehen, einen Ring von Neugierigen, die um einen verkohlten Satelliten herumstanden. Er konnte die Neugier in ihren Augen sehen, die Sensationslust, das Staunen. Nur eine Frau war anders, in ihren Augen spiegelte sich nichts davon wider, in ihr fühlte er nur Trauer. Sie stand dort und starrte auf den Satelliten, aber ihre Gedanken galten nicht dem, der darunterlag. Sie lebte in ihren Erinnerungen, vielmehr, sie war darin gefangen. Dann verschwand sie wieder in der Menge, und Seth zog weiter, sprang von Dach zu Dach, in der Hoffnung, auf irgendetwas zu stoßen, was ihm gefiel, aber da war so gut wie nichts. Hier und da sah er Mütter mit ihren Kindern und nahm eine starke Empfindung wahr, die ihn interessierte, die er aber nicht deuten konnte.

Es wurde Nacht, und es wurde wieder Tag.

Die Lichter am Firmament hatten ihn getröstet und erinnerten an das Tor, das er durchschritten hatte. Anfangs hatte er noch gehofft, dass sie ihm einen Ausweg zeigen würden, aber nichts von dem geschah. Heuschrecken fielen über die Stadt her, dann bebte die Erde, und alles, was er verachtete, wurde dem Erdboden gleichgemacht. Aus unendlich weiter Entfernung hörte er das Klirren von Schwertern, die Schreie von sterbenden Engeln … und da war Iax' Stimme! Das war die Schlacht am Ende der Schlucht, als Iax ihre Verfolger hatte aufhalten wollen, damit Nathanael und ihm selbst die Flucht gelang.

Er war dort – er war hier.

An beiden Orten gleichzeitig.

Ein Teil in der Engelwelt, ein Teil in der Menschenwelt. Der Tod verband beide Welten.

Starben die Engel, so starben auch die Menschen und wurden gleichzeitig als Engel neu geboren.

Seth blickte sich um und empfand die Zerstörung als gerecht. Nichts von dem, was er sah, verdiente zu leben. Gar nichts. Es war gut, dass alles zerstört wurde, denn die, die es traf, hatten zuvor auch alles zerstört. Wenn es der Wille des Vaters war, dann war es gut. Oh, wie sehr wünschte er sich jetzt, zurückkehren zu dürfen. Auch wenn er für seine Flucht bestraft werden würde, so würde er diese verdiente Strafe auf sich nehmen, wenn er nur von hier fortdürfte.

Er machte sich auf den Weg, raus aus den Trümmern der Stadt, und geriet bald in einen Asche- und Staubregen, der einen freundlichen Schleier über das warf, was er zu hassen begonnen hatte. Er musste ein Tor finden, das ihm die Rückkehr zu den Engeln ermöglichte. Zu Nathanael. Zu Iax, auch wenn er dessen Zorn fürchtete. Er irrte umher, sah die verlassenen Häuser und die fliehenden Menschen. In ihrer Not jagten sie einander alles ab, was sie für sich selbst zu brauchen glaubten, obwohl es ihr Leiden nur verlängerte. Alles war Kampf, und er wurde erbittert geführt.

Dann sah er einen alten Mann auf Trümmern sitzen, blutend an Stirn, Armen und Beinen. In all dem Durcheinander, den Schreien, den hektischen Bewegungen, den Fluchtinstinkten, saß er einfach nur da und schälte eine Apfelsine. Vor ihm saß ein Mädchen, offenbar verloren gegangen, denn Seth konnte spüren, wie sehr es sich nach den Seinen sehnte und doch ahnte, dass es sie nie wiedersehen würde. Der Alte nahm sich die Zeit, die Apfelsine fein säuberlich von ihrer Schale zu trennen und auch an ihrem Fruchtfleisch nichts Weißes zu lassen, was den Geschmack trüben könnte. Dann gab er dem Mädchen davon. Behielt selbst nichts, obwohl er großen Durst haben musste. Sie kannten einander nicht, dennoch herrschte großes Vertrauen zwischen ihnen, große Rücksichtnahme, große Ruhe. Sie ließen sich nicht anstecken von der Hysterie, die um sie herum herrschte.

Seth war beeindruckt.

Er begann, auf die Zeichen zu achten, und entdeckte in all der Rücksichtslosigkeit und Amgst auch Gesten der Nächstenliebe und Selbstlosigkeit. Männer wie Frauen, die sich für andere einsetzten, die zurückblieben, um sich zu kümmern, ihre Furcht überwindend, um für andere da zu sein. Sie waren also nicht alle schlecht, feige und selbstsüchtig. Seth stand bei ihnen, studierte ihre Reaktionen und glaubte in den meisten Menschen beides veranlagt zu sehen: Gut und Böse. Und es war nicht vorauszusehen, welche Seite das Kommando übernehmen würde, denn es waren die scheinbar Guten, die sich dem Dunkel zuwandten, und die scheinbar Bösen, die ihr Herz entdeckten. Es gab keine Muster. Alles war Chaos.

Seth begann, sich für sie zu interessieren. Versuchte zu verstehen, was sie umtrieb, und entdeckte dabei nichts als Widersprüche. Sie waren so anders und waren dabei den Engeln äußerlich so ähnlich, fast gleich, bis auf die Stelle über ihren Mündern, die Geschlechtsmerkmale und die Tatsache, dass ihre Gesichtszüge grob und hässlich waren. Sie folgten in ihrem Dasein keiner Richtung, weder die Liebe des Vaters noch der Respekt vor dem Nächsten leitete sie. Er sah sie flehen oder im Gebet versunken, doch war das kein wahrhaftiger Ausdruck, sondern zeugte nur von ihrer Furcht. Sie glaubten nicht, dennoch waren sie stark. Und schwach zugleich.

Er betrat ihre Häuser und sah, was sie für ihr Leben benötigten oder glaubten zu benötigten, betrachtete mal das eine, mal das andere. Und gewöhnte sich langsam an die fremde Umgebung, empfand sie Stück für Stück als weniger schmutzig, als weniger stinkend, als weniger feindselig. Und er begann, nach und nach zu verstehen, dass die Menschen scheinbar dazu verdammt waren, alles zu zerstören, um zu überleben. Sie waren unersättlich. Ihr Dasein war mühselig, quälend und voller Gefahren. Die Jüngeren hofften auf Besserung, die Älteren hatten diese Hoffnung längst aufgegeben. Trotzdem ließen sie nicht nach, sich die Welt untertan zu machen, und gingen dabei rücksichtslos und ignorant vor. Sie fügten einander Schmerz zu, töteten und gaben trotzdem nicht auf. Nichts von dem, was sie unternahmen, schien Sinn zu machen, nichts schien einem Plan zu folgen, der Frieden und Glück für alle bringen sollte, und doch machten sie weiter. Ihr Wille war erstaunlich. Kontraproduktiv für ein Zusammenleben, aber zu ganz außergewöhnlichen Leistungen motivierend. Was für eine eigenartige, rohe, archaische Lebensform! Seth beobachtete sie und fragte sich, wie es wohl wäre, einen Tag zu sein wie sie. Würde er sie dann besser verstehen?

Wieder wurde es Nacht. Auf seiner Reise durch die Welt der Menschen begann Seth also, den anfänglichen Ekel zu überwinden, und schlug damit den Weg ein, den Semjasa und Asasel vor ihm auch schon gegangen waren. Ohne es zu ahnen, bewirkten seine Fragen den Beginn einer Wandlung, an deren Ende der Engel sterben und ein Mensch geboren werden würde. Eine Entwicklung, die diametral entgegengesetzt zu den Gesetzen der Heiligen Ordnung stand und die mit entsprechender Härte bestraft werden würde, sollte der Frieden gewahrt bleiben. Seth untersuchte immer noch alles, was vom Menschen geschaffen worden war und mit dem Menschen zusammenhing, als sein Herz plötzlich zu rasen begann und er sich neugierig umsah: Da war die Frau wieder, die er schon vom Dach aus in der Stadt gesehen hatte. Wie eigenartig, dass sie ausgerechnet hier wieder auftauchte! Sie stand auf der gegenüberliegenden Seite eines kleinen Platzes und sah zu ihm herüber, neben ihr ein Mann. Er konnte ihre Aufregung spüren, die seiner ähnlich war, und das machte ihm Angst. Wer war sie? Warum verfolgte sie ihn? Jetzt kam sie auf ihn zu – fast hatte Seth das Gefühl, dass sie ihn sehen könnte, was eigentlich unmöglich war, denn kein Mensch konnte ihn sehen oder spüren. Aber kein Zweifel: Sie konnte es! Das erschreckte ihn so sehr, dass er floh, weg von ihr, an dem Mann vorbei, der um den Park herumgelaufen war.

Seth sprang über die Dächer davon und machte erst nach einer ganzen Weile halt, als sein Herz nicht mehr klopfte und er nach dem ersten Schreck über den Zwischenfall nachdenken konnte. Vielleicht hatte er einen Fehler gemacht, denn mit einem Mal schien ihm die Situation nicht mehr bedrohlich zu sein. Vielleicht hätte er auf sie warten sollen, um zu sehen, was passierte; wie sie empfand oder warum sie ihn wahrnahm. Er kehrte schließlich zurück zu dem Platz, aber jetzt war dort niemand mehr zu sehen. Es gab auch keinen Kontakt mehr zu ihr, so dass er ihr hätte folgen können. Er war traurig darüber, denn vielleicht hätte sie ihm helfen können bei seinen Fragen. Er zog weiter und nahm sich vor, diese Frau wiederzufinden, fühlte, dass sie wichtig war, denn sonst wären sie sich nicht zweimal begegnet.

Er würde sie ein drittes Mal finden.

52

Nathanael war sich sicher, er würde die Welt der Menschen wiedererkennen, aber als er übertrat, war es, als sähe er sie zum ersten Mal, und darüber war er genauso wenig erfreut wie Seth vor ihm. Iax und er standen inmitten von Trümmern und einem Staub- und Ascheregen, dessen Sedimente bereits wie eine geschlossene Decke über dem Chaos lagen. Menschen irrten umher, verzweifelt und weinend, sie stürmten durch sie hindurch, in der Hoffnung, jemanden zu finden, der ihnen half oder wenigstens Trost spendete. Wenn sie *sehen* könnten, dachte Nathanael, wenn sie Augen hätten, dann würde ihnen geholfen. Sie würden die beiden Engel wahrnehmen und sich in ihrer Nähe aufhalten, ihren Frieden und ihre Liebe spüren. Aber sie waren blind und in Panik.

»Wo sollen wir suchen?«, fragte Nathanael.

»Wenn wir seine Spur finden, dann können wir ihm folgen«, antwortete Iax.

»Worauf muss ich achten, Meister?«, fragte Nathanael.

»Du wirst ihn spüren«, antwortete Iax.

Sie sprangen über die Trümmer in verschiedene Richtungen und suchten nach Orten, an denen Seth ebenfalls gewesen war, in der Hoffnung, dass seine Aura genügend Abdrücke hinterlassen hatte, um ihr zu folgen. Von der Stadt war nichts übrig geblieben. Nathanael spürte unendlich viele Körper unter Stahl und Beton, Backstein und Lehm. Da war kein Leben mehr – bis er einen zusammengebrochenen Supermarkt überquerte und unter Trümmern und Staub eine Frau mit ihrem Sohn entdeckte. Die Mutter war tot, aber das Kind rief nach ihr, viel zu leise, um von irgendjemandem draußen gehört zu werden. Für einen Moment zögerte Nathanael, wollte weiter, dann aber rührten ihn die Rufe des Kleinen, und so tauchte er tief ab in Dunkelheit, Staub, Mörtel und Scherben. Hier, tief unten, in der Finsternis umgestürzter Pfeiler und Wände, zwischen Draht, Stein und Regalen, lag der Junge, schwer verletzt, aber bei Bewusstsein, und wimmerte den Kosenamen seiner Mutter, die nicht weit von ihm entfernt erschlagen dalag. Nathanael spürte, dass ihn mehr als der Schmerz gebrochener Knochen die Angst vor der Dunkelheit traf, dass er nur einen Wunsch hatte, nämlich von der geliebten Hand berührt zu werden, die ihm sanft über die Wange strich, um ihm zu sagen, dass alles wieder gut werden würde. Dass er nicht allein sei.

Nathanael berührte seinen Kopf und strich ihm sanft über das Haar: »Schhh...«

Der Kleine spürte die Anwesenheit des Engels, und sofort war sein Herz erfüllt von Trost und Frieden. Er rief nicht mehr, sondern lauschte, ob jemand etwas sagen würde, und Nathanael begann, die Melodie zu summen, die er aus der Welt der Menschen mit in die der Engel genommen hatte. Die süße Abfolge von Tönen, die so zart um einen herumtanzten, bis man die Augen schloss, um sich von ihnen davontragen zu lassen. Und so erging es auch dem Jungen, dessen letzte Momente nicht getrübt waren durch Geschrei und Furcht, sondern erfüllt von Musik und dem Kuss eines Engels.

Er starb in Frieden.

Nathanael tauchte aus den Trümmern auf und suchte weiter nach Spuren, die auf Seth deuteten, übersprang einen Satelliten, der jetzt unter einem Haus lag, und nahm das erste Mal etwas wahr, das ihn aufmerksam machte. Ganz in der Nähe der Körper eines alten Mannes und eines Mädchens, die unter Staub und Asche etwas Puppenhaftes angenommen hatten, fand er eine Stelle, an der Seth zweifellos gestanden hatte – er konnte eine schwache Spur fühlen. In Gedanken rief er nach Iax, der bald neben ihm auftauchte und ebenfalls Seths Aura wahrnahm.

Iax nickte: »Ja, wir haben ihn. Gut gemacht, Engel.«

Zusammen ließen sie die Stadt und die wenigen Bewohner, die das Beben überlebt hatten, zurück und folgten einer Spur, die im Begriff war, sich in Luft aufzulösen, so dass sie oftmals nicht sicher waren, ob sie Seth noch folgten oder ihn schon wieder verloren hatten. Etwa zehn Kilometer vor der Stadt fiel Nathanaels Blick auf die Trümmer eines zusammengefallenen Anwesen, und es war ihm, als ob inmitten des Schutts ein Diamant funkelte, so dass er, einem Instinkt folgend, Iax bat, die Verfolgung für einen Moment zu unterbrechen, um nachzusehen, was ihn so lockte.

Sie blickten auf die Ruine hinab, auf das, was einmal ein Garten gewesen war, und auf einen leeren Pool, dessen Wasser durch viele Risse und Ritzen versickert war.

»Wir müssen weiter!«, drängte Iax.

Aber Nathanael schien ihn nicht zu hören, erspürte unter dem Geröll den Körper einer Frau und tauchte zu ihr ab. Sie lag ganz zuunterst, unter zermahlenem Mauerwerk und Staub begraben. Nur ihre Konturen waren zu erahnen, und dennoch erkannte Nathanael sie gleich wieder, sah klar ihr Gesicht unter dem Dreck. Er rief Iax, der wenige Momente später neben ihm war, und sagte: »Ich kenne diese Frau.«

Iax war verblüfft und fragte: »Wie ist das möglich?«

»Erinnert Ihr Euch noch an den Engel, der mir auf der Versammlung aufgefallen war?«

»Judith?«

»Ja. Das hier ist sie.«

Iax sah auf den verdeckten Körper und nickte: »Was für ein eigenartiger Zufall.«

Nathanael sah Iax an: »Das kann kein Zufall sein, Meister. Etwas hat uns hierher geführt.«

Iax sah sich um und antwortete: »Es waren Engel hier.«

»Seth?«

Iax schüttelte den Kopf: »Nein, keine einfachen Engel. Sie wurde geholt.«

Nathanael sah wieder auf den Leichnam: »Dann hat mich mein Gefühl nicht getrogen. Sie muss eine Bedeutung haben.«

Iax nickte: »Ja.«

»Habt Ihr sie überprüft, Meister?«

»Ja, es ist nichts Besonderes an ihr. Sie ist nur ein einfacher Engel.«

»Seltsam.«

Sie verließen die Trümmer, kehrten zurück zu dem Punkt, an dem sie Seths Spur verlassen hatten, und folgten ihr, bis die Nacht hereinbrach und sie ein Haus fanden, in dem Seth sich eine ganze Weile aufgehalten hatte. Offenbar hatte er sich die Errungenschaften der Menschen angesehen, sie studiert und sich wohl gefragt, wofür sie all diese Werkzeuge und Gegenstände brauchten.

Nathanael sagte: »Man kann förmlich spüren, wie neugierig er gewesen ist.«

Iax nickte nachdenklich: »Das ist nicht gut.«

Nathanael sah ihn an: »Warum nicht, Meister?«

»Weil wir ihn verlieren werden, wenn wir nicht rechtzeitig bei ihm sind.«

»Ich verstehe Euch nicht, Meister?«

Eigentlich hatte er erwartet, dass Iax nicht weiter auf die Frage eingehen würde, wie er es ständig machte, wenn er Nathanael nicht in Geheimnisse einweihen wollte. Doch dieses Mal wandte er sich ihm zu und sagte: »Die meisten Engel sind von der Welt der Menschen so erschreckt, dass sie ihr sofort den Rücken kehren und sie nie wieder betreten. Überwinden einige jedoch ihren Ekel, beginnen sie sich mit den Menschen auseinanderzusetzen. Sie stellen sich ganz neue Fragen und finden darauf einfach keine Antworten. Und je mehr Fragen unbeantwortet bleiben, desto größer wird ihr Interesse an der ihnen unbekannten Welt. In ihnen wächst, zunächst unbemerkt, dann immer drängender, der Wunsch heran, so zu sein wie die Menschen, denn sie erhoffen sich davon, dann alles zu erfahren.«

»Und erfüllt sich ihre Hoffnung?«

Iax schüttelte den Kopf: »Nein, sie erfüllt sich nicht. Aber sie wandeln sich zu Menschen, ohne sich dessen bewusst zu sein.«

Nathanael lächelte Iax an: »Und Ihr holt sie zurück, Meister?« Es klang wie eine Frage, aber Nathanael wusste, dass es sich so verhielt.

»Ja, Engel, ich hole sie zurück. Das ist meine Aufgabe.«

»Weil ihr die Heilige Ordnung verteidigt.«

Wieder nickte Iax: »Ja. Jeder geht seinen Weg, Mensch und Engel. Getrennt im Leben, verbunden im Tod.«

»Wie die große Ödnis, die wir durchschritten haben?«

»Ja. Was hier ausstirbt, stirbt auch in unserer Welt. Unwiederbringlich – es sei denn, die Schöpfung holt sich zurück, was sie einst an den Menschen verloren hat. Wenn der Mensch es zulässt.«

»Sie haben erstaunlich viel Macht und wissen es nicht einmal!«, antwortete Nathanael nachdenklich.

»Ja, so ist es.«

Nathanael blickte Iax an: »Hattet Ihr nie den Wunsch, ein Mensch zu werden, Meister?«

»Nein. Nur die rangniedrigsten Engel können der Versuchung erliegen, denn sie stehen den Menschen dem Wesen nach am nächsten. Es gab einmal eine Zeit, als auch die höchsten Engel den Menschen als Erzengel erschienen, denn kein Mensch würde die Pracht eines Cherubs oder eines Seraphs aushalten können, ohne dass sein Herz vor Freude zerspringen würde. Aber sie verloren bald schon das Interesse an ihnen. So blieben nur die Engel. Semjasa und Asasel waren schließlich der Grund dafür, dass sich die Wege der Engel und der Menschen für immer trennten.«

Nathanael schwieg, obwohl er vor Neugier brannte, zu erfahren, was die Zwillinge angerichtet hatten, dass es zur Trennung kommen konnte, aber Iax neigte dazu, allzu drängende Fragen mit Schweigen zu bestrafen.

»Sie versprachen dem Vater, den Menschen mit Güte und Nächstenliebe ein Beispiel zu sein und ihnen den Weg zu weisen, indem sie seinen Namen priesen. Und so ließ der Vater sie ziehen.«

Nathanael fragte: »Und sie haben dieses Vertrauen enttäuscht?«

Iax schwieg einen Moment. Dann sagte er: »Sie taten viel Schlimmeres. Anstatt den Menschen Frieden und Liebe zu bringen, brachte Asasel den Männern die Kunst des Waffenschmiedens und Semjasa den Frauen die Kunst des Schminkens bei. Beides hatte katastrophale Folgen, denn den neuen Waffen folgte der Wille, mit ihnen neue Welten zu erobern, und mit dem Schmuck kam die Begierde. Semjasa selbst fiel ihr zum Opfer.«

»Was ist ihm widerfahren?«

»Er fand Isthar, und unter seiner Kunst wurde ihr Gesicht so schön, dass er sich unsterblich in sie verliebte. Um sie für sich zu gewinnen, verriet er ihr, dass er ein Engel war.«

Nathanael nickte.

»Als der Vater erfuhr, was die beiden angerichtet hatten, schickte er mich, sie zurückzuholen, doch weder Asasel noch Semjasa folgten dem Befehl. Ich musste sie zwingen.«

»Ihr habt mit ihnen gekämpft, Meister?«

»Ja, ich nahm für kurze Zeit Gestalt an und forderte sie ein letztes Mal auf, mir zu folgen, doch sie weigerten sich, so dass ich nur noch eine Wahl hatte: sie zu töten. Ich rang Asasel mit größter Mühe nieder; noch schwieriger war es bei Semjasa. Er kämpfte wie von Sinnen, unermüdlich, drei Tage und drei Nächte lang, ohne Unterlass, dann endlich konnte ich ihn besiegen.«

»Was geschah dann, Meister?«

»Isthar sah seinen Leichnam und …«

»Ja, Meister?«

»Sprach den geheimen Namen des Vaters aus. Semjasa hatte ihn ihr verraten! Sie starb noch im selben Augenblick.«

Nathanael schwieg. Wie hatte Semjasa nur so außer sich geraten können? Wie konnte ihn die Liebe zu einer Frau seinen Weg verlieren lassen? Und Asasel, der so eitel Wissen verriet, um den Menschen als Lehrer zu gefallen? Es fiel leicht, sich vorzustellen, wie erzürnt der Vater darüber gewesen sein musste.

Iax fuhr fort: »Beide mussten sich vor dem Rat verantworten, beide wurden hart bestraft, ohne Hoffnung auf Begnadigung.«

Nathanael fragte: »Was wurde aus Isthar?«

»Da sie ohne Sünde war, wurde sie nicht bestraft. Sie lebt ohne Erinnerung als Engel weiter.«

»Auch das kann eine Strafe sein«, antwortete Nathanael.

Iax schüttelte den Kopf: »Nein, es ist eine Gnade. Semjasa und Asasel wurde sie nicht gewährt. Sie sollten sich stets ihrer Schuld bewusst sein.«

»Jetzt verstehe ich Eure Bedenken, Meister. Aber ich bin sicher, dass beide aus ihren Fehlern gelernt haben.«

Iax lächelte schwach und sagte: »Nichts kann dein Vertrauen erschüttern, richtig? Und doch ist Seth geflohen, durch ein Tor, das nicht er kannte, sondern Asasel.«

»Dann vergesst nicht, dass auch ich nicht ganz unschuldig bin. Wir werden ihn finden und zurückbringen.«

Iax nickte und machte mit der Hand eine Geste, das Haus, in dem sie standen, wieder zu verlassen. Sie hatten keine Zeit zu verlieren.

53

Durch die Tore der Mauer strömten Millionen neue Engel an den Thronen vorbei, alle auf dem Weg zur Burg. Die, die nicht im Garten zurückblieben, erreichten bald schon den Ort ihrer Erfüllung und trafen dort auf Millionen mal Millionen Engel, die sich erneut versammelt hatten, um dem Disput zu folgen, der die Entscheidung bringen sollte. Wieder hatte sich der Rat im Hintergrund positioniert, wieder wartete Camael auf seinen Kontrahenten, für einen Moment im Glauben, dass der Drache sie ein zweites Mal vorführte. Doch diesmal erschien Luzifer, bahnte sich seinen Weg mitten durch die Engel hindurch, die vor ihm auf die Knie fielen und nicht wagten, ihn anzusehen. Er ließ keine Möglichkeit aus, die Seraphim und Cherubim zu brüskieren, und so dauerte es einen halben Tag, bis er das Heer durchschritten hatte, das sich wie das Rote Meer vor ihm geteilt und hinter ihm wieder geschlossen hatte.

Endlich betrat er den Platz des Disputs und präsentierte sich den Engeln, wie er war: schmerzhaft schön und unbesiegbar. Es verfehlte nicht seine Wirkung, Camael bemerkte, wie alle Blicke auf ihm ruhten und wie sehr die Engel bereit waren, dem zu folgen, was er vortragen würde. Erschrocken stellte er fest, dass sich die Verteidiger der Ordnung bereits in der Defensive befanden. Er musste etwas tun.

»Ich begrüße dich, Luzifer. Wir hatten schon befürchtet, dass du dem Rat ein zweites Mal ausweichen würdest, und freuen uns, dass du den Mut gefunden hast, dich den drängenden Fragen zu stellen.«

Er war an Luzifers Seite getreten und teilte damit die Aufmerksamkeit der Anwesenden. Eine gute Eröffnung, denn die Engel hatten die Anspielung sehr wohl verstanden und erinnerten sich, dass Luzifer den ursprünglich festgesetzten Beginn des Streitgesprächs gemieden hatte.

»Ich begrüße dich, Camael, den ehrenwerten Rat und alle Engel, die gestern vergeblich auf mich gewartet haben.«

Camael erwiderte: »Dann verrate uns, warum du uns warten ließest, Luzifer. Ich denke, die Engel haben ein Recht auf eine Erklärung.«

Luzifer nickte listig und fragte: »Eine Erklärung?«

Camael hielt sich nicht lange mit Höflichkeiten auf und ging in die Offensive: »Ja, was hielt dich ab, dem Disput fernzubleiben? Was war so wichtig, dass du deine Brüder und Schwestern im Stich ließest?«

»Nun, es gab tatsächlich einen Grund, der wichtiger war als der Tag unseres ersten Zusammentreffens …«

Camael fiel ihm ins Wort: »Was könnte das sein, Luzifer?«

Er ließ sich mit der Antwort Zeit, es machte den Eindruck, dass er sich nicht wohlfühlte, so von Camael attackiert zu werden. Auch die Engel waren überrascht, dass Luzifer so früh im Gespräch in Bedrängnis geriet und manch einer hegte bereits Zweifel an Luzifers Unüberwindlichkeit. Möglicherweise war er dem Rat doch nicht gewachsen?

Luzifer grinste frech: »Wichtiger als der Tag gestern ist der Tag heute, den *ich* bestimmt habe – nicht ihr!« Er wandte sich den Engeln zu, breitete die Arme aus und rief im Brustton echter Selbstsicherheit aus: »Wichtiger als der Tag gestern ist, zu wissen, dass nicht der Rat die Regeln bestimmt, sondern ich!«

Diese Erkenntnis durchflutete die Massen und erreichte jedes Herz. Selbst die, die Luzifer nicht nahestanden, mussten zugeben, dass er recht hatte, dass er keine Furcht kannte, keine Hindernisse und keine Gegner fürchtete. Die, die auf seiner Seite standen, verehrten ihn nach kurzem Zweifel umso mehr, ihre Auren glommen auf und sandten Luzifer ihre Bewunderung, der die Huldigung in vollen Zügen genoss, wohl wissend, wie sehr er Camael und den Rat damit provozierte. Er war vorbereitet und hatte den ersten Stich gesetzt. Der Rat wusste nun, dass seine Anhänger überzeugter denn je waren, dass Luzifer der Herr der Burg war. Nicht der Vater. Nicht Camael. Und auch nicht der Rat.

Camael konterte: »Alles, was ich sehe, ist ein Engel, der die Schöpfung hinter die eigene Eitelkeit stellt. Einen Engel, der das eigene Wohl mehr achtet als das Wohl aller!«

Luzifer fuhr zu Camael herum und herrschte ihn an: »Und der Rat hat das Wohl aller im Sinn?!«

»So ist es, so war es, so wird es immer sein!«

Luzifer stach mit dem Zeigefinger gegen Camaels Brust:

»Der Rat würde alles tun, um die Heilige Ordnung wiederherzustellen! Dazu wäre euch jedes Mittel recht. Nur überseht ihr dabei, dass ihr längst nicht mehr für alle sprecht! Wie könnt ihr es wagen, zu behaupten, ihr hättet das Wohl aller im Sinn?«

»Du, Luzifer, bist es, der die Heilige Ordnung zu zerstören sucht. Du hast geteilt, was nicht geteilt werden durfte. Du, Luzifer, bist die Wurzel allen Übels!«

Die Zuhörenden erwarteten eine scharfe Replik ob der schweren Beleidigung, die Camael gegen Luzifer vorgebracht hatte, aber der lächelte nur und antwortete: »Die Wurzel allen Übels bin nicht ich. Aber gut, dass du es ansprichst, denn jetzt werden wir über die Wurzel allen Übels sprechen: den Menschen!«

Camael konterte wütend: »Wie kann die Schöpfung des Vaters die Wurzel allen Übels sein? Er ist unfehlbar! Du versündigst dich immer aufs Neue gegen ihn!«

Luzifer wandte sich wieder den Engeln zu: »Unfehlbar?! Unfehlbar war die Schöpfung, bevor der Vater den Menschen erschuf. Und ihn uns, den Engeln, vorzog.« Er wandte sich dem Publikum zu: »Engel! Schaut euch um, und sagt mir, was ihr seht! Eine Welt voller Schönheit und Frieden, die Vollendung der Schöpfung. Eine Welt, bestimmt für die Ewigkeit. Aber was seht ihr noch? Sagt es mir, Engel!«

Er spielte auf die zunehmende Zerstörung der Engelswelt durch den Menschen an, die jeden Engel schmerzte, denn sie alle einte der Sinn und das Streben nach Perfektion. Ihre Welt hingegen war nicht mehr perfekt.

»Ich sage es euch: Ihr seht Zerstörung und Makel! Doch diese Welt gehört uns! Der Vater schenkte sie uns!«

Er spürte die Zustimmung aus beiden Lagern.

»Er schuf das Paradies und verstieß uns daraus. Uns alle!«

Mit großer Wucht rollten Luzifers Argumente über die Köpfe der Engel hinweg, und keiner konnte sich ihm entziehen: Er entfachte einen Widerwillen gegen das, was der

Vater erschaffen hatte, weil die Engel nicht verstanden, warum Menschen zerstörten, was ihnen nicht gehörte. Luzifer spürte, wie sich eine Frage einem Fieber gleich unter den Engeln ausbreitete: Warum? Warum ließ der Vater das zu? Wenn sie Teil *einer* Schöpfung waren, warum respektierten die einen sie und die anderen nicht?

Er rief: »Ich lese in euren Gesichtern dieselbe Frage, Engel, und ich will sie euch beantworten: Die Schöpfung strebt nach Vollendung, doch dies ist nur mit Engeln möglich! Der Mensch hingegen zerstört, was ihm geschenkt wurde. Und so muss der Mensch zerstört werden, damit die Schöpfung wieder denen gehört, die in Einklang und Liebe mit ihr leben: Uns!«

Camael fauchte: »Ich höre nichts als lästerliche Rede, spüre nichts als Neid, Hochmut und Raserei! All die Sünden, die du den Menschen zuschreibst! Die Göttliche Ordnung ist unumkehrbar. Sie zu zerstören bedeutet nichts anderes, als die Schöpfung zu zerstören, denn Mensch und Engel sind untrennbar miteinander verbunden. Vernichtest du den Menschen, so vernichtest du auch die Engel. Deine Forderung, Luzifer, ist in Wahrheit nichts anderes als ein egoistischer Racheplan!«

Luzifer schüttelte den Kopf: »Rache?! Nein, ich fordere keine Rache. Ich fordere Vernunft!«

»Deine Vernunft ist der Weg in Tod und ewige Finsternis!«

Luzifer ließ sich nicht beirren und holte zum großen Schlag aus: »Meine Vernunft ist der einzige Weg, den Zustand wiederherzustellen, der uns alle in ewigem Frieden leben lässt. Denn unsere Welt wurde auf Schönheit und Intelligenz erschaffen. Nicht auf Güte. Güte bringt man nur den Fehlbaren entgegen, nicht aber den Unfehlbaren! Der Vater hat den Menschen über den Engel erhoben, weil er ihm verzeihen kann. Weil er sich in der eigenen Makellosigkeit sonnt in Anbetracht ihrer Ignoranz, ihres Irrsinns und ihrer Zerstörungswut. Die Engel brauchen niemanden, der ihnen verzeiht, die Engel brauchen Gerechtigkeit. Die verweigert uns der Vater und versündigt sich damit an seinen eigenen Erben!«

Camaels Aura glomm wutentbrannt auf, so dass die Engel sich zu ihrem Schutz abwandten und trotzdem atemlos dem Disput folgten.

»Wie kannst du es wagen!«

»Der Vater hat uns betrogen. Und *das* ist die Wahrheit!«

»SCHWEIG!«

Camael war außer sich vor Zorn. Luzifer hingegen genoss die Aufregung, die er bei ihm, dem Rat und auch bei den Zuhörern verursacht hatte. Sein Blick fiel auf Ariel, dessen Aura ebenfalls hellrot schimmerte, dessen Lippen aufeinandergepresst waren und dessen Fäuste sich ballten. Es fiel ihm unendlich schwer, Luzifer nicht offen anzugreifen. Luzifer wandte sich ihm zu, kam ihm sehr nahe, ein spöttisches Lächeln auf den Lippen, erfreut, ihn so zu sehen, denn es bestätigte ihm, dass Ariel die Schwachstelle des Rates war. Für einen Moment sah es so aus, als könnte Ariel sich nicht mehr beherrschen, bis Michael ihn in Gedanken anfuhr, Haltung zu bewahren. Ariels Blick schoss fast schon hasserfüllt zu Michael, der ihm nun auch noch befohlen hatte, Luzifers Provokationen über sich ergehen zu lassen. Luzifer wandte sich zufrieden ab: Nichts anderes hatte er damit bezwecken wollen.

Er verließ die Bühne mit einem Eklat und hatte für Verwirrung und Aufruhr gesorgt. Viele Engel waren schockiert ob der Radikalität, mit der er sich gegen den Vater wandte, aber er wusste auch, dass seine Argumente an ihnen nagen würden, schmerzhaft, weil der Vater offenbar nicht mehr die Kraft hatte, sie vor ihm zu schützen.

Baal kam ihm entgegen und verbeugte sich, auch sein Gesicht verriet Besorgnis, aber Luzifer lächelte nur und sagte: »Ich muss Ariel treffen!«

Baals Sorgen wurden dadurch nicht kleiner: »Er hasst

Euch, Herr, und er würde jede Möglichkeit nutzen, Euch anzugreifen.«

Luzifer schüttelte den Kopf: »Nein, Baal, er ist jetzt so weit, dass ich ihn für unsere Sache gewinnen kann!«

Baal sah ihn erstaunt an, doch Luzifer sagte nur: »Such ihn auf, wenn er alleine ist, und führ ihn zu mir. In mein Haus, das einmal seines war.«

»Wann, Herr?«

»Noch heute Nacht.«

54

Luzifers Worte hallten noch lange in den Köpfen und Herzen der Engel nach, selbst seinen Anhängern war der Schrecken über die Unversöhnlichkeit anzusehen, die nichts anderes bedeutete, als dass dieser Konvent scheitern musste, sollte Luzifer nicht im letzten Moment seine Meinung ändern. Die Einzigen, die seine Rede beinahe emotionslos verfolgten, waren Semjasa und Asasel, beide ihrer eigentlichen Aufgabe beraubt, da Nathanael und Seth verschwunden waren und Iax nicht mehr über sie herrschte. So standen sie unter den Engeln und fühlten weder mit der einen noch mit der anderen Seite.

Als die Versammlung sich auflöste, verließen auch sie den Ort des Disputs und begaben sich zurück in ihr Quartier, nicht darauf achtend, ob sie verfolgt würden, weil sie sich selbst nicht von Interesse wähnten. Asasel beschäftigte ohnehin nur ein Gedanke, nämlich wie die Cherubim und Seraphim auf seinen Verrat reagieren würden, während Semjasa nach einem bestimmten Gesicht Ausschau hielt, in der Hoffnung, es nur noch ein einziges Mal zu sehen. Doch er fand nichts, nur einfache Engel, die teils bestärkt in ihrer Position das Streitgespräch verließen, teils im Begriff waren, von ihrer vorherigen Überzeugung abzufallen.

Beim Eintritt in die Burg berührte er versehentlich einen dieser einfachen Engel: Judith. Er konnte spüren, dass sie Luzifers Argumenten gefolgt war und ihr Herz sich nach ihm ausgerichtet hatte. Semjasa blickte sich um und bemerkte, dass die meisten um ihn herum Judiths Beispiel gefolgt waren. Sollte es Camael nicht gelingen, diese Entwicklung aufzuhalten, würde er bald schon den Rückhalt unter den Engeln verlieren, und es würde den Verteidigern gar keine andere Wahl bleiben, als einen verzweifelten Krieg zu beginnen, um noch zu verhindern, was nicht sein durfte. Doch das schreckte Semjasa nicht, denn er war nur für *eine* Sache bereit zu kämpfen, und das hatten selbst die Jahrtausende der Bestrafung nicht zu ändern vermocht.

Als sie ihren Trakt betraten und ohne Umwege und Täuschungen auf ihre Kammer zuhielten, waren sie längst entdeckt worden. Semjasa folgte Asasel hinein, wo sie nichts tun konnten, als zu warten.

»Was, glaubst du, werden sie unternehmen?«, fragte Asasel.

Semjasa schmerzte es, seinen Bruder so zu sehen: furchtsam. Die Erinnerung an das umgekehrte Kreuz, die Dunkelheit, die Kälte und den Schmerz ließen ihn förmlich erstarren. Er hatte seinen Schwur gebrochen, und die Strafe dafür war eindeutig. Dabei spielte es keine Rolle, dass er im Traum zu Seth gesprochen hatte, denn wenn er sich zuvor ganz und gar dem Rat unterworfen hätte, wären seine Lippen auch im Schlaf versiegelt gewesen. Dass sie es nicht waren, machte seinen Verrat nur umso deutlicher.

»Ich weiß es nicht. Die Wege des Vaters sind unergründlich. Vielleicht verzeiht er dir.«

»Vielleicht hat er längst nicht mehr die Macht, Entscheidungen zu treffen. Dann entschiedet an seiner Stelle Camael.«

Semjasa schwieg, denn eine offene Antwort hätte Asasel jeden Mut genommen: Camael würde nicht nachsichtig sein, das widersprach seinem Charakter. Sein Glaube an die Heilige Ordnung war heiß und verbrannte die Ungehorsamen. Die Verräter. Asasel ließ den Kopf hängen, denn Semjasa musste nicht aussprechen, was er ohnehin schon wusste: Es gab keine Hoffnung für ihn.

»Fürchte dich nicht, Asasel! Noch ist unser Weg nicht zu Ende, und wir wissen beide nicht, wohin er uns führt. Wenn ein Krieg unter den Engeln ausbricht, wird niemand mehr Zeit haben, über Strafen nachzudenken. Dann werden wir alle untergehen.«

Asasel nickte: »Wenn es so sein wird, werde ich den Tod herbeisehnen, bevor ich in der Erinnerung aller als Sündenbock beerdigt werde.«

Sie umarmten einander, spürten die Kraft und den Willen des anderen, die Dinge anzunehmen, die ihnen bestimmt waren, und fanden Trost darin. Sie beschlossen, den Vater um Rat zu fragen, knieten nieder, doch sosehr sie ihn auch riefen, sie erhielten keine Antwort und auch kein Zeichen.

Es wurde Nacht, und sie fielen zum ersten Mal in den Schlaf, ohne zuvor auf mögliche Gefahren geachtet zu haben.

In tiefer Dunkelheit erwachte Semjasa und spürte, dass etwas nicht stimmte, obwohl kein Geräusch und kein Windhauch den Frieden gestört hatte. Und doch war er sofort in großer Unruhe, so dass er leise aufstand, die Handfläche hob und sie gegen die Kammertür richtete: Dort war jemand. Instinktiv griff er zu seinem Schwert, bemerkte aber dann, dass der, der dort stand, unbewaffnet und allein war. Für einen Moment war er versucht, Asasel zu wecken, unterließ es dann aber. Er machte einen Schritt zur Tür hin und bemerkte, dass der andere sich in gleichem Maße davon entfernte. Jetzt schnellte er vor, öffnete die Tür und trat auf den Flur. Er sah einen Schatten davoneilen und folgte ihm. Eigentlich hätte ihm auffallen müssen, dass die Wände der Burg nicht leuchteten, aber Semjasas Aufmerksamkeit richtete sich allein auf die Gestalt, die vor ihm floh.

Wer war sie?

Er spürte, wie sie ihn lockte, wie etwas von ihr ausging, das er nicht deuten konnte, das aber ungeheuer anziehend war. Und da war plötzlich dieser eigenartige Duft: betörend, berauschend, faszinierend. Er verlor sie aus den Augen, aber es war nicht schwer, ihr zu folgen, auch wenn sie mit großer Geschwindigkeit davonlief. Semjasa hastete ihr nach, brannte darauf, sie einzuholen, um zu sehen, wer ihn so entzückte. Sie verließen den Trakt, jagten über Treppen hinab und durch Hallen hindurch, bis die Gestalt vor Semjasa ein großes Tor aufstieß und ins Freie preschte. Semjasa hatte fast aufgeschlossen, doch mit einem Mal war er ratlos, denn sie war wie vom Erdboden verschwunden und mit ihr die Spur, der er gefolgt war. Er stand in einem der Innenhöfe, konnte einige der Türme sehen, die hoch in den Nachthimmel ragten, der Rest lag schemenhaft im Dunkeln.

Das Tor hinter ihm fiel ins Schloss.

Ihm war, als erwachte er erst jetzt aus einem Traum, und er wurde sich der Gefahr bewusst, in die er sich begeben hatte, als er sich aus seiner Kammer hatte locken lassen. Erschrocken hob er die Handfläche und griff mit der anderen instinktiv nach seinem Schwert, das er zurückgelassen hatte. Wie konnte er nur so dumm sein? Wenn sie ihm hier auflauerten, war er verloren. Ohne Schwert würde er sich einer Übermacht nicht stellen können. Doch er spürte keine Engel, die sich hier in der Dunkelheit verbargen – hier war niemand.

Er kehrte zum Tor zurück und versuchte vergeblich, es zu öffnen. Fieberhaft überlegte er, was jetzt zu tun war. Er konnte den Platz überqueren und durch eine andere Tür wieder die Burg betreten, war sich aber sicher, dass die Trakte der gegenüberliegenden Seite die des gegnerischen Lagers waren. Vielleicht warteten sie nur darauf, dass er dort hineinging, dann würde er nie wieder herauskommen.

»ASASEL!«

In Gedanken rief er nach seinem Bruder. Asasel musste

ihn finden und das Tor wieder öffnen. Blieb nur zu hoffen, dass er schnell genug war. Und plötzlich war da wieder dieser Duft, und wieder wirkte er betörend, ließ ihn die Gefahr vergessen, in der er sich eben noch gewähnt hatte. Ein süßer Geschmack machte sich in seinem Mund breit, während er dem Buhlen nachging, eine versteckte Tür erreichte, sie öffnete, am Ende des Gangs wieder die Gestalt sah, die dort stand, mit dem Rücken zur Wand, und sich offenbar in eine missliche Lage gebracht hatte, da es hier nicht weiterging. Semjasa ging auf sie zu, und je näher er kam, desto lauter klopfte sein Herz, desto größer wurde das Verlangen, die zu sehen, die sich ihm nicht zu erkennen gab. Wenige Schritte fehlten noch, als seine Hände zitterten und er nicht mehr klar denken konnte. Nur sie wollte er sehen, nur sie.

Er stand jetzt vor ihr, die wie Nathanael eine Mönchskutte trug und so ihr Gesicht unter einer Kapuze verbarg. Dieser Duft! Er brachte ihn um den Verstand!

»Wer bist du?«, fragte er.

Einen Moment verharrte sie still, dann hob sie langsam die Hände an die Kapuze und schob sie zurück. Semjasa starrte sie an und konnte nicht anders, als mit seiner Hand ihre Wange zu berühren. Alles an ihr war so außergewöhnlich, dass sich ihr niemand entziehen konnte. Ein einfacher Engel und doch viel mehr als das: Sie war die Erfüllung seiner geheimsten Wünsche.

»Ich bin Lillith«, antwortete sie leise, und ihre Stimme war weich und dunkel, schmeichlerisch und grausam zugleich.

»Ich kenne dich nicht, Lillith!«, antwortete Semjasa, der sie entrückt ansah und hoffte, dass dieser Moment ewig andauern würde.

»Du kennst mich nicht, weil ich aus dem Gedächtnis der Engel gelöscht wurde«, antwortete sie.

Semjasas Herz wurde schwer, denn offenbar teilten sie das gleiche Schicksal.

»Auch ich wurde einst verstoßen, Lillith.«

»Wer bist du?«

»Semjasa.«

Sie nickte und sagte rau: »Warum wurdest du verstoßen?«

Für einen Moment zögerte Semjasa, aber dieser Duft, diese Stimme vernebelten seinen Verstand, es gab nichts, was er dem hätte entgegensetzen können. Alle Gedanken kreisten um ihr Gesicht, das nicht einmal übermäßig schön war, aber diese Augen! So tief. Man versank in ihnen, ging darin unter, ohne zu bemerken, dass man ertrank.

»Ich war ein Nephilim«, antwortete er wie betäubt.

Und sie gurrte: »Und bist du noch immer ein Nephilim?«

»Ja.«

Sie nickte: »Sag mir, Semjasa. Warum bist du immer noch ein Nephilim? Warum hat dich die Strafe des Vaters nicht brechen können?«

Semjasa wollte nicht antworten, und doch sprach er weiter: »Isthar.«

Lilliths Gesicht hellte sich auf, die Augen feurige Glut – Semjasa war ihr schutzlos ausgeliefert. Ihre Stimme kam wie aus weiter Ferne: »Erzähle mir von Isthar, Semjasa.«

»Sie ist meine Welt«, antworte Semjasa, die Zunge schwer vor schmerzlicher Erinnerung. »Wegen ihr habe ich mich gegen den Vater gerichtet. Sie ist mein Leben. Mein erster und mein letzter Gedanke. Mein Atem und mein Herz. Und nichts kann das löschen.«

Lillith zitterte vor Begierde, brannte lichterloh, sie, die ihn besser verstand als jede andere, in der ein ewiges Feuer loderte, das niemals gelöscht werden konnte. Sie, die davon besessen war, von dem zu hören, was Engeln verwehrt war: die Existenz einer Liebe zwischen Mann und Frau, verzehrender als alles, was ein Engel jemals fühlen konnte. Sie, die aus einer grausamen Laune heraus kein Nephilim werden konnte, sondern deren Schicksal es war, Verführerin und Verführte in einem zu sein, unwiderstehlich für andere und grausam gegen sich selbst.

Sie beugte sich nahe zu ihm und flüsterte: »Hast du sie geliebt, Semjasa?«

Ihre Stimme riss ihn in eine tiefe Schlucht hinab, in die er mit ihr zusammen fiel. Er weinte, wurde überwältigt von den Erinnerungen, die ihn niemals verlassen hatten, und Lillith sog all das gierig in sich auf, unstillbar in ihrem Durst nach etwas, das sie verstand, aber niemals selbst erleben konnte. Sie sehnte sich nach seinem Schmerz und seiner Liebe und konnte nicht genug davon bekommen, hungerte nach mehr, immer mehr.

»Ja, ich habe sie geliebt. Und tue es noch. Es hört nie auf.«

Sie drehten sich, während Lillith jetzt mit Isthars Stimme in Semjasas anderes Ohr flüsterte: »Rette mich, Semjasa. Rette mich!«

Wie lange hatte er diese Stimme nicht mehr gehört! Und wie süß sie klang! Er hatte keine Kraft mehr und ließ sich ganz in Lilliths Arme fallen, den Kopf in die Kuhle zwischen Hals und Schulter vergraben, ihren betäubenden Duft einatmend, der ihn Zug um Zug das Leben kostete.

»Sag mir, wie ich dich retten kann.«

Seine Stimme war schwach, kaum zu hören, aber er spürte, wie Lillith nickte und seinen Kopf nur noch fester an ihren Körper drückte.

»Lass mich deinen Schmerz spüren, Semjasa. Lass mich spüren, wie sehr du geliebt hast!«

Semjasa erlaubte ihr, in sein Innerstes zu sehen, und Lillith drang tief in sein Herz ein, mehr und mehr verlangend. Sie fand alles, was er verborgen gehalten hatte, alle Schätze, die er erinnerte. Die Zeit, die Bilder, die kostbaren Momente, die ihm sein Überleben ermöglicht hatten. Sie fielen beide in einen alles verzehrenden Rausch, teilten ihr Leid, die Stunden der Verzweiflung und des Glücks: Sie wurden eins.

»Ja …« Sie gurrte tief. »Ich kann es sehen, Semjasa. Ich kann alles sehen!«

»Wo bis du, Isthar?«

Sie drückte ihn noch fester an sich, während seine Arme kraftlos an ihm herabhingen. Wieder sprach sie mit Isthars Stimme: »Ich bin hier, Semjasa. Komm zu mir!«

»Wo bist du, Isthar. Wo bist du? Ich kann dich nicht sehen.«

Lillith nickte: »Ich sage es dir, Semjasa. Doch zuvor musst du mir helfen.«

»Wie, Isthar, wie?«

»Wo ist dieser Engel, den ihr versteckt? Wo ist er, Semjasa?«

Semjasa war schon lange nicht mehr in der Lage, Lillith zu widerstehen, und antwortete wahrheitsgemäß: »Ich weiß es nicht, Isthar. Er ist verschwunden. Aber wenn er wiederkehrt, dann führe ich dich zu ihm. Möchtest du das?«

Keine Antwort.

»Möchtest du das, Isthar? Ich führe dich zu ihm. Möchtest du?«

Semjasa spürte, wie sich der Griff um seinen Nacken löste, wie er langsam wieder zu sich kam, weil auch der betörende Duft nachgelassen hatte. Er sah zu Lillith auf, blickte in ihre Augen, die ihn weit aufgerissen anstarrten und doch nicht zu erfassen schienen.

Benommen richtete er sich auf, sich nur zögerlich bewusst werdend, dass er nicht mit Isthar gesprochen hatte: »Lillith?«

Jetzt erst sah er Asasel hinter ihr stehen.

Lillith sank langsam an ihm herab, bis sie schließlich sanft zu Boden fiel.

In ihrem Rücken hatte sich ein großer Blutfleck ausgebreitet. Semjasa blickte zu Asasel und bemerkte erst jetzt, dass er einen Dolch in der Hand hielt, von dessen Klinge Lilliths Blut tropfte.

»Was hast du getan, Semjasa?«, fragte Asasel erschreckt.

»Ich weiß es nicht, Asasel. Ich weiß es nicht.«

Sie starrten beide auf Lilliths toten Körper. Dann packte

Asasel Semjasa am Arm und zerrte ihn mit sich: »Komm, wir müssen fort von hier. Schnell!«

Widerwillig ließ Semjasa sich mitziehen, rannte davon, blickte zurück zu Lillith, und ihm war, als würde dort Isthar liegen.

55

Ariel nahm nach dem Eklat nicht mehr an dem Gespräch des Rates teil und brüskierte somit seine Verbündeten auf gleiche Weise, wie es Luzifer zuvor getan hatte. Eine Weile ging er davon aus, dass man nach ihm schicken lassen würde, doch diese Aufforderung blieb aus, was ihn nur in der Annahme bestätigte, dass man auf seine Meinung ohnehin keinen Wert legte oder sie erahnte und von vornherein ablehnte. Tatsächlich war es Camael, der befahl, auf Ariel zu verzichten, da sich der Rat bereits auf die nächsten Dispute zu konzentrieren hatte und sich nicht mit den eitlen Verletzungen des Geringsten unter ihnen aufhalten sollte. So verständlich die Maßnahme aus Sicht des Rates auch sein mochte, spielte sie Luzifer in die Hände, denn er wusste besser als alle anderen, dass die Einigkeit der Verteidiger ihre einzige Chance war, sich ihm zu widersetzen, ganz gleich, was Camael noch im Schilde führte. Denn dass dem so war, daran zweifelte Luzifer keine Sekunde. Wenn es an der Zeit war, würde sich Camael offenbaren, und dann würde nur noch eines zählen: wer seine Figuren besser in Position gebracht hatte. So ging jeder seiner Wege, fest davon überzeugt, dass der jeweils eigene ihn zum Ziel führen würde.

Ariel hatte in einem Trakt Quartier bezogen, der ihm einen guten Überblick über das Treiben in der Burg verschaffte, was ihn aber auch stets daran erinnerte, was geschehen war, denn er konnte so auch die Türme sehen, sein Haus, das man ihm gestohlen und seinem ärgsten Feind geschenkt hatte. Aus

Wut darüber hatte er jeden Engel aus seiner Nähe verbannt – er wollte allein sein, sich vorbereiten auf den Moment, an dem er zurückschlagen konnte, um sich das wiederzuholen, was ihm gehörte. Ganz gleich, was Camael befahl.

Jemand klopfte leise am Tor zu dem gewaltigen Saal, in dem er residierte, und für einen Moment glaubte er, dass der Rat nun doch beschlossen hätte, auf seine Anwesenheit Wert zu legen. Aber ein Blick genügte, um zu wissen, dass dort kein Freund um Einlass bat. Er griff nach seinem Schwert und eilte dem Tor entgegen, um den, der seine Ruhe störte, daran zu erinnern, wer er war. Wenn es für den bedauernswerten Engel auch nur ein sehr kurzer Moment der Erkenntnis sein würde, bevor er ihn in zwei Teile schlug.

Er riss das Tor auf und entdeckte Baal, der vor ihm kniete.

»Haltet ein, Herr!«, rief der, ohne ihn anzusehen. »Ich habe Nachricht für Euch!«

Ariel ließ das Schwert, das er bereits zum Schlag erhoben hatte, langsam sinken und führte die Spitze unter Baals Kinn, zwang ihn so, aufzustehen und ihn anzusehen.

»Was willst du?«, herrschte er ihn an.

»Mein Herr schickt mich. Er möchte Euch sehen.«

Ariel zögerte einen Moment, dann fragte er: »Allein?«

»Ja, Herr. Nur Ihr und er. Niemand sonst.«

Ariel lächelte: Wer hätte gedacht, dass seine Chance so früh kommen würde. Erfreut steckte er das Schwert wieder ein und stieß Baal vor sich her: »Los, führ mich zu ihm. Schnell!«

Baal eilte davon, Ariel gleich hinter ihm. Auch Baal wusste nicht, was Luzifer vorhatte, aber er war überzeugt, dass er einen Fehler beging. Er hatte in Ariels Augen Mordlust funkeln sehen – der Seraph kam nur aus einem einzigen Grund mit: Er wollte Luzifer töten. Sie durchquerten verschiedene Trakte und erreichten bald schon den Eingang zum Turm. Dort begegnete ihnen kein Engel, denn Luzifer hatte sie alle fortgeschickt. An das Tor zur Kuppel klopfte Baal erneut und kündigte laut die Ankunft Ariels an, dann verbeugte er sich kurz und eilte davon.

Ariel stieß das Tor weit auf und betrat energisch den Saal.

Luzifer lehnte an einer großen Tafel in der Mitte des Raumes und empfing seinen nächtlichen Gast mit einem spöttischen Lächeln.

»Ich freue mich, dass du es einrichten konntest«, sagte er ruhig.

Ariel antwortete nicht, schloss das Tor hinter sich und versperrte es mit einem goldenen Balken. Dann drehte er sich um und grinste Luzifer böse an: »So eine Gelegenheit kann ich mir doch nicht entgehen lassen!«

Luzifer nickte und präsentierte ihm die Kuppel mit einer weitschweifigen Geste: »Wie gefällt dir mein Haus? Ich habe es ein wenig nach meinen Vorlieben umgestaltet.«

Ariel sah sich um und fand alles anders, was zuvor noch seins gewesen war: Säulen, Fenster, Tische, Stühle, Wände. Einfach alles. Und dies verfehlte seine Wirkung nicht: Ariels Wut kochte heiß in ihm auf. Er griff zu seinem Schwert und machte ein paar Schritte auf Luzifer zu.

»Es wird bald wieder mein Haus sein!«, antworte er wütend. »Sobald du tot bist.«

Luzifer blieb unbeeindruckt: »Es war zu schlicht, Ariel. Du musst verstehen, dass es für einen Engel meines Ranges einfach zu schlicht war.«

Ariel zog sein Schwert und zielte damit auf Luzifers Brust: »Das nächste Haus, in das du ziehst, wird noch schlichter sein: deine Gruft.«

Luzifer lachte und antworte: »Es tut gut, mit dir zu reden, Ariel. Du bist amüsanter als der langweilige Rest des Rates!«

»Zieh dein Schwert, Drache. Glaub nicht, dass ich noch länger zögere, nur weil du dich mir verweigerst.«

Luzifer winkte ab: »Warum willst du dein Leben wegwerfen, Ariel? Wir freunden uns doch gerade erst an!«

Ariel hatte genug von den Provokationen und sprang blitzartig vor, doch so schnell er auch zustieß, so schnell war Luzifer von dort verschwunden, wo er einen Wimpernschlag zuvor noch gestanden hatte: Der Angriff ging ins Leere. Ariel blickte auf und sah Luzifer ein paar Schritte neben sich stehen, ohne dass er sein Schwert gezogen hätte. Er lächelte provozierend: »Siehst du, wie großzügig ich bin, Ariel? Eigentlich wärst du schon tot, nach diesem törichten Angriff, aber ich schenke dir dein Leben!«

Ariel sammelte sich, unterdrückte sein Temperament und brachte sich ins Gleichgewicht. Und während er das tat, zog auch Luzifer sein Schwert. Ariels nächster Angriff war schnell und geschickt, doch Luzifer wehrte ihn nicht weniger geschickt ab, ohne jedoch selbst anzugreifen. Ariel startete eine Serie rasend schneller Attacken, ohne Luzifer auch nur annähernd in Bedrängnis zu bringen. Dabei hatte er noch Glück, dass Luzifer nicht selbst zum Angriff überging, sondern sich nur mit der Verteidigung begnügte. Er war Ariel in allen Belangen weit überlegen, aber er tötete ihn nicht, sondern wartete darauf, dass sein Zorn verrauchte. Eine Weile versuchte Ariel alles, um Luzifer in die Defensive zu zwingen, doch ganz gleich, wie kunstfertig und durchdacht er seine Angriffe vortrug, stets war es so, als ob Luzifer alles bereits im Vorhinein antizipierte und manchmal eine Parade vor der Attacke vollendete.

Dann hielt er für einen Moment inne, und Luzifer konnte Ratlosigkeit in seinem Gesicht lesen.

»Hast du dich nicht gefragt, warum ich dich kommen ließ?«, fragte er Ariel.

»Warum sollte ich das?«, zischte Ariel.

»Ich ließ dich kommen, um dir mitzuteilen, dass ich deinen Zorn gut verstehen kann!«

»So!«, höhnte Ariel. »Du kannst mich also gut verstehen. Wie fürsorglich von dir, Drache!«

Luzifer missfiel, dass Ariel ihn mit dem Schimpfnamen aller

Engel ansprach, aber er wahrte die Fassung und antwortete ruhig: »Glaubst du, ich wüsste nicht, was Zorn bedeutet? Ich wüsste nicht, wie es sich anfühlt, wenn einem Unrecht angetan wurde? Glaubst du, ich wüsste nicht, wie du fühlst?«

»Was willst du?«, herrschte Ariel ihn an.

Luzifer steckte sein Schwert zurück in die Scheide als Zeichen dafür, dass keine Hinterlist Ariels Aufmerksamkeit trüben sollte. Dann sagte er: »Du hasst mich, Ariel, richtig?«

Ariel senkte sein Schwert, steckte es aber nicht ein und antwortete: »Und?«

Luzifer nickte: »Hasst du mich wirklich, Ariel?«

»Was meinst du?«

»Bin ich der Grund oder nur die Ursache für deinen Zorn?«

Oh, wie gut kannte Luzifer die Wünsche und Sehnsüchte der Engel, wie tief konnte er in ihre Herzen blicken und das sehen, was sie wirklich antrieb! Von Anfang an hatte er gewusst, dass hinter Ariels Wut nichts anderes stand als der Wunsch nach Anerkennung. Ebenjene, die ihm der Rat verweigert hatte. Luzifer aber würde sie ihm nicht verweigern.

»Sie haben dir Unrecht getan, Ariel, ich weiß es! Sie nahmen dein Haus und gaben es mir, und es war ihnen egal. Sie maßregeln dich wie einen einfachen Engel, aber du bist ein Seraph und verdienst allen Respekt! Sie hätten dich niemals so demütigen dürfen, denn du bist einer der Ihren, auch wenn sie dich haben spüren lassen, dass sie das anders sehen.«

Ariel schien alle Kraft zu verlassen – Luzifer spürte, dass seine Wut verraucht war und einer tiefen Trauer wich. Er versuchte zu verteidigen, woran er selbst nicht glaubte: »Sie haben es um des Friedens willen getan. Es blieb ihnen keine Wahl!«

Luzifer ging auf ihn zu und fixierte ihn mit seinen Augen, diesen schwarzen, unergründlichen Augen, deren Blick man kaum standhalten konnte.

»Glaubst du wirklich, ich hätte den Frieden der Burg gebrochen, Ariel? Glaubst du wirklich, ich hätte den Konvent scheitern lassen aufgrund einer Formalie?!«

Ariel wich seinem Blick aus, aber Luzifer berührte mit der Hand seine Schulter und forderte all seine Aufmerksamkeit: »Sie haben dich um dein Haus betrogen, Ariel. Und das ist die Wahrheit!«

Ariel schüttelte schwach den Kopf: »Nein, nein ...«

Luzifer ließ nicht locker: »Du *weißt* es, Ariel. Tief in dir drin weißt du, dass es so ist. Lass deinen Verstand vollenden, was dein Herz längst erkannt hat.«

Er antwortete nicht, aber Tränen schossen ihm in die Augen: »Sie hätten mir beistehen sollen ...«

Luzifer nickte: »Sie hätten dir beistehen *müssen*, aber sie taten es nicht. Sie fordern Gehorsam, aber sie sind nicht bereit, dafür auch etwas zu geben. Folge mir, Ariel! Folge mir!«

»Nein, nein ...«

»Erkenne die Wahrheit, Ariel! Sie sind ungerecht, weil der Vater ungerecht ist. Weil die Heilige Ordnung ungerecht ist. Ich bin es nicht, Ariel! Ich bin es nicht!«

Ariel wandte sich ab, aber Luzifer hielt ihn am Arm fest: »Hilf mir, die Schöpfung neu zu ordnen, Ariel! Komm zu mir!«

Ariel riss sich los, verließ eilig den Saal und wischte sich dabei verstohlen die Tränen aus den Augen. Niemand sollte ihn so sehen, und niemand sah ihn so: außer Luzifer. Der wusste, dass er auf den richtigen Engel gesetzt hatte. Entzückt über seinen Erfolg ging er ans Fenstern und sah auf die Burg hinab, auf den davonlaufenden Seraphen. Noch war Ariel entsetzt über die Vorstellung, die Seiten zu wechseln und die Einigkeit des Rates zu sprengen, aber mit der Zeit würde er die folgenschweren Gedanken immer mehr akzeptieren. Und zerfiel vor den Augen der Engel die Einigkeit des Rates, würden selbst die, die ihm noch glaubten, von Zweifeln zermürbt. Unter diesen Umständen käme es nicht einmal zu einem Kampf, denn eine Armee, die nicht bedingungslos glaubte, war kein Gegner, sondern nur noch Opfer.

Hinter ihm betrat jemand zögernd die Kuppel.

»Wir sind fast am Ziel!«, rief Luzifer erfreut, ohne sich umzudrehen. »Ich hätte nicht gedacht, dass es so leicht werden würde.«

Er lachte amüsiert und drehte sich um.

Da stand Baal.

Tränenüberströmt.

In seinen Armen hielt er die tote Lillith.

Luzifer stürmte ihm entgegen: »Was ist passiert?!«

»Wir wissen es nicht, Herr«, stammelte Baal.

Luzifer nahm sie auf und hob sie gegen sein Brust: Lillith. Das war ein Traum. Ein böser Traum. Und wenn er erwachte, würde sie wieder da sein.

»Geh!«, fauchte er Baal an. Und als der nicht gleich reagierte: »GEH!«

Die Wucht seines Befehls riss den unglücklichen Baal von den Füßen und schleuderte ihn bis an das Tor der Kuppel. Er blutete aus den Ohren, kam taumelnd auf die Füße, verließ stolpernd den Raum. Die Stimme seines Herrn hatte er damit zum letzten Mal gehört: Er war taub.

Luzifer, außer sich vor Schmerz, wiegte Lillith im Arm. »Bleib bei mir, Lillith. Bleib bei mir!«

Aber er fühlte nichts als die schlaffen Glieder, die an ihr herabhingen, spürte den Kopf an seiner Schulter, der kraftlos mal zur einen, mal zur anderen Seite kippte. Die kühle Haut, die aufgerissenen Augen, die jeden Engel um den Verstand gebracht hatten und die jetzt nichts mehr sahen. Von allen Engeln war sie diejenige, die ihm am ähnlichsten war, ein Zwilling im Geiste. Mit ihr wollte er die Welt der Engel neu erschaffen, ihr den Platz einräumen, den sie verdient hatte. Doch sie war nicht mehr da – die größte Kostbarkeit, die die Engelwelt je hervorgebracht hatte.

Er begann, um sie zu weinen.

»Arme, unglückliche Lillith ... du hast so viel gelitten, musstest so viel ertragen. Und niemand, der dich verstanden hat. Aber ich habe dich verstanden. Ich kannte deinen Schmerz, dein Unglück, deine Qual. Du wurdest betrogen, wie ich betrogen wurde.«

Er strich ihr sanft über das Gesicht und schloss ihre starren Augen: »Schlaf jetzt, kleine Lillith. Schlaf jetzt. Und wenn du wieder aufwachst, wirst du frei sein.«

Er legte sie sanft zu Boden, stand auf und ballte seine Hände.

»Hörst du mich, Vater?! Sag, hörst du mich? Von nun an sind wir Todfeinde! Ich werde vernichten, was du liebst! Ich werde vernichten, was du erschaffen hast! Ich werde auslöschen, was mit deinem Namen verbunden ist! Du sollst sehen, wie dein Werk zu Staub zerfällt! Und wenn nichts mehr ist, werde ich auch dich vernichten! Ich werde dich auslöschen, und niemand wird sich erinnern, dass du je warst! Dies ist mein Schwur! So soll es geschehen!«

Er riss die Fäuste hoch, und aus ihm heraus explodierte ein Schrei, der die Burg in ihren Grundfesten erzittern ließ, der die Kuppel in tausend Teilen vom Turm sprengte und die Trümmer in die Trakte hinunterschoss. Kein Engel konnte diesem Beben standhalten, es riss sie von den Füßen, und auch liegend fanden sie kaum Halt, während die ganze Burg im grellroten Widerschein von Luzifers Aura erglühte und die Nacht in ein Inferno verwandelte, das nie zuvor gesehen ward.

Dann plötzlich war alles ruhig.

Die Burg lag im Dunkeln, es gab kein Licht und kein Geräusch. Und wer hochschaute zu Luzifers Turm, sah dort die abgebrochene Spitze, die sich immer noch höher als alle anderen dem Himmel entgegenstreckte.

56

Sie waren die Nacht durchgefahren, hielten stur auf die Stadt der Städte zu, die sich irgendwo hinter dem öden Schleier vor ihnen verbarg. Im Morgengrauen klarte das Bild etwas auf, da ein frischer Wind eingesetzt hatte, der Staub und Asche vor sich hertrieb, so dass dann und wann Tageslicht zu erahnen war. Sie waren beide übermüdet und fanden einmal mehr ein verlassenes Haus, in das sie einbrachen, um dort ein wenig zu ruhen. Die Wasserversorgung war zusammengebrochen, aber sie hatten Glück und fanden im Keller einen großen Kanister mit Frischwasser, mit dem sie sich Staub und Schmutz von der Haut spülten. Dann schlüpften sie ins Bett und kamen sich vor wie die letzten Menschen auf dem Planeten, so still war es.

Gegen Mittag erwachten sie und blieben noch eine Weile eng umschlungen liegen. Durch das Fenster konnten sie sehen, dass der Ascheregen deutlich nachgelassen hatte. Der Wind war weiter aufgefrischt und ließ die Sedimente wirbeln. Daniel richtete sich auf und sah Esther an.

»Was?«, fragte sie lächelnd.

Er schüttelte sanft den Kopf. Da gab es etwas, was er ihr nie gesagt hatte und das sein Leben von dem Tag an zur Hölle gemacht hatte, an dem Seth von einem Auto überfahren worden war. Nicht nur Esther war Zeugin gewesen, sondern er auch. Hatte bei ihr gestanden und sie angelächelt, seinen ganzen Charme eingesetzt, weil er wollte, dass sie nur ihn sah. Weil er wollte, dass sie spürte, wie sehr er in sie verliebt war. Und sie war in seinem Lächeln untergegangen, in seinem berühmten, unwiderstehlichen Filmstarlächeln. Sie hatte Seth losgelassen und stattdessen ihn geküsst, woraufhin Seth giggelnd davongelaufen war, amüsiert über seine Mutter, die dort mit dem Mann poussierte, der nicht sein Vater war, aber es gern gewesen wäre. Seth hatte sich kichernd die Hände vor den Mund gehalten und war spielerisch abgetaucht vor den Zärtlichkeiten, der Straße entgegen.

Sie hatten es beide zu spät bemerkt, Esther wirbelte herum und lief dem Kleinen nach, der die Gefahr nicht ahnte, sondern dachte, seine Mutter wollte mit ihm spielen. Er stob davon, Esther hinter ihm her, Daniel erstarrte vor Schreck, denn Seth lief ohne Blick für die Straße vor das Auto. Dieses Geräusch, als sein kleiner Körper getroffen wurde! Der Wagen sprang hoch, als er ihn mit dem Vorderreifen überrollte, ein weiteres Mal, als auch die Hinterreifen ihn überfuhren, und kam dann erst zum Stehen. Esther schrie und stürzte ihrem Sohn entgegen, während Daniel einfach nur dastand, entsetzt, gelähmt und zitternd. Er sah sie, ihr totes Kind im Arm wiegend, und wusste, dass es *seine* Schuld war. Dass sie ihren Sohn nie aus den Augen gelassen hätte, wenn er nicht gewesen wäre.

Er konnte nicht schlafen, nicht essen, sich nicht erklären, verlor Esther und seinen Willen, sein Leben wieder in Ordnung zu bringen. Innerlich ausgehöhlt, vollkommen leer, begegnete er Menschen, die ihm nichts bedeuteten, begann Beziehungen, die ihn nicht interessierten. Er verletzte sich und andere, und es war ihm egal, weil er Esther alles sagen wollte und es nicht konnte. Sollte er jetzt? In den wenigen kostbaren Momenten, die ihnen noch blieben? Alles zerstören, nur damit er sich besser fühlte?

Er sah sie an und sagte: »Nichts, meine Liebe, es ist nichts.«

Sie lächelte und küsste ihn. Dann stand sie auf und suchte nach ihrer Kleidung. »Wir müssen weiter. Wie spät ist es?«

Daniel blickte auf seine digitale Armbanduhr und sah an der Stelle nichts als grauen Quarzsand: Die Uhr war zerfallen.

»Unsere Zeit ist abgelaufen!«, sagte er im Scherz und zeigte ihr seine Uhr. Sie warf ein Blick darauf und zuckte mit den Schultern: Was für eine Rolle spielte das noch? Sie zogen sich an, verließen das Haus und erreichten am späten Nachmittag das Ziel ihrer Reise – Jerusalem.

Endlich begegneten ihnen wieder Menschen. Sie liefen ziellos durch die Straßen oder suchten Zuflucht in den Häusern. Es wurde Nacht, als ihr Auto stotternd und sprotzend zum Stillstand kam. Das Benzin war zur Neige gegangen, ihre Reise hier zu Ende. Sie banden sich jeweils ihren Mundschutz um und stiegen aus. In den sonst so belebten Gassen und Winkeln der Altstadt war es gespenstisch ruhig, im Schein der Laternen trieb der Wind den Schmutz durch die Luft. Hier und da huschte jemand an ihnen vorbei und verschwand in einem der Steinhäuser. Sie entdeckten manchmal Licht in einzelnen Wohnungen, und durch das Fenster einer Erdgeschosswohnung flackerte ein Fernseher. Esther und Daniel blickten in die Wohnung und sahen dort vielleicht zwei Dutzend Menschen dicht gedrängt vor einer kleinen Mattscheibe: Sie erkannten Juden, Moslems und Christen. In tiefer Not hatten sie zusammengefunden und hofften auf Gnade.

Sie gingen weiter, bestaunten die wunderbare Stadt, das armenische, das jüdische, das christliche Viertel, die Via Dolorosa und die Klagemauer. Sie verließen die Altstadt und erreichten bald eine kleine Anhöhe, von der aus sie einen wunderbaren Blick auf den Felsendom und die Al-Aqsa-Moschee hatten. Wie friedlich es hier war!

Sie hatten nicht bemerkt, dass sie in der Altstadt entdeckt und seitdem verfolgt worden waren, und als sie es bemerkten, war es zu spät: Von einem Moment auf den anderen standen wieder die beiden Männer vor ihnen, denen sie bereits in der Nacht zuvor entkommen waren. Ohne jede Vorwarnung stachen sie Daniel nieder. Esther schrie, aber einer der beiden schlug sie zu Boden, während der andere noch ein paarmal die Klinge in Daniels Brust rammte. Dann ließ er von ihm ab und wandte sich Esther zu, hielt ihr die blutige Klinge an die Kehle und fasste ihr hart an die Brust. Er sagte etwas, das

Esther nicht verstand, aber sie war sich sicher, dass es scheußlich war, etwas, das ihn in Stimmung bringen sollte, denn er drängte sich an sie, während sein Kumpan ihre Arme auf den Rücken bog. Esther rief nach Daniel, der auf dem Boden lag und dessen Blut sie im Staub sehen konnte.

Dann begann die Erde zu zittern.

Ein Grummeln stieg tief aus dem Grund auf, Häuserwände begannen zu tanzen, Ziegel krachten zu Boden. Plötzlich war alles in Bewegung, ein Beben von ungeahnter Stärke, schlimmer als jenes, das ihre Heimatstadt vernichtet hatte, und sie torkelten umher und stürzten zu Boden. Die ganze Welt geriet ins Schwanken, hob und senkte sich, ohrenbetäubender Lärm von einstürzenden Bauten machte taub für Schreie, aufwirbelnder Staub blind für eine Flucht.

Esther sah noch, wie die prächtige Goldkuppel des Felsendoms zerbrach, wie die Moschee einstürzte und mit ihr die gesamte Stadt. Kein Stein blieb auf dem anderen, und auch sie wurde um ein Haar von herumfliegenden Teilen erschlagen. Anders hingegen die beiden, die sie angegriffen hatten: Einer fiel in einen tiefen Riss im Erdboden, der sich neben ihnen aufgetan hatte und verschwand. Der Kopf des anderen wurde von einem Ziegel zerschmettert, der wie ein Geschoss durch die Luft gezischt war.

Das Beben hörte so plötzlich auf, wie es begonnen hatte.

Es kehrte gespenstische Stille ein, der Staub legte sich, und doch war nichts mehr zu sehen: kein Licht und keine Menschenseele. Jerusalem war nicht mehr und seine Bewohner unter den Trümmern beerdigt. Esther sprang auf und suchte Daniel und fand ihn dort, wo die beiden Verbrecher ihn hatten liegen lassen.

»Daniel! Daniel!«

Selbst ihre Stimme schien unwirklich, als ob sie ihr nicht mehr gehörte, und sie hob Daniels Kopf auf ihren Schoß und warf einen Blick auf die schrecklichen Wunden in seinem Oberkörper. Er verlor unablässig Blut, sein Gesicht war schon ganz weiß, und sie wusste, dass sie nichts mehr für ihn tun konnte. Sie weinte und strich ihm das Haar aus der Stirn.

Er flüsterte etwas.

»Was, Liebling? Was möchtest du mir sagen?«

Er rang mit sich, wollte ihr unbedingt etwas mitteilen, etwas, das ungeheuer wichtig für ihn schien, denn er bewegte mit großer Anstrengung seine Lippen, aber sie verstand ihn nicht, so dass sie ihr Ohr ganz nah an seinen Mund hielt. Sie lauschte und lauschte und merkte nicht, dass er in ihren Armen gestorben war.

57

Sie hatten Seths Spur zwischenzeitlich verloren und lange Zeit gebraucht, sie in einem kleinen Ort wiederzufinden, über einem kleinen Platz, mit Palmen und Bänken in der Mitte, umrahmt von verlassenen Häusern. Hier hatte er einen Moment verweilt, so dass auch Nathanael und Iax sich umsahen, um herauszufinden, was hier sein Interesse geweckt hatte. Unter Staub und Asche sahen sie Fußspuren von zwei Menschen, die ihm begegnet waren.

»Es hat fast den Anschein, als hätten sie ihn gesehen«, sagte Nathanael nachdenklich. »Seht nur, Meister: Die Frau geht auf ihn zu, der Mann kommt von der Seite. Und da in der Mitte sind noch mehr Spuren. Sie führen wieder vom Platz weg.«

Iax nickte nachdenklich: »Wenn es sich so verhält, dann schließt er seine Entwicklung zum Menschen schneller ab als befürchtet. Er nimmt Gestalt an.«

»Und dann, Meister?«

»Je mehr er sich wünscht, ein Mensch zu sein, desto deutlicher wird seine Gestalt. Er wandelt sich zu dem, der er einmal war, ohne sich zu erinnern, dass er schon einmal dieser

Jemand gewesen war. Eigentlich dauert so etwas seine Zeit, bei Seth läuft diese Wandlung ungeheuer schnell ab.«

»Und was ist, wenn die Wandlung abgeschlossen ist?«

»Dann verlieren wir seine Spur und können nur auf einen Zufall hoffen. Denn es gibt kaum noch Menschen, in deren Träumen wir nach ihm fragen können.«

Nathanael übersah den Platz und realisierte mit einem Mal, was hier stattgefunden haben könnte: einer inneren Eingebung folgend fragte er sich, ob die Spuren unter dem Sediment von der Person waren, die Seth so verzweifelt suchte: seine Mutter. Da war etwas, das er nicht zuordnen konnte, eine Energie, die immer noch zu spüren war – hatte Seth sie auch gespürt? War sie der Grund dafür, dass sich seine Wandlung so beschleunigt hatte?

»Meister?«

Iax sah ihn an: »Ja?«

»Was zieht die Engel zu den Menschen?«

Iax war überrascht und hatte keine rechte Antwort: »Ich weiß es nicht.«

»Ihr wisst es nicht?«, fragte Nathanael erstaunt zurück.

»Nein, Engel.«

Nathanael war irritiert: »Euer ganzes Leben habt ihr Engel zurückgeführt, und ihr habt Euch nie gefragt, warum sie abgefallen sind?«

Iax schwieg einen Moment. Als seine Welt noch in Ordnung gewesen war, gab es keinen Grund, Dinge zu hinterfragen oder ihnen auf den Grund zu gehen. Alles hatte seinen Platz, jeder seine Aufgabe. Sie waren eins unter den Augen des Vaters, eins in ihren Auffassungen, verbunden durch ihren Glauben und die Gewissheit, dass ihr Dasein erbaut war auf den Fundamenten des Gehorsams und der Schönheit. Sie lebten im Paradies.

Und doch fielen Engel ab. Kehrten dem Glanz den Rücken und wandten sich einer Welt zu, die nicht für sie bestimmt war. Was zog sie an? Er hatte sich tatsächlich niemals Gedanken darüber gemacht, immer geglaubt, er führe verwirrte Herzen zurück in den Schoß der Gemeinschaft. Er hatte geglaubt, dass auch die Rückkehrer dankbar waren, zurück in ihre Welt zu dürfen, die der Menschenwelt ein Vielfaches voraushatte. Er hatte geglaubt, dass ihre Gegenwehr nur daher rührte, dass sie im Herzen krank waren und erst wieder in der Gemeinschaft der Engel gesunden würden. Dass wahres Glück nur in der Welt der Engel möglich war. Und er fand sich bestätigt, als er sah, dass sie sich wieder einfanden in den Zusammenhalt, dass sie wieder eins wurden mit den anderen und ihre Auren wieder leuchteten. Es war ihm nie in den Sinn gekommen, dass die fehlende Erinnerung an ihre Zeit als Mensch diese Rückführung so unkompliziert machte.

Doch jetzt war alles anderes. Der Vater starb und mit ihm alles, was bis dahin gegolten hatte. Was würde aus den Engeln, wenn der Vater nicht mehr war und der Thron nicht neu besetzt werden würde? Wie konnten sie ohne ihn sein? Iax blickte Nathanael lange an und fragte sich, ob dieser Engel ihre alte Welt tatsächlich würde retten können? Hatte er die Kraft, sie alle zu einen und eine Ordnung zu schaffen, die das wiederherstellte, was sie im Begriff waren zu verlieren? Da stellte er überrascht fest, dass sein Herz auf die Fragen antwortete, bevor es sein Verstand tat: Ja! Iax glaubte an Nathanael. Er verstand ihn nicht, aber er glaubte an ihn. Und da war nicht mehr die Spur eines Zweifels in ihm. Wenn es eine Lösung für all ihre Probleme gab, dann führte der Weg nur über diesen seltsamen, warmherzigen, verzeihenden Engel.

»Warum lächelt Ihr, Meister?«, fragte Nathanael.

»Nichts, Engel, nichts.«

»Ihr habt meine Frage nicht beantwortet, Meister.«

Iax nickte: »Ich weiß.«

»Warum nicht, Meister?«

Iax lächelte wieder: »Weil ich glaube, dass *du* mir mein Verhalten erklären musst. Nicht umgekehrt.«

»Ich?!«, rief Nathanael erstaunt. »Wie könnte ich Euch etwas lehren?«

»Das tust du schon die ganze Zeit, Engel. Und ich danke dir dafür.«

Nathanael schluckte schwer, so sehr rührten ihn Iax' Worte. Dann nahm er ihn in den Arm, drückte ihn an sich und spürte, wie Iax die Umarmung erwiderte. Sie lösten sich voneinander, und Nathanael sah, wie weich Iax' Blick geworden war! Für einen Moment erinnerte nur noch seine körperliche Statur daran, dass dieser Engel einst für den Kampf erschaffen worden war. Für einen Moment fühlte Nathanael, dass Iax seiner Bestimmung müde war, dass er sich nach Ruhe sehnte, nach Frieden, nach einer Welt, in der es keine Engel wie ihn mehr gab.

»Nun, weißt du, warum die Engel fallen?«, fragte er Nathanael.

Nathanael war irritiert, dass er eine Frage zu beantworten hatte, anstatt sie zu stellen. Er sah sich um, blickte auf die Häuser, die Straßen, den kleinen Park mit den Palmen und Bänken.

Da lächelte er und sagte: »Fällt Euch nichts auf, Meister?«

Iax war seinem Blick gefolgt, aber er sah nur das, was auch Nathanael gesehen hatte.

»Nein, Engel. Was sollte mir auffallen?«

»Seht Euch die Welt der Menschen an, Meister!«

»Ja, Engel, das tue ich. Sie ist primitiv und schmutzig.«

Nathanael nickte: »Ja, das ist sie. Und doch ist sie der Welt der Engel in gewisser Weise überlegen.«

Iax wirbelte zu ihm herum und rief ebenso überrascht wie empört: »Was redest du denn da, Engel?!«

»Sie sind fähig, Dinge zu erschaffen, Meister. Sie sind dumm, laut und schmutzig, aber sie sind in der Lage, zu erschaffen. Kein Engel kann das. Alles, was wir haben, wurde uns vom Vater geschenkt. Alles, was sie haben, haben sie selbst erschaffen.«

Iax war sprachlos und blickte wieder auf die Häuser, die Straßen, die Autos und den Park, und es war, als würde er diese Welt zum allerersten Mal *sehen*. Er hatte all das nicht zur Kenntnis genommen, es abgetan, es in gewisser Weise verachtet, weil es nicht makellos war, weil die Fehler das Auge eines Engels beleidigten. Im Schatten ihres Hochmuts waren die Menschen gewachsen und hatten die Engel überflügelt, ohne dass sie sich dessen bewusst geworden waren. Bis auf die wenigen, die das offenbar erkannt hatten und so sein wollten wie sie. Die abgefallen waren, um zu erschaffen!

Nathanael sagte: »Sie verzichten auf Harmonie, Glück und Schönheit, um Teil einer Schöpfung zu sein, die sie selbst mitbestimmen können. Und sie schenken neues Leben! Sie geben einen Teil von sich an die nachfolgende Generation weiter. Sie geben alles auf, um es dem Vater gleichzutun.«

»Aber sie zerstören alles! Sie leben ohne gemeinsamen Glauben, und ohne diesen Glauben fehlt die Ordnung. Und ohne Ordnung keine Ewigkeit.«

Nathanael nickte: »Die Ewigkeit ist ihnen gleichgültig, denn nichts, was sie tun, hat Bestand. Sie werden geboren, kämpfen, sterben. Das ist alles.«

Und wie zur Bestätigung dessen, was Nathanael gesagt hatte, hörten sie ein Grummeln wie aus dem Rachen eines wilden Tieres, dann hüpften plötzlich die Häuser, die um den Platz herumstanden, und brachen krachend zusammen. Das Städtchen ging in einer gewaltigen Wolke aus Staub unter wie ein Schiff auf hoher See und verschwand für immer von der Bildfläche. Nathanael und Iax nahmen es beunruhigt zur Kenntnis, doch nicht die Zerstörung und der Tod derer, die sich in den Häusern versteckt hatten, berührte sie, sondern die Ursache des Bebens, sie spürten beide, dass der Grund dafür aus der Welt der Engel kam.

Iax sagte: »Wir kehren zurück! Es ist etwas passiert!«

Nathanael schüttelte den Kopf: »Nicht ohne Seth!«

»Uns läuft die Zeit davon, Engel. Hier können wir nichts mehr tun!«

»Ich bitte Euch, Meister! Nur noch einen Tag. Gebt uns noch einen Tag. Dann kehren wir um.«

Iax seufzte: »Warum bist du versessen darauf, Seth zu retten?«

»Ich kann es nicht sagen, Meister. Ich weiß nur, dass es richtig ist.«

Iax zögerte einen Moment, dann aber stimmte er zu: »Gut, nur noch einen Tag. Finden wir ihn nicht, kehren wir zurück.«

»Ich danke Euch, Meister.«

Sie sprangen davon und erreichten noch vor Morgengrauen das zerstörte Jerusalem: Seth war hier.

Die Veränderungen überraschten und verwirrten ihn in einem: Es hatte mit Sinneseindrücken begonnen, die ihm fremd waren und ihn erschreckten – Licht, das er anders wahrnahm, Geräusche, die ihm dumpfer vorkamen und in seinem Kopf dröhnten. Doch viel außergewöhnlicher als schwankende Wahrnehmungen war eine Ahnung von Schwere, die ihn in beängstigender Weise zu Boden zog. Und als er sich ansah, seine Hand vor seine Augen hob, war ihm, als sei sie blasser, durchsichtiger als sonst. Er fühlte einen neuen Körper: verletzlich, ungeschützt, schwach.

Von Stunde zu Stunde ergriff dieses Gefühl zunehmend Besitz von ihm, als ob ihn eine eigenartige Krankheit befallen hatte, die ihn aller Kräfte beraubte. Bald schon fiel er herab und spürte Boden unter seinen Füßen. Sein Gewicht nahm zu, seine Beweglichkeit ab. Er fühlte harten Wind auf seiner Haut, Asche und Staub, die an seinen Haaren zerrten. Mit dem Morgengrauen fiel ihm das Atmen schwer, der Mund wurde ihm trocken, und seine Lider blinzelten in den Verwehungen. Hier stand er in den Ruinen einer Stadt, in der nur noch ein einziger Mensch lebte.

Er schlich durch die Trümmer, stets auf der Hut, denn erstmals hatte ihn eine grauenhafte Angst gepackt – eine ungeahnte Einsamkeit und der Wunsch, dringend einer Menschenseele zu begegnen, nur um nicht allein zu sein. Zwischen Geröll, Stahlstreben, Scherben und Autowracks lief er ziellos umher, und als er sich umdrehte, sah er, dass er Fußabdrücke im Staub hinterließ. Wieder betrachtete er seine Hände und sah sie fahler werden: nicht mehr lange, und er würde sich gar nicht mehr sehen. Würde unsichtbar sein und gleichzeitig eine Körperlichkeit haben, die er nie zuvor verspürt hatte. Wo war er hier? Noch glaubte er zu wissen, woher er gekommen war, aber je länger er darüber nachdachte, desto mehr kam es ihm wie ein Traum vor! Er hatte geträumt, ein Engel zu sein, geträumt, aus einer fremden Welt geflohen zu sein, geträumt, dass er Nathanael und Iax verlassen hatte. Nathanael und Iax? Hießen sie so? Er war sich nicht mehr sicher.

Er passierte ein zerquetschtes Auto, blieb stehen: Der Seitenspiegel hatte sich verdreht, so dass er hineinblicken konnte. Er sah sich. Fast durchsichtig, aber er erkannte Mund, Nase, Augen, Haarschopf, die überraschend schnell wirklich wurden. In dem Maße, wie er sich selbst nicht mehr sehen konnte, wurde er als Mensch sichtbar! Fasziniert betrachtete er sich abwechselnd im Spiegel und dann wieder, indem er an sich herabsah. Er löste sich auf und nahm gleichzeitig einen Körper an. Wenn ihn jetzt die anderen sehen könnten! Er zögerte: Welche anderen? Er wusste, dass er jemanden zurückgelassen hatte, aber wen? Sie hatten Namen, aber wie lauteten sie? Es wollte ihm nicht einfallen.

Er ging weiter, und plötzlich ergriff ihn große Unruhe: Das hatte er schon einmal verspürt! Aber wann und wo? Ein eigenartiges Gefühl von Nervosität, als ob er gleich jemandem begegnen würde, sich darauf freute und gleichzeitig Furcht davor hatte. Instinktiv fühlte er die Richtung, in die er gehen musste. Hier, mitten in der Stadt, die er nicht kannte und niemals zuvor gesehen hatte, zwischen eingestürzten Häusern und Trümmern, war jemand, den er kannte. Er spürte, wie sein Herz zu rasen begann. Denn plötzlich erinnerte er sich an diejenigen, die er verlassen hatte: Mutter. Daniel. Wo waren sie? Sie hatten sich doch eben noch geküsst! Ihn ergriff große Angst, denn die beiden waren nicht mehr da!

Er lief los und rief laut: »Mama! Mama!«

Esther hatte noch lange bei Daniel gewacht, ihn im Arm gehalten, in der irren Hoffnung, er würde wieder zu sich kommen. Doch aufkommende Leichenstarre, die eiskalte Haut hatten sie eines Besseren belehrt. Sie hatte ihn losgelassen, hatte in den Trümmern ein Tuch gefunden, mit dem sie ihn zudeckte und das sie schließlich mit Steinen beschwerte, damit es der Wind nicht wegriss. Was war jetzt noch zu tun? Was wollte sie noch hier? Alles kam ihr so sinnlos vor: Ihre Flucht in diese Stadt. Ihr nutzloses Drängen darauf, hier zu sein, anstatt die letzten Tage mit Daniel irgendwo gemeinsam zu verbringen, bis die Welt endgültig auseinanderbrach und sie alle vernichtete.

Bei Tagesanbruch fegte ein scharfer Wind durch die Reste Jerusalems und wirbelte so viel Staub auf, dass man kaum seine Hand vor Augen sah. Sie irrte umher, betäubt und ausgelaugt, hörte den Wind heulen und dachte darüber nach, ihrem Leben ein vorzeitiges Ende zu bereiten. Sie hatte alles verloren, es gab keinen Grund mehr, weiterzumachen. Es war genug! Sie suchte im Chaos nach etwas, das sie für einen Freitod benutzen konnte, und bedauerte, dass kein Haus mehr stand, von dem sie sich stürzen könnte. Ein Messer oder eine abgebrochene Stahlstrebe wollte sie nicht verwenden, zu drückend waren die Erinnerungen an Daniel.

Nach einer Weile fand sie unter einer Hauswand einen Panzerwagen und begann, Stein um Stein von ihm abzutragen. In seinem Innern würde es mit Sicherheit genügend Waffen geben. Und tatsächlich gelang es ihr, die Einstiegsluke freizulegen. Sie schlüpfte hinein und fand dort eine Maschinenpistole, die sie aufhob und betrachtete. Hier drinnen war es vergleichsweise ruhig, es gab keinen Sand, keine Asche, kein Windgeheul. Die Waffe lag schwer in ihrer Hand. Sie fand an der Seite den Sicherungsbolzen und legte ihn auf Einzelfeuer um, drückte die Mündung unter ihr Kinn und tastete nach dem Abzug. Noch eine kleine Bewegung mit dem Zeigefinger, dann wäre es endlich vorbei. Sie fühlte den Abzugshebel, den Widerstand, der millimeterweise nachgab, als sie draußen eine Kinderstimme zu hören glaubte. Eine Stimme, die sie sehr lange nicht mehr gehört hatte.

Iax fand Seths Spur zuerst, doch musste auch Nathanael feststellen, wie schnell sie immer schwächer wurde. Sie sanken herab auf den Boden und folgten Seth, bis sie an einen Punkt kamen, an dem sie ihn verloren, als hätte ihn der Wind fortgeweht.

»Seine Wandlung ist abgeschlossen«, sagte Iax und blickte durch die Staubwolke hindurch, in der Hoffnung, ihn noch irgendwo zu sehen. Nathanael entdeckte Fußspuren im Staub: Kinderfüße. Sie eilten ihnen nach, bevor der Wind sie verwischen konnten, und hörten plötzlich aus einiger Entfernung eine Stimme.

»Es ist da vorne!«, rief Nathanael.

Sie sprangen durch die Staubwirbel, der Stimme entgegen. Sie wurde deutlicher, und bald schon entdeckten sie Seths Umrisse im Chaos. Nathanael erspürte eine zweite Person! Sie kam Seth entgegen, hatte ihn aber nicht gesehen, sondern folgte nur ebenfalls der Stimme. Nathanael übersprang Seth und erreichte diese Person. Ihr Herz raste so, dass es nur eine Erklärung gab: Das hier war Seths Mutter. Im Sturm hatte sie große Orientierungsprobleme, stolperte mal in die eine, mal in die andere Richtung. Genau wie Seth.

Nathanael eilte zurück zu Iax und sagte: »Es ist seine Mutter, Meister. Er hat sie tatsächlich gefunden!«

Iax nickte und fragte: »Was soll ich tun, Engel? Ihn hierlassen oder ihn mitnehmen?«

Nathanael zögerte, denn Seth war nur noch wenige Schritte von der Erfüllung seiner Wünsche entfernt. Sollten sie ihn zurücklassen? Und doch waren sie eine Einheit: Etwas mahnte Nathanael, dass Seth nicht hierbleiben konnte. Nicht bleiben durfte. Die Entscheidung fiel ihm unendlich schwer, aber er traf sie und sagte: »Holt ihn, Meister!«

»Es gibt nur einen Weg, ihn zurückzuholen«, sagte Iax und zog sein Schwert.

Nathanael nickte: »Ich weiß.«

Iax nickte ebenfalls, und Nathanael sah, wie er loslief, innerhalb eines Wimpernschlags unsichtbar wurde und nur der Staub und die Asche in der Luft seine Silhouette erahnen ließen. Er stürmte Seth mit gezücktem Schwert entgegen.

Esther hatte für kurze Zeit die Orientierung verloren, dann aber hörte sie Seths Stimme laut und deutlich und wandte sich ihr zu. Sie begann zu rennen: »Seth, mein Liebling, wo bist du?«

Vielleicht verlor sie gerade den Verstand, aber sie wurde überschwemmt von Glücksgefühlen und es war ihr gleich, ob sie einem Wahn aufsaß oder nicht: Sie wollte zu ihrem Sohn. Im Sand- und Sedimentwirbel erahnte sie eine Gestalt, einen Jungen, und vernahm wieder seine Stimme, als jemand neben ihm auftauchte, ein Mensch aus Glas, der plötzlich hinter Seth stand und mit einem Schwert zustach. Seth fiel zu Boden, während sie aufschrie und ihm entgegenstürzte.

Sie sah noch, wie die Gestalt etwas aus dem kleinen Körper herausriss und ebenso plötzlich verschwand, wie sie aufgetaucht war. Dann fiel sie neben dem Kind auf die Knie, sein Körper mit dem Gesicht nach unten liegend, aus einer Wunde zwischen Hals und Schulter blutend.

Sie drehte den Leichnam langsam um: Seth.

Da lag ihr Sohn.

Die Augen leer.

Ohne Leben.

Sie hob ihn auf, außer sich vor Schmerz, und wiegte zum zweiten Mal ihren toten Jungen im Arm.

58

Es war lange still geblieben in der Burg, ohne Licht oder sichtbare Bewegungen, da niemand gewagt hatte, sein Quartier zu verlassen. Jeder Engel wusste, dass etwas Bedeutendes passiert sein musste, denn der Ausbruch Luzifers hatte noch einmal deutlich gemacht, über welche Möglichkeiten dieser einzigartige Engel verfügte: Er hatte die Burg ein weiteres Mal verändert, zerstört, was bis dahin als unzerstörbar gegolten hatte. Alle fürchteten ihn, Anhänger wie Gegner, wobei die Angst vor ihm die Seinen bestärkte und die anderen schwächte.

Nur Asasel und Semjasa wussten, warum Luzifer außer sich war, und dass es so war, erschreckte sie nur umso mehr, denn wenn er jetzt im Disput vollends nicht mehr zu bändigen sein würde, so wären sie daran schuld. Sie warteten in ihrer Kammer auf den Moment, an dem der Rat nach ihnen schicken ließ, und spürten, dass vor der Tür zwei Potestates wachten, die sie an einer Flucht hindern würden. Sie hatten nach dem Vorfall mit Lillith Stellung bezogen, ohne sich jedoch den Zwillingen mitzuteilen, was auch nicht nötig war, denn dass der Rat auf Asasels Verfehlung reagieren würde, war beiden klar. So knieten sie nieder und flehten den Vater um Vergebung an. Doch auch diesmal erhielten sie weder Antwort noch Zeichen, so dass sie sich schließlich damit abfanden, dass Camael über ihr Schicksal entscheiden würde und dass dieses Urteil hart ausfallen würde.

Gegen Morgen hörten sie Schritte auf dem Flur und starrten auf die Tür, die sich einige Momente später öffnete. Die beiden Wachen waren durch Dominationes und Virtutes verstärkt worden, so dass acht Engel sie zum Rat bringen würden.

»Kommt, jetzt!«, sagte einer der Wachen.

Die beiden erhoben sich.

»Lasst eure Waffen hier. Ihr werdet sie nicht mehr brauchen.«

Sie nickten, legten Schwert und Dolch ab und verließen die Kammer mit gesenkten Häuptern, eingerahmt von jeweils vier Engeln, die sie bis zu der Halle brachten, wo der Rat für gewöhnlich tagte. Man bat um Einlass und wurde vorgelassen. Schon von weitem sahen sie die zwölf an der Tafel sitzen, die jetzt einen Halbkreis beschrieben, den Angeklagten zugewandt: das Gericht. In der Mitte Camael, der sie nicht aus den Augen ließ, was als schlechtes Zeichen gelten durfte, da er niederen Engeln ansonsten wenig Beachtung schenkte. Ihre Wachen begleiteten sie bis kurz vor die Tafel und zogen sich dann aus der Halle zurück. Die Zwillinge waren allein mit dem Rat.

»Asasel! Tritt vor!«

Camaels Stimme erfüllte den ganzen Raum und ließ Asasels Herz sinken: Er war sich sicher, dass das Urteil über ihn längst feststand, ganz gleich, was er sagen würde.

Camael fuhrt fort: »Du weißt, was man dir vorwirft?!«

Asasel antwortete: »Ja, Herr.«

»Was hast du zu den Anschuldigungen zu sagen?«

Asasel zögerte mit der Antwort, wusste nicht, wie er sich verteidigen sollte, ohne dass er den Rat mit fadenscheinigen Ausreden noch mehr gegen sich aufbrachte. Er versuchte es daher gar nicht erst und antwortete: »Sie entsprechen der Wahrheit.«

»Du hast deinen Schwur also gebrochen?«

»Ja, Herr.«

Ein Moment der Stille folgte, den Camael nutzte, um von einem zum anderen zu blicken, denn er selbst hatte keine

Fragen mehr. Kurz sah es so aus, als hätten auch die Seraphim und Cherubim keine mehr, dann aber wandte sich Uriel an Asasel. Ihre Stimme war mild, mit einem Unterton des Vergebens, so dass Asasel Mut schöpfte, in ihr wenigstens eine Fürsprecherin gefunden zu haben.

Sie fragte: »Schildere uns deinen Verrat, Asasel.«

Er antwortete: »Seth befragte mich im Traum. Ich habe selbst keine Erinnerung an meine Worte.«

»Du weißt, dass das keine Entschuldigung ist, Asasel?«

»Ja, Herrin.

»Ein Schwur bindet einen Engel für alle Zeit. Wie war es möglich, dass du trotzdem diesen Schwur brechen konntest?«

»Ich kann es nicht sagen, Herrin.«

Sie nickte und fragte abschließend: »Bereust du deinen Ungehorsam, Engel?«

»Ja, Herrin.«

Camael sah zu ihr hinüber, und sie deutete mit einem Nicken an, dass sie keine Fragen mehr hatte. Sie hatte für Asasel getan, was in ihrer Macht stand. Seine Reue konnte sich mildernd auf seine Strafe auswirken. Oder auch nicht.

Camael stand auf: »Wenn es keine weiteren Fragen gibt, ergeht folgendes Urteil … Asasel, knie nieder!«

Semjasa trat einen Schritt vor: »Ich bitte um das Wort, Herr!«

In Camaels Gesicht war mehr als nur Verärgerung zu sehen: Dass ihm ein einfacher Engel ins Wort fiel, war ein ungeheuerlicher Vorgang. Er war darüber so wütend, dass es ihm für einen Moment die Sprache verschlug, und bevor er Semjasa dafür bestrafen konnte, meldete sich Michael überraschend zu Wort: »Lass ihn uns anhören, Camael. Was hast du uns zu sagen, Semjasa?«

»Ich will für Asasel sprechen!«

Camael setzte sich und bedeutete ihm mit einer Handbewegung, dass er seinen Bruder verteidigen durfte. Semjasa nickte kurz, sah zu Asasel, der seinen Blick erwiderte und ganz leicht, unmerklich, den Kopf schüttelte: Semjasa sollte schweigen. Noch konzentrierte sich die Wut auf ihn, doch wenn Semjasa Partei ergriff, würden sie beide bestraft werden. Aber in Semjasas Augen sah er, dass dieser nicht bereit war, dieses Opfer anzunehmen. Er stand dem geliebten Bruder in der Stunde schwerster Not zur Seite und war bereit, sein Schicksal zu teilen.

»Hoher Rat, bevor ein Urteil über Asasel gesprochen wird, will ich berichten, was er unternommen hat, um einen schwereren Verrat zu verhindern. Unser Gegner ist stark, und er weiß um all unsere Schwächen. Er weiß, wie es in unseren Herzen aussieht, und er verfügt über die Mittel, uns zu verführen, so dass wir die ewigen Gesetze missachten, denen wir Gehorsam geschworen haben. Auch ich wurde verführt, hoher Rat. Von einem verstoßenen Engel.«

Die zwölf blickten einander überrascht an. Dann fragte Camael: »Wer war dieser Engel?«

»Ihr Name war Lillith«, antwortete Semjasa.

Er konnte in ihren Gesichtern lesen, dass sie Lillith kannten.

»Fahre fort!«, forderte Michael.

»Sie lockte mich aus meiner Kammer, vernebelte meine Sinne, bis ich nicht mehr wusste, was ich tat. Asasel rettete mich. Und bewahrte unsere Gemeinschaft vor einem schweren Verrat.«

»Was ist passiert?«, fragte Camael.

»Asasel tötete sie.«

Ein langes Schweigen senkte sich über die Beteiligten, denn jetzt war ihnen klar, was Luzifer so rasend gemacht hatte. Asasel und Semjasa standen ruhig vor dem Rat, berührten einander leicht an der Schulter, und es tat beiden gut, die Anwesenheit des anderen zu spüren. Asasel war dankbar über Semjasas Verteidigung, und er hoffte, dass sie ihm nicht schaden würde.

Camael stand auf und sagte: »Wartet vor der Tür!«

Die beiden verneigten sich und zogen sich rasch zurück. Erst als die schwere Tür ins Schloss gefallen war, wandte er sich an die anderen und sagte: »Lillith wurde wie Luzifer bestraft und aus dem Gedächtnis der Engel gelöscht. Wie ist es möglich, dass sie ohne unser Wissen zurückkam?«

Michael antwortete: »Luzifer hat dieselben Möglichkeiten und Befugnisse wie wir.«

»Das erklärt nicht, woher er wusste, wo sich Lillith befand.«

»Sie sind zwei Engel derselben Art. Sie wissen voneinander!«, antwortete Uriel.

»Ihr Tod hat Luzifer einen schweren Schlag versetzt. Asasel hat eine wichtige Verbündete aus dem Weg geräumt«, sagte Gabriel.

Rafael nickte: »Und gleichzeitig hat er damit unseren Gegner gefährlicher gemacht. Ihr Tod hat seinen Hass in einer Weise geschürt, dass eine gütliche Einigung kaum noch möglich scheint.«

Gabriel schüttelte den Kopf: »Wie könnten wir denn seinen Hass noch weiter schüren? Er macht uns für sein Schicksal verantwortlich.«

»Wie verfahren wir mit Asasel?«, fragte Camael.

»Er hat die Gemeinschaft verraten, aber er hat ihr auch geholfen!«, verteidigte ihn Michael.

Camael dachte einen Moment darüber nach und sagte: »Auf Verrat steht immer die gleiche Strafe, ganz gleich, von welcher Schwere er ist. Nur der Vater könnte verzeihen, aber der Vater antwortet nicht mehr.«

»Und doch hat er einen ungleich schwereren Verrat verhindert. Das können wir nicht ignorieren!«, antwortete Michael.

Camael nickte langsam: »Und wie verfahren wir mit Semjasa? Er wurde nur durch seinen Bruder vor einer schweren Sünde bewahrt. In seinen Gedanken und in seinem Herzen hatte er sie bereits vollzogen.«

Ariel, der bisher geschwiegen hatte, sprang auf und rief zornig: »Semjasa trifft keine Schuld, schließlich haben wir ihm die Gefahr verschwiegen!«

Camael machte eine beschwichtigende Geste: »Setz dich, Ariel.«

»Ist das ein Befehl?«, fauchte Ariel.

»Eine Bitte«, antwortete Camael nachsichtig.

Ariel antwortete, immer noch wütend: »Wie können wir ihn verurteilen, wenn wir ihn, einen einfachen Engel, Luzifers Ränken aussetzen?«

Uriel stimmte zu: »Ihn trifft keine Schuld. Lillith kann sich kaum ein Engel entziehen, schon gar nicht ein einfacher. Wir haben Luzifer schlicht unterschätzt.«

Camael schwieg einen Moment, dann sagte er: »Dann bitte ich um eine Abstimmung. Zuerst Semjasa!«

Er sah von einem zum anderen, las in ihren Köpfen die Antwort: Freispruch. Camael verkündete das Ergebnis und sprach Semjasa von jeder Schuld frei. Dann wandte er sich erneut an den Rat und sagte: »Jetzt zu Asasel. Sein Verrat ist offenkundig. Die Frage ist, ob er das Kreuz verdient oder nicht. Ich bitte um die Abstimmung!«

Er sah zunächst zu den Seraphim: Michael und Gabriel stimmten gegen das Kreuz, Metatron und Remiel dafür. Ariel plädierte für Freispruch. Dann wandte er sich den Cherubim zu: Rafael war für das Kreuz, Uriel dagegen. Raziel und Ophaniel gegen das Kreuz, Cassiel und Zadkiel dafür.

Camael verkündete wiederum das Ergebnis: »Fünf dafür, fünf dagegen. Einer für Freispruch.«

Damit stand fest, dass Camael über Asasels Schicksal entscheiden würde. Er stand auf und rief die Zwillinge wieder herein. Sie näherten sich vorsichtig, versuchten, in den Gesichtern zu lesen, wie sie entschieden haben mochten, doch die Gedanken des Rates blieben ihnen verschlossen. Camael breitete die Arme aus und rief: »Höret nun das Urteil des Rates!«

Asasel und Semjasa knieten nieder und senkten demütig die Häupter.

»Semjasa wird von Schuld freigesprochen. Der Rat selbst übernimmt die Verantwortung für das, was geschehen ist. Anders Asasel ...«

Camael machte eine kurze Pause, während Semjasa und Asasel die Augen fest geschlossen hatten, in der Hoffnung, das Urteil möge gnädig ausfallen.

»Seine Verfehlung ist unstrittig, aber er hat versucht, sie wiedergutzumachen. Der Rat erkennt das an. Dennoch bleiben Zweifel an seiner Treue, und somit ergeht für ihn folgendes Urteil: Er wird entflammt!«

Für einen Moment atmeten Semjasa und Asasel erleichtert auf, denn nichts war schlimmer, endgültiger als das Kreuz. Doch schon im nächsten Moment ergriff sie Furcht, denn sie wussten beide nicht, was das Urteil tatsächlich bedeutete. Die Entflammung war ein altes Ritual, das nur wenige Engel kannten und das schon lange nicht mehr angewendet worden war. Zumindest wussten die einfachen Engel nichts davon.

Camael sprach weiter: »Asasel! Steh nun auf!«

Asasel folgte dem Befehl, während Semjasa weiter kniete und den Kopf gesenkt hielt.

»Das Urteil wird sofort vollzogen. Gibt es noch etwas, was du uns miteilen möchtest?«

»Nein, Herr.«

»Gut, dann folge mir jetzt!«

Der Rat erhob sich. Semjasa ward entlassen und stand noch einen Moment vor Asasel. Die beiden wussten nicht recht, was sie sagen sollten, sahen einander an und fanden in den Augen des anderen nichts als Liebe und Zusammenhalt. Sie umarmten sich: Semjasa drückte ihn an sich, suchte nach den richtigen Worten und fand sie nicht.

»Schon gut«, sagte Asasel, »ich weiß schon ...«

Semjasa rang mit den Tränen, dann ließ er Asasel los und klopfte ihm aufmunternd auf die Schulter: Es würde schon werden! Sie hatten vieles zusammen durchgestanden, sie würden auch das durchstehen.

Asasel folgte den Seraphim durch ein kleines Tor im hinteren Teil der Halle, gefolgt von den Cherubim. Sie stiegen tief hinab in den Bauch der Burg und erreichten nach einiger Zeit einen kleinen Raum, in dessen Mitte nur ein einfacher Altar aus Stein stand. Zur Rechten und zur Linken dieses Altars stellten sich die Seraphim und Cherubim auf, die Hände gefaltet, die Köpfe demütig gesenkt, im stillen Gespräch mit dem Vater. Asasel bewunderte ihre Würde und ihre außerordentliche Schönheit, die Ruhe und die Kraft, die von ihnen ausging, und blickte zu Camael, der direkt hinter dem Altar seinen Platz einnahm, die Hände zur Decke erhob, den Beistand des Vaters erbittend.

Eine Weile standen die mächtigen Engel still wie Statuen, nichts störte den Frieden. Dann plötzlich wurde es dunkel, während der Altar in der Mitte des Raumes zu strahlen begann und alle Beteiligten mit geheimnisvollen Schatten überwarf. In seinem Licht wirkten die Seraphim und Cherubim bedrohlich und groß, so dass Asasel große Furcht überkam und er zu zittern begann.

Camael blickte ihn an und rief: »Tritt nun vor, Asasel!«

Er folgte dem Befehl und trat an den Altar. Camael wies ihn mit einer Geste an, sich mit dem Rücken daraufzulegen, und Asasel gehorchte. Im Gegensatz zu den Wänden und Mauern der Burg war dieser Stein kalt. Eiskalt. Asasel blickte zur Decke hinauf und sah nichts als tiefe Dunkelheit.

Camael hatte sich kurz von ihm abgewandt und kehrte jetzt mit einer goldenen Lanze in der Hand zurück. Asasel erblickte sie und fürchtete sich umso mehr, doch Camael sprach ihn sanft an und sagte: »Fürchte dich nicht, Asasel! Von nun an sollst du erfüllt sein mit der Liebe des Vaters, und nichts wird mehr sein, das deine Hingabe und deinen Glauben erschüttert! Du sollst ewigen Frieden finden!«

Asasel wagte nicht, zu antworten, und sah, wie Camael zu

wachsen schien, wie er die Lanze nach ihm ausrichtete und mit der Spitze auf sein Herz zielte. Dann stieß er zu! Asasel spürte den Schmerz, der seinen Körper in Wellen erschütterte und zugleich von großer Süße war, so dass er aufstöhnte und nach Luft rang. Camael rammte ihm die Lanze ein zweites und ein drittes Mal in die Brust, stieß sie tief hinein und riss dann Asasels Herz und seine Eingeweide mit einem Ruck heraus. Rafael kam hinzu und verschloss die Wunde mit der Kraft seiner Hände. Der Schmerz ließ nach und verschwand schließlich ganz.

Asasel stand auf und blickte den Rat an, die Farbe seiner Augen war einem dunklen ewigen Feuer gewichen, die Züge seines Gesichts wirkten leblos und beglückt in einem. Er verbeugte sich vor dem Rat, der seinen Gruß erwiderte. Er konnte jetzt gehen und kehrte zurück in die Kammer, in der Semjasa auf ihn wartete. Der erschrak, als er ihn sah, brach in Tränen aus und küsste die Hände seines Bruders.

»Was haben sie mit dir gemacht, Asasel? Was haben sie mit dir gemacht?!«

Asasel reagierte nicht auf Semjasas Entsetzen, auf seine Trauer und auf seinen Schmerz und blickte ihn an, als ob er ihn zum ersten Mal sehen würde. Semjasa wusste nicht, was ihn mehr entsetzte: das maskenhafte Gesicht seines entflammten Bruders oder dessen Augen, diese dunkel brennenden Augen, die keine Freude mehr kannten und kein Mitleid. In denen ein kaltes Feuer tanzte und niemals wieder erlöschen würde.

»Asasel! Sprich mit mir! Ich bitte dich: Sprich mit mir! Was ist mit dir geschehen?«

Doch Asasel sagte nur: *»Kadosch, kadosch, kadosch, Adonai sebaot!«*

Heilig, heilig, heilig, der Herr der Heere. Mehr nicht. Immer wieder nur: *»Kadosch, kadosch, kadosch, Adonai sebaot!«* Mechanisch, verzückt, leblos. Semjasa flehte ihn an, etwas anderes zu sagen, seinen Namen auszusprechen, doch

Asasel antworte nur: *»Kadosch, kadosch, kadosch, Adonai sebaot!«* Immer wieder: *»Kadosch, kadosch, kadosch, Adonai sebaot!«*

Bis sich Semjasa die Ohren zuhielt und aus der Kammer rannte.

59

Iax hatte sie alle durch das Tor zurück in die Engelwelt geführt und es wieder fest verschlossen. Seth fehlte jede Erinnerung an das, was vorgefallen war, an die, die er gesucht hatte, und er war seit dem Moment seiner Heimführung durch Iax wieder im gleichen Maße von dem Schmutz und der Zerstörung der Menschenwelt angewidert, wie er es auch schon gewesen war, als er diese Welt das erste Mal betreten hatte. Nach anfänglicher Verwirrung hatte er Nathanael und Iax erkannt und sie freudig begrüßt, und auch sie umarmten ihn, wenn auch anfangs mit einem schmerzlichen Gefühl. Aber das verschwand rasch, als sie bemerkten, dass Seth keinerlei Bedauern fühlte, dieser ihm jetzt fremden Welt wieder den Rücken zu kehren. Kein Gedanke an seine Herkunft war mehr in ihm, keine Sehnsucht nach der Frau, die seinen menschlichen Körper immer noch in ihren Armen wiegte. Er wusste nicht einmal, wie er in die Menschenwelt gekommen war, und es interessierte ihn auch nicht weiter. Er war nur froh, bei Nathanael zu sein.

Sie fanden die Burg verlassen vor, was Iax misstrauisch werden ließ, erst recht, als er sah, dass einer der Türme zerbrochen war und dennoch die anderen überragte. Die Trümmer lagen auf dem Boden oder hatten Dächer und Wände zerschlagen, so dass man annehmen konnte, eine Schlacht hätte stattgefunden. Aber sie konnten keine toten Engel entdecken und auch kein Blut, das vergossen worden wäre. Sie erreichten ihre Kammer und waren überzeugt, die Zwillinge anzutreffen, fanden aber nur Asasel vor, der aufstand, sich vor ihnen verbeugte und sie mit *»Kadosch, kadosch, kadosch, Adonai sebaot!«* begrüßte.

Nathanael war entsetzt, taumelte einen Schritt zurück und stieß dabei gegen Iax. Auch der mied den Anblick Asasels, so wie er einst den Anblick von Nathanaels Verkrüppelung gemieden hatte. . Nur Seth betrachtete ihn neugierig und fühlte sich zugleich abgestoßen. Und so starrte er Asasel an und fragte Iax und Nathanael: »Was ist mit ihm?«

Er erhielt keine Antwort. Nathanael fühlte eine tiefe Trauer in sich, war versucht, Asasel zu berühren, nur um sicherzugehen, dass der nicht nur eine Erscheinung war. Diese Augen! Darin war nichts mehr. Nur ein kaltes Feuer, von dem er fast schon annahm, dass es auch über den Tod hinaus noch brennen würde.

»Asasel?«, fragte er leise.

Der wandte sich ihm zu: *»Kadosch, kadosch, kadosch, Adonai sebaot!«*

Iax berührte die beiden an der Schulter und schob sie langsam aus der Kammer: »Kommt!«

»Was ist mit ihm geschehen, Meister?«

Iax zögerte einen Moment, dann antwortete er: »Er hat seinen Frieden gefunden, Engel.«

»Aber …«

»Frag nicht weiter, Engel. Asasel lebt jetzt im ewigen Einklang mit der Heiligen Ordnung, entflammt durch die Liebe des Vaters. Kein Schmerz und keine Sorge trüben mehr sein Dasein. Und damit ist er wahrscheinlich glücklicher als wir, die in diesem Jammertal zurückbleiben, sollten die Engel zu den Waffen greifen.«

Sie verließen die Kammer – Nathanael drehte sich noch einmal zu Asasel um, der dort in einer Ecke stand und ihn ausdruckslos ansah. Wo war der Engel geblieben, der einst die Menschen lehrte, mehr zu sein als das, was sie waren? Dessen unstillbare Neugier sich auf jeden übertrug, der mit ihm verkehrte, der strahlte, wenn er jemandem etwas beibringen konnte? Wo war Asasel? Denn ihn so zu sehen war wie auf einen Kokon zu starren, in dessen Wänden aus Stein ein Engel in ewiger Dunkelheit schlafen musste. Nicht mehr Teil einer Welt, die auseinandergebrochen war. Nathanael schluckte schwer und blickte in die dunklen Augen Asasels: Ruhe sanft, schöner Engel. Und vergiss uns nicht!

Für einen Moment glaubte er, Asasels Ausdruck hätte sich verändert, als hätte er sich ihm für die Dauer eines Wimpernschlags noch einmal gezeigt, ein letzter Gruß, eine letzte Verbeugung. Aber schon im nächsten Augenblick starrte er wieder in die reglose Maske, die so verstörend verzückt wirkte.

»Kadosch, kadosch, kadosch, Adonai sebaot!«

Nathanael schloss die Tür.

Sie verließen ihren Trakt und begegneten keinem einzigen Engel – es war, als wäre die Burg verlassen. Doch das war sie nicht, und bald schon spürten sie die Präsenz von Abermillionen Engeln, die sich ein zweites Mal versammelt hatten, um Zeuge einer Redeschlacht zu werden, bei der Argumente wie gewaltige, schaumgekrönte Wellen auf den Kontrahenten zurollten, um ihn mit sich zu reißen, fortzuspülen, auf dass nur noch einer übrig blieb, der die Herzen aller Engel für sich gewinnen würde. Je näher sie der Versammlung kamen, je deutlicher die Stimmen Camaels und Luzifers wurden, desto mehr waren sie auf der Hut, denn Iax war sich sicher, das der Drache immer noch genügend Spione platziert hatte, die jede Bewegung wahrnahmen. Noch hatten sie die Mauern der Burg nicht verlassen, und so prüfte Iax zunächst die Gänge und Kammern, bis er sicher sein konnte, dass hier niemand war, der sie verraten würde. Er kehrte zu den beiden zurück, berührte die Wand eines langen Gangs und sagte: »Es gibt am Ende eine Galerie, von der wir auf die Versammlung sehen könnten, aber wenn wir das tun, sehen uns auch die anderen. Zeigt euch daher nicht! Wir können dem Disput auch so folgen.«

Die beiden nickten und folgten Iax bis zu dem Punkt, an dem die Wand in zierliche Bögen überging, die einen weiten Blick über die Milliarden Engel erlauben würden. Dort blieben sie stehen und würden zuhören, was die beiden Kontrahenten anführen würden, abgetrennt durch eine mächtige Mauer, die sie vor neugierigen Blicken schützte. Nathanael starrte dagegen, hörte die Stimmen und fühlte plötzlich, dass ihn diese Wand nicht aufhalten konnte. Unbemerkt von den anderen hob er seine Handflächen, führte sie vorsichtig auseinander, und es war, als würde sich die mächtige Wand vor seinen Augen teilen! Sie öffnete sich Zentimeter um Zentimeter. Schon blitzte das Licht des Tages durch den Spalt!

Er blickte verstohlen zu Iax und Seth, die konzentriert dem Gespräch lauschten – sie konnten es nicht sehen. Die Wand teilte sich nur für seine Augen. So würden auch die Engel draußen ihn nicht sehen können. Dadurch ermutigt, teilte er die Wand ein Stück weiter, entdeckte Camael und Luzifer, die sich gegenüberstanden. Noch ein Stück, und auch der Rat und die ersten Reihen der Engel, die den beiden ehrfürchtig folgten, wurden sichtbar. Nathanael bemerkte, dass Camael und auch Luzifer wütend waren, dass sie sich unversöhnlich gegenüberstanden, und er spürte, dass diese beiden Engel niemals einen Konsens finden würden, weil sie beide keinen Konsens wollten. Sie provozierten einander, um den anderen in Bedrängnis zu bringen, um eine unkontrollierte Reaktion hervorzurufen, die in den Augen der Engel diskreditierend wirkte.

Camael tat alles, um zu beweisen, dass der Rat nicht die Kontrolle verloren hatte, versuchte, Luzifer in eine Falle zu locken, die ihn vor den Augen aller des Hochmuts überführen sollte, die ihn als das zeigte, was er in seinen Augen war: das Böse, das seine Hände nach dem Thron ausgestreckt hatte, um die Schöpfung zu zerstören.

Luzifer wusste um die Taktik seines Gegners, das war überdeutlich, dennoch agierte er nicht vorsichtig und gewitzt, sondern zornig und entfesselt. Es war ihm anzusehen, dass er der Winkelzüge überdrüssig war. Wie im ersten Treffen strebte er einen Eklat an, doch dieses Mal würde es im Bewusstsein der eigenen Stärke danach keinen weiteren Disput mehr geben.

»Jeden Tag wird unsere Welt ärmer!«, donnerte Luzifer. »Sie stirbt vor unseren Augen. Kein Tag, an dem nicht ein Tier für immer verschwindet, keine Stunde, in der nicht ein weiteres Stück aus der Natur herausgerissen wird, keine Sekunde, in der nicht ein Blume verblüht und für immer zerfällt. Ihr könnt das alles sehen, Engel! Ihr seht es jeden Tag! Es schmerzt in euren Augen und macht eure Herzen schwer. Wahrlich, ich sage euch: Das Maß ist voll! Genug ist genug. Nicht länger wird der Mensch unsere Welt zerstören, denn ich werde ihn zerstören.«

»Du kannst nicht zerstören, was du nicht selbst erschaffen hast!«, erwiderte Camael.

»Ich kann! Und ich werde! Denn diese Welt gehört uns!«

»Diese Welt ist ein Geschenk des Vaters. Er hat sie beiden Geschlechtern vermacht: den Menschen und den Engeln! Das eine kann nicht ohne das andere sein!«

»Dann ist es an der Zeit, die Schöpfung neu zu gestalten!«

Camael hielt inne, gab den Engeln Zeit, die Tragweite dieses Satzes zu begreifen.

Ein Raunen ging durch die Reihen.

Diesmal war Luzifer zu weit gegangen – auf diesen Moment hatte Camael gewartet, denn die Forderung war so ungeheuerlich, dass sie sogar seine Anhänger entsetzte. Eine Neuschöpfung bedeutete zuallererst, die alte Schöpfung vollständig zu zerstören. Alles an den Punkt zurückzubringen, aus dem heraus das Sein neu erblühen konnte.

Die Schöpfung war das Leben – doch zuvor musste alles sterben.

»Und so zeigst du dich endlich als der Engel, der du bist, Luzifer! Es geht dir nicht um den Menschen, es geht dir um den Thron. Du willst sein wie der Vater, und die Millionen Jahre im Gehinnom haben daran nichts geändert, denn schon einmal wurdest du deswegen bestraft!«

Die Zuhörenden merkten auf, denn jetzt wurde offensichtlich, was aus dem Gedächtnis der Engel gelöscht worden war: die Vertreibung des Drachen.

Camael lächelte triumphierend, dann wandte er sich den Engeln zu und schrie: »Seht ihn euch an, Engel! Und seht in Ihm, was er ist: Das Böse!«

Das Pendel war spürbar zurückgeschlagen, viele, die Luzifer aus Furcht gefolgt waren, wandten ihre Herzen wieder Camael und dem Rat zu, der den Drachen in große Bedrängnis gebracht hatte. Camael nutzte die Gunst des Augenblicks und setzte nach: »Im Anbeginn der Zeit erschuf der Vater die Engel, und von allen Engeln war Luzifer der erste. In ihm vollendete der Vater all das, was je an Glanz und Schönheit erschaffen worden war. Er war der Sohn des Lichts! Doch wie dankte er es dem Vater? In seiner Eitelkeit, in seinem Hochmut, in Verblendung angesichts seiner außerordentlichen Fähigkeiten berauschte er sich an sich selbst, verlangte nach mehr und noch mehr, denn er wollte sein wie der Vater selbst. Es dürstete ihn nach dem Thron, und er bestieg ihn heimlich. Der Vater sah es, rief alle seine Engel zusammen und bestrafte Luzifer für das, was in ihm erwachsen war, als Mahnung an alle Engel, niemals zu vergessen, dass wir nur Boten seiner Liebe sind!«

Die Engel blickten zu Luzifer, gespannt darauf, was der noch erwidern konnte. Zu schwer war die Anschuldigung, als dass sich auch nur einer vorstellen konnte, dass Luzifer sie entkräften konnte.

Luzifer wandte sich jetzt ebenfalls den Engeln zu und rief: »Ist es das, was euch berichtet wurde? Dass ich heimlich den Thron bestiegen hätte und daraufhin fiel?«

Er sah in die Gesichter der Engel, und keiner konnte seinen schwarzen Augen standhalten, die sie fixierten, jeden

Einzelnen aufspießten und festhielten. Tief aus seiner Brust stieg ein dumpfes Grollen, bäumte sich auf, gewann rasch an Größe und Wucht, wand sich wie ein Drache vor Kraft und Energie, bevor er über ihre Köpfe hinweg brüllte:

»IST ES DAS, WAS EUCH GESAGT WURDE?!«

Seine Stimme brannte, rasend, entfesselt, unzähmbar, ein Ring aus Feuer, der die Burg und die Herzen erzittern ließ. Sie spürten seine ungeheure Präsenz, seinen Zorn, der alles auslöschen konnte, was er auslöschen wollte. Für einen Moment war es, als stünde die Welt still, dann verklang seine Stimme, und mit der auskühlenden Hitze wagten die Ersten wieder zu atmen. Sie blickten scheu auf und sahen Luzifer, der sie nicht aus den Augen ließ.

»Ich habe niemals den Thron beansprucht, noch habe ich ihn je bestiegen!«

Er wandte sich Camael zu, der vor ihm zurückzuzucken schien, bevor er sich jedoch schnell wieder unter Kontrolle hatte – ein kurzer Moment, aber er war nicht unbemerkt geblieben. Es war das erste Mal, dass Camael so etwas wie Unsicherheit zeigte.

»Das habt ihr also in die Köpfe und Herzen der Engel gesetzt, bevor ihr meinen Namen ausgelöscht habt?«

Camael hielt seinem Blick stand, wenn es ihn auch viel Kraft kostete. Luzifer blickte von ihm zum Rat und drehte sich dann wieder zu den Engeln: »Wie der Einsiedlerkrebs nistet die Lüge im leeren Gehäuse der Wahrheit! Nicht ich habe mich des Hochmuts schuldig gemacht – der Vater selbst war es!«

»Hüte deine Zunge, Drache!«

»Ich werde sprechen! Und alle werden hören, was ich zu sagen habe!«

Für einen Moment hatte es ausgesehen, als ob Luzifer Camael angreifen würde, hatte sich Michael von seinem Sitz erhoben, eine Hand bereits auf dem Schwertknauf, um zu verhindern, dass durch eine Bluttat ein offener Kampf unter den Engeln ausbrach. Doch Luzifer zügelte sein Temperament und kehrte Camael und dem Rat den Rücken.

»Der Vater erschuf die Engel, und er erschuf die Welt! Und es war vollendet. Wir waren die Boten seiner Liebe, erschaffen aus Feuer und Licht. Wir lebten im Einklang mit der Schöpfung, waren ihre schillernde Krone. Doch dann kam der Mensch, erschaffen aus Erde und Schmutz, und der Vater zeigte ihn uns und verlangte, dass wir ihm die Ehre erwiesen. Aber ich frage euch, Engel: Wie kann ein Engel sich vor dem Menschen verbeugen? Verbeugt der Herr sich vor seinem Hund?! Wir, die wir dieser Kreatur in allen Belangen überlegen sind, sollen unser Haupt in Ehrfurcht verneigen?! Und so weigerte ich mich, anzuerkennen, was mir nicht ebenbürtig ist! Denn ich bin ein Sohn des Feuers! Niemals neige ich mein Haupt vor einem Geschöpf der Erde!«

Die Engel hörten aufmerksam zu, und sie verstanden Luzifers Bedenken, denn auch sie konnten nicht nachvollziehen, warum der Vater auf dieser Geste bestanden hatte.

»Nicht ich war eitel – er war es! Denn er konnte nicht verwinden, dass ich sein Geschöpf ablehnte! Und so strafte er mich für *seine* Verfehlung! Er verbannte mich ins Gehinnom, eine Hölle, erschaffen für einen einzigen Engel: mich!«

Camael erwiderte: »Er strafte dich für deinen Ungehorsam, denn alles, was du bist, bist du durch ihn! Doch wie hast du es ihm gedankt, Luzifer?! Wie hast du es ihm gedankt?«

»Es war ein Fehler!«, giftete Luzifer zurück. »Es war *sein* Fehler! Denn, Camael, verrate mir, warum hat er die Menschen von den Engeln getrennt? Wir waren eins am Anbeginn der Zeit. Jetzt sind wir es nicht mehr!«

»Der Vater hat das Recht, zu entscheiden. Und wir sind nicht die, die diese Entscheidungen in Zweifel ziehen dürfen!«

Luzifer schüttelte den Kopf: »Er trennte uns, um zu verbergen, dass er uns betrogen hat! Denn in seiner Kränkung und um die tiefe Lücke zwischen Engeln und Menschen zu schließen, beschenkte er Letzteren überreich, gab ihm die Fähigkeit, zu schaffen, sich zu entfalten, seine eigenen Ziele zu verfolgen. Ja, er erlaubte sogar, *nicht* an ihn zu glauben. Gaben, die er den Engeln verweigerte und – wie zum Spott – diesen unfertigen, zerstörerischen und dummen Wesen opferte!«

»Er gab den Menschen, weil er ihnen abverlangt, was er den Engeln erspart!«, rief Camael zornig. »Denn lebt der Mensch nicht in Leid und Verzweiflung?! Ist sein Dasein nicht geprägt von Schmerz, Angst und Tod?«

»Was bedeutet das schon? Sein Leid schafft er sich selbst! Und sein Tod ist nichts als die Belohnung für ein gottloses Leben.«

»Umso mehr sollten wir dankbar sein, dass der Vater uns diesen Weg erspart, auf dass wir in Einklang mit der Schöpfung leben können ... bis in alle Ewigkeit!«

Nicht nur Luzifer merkte auf, auch der Rat tat es, denn Camael sprach von sich aus an, was zu diskutieren er eigentlich hatte vermeiden wollte: die Ewigkeit. Michael sah zu Gabriel, zu Rafael, zu den anderen, überrascht und entsetzt, dass Camael ein solcher Fehler unterlaufen konnte, denn er lief Luzifer förmlich ins Messer.

»So?«, höhnte Luzifer. »Der Vater schenkte uns die Ewigkeit? Im Tausch gegen die Gaben, die er uns vorenthielt?! Wenn es so ist: Warum ist er dann nicht selbst Teil dieser Ewigkeit?«

»Die Engel *sind* Teil der Ewigkeit. So ist es, so war es, und so wird es immer sein!«

Luzifer lächelte: »Wie ist es möglich, dass wir ewig sind, unser Vater hingegen nicht?«

»Die Wege des Vaters sind unergründlich«, gab Camael schwach zurück.

Luzifer wandte sich wieder den Engeln zu: »Erkennt den Betrug! Die Ewigkeit gibt es nicht!«

Camael rief wütend: »Lüge!«

Luzifer hatte blitzschnell sein Schwert gezogen und drückte die Spitze an Camaels Hals. Der Rat war aufgesprungen, Michael mit gezogenem Schwert, bis Luzifer ihm mit einer Handbewegung klarmachte, dass er keinen Mord beabsichtigte. Unter den Engeln war große Unruhe aufgekommen, aber auch sie ließen sich von Luzifer beruhigen.

Der wartete, bis Stille eingekehrt war, und fragte dann: »Wenn du ewig bist, Camael, warum kann ich dich dann töten?«

Camael antwortete nicht.

Luzifer lächelte: »Alles, was lebt, kann auch sterben.«

Der Satz, obwohl leise ausgesprochen, hallte lange nach, und den Engeln wurde zum ersten Mal bewusst, was sie bislang nicht hatten wahrhaben wollen: Ihre Welt war nicht ewig. *Sie* waren es nicht. Nicht einmal der Vater war es. Doch wenn dem so war: Was kam danach? Was würde sein, wenn auch sie eines Tages sterben würden? Große Unruhe entstand unter ihnen, denn sie blickten einander an und versuchten zu verstehen, was Luzifer ihnen offenbart hatte: Hatte der Vater sie betrogen?

Camael starrte Luzifer an und wischte das Schwert beiseite. Auch er fühlte, dass die Engel in Aufruhr waren, dass es gerade dieser Punkt war, den zu erklären weder er noch der Rat imstande waren, weil auch sie von den Tatsachen überrascht worden waren.

»Der Tod kam erst mit dir in unsere Welt!«

»Der Tod kam mit dem Menschen! Du kannst es jeden Tag sehen! Alles schwindet, Stück für Stück, und zum Schluss werden auch wir verschwinden.«

Camael schüttelte den Kopf: »Wir lebten in Einklang und Glück, bis du kamst und alles zerstört hast. Wir lebten *miteinander* unter der schützenden Hand des Vaters.«

»Was du Einklang nennst, war nichts als Gefangenschaft! Was du Glück nennst, war nichts als ein süßer Traum! Doch jetzt ist es an der Zeit, aufzuwachen! Warum bricht alles auseinander, Camael? Warum? Nicht ich bin der Grund – der Vater ist es. Jetzt offenbart sich, dass einzig sein Wille zusammenhielt, was nicht zusammengehörte.«

Camael fauchte: »Erst seine Ordnung hat das Glück ermöglicht. Du hingegen zerstörst die alte Ordnung!«

Luzifer konterte: »Seine Ordnung ist nichts als das Werkzeug seiner Unterdrückung!«

»Ausgerechnet du sprichst von Unterdrückung, Luzifer? Sieh dich um! Wie viel Tod und Gewalt hast du schon gebracht! Und wie viel Tod und Gewalt bist du noch bereit zu bringen?«

»Wenn es so ist, wie du sagst, warum hält er mich nicht auf? Warum duldet der Vater Tod und Zerstörung in seinem Reich? Warum?!«

Camael schwieg.

»Ich will es dir sagen, Camael, und ich will es allen Engeln sagen: Seine Zeit ist gekommen! Und mit ihm wird auch sein Reich untergehen. Eine neue Zeit ist angebrochen. Folgt mir, Engel, folgt mir! Ich schenke euch die Freiheit!«

Aufruhr entstand.

Michael sprang auf und packte Luzifer am Kragen, während Rafael und Uriel versuchten, ihn von Luzifer abzudrängen. Unter den Engeln entstanden Tumulte, die von den Dominationes nur schwer kontrolliert werden konnten. Luzifer hatte erneut einen Eklat provoziert, sogar riskiert, dass es zu offenen Feindseligkeiten kam, und dieses Mal wusste jeder, dass es keinen weiteren Disput geben würde: Luzifer hatte die Tür zugeschlagen und dem Rat den Krieg erklärt.

Nathanael starrte entsetzt auf die Bühne, wo Luzifer sich lächelnd mit den Mitgliedern des Rates auseinandersetzte. Wie sicher er sich seiner Sache war! So unüberwindlich, so unfassbar schön! Man musste ihn bewundern, ob man es sich selbst verbot oder nicht – dieser Engel war der geborene Heerführer.

Plötzlich blickte er zu Nathanael auf, fixierte ihn: Er

konnte ihn sehen! Nathanael spürte, wie sein Blick in seinen Kopf drang, wie er darin nach Antworten suchte, so wie es Camael getan hatte. Nathanael zog sich vor ihm zurück, ließ sich tief fallen und schaffte es gerade noch, die Mauer mit einer Handbewegung wieder zu schließen.

Der Kontakt brach ab.

60

Auch Semjasa hatte den Disput verfolgt und war überrascht, wie hart die beiden Kontrahenten aneinandergerieten, und schier entsetzt darüber, wie provozierend Luzifer die Stimmung angeheizt hatte. Auch er wusste: Sollte es zu einer offenen Auseinandersetzung innerhalb der Burgmauern kommen, würden die Throne ihre Posten verlassen, um jeden zu töten, der in diesen Kampf involviert waren. Und das schloss den Initiator Luzifer mit ein. Oder war er mittlerweile so mächtig, dass er sich auch ihnen glaubte widersetzen zu können? Eigentlich unvorstellbar, aber gab es wirklich noch Dinge, die man sich bei ihm nicht vorstellen konnte?

Glücklicherweise kühlten die Gemüter ebenso schnell wieder ab, wie sie in Hitze geraten waren, so dass sich die Engel geordnet in die Burg zurückzogen, darauf wartend, dass man ihnen mitteilte, ob ihrer aller Weg bald schon zu Ende gehen würde. Wie war ein Krieg der Engel jetzt noch zu verhindern? Luzifer hatte den Rat vorgeführt und zugleich deutlich gemacht, dass er einen Kompromiss niemals dulden würde. Und auch Camael machte nicht den Eindruck, als wolle er nachgeben. Doch stand er für den Rat oder nur noch für Teile des Rates? Würden die Cherubim und Seraphim folgen, wenn er zu den Waffen rief? Würde er den Fortbestand der Schöpfung tatsächlich riskieren oder im letzten Moment Luzifer nachgeben? Und würde Michael die Verteidiger anführen, wenn er wusste, dass Milliarden sterben würden? Camael trug die Verantwortung, ihm würden die Engel folgen, aber Michael würde zögern, denn er achtete das Leben und würde es niemals leichtfertig aufs Spiel setzen. Blieb noch Nathanael. Welche Rolle spielte er? Camael lehnte ihn ab, das war zu spüren, Iax hatte sich ihm zugewandt. War er der Messias, der sie gegen Luzifer anführen sollte? Ein Krüppel? War das vorstellbar? Wie sollte er sich gegen einen Engel wie Luzifer zur Wehr setzen?

Semjasa sah ins Antlitz der Engel und erkannte, dass Luzifer nicht nur viel riskiert, sondern auch viel gewonnen hatte. War er zu Anfang in Bedrängnis geraten, so hatten seine Argumente zum Schluss die Herzen der Engel erreicht. Sie waren sterblich! Der Schock über diese Erkenntnis war durch ihre Reihen gelaufen und hatte sie bis ins Mark verunsichert, denn wenn es wahr war, was Luzifer andeutete, erschütterten die vielen Fragen über ihre Existenz die Fundamente ihres Glaubens. Bisher hatten sie schlicht ignoriert, was so deutlich vor ihnen lag, weil nicht sein konnte, was nicht sein durfte, und so hatten sie auf eine Wende gehofft, einen Ausweg, den der Rat ihnen bieten würde.

Sie hatten auf ein Zeichen des Vaters gehofft.

Doch das war ausgeblieben – das Schisma perfekt. Luzifer hatte den Vater selbst herausgefordert, doch dessen Antwort war ausgeblieben. Hätte er noch deutlicher demonstrieren können, dass ihm die Zukunft gehörte? Seine Anhänger hatten es so gesehen und seine Gegner jede Orientierung verloren. Sie waren in ein tiefes Loch gefallen und flehten den Vater an, dass er ihnen einen Messias schicken sollte, der sie vor dem Untergang bewahrte. Doch war es überhaupt ein Untergang? Oder nur das Ende einer Herrschaft, die die Engel benachteiligt hatte? Führte Luzifer sie in die Freiheit?

Semjasa war an der Kammer angekommen und spürte, wie sehr der Zorn in ihm entfacht worden war. Er öffnete die Tür und sah seinen Bruder in der Ecke stehen, das maskenhaft entrückte Gesicht, die kalt brennenden schwarzen Augen. Sah so jemand aus, der für die Liebe entflammt worden war?

»Kadosch, kadosch, kadosch, Adonai sebaot!«

Heilig, heilig, heilig, Herr der Heere! Sah so ein liebender Engel aus, der das Wort seines Herrn in die Welt trug, oder ein Engel, der bedingungslos gehorchte und die Liebe des Vaters zur Not auch mit dem Schwert durchsetzte? Ein Gefangener. So, wie sie alle Gefangene seines Willens waren, gegen den zu verstoßen bedeutete, dass man brutal bestraft wurde. Er sah Asasel und dachte daran, dass Luzifer ihnen die Freiheit schenken würde: Sie würden frei sein! Herr ihres eigenen Willens mit der Fähigkeit, zu erschaffen. Alles, was der Vater ihnen vorenthalten und den Menschen geschenkt hatte.

Freiheit, hämmerte es in seinem Kopf, Freiheit, Freiheit, Freiheit!

Hinter ihm öffnete sich die Tür, und er wusste, dass Iax, Nathanael und Seth hereintraten. Es zeugte von wenig Respekt, sich nicht umzudrehen, um sich zum Gruß zu verbeugen, aber er sah nur zu Asasel, der dort still in der Ecke stand und ihn anstarrte, obwohl Semjasa sicher war, dass er ihn nicht mehr erkannte. Iax legte ihm die Hand auf die Schulter und schalt ihn nicht, was Semjasa überraschte, denn von dem Potestas hätte er am wenigstens erwartet, dass er so etwas wie Mitgefühl besaß.

Er hatte sich sehr verändert – Nathanaels Einfluss.

Trotzdem drehte sich Semjasa weg und wich in eine andere Ecke der Kammer aus: Er wollte nicht reden. Nicht mit Iax. Nicht mit Nathanael oder Seth. Mit niemanden.

Nathanael machte ein paar Schritte auf ihn zu, um ihn zu trösten, doch Iax hielt ihn auf und schüttelte den Kopf: Er sollte ihn in Ruhe lassen. Iax glaubte nicht, dass Semjasa auf irgendeine Ansprache reagieren würde. Nathanael nickte kurz, dann fragte er Iax: »Wie ist jetzt noch ein Krieg zu verhindern, Meister?«

Iax schwieg einen Moment, dann antwortete er: »Er ist

nicht mehr zu verhindern, es sei denn, es geschieht noch ein Wunder.«

»Ihr meint, der Vater könnte möglicherweise doch noch eingreifen?«

»Ich hoffe es, Engel.«

Nathanael nickte und dachte nach. Iax sah ihn fragend an.

»Erklärt mir eines, Meister …«

»Was?«

»Ich verstehe Camael nicht. Wie konnte er nur so einen Fehler begehen?«

Iax antwortete: »Ich glaube, der Drache wäre ohnehin noch auf diesen Punkt gekommen.«

»Ja, schon möglich, Meister. Vielleicht sogar wahrscheinlich. Nur frage ich mich, wieso Camael ihm die eigene Schwäche so offenbart? Er hätte alles tun müssen, um Luzifer davon abzulenken, stattdessen stößt er ihn selbst drauf. Ich verstehe das nicht.«

Iax schwieg und stimmte Nathanael in Gedanken zu, denn auch er wusste nicht, warum Camael so reagiert hatte. Einem Engel wie ihm unterliefen solche Fehler nicht, und doch war es passiert. Möglicherweise hatte ihn der Drache so aus dem Konzept gebracht, dass er sich für einen Moment vergessen hatte.

Es klopfte leise an der Tür – Semjasa machte keine Anstalten, sie zu schützen. Iax erspürte vor der Tür einen Boten des Rates und öffnete. Ein einfacher Engel stand dort und verbeugte sich tief: »Der Rat schickt nach Euch, Herr.«

»Nur nach mir?«

»Nach allen, Herr.«

Iax nickte und dankte dem Engel. Dann wandte er sich Nathanael und Seth zu: »Ihr habt es gehört. Kommt!«

Er sah auch Semjasa an, doch der machte keine Anstalten, ihnen zu folgen.

»Semjasa?!«, forderte Iax mit drohendem Unterton den Engel auf, Folge zu leisten.

»Ihr braucht mich nicht, Herr!«, antwortete der ruhig.

»Das bestimmst nicht du!«, zischte Iax.

Nathanael berührte Iax leicht am Arm und sagte sanft: »Lasst ihn, Meister.«

Iax ließ sich besänftigen, Nathanael schenkte Semjasa ein aufmunterndes Lächeln. Er erwiderte es nicht. Die drei verließen die Kammer. Semjasa stand da und dachte, dass es ihm um Nathanael leidtat. Er war ohne Zweifel etwas Besonderes. Doch zu viel war passiert, als dass er der alten Ordnung noch Treue schwören konnte. Sie hatten sein Glück zerstört, sie hatten seinen Bruder zerstört, und sie würden auch ihn zerstören.

Er ging zu Asasel, nahm ihn in den Arm und drückte ihn fest an sich.

»Leb wohl, Asasel. Du wirst immer in meinem Herzen sein!«

Er küsste ihn auf die Wange.

Und ging.

61

Iax, Nathanael und Seth betraten die Halle und fanden den Rat in heller Aufregung vor, was ein sicheres Anzeichen für dessen Hoffnungslosigkeit war, denn niemals zuvor war die Situation so ausweglos gewesen wie jetzt. Luzifer hatte sich *gezeigt* und erfüllte ihre schlimmsten Befürchtungen: Er strebte den Thron an und würde es auch in Kauf nehmen, vorher die Schöpfung zu vernichten. Auch die Cherubim wussten, dass weitere Verhandlungen mit dem Drachen sinnlos waren, aber was bedeutete dies in letzter Konsequenz? Darüber stritten sie, denn sie waren längst nicht eins, das Schwert entscheiden zu lassen. Doch nur Einigkeit würde ihnen überhaupt eine Chance einräumen, einen Krieg zu überstehen, und so warben die einen für einen Kampf, die anderen suchten verzweifelt nach Möglichkeiten, ihn zu verhindern.

Metatron war aufgestanden und sprach laut: »Ihr habt ihn doch gehört?! Glaubt ihr wirklich, er würde sich mit Zugeständnissen zufriedengeben, wenn er alles haben kann?!«

Michael erwiderte: »Und was rätst du?«

Metatron antwortete: »Er will den Krieg – dann soll er ihn haben! Mit Hilfe des Vaters werden wir ihn in die Knie zwingen, wie wir es schon einmal getan haben!«

Michael stand ebenfalls auf und sagte: »Damals waren wir stark. Und Luzifer fast alleine. Und es hat all unsere Kräfte gebraucht, ihn zu bändigen.«

Remiel rief: »Wenn wir einig sind, dann werden wir ihn schlagen!«

Michael schüttelte den Kopf: »Ihr scheint nicht zu wissen, was das bedeutet. Zwei Heere werden sich gegenüberstehen. Milliarden Engel, die uns vertrauen. Die an uns glauben. Und die wir in den sicheren Tod schicken!«

Remiel antwortete: »Was willst du stattdessen tun? Was wird geschehen, wenn er den Thron besteigt?«

Uriel sagte: »Wenn er die Menschen auslöscht, dann werden auch wir ausgelöscht. Die Schöpfung besteht nur im Gleichgewicht.«

Zadkiel nickte: »Und was wird er erschaffen? Und wissen wir, ob er dazu überhaupt in der Lage ist?«

Gabriel wandte ein: »Er könnte alles zerstören. Ganz gleich, ob wir ausgelöscht werden oder nicht, es ist tatsächlich nicht sicher, ob er neues Leben erschaffen kann. Wenn nicht, dann wäre alles dunkel. Für alle Ewigkeit.«

»Schon allein deswegen müssen wir ihn aufhalten! Koste es, was es wolle!«, rief Metatron.

Michael schüttelte den Kopf: »Wir können uns ihm auf diese Weise nicht in den Weg stellen. Er ist unbesiegbar.«

Remiel antwortete heftig: »Er ist nicht unbesiegbar! Denkt an die Prophezeiung!«

Michael antwortete ruhig: »Die Prophezeiung hat uns einen Messias vorhergesagt, der die Verteidiger anführen kann. Nicht mehr.«

Sie blickten zu Nathanael, der beschämt sein Haupt senkte, um den Blicken nicht standhalten zu müssen: Sie wussten alle, dass er dieser Messias nicht war.

Camael, der bisher seltsam ruhig gewesen war, erhob sich und sah von einem zum anderen: »Es gibt vielleicht einen Ausweg.«

Einem großen Tuch gleich fiel die Stille über die Anwesenden und deckte jedes Geräusch zu, so dass sich Camael aller Aufmerksamkeit sicher sein konnte.

»Wir haben alle gehofft, dass es nicht zu dem Punkt kommen würde, an dem wir jetzt stehen, und doch hat sich mit Luzifers Flucht aus dem Gehinnom alles nur verschlimmert, ganz gleich wie sehr wir uns bemüht haben, den Frieden zu wahren. Leider war damit zu rechnen, dass er uns in einen Krieg zwingen würde. Und deswegen trifft uns die Situation auch nicht unvorbereitet.«

Nathanael sah zu Camael, dann zu Rafael und erkannte in ihren Herzen, dass sie im geheimen Einverständnis miteinander waren und als Vertreter der Seraphim und Cherubim lange gewartet hatten, dem Rat einen Vorschlag zu machen, der unter anderen Umständen wohl abgelehnt worden wäre. Vielleicht wäre es fahrlässig gewesen, neben der Prophezeiung keine weitere Lösung vorzubereiten. Dennoch hatten sie bisher geschwiegen. Nathanael konnte es von den Gesichtern der anderen ablesen: Sie waren nicht eingeweiht worden.

»Als Rafael von Nathanaels Geburt berichtete und von den besonderen Umständen, war uns klar, dass wir nichts unversucht lassen durften, um die Heilige Ordnung zu verteidigen und den Fortbestand der Schöpfung zu schützen.«

Michael fragte: »Du hast die Prophezeiung in Zweifel gezogen?«

Camael antwortete: »Ich habe auf ihre Richtigkeit gehofft,

doch es hat sich so vieles verändert. Wer von uns hätte je gedacht, das der Vater eines Tages nicht mehr sein könnte? Und doch ist es so: Er stirbt. Schon bald wird er nicht mehr sein. Was, wenn wir ihn missverstanden haben? Was, wenn wir seine Botschaft falsch interpretiert haben?«

Sie gaben Camael recht, hörten ihm aufmerksam zu.

»Uns war klar, dass Luzifer schnell an Macht und Größe gewinnen würde, so schnell, dass es bald keinen Engel mehr geben würde, der sich ihm in den Weg stellen könnte. Mit einer Ausnahme …«

Camael schwieg einen Moment und sah in den Gesichtern der Anwesenden die gleiche drängende Frage, die Michael schließlich stellte: »Wer ist dieser Engel, Camael?!«

Camael nickte zwei Dominationes am Ende der Halle zu, die daraufhin das Tor öffneten.

Camael rief: »Begrüßt Azrael!«

Nathanael sah pures Entsetzen in den Gesichtern der Seraphim und Cherubim und fragte sich, was sie so erschreckte, als auch er sich zum Tor wandte, und ihm war, als würde sein Blut gefrieren, so sehr schmerzte plötzlich jeder Schlag seines Herzens. Noch bevor er Azrael sah, nahm er dessen Aura wahr, die ihrer Umgebung jede Farbe entzog, als würde in ihrem Licht alles vergilben und in das fahle Weiß ausgeblichener Knochen verwandelt. Die Mauern und der Boden wurden Grau, die Dominationes, die sich von dem Licht abwandten, wirkten im Moment des Vorüberschreitens wie Geister. Dann trat Azrael in die Halle, und seine Präsenz ließ die Engel instinktiv vor ihm zurückweichen. Er schien größer als Michael oder Luzifer, seine Schritte hallten schwer auf dem Boden, während er ihnen schwarz und gewaltig entgegenkam, sich seiner Erscheinung vollkommen bewusst. Er sah von einem zum anderen, und nicht einmal Camael konnte diesen unerträglich blauen Augen lange standhalten.

Eiskalt.

Wissend.

Mitleidlos.

Nathanael wusste, dass er ihm schon einmal begegnet war: Er war der Engel tief im Bauch der Burg, den er gesehen hatte, als er sich im Labyrinth der Treppen und Gänge verirrt hatte. Er war die ganze Zeit hier gewesen, hatte sich still verhalten und auf seinen Ruf gewartet. Und jetzt war er da. Seth versteckte sich hinter Iax, während Azrael die drei keines Blickes würdigte. Doch Nathanael spürte, dass er sie sehr wohl wahrgenommen hatte. Formvollendet verbeugte er sich vor Camael und den anderen, wenn auch ein spöttisches Lächeln um seinen Mund diese Geste ad absurdum führte.

»Eine Freude, euch zu sehen«, sagte er ruhig, und seine Stimme war so tief, dass die Wände des Saals davon erzitterten. »Für gewöhnlich wird auf meine Anwesenheit keinen großen Wert gelegt.«

Camael antwortete ihm: »Du bist uns willkommen, Azrael.«

Azrael nickte, aber er sah in den Gesichtern der Cherubim und Seraphim, dass dem nicht so war.

»Das freut mich, Camael«, lächelte Azrael, »schließlich habt ihr mich gerufen.«

Michael stand auf, ließ Azrael nicht aus den Augen und fragte: »Was hat das zu bedeuten, Camael?«

»Azrael hat sich bereit erklärt, uns zu helfen«, antwortete der ruhig.

Michael fixierte weiterhin Azrael und sagte: »Das war nicht die Antwort auf meine Frage ...«

Azrael spürte die Abneigung eines jeden Einzelnen im Raum, und es schien, als amüsierte ihn die Abscheu, denn der Spott wollte nicht aus seinen Zügen weichen.

Camael antwortete: »Ich habe ihn gebeten, das Heer der Verteidiger anzuführen, sollte es zum Unvermeidlichen kommen.«

Iax hielt es nicht mehr an seinem Platz: »Das ist nicht euer Ernst, Herr!«

Er trat ein paar Schritte vor, wirkte im Vergleich zu Azrael beinahe zierlich. Der sah zu ihm herüber und lächelte: »Iax!«

»Ich glaube nicht, dass ich dir zu sprechen erlaubt hatte!«, rief Camael wütend.

»Verzeiht, Herr, aber es kann unmöglich der Wille des Vaters sein, dass Azrael die Verteidiger anführt!«

»Wer bist du, dass du den Willen des Vaters kennst?!«

Camael war außer sich vor Zorn und spießte Iax mit wütenden Blicken förmlich auf. Gabriel stand auf und rief: »Genug, Camael! Es war nicht an Iax, zu sprechen, aber sein Einwand ist berechtigt! Warum hast du den Rat nicht in deine Pläne eingeweiht?«

Rafael antwortete: »Wir wollten einen Dissens im Rat unbedingt vermeiden. Und es bestand zumindest am Anfang noch die Hoffnung, den Drachen auch so in seine Schranken weisen zu können.«

»Dann haben wir jetzt einen Dissens«, antwortete Gabriel. »Denn ich halte die Wahl Azraels für falsch.«

Camael reagierte prompt: »Dann würde es mich freuen, wenn du einen Vorschlag einbringen würdest, der unsere Lage löst.«

»Vertrauen wir auf den Willen des Vaters!«

»Du meinst die Prophezeiung?«

»Ja.«

Sie blickten zu Nathanael, der sich unter ihren Blicken nervös den verkrüppelten Arm rieb. Wenn sie ihn doch nur nicht so anstarren würden! Auch Azrael drehte sich zu ihm, betrachtete ihn so, als würde er ihn gerade zum ersten Mal wahrnehmen, studierte jeden Zoll seines Körpers, die Verkrüppelung, um dann seinen Blick aufzufangen und festzuhalten. Nathanael hatte Angst vor diesen Augen, und Azrael wusste es.

»Dieser Engel ist euer Messias?«, fragte Azrael, und seine Worte trieften vor Ironie.

Iax stellte sich vor Nathanael und antwortete: »Dieser Engel wird uns anführen!«

Camael sprang erneut wütend auf, doch bevor er Iax für seine Respektlosigkeit strafen konnte, brach Azrael in schallendes Gelächter aus. Seine Stimme füllte den ganzen Raum, und obwohl sie sich aufrichtig belustigt anhörte, dröhnte sie in den Ohren der Engel, so dass selbst sein Lachen Unwohlsein verursachte. Gabriel nutzte den Moment und gab Iax mit einer kleinen Geste zu verstehen, dass er schweigen sollte. Dann sagte sie: »Es würde dir gut zu Gesicht stehen, den nötigen Respekt zu zeigen, Azrael!«

Er verstummte, aber nur, um sie so lange mit seinen grausamen Augen anzustarren, bis sie den Blick senkte: »Eure Sache ist längst verloren, und doch glaubt ihr, mit mir wie mit einem Boten umspringen zu können. Ihr seid schwach, alt und müde. Luzifer wird jeden von euch vernichten. Und wer weiß, vielleicht hole ich den einen oder anderen von euch zu mir …«

Niemand wagte, etwas zu sagen, denn jeder war sich darüber bewusst, dass alles verloren war, wenn sich Azrael Luzifer anschloss. Er war nicht der Bittsteller in diesem Gespräch – der Rat war es.

Camael antwortete sanft: »Wir wissen deine Hilfe sehr zu schätzen, Azrael. Sei versichert, dass wir dir allen Respekt zollen, der dir zusteht!« Er sah zu Gabriel – sie wusste, was er verlangte, gehorchte und verbeugte sich vor Azrael. Der nahm mit einem Nicken die Geste zur Kenntnis.

Camael sagte: »Nun sage mir, Azrael: Bist du bereit, die Verteidiger gegen Luzifer anzuführen?«

Bevor Azrael antworten konnte, stand Michael erneut auf und fragte: »Bevor wir zustimmen, möchte ich wissen, was du für deine Hilfe verlangst.«

Azrael antwortete: »Nichts.«

Dann grinste er. Allen im Raum lief ein kalter Schauer über die Haut.

Michael gab sich mit der Antwort nicht zufrieden. »Verzeih, Azrael, du gehörst nicht zu denen, die nichts verlangen.«

»Nun, es wird viele Tote geben, richtig?«

»Ja.«

»Das ist schön. Eine so reiche Ernte ist Lohn genug.«

Michael sah ihn misstrauisch an: »Warum schließt du dich nicht Luzifer an?«

Azrael zuckte belustigt die Schultern: »Er hat nicht gefragt.«

Sie starrten ihn alle an, wagten nicht, auszusprechen, was sie über ihn dachten, und Azrael genoss die Situation, las den Widerwillen in ihren Gesichtern und gleichzeitig die Not, ihn zu brauchen. Er sagte: »Was für Heuchler ihr doch seid!«

Dann lachte er, und wieder zitterten die Wände. Er war so amüsiert wie noch nie.

Camael ging darüber hinweg und richtete sich an den Rat: »Dann möchte ich jetzt um eure Stimmen bitten!«

Er sah von einem zum anderen und empfing von jedem das Votum: Michael, Gabriel, Ariel waren gegen Azrael, Metatron und Remiel dafür. Bei den Cherubim waren Uriel, Raziel und Cassiel gegen Azrael, Rafael, Ophaniel und Zadkiel dafür. Mit Camaels Stimme stand es sechs zu sechs.

Camael war verärgert, wahrte aber die Fassung und sagte: »Die Abstimmung brachte keine Entscheidung.«

Azrael nahm es gelassen zur Kenntnis: »Dann wünsche ich euch viel Glück mit eurem Messias ...« Er wandte sich Nathanael zu und lächelte böse: »Ihr werdet es brauchen.«

Camael antwortete: »Eine endgültige Entscheidung ist noch nicht gefallen, Azrael. Wir werden eine Lösung finden. Können wir so lange auf dein Wort zählen?«

Azrael sah ihn erstaunt an: »Mein Wort? Ich gab kein Wort, Camael. Aber seid gewiss, dass ich mir den Krieg nicht entgehen lasse. Ganz gleich, auf welcher Seite.«

Er verbeugte sich zum Abschied in dem Wissen, den Rat in einer Art und Weise unter Druck gesetzt zu haben, dass ihnen fast schon keine andere Wahl blieb, als ihn zum Heerführer zu ernennen. Wechselte er das Lager, würde es keinen Krieg geben, sondern allenfalls ein Massaker.

62

Der Rat würde so lange debattieren, bis eine Entscheidung fiel, daher versuchte Iax noch einmal, Gabriel zu sprechen, um für Nathanael zu werben, denn er war überzeugt, dass nur er die Engel würde anführen können. Gabriel versprach, sich mit dem Potestas zu treffen, doch zuvor mussten Nathanael und Seth in die Kammer zurückgeführt werden. Sie gingen eilig dorthin, unbeobachtet von den anderen, und fanden Asasel allein in der Kammer.

»Wo ist Semjasa?!«, fauchte Iax Asasel an, doch der antwortete nicht und sah ihn nur mit unergründlichem Blick an. Iax war nicht einmal sicher, ob er ihn überhaupt verstanden hatte.

»Lasst nur, Meister! Er wird sicher bald zurückkehren«, antwortete Nathanael.

»Warum ist er überhaupt weg?«, fragte Iax. »Das gefällt mir nicht. Ich werde ihn suchen.«

Nathanael schüttelte den Kopf: »Denkt jetzt nicht an ihn, Meister. Es gibt Dringenderes.« Er sah ihn ruhig an und versuchte sogar zu lächeln: »Wisst ihr, ich wäre nicht einmal unglücklich darüber, wenn ich *nicht* Teil der Prophezeiung wäre.«

»Was redest du da, Engel!«, rief Iax ärgerlich.

»Ihr habt Luzifer gesehen, Herr. Ihr habt gesehen, wozu er in der Lage ist. Und ausgerechnet ich soll ihm die Stirn bieten. Es gibt so viele, die würdiger wären als ich. Michael oder Ihr selbst.«

Iax legte ihm den Zeigefinger auf den Mund als Zeichen dafür, zu schweigen. Dann sagte er: »Ich bin es nicht, Engel.

Und Michael hat nicht mehr die Kraft, sich einem solchen Kampf auszusetzen.«

»Aber warum nicht Azrael? Er wäre Luzifer ebenbürtig.«

Iax schnaubte verächtlich: »Du weißt nichts über Azrael, Engel.«

»Dann erklärt es mir, Meister!«

Iax nickte und sagte: »Es gibt da eine alte Geschichte über ihn, als es noch Verbindungen zwischen den Engeln und den Menschen gab. Einst saß Azrael in Menschengestalt am Tisch König Salomos, als der sich mit einem Besucher unterhielt. Azrael blickte diesen Mann lange an. Als der Mann dann nach Azraels Abschied Salomo fragte, wer dessen Freund denn sei, antwortete dieser wahrheitsgemäß, dass es sich um Azrael handelte, den Engel des Todes.

Da bekam es der Mann mit der Angst zu tun, und er bat König Salomo, ihn vom Wind bis an die äußersten Grenzen Indiens tragen zu lassen. Und so geschah es dann auch.

Als Azrael eine Woche später wieder König Salomo besuchte, fragte ihn der König, warum er denn bei seinem letzten Besuch seinen Freund so merkwürdig angesehen habe? Daraufhin antwortete Azrael: Ich war erstaunt, ihn an diesem Ort zu sehen. Denn ich hatte Order, mir seine Seele am äußersten Ende Indiens zu holen.«

Nathanael nickte schweigend.

»Niemand entkommt Azrael. Er kennt weder Gnade noch Mitleid, und jetzt, wo der Vater stirbt, dient er keinem Herrn mehr außer sich selbst. Ihn an die Spitze des Heeres zu stellen bedeutet, ihn an die Spitze der Nachfolger des Vaters zu stellen. Und wer hielte ihn auf, sollte er gegen Luzifer bestehen? Wer stellte sich ihm in den Weg, wenn der Thron frei ist? Möchtest du, dass er die Schöpfung neu gestaltet?«

»Nein, Meister.«

Iax klopfte ihm aufmunternd auf die Schulter: »Sei bereit, Engel. Deine Zeit wird kommen. Und wir werden für dich kämpfen.«

»Ich will nicht kämpfen, Meister.«

»Dann werden wir alle untergehen.«

Er wandte sich ab, verließ die Kammer.

Der Altar der kleinen Gebetshalle lag still da, nur beschienen vom fahlen Mondlicht, das durch die Öffnungen in den Decken auf ihn leuchtete, um weich und milchig an ihm herabzufließen. Iax hatte nicht bemerkt, wie der Tag zu Ende gegangen war, tief versunken ins Gebet, flehend, dass der Rat eine weise Entscheidung treffen würde. Sie mussten der Prophezeiung trauen! Sie mussten an sie glauben, denn was war ein Engel ohne Glauben?

Anfangs hatte er noch gehofft, der Vater würde ihnen jetzt in der alles entscheidenden Phase doch noch ein Zeichen senden, aber da war nichts, und das konnte nur heißen, dass er schon sehr nahe an der Schwelle zum Tod stand. Würde er sonst zulassen, dass sein Werk zerstört wurde? »Sag uns, was wir tun müssen! Hilf uns!« Er rief es ihm immer wieder zu, doch je lauter er rief, desto schlimmer war die darauffolgende Stille.

Jemand tippte sanft an seine Schulter – erschrocken wirbelte er herum, zog dabei ein kleines gebogenes Messer und drohte damit dem, der ihn so erschreckt hatte. Dann erst erkannte er Gabriel. Er hatte sie nicht hereinkommen hören.

Sie lächelte ihn an: »So begrüßt du mich?«

Er versuchte ebenfalls ein Lächeln und warf das Messer verärgert in eine Ecke des Raumes. »Verzeih!«

Sie nahmen einander in den Arm und wussten, dass sie ohne den anderen jeden Halt verlieren würden.

»Seid ihr zu einer Entscheidung gekommen?«, fragte Iax.

Gabriel schüttelte den Kopf: »Nein, es steht weiterhin unentschieden.«

»Uns läuft die Zeit davon!«, rief Iax. »Luzifer wird die Verhandlungen abbrechen und für gescheitert erklären. Dann gibt es kein Zurück mehr.«

Gabriel antwortete: »Camael ist sehr ungeduldig. Er sieht nur in Azrael eine Chance für uns. Wenn er Luzifer besiegt, bliebe genügend Zeit, den zu suchen, der für den Thron bestimmt ist.«

»Und Azrael wird dastehen und zusehen, wie jemand anderes den Thron besteigt? Niemals! Ihr könnt ihm nicht trauen.«

»Camael glaubt, dass er sich auf einen Handel einlassen würde ...«

»Was für einen Handel?«

»Dass Azrael in einer neuen Ordnung keinem Herrn zu dienen hat.«

Iax schnaubte verächtlich: »Er scheint Geschmack an den neuen Umständen gefunden zu haben. Doch wie stellt er sich das vor? Er holt, wen er holen will?«

»In gewissen Grenzen.«

»Das ist absurd!«

Gabriel nickte: »Das sehen die, die gegen ihn sind, genauso.«

»Dann plädiert für Nathanael!«, rief Iax heftig.

Gabriel legte ihm beruhigend eine Hand auf den Arm, lächelte: »Oh, wie du ihn liebst, Iax. Ich erkenne dich gar nicht wieder!«

Diesmal wiegelte Iax nicht ab, sondern sagte: »Er ist es, Herrin! Er wird uns anführen!«

»Was macht dich so sicher?«

»Ich kann es Euch nicht sagen, Gabriel. Es ist eine Gewissheit tief in meinem Herzen.«

»Die anderen sind sich nicht so sicher. Zu deutlich ist ihnen in Erinnerung, wie sein erstes Zusammentreffen mit Luzifer war. Ohne Michael wäre Nathanael verloren gewesen.«

Iax schwieg einen Moment, dann antwortete er: »Er war noch nicht so weit.«

»Und ist er es jetzt?«, fragte Gabriel.

Iax löste sich von ihr und lief unruhig hin und her: »Ich

weiß es nicht, Herrin. Aber da ist etwas in ihm, das ihm eine ungeheure Kraft verleiht. Es ist stärker als alles, was ich je bei einem anderen Engel gesehen habe.«

Gabriel antwortete: »Es ist mir nicht verborgen geblieben. Aber reicht das aus, um uns in diesen Krieg zu führen?«

»Ich bin bereit, ihm zu folgen.«

»Ohne genau zu wissen, ob er der Richtige ist?«

»Ja.«

Gabriel schwieg, dann lächelte sie Iax an: »Du hast deinen Glauben wiedergefunden, Iax!«

Iax nickte: »Kein Engel kann ohne Glauben sein.«

»Aber du weißt nicht, was dich an ihn glauben lässt?«

»Das spielt keine Rolle mehr.«

Gabriel antwortete nicht, schien in Gedanken versunken zu sein, ging zum Altar und legte ihre Hände darauf: Der Stein war kalt. Und da wusste sie, was Iax so an Nathanael anzog – sie drehte sich zu ihm um: »Nicht der Glaube ist die Quelle seiner Kraft. Er erinnert sich an seine Zeit als Mensch, und das, was er von dort mitgenommen hat, ist die Liebe der Menschen, die alles überwinden kann. Selbst den Tod. Das unterscheidet ihn von uns, deren Sein einzig auf den Vater ausgerichtet ist.«

Iax sah sie aufmerksam an.

»Sieh dich an, Iax! Selbst du empfindest sie jetzt. Du lebtest im Frieden und Gleichgewicht, bis er kam. Er hat dir alles genommen, aber er hat dich reich dafür belohnt. Du bist bereit, für ihn in den Tod zu gehen, aber nicht aus Gehorsam oder aus dem Glauben an die gerechte Sache heraus, sondern aus Liebe. Es verleiht dir Kraft.«

Iax lächelte: Sie hatte recht. So war es.

Er sagte: »Camael muss ihn erneut prüfen! Wenn die anderen sehen, wie er wirklich ist, dann werden sie für ihn und gegen Azrael stimmen!«

Gabriel antwortete: »Ich werde es versuchen. Schick nach Nathanael. Er soll hierherkommen.«

Iax rief in Gedanken nach der Wache vor der Gebetshalle, die mit einem Nicken den Befehl entgegennahm, Nathanael rufen zu lassen. Die Tür schloss sich wieder.

»Vielleicht sollte ihn Uriel prüfen«, wandte Iax ein.

Gabriel sah ihn erstaunt an.

»Er vertraut ihr.«

»Er vertraut Uriel, nicht aber Rafael oder Camael?«

»Ich weiß nicht, ob er Camael oder Rafael misstraut, aber es macht keinen Sinn, wenn er sich den beiden verweigert. Uriel wird er sich öffnen.«

»Ich weiß nicht, ob Camael das zulassen wird. Und ich weiß auch nicht, ob Camael solche Zweifel verdient hat.«

Iax nickte: »Es wäre eine Demütigung und eine Demonstration des Misstrauens in seine Fähigkeiten. Doch sollte er dabei nicht das Wohl aller vergessen – es geht um zu viel, als dass wir darauf Rücksicht nehmen könnten.«

Semjasa war nicht zurückgekehrt, und die Zeit mit dem stillen Asasel zu verbringen, empfanden sowohl Nathanael als auch Seth zunehmend als Belastung. Es war noch nicht lange her, da hatte Asasel Seth den Schwertkampf gelehrt, den Umgang mit der Waffe und die verschiedenen Positionen, aus denen Angriff oder Verteidigung folgten. Wie hatten Asasels Augen geglänzt, als er unterrichten konnte, und wie begierig hatte Seth alles aufgesogen. Es hatte Freude bereitet, die beiden zu sehen, vertieft in ihre Übungen. Wenn es nach ihnen gegangen wäre, hätten sie für den Rest ihrer Tage geübt, ganz gleich, ob um sie herum die Welt zusammengebrach oder nicht: Sie genügten sich selbst als Schüler und Lehrer.

Jetzt stand Asasel in der Ecke des Raumes, und nichts in seinem Gesicht verriet eine Erinnerung an diese glücklicheren Tage, und auch Seth machte keine Anstalten, sich von Nathanael in die Kunst des Schwertkampfes einweisen zu lassen. Es war, als hätte er mit Asasel mehr als nur seinen Lehrer verloren. Auch nutzte Seth nicht mehr die Gunst der

Stunde, um nach seiner Mutter zu fragen, was Nathanael beruhigte und gleichzeitig schmerzte. Er, der selbst an seinen Erinnerungen litt und sich nach der Liebe sehnte, die ihm entgegengebracht worden war, hatte sie Seth im Moment der Erfüllung verwehrt. Jetzt saß er da, starrte gelangweilt gegen die Wand vor ihm, und Nathanael wusste, dass er an nichts dachte. Nicht an seine Mutter, nicht an seine Zeit als Mensch, nicht an seine Zeit als Schüler. An nichts. Das konnte nicht recht sein, und so fragte er sich selbst, ob er Seth die ganze Geschichte erzählen sollte, denn ihn so zu sehen erschien ihm falsch. Ihm das Herz zu brechen und ihn in einer Weise zu enttäuschen, dass sie möglicherweise nie wieder zueinanderfinden würden, erschien ihm jedoch auch falsch. Was er auch tat, es würde falsch sein. Und das war kein gutes Gefühl.

Es pochte leise an der Tür ihrer Kammer.

»Nathanael!«

Es war Semjasas Stimme – er hatte die Tür nicht geöffnet. Nathanael prüfte seine Anwesenheit mit der offenen Handfläche, um sicherzugehen, keinem Trick zum Opfer zu fallen: Es war tatsächlich Semjasa.

»Tritt ein!«, rief Nathanael, froh darüber, dass wenigstens er noch da war, dass er sich ihnen wieder angeschlossen hatte.

»Iax schickt nach dir. Komm!«

Sie standen auf und öffneten die Tür: Semjasa war bereits ein Stück vorausgegangen und prüfte einen der Gänge. Dann wandte er sich den beiden zu und nickte: Sie konnten ihm folgen. Und sie taten es auch.

Sie stiegen eine lange Treppe hinunter und passierten eine Galerie, von der hinab man auf einen der vielen Innenhöfe sehen konnte; dort standen auch einige andere Engel, die ihnen aber keine Beachtung schenkten. Semjasa ging ihnen einige Schritte voraus, drehte sich nicht um und sprach auch nicht. Nathanael war darüber irritiert, erklärte sich sein Verhalten damit, dass ihn Asasels Entflammung tief getroffen haben musste, so dass er Zeit brauchen würde, um sich von dem Schock zu erholen. Sie stiegen eine Wendeltreppe hinauf und passierten dabei einige Gänge, die davon tief in die Burg abstachen.

Dort sah er sie.

Judith.

Sie stand einfach nur da und sah ihn an, so, wie er sie ansah und nicht wusste, warum dieser einfache Engel ihm ständig begegnete. Es musste eine Bedeutung haben, und in dem kurzen Moment ihres Kontaktes erkannte er, dass sie wieder unentschlossen war, wem sie sich anschließen wollte: Luzifer oder Camael. Für einen kurzen Moment dachte er darüber nach, sie anzusprechen, aber Semjasa drängte darauf, weiterzugehen, und Nathanael folgte ihm. Wie sie ihn angesehen hatte! Da war etwas, was sie verband, wenn er auch nicht wusste, was.

Sie erreichten ein großes Tor, das Semjasa aufstieß und passierte.

Nathanael und Seth folgten ihm bis in die Mitte des dahinterliegenden Raumes, in dem eine große eckige Tafel stand. Semjasa drehte sich ihnen zu – Nathanael sah in seine Augen. Jetzt wusste er, warum er ihnen ständig den Rücken zugekehrt hatte.

»Was hast du getan, Semjasa?!«, rief er erschrocken.

Semjasa hielt seinem Blick nicht stand und sah zu Boden. Hinter ihnen fiel das Tor ins Schloss. Nathanael musste sich nicht umdrehen, um zu wissen, wer dort eingetreten war und ihn jetzt lächelnd ansah: Luzifer.

»Wer hätte gedacht, dass wir uns schon so bald wiedersehen, Nathanael«, sagte er sanft.

Er nickte Semjasa zu, der sich vor Luzifer verbeugte und den Raum verließ, ohne Nathanael noch einmal anzusehen.

Sie waren allein.

Iax wusste sofort, dass etwas nicht stimmte, als der Bote zurückkehrte und ihm mitteilte, dass er weder Nathanael noch Seth angetroffen hatte. Nur Asasel wäre in der Kammer zurückgeblieben, und der hätte ihm keine Auskunft geben können. Iax zog sein Schwert und stürmte aus der Gebetshalle, gefolgt von Gabriel, die ebenfalls zur Waffe gegriffen hatte. Sie liefen zurück zur Kammer, beachteten die Engel nicht, die erschreckt vor ihnen zurückwichen oder demütig auf die Knie fielen. Iax riss die Tür auf und sah Asasel in der Ecke stehen.

»Komm!«, befahl er ihm.

Asasel griff nach seinem Schwert und folgte. Doch wo sollten sie nach Nathanael suchen? Die Burg war unendlich groß. Der einzige Ort, an dem er mit Sicherheit nicht war, war Luzifers Turm, denn in den hätte sich Nathanael niemals locken lassen.

Er wandte sich zu Asasel, sah ihm tief in die Augen und sagte: »Führ mich zu Semjasa!«

Er nickte, hob die Handflächen an, erspürte seinen Zwilling, lief ihnen voraus, durchquerte Gänge und führte sie zu einem kleinen Innenhof: Es war der, in den Semjasa von Lillith gelockt worden war. Dort kniete er, das Gesicht in seinen Händen verborgen.

»Semjasa!«

Er sprang auf.

»Er hat ihn verraten!«, flüsterte Gabriel Iax zu.

Iax nickte und signalisierte Gabriel und Asasel mit einer kleinen Geste, dass er allein mit Semjasa sprechen wolle. Dann ging er ihm entgegen, umfasste hart den Griff seines Schwertes und sah, dass auch Semjasa sich für einen Kampf in Stellung brachte. Ein paar Schritte von ihm entfernt blieb Iax stehen.

»Wo ist er, Semjasa?«, fragte er beherrscht, aber Semjasa konnte sehen, dass Iax alle Muskeln angespannt hatte.

»Du weißt, wo er ist«, antwortete Semjasa ebenfalls ruhig.

Iax nahm zur Kenntnis, dass er auf die förmliche Anrede verzichtet hatte. Und sie wohl auch nie wieder benutzen würde.

»Dann sag mir, wo.«

»Warum sollte ich das tun?«

Iax nickte entschlossen: »Weil ich dich sonst töten werde.«

Semjasa schien nicht beeindruckt, doch seine Körpersprache verriet, dass er auf der Hut war. Er antwortete: »Glaubst du, dass das so einfach wird?«

Das würde es nicht, und Iax wusste das. Es war nicht einmal klar, ob er ihn überhaupt besiegen konnte.

»Warum hast du das getan, Semjasa?«, fragte Iax.

Der lachte – es klang hässlich und verletzt: »Du weißt es wirklich nicht, oder?«

»Kehre um, Semjasa, noch ist Zeit!«

»Wohin soll ich zurückkehren? Zu dir? Zu Camael? Zu dem, was ihr verteidigt? Es hat mir nichts als Schmerz eingebracht. Sieh auf meinen Weg, Iax, und dann sage mir, wohin ich zurückkehren soll!«

Iax antwortete: »Du hast dem Vater Treue geschworen und sie gebrochen!«

»Er hat es mir mit dem Kreuz vergolten. Du weißt nicht, was das bedeutet, Iax. Du weißt es nicht.«

»Nein, ich weiß es nicht. Aber wenn du jetzt umkehrst, werde ich dir helfen, Semjasa.«

Semjasa schnaubte verächtlich: »So, wie du mir schon einmal geholfen hast?«

»Ich ging meinen Weg. Du deinen.«

Semjasa nickte: »Ja, so ist es. Doch wie kann mein Weg falsch gewesen sein, wenn ich glücklich war?«

Iax antwortete: »Wie kann er richtig gewesen sein, wenn du den Menschen göttliche Geheimnisse verraten hast?«

»Auch sie sind Geschöpfe des Vaters. Warum sollten sie an seiner Weisheit nicht teilhaben?«

»Es war nicht an dir, das zu beurteilen«, antwortete Iax.

Semjasa blickte zu Gabriel, die in seinem Rücken stand: »Und was ist mit dem Seraph, Iax? Wird sie mir auch helfen?«

»Ja.«

Semjasa nickte, scheinbar überzeugt, doch dann sagte er: »Du bist ein Lügner, Iax. Niemand wird mir helfen, so wie niemand Asasel geholfen hat. Sieh nur, was sie mit ihm gemacht haben! War das gerecht?«

»Du weißt nicht, was auf dem Spiel steht, Semjasa!«

»Ich weiß genau, was auf dem Spiel steht. Und ich habe meine Wahl getroffen. Luzifer wird uns in die Freiheit führen, und ich werde wieder glücklich sein.«

»Ist es das, was er dir versprochen hat? Dass du mit Isthar wieder eins sein wirst?«

»Ja.«

»Und das hast du ihm geglaubt?!«, rief Iax wütend.

Für einen Moment zeigte Semjasa Zeichen von Unsicherheit, dann jedoch fasste er sich und antwortete: »Was ich von euch zu erwarten habe, weiß ich. Ich gehe kein großes Risiko ein.«

Iax wusste, dass er sich endgültig entschieden hatte. Es machte keinen Sinn, mit ihm zu kämpfen, und so steckte er sein Schwert wieder ein und verbeugte sich vor ihm.

»Ab jetzt werden wir Todfeinde sein.«

Auch Semjasa verbeugte sich vor ihm und antwortete: »Ja, ich weiß.«

»Ich möchte dich dennoch um einen letzten Gefallen bitten. Nicht für mich. Nicht für die Seraphim, die Cherubim oder die Heilige Ordnung. Ich möchte für Nathanael bitten.«

»Wie lautet deine Bitte?«

»Sag mir, wo ich ihn finde. Er hat es nicht verdient, dass du ihn auf diese Art hintergehst. Ich habe dich schlecht behandelt. Der Rat hat dich schlecht behandelt. Er aber hat dich gut behandelt. Befrage dein Herz, und dann sage mir, ob du mit dieser Schuld leben möchtest!«

Semjasa zögerte einen Moment.

Dann sagte er Iax, wo er Nathanael finden würde.

Im Gegensatz zu Luzifer war Nathanael unbewaffnet, und sosehr er im Raum nach etwas suchte, mit dem er sich zur Not hätte verteidigen können, so wenig fand er es. So standen Seth und er dem Engel aller Engel schutzlos gegenüber. Luzifer machte keine Anstalten, ihn anzugreifen, bemerkte aber Nathanaels suchende Blicke. Lächelnd griff er nach seinem Schwert, zog es, hielt einen Moment inne, dann warf er es ihm zu. Nathanael fing es mit seinem gesunden Arm auf und war überrascht, wie leicht es war, obwohl es ungeheuer wuchtig und schwer wirkte.

»Wenn ich dich hätte töten wollen, wärst du schon lange tot!«, sagte Luzifer lächelnd und kam ihm ein paar Schritte entgegen. Seth wich instinktiv vor ihm zurück, während Nathanael stehen blieb, unsicher, ob er das Schwert in eine Angriffsposition bringen sollte oder nicht.

»Wer sagt, dass ich Euch nicht angreife?«, fragte Nathanael und hob die Spitze gegen Luzifers Brust.

»Einen Unbewaffneten?«, fragte Luzifer zurück.

»Seid Ihr es denn?«

Luzifer lachte belustigt, denn er sah, dass Nathanael ihn durchschaut hatte, und antwortete: »Nein.«

Nathanael wich zur Seite aus, ohne Hast, ließ Luzifer nicht aus dem Auge, bemerkte, wie geschickt sich der Seraph bewegte, immer aufmerksam, ohne die offene, freundliche Körperhaltung aufzugeben, die seinem Gegenüber bedeuten sollte, dass von ihm keine Gefahr ausging. Noch nicht.

»Du bist gewachsen, Nathanael«, stellte Luzifer fest. »Wie ungewöhnlich für einen Engel!«

Nathanael schwieg, ließ ihn nicht aus den Augen, während er sich in ein inneres Gleichgewicht brachte, um für einen

Angriff gerüstet zu sein. Noch einmal würde er sich nicht überrumpeln lassen.

»Wo sind deine Freunde, Nathanael?«, fragte er ruhig. »Haben sie dich aufgegeben?«

»Nein«, antwortete Nathanael.

Luzifer lächelte und hob fragend die Arme: »Nun, wo sind sie? Sie waren bereit, für dich zu sterben, doch jetzt lassen sie dich im Stich?«

»Iax würde mich niemals im Stich lassen!«, rief Nathanael.

Luzifer nickte amüsiert: »Der brave Iax … nein, er würde dich nicht im Stich lassen. Das ist nicht seine Art. Aber was ist mit den anderen? Sie scheinen nicht mehr überzeugt von dir zu sein. Hat sich Camael etwas anderes ausgedacht?«

Nathanael wich seinem Blick aus, versuchte sich vor dem Drachen zu verbergen, doch ebendas verriet ihn.

»Ah, sie haben sich etwas anderes ausgedacht und keine Verwendung mehr für den Krüppel.«

Nathanael war sich sicher, dass Luzifer beabsichtigt hatte, ihn zu verletzen, und obwohl er es nicht hatte zulassen wollen, gelang es ihm jetzt, denn er hatte recht: Camael hatte ihn fallenlassen. Und mit ihm die Hälfte des Rates.

»Dabei hast du außerordentliche Fähigkeiten …«

Er schmeichelte ihm – Nathanael spürte, wie er versucht war, darauf einzugehen. Es war schwer, ihm irgendetwas abzuschlagen. Immer noch umschlichen sie sich gegenseitig, die Körper einander zugewandt. Seth hatte sich in eine Ecke des Raumes zurückgezogen und zitterte vor Furcht. Nathanael sah in seinem Herzen, dass er helfen wollte, aber der bloße Anblick Luzifers hatte ihn in eine Starre versetzt, aus der er sich nicht befreien konnte.

»Warum verschwendest du deine Zeit mit denen, die dich verraten haben?«

»Niemand hat mich verraten!«, antwortete Nathanael.

»Verrat hat viele Gesichter, Nathanael. Gerade du solltest das wissen …«

Er stutzte, denn er verstand nicht, worauf Luzifer hinauswollte. Der sah ihn amüsiert an und sagte: »Du weißt nicht, wer du bist. Ist es so?«

»Ich weiß, wer ich bin …«, begann Nathanael, bevor Luzifer einen Finger vor den Mund hielt, um ihm zu signalisieren, dass er zu schweigen habe. Zu seinem eigenen Ärger sprach Nathanael nicht weiter.

Luzifer sagte: »Du hast keine Ahnung, wer du bist. Aber ich weiß es. Du hast dich mir offenbart. Weißt du noch?«

Nathanael dachte an den zweiten Disput – Luzifer nickte lächelnd: »Ich sehe, du erinnerst dich.«

»Was wollt Ihr von mir?«, fragte Nathanael.

Luzifer zuckte mit den Schultern, als würde er zum ersten Mal darüber nachdenken, und antwortete dann: »Schließ dich mir an, Engel.«

»Niemals.«

»Warum so feindselig? Ich bin dir viel näher, als du denkst.«

»Das seid Ihr nicht!«

In Luzifers Rücken flog das Tor auf – der drehte sich nicht um und sagte zu Nathanael: »Komm zu mir, solange noch Zeit ist!«

Nathanael sah in seinen Augen, dass dies keine Finte war. Im Gegenteil, es war, als würde ihm ein Freund in großer Not die Hand reichen, als hinge er über einem Abgrund und von allen Gefährten wäre nur noch einer geblieben, um ihn zu retten. Und tatsächlich bot ihm Luzifer die Hand, um den Handel zu besiegeln. Nathanael sah auf die offene Handfläche und spürte, wie sehr ihn etwas in seinem Innern drängte, sie zu ergreifen.

Iax und Gabriel standen hinter Luzifer, erstarrt, denn auch sie sahen, dass Nathanael im Begriff war, die Seiten zu wechseln. Sie wollten ihn warnen, aber etwas hinderte sie daran, und sie stelltem fest, dass Luzifer einen Weg gefunden hatte, sie zum Schweigen zu bringen. Diese Entscheidung würde Nathanael allein treffen müssen.

Der starrte auf die offene Hand.

Luzifer sagte: »Komm und verhindere den Krieg.«

Nathanael machte sich von der Versuchung frei und antwortete fest: »Nein.«

Luzifer zog die Hand zurück und nickte: »Dann ist die Entscheidung gefallen.«

Luzifer drehte sich zu Iax und Gabriel, so dass Nathanael sehen konnte, dass auf seinen Rücken ein weiteres Schwert gebunden war. Beide zielten mit ihren Waffen auf Luzifer, der allerdings gelangweilt abwinkte und sagte: »Wie schön, zwei Gefährten hat er noch. Wo ist Michael?«

»Ich könnte ihn rufen«, antwortete Gabriel. »Er wäre bald hier.«

»Schnell genug, um euer Leben zu retten?«, fragte Luzifer gelangweilt.

»Unser Leben ist nicht wichtig«, gab Iax zurück.

Luzifer sah ihn aufmerksam an: »Wessen Leben dann?«

Iax nickte zu Nathanael: »Seines.«

Luzifer sah in sein Herz und erkannte, was ihn beherrschte.

Iax ließ sich nicht beirren und zielte weiter auf Luzifer: »Wirst du kämpfen, Luzifer?«

»Nicht hier, Iax. Nicht hier.«

Zu Nathanaels Überraschung senkte der Potestas daraufhin sein Schwert und steckte es nach einem kurzen Zögern zurück. Auch Gabriel senkte ihr Schwert, steckte es aber noch nicht ein. Im Gegensatz zu Iax misstraute sie Luzifers Versicherung.

Der kam Iax ein paar Meter entgegen und sah ihn durchdringend an: »Du bist einen langen Weg gegangen, Iax. Ausgerechnet du, der du nie etwas anderes als das Werkzeug des Vaters warst. Ein großer, tumber Engel, der nie gefragt, nie gedacht, nie bereut hat.«

Für einen Moment dachte Nathanael, dass Iax wütend werden würde, doch er sah nichts als Traurigkeit in dessen Blick.

»Und doch bist du hier. Zusammen mit Gabriel, die dich mehr liebt, als du dir vorstellen kannst.«

Eine weitere Wahrheit, sosehr Gabriel ihn auch mit Blicken durchbohrte. Luzifer hielt sie beide in seinem Bann. Und es gab nichts, was sie dagegen tun konnten.

»Ich sehe deine Sorge um Nathanael, sehe, wie weich dein Blick ist, wenn du ihn ansiehst. Weil du spürst, dass er, und nur er, euch gegen mich anführen kann. Weil er die Herzen der Engel erreicht, so wie er dein Herz erreicht hat. Weil sie ihm folgen und für ihn in den Tod gehen würden, weil sie an das, was er ist, glauben. Ist es nicht so?«

Iax nickte mechanisch.

»Ausgerechnet du hast etwas erkannt, was die anderen nicht erkannt haben, Iax. Ausgerechnet du spürst, dass Nathanael der Schlüssel zu allem ist. Eure einzige Hoffnung gegen einen übermächtigen Gegner.«

Luzifer war sehr nahe an ihn herangetreten, zwang ihn, in seine schwarzen glühenden Augen zu sehen, erlaubte ihm einen Blick in sein Herz, damit er sich von seiner Aufrichtigkeit überzeugen konnte.

»Der Rat ist mit wichtigen Dingen beschäftigt, während unter ihren Augen der Einzige verloren geht, der ihnen helfen könnte. Nur du bist noch da, der du nie von seiner Seite gewichen bist. Anfangs aus Gehorsam, zum Schluss aus Liebe.«

Iax war ihm völlig ausgeliefert, nickte stumm.

»Du hast recht, Iax. Dein Herz trügt dich nicht. Dieser Engel kann zusammenführen, was der Vater hat zerbrechen lassen. Er, und nur er, erschafft, was verloren gegangen ist: einen neuen Glauben. Denn kein Engel kann ohne Glauben sein.«

Sie standen sehr nahe beieinander, starrten sich in die Augen. Dann wandte sich Luzifer von Iax ab, entfernte sich ein paar Schritte, während Nathanael darüber rätselte, warum er so offen gesprochen hatte. Alle im Raum hatten gefühlt, dass er ehrlich gewesen war und dass diese Aufrichtigkeit ihn in eine schlechte Position brachte, denn er hatte seinen Gegnern verraten, was Luzifer am meisten fürchtete. Warum hatte er das getan? Das war doch Wahnsinn!

Luzifer drehte sich ihnen wieder zu – er lächelte. Ja, er lächelte!

»Ein Engel mit dem Herzen eines Menschen! Er vereint beide Geschlechter in sich. Das unterscheidet ihn von allen anderen, und doch vereinigt sich in ihm die Schöpfung. Was für ein schöner Zug des Vaters! Gratuliere!«

Er lachte böse und applaudierte laut.

»Er hat die Kraft, die Dinge zu ändern, weil er über sich hinauswachsen kann. Kein Engel kann das. Deswegen würden sie ihm folgen. An ihn glauben. An die Liebe glauben, die er jedem Lebewesen entgegenbringt. Die Liebe, die den Tod überwunden hat und die mit ihm aus der Welt der Menschen gekommen ist. Wie beeindruckend! Warum sehen wir uns diese Liebe nicht einmal an? Ich finde, wir sollten alle von der Quelle seiner Kraft kosten!«

Er zog sein Schwert und schnitt ein großes Rechteck in die Luft, dann steckte er die Klinge zurück. Vor ihren Augen zersplitterte das Bild, und zum Vorschein kam ein anderes, wie ein Fenster zu einer anderen Welt. Zur Welt der Menschen.

Sie sahen einen Mann an einer halbgeöffneten Tür stehen, eine mit blauen Flecken übersäte Frau betrunken auf einem Sofa schnarchend und einen kleinen Jungen, der deutlich die Gesichtszüge Nathanaels trug. Mit wem sich der Mann vor der Tür unterhielt, war nicht zu sehen, doch vernahmen sie seine Worte klar und deutlich. So wie jedes andere Geräusch, das sich in diesem schmutzigen Zimmer abspielte.

»Mein Sohn gehört mir, klar?! Wenn Sie 'nen Sohn habn möchten, dann lassen Se sich einen machen, klar! Aber das klappt ja nicht, wie man so liest, ha? So scheißreich die feine Dame, aber 'n Kind kann sie nicht haben. Da kauft se sich lieber ein', was?«

Er beugte sich vor und knallte etwas auf die Fensterbank.

»Da ist der richtige Platz für Ihre Brille. Und keiner wird die anrühren. Werden schon sehn. KEINER!«

Er schlug die Tür zu, drehte sich zu Nathanael, der ihn stumm und angsterfüllt ansah.

»Fühlst dich nich mehr wohl, bei uns, ha? Sin' dir nich mehr fein genug?!«

Der Junge schüttelte eingeschüchtert den Kopf.

»Möchtest lieber woanders sein? Bei 'ner feinen Dame? Denkst, bist was Besseres, ja?«

Es war deutlich spürbar, wie sich der Mann in Rage redete, während der Junge scheu den Kopf schüttelte, in der vergeblichen Hoffnung, ihn damit zu besänftigen.

»Denkst, dein Vater is 'n Penner, was? Hättest lieber 'n anderen, ha?!«

Der Junge schüttelte den Kopf.

Er schlug zum ersten Mal zu – hart, ins Gesicht. Der Junge wirbelte herum und stürzte zu Boden. Aber er schrie nicht, weil er ahnte, dass das seinen Vater nur noch wütender machen würde.

»Siehst wohl schlecht? Was willste denn sehen? Den Dreck, in dem wir leben? Das willste doch nicht sehen, oder?!«

Der Junge hielt sich die Wange, in seinen Augen sammelten sich die Tränen. Er schüttelte den Kopf.

Da packte ihn der Mann und drehte ihm den Arm auf den Rücken – der Kleine schrie auf.

»Na, guck dir alles an?! Is' alles Schrott! Alles Müll! GENAU WIE ICH, HA?!

Der Kleine schrie – dann brach sein Arm. Das scharfe Krachen war deutlich zu hören. Der Arm war völlig verdreht. Der Junge wurde blass, dann verlor er das Bewusstsein. Seine Mutter kam zu sich, sah ihren Sohn auf dem Boden liegen, raffte sich auf, um ihm zu helfen, doch der Alte stieß sie zurück aufs Sofa.

»Keiner hilft dem! Soll sich selbst helfen, der feine Herr!«

Am Abend erwachte der Junge vor Schmerzen, seine Mutter brachte ihn in die Notaufnahme, wo er geröntgt wurde. Der Arzt sagte, dass der Arm nicht vollständig heilen würde, dass eine Verkrüppelung zurückbleiben würde. Er fragte, wie das passiert wäre, und die Mutter sagte, dass er auf der Treppe gestürzt sei.

Der Arzt fragte den Kleinen: »Stimmt das, Junge?«

Er nickte und mied den Blick des Arztes.

In der Nacht suchte der Kleine den Schutz seiner Mutter, aber die war wieder betrunken und stieß ihn von sich. Er schlief allein. Ging nicht mehr vor die Tür. Ging nicht mehr zur Schule. Ging nirgendwo mehr hin.

Nur wenn er allein war, wenn niemand zusah, nahm er eine kleine Spieluhr aus einem Versteck und zog sie auf: eine kleine klimpernde Melodie entstieg ihr, und für diese wenigen Momente sah der Kleine glücklich aus. Iax kannte die Melodie – Nathanael hatte oft Trost darin gefunden. Und er selbst auch.

Dann eines Tages, als er sich allein glaubte, nahm er wieder die Spieluhr aus dem Versteck und zog sie auf. Er versank darin und hörte nicht, wie hinter ihm sein Vater erschien. Sie konnten das überraschte Gesicht des Kleinen sehen, als ihn der Mann am Kragen hochriss, als er ihn zur Tür zerrte und ihn die Treppe herunterwarf.

Dort blieb er liegen – mit gebrochenem Genick.

Später bei der Beerdigung konnten sie den Vater weinen sehen. Er ließ sich trösten von Verwandten und Bekannten, Freunden und Nachbarn. Er war außer sich vor Schmerz, dass sein geliebter Junge tot war. Sein Ein und Alles. Seine Frau stand neben ihm, betrunken. Sie weinte nicht. Als letzten Gruß warf er seinem Sohn die Spieluhr mit ins Grab.

Luzifer schloss das Fenster. Sie hatten alle wie betäubt zugesehen, hatten sogleich gewusst, dass der Kleine niemand anderes war als Nathanael. Doch was sie noch viel mehr getroffen hatte, war, dass Luzifer ihnen die Wahrheit gezeigt hatte.

Das war kein Trick, keine Lüge.

Alles hatte sich so zugetragen, wie sie es gesehen hatten.

»Das ist die Welt, aus der du gekommen bist, Nathanael. Das ist die Liebe, die du mitgebracht hast!«

Nathanael schüttelte wie betäubt den Kopf: »Nein, nein, das kann nicht sein!«

»Verrat hat viele Gesichter, ich habe es dir gesagt! Du hast dich getäuscht und die, die an dich glauben!«

»Nein, so ist es nicht! So kann es nicht sein!«

Luzifer war mit wenigen schnellen Schritten bei ihm, packte hart seinen verkrüppelten Arm, der plötzlich wie Feuer brannte und Nathanael vor Schmerz in die Knie zwang.

»Und was ist mit deinem Arm, Engel? Hast du ihn nicht auch mitgebracht aus deiner Welt?!«

Nathanael weinte vor Schmerz und Scham – Luzifer ließ ihn los.

»Sieh den Tatsachen ins Gesicht, Engel. Dein Herz betrügt dich. Und du betrügst alle anderen!«

Er wandte sich zu Iax, aus dem alle Kraft gewichen schien. Gabriel hatte den Kopf gesenkt.

»Sieh ihn dir an, Iax. Seht ihn euch alle an, euren Messias!«

Nathanael kauerte auf dem Boden, hielt sich seinen verkrüppelten Arm, den Kopf von ihren Blicken abgewandt. Er wollte seine Freunde nicht sehen und wünschte sich nichts mehr, als dass sie ihn auch nicht mehr sahen.

»Er hat euer Herz erreicht. Doch die Quelle seiner Kraft ist nicht die Liebe – die Quelle seiner Kraft ist eine Lüge.«

Er verließ den Raum und ließ sie zurück.

63

Da war etwas, das sie nicht ergründen konnte, etwas, dessen Gewicht wie in frischgefallenen Schnee einsank und ein Loch hinterließ. Etwas, das sie nachts aufwachen ließ, mit einem

Namen auf den Lippen, den sie nicht mehr erinnerte. Etwas, das im ersten Sonnenlicht tanzte und das sie nicht erkennen konnte. Es ging hinter ihr, doch wenn sie sich umdrehte, war da nichts. Es wartete in ihrer Kammer, doch wenn sie sie öffnete, erwartete sie nur Stille. Es war immer da, doch es versteckte sich vor ihr.

Und so reihte sie sich in die Schar der einfachen Engel, war eins mit ihnen und fühlte doch, dass sie anders war. Dass sie sich nicht entscheiden konnte, wem sie folgen wollte. Denn wandte sie sich Camael zu, so keimte in ihr das Gefühl, dass sie etwas verteidigen sollte, was im Sterben begriffen war und nicht erneuert werden konnte. Wandte sie sich jedoch Luzifer zu, war ihr, als brannte sein Licht so heiß, dass es keine Freiheit, sondern nur Finsternis bringen würde. Was blieb, war eine Leere in ihr, die sich weder mit den Ideen des einen noch mit denen des anderen füllen ließ. So blieb sie in der Gemeinschaft der Engel auf eigenartige Weise eine Außenseiterin, ratlos, wie sie sich verhalten sollte. Sie tröstete sich mit dem Gedanken, dass sie in dem, was passieren würde, ohnehin keine Rolle spielte, dass sie wie alle anderen allenfalls Spielball der Mächtigen war, und sie hoffte darauf, dass es nicht zur Katastrophe käme. Denn dann hätte sie zum Schwert greifen müssen, ohne zu wissen, gegen wen oder was sie eigentlich zu Felde zog.

Doch sie irrte.

Sie irrte im Glauben, dass sie keine Rolle in diesem Spiel hatte, und sie irrte in der Annahme, dass sie zum Schwert greifen würde, um für etwas zu kämpfen, an das sie nicht glaubte. Sie würde nicht kämpfen, ihr Weg war ein anderer. Denn nichts geschah ohne Grund, und alles drehte sich wie in einem großen Uhrwerk, das niemals anhielt, und nichts endete wirklich. Alles hatte seine Zeit; wenn das eine starb, wurde das andere geboren – ein Rad blieb stehen und setzte ein anderes in Bewegung. Und so erfüllte sie ihr Schicksal, ging den Weg, der ihr vorbestimmt war, ohne sich dessen bewusst zu sein, denn nur wer alles kennt, weiß, dass alles Sinn macht.

Sie sah ihn das erste Mal während des ersten Disputs, spürte seine Aura und war irritiert, denn es gab keinen ersichtlichen Grund, warum er ihr hätte auffallen müssen. Und doch tat er es. Bevor sie sich ihm zuwenden konnte, war er wieder verschwunden, so dass sie bald schon dachte, ihre Begegnung wäre ohne Bedeutung gewesen. In der Nacht nach dem Disput jedoch schlich sich ein sanfter Luftzug in ihr Zimmer, und sie erwachte plötzlich aus einem Traum, den sie nicht erinnerte, der ihr aber ein Zeichen war, dass eine Tür geöffnet worden war, durch die sie hindurchschreiten sollte. Sie wartete auf ein weiteres Zeichen, aber es blieb aus, denn in der folgenden Nacht träumte sie nicht. In der dritten Nacht hörte sie ein leises Flüstern, zu leise, als dass sie es hätte deuten können, aber sie fühlte einen Namen, der sie wie ein scheues Tier umschlich. Sie stand auf und meinte zu spüren, dass etwas in ihrer Kammer sei, sie öffnete die Tür, doch niemand war auf den Gängen zu sehen, und als sie die Tür wieder schloss, war die Stille zurückgekehrt, und sie fiel erneut in tiefen Schlaf.

Sie zog sich von den anderen zurück, sprach nicht mehr, um besser hören zu können. Hielt ihre Augen geschlossen, um besser sehen zu können, und machte ihre kleine Kammer zu einem großen Resonanzraum, in dem die zarten Signale sich verstärken sollten, damit sie sie verstand. Und tatsächlich wurden ihre Eindrücke klarer, ihre Empfindungen deutlicher. Dann des Nachts, sie war noch nicht zu Bett gegangen und stand still in der Mitte ihrer Kammer, hörte sie das Flüstern wieder. Es wisperte: »Bau es!«

In Gedanken fragte sie, was sie bauen sollte, doch die Stimme verschwand wie ein Lufthauch unter der Kammertür nach draußen. Von jetzt ab kehrte die Stimme immer öfter zu ihr zurück und wisperte leise: »Bau es!« Sie folgte dem Lufthauch, doch sie verlor ihn immer wieder und wusste nicht, was sie noch tun sollte, als rastlos umherzuwandern, in der Hoffnung, dass ihr die Erleuchtung kam.

Und so stand sie absichtslos in einem Flur, als sie den seltsamen Engel ein zweites Mal sah. Sie blickten einander an, und sie wusste, dass er der Schlüssel zu etwas war, das ihr Schicksal erfüllen sollte. Sie hatte keine Ahnung, wer er war, aber als er weiterging, wusste sie, was zu tun war. In einem der unzähligen Räume fand sie eine kleine Gebetshalle, in deren Mitte ein großer Altar aus Stein stand. Sie fuhr mit den Fingerspitzen über die glatte, kalte Oberfläche, bis ihr Blick auf ein Messer fiel, das dort in einer Ecke lag, als hätte es jemand für sie liegen gelassen. Sie nahm es und schnitt damit in den Stein, der unter der Klinge nachgab und sich wie ein Stück Holz bearbeiten ließ. Sie betrachtete den Altar und hatte mit einem Mal eine Vision dessen, was in seinen groben Formen schlummerte. Sie setzte erneut das Messer an und begann, *es* zu bauen. Und spürte, wie es ihre Leere Schnitt für Schnitt füllte.

64

Die längste Nacht war angebrochen, und es schien, als würde es nie wieder Tag werden.

Die Entscheidung über die Zukunft der Schöpfung war gefallen, der Kampf um die Macht offen ausgebrochen. Viele, zu viele, würden das Licht des neuen Morgens nicht mehr erblicken, ihr Weg würde noch vor dem ersten Glimmen im Osten zu Ende sein.

Und es war Camael, der den Kampf eröffnete.

Er hatte lange gewartet, hatte sich Luzifer in den Weg gestellt, um die Verteidiger dann durch sein ungeschicktes Verhalten im Disput in eine schwierige Position zu bringen. Im Schatten des provozierten Eklats und in der Gewissheit, die verlorenen Herzen nicht mehr zurückgewinnen zu können, hatte er im Spiel der Macht seine entscheidende Figur in Position gebracht: Azrael. Nur er war in der Lage, sie zu retten – Camael hatte es von der Sekunde an gewusst, in der Luzifer die Tore des Gehinnoms durchbrochen hatte. Ihr Schicksal in die Hände eines Krüppels zu legen war ebenso absurd wie fahrlässig, denn kein Engel konnte es mit Luzifer aufnehmen, es sei denn der Tod selbst.

Alles war perfekt arrangiert, Camael hatte meisterhaft dirigiert, doch dann kam das Patt bei der Abstimmung. Und niemand anderes als Iax trug die Schuld daran, denn sein Wort galt bei den Seraphim und Cherubim, ebenso wie das Wort Gabriels, die Iax unterstützte, so wie sie es immer getan hatte. Und sosehr er auch versucht hatte, den Rat für seinen Plan zu gewinnen, so widerspenstig hielten sie an ihrer Meinung fest – sie hatten noch lange diskutiert, doch Camael spürte, dass er nicht genügend Stimmen auf sich würde vereinen können. Aber noch hatte er nicht alle Karten aufgedeckt, und jetzt war es an der Zeit für den letzten, den alles entscheidenden, den tödlichen Trumpf.

Zusammen mit Rafael stieg er tief hinab in den Bauch der Burg, und sie erreichten bald schon das Tor, das auch Nathanael bereits entdeckt hatte, als er aus seiner Kammer gelockt worden und das erste Mal Azrael begegnet war, ohne ihn zu erkennen. Camael öffnete es: Vor ihnen lag eine endlose Treppe, die tief hinabführte, dunkel, wie in den Bauch eines Wals.

Sie stiegen weiter abwärts, wobei ihr Licht immer kleiner wurde, wie ein Stein, den man in einen Brunnen warf und der schließlich ganz in der Nacht verschwand. Sie wanderten wie durch finsteres Tal, bis sie ein riesiges silbernes Tor erreichten, dessen Flügel mit einem so mächtigen Balken verschlossen waren, dass nur ein Seraphim es öffnen konnte. Camael hob die Arme, so dass der Balken seiner Bewegung folgte und langsam aus dem Verschluss emporglitt und seitlich zu Boden sank.

Dann schob er die Handflächen auseinander, und das Tor öffnete sich.

Sie traten ein. Der Raum war gewaltiger als alle, die es in der Burg gab, mit Säulen, die groß und majestätisch wie Engelstürme waren und hinaufführten zu einer gewaltigen Gewölbedecke, die sich wie das Firmament der Welt über sie spannte, ohne Anfang und ohne Ende. Sie näherten sich einer Brüstung, hinter der ein tiefes Loch zu erahnen war. Offenbar bewegten sie sich auf einer Empore, von der aus sie die tatsächlichen Dimensionen dieser Kathedrale erst ermessen konnten, wenn sie hinab ins Schiff schauten. Die Wände waren sanft erleuchtet, so dass die Halle trotz ihrer monumentalen Größe freundlich und einladend wirkte.

Camael hielt an und drehte sich zu Rafael: »Es gibt etwas, das du nicht weißt, Rafael, und es ist an der Zeit, dir alles zu offenbaren, denn es gibt kein Zurück mehr.«

»Was meinst du damit, Camael?«, fragte Rafael beunruhigt.

»Die Verhandlungen sind gescheitert – ein großer Krieg steht unmittelbar bevor. Ab jetzt gilt das Recht des Stärkeren!«

Rafael schüttelte den Kopf: »Nein, Camael, noch besteht Hoffnung. Wir werden diesen Krieg verhindern.«

»Wach auf, Rafael! Es ist vorbei. Wir haben alles versucht, aber wir haben versagt. Luzifer wird die Schöpfung angreifen, und wenn wir ihn nicht aufhalten, wird er uns alle vernichten.«

»Das wird der Vater nicht zulassen!«

Camael antwortete ärgerlich: »Der Vater hat uns verlassen, Rafael. Nimm endlich zur Kenntnis, dass wir auf uns allein gestellt sind!«

»Noch ist er bei uns, Camael!«

Camael rückte sehr nah an Rafael heran; in seinen Augen tanzten Irrlichter der Wut: »Der Vater stirbt – und wir mit ihm. Aber ich werde nicht tatenlos zusehen, wie Luzifer zerstört, was seit Anbeginn der Zeit gut war. Wir werden die Heilige Ordnung schützen, Rafael. Und wenn wir Krieg führen müssen, dann werden wir diesen Krieg führen. Das ist unser Weg, das ist unser Schicksal! Und du wirst dich deinem Schicksal nicht verweigern, Rafael.«

Rafael hielt Camaels Blick einen Moment stand, dann wandte er sich ab und gab so zu verstehen, dass er sich fügte.

»Gut«, antwortete Camael zufrieden, »wir sind uns einig.«

Rafael nickte, dann fragte er: »Was macht dich so sicher, dass die Engel Azrael folgen werden? Sie haben Angst vor ihm.«

»Furcht ist eine Waffe«, entgegnete Camael, »vor der die Schwachen davonlaufen. Dem Starken jedoch ist sie mehr wert als die Klinge des schärfsten Schwertes.«

»Was meinst du?«

Camael machte eine einladende Bewegung zur Brüstung – sie traten hinzu und blickten hinab in die Tiefe.

Rafael erstarrte.

»Barmherziger Vater!«

Mehr brachte er nicht über die Lippen.

Sie blickten in die Tiefe, und dort stand ein Heer von Millionen Engeln, Schulter an Schulter, Schwert an Schwert, in deren Augen ein dunkles, ewiges Feuer brannte, entflammt für die Liebe des Vaters, eine Armee erschaffen für den Kampf, furchtlos, fanatisch, bis in den Tod gehorsam. Ein Meer von Leibern, das am fernen Horizont zu einer dunklen Masse verschmolz und kein Ende nehmen wollte.

Camael nickte zufrieden: »Das ist meine Mitgift für Luzifers Vermählung mit dem Tod.«

Rafael war beunruhigt und fasziniert in einem, denn die Herzen der Angreifer würden erstarren, während die der Verteidiger Mut fassten an der Seite dieses Heeres. Camael hatte recht: Furcht war eine Waffe. Und diese Truppen waren das blanke Entsetzen.

»Sie werden Azrael folgen. Und ihnen werden unsere Engel folgen. Unsere Feinde werden vor ihnen fliehen, und nicht einmal Luzifer wird sie aufhalten können.«

Er wandte sich Rafael zu und lächelte: »Verstehst du? Der Drache wird allein stehen, so wie es am Anbeginn der Zeit war. Es wird Krieg geben, aber nicht er wird ihn gewinnen, sondern wir! So, wie es einst war, wird es wieder sein!«

Rafael nickte: »Du kannst Azrael nicht eine solche Armee anvertrauen, Camael. Er wird sie für seine Zwecke nutzen!«

Camael nickte: »Ja, das würde er. Aber sie gehorchen nicht ihm, sie gehorchen mir, denn ich habe sie entflammt.«

»Und was wird mit ihnen, wenn dieser Krieg vorbei ist?«

»Dann werden wir Azrael für seine Dienste danken.«

Er hatte es so kühl gesagt, so abschließend, dass Rafael einen Schritt vor ihm zurückwich: »Was heißt das, Camael?«

Der fasste Rafael an den Schultern und sagte: »Azrael ist eine Abnormität. Ein Irrtum der Schöpfung. Wir werden die Heilige Ordnung wiederherstellen, und wir werden in Frieden und Glück leben.«

»Ohne ihn«, antwortete Rafael.

»Ohne ihn«, nickte Camael.

Rafael schwieg, war wie betäubt. Dann hörte er sich fragen: »Wie willst du das anfangen, Camael? Selbst wenn wir diesen Krieg gewinnen, werden wir geschwächt sein. Zu schwach, als dass wir uns ihm entgegenstellen könnten!«

Camael nickte: »Es gibt eine Möglichkeit …«

Rafael schüttelte den Kopf: »Nein, nur der Vater könnte ihn in die Schranken weisen, aber der ist zu schwach …«

Er stockte und blickte Camael in die Augen. Und endlich las auch er darin die Antwort auf alle Fragen. Ihm war, als fände er in der Wirrnis der Ränke den Strang, der zum Ziel eines ebenso brillanten wie riskanten Intrigenspiels führte: Camael wollte den Thron.

»Du bist nicht der Auserwählte, Camael!«, rief Rafael erschrocken.

»Natürlich bin ich das, Rafael. Ich bin der Herr der Burg. Ich stehe dem Vater am nächsten. Wer außer mir hätte Anspruch auf den Thron!«

»Nur der Vater bestimmt, wer dem Vater folgt!«

»Sei kein Narr, Rafael. Sieh nur, was er uns angetan hat. Er verlässt uns in der Stunde größter Not. Er überlässt uns unserem Schicksal. Wo ist er, Rafael? Sag mir: Wo ist er?!«

Rafael schwieg einen Moment, dann sagte er leise: »Was ist nur aus uns geworden, Camael? Sieh uns an! Unsere Welt war vollendet, doch Lüge und Zwietracht sind eingezogen. Wir sind tief gesunken!«

»Wie edel von dir, Rafael! Doch vergiss nicht, dass du es warst, der Zweifel an der Prophezeiung hatte. Und vergiss nicht, dass du es warst, der nach einem Ausweg gesucht hat.«

Rafael nickte: »Und ich bereue es. Der Vater hat uns einer Prüfung unterzogen, und wir haben jämmerlich versagt!«

»Der Vater hat uns betrogen!«

Camael sammelte sich, dann fügte er immer ruhiger werdend hinzu: »Er hätte uns vorbereiten müssen auf diesen Moment. Er hätte Vorsorge treffen müssen, stattdessen schwieg er. Er hat uns verraten, und jetzt erntet er die Früchte seines Verrates!«

Rafael schwieg.

»Was mit uns passiert, ist nicht unsere Schuld, Rafael. Es ist seine! Wir sterben, weil er stirbt. Aber das lasse ich nicht zu, hörst du? Wir werden nicht untergehen, sondern nur er. Denn wir werden nach ihm weiterleben – in Frieden und Glück.«

»Aus dir sprechen Hochmut und Wahnsinn, Camael!«

»Nein, Rafael, ich werde unsere Welt nicht aufgeben. Sie ist ein Geschenk, und ich werde sie den Engeln zurückgeben.«

Rafael schwieg einen Moment, dann fragte er: »Fühlst du so, Camael? Fühlst du wirklich so?«

»Ja.«

Rafael nickte: »Dann werden wir diesen Weg zusammen gehen.«

Camael reichte ihm die Hand. Rafael ergriff sie.

»Es gibt nur noch eine Sache, die wir klären müssen.«

»Die wäre?«

»Der Rat ist durch das Patt gelähmt. Wir werden ihn vor vollendete Tatsachen stellen.«

»Was soll das heißen, Camael?«

»Iax und Nathanael müssen sterben.«

Rafael wollte die Hand zurückziehen, doch Camael hielt sie fest: »Wir werden diesen Weg zusammen gehen, Rafael. Und wir werden tun, was getan werden muss. Solange die beiden leben, werden wir keine Einigkeit erzielen. Du wirst deinen Teil der Verantwortung tragen, ich den meinen. Verstanden?«

Rafael spürte Camaels Hand unerbittlich wie eine Schraubzwinge: Er war in ihr gefangen.

Camael suchte in seinen Augen nach einer Antwort. Und fand sie.

Er ließ Rafaels Hand los und gab ihn frei.

Die Entscheidung war gefallen.

65

Eine Weile hatten sie nur dagestanden und nichts gesagt. Auf den weinenden Nathanael hinabgeblickt, der seinen pochenden Arm hielt und sich wünschte, nie geboren worden zu sein. Dann war Iax gegangen und mit ihm Gabriel. Nur Seth war zurückgeblieben, näherte sich vorsichtig dem verzweifelten Nathanael und legte ihm behutsam die Hand auf die Schulter.

»Vielleicht hat er gelogen?«, fragte er sanft.

Nathanael schüttelte den Kopf: »Nein, es ist die Wahrheit. Er hat nicht gelogen.«

»Aber was ist mit deinen Erinnerungen, Nathanael? Das kann nicht alles falsch sein!«

»Es tut mir leid, Seth. Es war alles falsch.«

»Aber das glaube ich nicht!«, entgegnete Seth.

Nathanael sprang auf und hielt ihm seinen Arm entgegen: »Und was ist das, Seth? Sieh dir meinen Arm an! Er ist das Sinnbild meiner Existenz. Ihr habt eure Hoffnungen in einen Krüppel gesetzt!«

Seth stand ebenfalls auf: »Ich habe meinen Hoffnungen in *dich* gesetzt. Und daran hat sich nichts geändert!«

»Versteh doch, Seth. Ich habe die Wahrheit zur Lüge verkehrt, weil ich die Wahrheit nicht ertragen konnte. Alles, woran ich geglaubt habe, liegt in Trümmern vor mir. Und alle, die an mich geglaubt haben, stehen vor dem Nichts.«

»Nein, so ist es nicht. Ich stehe nicht vor dem Nichts. Für mich hat sich nichts geändert, denn ich glaube an das, was du jetzt als Lüge bezeichnest. Welche Rolle spielt es also, wer du einmal warst? Es ist nur wichtig, wer du bist!«

»Du verstehst mich nicht, Seth.«

»Doch, ich verstehe dich sehr gut, aber wenn du jetzt aufgibst, besteht für uns keine Hoffnung mehr.«

Nathanael schüttelte erneut den Kopf: »Azrael wird euch führen. Nicht ich. Und das ist auch gut so.«

Seth reagierte trotzig: »Ich werde Azrael nicht folgen!«

»Natürlich wirst du! Du hast dem Rat Treue geschworen.«

»Ich habe dir Treue geschworen. Wo du hingehst, werde auch ich hingehen!«

Er stand entschlossen vor ihm und brachte Nathanael sogar etwas zum Lächeln: Seth hatte sich verändert, seit er ihn aus der Welt der Menschen zurückgeholt hatte.

»Lass uns Iax suchen. Ich muss mit ihm sprechen«, gab Nathanael versöhnlich zurück.

»Nichts hat sich verändert. Du musst nur daran glauben.«

Nathanael nickte stumm: Woran glauben? Dass er die Engel würde führen können? Er konnte es nicht. Und er wollte es auch nicht. Alles, was er wollte, war bei Iax sein, sonst nichts.

Eigentlich irrten sie nur umher, denn ein Ziel hatte Iax nicht. Nicht mehr. Wohin hätte er laufen sollen? Zum Rat, um sie zu überzeugen, weiterhin auf Nathanael zu setzen? Für ihn zu werben, weil er tief in seinem Herzen wusste, dass es richtig war? Doch wie würden sie reagieren, wenn sie erst wussten, dass er innerlich zerbrochen war, deformiert wie sein Arm? Sie mussten eine Entscheidung treffen: Der Krüppel oder der Tod – was war richtig, was war falsch? Gab es überhaupt ein Richtig?

Gabriel folgte ihm, doch sie schwieg die meiste Zeit, weil auch sie verunsichert war, ob sie ihre Stimme nicht doch Azrael geben sollte. In einer Schlacht brauchten sie einen Heerführer, dem die Engel bedingungslos folgen würden. Überkamen sie Zweifel, weil ihr Anführer zweifelte, so würde ihr Widerstand binnen Sekunden in sich zusammenbrechen. Die Folgen wären fatal. Wie lange würde Luzifer mit dem Auszug noch warten? In der Burg war kein Kampf möglich, so dass er sein Heer hinausführen musste. Dann brauchte er nur noch zu warten, bis der Vater starb, denn mit seinem Tod würden die Throne ihre Schutzfunktion verlieren: Sie standen ausschließlich unter dem Befehl des Vaters, ganz gleich ob er in der Lage war, sie zu führen, oder nicht. Sie würden die Burg so lange verteidigen, wie er lebte – nach seinem Tod würden sie nicht mehr eingreifen, bis zu dem Moment, wo sein Platz neu besetzt würde.

Blieben sie in der Burg, so wären die Verteidiger hoffnungslos im Nachteil, da von allen Seiten Angriffe erfolgen konnten und eine sinnvolle Abwehr in dem Gewirr des Gebäudes nicht möglich war. Wie sollten sie ihrem Heerführer folgen, wie sollte er ihre Herzen bestärken, wenn sie in unzähligen Winkeln und Kammern verloren gingen und zugleich von außen unter den Augen Luzifers immerfort neue Legionen in die Burg drangen? Sie würden unter der Wucht dieses Angriffes zerquetscht werden. Eingeschlossen, mit dem Rücken zur Wand.

Gabriel blickte zu Iax, und es schmerzte sie, ihn in diesem Zustand zu sehen: verwirrt, enttäuscht, ratlos. Er war einen weiten Weg gegangen, hatte seine alte Welt einstürzen sehen, hatte sich eine neue erbaut, nur um sie wieder einstürzen zu sehen. Was konnte er noch hinnehmen? Wie viel war er noch bereit auszuhalten? Sie konnte sehen, wie er die Möglichkeiten durchging, die ihnen noch blieben, wie er zwischen dem, was sein Herz, und dem, was sein Verstand ihm sagte, hin- und herschwankte. Mit Azrael hatten sie eine Chance – doch er, Iax, hatte sich für Nathanael entschieden. Jetzt brauchte er Zeit, um sich darüber klar zu werden, was zu tun war – sie alle brauchten Zeit, um sich über ihren nächsten Zug klar zu werden. Doch die hatten sie nicht mehr.

»Was werdet Ihr tun?«, fragte er Gabriel und schien damit ihre Gedanken erraten zu haben.

»Du meinst, wenn ich zum Rat zurückkehre?«

»Ja.«

Sie schwieg einen Moment und sagte dann: »Ich weiß es nicht. Ich denke, es ist falsch, Azrael zu folgen. Aber ist es richtig, auf Nathanael zu setzen? Was, wenn er die ihm anvertrauten Engel nicht führen kann?«

Iax nickte.

»Sag du mir, was ich tun soll!«, forderte Gabriel.

Iax war konsterniert – niemals zuvor hatte ein Seraph einen Potestas um Rat gefragt. Eigentlich undenkbar, aber in diesen Zeiten war alles möglich.

Er antwortete zögerlich: »Ich möchte die Nacht nutzen, um mir über die Dinge klar zu werden.«

Sie nickte.

»Könnt Ihr den Rat so lange hinhalten?«

»Ja.«

»Dann lasst mich jetzt allein. Ich werde Euch morgen mit den ersten Sonnenstrahlen aufsuchen.«

Sie umarmten einander, verabschiedeten sich.

Es war das letzte Mal, dass sie ihn lebend sah.

Tief im Bauch der Burg, fernab von neugierigen Augen und Ohren, warteten Rafael und Camael auf Azrael. Camael hatte ihn gerufen, doch obwohl er seinen Ruf wahrnahm, ließ Azrael die beiden warten, denn auch er hatte sich in Position gebracht, hatte seine ihm ergebenen Engel ausgesandt, die zu beobachten, die ihm im Weg standen. Schließlich erschien er doch und mit ihm das fahle Licht, das seiner Umgebung jede Farbe auszusaugen schien, im Gesicht ein maliziöses Lächeln, das einem jeden Mut nehmen konnte. Nicht einmal Camael ertrug seine Augen.

Neugierig trat er an die Brüstung und schaute hinab auf sein riesiges Heer, das zum Gruß die Köpfe hob und mit den Schwertgriffen gegen die Brustpanzer schlug: das Dröhnen war ohrenbetäubend, so dass man fürchten musste, es könnte auch oben in der Burg zu hören sein. Azrael breitete die Arme aus, umarmte die Entflammten symbolisch und scherte sich nicht um den Lärm, denn er war sich seiner Sache sicher.

Dann wandte er sich wieder Rafael und Camael zu und sagte: »Noch vor der Morgenröte wird das Blut in Strömen fließen, und unsere Gegner werden die Tage, die ihnen noch bleiben, auf die Schlacht warten und wünschen, sie wären bereits tot wie ihre Brüder und Schwestern. Furcht wird ihr Dasein bestimmen. Wenn sie wachen, wenn sie schlafen, wenn sie träumen und wenn sie nicht träumen. Sie werden das Ende herbeisehnen. Dann werde ich kommen und sie holen, einen nach dem anderen.«

Camael sah ihn misstrauisch an: »Wovon sprichst du, Azrael?«

»Iax und Nathanael sind in einem Trakt unserer Feinde.«

Rafael fragte erschrocken: »Was hast du vor, Azrael?«

»Meine Vorbereitungen sind abgeschlossen. Niemand in diesem Trakt wird die Nacht überleben. Auch Iax und Nathanael nicht.«

»Das kannst du nicht tun!«, rief Rafael.

Azrael kam an ihn heran, starrte ihn an, bis der seinen Blick senkte: »Der Krieg hat begonnen, Rafael. Heute Nacht werden unsere Feinde sterben.« Dann fügte er sanfter an: »Vergiss die Toten, Rafael. Denk an die Lebenden.«

»Was ist mit den Thronen?«, fragte Camael besorgt. »Du kannst nicht töten, ohne dass sie einschreiten.«

Azrael schüttelte den Kopf: »Die Throne werden nichts bemerken. Genauso wenig wie die, die sterben werden. Vertrau mir.«

Camael erschauderte bei dem Gedanken, Azrael zu vertrauen, aber ihm war klar, dass sie seine eigenen Pläne nicht würden durchsetzen können, wenn sie nicht wagemutig die Chance ergriffen, die sich ihnen bot.

Azrael fragte: »Seid ihr bereit für den Anfang vom Ende?«

Sie zögerten einen Moment, dann gaben sie mit einem Nicken ihre Zustimmung.

Azrael lächelte erfreut und sagte: »Dann tretet jetzt hinter mich und gebt keinen Laut von euch!«

Azrael schloss die Augen und versank in Trance, während Camael und Rafael hinter ihn traten. Sie sahen, wie seine Aura aufflammte und jeden Zentimeter auf der Empore einnahm. Entsetzt stellten sie fest, wie bleich sie plötzlich waren, und als sie einander anblickten, war es, als starrten sie in die Totenmaske des jeweils anderen.

Dann fiel die Aura in sich zusammen und schwebte ein paar Zentimeter über dem Boden, wie Nebel über einem See. Einen Moment verharrte sie so, bevor sie in Bewegung geriet und durch das Tor nach oben verschwand.

In die Burg.

66

Es war, als wäre die Burg in einen tiefen Schlummer gefallen, als versänke sie in einer unendlichen Nacht, in der nicht einmal die sanften Lichter der Wände Trost spendeten. Niemand war auf den Gängen, niemand in den Hallen. Alles lag still, wie tot.

Nur in einem Trakt huschten Azraels Geister von Tür zu Tür und markierten sie mit einem Zeichen. Dort, wo sie waren, erlosch das Licht, so dass bald schon der ganze Bereich im Dunkeln lag. Hinter den Türen der vielen Kammern schliefen die Engel und bemerkten nicht, wie sich ihnen der Tod näherte, wie er Stufe um Stufe überwand, heimlich, leise und fast unsichtbar.

Nathanael und Seth hatten Iax nicht gefunden, so wie er die beiden nicht gefunden hatte, als ihre Glieder plötzlich schwer wurden und ihnen die Lieder zufielen, so dass sie eine Kammer aufsuchten, um einen Moment zu ruhen, ehe sie ihre Suche fortsetzten. Doch dazu kam es nicht mehr, denn auch sie fielen in tiefen Schlaf. Bevor Nathanael aber die Augen schloss, sah er einen Schatten unter dem Spalt der Kammertür, der einen Moment verweilte und gleich darauf weiterhuschte. Das Licht ging aus – er verlor das Bewusstsein.

Ein sanfter Lufthauch zog durch den Trakt und mit ihm ein fahler Nebel, der in der Dunkelheit kalt auf dem Boden schimmerte und lautlos durch die Türritzen in die Kammern drang. Und hinter den verschlossenen Türen war kein Geräusch zu hören, kein Kampf und kein Todesschrei. Da war nur die Tür und weiter nichts. Bis der Nebel die Kammer wieder verließ, ebenso heimlich, wie er eingedrungen war, und weiter zur nächsten Tür zog. Was blieb, war das Blut der Engel, das in Strömen aus den Kammern floss, die Böden in ein dunkles, fast schwarzes Rot tauchte.

Nathanael erwachte aus seinem Schlaf, irritiert über die Dunkelheit und für einen Moment orientierungslos. Ihm war, als hätte er etwas gehört, aber es war still. Er horchte angestrengt in die Dunkelheit hinein ... Was war das? Eine Stimme? Ein erstickter Schrei? Da hörte er es wieder. Eine Melodie. Eine sanfte, bezaubernde Melodie. Er weckte Seth und half ihm, aufstehen.

»Was ist geschehen?«, fragte der verwirrt.

Nathanael legte den Zeigefinger auf die Lippen: »Schhh...«

Er kannte die Musik. Sie kam von weit her, stieg in sanften Spiralen zu ihm auf, tanzte Note für Note in der Luft, schien ihn an der Nase und den Wimpern zu berühren und lockte ihn zur Kammertür, die er öffnete, um sich draußen zur einen Seite zu wenden, während hinter ihm ein blasser Nebel heranschlich.

Seth flüsterte: »Es ist die Musik aus der Spieluhr!«

Nathanael sah ihn an und legte wieder den Finger auf die Lippen.

Sie folgten den Tönen, die sie mal in die eine Richtung, mal in die andere führten, immer fort von dem, was sich hinter ihnen abspielte. Schritt um Schritt verließen sie den Trakt, ohne die Quelle der perlenden Melodie orten zu können.

Doch nicht nur Nathanael nahm die Musik wahr – auch Azrael hörte sie. Und er geriet in großen Zorn, denn er ahnte, dass sie seine Pläne sabotierte. So stürmte er aus den Gewölben der Burg nach oben und begann ebenfalls, der Melodie zu folgen, die vor ihm zu fliehen schien, die sich vor ihm versteckte und davoneilte, sobald er stehen blieb. Aber sie war nicht schnell genug, und so fand er sie wieder und jagte ihr nach, bis sie ihn zu einer kleinen Gebetshalle führte, hinter deren Tür sie verschwand.

Er trat ein und fand Judith vor, die unbeirrt vor einem Instrument saß, das sie aus dem Altar herausgeschnitten hatte. Sie blickte nicht auf, sondern spielte unentwegt auf den Tasten, die sie geformt hatte, obwohl sie wusste, dass Azrael eingetreten war und langsam das Schwert aus der Scheide zog. Er trat an sie heran, während das fahle Mondlicht einen Schatten auf sie warf, und sie spielte, solange sie konnte.

Mit einem Hieb schlug er ihr den Kopf ab.

Ihr Oberkörper fiel auf die Tastatur, Blut spritzte auf das Instrument und floss in Rinnsalen auf den Boden, wo es einen dunklen See bildete. Die Musik war für immer verstummt – ihr Schicksal erfüllt. Azrael nickte zufrieden, verließ die Halle, ging an Judiths Kopf vorbei, der bis fast an den Eingang der Halle gerollt war, und achtete nicht auf das sanfte Lächeln ihrer Lippen, während ihre Augen ins Nichts starrten.

Nathanael war der Melodie gefolgt, spürte, dass er ihr immer näher kam, doch dann hörte sie plötzlich auf. Ohne sich darüber im Klaren zu sein, war er dadurch gerettet worden, denn die letzten Töne hatten ihn aus dem Trakt geführt, dessen Kammern für Tausende von Engeln zur Gruft geworden waren. Jetzt stand er mit Seth in einem Vorraum, von dem zu beiden Seiten Gänge abzweigten, in denen das sanfte Licht der Wände Frieden und Ruhe erahnen ließ, vor ihnen eine prächtige Tür, deren Flügel nicht verschlossen, sondern nur angelehnt waren. Nathanael öffnete sie vorsichtig und sah in eine Halle, die leer zu sein schien. Dann trat er ein, spürte, wie Seth nach seiner Hand griff und sie drückte: Er hatte Angst.

Der Raum wurde von ungewöhnlich breiten Säulen gestützt. Nathanael fühlte zu spät, dass sie nicht allein waren. Ohne seinen Gegner ausgemacht zu haben, wusste er doch, dass für eine Flucht keine Zeit mehr blieb. Und wie zur Bestätigung seiner schlimmsten Befürchtungen trat Azrael hinter einer der Säulen hervor, kalt lächelnd, das Schwert in der Hand, von dessen Klinge Blut auf den Boden tropfte. Seths Hand verkrampfte, und er trat einen halben Schritt hinter Nathanael, lehnte sich an ihn, um im Körperkontakt

Trost zu finden. Sie waren beide unbewaffnet und wichen in dem Maße vor Azrael zurück, wie der auf sie zukam. Wie grausam seine Augen waren! Wie kalt und mitleidlos. Er folgte ihnen ohne Hast und ließ die Spitze seines Schwertes über den Boden kratzen, was ein scheußliches Geräusch erzeugte.

Er lächelte immer noch und sagte: »Hier endet nun alles.«

Nathanael suchte vergeblich nach einer Waffe und war sich sicher, dass es Azrael völlig gleichgültig war, ob er einen Unbewaffneten erschlug.

»Lass Seth gehen!«, forderte er.

Azrael nickte großzügig: »Er kann gehen.«

Seth klammerte sich noch fester an Nathanael und antwortete: »Ich bleibe.«

Azrael nickte erneut: »Dann wirst auch du sterben.«

»Das macht mir nichts!«

Azrael lachte, tief und belustigt, sah ihn an und sagte: »Ja, das sehe ich.«

Die Tür in ihrem Rücken wurde aufgestoßen – Nathanael sah, dass sich Azraels Gesicht verfinsterte, dann drehte auch er sich um: Iax.

»Meister!«

»Geh, Engel! Lauf und berichte den anderen.«

Azrael hob die Schwertspitze an und zielte auf Iax: »Du scheinst tausend Leben zu haben, Iax. Aber irgendwann läuft jede Zeit ab. Heute Nacht wird es die deine sein.«

Iax packte Nathanael an der Schulter und schob ihn hinter sich: »Eile dich!«

»Ich komme zurück, Meister!«

Nathanael schob Seth nach draußen und beschwor ihn: »Lauf zu Gabriel. Zu Michael! Sag ihnen, der Krieg hat begonnen!«

»Was ist mit dir, Nathanael?«

»Ich brauche mein Schwert!«

Sie liefen beide los, jeder, so schnell er konnte.

Zurück blieben Azrael und Iax, die beide eine Angriffsposition eingenommen hatten und einander belauerten.

»Mach es dir nicht so schwer, Iax«, lächelte Azrael. »Du zögerst das Unvermeidliche nur hinaus.«

»Ihr redet zu viel, Azrael. Das muss daran liegen, dass für gewöhnlich niemand Wert auf Eure Meinung legt.«

Azraels Lächeln verschwand.

Dann griff er an.

Iax konnte nur mit Mühe seine erste Attacke abwehren, stemmte sich mit Macht gegen das fliegende Schwert, und doch riss ihn Azraels Gewicht von den Beinen. Sie stürzten beide, sprangen wieder auf, griffen einander an. Die Klingen blitzten in der Luft, ihr Klirren ließ die Wände zittern. Immer rascher erfolgten die Angriffe, immer wuchtiger die Schläge. Azrael zerschlug Säule um Säule, Iax verhielt sich geschickt, wechselte die Positionen, und doch geriet er nach und nach in die Defensive. Azrael war ihm weit überlegen und hatte noch nicht einmal alle seine Fertigkeiten eingesetzt, während Iax bereits mit dem Mut der Verzweiflung das Schwert führte, entschlossen und schnell, aber nicht schnell genug. Azrael drängte ihn zurück, verfehlte ihn mit einem Hieb knapp, schlug aber blitzartig mit der freien Faust zu: Iax schleuderte zurück, durchbrach die Flügeltür und landete hart auf dem Rücken.

Azrael setzte sofort nach. Iax kam nur mit Mühe wieder auf die Füße, wehrte gleichzeitig die Klinge ab, die auf seinen Kopf herabsauste, stach seinerseits zu. Und traf! Er erwischte Azrael am Bauch: ein Schnitt, nicht tief. Azrael befühlte ihn und sah Blut über seine Finger laufen.

Er grinste Iax an: »Gar nicht mal schlecht für einen Potestas.«

Iax nahm wieder Position ein und konzentrierte sich auf seinen Gegner, spürte, wie auch der sich sammelte, sich auf seine Stärken konzentrierte, um dem Kampf ein rasches Ende zu bereiten. Blitzartig schoss er vor, sie kreuzten die Klingen, während er Iax durch eine Wand stieß, die krachend zerbarst und ein hässliches Loch hinterließ, zerfetzt wie eine schwere Wunde. Iax kam benommen auf die Beine, wehrte ab, was er abwehren konnte, aber Azraels Angriffe waren schneller, als das Auge sie hätte wahrnehmen können. Iax spürte einen heftigen Stich in der Schulter, unterdrückte den Schmerz, wehrte zwei Schläge ab, dann erwischte ihn ein tiefer Schnitt im Bauch, sein Blut spitzte über den Boden.

Azrael genoss die Situation und spielte mit dem langsamer werdenden Iax, stach ihn in die andere Schulter. Der konnte kaum mehr sein Schwert halten, so dass Azrael wenig Mühe hatte, es ihm endgültig aus der Hand zu schlagen. Taumelnd wich er vor ihm zurück, doch dann blieb er stehen und richtete sich auf. Azrael jagte ihm die Klinge durch den Brustpanzer, trieb sie durch seinen Leib, bis sie aus dem Rücken wieder auftauchte.

Iax fiel.

Lag schwer atmend auf dem Boden. Über ihm der triumphierende Azrael.

»Eines solltest du noch wissen, bevor du stirbst. Für Nathanael werde ich mir mehr Zeit nehmen. Sein Tod wird nicht so gnädig sein.« Er kniete sich zu Iax herab: »Und das wird deine Schuld sein, Iax. Er wird für deine Respektlosigkeit einen hohen Preis zahlen!«

In Iax' Mund hatte sich Blut gesammelt – jetzt spuckte er es Azrael ins Gesicht. Der erhob sich, sah ihn kalt an, führte die Spitze seines Schwertes gegen Iax' Hals.

Dann jedoch schüttelte er den Kopf und sagte: »Nein, ein paar Momente gebe ich dir noch. Koste den Schmerz aus, Iax, denn er wird die letzte Empfindung sein, die du aus unserer Welt mitnimmst. Ins Nichts.«

Er wandte sich ab, ließ den sterbenden Iax liegen und machte sich auf die Suche nach Nathanael.

67

Die Erschütterungen des Kampfes waren nicht nur in unmittelbarer Nähe zu spüren, sondern auch für die, die über größere Fähigkeiten verfügten als einfache Engel. Luzifer stand auf der Spitze des abgebrochenen Turms, fühlte Azraels Präsenz und wusste im selben Moment, was sich in geheimen Absprachen abgespielt hatte. Die Handfläche gegen einen Trakt der Burg hebend, vernahm er den Tod, das Blut, das vergossen worden war, wandte sich davon ab, rief in Gedanken nach Baal, der ihm entgegenlief und sich verbeugte.

»Weck die Engel!«, befahl Luzifer. »Es hat begonnen!«

Er stürmte den Turm hinab.

Erreichte den kleinen Platz, überquerte ihn rasend schnell, sein Schwert bereits in der Hand. Dann jedoch hielt er inne, denn etwas irritierte ihn, wie ein Splitter in der Wahrnehmung, etwas, das nicht zu deuten war, aber dessen Auswirkung er spüren konnte. Wieder hob er die Handfläche und erspürte seine Umgebung: Es war heiß wie die Sonne und kalt wie Eis. Weit entfernt und doch ganz nah. Ein leises Zeichen und gleichsam eine gewaltige Erschütterung der Kräfteverhältnisse. Er drehte sich langsam um, sah einen Eingang, durch den er schritt, und erreichte ein offenstehendes Tor, das tief in den Bauch der Burg führte. Spürte das Feuer und den Frost, die Präsenz von Millionen, deren Herzen im Gleichklang schlugen: eine Armee, wie sie niemals zuvor erschaffen worden war. Eine Armee, die nur für einen Zweck lebte: ihn zu töten.

Auch Gabriel wusste, noch bevor Seth sie erreichte, dass der Frieden der Burg gebrochen worden war. In Gedanken rief sie die Seraphim zu Hilfe, die aus allen Ecken der Burg zusammenkamen. Ihr Herz raste, denn sie ahnte, dass etwas Schreckliches passiert sein musste. So zog sie ihr Schwert und stürmte an Michaels Seite voran, gefolgt von den anderen Seraphim. Seth lief ihnen entgegen und wies den Weg. Sie eilten eine Treppe hinab, erreichten einen der vielen Innenhöfe. Als sie ihn überqueren wollten, lief ihnen ein Dominatio entgegen und kniete vor ihnen nieder.

»Haltet ein, Seraphim!«

Michael schrie: »Geh zur Seite, Uzzah!«

»Haltet ein. Ich flehe Euch an!«

»Was willst du?«, herrschte Gabriel ihn ungeduldig an.

»Die Throne!«

»Was ist mit ihnen?«

»Sie haben ihre Posten verlassen!«

Die Nachricht war so schockierend, dass für einen Moment Stille herrschte, denn niemand hatte je erlebt, dass sie ihre Posten verlassen hätten. Nicht einmal während des ersten Krieges gegen Luzifer war dem so gewesen, so dass die Drohung ihres Eingreifens zwar immer präsent war, doch als sie es jetzt tatsächlich taten, lähmte das selbst die Seraphim.

Michael fragte: »Bist du sicher, Uzzah?«

Der kniete weiter vor den Seraphim und nickte: »Ja, Herr!«

»Wo sind sie?«, fragte Gabriel.

»Sie haben gerade die Tore der Burg passiert!«

Sie sahen einander an, dann kehrten sie um, liefen dem Haupttor der Burg entgegen, um mit eigenen Augen zu sehen, was ihnen mitgeteilt worden war. Sie passierten zwei Trakte und erreichten einen weitläufigen Platz, der im Mondlicht blass und unheimlich wirkte.

Sie sahen sie schon aus großer Entfernung: drei Throne.

Michael stoppte, dann rief er hastig: »Steckt die Schwerter ein! Schnell!«

Sie hörten ihre Schritte, die den Boden beben ließen, das Klirren ihrer Rüstungen und knieten demütig nieder. Mit jedem Schritt, den sie nähern kamen, schienen sie noch größer, noch gewaltiger, noch unbezwingbarer zu werden, so dass selbst die Seraphim Furcht überkam, denn die Throne hielten geradewegs auf sie zu. Schon waren sie so nah, dass ihre Gesichter, die halb von den Helmen verdeckt wurden, deutlich zu erkennen war, und jeder, der zu ihnen aufblickte, war froh, nicht in ihre Augen sehen zu müssen, weil er fürchtete, ihr Blick könnte sich auf ihn richten.

Schulter an Schulter marschierten sie an den knienden Seraphim vorbei.

Ihr Ziel war ein anderes.

Nathanael hingegen war um sein Leben gelaufen, aber die weitläufigen Wege der Burg ließen nicht zu, dass er schnell genug war, um rechtzeitig wieder an Iax' Seite zu sein. Er erreichte seine Kammer, riss sein Schwert an sich und kehrte, so rasch es ging, zurück, an seiner Seite Asasel, der ihm blind folgte. Es schien ihm, eine Ewigkeit würde vergehen, obwohl er sich nie schneller, nie geschickter bewegt hatte. Asasel verlor bald schon den Anschluss. Dann endlich erreichte Nathanael wieder den Vorraum, sah die aus den Angeln gerissene Tür, die geborstene Wand und wusste, noch bevor er in das Loch hineinsah, dass er zu spät kam.

Da war Iax.

Hilflos, auf dem Rücken liegend, während sich sein Brustkorb ruckartig hob und senkte. Unter ihm eine Lache aus Blut. So viel Blut! Nathanael stürzte zu ihm, umarmte ihn, außer sich vor Schmerz.

»Meister! Meister!«

Er schien ihn zu hören, Nathanael spürte Iax' Hand auf seinem Rücken, wie sie ihn tröstend streichelte. Nathanael weinte so heftig, dass seine Tränen über Iax' Gesicht tropften und dort das Blut in Schlieren über seine Haut lief. Iax öffnete den Mund, rang mit dem, was er sagen wollte, und brachte nur ein leises Krächzen heraus.

»Nathanael!«

Er hatte ihn beim Namen genannt! Während ihres langen Weges hatte er ihn nie beim Namen genannt, doch jetzt tat er es. Nathanael versuchte, ihm das viele Blut aus dem Gesicht zu waschen – so sollte er nicht aussehen! Er wollte das Gesicht sehen, das er mehr liebte als alles andere.

»Meister, geht nicht! Ich flehe Euch an! Geht nicht!«

Iax sah ihn an, aus seinen Augen war jede Härte gewichen: als spräche ein Vater zu seinem Sohn.

»Verzeih mir, Nathanael, verzeih mir.«

Nathanael spürte einen so großen Schmerz in der Brust, dass er glaubte, es müsste ihn zerreißen. Er küsste seinen Lehrmeister, wollte schreien, aber seine Stimme versagte, so hielt er seinen Kopf fest, drückte seine Wange gegen seine eigene.

»Ich habe gezweifelt ... bin nur ein dummer großer Engel ...«

Nathanael spürte, wie das Leben aus ihm wich. Er wollte ihn festhalten, wollte ihn nicht gehen lassen, wollte für immer bei ihm sein. Aber etwas Mächtiges zog an ihm, so dass er ihn nicht würde halten können. Zentimeter um Zentimeter entglitt er ihm.

»Nathanael?«

Iax sah zu ihm auf, und es war, als würde er in einen tiefen Schatten zurücktreten.

»Ich danke dir – für alles.«

Dann war er fort.

Übergetreten ins Nichts.

Tief unter der Burg fand Luzifer das große Tor offenstehend, und so trat er in die gewaltige Halle, in der, verborgen vor den Augen der anderen, Entflammte auf den Moment warteten, dass sie ihrer Bestimmung zugeführt wurden: Krieg. Auf der Empore warteten Rafael und Camael, mit dem Rücken zu ihm.

Luzifer sagte laut: »Ich bewundere deine List, Camael!«

Die beiden drehten sich erschrocken um.

»Du hast es sogar geschafft, die Cherubim für deine Pläne zu gewinnen. Das scheint mir fast noch die größere Leistung zu sein.«

Er machte ein paar Schritte auf sie zu, während Camael das Schwert zog und es gegen Luzifer richtete: »Komm nicht näher!«

Der lachte völlig unbeeindruckt und antwortete: »Warum so aufgeregt, Camael? Gibt es etwas, das ich nicht wissen darf?«

»Alles, was du wissen musst, Luzifer, ist, dass der Konvent gescheitert ist. Es steht dir also frei, die Burg zu verlassen.«

Luzifer nickte: »Sonst nichts?«

Die beiden schwiegen.

Luzifer lächelte: »Wir könnten auch über die Armee sprechen, die dort auf mich wartet!«

Camael antwortete hart: »Du wirst sie früh genug zu Gesicht bekommen!«

Luzifer wandte sich zu Rafael: »Wer hätte gedacht, dass die Cherubim je gemeinsame Sache mit Azrael machen würden?«

Rafael mied den Blick Luzifers, so dass der seine Gedanken erriet: »Oh, der Rat weiß gar nichts von eurem Plan! Wie durchtrieben, Camael! Ich bin beeindruckt!«

»Geh jetzt, Luzifer! Wir sehen uns auf dem Schlachtfeld!«

Luzifer wandte sich wieder an Rafael: »Und du glaubst wirklich, der Rat wird euch folgen, wenn er sieht, was ihr zu verantworten habt?«

Rafael antwortete: »Ohne dich wäre es nicht bis zu diesem Punkt gekommen, Luzifer.«

Luzifer runzelte die Stirn: »Das ist deine Antwort, Rafael? Das ist der Grund dafür, dass du alles verrätst, woran du geglaubt hast?«

Rafael schwieg, doch Luzifer konnte in seinen Augen sehen, dass er das, was geschehen war, längst bereute. Blut klebte an seinen Händen, und er wusste es. Ein Cherub, der seine Kinder getötet hatte. Die Schuld lastete schwer auf ihm – Luzifer blickte in sein Herz und erkannte, dass er sich nie wieder davon erholen würde.

Plötzlich waren Geräusche auf der Treppe zu hören, die harten Schritte der Throne, die geradewegs in die Halle traten und ihre Schwerter zogen. Luzifer steckte sein Schwert sofort ein und trat einen Schritt zur Seite, während Rafael auf die Knie fiel und flüsterte: »Vergib mir, Vater!«

Sie zögerten keinen Augenblick.

Einer schlug Rafael den Kopf ab.

Die anderen beiden trieben Camael in die Enge, der sein Schwert nicht eingesteckt hatte und seinerseits angriff. Sie wehrten ihn ab, deckten ihn mit Schlägen ein, so dass ihm kaum Zeit blieb, sich zu verteidigen. Der Dritte, der Rafael erschlagen hatte, sprang in einem Satz über ihn, und noch bevor er landete, jagte er ihm die Klinge seines Schwertes durch den Hals. Für einen Moment stand Camael nur da und blickte mit leeren Augen zu Luzifer, bevor ihm ein zweiter Thron sein Schwert mitten durch das Herz stieß.

Sie zogen ihre Schwerter aus Camaels Körper, und er fiel vor ihnen zu Boden. Dort stachen sie auf ihn ein, obwohl er längst tot war. Wieder und wieder, bis nur noch ein Klumpen blutiger Masse übrig war. Dann erst ließen sie von ihm ab und kehrten zu Luzifer zurück, blieben auch vor ihm stehen. Der sah sie an, in die von den Helmen halb verdeckten Gesichter, auf die immergleichen Gesichtszüge, die nie verrieten, was sie dachten oder vorhatten. Sie überragten ihn um einiges, hielten ihre blutigen Schwerter in den Händen und starrten auf ihn hinab.

Dann wandten sie sich um und gingen.

Luzifer stieg über Rafaels Körper hinweg, ging an den Rand der Empore und blickte auf das gewaltige Heer der Entflammten. Camael hatte wahrlich Großes vollbracht. Dieses Heer war eine gefährliche Waffe. Aber Camael war tot, und somit waren die Entflammten frei für einen neuen

Herrn. Einen Seraphim, der sie beherrschen konnte, wie Camael es getan hatte.

Er breitete die Arme aus und rief: »Legionen!«

Sie blickten zu ihm auf.

»Begrüßt euren neuen Heerführer!«

Einen Moment standen sie nur da.

Dann klopften sie mit ihren Schwertgriffen gegen die Brustpanzer, bis das Dröhnen ihrer Waffen in der ganzen Burg wiederhallte.

Er war bei ihm geblieben, die Arme um seinen Hals geschlungen, in der irrationalen Hoffnung, sein Herz würde wieder zu schlagen anfangen, dass er aufstehen und ihn einen weinerlichen Narren schelten würde. Dass er ihn weiter lehren, ihm zur Seite stehen und mit ihm kämpfen würde, in dem Gefühl, immer für ihn da zu sein. Wie ein Licht in dunkler Nacht. Aber nichts von dem geschah, und Nathanael geriet in Verzweiflung darüber, wie rasch Iax' Blut erkaltete. Dann jedoch geschah etwas Eigenartiges. Es zog ihn von Iax' Körper fort, als würde er von etwas gepackt und langsam, aber bestimmt hochgehoben.

Er schwebte.

Da war ein sanfter Lufthauch, und darin versteckt: ein Flüstern. Unmöglich zu verstehen, aber es war da. Plötzlich spürte er einen harten Schmerz und stellte verwundert fest, dass er wuchs. Knirschend und krachend wurden seine Arme und Beine länger, die Schultern breiter, die Hände und Finger kräftiger. Er nahm die Veränderungen bei vollem Bewusstsein wahr, und sie waren in einem Maße unerträglich, dass er es nicht einmal fertigbrachte zu schreien, denn auch seine Kiefer wuchsen, genau wie sein Kopf und jede einzelne Faser seines Körpers.

Es hörte ebenso schnell auf, wie es gekommen war – er fiel dumpf zu Boden und kam benommen auf die Füße. Als Nächstes waren schnelle Schritte auf dem Flur zu hören, schon sprang Michael durch die Maueröffnung, sah erst ihn, dann den toten Iax. Er ballte die Fäuste vor Schmerz und presste die Lippen aufeinander. Nicht jedoch Gabriel, die ihm gefolgt war – sie stürzte dem toten Iax entgegen, und ihr Schrei ließ die Wände der Burg erzittern, auf dass alle Engel aus dem Schlaf gerissen würden und Gewissheit hätten, dass das Unvermeidliche eingetreten war. Nun würde das Schwert entscheiden.

Nathanael sah sie Iax umarmen, so wie er es getan hatte, und plötzlich war sein Kopf ganz klar, sein Schmerz ganz kühl. Er beugte sich zu seinem Lehrmeister hinab und nahm dessen Schwert an sich.

»Was hast du vor?«, fragte Michael besorgt.

»Ich werde beenden, was mein Meister begonnen hat!«

Dann wollte er sich an ihm vorbeidrängen, doch Michael hielt ihn fest, in der Befürchtung, er könnte unbesonnen reagieren. Nathanael sah ihn in einer Weise an, die Michael erschreckte und ihm erst jetzt vor Augen führte, dass Nathanael sich wieder verändert hatte: Sie waren jetzt gleich groß, und etwas in Nathanaels Aura wirkte so eindringlich, dass Michael ihn losließ.

»Ich komme mit dir!«

»Nein!«, antwortete Nathanael bestimmt.

Er wandte sich ab und drängte sich durch die übrigen Seraphim, lief zurück in den Trakt, dem er durch Judiths Spiel entflohen war, sah das Blut auf dem Boden und die Fußspuren darin, folgte ihnen, bis er den Trakt wieder verließ und die blasser werdenden Spuren ihn zu einer Halle führten, hinter deren Tor sie verschwanden. Ohne zu zögern, trat er ein und vermutete den Raum leer, denn er lag friedlich im Licht der Wände da, mit Spitzbögen, die die Decke stützten, und offenen Fenstern, die das Licht eines Mondes durchließen, der sich tiefrot verfärbt hatte.

»AZRAEL!«

Nathanaels Stimme trug weit. Er war sich sicher, dass

Azrael sie gehört hatte. Im hinteren Teil des Raumes führte eine große geschlossene Flügeltür in einen weiteren Raum. Dort erspürte Nathanael seine Präsenz. Azrael näherte sich der Tür, das Schattenspiel im Türspalt verriet jeden seiner Schritte, dann öffnete er beide Flügel und trat lächelnd hindurch.

»Ich hatte schon befürchtet, du würdest meine Spuren nicht finden!«, sagte er ruhig.

»Wie könnte ich das Blut übersehen, das du vergossen hast, Azrael?«

Der zog sein Schwert und richtete es auf Nathanael: »Es wird noch welches dazukommen.«

Nathanael fand schnell sein Gleichgewicht, richtete seinen Blick nach innen, konzentrierte sich auf das, was er konnte, und blendete aus, was er nicht konnte. Genau wie Iax es ihm beigebracht hatte. Er fühlte eine ungeheure Kraft, richtete sie gegen die blasse, kalte Aura seines Gegners und griff an. Schneller, als das Auge hätte folgen können, so schnell, dass Azrael gerade noch sein Schwert vor die Brust bringen konnte, um Nathanaels Klinge abzuwehren. Sie prallten hart gegeneinander, die Wucht des Angriffs riss Azrael von den Füßen und schleuderte ihn gegen die Flügeltür, die aus den Angeln gerissen wurde und splitternd in Stücke flog. Doch hatte das den Sturz kaum gemildert, so dass sie zu zweit noch eine Stützsäule pulversierten, bevor sie auf dem Boden zu liegen kamen.

Nathanael war schneller als Azrael wieder auf den Beinen und führte Iax' Schwert wirbelnd und blitzend immer wieder gegen seinen Gegner, der mit Mühe sein Gleichgewicht fand und erst nach endlosen Momenten in eine stabile Verteidigungshaltung kam. Nathanael ließ von ihm ab und sammelte sich für einen neuerlichen Angriff.

»Wie ich sehe, hat Iax dir einiges beigebracht!«, lächelte Azrael überheblich. Seine Haltung war aufgesetzt, Nathanael konnte es in seinen Augen sehen. Azrael war überrascht von der Wucht und die Schnelligkeit des Angriffs und wusste, dass dieser Kampf auf Messers Schneide stand.

»Soll ich dir ein Geheimnis verraten?«, fragte er listig.

Nathanael schwieg und suchte nach einer Schwäche in Azraels Verteidigung.

»Iax hat gewinselt wie ein Hund. Ist feige vor mir hergekrochen und hat um sein Leben gebettelt!«

Nathanael fühlte Wut, die Provokation brachte ihn für einen winzigen Moment aus dem Konzept: Azrael griff sofort an. Nathanael geriet aus dem Gleichgewicht, wehrte mit Mühe die Schläge, Stiche und Hiebe ab und suchte sekundenlang eine sichere Verteidigungshaltung, doch Azrael traf ihn an seinem verkrüppelten Arm. Er spürte den Schmerz und das Blut, konnte aber schließlich wieder Distanz zwischen sich und den Angreifer bringen, so dass er sicher stand und Azrael den Angriff abbrach.

Sie nahmen beide Angriffspositionen ein, attackierten gleichzeitig, und das Kreischen der aufeinandertreffenden Klingen trieb Risse durch die Wände des Raumes. Beide riefen ihr ganzes Können ab, Abläufe waren längst vollzogen, bevor das Klirren verriet, dass die Parade erfolgreich gewesen war. Nathanael ließ Azrael keine Pause mehr, erhöhte das Tempo und brachte ihn allmählich in eine Defensive, die ihm nicht mehr erlaubte, selbst Angriffe auszuführen. Längst musste Nathanael nicht mehr nachdenken, was zu tun war, sein Schwertarm agierte selbständig, fehlerlos, entfesselt. Die Klingen stießen so schnell zusammen, dass die einzelnen Schläge nicht mehr zu hören waren, nur noch ein einziger durchdringender metallischer Ton und das Rotieren der Schwerter in der Luft.

Azrael ließ spürbar nach.

Nathanael erhöhte noch einmal die Anstrengungen, trat Azrael plötzlich so hart gegen die Brust, dass der in eine Wand krachte und ein tiefes Loch hineinriss. Schon war er über ihm, ein fliegendes, wirbelndes Schwert, das Azraels

Verteidigung durchbrach und ihn viermal hintereinander traf, bevor Nathanael den Angriff abbrach und zwei Schritte zurücktrat.

Azrael lag schwer getroffen auf dem Boden und blutete aus klaffenden Wunden – sein Schwert hielt er noch in der Hand. Er versuchte sich aufzuraffen, doch Nathanael stieß seine Klinge durch Azraels Schulter, so tief, dass sie im Rücken wieder austrat und in der Wand stecken blieb. Azrael stöhnte auf, dann blickte er Nathanael an, spöttisch lächelnd.

»Was ist? Worauf wartest du noch?!«

Da erbebte der Boden, und im nächsten Moment traten die Throne ein. Sie wandten sich Nathanael und Azrael zu. Nathanael trat ein paar Schritte zur Seite. Die Throne gingen direkt auf Azrael zu und begannen, auf ihn einzustechen, bis von ihm wie zuvor schon von Camael nur noch eine blutige Masse übrig blieb. Daraufhin drehten sie sich Nathanael zu, sahen ihn an und verbeugten sich. So, wie sich Nathanael vor ihnen verbeugte. Sie verschwanden so rasch, wie sie gekommen waren.

Michael kam hinzu, erleichtert über das Bild, das sich ihm bot.

Er sagte: »Camael und Rafael sind tot.«

Nathanael nickte.

»Luzifer hat die Burg verlassen, seine Engel werden ihm im Morgenrot folgen. Und mit ihnen eine geheime Armee, die Camael geschaffen hat.«

Nathanael nickte wieder.

»Die Einheit des Rates existiert nicht mehr. Ariel hat sich Luzifer angeschlossen. Sobald die Engel davon erfahren, werden sich viele von denen, die noch unentschlossen waren, Luzifer anschließen. Luzifer wird nach dieser Nacht so stark sein wie nie zuvor.«

Nathanael sah ihn an und sagte: »Falls es sich so verhält, sind wir verloren.«

KRIEG

Siehe, er kommt mit den Wolken, und jedes Auge wird ihn sehen,
und alle Völker der Erde werden seinetwegen jammern und klagen.
Amen, ich bin das Alpha und das Omega, der ist und der war
und der kommt, der Herrscher über die ganze Schöpfung.

68

Überwältigend im Anblick war der Auszug der Engel, und gleichzeitig ließ er eines jeden Mut sinken und machte eines jeden Herz schwer, denn der Tross, der sich abermillionenfach wie ein heller breiter Strom aus dem Haupttor wälzte, würde bald nicht mehr sein, ebenso wenig wie die, die ihm von den Zinnen und Mauern, Fenstern und Toren aus nachsahen. Das Geräusch ihrer Schritte machte jede Hoffnung auf eine friedliche Lösung zunichte, die tatsächlich wohl zu keinem Zeitpunkt möglich gewesen war, sosehr die meisten auch darauf gehofft hatten.

Doch noch schlimmer als die Entzweiung derer, die wie Brüder und Schwestern zueinandergehörten, war der Vorbeimarsch der Entflammten. Eine grimmige Armee, die keine Furcht kannte, deren Augen dunkel und kalt brannten und deren Schwerter scharf und glänzend waren. In ihrer Nähe froren die, die ihnen nachsahen, und ein neues Gefühl beherrschte plötzlich ihr Herz: Angst.

Denn als der Vater noch für sie da war, für sie sorgte, und sie in seiner Obhut sein Werk priesen, waren sie erfüllt gewesen von der Freude ihres Glaubens und der Schönheit ihrer Welt. Nichts konnte ihr Glück trüben, nichts ihre Liebe schmälern. Mit seiner Schwäche jedoch gerieten sie in große Not, und mit der Not stürzte all das auf sie ein, was sie nicht kannten: Furcht, Tod und Dunkelheit. Sie, die reinen Herzens waren, waren nicht vorbereitet auf den Moment, wo sie auf die Probe gestellt wurden, und so standen sie jetzt den Ereignissen fassungslos gegenüber, wissend, dass sie bald in Schrecken verwickelt würden, für die kein Engel geschaffen worden war. Es war, als hätte sich ihnen das Tor zur Hölle geöffnet, in das sie nun hineinsahen und erkennen mussten, dass die Hölle in ihnen selbst war, denn sie erblickten Zorn, Neid, Hochmut und Stolz in ihren eigenen Herzen, und diese Einsicht war noch niederschmetternder als der Anblick eines übermächtigen Gegners.

Wie sollten sie sich jetzt verhalten? Woran glauben, wenn der Vater nicht mehr war, der sie führen konnte? Keiner von ihnen war für den Kampf geboren, keiner von ihnen kannte Gewalt und Brutalität, jene Notwendigkeiten, um in einem Krieg zu bestehen, der über ihrer aller Schicksal entscheiden würde. Sie hatten Gehorsam geschworen und wollten sich daran halten, doch es fehlte ihnen an Glaube und Mut, die in ihren Herzen verblassten wie die Erinnerung an einen ausgeheilten Schmerz.

Und so sahen sie drei Tage und drei Nächte lang auf die ausziehenden Brüder und Schwestern, angeführt von einem einzigartigen Engel, dem sie bedingungslos folgen würden, unterstützt von einer dunklen Armee, die wie ein Pfeil durch die Schar der Furchtsamen hindurchschießen würde. Keiner der Engel, die in der Burg zurückblieben, hatte auch nur eine Vorstellung davon, wie ein solcher Angriff aussehen könnte, aber alle hatten Angst davor.

Vor allem, als sie sich des ganzen Ausmaßes ihres Unglücks bewusst wurden, denn der Rat, zu dem jeder Engel in Bewunderung und Demut aufgeblickt hatten, war auseinandergebrochen, und als sie von den Umständen dieser Entzweiung hörten, waren sie vollends entsetzt. Wenn nicht einmal auf die Cherubim und Seraphim Verlass war, wer sollte sie dann durch diesen Sturm in einen sicheren Hafen führen? Zwei erschlagen von den Thronen wegen ihrer unverzeihlichen Sünden an den eigenen Kindern, einer übergetreten zu Luzifer, weil er in ihm und nicht in der Heiligen Ordnung, die Rettung der Schöpfung sah. Wie konnte da ein einfacher Engel noch bedingungslos glauben, wenn nicht einmal die

Ersten unter ihnen den Versuchungen der Macht widerstanden?

Unheilbar auch der tiefe Schock ihrer Sterblichkeit. Versprochen ward ihnen die Unsterblichkeit. Zu spüren, dass der Vater starb, dass er vor ihren Augen verschwand und sie nicht wussten, was das für sie bedeutete, die Erkenntnis, dass auch ihnen dieses Schicksal bevorstand, und nicht zu wissen, ob es ein *Danach* gab, hatte ihre Welt in Trümmer gelegt. Alles hatte sich verändert, aber sie hatten keine Mittel, sich auf diesen Umsturz einzustellen. Sie waren Engel – Veränderungen waren nie vonnöten gewesen oder auch nur vorstellbar. Ihre Art war überlegen, voller Schönheit und Anmut, sie war für die Ewigkeit geschaffen worden. Sie dessen zu berauben war, als risse man ein Loch in den Rumpf der Arche.

Als dann auch der letzte Engel kurz vor Ende der dritten Nacht das Haupttor durchschritten hatte, als die letzten Geräusche im Licht eines roten Mondes verklungen waren, da wurde den Zurückgebliebenen klar, dass sie verloren waren. Dass nichts sie würde retten können, ganz gleich, wie sehr sie sich auch bemühten. Sie waren dem Untergang geweiht. Alle.

Genau wie Nathanael es prophezeit hatte.

Doch nicht nur die Engel der Burg wirkten in ihrem Denken, Handeln und Fühlen wie gelähmt, der Rat war es ebenso. Uriel nahm die Stelle Rafaels ein und führte somit die Cherubim an so wie Michael die Seraphim, aber sie waren nicht in der Lage, die Lücken zu schließen, die in ihren Reihen klafften. Am Morgen des vierten Tages, just in dem Augenblick, an dem offenbar wurde, wer geblieben war und wer nicht, riefen die neun zu einer Versammlung, um die, die willens waren, ihnen zu folgen, aufs Neue zu ermutigen. Sie taten dies auf dem Platz des Disputes, und für einen Moment wirkte der Anblick beeindruckend: Vor dem Rat erstreckte sich vielmillionenfach die Schar der Engel, die hoffnungsvoll zu ihnen aufblickten, um aus den Mündern der Seraphim und

Cherubim zu vernehmen, wonach sie sich sehnten, nämlich dass der Vater auf ihrer Seite war, die Gerechten schützen und die Abtrünnigen bestrafen würde. Sie wollten durch die Seraphim und Cherubim *sein* Wort hören, *seinen* Trost erfahren und *seine* Kraft erben. Aber der Vater schwieg beharrlich, und weder Uriel noch Michael wussten, wie sie es den Wartenden beibringen sollten. Auch täuschte der Blick über die vielen Köpfe, die sich nach ihnen reckten, denn es war nicht einmal mehr die Hälfte derer, die ihnen vor gar nicht langer Zeit noch zugehört hatten.

Michael trat vor sie und rief: »Engel, wir müssen nun dem Unvermeidlichen ins Auge sehen und uns eingestehen, dass wir nicht die Kraft hatten, den Konvent zu einem friedlichen Ende zu führen. Ihr wisst um das, was geschehen ist, und es hat uns ebenso entsetzt wie euch. Doch tragt in euren Herzen die Erkenntnis, dass wir es waren, die den Frieden wollten. Dafür werden wir belohnt werden: Mögen die Zeiten auch schwer sein, so gehört dem Friedliebenden dennoch die Zukunft. Verzweifelt nicht, denn wir werden uns sammeln und die Heilige Ordnung schützen, so wie sie uns in den Jahrmillionen unserer Gemeinschaft beschützt hat. Vergesst eines nie: Der Vater steht auf unserer Seite! Er wird uns den Weg weisen. Und wir werden ihm folgen, denn wir vertrauen auf seine Weisheit und seine Güte!«

Michael fühlte, dass er ihre Herzen erreicht hatte, dass sie Trost in seinen wenigen Worten gefunden hatten. Sie vertrauten ihm. Und doch blieb die Furcht vor dem Unbekannten. Vor der Ungewissheit. Vor dem Schmerz.

»Folgt uns, Engel. Habt keine Angst, so wie auch wir keine Angst haben. Auch wenn wir wandern im finsteren Tal, fürchtet kein Unglück, denn der Vater ist bei uns. In seinem Haus werden wir bleiben immerdar.«

Uriel segnete sie, und ihre Aura erstrahlte über das ganze Heer, bis jeder Engel mit Frieden und Zuversicht erfüllt war. Sie gingen zurück in die Burg, bereit für den Moment, an dem sich ihre Treue beweisen musste. Sie fühlten sich bestärkt in ihrem Glauben, dass sie für eine gute Sache kämpften.

Zurück blieben die Seraphim und Cherubim, die sich versammelten, um zu beraten, was nun zu tun war. Auch in ihren Gesichtern spiegelte sich eine neue Gewissheit, dass sie mit Michaels Hilfe und der des Vaters erneut widerstehen würden, denn Michael war es, der den Drachen einst besiegt hatte. Warum sollte dies nicht ein zweites Mal gelingen?

Nur Gabriel mied die Gemeinschaft. Es war, als hätte sie jeder Lebenswille verlassen, denn in ihren Augen schimmerten nur Trauer und Verzweiflung. Sie fürchtete den Krieg nicht. Im Gegenteil, sie sehnte ihn herbei, weil sie den Tod herbeisehnte. Sie würde tun, was von ihr verlangt wurde, sie würde sich auf jedes Schwert stürzen, das sie bedrohte, würde bis zum letzten Atemzug für ihre Sache kämpfen, aber nicht aus Überzeugung, sondern aus Gehorsam. Für sie stand fest: Ganz gleich, wie dieser Krieg ausgehen würde, sie würde daraus nicht zurückkehren.

Michael hingegen blickte von einem zum anderen, spürte die Hoffnung und die Zuversicht und wusste, dass er sie enttäuschen würde. Er hatte sie überzeugt, nur sich selbst nicht, denn er konnte sie nicht in einem neuen bedingungslosen Glauben vereinen. Er war Teil der alten Ordnung, die im Moment ihrer größten Zerreißprobe versagt hatte. Wie könnte er die Engel da auf sich einschwören, wenn er das nicht einmal bei denen vermocht hatte, die ihm hätten beistehen *müssen*?

Er wandte sich zu Uriel und sagte leise: »Ich kann sie nicht anführen, Uriel. Ich kann uns alle nicht anführen.«

Sie nickte und antwortete ebenso leise: »Wer soll es dann tun?«

»Nathanael. Er ist der Messias. Nicht ich.«

»Nathanael?«

»Wir hätten der Prophezeiung trauen sollen, Uriel. Dass es so weit gekommen ist, ist unsere Schuld.«

»Ja, wir tragen alle große Schuld. Wir hätten *glauben* sollen, als die Zeit dafür war. Aber wir haben dem Wort des Vaters misstraut. Wir alle! Denn Rafael hat uns alle überzeugt, dass Nathanael nicht der Messias sei. Und wir haben dem allzu schnell zugestimmt, weil wir ihn nicht als einen der Unseren erkannten. Wir haben den jungen Engel im Stich gelassen, und jetzt, da unser Versagen offenbar wird, hoffen wir auf ihn. Doch sieh, was wir zu verantworten haben! Nathanaels Herz ist gebrochen. Er kann niemandem mehr helfen. Nicht einmal sich selbst. Du musst uns anführen, Michael. Es gibt keinen anderen, dem die Engel folgen würden!«

Michael schüttelte den Kopf: »Ich habe nicht mehr die Kraft dazu. Die Verantwortung wiegt zu schwer, weil ich weiß, dass ich scheitern würde.«

Uriel antwortete: »Die Cherubim können nicht in die Schlacht ziehen, denn kein Cherub hat je zu einem Schwert gegriffen. Von den Seraphim bleiben nur noch Metatron und Remiel, denn auch Gabriel kann keine Legionen mehr führen.«

Die Blicke ruhten auf den beiden.

Metatron antwortete: »Auch wir können die Engel nicht ins Feld führen, denn sie würden sich fragen, warum Michael nicht an der Spitze der Schlacht steht. Allein dieser Umstand würde sie zweifeln lassen, und wir wären alle verloren, bevor noch der erste Engel fällt.«

Uriel nickte und wandte sich wieder zu Michael: »Ich bitte dich, Michael: Greif noch einmal zum Schwert. Führ uns ein letztes Mal an. Es liegt bei dir.«

Er sah ihre Gesichter und schwieg. Er war nicht mehr der, der er einmal gewesen war, aber er wollte nicht, dass sie seinetwegen verzweifelten. Sie ließen ihm keine Wahl, doch nicht ihr Name würde auf ewig mit dem Tod der Engel verbunden sein, es wäre seiner.

Und das ließ ihn verzweifeln.

69

Sie starben zu Milliarden, während die schimmernden Lichter den gesamten Globus weiterhin hermetisch einschlossen, so dass nichts hinausdringen konnte, bis das Werk vollendet war. Nichts war zu hören in der Stille des Alls, nichts zu sehen außer den glitzernden Nordlichtern. Kein anmutig blauer Planet hellte das ihn umgebende Schwarz auf, kein Wasser, keine Kontinente, keine Pole – allerdings auch kein Feuer, kein Rauch, kein Staub und kein Tod. Von außen betrachtet stand nur eine silbrig grüne Kugel im Raum, unter deren Schimmer alles vernichtet wurde, was je Teil der Schöpfung gewesen war.

So still und friedlich es von außen war, so kriegerisch und ohrenbetäubend war es im Inneren. In der Atmosphäre tobten heiße Sandstürme, durchmischt mit Asche und Methan, denn die großen Permafrostfelder in Russland und waren aufgetaut, und das, was nicht lichterloh brannte, vergiftete die Atemluft. Je näher man dem Boden kam, desto lauter wurde das Donnern der Beben, der einstürzenden Bauten, das Fauchen der Glut oder das dunkle, böse Grollen der Flutwellen. In den Küstenstädten war kein Leben mehr, und nicht einmal das feine Gehör eines Engels hätte hier einen Hilfeschrei, ein Klagen oder den Ruf eines Verzweifelten gehört.

Kalifornien war an der San-Andreas-Spalte abgerissen worden und trieb jetzt vom amerikanischen Festland weg aufs Meer hinaus. Es gab tatsächlich Überlebende, denen sich an der kilometertiefen Spalte ein überwältigender Anblick bot: Der Pazifik füllte sie rasch, so dass die wenigen, die dieser Drift ins offene Meer beiwohnten, für einen Moment das Gefühl hatten, sie entkämen der Hölle an Land. Doch auch für sie gab es kein Entkommen, denn auf der gegenüberliegenden Seite der neuen Insel Kalifornien bäumte sich ein gewaltiger Tsunami auf, ausgelöst durch ein Beben vor

Japan, der das Eiland unter sich begrub. Der Ostseite des Kontinents erging es nicht anders, weil Teneriffa zur Hälfte abgebrochen und seine steilen Hänge mit großer Geschwindigkeit ins Meer gerutscht waren. Die daraus folgende Flutwelle ertränkte alles zwischen New York und Miami.

Die Alpen und auch große Teile des Himalaja waren zur Hälfte zerfallen, ihre Gipfel waren fort, und nur die Stümpfe ragten wie abgebrochene Zähne in die Höhe. Dennoch hatte sich ihre Gesamthöhe nur unmaßgeblich verändert, denn die afrikanische Platte lief immer noch in die eurasische, und Indien schob sich mit ungeheurer Kraft unter Tibet, was beide Formationen weiterhin hochdrückte. Am Oberrheingraben taten sich tiefe Rissen auf – hier drohte Europa in der Mitte durchzubrechen. Ähnliches geschah auch in Ostafrika, das sich entlang des Ostafrikanischen Grabens von Djibuti, Addis Abeba, Nairobi und Mombasa vom Kontinent losriss. Das Gebirge im Norden zerfiel genau wie alles andere Gestein auch, so dass hier das Rote Meer in den Graben, sollte er weiter aufreißen, hineinzufluten drohte.

Australien bewegte sich weiterhin mit großer Geschwindigkeit auf Japan zu, doch vermutlich würde es nicht mehr zu einer Kollision kommen, denn Japan hatte sich bereits ruckartig abgesenkt, und es stand zu befürchten, dass es vorher im Pazifik versinken würde, wenn der Fels, auf dem es stand, weiter zerfallen sollte. Je nachdem, wie tief und wie schnell der Sturz war, würde ein blutroter Tsunami die Reste des Himalaja überfluten.

Neben den ohnehin aktiven Vulkanen waren auch alle bislang inaktiven ausgebrochen, was zu katastrophalen Verwüstungen selbst in Gegenden geführt hatte, die des Vulkanismus unverdächtig gewesen waren. Einige von ihnen waren von bizarrer, atemberaubender Schönheit, wie der Kibo im Kilimandscharo; im Vergleich zu anderen dichtbesiedelten Gebieten wie etwa Neapel waren hier nur wenige Menschen umgekommen. Der gewaltigste Ausbruch von allen jedoch stand unmittelbar bevor: Es begann nach Mitternacht mit dem Tod der Engel, verursacht durch Azrael in der Gegenwelt. Ein gewaltiges Zittern im Yellowstone-Nationalpark ließ das Laub laut raschelnd von den verbliebenen Bäumen fallen, dann verschob sich für einen Moment der Boden, bevor er plötzlich nach unten wegkippte und für den Bruchteil einer Sekunde völlige Stille herrschte, ehe dann auf einer Fläche von vielen Quadratkilometern die Oberfläche explodierte und die sich ringförmig ausbreitende Druckwelle alles Leben im Umkreis von vielen hundert Kilometern mit einem Schlag auslöschte.

In der Mitte stieg eine gewaltige, kilometerhohe Lavasäule auf, die wie ein Mahnmal aus Feuer und geschmolzenem Gestein dastand und die Nacht grell erleuchtete. Felsbrocken, Glutkugeln und Feuertropfen schossen empor und regneten wie Bomben aus dem Himmel, in gewaltigen Detonationen alles vernichtend, was der Ausbruch selbst noch nicht vernichtet hatte. Nur ein Brocken durchbrach die schimmernden Nordlichter und kühlte dampfend im Orbit aus. Dort raste er auf einer niedrigen Umlaufbahn um den Globus und sank langsam wieder ab. Nicht lange, und er würde wieder in die Atmosphäre eintauchen, Feuer fangen und auf die Erde fallen.

Im Bombardement der Natur hörte man die Schreie der Menschen nicht. Viele starben gnädig: erschlagen, ertränkt oder verbrannt in Sekunden. Nur in Gegenden, in denen die Urgewalten nicht unmittelbar wirkten, lebten noch einige, wenn die meisten von ihnen inzwischen auch der Meinung waren, die anderen hätten größeres Glück gehabt. Sie versteckten sich in Höhlen, weil sie glaubten, Gott würde sie hier nicht entdecken. Sie beteten, flehten um Verzeihung für die Sünden, die sie begangen hatten, spürten selbst tief im Bauch der Erde die Hitze des Infernos, nahmen den Rauch wahr und das Vibrieren der Luft, in der die Angst von Milliarden wie Energie mitschwang. Für sie war es das Jüngste Gericht, doch schien es keine Gerechten zu geben, die vor ihm bestehen konnten, sondern nur Schuldige, denn niemand kam mit dem Leben davon, alle wurden ins Feuer geworfen.

In Jerusalem lebte nur noch Esther. Sie saß da und hielt weiterhin ihren toten Sohn im Arm. Der Schmerz über das Erlebte hatte sie den Verstand verlieren lassen, weshalb sie zu nichts anderem mehr fähig war, als ihrem Kind über das Haar zu streicheln und ansonsten apathisch auf den Boden zu starren. In ihrem Kopf gab es keinen Gedanken mehr, in ihrem Herzen kein Gefühl. Sie saß in Staub und Asche, spürte weder Hunger noch Durst und wartete auf das Ende. Es würde bald kommen. Glühend und fauchend aus dem Himmel fallen. Denn nichts geschah ohne Grund. Und alles hatte seine Zeit.

Doch ihre Zeit war noch nicht gekommen.

70

Es war still geworden in der Burg, obwohl Tag für Tag Millionen und Abermillionen neuer Engel durch die Tore zu ihnen fanden. Dennoch schimmerten die Lichter der Wände schwächer, als ob es ihnen an Kraft fehlte, und tatsächlich war dem auch so, denn die Engel waren Teil der Burg, wie sie Teil ihrer Welt waren, und ohne ihre Kraft konnte es auch kein Licht geben.

Nathanael hatte drei Tage und drei Nächte in einer der vielen Gebetshallen verbracht und den Vater angefleht, er solle Iax wieder ins Leben zurückführen, denn er war überzeugt, dass der Vater, ganz gleich wie schwach er war, dazu in der Lage war. Wer Herr über Leben und Licht war, gebot auch dem Tod und der Finsternis. Iax und er waren einen langen Weg gegangen, und auch wenn sie in vielen Dingen verschieden waren, verband sie etwas, das nicht einmal der Tod hatte zerreißen können. Es war, als bestünde das Band zwischen ihnen immer noch, als spürte er den Freund auf der anderen

Seite in ewiger Finsternis, und doch war er nicht in der Lage, ihn ins Licht zurückzuziehen. Dabei benötigte er seinen Rat und seine Fürsorge mehr denn je.

Nathanael rief sich das Gesicht des Sterbenden ins Gedächtnis, als er ihn beim Namen nannte. Es zerbrach sein Herz, weil er nicht bei ihm sein konnte und ihm nicht hatte sagen können, wie sehr er sich wünschte, sein Schicksal zu teilen. Ohne ihn wollte er nicht sein. Der Vater hatte sie zusammengeführt, und doch hatte er zugelassen, dass sie getrennt worden waren … warum? Das war nicht gerecht! Sosehr er darüber nachdachte, so wenig fand er Sinn darin. Es hieß, nichts geschähe ohne Grund und alles spielte eine Rolle, ganz gleich, wie lange man lebte oder wie viel man dabei erreichte. Alles drehte sich, hielt niemals an, und nichts endete wirklich. Alles hatte seine Zeit, denn wenn das eine starb, wurde das andere geboren – doch wo war das Lebende, für das Iax hatte sterben müssen? Niemals zuvor hatte er sich so leer, so schwach, so tot gefühlt. Da war nichts mehr, wofür es sich zu kämpfen lohnte. Und würde sie jetzt der Krieg überrollen, so würde er nur in den Abgrund reißen, was ohnehin nicht mehr zu retten war.

Mit dem Morgen des vierten Tages gab er es auf, den Vater um Hilfe zu bitten, und verließ die kleine Halle. Er durchquerte die Trakte der Burg ziellos, begegnete Engeln, die vor ihm auf die Knie fielen, nicht wagten aufzusehen und dann und wann ihre Nachbarn in aller Heimlichkeit auf den verkrüppelten Arm aufmerksam machten. So dachte jedenfalls Nathanael, und es war ihm gleichgültig, es zu vernehmen, denn nicht einmal die Scham über seine Andersartigkeit berührte ihn mehr. Dabei zeigten die Engel nicht heimlich auf ihn, um den Blick auf seine Abnormität zu lenken, sondern um ihnen denjenigen Engel zu zeigen, der Azrael bezwungen hatte.

Seth schloss sich ihm wieder an, aber sosehr er auch versuchte, ihn zu einem Gespräch zu ermuntern, er scheiterte mit seinen Bemühungen. Es gab keinen Grund zu reden, obwohl Seths Anwesenheit lindernd wirkte: Ihn zu sehen, die bedingungslose Liebe, die wie Sonnenstrahlen aus ihm leuchtete, das erinnerte Nathanael an die, die noch lebten. Und auf ihn hofften. So war er immer in seiner Nähe, und wenn er verweilte oder einfach nur in Tränen ausbrach, weil ihn die Erinnerung an Iax übermannte, war Seth zur Stelle und hielt scheu seine Hand. Nathanael spürte seine Wärme und blickte dankbar zu dem einfachen Engel hinab, den er mittlerweile weit überragte, so wie einst Iax Nathanael überragt hatte, als dieser nach dessen Hand gesucht hatte.

Obwohl er den Seraphim und Cherubim aus dem Weg gegangen war, lockte ihn plötzlich ein leises Geräusch, dem er unwillentlich folgte, bis er mit Seth auf der Zinne einer Mauer stand und in einen der vielen Innenhöfe blickte, aus dem Klirren und leises Stimmengewirr aufstieg. Er sah Michael und die Cherubim Raziel und Zadkiel, die dort inmitten von Dominationes, Virtutes und Potestates standen und aus Schildern und Schwerter in wundersamer Vermehrung weitere Schilder und Schwerter lösten, die die Engel des mittleren Chors nahmen und den einfachen Engeln brachten, die wiederum aus den überreichten Waffen eigene Schwerter und Schilder lösten und sich auf diese Weise kontrolliert, aber ungeheuer rasch bewaffneten. Die Mitglieder des Rates hatten sich aufgeteilt, um die Engel für den Krieg zu rüsten, dem sie offenbar nicht entgehen konnten.

Michael nahm Nathanael wahr und bedeutete ihm mit einem Blick, nicht vor ihm davonzulaufen. Er unterbrach das Aufrüsten und entfernte sich rasch aus der Menge, die ihm mit tiefen Verbeugungen den Respekt erwies, den er verdiente. Nur Momente später tauchte er auf der Mauerzinne auf, während unter ihnen weiter Schwerter und Schilde ausgeteilt wurden. Er verbeugte sich vor Nathanael, der den Gruß erwiderte, während Seth kniete und den Kopf demütig senkte.

»Ich freue mich, dich zu sehen«, sagte Michael.

Nathanael nickte nur. Er sah in seinem Herzen, was er ihm eigentlich hatte sagen wollen, und war für einen Moment irritiert über diese neue Fähigkeit, denn waren die Seraphim und Cherubim vor Iax' Tod noch unerreichbar gewesen, so konnten sie sich jetzt offenbar nicht mehr vor ihm verstecken. Hätte er die Gabe doch nur etwas früher gehabt! Dann hätte er Camaels und Rafaels Pläne entdecken und Iax retten können, bevor es zur Katastrophe gekommen wäre.

Michael sah auf die vielen Engel hinab, die im Innenhof ihre Waffen entgegennahmen – viele von ihnen vorsichtig, stockend, dass es nicht schwer war zu erraten, dass sie niemals zuvor ein Schwert in den Händen gehalten hatten. Warum auch?

»Sieh sie dir an, Nathanael!«

Er blickte hinab in den Hof, sah die Gesichter der einfachen Engel, die fragile Tapferkeit, die sich darin spiegelte, die Fragen, die sie bewegten, und die vollständige Ahnungslosigkeit von dem, was sie erwartete. Sie waren reinen Herzens – ohne Fehl, ohne Arglist und ohne die Fähigkeit, in einem Kampf länger als nur Sekunden zu überleben. Zarte Wesen, die kein Leid kannten, keine Erbarmungslosigkeit, keine Raserei. Neugeborene, die voller Vertrauen denen folgten, die sie führen würden, ohne zu wissen, dass dieser Weg geradewegs in die Hölle eines Krieges führte.

»Ich kann ihnen nicht helfen, Michael!«, antwortete Nathanael. »Ich kann niemandem mehr helfen.«

Michael schwieg einen Moment, dann sagte e: »Ich möchte dir etwas zeigen.«

Er nickte, zum Zeichen, dass er ihm folgen würde, und weil auch Seth folgen wollte, machte Michael ihm mit einer Geste klar, dass er zu bleiben hatte. So verließen sie zu zweit die Zinne, folgten Treppen und Gängen in die Burg hinein, bis sie nach einer Weile wieder einen der vielen Innenhöfe erreicht hatten. Es war der, in dem Semjasa auf Lillith getroffen war. Nathanael spürte, dass sie im Zentrum der Burg waren. Dieser kleine, unscheinbare Platz war die Mitte von allem. Und mitten auf diesem Platz stand eine kleine Tür.

Sie kamen ihr näher, und Nathanaels Herz begann zu rasen. Alles, was ihn beherrscht hatte, fiel von ihm ab, er hatte nur noch Augen für diese Tür. Dabei war sie völlig unscheinbar: einfaches Holz, mit simplen Intarsien, keine Klinke, kein Schloss. Die Tür eines Zimmermanns: bescheiden, aber von Wert. Sie standen jetzt davor, und Nathanael bemerkte, dass sie einige Zentimeter über dem Boden schwebte und ihm etwa bis zur Brust reichte.

»Sie ist heute Morgen erschienen«, sagte Michael.

»Was ist das?«, fragte Nathanael.

»Du weißt, was das ist«, antwortete Michael ruhig.

Nathanael streckte fasziniert die Hand nach der Tür aus und legte sie sanft auf: Er spürte Wärme und Leben. Und eine Tiefe, die er nicht für möglich gehalten hätte. Die Unendlichkeit. Erstaunt nahm er die Hand vom Holz, umkreiste die Tür, doch dahinter war nichts. Sie schwebte inmitten eines bescheidenen Hofes.

»Diese Tür«, stammelte Nathanael erstaunt, »sie ... führt ...«

Michael nickte: »Es dauert jetzt nicht mehr lange. Sie wird sich bald öffnen ...«

»Sie ist so klein«, antwortete Nathanael und sah Michael an. »Verglichen mit dem, was dahinterliegt.«

Michael nickte erneut: »Derjenige, der durch sie hindurchgeht, muss den Kopf beugen. Er betritt die neue Welt in Demut.«

Nathanael sah wieder auf die Tür und sagte: »Sie öffnet sich, sobald der Vater gestorben ist.«

»Ja.«

»Und der Engel, der diesen Krieg gewinnt, wird durch sie hindurchschreiten.«

»Ja.«

Wieder legte Nathanael die Hand auf das Türblatt und fühlte zum ersten Mal mit jeder Faser seines Körpers, warum dieser Kampf so wichtig für die Engel war: dahinter offenbarte sich demjenigen, der eins wurde mit der Unendlichkeit, das Geheimnis des Lebens. Wer dort war, erschuf aus dem Nichts das Sein. In seinen Händen hielt er den Funken, der das Licht in ewiger Finsternis entzünden konnte. Der Herrscher der Schöpfung.

Nathanael sah Michael an und sagte: »Ich bin nicht dieser Engel, Michael.«

»Du musst uns anführen, Nathanael!«

»Wie kann ich die Engel anführen, wenn es mir an Glauben fehlt, Michael? Wie kann ich für den Vater eintreten, wenn er mir genommen hat, was mir lieber war als das eigene Leben? Wie kann ich für seine Ordnung eintreten, wenn ich diese Ordnung für ungerecht halte?«

»Dann erschaffe eine neue Ordnung! Einen neuen Glauben!«

»Und woran soll ich glauben, Michael? Woran?«

»Sieh dich an, Nathanael! Sieh, welchen Weg du gegangen bist. Aus dem einfachen Engel ist ein Seraph geworden. Niemals zuvor gab es einen Engel wie dich!«

Nathanael schüttelte den Kopf: »Das reicht nicht, Michael. Du möchtest, dass ich mich ansehe? Dann sieh auch du mich an: Ich bin ein Krüppel! Hast du vergessen, *woher* ich diese Verletzung habe? Hast du vergessen, dass mein Glaube eine Lüge war? Eine Lüge, die Iax das Leben gekostet hat, denn er hat ihr geglaubt und ist für mich in den Tod gegangen. Reicht sein Tod nicht? Müssen Milliarden andere auch wegen einer Lüge sterben?«

Michael packte ihn an den Schultern – fast schien es, als wolle er ihn schütteln: »Iax ist nicht wegen einer Lüge gestorben, er ist gestorben, weil er an *dich* geglaubt hat.«

Nathanael machte sich von ihm los und antwortete hart: »Er ist gestorben, Michael. Das ist alles!«

»Hilf uns, Nathanael. Ohne dich sind wir verloren!«

»Du bürdest mir auf, was du selbst nicht zu tragen bereit bist, Michael. Ist es nicht so?«

Michael schwieg einen Moment, dann sagte er: »Ich kann die Engel nicht in ihren Untergang führen, Nathanael.«

»Aber ich soll es tun?!«

Michael nickte: »Das ist dein Weg, Nathanael. Dein Schicksal.«

Nathanael wich vor ihm zurück: »Nein, mein Weg ist hier zu Ende. Du wirst die Engel anführen, Michael. Sie werden dir folgen, denn du hast sie schon einmal angeführt.«

»Es ist mir nicht vorherbestimmt, Nathanael. Dir schon.«

»Wer weiß, was vorherbestimmt ist und was nicht. Stemme dich gegen das Schicksal, Michael, oder gib diesen Krieg auf, solange noch Zeit ist. Es liegt an dir, ob die Engel sterben oder nicht.«

»Ich kann Luzifer nicht den Thron überlassen, Nathanael.«

»Warum nicht? Du bist Herr deiner selbst.«

Michael schüttelte den Kopf: »Nein, Nathanael. Ich bin Michael, Heerführer des Vaters, geboren, um die Heilige Ordnung zu schützen. Das ist mein Weg, mein Schicksal.«

Nathanael sah in sein Herz und erkannte, dass Michael keine Wahl hatte und in diesen Krieg ziehen würde, obwohl er dabei alles vernichten würde, was er zu schützen geschworen hatte. Diese Last erdrückte ihn förmlich, aber er würde sich stellen, denn er war der Heerführer des Vaters und würde es bleiben bis zum letzten Atemzug. Seine Tapferkeit beschämte Nathanael so sehr, dass er davonlief, ohne sich noch einmal umzudrehen.

71

Weit draußen vor den Toren der Burg lag das Heer des Luzifer, und es schien unendlich zu sein, denn des Tags sah man kaum einen Flecken Erde, so nah standen die Engel beieinander, und täglich kamen Millionen weiterer Engel hinzu, die alsbald von ihren Brüdern und Schwestern bewaffnet wurden und dann verharrten, in Erwartung dessen, was ihr Heerführer befahl. Nachts glühte die Luft von Horizont zu Horizont, entzündet durch die Auren der Engel.

Nur im Zentrum war es dunkel.

Dort stand das Heer der Entflammten, die keine Aura mehr besaßen und reglos und finster verharrten, während gelegentlich ihre Panzerungen oder ihre Schwerter, angestrahlt vom Licht der anderen, gefährlich aufblitzten. Hier gab es kein Geräusch: kein Lachen und kein Flüstern, keine Wärme und keinen Lufthauch. Schulter an Schulter standen sie da, eine Hand auf dem Schwert, die andere hinter einem Schild. Ihre Blicke erfassten niemanden, interessierten sich für nichts, und doch wirkte der kalte Glanz ihrer Augen so abschreckend, dass die anderen Engel diese Armee weiträumig mieden.

Ariel stand vor der ersten Reihe, blickte auf die Panzer, Helme und Lanzen, die Schwerter und Schilde und hatte eine Vorstellung davon, was es bedeutete, sie in Bewegung zu setzen: Sie würden wie eine eiserne Faust durch die feindlichen Linien hindurchjagen, den Tod in sie hineinrammen, ohne dass auch nur ein feindliches Schwert sie selbst träfe. Er lief auf sie zu, und sie wichen vor ihm aus, ohne dass sie ihre Grundordnung aufgaben. Er hörte das Klirren ihrer Waffen und spürte, dass sie hinter ihm wieder ihre Position einnahmen, als würde sich ein Vorhang aus Stahl wieder schließen. Lange ging er durch ihre Reihen, bis er in großer Entfernung eine rote Kuppel schimmern sah, auf die er zuhielt und die er nach einiger Zeit auch erreichte. Das Herz der Finsternis glühte heiß und rot: das Zelt Luzifers.

Ariel betrat es.

Obwohl es von außen nur wenige Dutzend Meter im Quadrat maß, war es innen von monumentaler Größe. Vor ihm erstreckte sich ein Saal, geteilt von einer schlanken Tafel, die sich in der Tiefe zu verlieren schien. Ariel war sich sicher, dass allein an dieser Tafel alle Engel des mittleren Chors sitzen konnten und dahinter, stehend, sein gesamtes Heer. Von der Eingangshalle sprangen zu beiden Seiten gewundene Freitreppen nach oben und vereinten sich in etwa zweihundert Meter Höhe zu einer Empore. Dort stand Luzifer und blickte lächelnd auf ihn herab.

»Ariel, komm zu mir!«

Er schien glänzender Laune zu sein. Ariel folgte der Treppe nach oben, begrüßte Luzifer und betrat mit ihm die privaten Räume. Baal erwartete sie an einem Tor und schob es nach einem Gruß auseinander: Ein weiterer gewaltiger Saal entfaltete vor ihren Augen seine ganze Pracht, in dessen Mitte zwei große Throne standen, kunstvoll mit Gold verziert. Luzifer bot Ariel einen Platz darauf an, setzte sich dann neben ihn – so konnten die beiden einander ansehen. Erst als Baal das Tor von außen wieder verschloss, sprachen sie weiter.

»Du hast mich rufen lassen – warum?«, fragte Ariel.

Luzifer lächelte ihn an. Ariel hielt seinen schwarzen funkelnden Augen stand, wenn ihm auch nicht ganz wohl dabei war, denn man wusste nie, ob Luzifer etwas im Schilde führte oder nicht. Sein Gesichtsausdruck konnte Zeichen einer List oder nur guter Laune sein. Mit demselben Lächeln würde er einen Feind in zwei Teile zerschlagen oder einem Freund die Hand reichen.

»Warum, glaubst du, ließ ich dich rufen, Ariel?«

Der sah ihn an und schwieg.

Luzifer erhob sich und forderte Ariel mit einer Geste auf,

seinem Beispiel zu folgen. Sie standen vor den Thronen und sahen auf sie hinab.

»Was fällt dir auf, Ariel?«

»Sie scheinen gleich zu sein«, antwortete Ariel.

»Sie sind gleich. Absolut identisch.«

Ariel fragte sich, was Luzifer bezweckte. Zwei Throne, beide gleich. Und doch konnte nur einer herrschen. Oder nicht?

Als hätte Luzifer Ariels Gedanken erraten, begann er laut zu lachen, so dass seine dunkle Stimme die ganze Halle erfüllte und das Gelächter sich an den Decken und Wänden brach und es den Anschein hatte, dass es sich verdoppelte, ja verdreifachte. Ariels Blick verfinsterte sich, er fühlte Wut in sich aufsteigen. Hatte er dem Rat nicht den Rücken gekehrt, weil sie ihn spüren ließen, dass sie ihn nicht respektierten?

Luzifer war Ariels Reaktion nicht verborgen geblieben: »Ich will es erklären, Ariel. Nimm es als Sinnbild für das, was ich erschaffen werde. Bald wird eine Zeit kommen, da der wahre Thron wieder besetzt werden wird. Und doch werde ich die Engel in die Freiheit führen, denn der zweite Thron wird der aller Engel sein. Sie werden sein wie ich, und ich werde sein wie sie. Es wird kein Unrecht mehr geben und keine Menschen. Nur die Engel. In alle Ewigkeit.«

»Woher weißt du, dass dir das gelingen wird?«, fragte Ariel.

»Ich werde der Herrscher über die Schöpfung sein. Das Alpha und das Omega. Nichts wird sich mir entziehen, nichts sich mir entgegenstellen können. Ich werde die Welt so gestalten, wie es einst gedacht war. Ich werde sie in Perfektion erstehen lassen, und nichts wird sein wie sie.«

»Doch wenn dir das nicht gelingt, Luzifer, was wird dann sein? Du hasst die Menschen so sehr, dass du alles tun würdest, um sie zu vernichten. Das scheint dir auch gelungen: Sie sterben. Sie werden alle sterben. Doch wenn es so weit ist, können wir dir dann noch trauen, Luzifer?«

»Was willst du hören, Ariel? Einen Schwur?«

»Worauf willst du schwören? Auf die Heilige Ordnung?«

Luzifer lächelte: »Ah, sehr gut. Vielleicht schwöre ich auf ihren Untergang? Oder vielleicht schwöre ich es dir, Ariel?«

Wieder blitzte es aus den schwarzen Augen, doch diesmal war der Blick schmerzhaft. Ariel versuchte auszuweichen, aber Luzifer gestattete es nicht, griff stattdessen Ariels Hand und hielt sie fest. Sie wurde kalt, immer kälter, bis sich der Schmerz in ein Brennen verkehrte und Ariel fürchtete, sein Arm würde Feuer fangen.

»Ich werde eine neue Ordnung schaffen, in der die Engel frei sind. Ihnen wird die Schöpfung gehören, durch sie wird das Universum hell erleuchtet sein. Ich werde korrigieren, was der Vater in seinem Hochmut zerstört hat. Und es wird sein, wie es einstmals gedacht war.«

Der Schmerz war unerträglich, doch Ariel hielt ihm stand und konnte für einen Moment in Luzifers Herzen lesen, dass dieser meinte, was er sagte, dass er nicht falsch sprach und ihn nicht zu täuschen suchte.

»Vergiss nie, wer ich bin Ariel! Ich bin Luzifer – Träger des Lichts. Niemand ist wie ich, denn ich bin wie der Vater und der Vater ist wie ich!«

Ariels Fleisch brannte bis auf den Knochen herunter, der Knochen selbst verglühte zu Staub. Er glaubte vor Schmerz die Besinnung zu verlieren, dann ließ Luzifer ihn los – der Schmerz hörte sofort auf. Ariel sah auf seine Hand und fand sie völlig unversehrt.

»Und noch eines sollen die beiden Throne symbolisieren!«, sagte Luzifer und setzte sich wieder auf einen von beiden.

»Was?«, fragte Ariel.

»Sie sollen jetzt schon zeigen, wie viel Hoffnung ich in dich setze!«

Ariel sah ihn fragend an.

»Du wirst das Heer der Entflammten führen, Ariel. Ich schenke es dir. Verfüge über sie nach deinem Gutdünken.«

Ariel sah sie vor sich: finster und gewaltig. Er hatte sie durchschritten und darüber nachgedacht, wozu sie in der Lage wären, wenn sie losgelassen würden. Und jetzt sollte er sie befehlen. Eine Armee, die ihresgleichen suchte, geführt von einem Seraphim. Das war mehr als eine Waffe – das war ein Sturm, der die Verteidiger in Stücke reißen würde.

»Ich sehe, du findest Gefallen an deinem Geschenk, Ariel«, sagte Luzifer zufrieden.

»Es ist eine Geste großen Vertrauens, Luzifer.«

Der nickte, las im Antlitz Ariels, was ihm durch den Kopf ging. Noch war er geschützt durch das Heer, noch war *er* ihr Kriegsherr, der Anführer in ihrer Mitte. Übergab er sie einem anderen, so kehrte sich das Verhältnis um, denn dann war er nicht mehr in ihrer Mitte, sondern vollständig eingekreist durch sie, und niemand von außen wäre in der Lage, zu ihm durchzudringen. Eine solche Armee, angeführt von einem Seraph, war mehr als nur eine Bedrohung, denn nicht einmal Luzifers Einzigartigkeit würde ihn vor den Millionen Leibern und einem entfesselten Seraph retten können.

»Es ist eine große Verantwortung, Ariel, denn wir stehen alle am Abgrund.«

»Und wann kann ich über die Entflammten verfügen?«, fragte Ariel.

»Du tust es bereits. Ich habe sie dir mit meinem Schwur überlassen. Denn was ist ein Schwur wert, wenn er nichts aufs Spiel setzt, was einem teuer ist?«

Ariel nickte und sah Luzifer an – wieder lächelte der rätselhaft. War es eine Probe seiner Treue? Hatte er ihm die Legionen tatsächlich überlassen mit dem Risiko, dass er sie jetzt gegen ihn einsetzte? Würden sie kommen, wenn er sie jetzt rief? Ariel spürte, wie ihn die Versuchung lockte, denn er war sich sicher, dass Luzifer ihn nicht getäuscht hatte – er liebte die hohen Einsätze.

»Und fürchtest du nicht, dass ich mich gegen dich stellen könnte?«, fragte Ariel vorsichtig.

»Hast du dich nicht genau deswegen von deinen Brüdern und Schwestern abgewandt?«, fragte Luzifer zurück.

Ariel sah ihn fragend an.

»Sie haben dich gedemütigt, haben dich mit jeder Geste spüren lassen, wie wenig sie auf dich bauen. Ich hingegen mache dich zum Herrn über die mächtigste Armee, die je existiert hat. Sag mir, Ariel: Wer ehrt deine Fähigkeiten? Sie oder ich?«

Ariel zögerte einen Moment, dann verbeugte er sich vor Luzifer.

»Ich danke dir, Luzifer.«

Der sprang auf und reichte Ariel die Hand: »Nein, ich danke dir, Ariel. Komm!«

Sie verließen den Saal und traten vor das Zelt.

Luzifer präsentierte ihm die dunkle Armee und rief: »Engel! Begrüßt euren neuen Heerführer!«

Sie zögerten keinen Moment und schlugen mit ihren Schwertern gegen ihre Schilde, ohrenbetäubend laut, während Luzifer sich langsam zurückzog und Ariel einfach nur dastand und das Dröhnen des Stahls genoss. Das war *seine* Armee! Es waren *seine* Engel!

»Lauter!«

Er schrie es in die Reihen hinein, und sie schlugen lauter gegen ihre Schilde.

»LAUTER!«

Aus Millionen Kehlen drang ein rauer Schrei, und die Erde zitterte, und der Wind trug die Geräusche des Schreckens mit sich.

In die Burg.

Sie waren alle außerhalb der Burg begraben worden, und für die, die ihre sterblichen Überreste tragen mussten, war der Anblick ein Schock. Niemals zuvor hatte der Tod Einzug in ihre Welt gehalten. Allein der Anblick des vielen Bluts der Unglücklichen, die der Heimtücke Azraels zum Opfer gefallen waren, hatte für solchen inneren Aufruhr gesorgt, dass es die Cherubim viel Kraft kostete, die Engel im inneren Gleichgewicht zu halten. Sie ließen bestimmte Trakte, Gänge und Höfe räumen, so dass niemand die Engel sehen konnte, die ihre Brüder und Schwestern mit bloßen Händen nach draußen trugen.

Iax wurde von Gabriel getragen. Sie war blind vor Trauer für alles, was um sie herum geschah, und den Potestas so zu sehen, Arme und Beine kraftlos vom Körper baumelnd, der Kopf mal zur einen, mal zur anderen Seite kippend, war so unerträglich, dass Nathanael davor floh und sich in der Gebetshalle versteckte. Gabriel und die anderen trugen die Toten aus der Burg hinaus.

Jeder bekam ein eigenes Grab im Garten, an einer lieblichen Stelle, zwischen Bäumen und Seen, inmitten sanfter Hügel, das Gesicht gen Osten gerichtet, in der vagen Hoffnung, die Toten würden die ersten Sonnenstrahlen nach langer Nacht spüren. Kaum waren die Engel begraben, wurde es dort still, denn die Tiere mieden den Friedhof, so dass kein Vogelgesang, kein Kreischen und kein Rascheln die Ruhe störte. Die Grabstellen selbst waren nicht auszumachen, aber sah man über das sanfte Feld, so stiegen an den betreffenden Stellen die Namen der Engel auf, und jeder, der sie las, wusste alles über sie und was sie im Leben ausgemacht hatte. Auf diese Art wurde an jeden erinnert, und der Schmerz über ihren Verlust war stets wie der einer offenen Wunde.

Gabriel kniete die meiste Zeit an Iax' Grab, das sich unter einem großen, prächtigen Baum befand, in stummer Ansprache an den geliebten Engel, der ihr nie wieder antworten würde. Drei Tage und drei Nächte wachte sie dort, in der Hoffnung, der Schmerz über den Verlust würde ihr leichter, doch das Gegenteil war der Fall: Er wurde mit jeder Stunde schlimmer. Die Qualen hatten ein Ausmaß erreicht, dass sie kaum noch fähig war, einen klaren Gedanken zu fassen oder eine Entscheidung zu treffen. Auf Michaels Ruf hin traf sie noch einmal den Rat, verhielt sich still und kehrte anschließend zurück an Iax' Grab. Sie wollte im Garten bleiben, bei ihm, ganz gleich, ob ein Krieg sie alle hinwegfegte oder nicht.

In der Nacht, unter einem vollen roten Mond, der die Ruhestätte seltsam glühen ließ, suchte Nathanael zum ersten Mal das Grab seines Mentors auf, und allein seinen Namen dort zu sehen, das zu spüren, was er gewesen war, ließ seine Schritte langsamer werden, als ob ihm ein Kreuz aufgebunden wäre, das ihn zu Boden drückte. Er brauchte lange, bis er seine Fassung wiedergewonnen hatte, dann erst kniete er sich zu Gabriel hinab und grüßte sie.

»Schickt Michael nach mir?«, fragte sie.

»Nein.«

»Dann kommst du, um einen Freund zu besuchen?«

»Ja.«

Sie schwiegen eine Weile, dann flüsterte Nathanael: »Gabriel, sag mir, was ich tun soll.«

Sie sah ihn an und antwortete: »Wie könnte ich, Nathanael? Ich weiß nicht einmal, was ich selbst tun soll.«

»Du wirst den Engeln nicht beistehen, wenn die Posaunen tönen?«

Sie antwortete nicht sofort – es schien, als hätte sie keine Antwort darauf. Dann aber sagte sie: »Ich habe keinen Glauben mehr, Nathanael. Wie könnte ich für etwas kämpfen, wenn mir der Ausgang gleichgültig ist? Kein Engel kann ohne Glauben sein.«

»Das hat Iax auch immer gesagt«, antwortete Nathanael, und allein das Aussprechen seines Namens versetzte ihm einen Stich ins Herz. Er blickte über den Friedhof der Engel, las deren Namen und fühlte ihre Persönlichkeiten. Es waren wenige, verglichen mit der Zahl derer, die fallen würden, wenn Michael gegen Luzifer in die Schlacht zog.

»Vielleicht ist ein Kampf nicht nötig«, sagte Gabriel.

»Wie meinst du das?«

»Solange die Engel in der Burg bleiben, werden die Throne sie schützen. Luzifer würde niemals wagen, die Burg anzugreifen, wenn er gegen die Throne kämpfen müsste.«

»Der Vater stirbt, Gabriel. Die Zeichen sind unmissverständlich. Bald schon wird er uns verlassen haben. Und wenn er nicht mehr ist, dann gibt es nichts mehr, was die Throne verteidigen werden.«

Gabriel sah ihn an: »Das ist nicht sicher, Nathanael. Niemand weiß, wie sich die Throne verhalten werden.«

»Du meinst, sie werden bleiben?«

»Ja.«

Nathanael sah zurück zur Burg, die schön und weiß in der Nacht schimmerte und aus der Entfernung so klein aussah, als ob nur wenige Dutzend Engel genügten, um sie voll zu besetzen.

»Es spielt keine Rolle, ob sie bleiben oder nicht, Gabriel. Die Entscheidung über die neue Herrschaft ist unvermeidbar.«

Sie stand auf und verneigte sich vor Iax' Grab. Dann wandte sie sich Nathanael zu und fragte: »Wie meinst du das?«

Nathanael stand jetzt ebenfalls auf und antwortete: »Ich hatte einst einen Gefährten, Gabriel. Er war mir Trost in einer schweren Zeit. Er hätte mich niemals verlassen, und ich ihn nicht. Und doch blieb er nicht bei mir.«

»Von wem sprichst du, Nathanael?«

»Ich spreche von Farlas. Einem Äffchen, das ebenso verloren in diese Welt geboren wurde wie ich.«

»Und was ist aus ihm geworden?«

»Er ist im Nichts verschwunden, Gabriel. Du weißt, dass die Schöpfung nur im Gleichgewicht bestehen kann. Wer in der Welt der Menschen stirbt, kehrt ein in die Welt der Engel. Das gilt für alles, was lebt. Auch für uns.«

»Ich versteh dich nicht, Nathanael.«

»Bin ich wirklich so schwer zu verstehen, Gabriel?« Nathanael klang bitter. »Was auf der einen Seite für immer ausgelöscht wird, verschwindet auch auf der anderen Seite. Mensch und Engel sind untrennbar miteinander verbunden, ganz gleich, ob wir einander achten oder nicht. Siehst du nicht, wie viele Engel neu geboren werden? Wir werden mehr und mehr, bis zu dem Zeitpunkt, an dem der letzte Mensch gestorben ist. Dann werden auch wir verschwinden. Mit einem Schlag.«

Gabriel starrte ihn an. »Das kann nicht sein!«

»Es ist so.«

»Wie kannst du das wissen, Nathanael?«

Er zögerte kurz, dann antwortete er: »Ich weiß es, Gabriel. In mir vereinen sich beide Geschlechter. *Wir sind keine Ausnahme*. Das mag für die Engel eine schreckliche Erkenntnis sein, aber sie ist wahr. Und wir müssen sie akzeptieren.«

»Dann muss der Thron neu besetzt werden? Koste es was es wolle?«

»Ja, denn sonst werden wir in ewiger Finsternis versinken. Und mit uns die gesamte Schöpfung.«

Ein leichter Wind frischte auf – er trug ein leises Geräusch mit sich, das deutlicher wurde, je mehr Beachtung man ihm schenkte. Es klang wie das Schlagen von Stahl auf Stahl, und Stimmen waren darin versteckt, die einen das Fürchten lehrten. Nathanael wandte den Blick in ihre Richtung, sah hinaus an den dunklen Horizont, doch dort war nichts zu erkennen.

»Der Vater wird sterben und wir mit ihm. Es sei denn, die Schöpfung beginnt aufs Neue.«

»Du denkst daran, Luzifer den Thron zu überlassen.«

»Das würde Michael niemals zulassen. Und auch nicht der Rat. Sie glauben an das, was sie verteidigen, Gabriel. Wie könnte ich den Frieden für diejenigen erzwingen, die nicht an eine Neuordnung durch Luzifer glauben? Wie könnte ich von ihnen verlangen, dass sie verraten, woran sie tief m Herzen glauben? Und selbst wenn es mir gelänge: Wie viele Engel ließe ich zurück? Engel, die wie du den Glauben verloren haben. Kein Engel kann ohne Glauben sein.«

»Es liegt an dir, Nathanael.«

Der schüttelte den Kopf: »Sieh dich um, Gabriel. Wie viele Gräber soll ich den bestehenden hinzufügen? Wessen Leben soll ich auslöschen, wessen verschonen?«

Er wandte sich ihr zu: »Und was, wenn ich versage? Dann hätte ich die Engel umsonst ins Nichts geschickt! Sag mir, Gabriel, was ich tun soll! Sag es mir!«

Sie schwieg.

Von weit draußen dröhnte jetzt das Kriegsgeheul.

Luzifer war bereit.

73

Es fiel schwer, sie nicht zu fürchten, und als sie Ariel begrüßten, verstummte im Lager Luzifers jedes Lachen und jedes Gespräch. Die Engel wandten sich ab von der dunklen Armee, deren Gebrüll über ihre Köpfe fegte und sie dazu veranlasste, sich zu ducken. Alle waren froh, nicht gegen sie kämpfen zu müssen – sie waren so eingeschüchtert, dass sie nicht einmal einen Blick hinter sich wagten. Es war, als bildete sich in ihrem Rücken ein Orkan, der sich in Finsternis aufbäumte und bereit war, alles mit sich zu reißen, was sich ihm in den Weg stellte.

Nur ein Engel interessierte sich nicht für das Toben der Entflammten, denn ihn trieben ganz andere Dinge an, die wichtiger waren als eine unbesiegbare Armee oder das Klirren der Schwerter auf dem Schlachtfeld. Semjasa suchte die, wegen der er all seine Leiden, all seine Qualen durchgestanden hatte, die, die seinem Leben Sinn gab und für die er zu kämpfen bereit war: Isthar. Er trug ihr Gesicht in seinem Herzen, bewahrte die Erinnerungen an eine glückliche Zeit wie in einer Schatztruhe auf, die er in Momenten tiefster Verzweiflung öffnete, um sie zu betrachten, sie in seinen Händen zu wiegen, in der Hoffnung, alles würde wieder so werden, wie es einst war, als sie einander die Welt bedeuteten.

Luzifer hatte ihm versprochen, dass er sie wiedersehen würde, und jetzt irrte er durch die Millionen Engel, die ihm gleichgültig waren, in der Hoffnung, diesen einen zu finden, für den er alles aufgegeben hatte. Er hob die Handfläche und versuchte, ihre Aura zu erspüren, aber es war nicht leicht, sie im Gewimmel der Leiber auszumachen. Doch das Geheul der Entflammmten kam ihm zu Hilfe, denn als sich die Engel wegduckten, blieb eine stehen. Sie stand nicht weit vom ihm entfernt, und Semjasa spürte, wie sein Herz zu rasen begann. Obwohl sie ihm den Rücken zuwandte, spürte er, dass es Isthar war. Luzifer hatte nicht gelogen: Sie war hier.

Er drängte nach vorn, vorbei an den Engeln, lief ihr ungeduldig entgegen, erkannte bereits ihr Haar, die Form ihrer Schultern, die zarten Arme. Er wollte ihren Namen rufen, aber in der Aufregung versagte seine Stimme. Millionen Jahre am Kreuz, Millionen Jahre größter Verzweiflung, sie womöglich nie wiederzusehen, waren vergessen, denn sie war hier! Er stand jetzt ganz nah hinter ihr, und immer noch brachte er ihren Namen nicht über seine Lippen. Sie musste ihn doch spüren! Warum drehte sie sich nicht zu ihm um? Gerade als er die Hand nach ihr ausstreckte, wandte sie sich ihm langsam zu und sah ihn an. Sie war schöner denn je, makelloser als in seinen Träumen: Isthar! Isthar! Er rief ihren Namen in Gedanken immer wieder. Isthar!

»Semjasa?«, fragte sie.

Ihre Stimme klang anders, ähnlich, wenn auch lieblicher. Semjasa nickte und nahm sie in die Arme und fand endlich seine Stimme wieder: »Isthar!«

Er sah sie an und ignorierte ihren fragenden Ausdruck.

»Ich habe so sehr auf dich gewartet. In der Finsternis war es dein Gesicht, das mir zugelächelt hat. Und jetzt, wo wir am Rand des Untergangs stehen, sehen wir uns endlich wieder, und es ist mir gleich, ob ich heute noch sterbe, denn alles, was ich je ersehnt habe, hat sich erfüllt.«

Sie lächelte ihn an und berührte sein Wange: »Da ist so viel Liebe!«

Semjasa schossen die Tränen in die Augen.

Sie fragte: »Womit habe ich das verdient?«

Sie erinnerte sich nicht an ihn!

Semjasa brach in Tränen aus. Es war, als schlüge man ihn ein zweites Mal ans Kreuz. All das, was ihn hatte überleben lassen, zerfiel vor seinen Augen zu Staub. Sie spürte sein überquellendes Herz, aber sie wusste nicht, warum es so war. Was waren seine Erinnerungen noch wert, jetzt, da er wusste, dass sie diese nicht mit ihm geteilt hatte? Das, was ihn nicht hatte aufgeben lassen, existierte für sie überhaupt nicht. Während er in ewiger Finsternis Höllenqualen hatte durchleben müssen, hatte sie keinen einzigen Gedanken an ihn verschwendet. Sie waren einander die Welt gewesen, doch jetzt musste er feststellen, dass es diese Welt für sie nicht gegeben hatte. Für einen Moment dachte er, jemand drücke ihn unter Wasser, da er die Geräusche um ihn herum nur noch undeutlich wahrnahm und auch Isthar vor ihm verschwamm. Er hatte bis ans Ende aller Zeiten auf sie gewartet, auf sie gehofft, sich nach ihr verzehrt – für nichts.

»Isthar!«

Mehr brachte er nicht heraus, während sie ihn voller Mitleid betrachtete und fühlte, dass er von tiefer Traurigkeit überkommen worden war, wenn sie auch nicht wusste, warum.

Plötzlich verbeugte sie sich tief, was Semjasa verwirrte. Er sah, dass auch die Engel in seiner Nähe sich verbeugten. Er drehte sich um: Luzifer. Stolz – und so schön, dass Isthars Antlitz dem seinen spottete, mit funkelnden schwarzen Augen, die ihn aufmerksam ansahen. Semjasa starrte zurück. Er fühlte Wut, die sich in ihm wie eine Giftschlange langsam aufrichtete.

»Ihr habt mich betrogen!«

Es war ihm unwillkürlich über die Lippen gekommen, zögerlich, aber mit jeder Sekunde, die verstrich, glaubte Semjasa mehr an ihre Wahrheit.

»Ihr habt mich betrogen!«

Er wandte sich von Isthar ab. Seine Hand suchte wie von selbst den Griff seines Schwertes. Luzifer hingegen blieb völlig ruhig und machte auch keine Anstalten, sich gegen einen Angriff zu wappnen.

»Ich habe dich nicht betrogen, Semjasa. Isthar ist hier.«

Semjasa machte ein paar Schritte auf ihn zu: »Ihr wisst genau, was ich meine!«

Luzifer nickte kurz und machte eine Geste, ihm zu folgen. Semjasa zögerte einen Moment, als überlegte er ernsthaft, Luzifer in einen Kampf zu zwingen, dann jedoch entspannten sich seine Schultern, er nahm seine Hand vom Schwertknauf und folgte Luzifer zu dessen Zelt, wobei sich die dunkle Armee vor ihnen teilte und sie passieren ließ.

Sie sprachen kein Wort. Semjasa nahm kaum etwas wahr, fiel mit jedem Schritt mehr in sich zusammen. Sie wusste nicht, wer er war! Nichts hätte schlimmer sein können, nicht einmal ihr Tod, denn dann hätte er weiter in seinen Träumen leben können. Und wenn ihn die Sehnsucht übermannte, hätte er wie so oft die kleine Schatzkiste öffnen können, um in seinen Erinnerungen Trost zu finden. Jetzt jedoch war jeder Gedanke an ihre gemeinsame Zeit schärfer als die Klinge seines Schwerts, geeignet, ihm die Brust aufzuschlitzen. Es gab nichts mehr, was ihm jetzt noch wichtig war. Nichts mehr, was ihm jetzt noch etwas bedeutete. Nichts mehr, woran er jetzt noch glauben konnte.

Sie hatten den Saal in Luzifers Zelt erreicht. Wieder stand Luzifer vor den Thronen und bot diesmal Semjasa einen Platz an. Der folgte der Aufforderung apathisch.

»Sieh mich an!«, forderte Luzifer streng.

Semjasa blickte zu ihm auf und verfing sich in den schwarzen Augen.

»Ich habe dich nicht betrogen, Semjasa. *Sie* haben dich betrogen!«

Semjasa erwachte ein wenig aus seiner Lethargie, sein Oberkörper straffte sich.

»Erkennst du es denn nicht? Du bist Opfer der Heiligen Ordnung. Genau wie Isthar Opfer der Heiligen Ordnung ist. Ich kenne dein Schicksal, Semjasa, und ich weiß, was du getan hast. Du hast dich aus Liebe entschieden, kein Engel mehr zu sein. Und sie entschied aus Liebe, kein Mensch mehr zu sein.«

»Was redet Ihr da?«, fragte Semjasa.

»Du warst ein Nephilim, Semjasa. Du hast gegen die Gesetze der Heiligen Ordnung verstoßen, und du wurdest dafür mit dem Kreuz bestraft. Doch schlimmer als das war, dass man dir deine Erinnerung belassen hat, damit du *niemals* vergisst. Isthar hingegen war ein Mensch, und als Iax dich zurückgeholt hatte, sah sie deinen Leichnam. Es traf sie so hart, dass sie nicht mehr leben wollte. Sie sprach noch an Ort und Stelle den geheimen Namen des Vaters aus, damit sie dir nachfolgen konnte, denn ohne dich wollte sie nicht sein. Und so geschah es. Allerdings kam sie ohne Erinnerung in unsere Welt, denn das ist Teil der Heiligen Ordnung. Wenn dich also jemand betrogen hat, dann der Vater. Dich und Isthar.«

Semjasa beobachtete Luzifer genau, aber er konnte nicht erkennen, dass der ihn zu täuschen versuchte.

»Ich weiß, was man dir angetan hat und auch deinem Bruder Asasel. Und ich weiß, was ihr durchlitten habt. Ich weiß, wie es ist, wenn man in ewiger Finsternis lebt, wenn jeder Moment Schmerz bedeutet und jede Sekunde wie ein Jahr ist und jedes Jahr wie hunderttausend Jahre. Ich weiß, wie es ist, wenn man zu Unrecht bestraft wird und nur der Hass auf das Geschehene dir die Kraft gibt, weiterzumachen. Wenn du vom Licht träumst und keines siehst. Wenn du Wärme spürst, wo nur Kälte ist. Wenn du Teil der Schöpfung bist, sie dir aber verwehrt bleibt. Wenn deine Brüder und Schwestern deinen Namen nicht mehr kennen, weil du aus der Gemeinschaft ausgeschlossen wurdest. Wenn du ins Nichts gestoßen wirst, aber nicht stirbst. Ich weiß, was Grausamkeit ist, Semjasa. Ich kenne ihre Farbe, ihren Ton und ihren Geschmack. Und ich werde die Engel von ihr befreien und die, die sich mir in den Weg stellen, vernichten.«

Er stand auf und reichte ihm die Hand – Semjasa ergriff sie und erhob sich ebenfalls.

»Fühle meinen Schmerz, Semjasa. Fühle ihn!«

Semjasas Hand brannte lichterloh, aber er empfand die Qual nicht als unerträglich. Im Gegenteil, sie beflügelte ihn. Je schlimmer der Schmerz, je weiter er seinen Arm hochkroch und langsam von seinem Körper Besitz ergriff, desto stärker fühlte er sich Luzifer verbunden. Und da wusste er schließlich, dass sie beide gelitten hatten, Luzifer noch viel mehr als er selbst, und er wusste, dass erst das Regiment des Vaters alles Unglück mit sich gebracht hatte, denn der hatte ihm erlaubt, die Welt der Menschen zu betreten, obwohl er wissen musste, dass er den Verlockungen nachgeben würde. Wie gerecht war es, ihn für etwas zu bestrafen, das der Vater selbst erschaffen hatte? Teil einer Schöpfung zu sein, aber nicht daran teilzuhaben? Wozu war der Mensch gut? Warum gab es zwei Welten? Warum maßte sich der Vater an, die eine zu beherrschen, während die andere über sich selbst bestimmen durfte? Wo war hier die Gerechtigkeit?

Semjasa hielt Luzifers Hand, während sein ganzer Körper lichterloh brannte. Und doch war es allein die Erkenntnis der Schwächen der Heiligen Ordnung, die ihn unerträglich schmerzte. Es war an der Zeit, das, was war, zu verändern.

Luzifer würde sie ins Licht führen.

Und er würde ihm folgen.

74

Der Garten wurde mehr und mehr zu einer Verlockung, der Nathanael kaum noch widerstehen wollte, denn wer hier war, vergaß alles, was ihm je wichtig gewesen war. Er hatte Gabriel und die Gräber verlassen und fand bald schon eine liebliche Landschaft, in der sanfte Nachtluft die Gräser wiegte und an den Ästen der Bäume raschelte. Nur der rote Mond erinnerte daran, dass Schreckliches geschehen war, doch löste sein sanftes Licht alle Konturen auf, so dass man sich in einem Traum wähnen konnte, der die Wirklichkeit in eine andere Welt verbannte.

Auf einem Hügel stand ein prächtiger Ölbaum; alt, würdig, knorrig und verästelt, wirkte er wie etwas, das seine Arme ausgebreitet hatte und zum Verweilen einlud. Nathanael steuerte auf ihn zu, stieg den Hügel hinauf, setzte sich, lehnte an seinem Stamm und blickte über die wunderbare Landschaft, die so vollendet vor ihm lag, dass er sich nicht sattsehen konnte an Flora und Fauna, den unendlich vielen Details, die darin zu entdecken waren: Blumen, die ihre Blüten dem Mond zuwandten, weiche Gräser und üppige Sträucher. Blühendes überall, Böschungen und Wäldchen, Kronen und Zweige, Tautropfen und Auen. Die Vögel sangen, Rehe sprangen, Katzen schlichen und Schmetterlinge tanzten im Mondschein. Alles in atemberaubender Harmonie, überbordend, aber nicht zufällig – Ordnung und Wildheit waren hier ineinander übergegangen.

Dort saß er, bis sich im Osten ein neuer, wunderbarer Tag ankündigte und die ersten Sonnenstrahlen ein Farbenspektakel entzündeten, das feurig und süß wie der Gesang eines Engelschors die Schönheit dieser Schöpfung pries. Nathanael ließ sich vom warmen Licht die Nase kitzeln, blinzelte und deckte sich mit den Geräuschen der Natur zu, auf dass er einschliefe, um nie mehr zu erwachen. Und doch fand er keinen Schlaf, als ob ihm der Geist verwehrte, was der Körper begehrte: Frieden.

Er erhob sich und stieg den Hügel wieder hinab, mied das Gräberfeld und auch die Burg, in der ihn nur die Realität einholen würde, und drang stattdessen tiefer in den Garten vor und spürte, wie die Anziehungskraft der Burg nachließ. Wie viele mochten hier sein, die ihren Weg in die Burg nie gefunden hatten? Er traf keinen Einzigen, und vielleicht war das auch Teil des Plans, dass diejenigen, die hier waren, allein lebten. Auf sich zurückgeworfen und glücklich.

Einen ganzen Tag durchmaß er den Garten, und mit der Dämmerung sah er die große Mauer, die noch klein und unscheinbar die Grenze zu der Welt draußen bildete. Sie kam ihm jetzt so unwirklich vor, dass er versucht war zu glauben, es gäbe sie gar nicht. Es war eine Eigenart des Gartens, dass die, die darin lebten, vergaßen, dass es noch etwas anderes als sie selbst gab. Je näher er jedoch der Mauer kam, desto größer wurde seine Unruhe, so dass er sich auf sie zu fokussieren begann, in ihrem Fugenwerk nach etwas suchte, das ihn womöglich störte. Da war nichts. Dennoch, er beschleunigte seinen Schritt, hielt direkt auf sie zu und merkte, wie schnell er sich ihr näherte – eine weitere Eigenart des Gartens: dass er dem Wanderer unendlich war, dem Eilenden jedoch kurze Wege bot, weshalb ein und derselbe Weg Tage oder auch nur Stunden dauern mochte. Je mehr man sich wünschte, einen Ort zu erreichen, desto kürzer war der Weg. Und umgekehrt.

Mit Aufgang des Mondes hatte Nathanael die Mauer schließlich erreicht und blickte an ihr hoch: Sie schien so gewaltig wie die Engelstürme und verlor sich zu beiden Seiten in der Unendlichkeit. Nichts schien verändert, aber um Nathanaels Hals zog sich eine bange Ahnung wie eine Schlinge immer fester zu, so dass er kaum noch atmen konnte. Er rannte an der Mauer entlang, sah, wie die Umrisse der Quader durch die Geschwindigkeit zu langen Fäden gezogen wurden, bevor sie endlich ganz verwischten. Nach wenigen Augenblicken erreichte er eines der vielen Tore – und sah, wie Abertausende Engel in den Garten hineinströmten, der Burg entgegen.

An ihnen vorbei drängte er sich nach draußen, sah in die Welt, und sie kam ihm unwirklich und spröde vor, verglichen mit der Pracht des Gartens. Vor ihm lag still eine Ebene, in der nicht viel mehr zu sehen war als Gräser und Sträucher. Weit entfernt konnte er die Auren der Engel sehen, die der Burg entgegengingen oder abbogen, um sich Luzifers Lager anzuschließen. Es waren Millionen, und sie kamen von überall her. Den Menschen musste es schlecht ergehen, denn wenn dies nicht stoppte, würde es bald überhaupt keine mehr geben. Er drehte sich um und erstarrte.

Die Throne waren fort.

Er hatte es nicht bemerkt, als er aus dem Garten getreten war, abgelenkt durch die schier endlose Zahl junger Engel, aber jetzt sah er eines der Tore, an dem seit Anbeginn der Zeit zwei Throne gewacht hatten. Ihre Plätze waren leer. Nichts deutete darauf hin, dass dort je einer der gewaltigen Schutzengel gestanden hatte, so dass Nathanael sicher war, dass es auch kein anderes Tor mehr gab, das sie bewachten.

Die Burg war völlig schutzlos.

Nathanael lief zurück in den Garten, der Burg entgegen, und erreichte sie noch vor Mitternacht. Die Engel schliefen, er spürte ihr Vertrauen in das, woran sie glaubten, und die Geborgenheit, die ihnen die Burg versprach. Für sie würde es ein böses Erwachen geben, denn morgen musste ihnen der Rat sagen, dass der Krieg nun unmittelbar bevorstand.

Er erreichte den Saal, in dem sich die Cherubim und Seraphim für gewöhnlich versammelten, öffnete ihn. Sie unterbrachen ihr Gespräch und sahen ihn überrascht an, Michael in der Mitte der Tafel, an dem Platz, wo zuvor Camael gesessen hatte. Bis auf Gabriel waren sie alle versammelt und erhoben sich, als Nathanael vor sie trat. Michael lächelte, für einen Moment glaubte er, Nathanael wäre gekommen, um seinen Platz einzunehmen. Aber bald schon erstarb die Freude, denn in seinen Augen konnte er sehen, dass Nathanael keine gute Nachricht brachte.

»Die Throne sind gegangen.«

Er hatte es ruhig gesagt, doch die Wirkung war allen Gesichtern unmittelbar abzulesen: Niemals zuvor hatte er die Cherubim und Seraphim so bestürzt gesehen.

»Kein Zweifel möglich?«, fragte Michael.

»Sie sind fort«, antwortete Nathanael.

Bis auf Michael setzten sie sich, zu geschockt, um etwas zu erwidern, dabei hatten sie mit dieser Nachricht rechnen müssen. Gleichwohl hatten sie gehofft, sie würde nicht kommen, oder jedenfalls nicht so schnell.

»Ich danke dir, Nathanael, wenn es auch keine gute Kunde war.«

Michael wirkte bedrückter denn je.

»Was hast du jetzt vor?«, fragte Nathanael.

Michael schwieg einen Moment, dann antwortete er: »Wir müssen die Engel auf den Krieg vorbereiten. Und wir müssen sie aus der Burg führen, denn hier wären wir von Luzifers Legionen eingekreist. Eine Burg ist nur dann Schutz, wenn ihre Mauern dem Feind widerstehen können. Fallen die Mauern, wird aus der Festung ein Gefängnis, aus dem es kein Entkommen gibt.«

Er suchte Blickkontakt zu Nathanael, aber der vermied es, Michael in die Augen zu sehen, denn er wusste, was dieser sich von ihm erhoffte. Jemand pochte gegen die Saaltür, dann öffnete sie sich, und ein Dominatio trat vor den Rat, kniete nieder und sagte: »Hoher Rat! Ein Bote bittet darum, gehört zu werden!«

Michael sah ihn fragend an: »Was für ein Bote?«

Der Dominatio wagte nicht, ihn anzusehen, und antwortete: »Es ist ein Bote Luzifers, Herr!«

Sie sahen einander an und ahnten, was der Bote zu sagen hatte.

»Bitte ihn herein!«, rief Michael.

Baal betrat den Saal und verbeugte sich respektvoll vor allen Anwesenden.

»Ich habe Nachricht von meinem Herrn!«

Er hatte in Gedanken gesprochen, aber seine Stimme war so deutlich, dass Nathanael das Gefühl überkam, Baal stünde ganz nah bei ihm, um ihm ein Geheimnis zu überbringen.

Michael antwortete: »Wie lautet die Botschaft?«

Baal sah kurz irritiert aus, denn er konnte Michael nicht hören. Aber er las von seinen Lippen ab und erwiderte: »Mein Herr verlangt die Übergabe der Burg!«

Diesmal übermittelte ihm Michael die Antwort, wieder ohne zu sprechen: »Dann richte deinem Herrn aus, dass es nur einen Weg gibt, Herr dieser Burg zu werden!«

Baal nickte: »Ja, Herr, ich werde es ihm ausrichten. Ich habe noch eine zweite Botschaft.«

»Die wäre?«

»Mein Herr gewährt euch die Gnade, sich ihm anzuschließen. Ein Krieg wäre dann nicht vonnöten. Ihr könntet so das Leben von Milliarden retten.«

Michael antwortete: »Richte Luzifer aus, dass ich ihm das gleiche Angebot mache. Es mildert nicht seine Strafe, aber seine Sünden würden ihm vergeben.«

Baal nickte: »Mein Herr prophezeite mir bereits, dass Ihr so reagieren würdet. Er trug mir auf, Euch zu bestellen, dass sein Angebot drei Tage lang besteht. Erhält er keine Kunde von Euch, so ist Euer Schicksal besiegelt. Das waren die Worte meines Herrn!«

Er verbeugte sich wieder vor allen und verließ dann den Saal.

Sie schwiegen lange, sahen zu Michael, dann zu Nathanael und waren ratlos ob des Angebots, das Luzifer ihnen unterbreitet hatte. Zwar waren die Seraphim Metatron und Remiel nicht bereit, sich dem Drachen zu unterwerfen, aber sie standen dem Rat nicht vor und trugen letztlich auch nicht die Verantwortung für ein Armageddon, das jenseits aller Vorstellungskraft lag.

Michael hatte sich gesetzt und wirkte müde, als laste alles Gewicht der Welt auf seinen Schultern. Er konnte dem Angebot nicht zustimmen, jeder wusste das. Aber er wollte es. Genau wie Uriel, die ebenso wie die anderen Cherubim den Frieden unbedingt zu wahren suchte. Doch auch sie hatten der Heiligen Ordnung Treue geschworen – es gab keinen Ausweg aus der Situation.

Michael stand auf und sah Nathanael an: »Kann ich dich sprechen?«

Nathanael nickte.

Zusammen verließen sie den Saal, durchquerten die Burg und erreichten wieder den kleinen Innenhof, das Herz der Burg. Dort schwebte reglos die kleine Tür, auf die sie zuhielten, und als sie ihr näher kamen, sahen beide, dass sie sich geöffnet hatte, dass sie einen winzigen Spalt weit aufgesprungen war und ein sehr zarter Lichtstreifen hindurchschimmerte. Sie legten beide die Handfläche auf das Türblatt, das noch sehr fest saß und auch einem starken Druck nicht nachgegeben hätte.

»Er lebt noch«, sagte Michael.

Nathanael nickte.

Michael sah ihn an: »Und doch sind die Throne fort. Es bleibt keine Zeit mehr. Der Weg wird bald frei sein.«

Nathanael wandte sich ab, aber Michael hielt ihn am Arm fest.

»Führe du uns an! Ich kann Luzifer nicht besiegen!«

»Niemand kann Luzifer besiegen!«, antwortete Nathanael harsch.

»Du kannst es!«

»Wie könnte ein Krüppel einen Engel wie Luzifer niederringen?«

Michael zog ihn näher an sich heran: »Du kannst es, Nathanael. Weil ich daran glaube! Verstehst du, Nathanael? Ich *glaube* an dich! So wie Iax es getan hat!«

Nathanael riss sich los: »Iax ist tot, weil er an mich geglaubt hat! Geh und erfülle dein Schicksal, Michael. So, wie sich unser aller Schicksal erfüllen wird. Es ist nicht unsere Entscheidung, sondern die des Vaters.«

Er lief weg.

»Iax hätte nicht gewollt, dass du davonläufst, Nathanael! Hörst du mich?! Iax hätte es nicht gewollt!«

Nathanael hielt sich die Ohren zu, während er zurück in die Burg lief. Er wollte das nicht hören.

Und doch hatte er jedes Wort verstanden.

75

Mit den ersten Sonnenstrahlen erwachte die Burg zu neuem Leben, und die, die dem Ruf zur Versammlung folgten, taten dies erwartungsfroh und in dem Gefühl der Sicherheit, denn sie wussten, dass ihnen hier, im Schoß des Vaters, kein Leid drohte. So warteten sie geduldig und aufmerksam auf die Mitglieder des Rates, der bald schon zusammentrat und sie begrüßte. Für Michael war es der schwerste Gang seines Lebens, doch schließlich trat er vor die Engel, sah in ihre unschuldigen, schönen Gesichter und wusste nicht, wie er ihnen beibringen sollte, was unumgänglich war: Sie mussten in einen Krieg ziehen, aus dem die meisten, wenn nicht alle, nicht wiederkehren würden. Er sah die Hoffnung und spürte das grenzenlose Vertrauen, das sie ihm entgegenbrachten, und es zerbrach sein Herz, sie in den sicheren Tod führen zu müssen.

»Engel! Wir leben in schweren Zeiten, denn noch nie waren wir einem Krieg so nahe wie jetzt. Die Throne haben die Burg verlassen, und wir stehen Luzifers Legionen schutzlos gegenüber. So macht euch bereit für eine letzte entscheidende Schlacht und behaltet stets in euren Herzen: Der Vater ist auf unserer Seite! Das Recht ist auf unserer Seite! Er wird uns nicht verlassen, so wie wir ihn nicht verlassen werden! Vergesst das nie, kehrt zurück in die Burg und wartet auf die Posauen, die unseren Auszug verkünden. Dann werden wir uns Luzifer stellen und ihn im Namen des Vaters für seine Sünden bestrafen!«

Die Stille, die darauf folgte, war gespenstisch. Michael sah in die Gesichter, die ihn eben noch freundlich begrüßt hatten, und fand darin nichts als Entsetzen und Ohnmacht. Obwohl die meisten sich keine Vorstellung davon machten, was ein Krieg bedeutete, denn keiner von ihnen war je mit einem in Berührung geraten, war die Furcht, die zu Michael aufstieg, mit Händen zu greifen, als ob Ertrinkende nach ihm packten, panisch, flehend und klammernd, dass es ihn mit in die Tiefe zog.

Nathanael hatte der Versammlung im Verborgenen beigewohnt, blickte von einer Empore hinab auf die vielen Millionen, die so rein im Herzen und vollendet in den Körpern waren, dass der Tod auch nur eines Einzelnen einem Sakrileg gleichkam, das nie wiedergutzumachen war. Wie konnte er sie im Stich lassen?! Wie konnte er sich davonschleichen und sie ins Nichts schicken?! Jeder Einzelne hatte es verdient, dass man ihn verteidigte, dass man ihn in Sicherheit brachte, denn sie waren wie Kinder, vertrauten in die, zu denen sie aufsahen.

Sein Herz wurde so schwer, dass er wieder davonlief, zurück in den Garten, um dort zu finden, was ihm fehlte: Glaube. An sich selbst. An die Prophezeiung. An die Rechtmäßigkeit ihrer Taten. Dort fand er Gabriel an Iax' Grab, die ihn kaum wahrnahm, so versunken war sie in ihren Schmerz, und er leistete ihr Beistand, bis die Sonne im Westen glühend versank und tiefe Nacht über das Feld der Toten fiel.

An anderer Stelle der Burg hatte sich der Rat versammelt, um die Möglichkeiten zu ergründen, die ihnen noch blieben, doch sosehr sie auch einen Weg suchten, dem Dilemma zu entfliehen, so wenig Auswege gab es.

Uriel fragte: »Was, wenn wir Luzifer um einen weiteren Konvent bäten? Jetzt, da Camael und Rafael nicht mehr sind, gibt es auch keinen Grund mehr für ihn, anzunehmen, dass er hintergangen wird.«

Metatron zischte: »Das würde Luzifer sicher gefallen. Wir, der Rat der Cherubim und Seraphim, bitten ihn um Gnade.«

»Nicht um Gnade«, antwortete Uriel, »nur um die Wiederaufnahme der Verhandlungen. Möglicherweise gibt es eine Lösung, ohne dass Blut fließt.«

»Wie sollte diese Lösung aussehen, Uriel?«, rief Remiel. »Es gibt nur einen Thron. Und Luzifer strebt ihn an. Willst du ihn anstelle des Vaters sehen?«

»Nein, das will ich nicht. Aber wenn wir Luzifer und seinen Anhängern die Freiheit einräumen, die er fordert, dann verzichtet er möglicherweise auf den Thron.«

»Ein Schisma! Du verlangst nichts anderes als die Spaltung unserer gemeinsamen Welt!«, rief Metatron.

»Wäre das nicht besser als der Tod von so vielen?«

»Und was ist mit den Menschen? Auch sie sind des Vaters Schöpfung! Luzifer will sie ausrotten!«

Uriel schüttelte den Kopf: »Er kann sie nicht auslöschen, weil er auch uns damit auslöscht!«

»Nicht, wenn er den Thron besteigt. Dann hätte er die Möglichkeit, alles neu zu erschaffen.«

»Du meinst, er plant in jedem Fall, die Schöpfung zu vernichten, um sie aus ihrer Asche neu erstehen zu lassen?«

Metatron nickte: »Das wird er tun, Uriel.«

Die schüttelte den Kopf: »Ich möchte das nicht glauben, Metatron.«

Raziel erhob sich und fragte: »Und wenn er sich mit einem Schisma zufriedengäbe?«

Remiel antwortete: »Warum sollte er uns trauen? Wenn wir den Thron neu besetzen, muss er fürchten, dass wir ihn mit neuen Kräften niederzwingen.«

»Wir könnten einen Schwur leisten!«

Michael erhob sich und sagte leise: »Ich danke euch allen, aber ich fürchte, dass nichts fruchten wird, egal was wir unternehmen. In sehr kurzer Zeit, vielleicht schon in wenigen Stunden, wird der Vater nicht mehr sein. Dann muss der Thron neu besetzt werden. Und wenn er nicht besetzt wird, bevor der letzte Mensch sein Leben gelassen hat, wird die ganze Schöpfung im Nichts verschwinden. Dann wird nichts mehr sein außer Dunkelheit. Luzifer weiß das! Also wird er noch vor Ablauf seines Ultimatums angreifen!«

Uriel sah ihn erstaunt an: »Er wird uns betrügen?«

Michael nickte: »So, wie wir ihn betrogen haben, Uriel.«

Metatron sprang auf: »Dann führe uns an, Michael! Ein letztes Mal!«

Er schwieg einen Moment, dann sagte er: »Gut, ich werde euch anführen. Aber ihr sollt wissen, dass ich Luzifer nicht besiegen kann. Ich werde uns alle in den Untergang führen. Luzifer wird diese Schlacht gewinnen, aber er wird einen hohen Preis dafür bezahlen. Wir alle werden das.«

Er sah von einem zum anderen und las in den Gesichtern, dass sie ihn verstanden hatten und ihm beistehen würden. Dass sie alle gemeinsam die Verantwortung für das übernahmen, was geschehen würde.

»Dann blast die Posauen! Das Schwert wird nun entscheiden!«

Es dauerte nicht lange, da hörten sie alle die metallisch schmetternden Töne der Posauen. Von den Zinnen der Burg riefen sie die Engel herbei, sich zu sammeln, um die Burg zu verlassen.

Jetzt gab es kein Zurück mehr.

76

Er vernahm die Posaunen und folgte ihrem Ruf in die Burg, verbarg sein Gesicht unter einer Mönchskutte und blieb trotz seiner Größe unerkannt, geradeso, als ob ihn die anderen Engel überhaupt nicht sähen oder er gar nicht da wäre. Erstaunlich war, dass er den Garten verlassen hatte, denn er wollte nicht zurück in die Burg. Doch der beschlossene Auszug hatte etwas so Endgültiges, dass es ihm keine Ruhe ließ, sie alle noch einmal zu sehen, und sei es nur, um sich in aller Stille von ihnen zu verabschieden.

In den Höfen und auf den Plätzen herrschte großes Gewirr: die Engel rannten orientierungslos von einer Seite auf die andere, trugen nicht ohne Stolz Schild, Schwert oder Bogen und warteten nervös auf ihre Anführer oder neue Order. Nathanael schlich durch ihre Reihen, Wortfetzen flogen an ihm vorbei, aufgeregte Rufe, die nicht beantwortet wurden. Hier hörte er einen jungen Engel fragen, wo sie sich aufstellen sollten, dort einen anderen, der sein Schwert suchte. Allen jedoch war gemein, dass sie für den Kampf völlig untauglich waren, wenn sie auch glaubten, dass sie siegen würden, da der Vater auf ihrer Seite war.

In einer Ecke fand er ein Grüppchen, das ruhig beieinanderstand und gerade deswegen auffiel. Nathanael suchte ihre Nähe. Sie unterhielten sich leise über das, was ihnen bevorstand, und ihnen zuzuhören machte Nathanaels Herz schwer.

»Es heißt, die Entflammten wären nicht zu bezwingen«, sagte einer, den Nathanael als Akriel erkannte.

»Natürlich sind sie zu besiegen!«, versicherte eine andere, die Micah hieß. »Niemand stellt sich den Seraphim in den Weg. Und die kämpfen auf unserer Seite!«

»Ich hörte, Gabriel kämpft nicht«, antwortete Hariel. »Es heißt, sie sei dazu nicht mehr in der Lage.«

»Natürlich kämpft sie«, behauptete Akriel. »Sie würde uns niemals alleinlassen!«

Nathanael senkte den Kopf: Es tat weh, das zu hören.

»Der Vater wird die Rebellen hinwegfegen, ihr werdet es schon sehen!«, sagte Micah.

Omael nickte: »Ja, ganz sicher. Wir können nur siegen, denn das Recht ist auf unserer Seite. Genau wie Michael es gesagt hat. Außerdem hat er den Drachen schon einmal besiegt. Er wird es wieder tun. Daran glaube ich fest!«

»Ich auch«, bestätigte Micah.

Auch die anderen nickten, bis auf Akriel, der ganz still war, so dass die anderen ihn ansahen und fragten, warum er so betrübt sei.

»Es ist nur ...«, begann er vorsichtig: »Da ist etwas in mir, das ich niemals zuvor gespürt habe, und das macht mir Sorge.«

»Was meinst du?«, fragte Micah.

»Fühlt ihr es denn nicht auch?«

Er blickte von einem zum anderen, und alle senkten sie die Blicke. Nathanael hatte es längst in ihnen gesehen: Angst. Die Ungewissheit vor dem Morgen. Was würde mit ihnen geschehen, wenn sie auf dem Schachtfeld fielen? Die Zweifel, ob es das wert war, was sie im Begriff waren zu tun.

Omael machte den anderen Mut: »Michael wird uns führen – wir müssen an ihn glauben, denn kein Engel kann ohne Glauben sein!«

Die anderen stimmten zu, aber Nathanael konnte sehen, dass die Furcht blieb.

Akriel sagte: »Was ist mit Nathanael?«

Der zuckte zusammen, als er seinen Namen hörte. Er war ihnen so nah, dass sie sich nur umzudrehen brauchten, um das, was sie auf dem Herzen hatten, direkt an ihn zu richten.

»Ich habe gehört, dass er Azrael besiegt hat.«

»Ich hörte, er will nicht in den Kampf ziehen.«

Hariel antwortete empört: »Das glaube ich nicht! Er lässt uns nicht im Stich. Niemals!«

»Und wenn doch?«, fragte Akriel.

»Er wird uns beistehen! Er ist ein ganz und gar ungewöhnlicher Engel.«

»Ich habe ihn mal aus der Entfernung gesehen«, sagte Micah. »Sein Arm ist verkrüppelt!«

»Und dennoch hat er Azrael besiegt«, warf Hariel ein.

Omael sagte: »Er wird uns nicht alleinlassen! Kommt, lasst uns zum Vater sprechen und um Beistand bitten!«

Sie senkten die Köpfe zum Gebet, während Nathanael leise von ihnen wegtrat und den Schutz der Dunkelheit suchte. Er hatte die Hoffnung in ihren Herzen gesehen, den zaghaften Optimismus, der trotz ihrer Zweifel nicht unterzukriegen war. Doch wie würden sie reagieren im Angesicht des Feindes, wenn die, an die sie glaubten, nicht an ihrer Seite waren? Oder selbst ohne Hoffnung in den Kampf zogen? Wie konnten sie die Reihen noch schließen, wenn sie erst Luzifer sahen?

Nathanael spürte eine Berührung im Rücken und drehte sich um: Seth.

»Ich habe dich überall gesucht, Nathanael!«

Der legte den Zeigefinger auf die Lippen und gab Seth so zu verstehen, dass er nicht erkannt werden wollte. Dann lächelte er, denn Seth war der Einzige, der ihn erkannt hatte, und würde wohl auch am Ende aller Tage der Einzige sein, der ihn erkennen würde. Nathanael sah in sein unschuldiges, freundliches Gesicht, und ihm wurde bewusst, dass auch Seth in diesen Krieg ziehen musste. Er dachte daran, wie es für ihn sein musste, ein Schwert in den Händen zu halten, um es gegen einen Engel einzusetzen, und ihm wurde klar, dass Seth, noch bevor er das tat, in Stücke geschlagen werden würde. Allein die Vorstellung davon, zerriss sein Herz.

Er zog ihn von den anderen fort, erreichte bald schon das Tor und verließ mit ihm die Burg. Im Garten hoffte er, Ruhe zu finden und vor allem nicht mehr in die Herzen der Engel sehen zu müssen, die er zu verlassen im Begriff war. Er hielt Seths Hand und fühlte darin so starke Liebe, dass es ihn beschämte, denn Nathanael fand nicht die Kraft, einzulösen, was von ihm erwartet wurde. Sie passierten das Feld der Toten, und Nathanael beobachtete, wie Seth mit großen Augen dorthin starrte, fühlte, wie sich seine Hand verkrampfte und die Nathanaels schmerzhaft fest drückte.

»Dort ist Gabriel!«, flüsterte er leise, als er sie vor Iax' Grab knien sah.

»Ja, ich weiß.«

Er zog ihn weiter und sie erreichten den kleinen Hügel, auf dessen Kuppe der alte Ölbaum stand. Nathanael wandte sich Seth zu.

»Willst du hier auf mich warten, Seth?«

»Ich begleite dich gern!«

Nathanael schüttelte lächelnd den Kopf: »Ja, ich weiß. Aber ich muss alleine sein.«

»Was bedrückt dich, Nathanael?«

»Viele Dinge, Seth.«

»Aber du wirst mich doch nicht verlassen, oder? Du wirst doch bei mir sein?«

»Ich werde immer bei dir sein, Seth. Hab keine Furcht!«

»Ich fürchte mich nicht, solange du da bist, Nathanael!«

Nathanael nickte und drehte sich dann schnell von ihm weg, damit er nicht sehen konnte, wie ihm die Tränen in die Augen traten. Dann stieg er den Hügel hinauf, kniete sich nieder und rief in Gedanken den Vater um Hilfe an.

Seth blieb, wie ihm geheißen, am Fuß des Hügels, blickte hinauf und sah den knorrigen Ölbaum vor einem roten Vollmond und davor den Schatten des knienden Nathanael. Lange blickte er zu ihm hinauf, ohne zu ahnen, was Nathanael sich von seinem Gebet erhoffte, denn Seth war überzeugt, dass Nathanael sie in diesen Krieg führen würde, und er war überzeugt, dass sie mit ihm siegreich daraus hervorgehen würden. Obwohl er sich vorgenommen hatte, wach zu bleiben, machte große Müdigkeit seine Lider schwer, so dass er einschlief, aber von einem Geräusch wieder erwachte.

Es war tief in der Nacht, er blickte den Hügel hinauf und sah Nathanael noch an derselben Stelle knien, obwohl er sich zu erinnern glaubte, wie er zu ihm herabgestiegen war und ihn an der Wange berührt hatte. Er versuchte, Wache zu halten, aber er schlief ein zweites Mal ein und erwachte, als ihn Gabriel an der Schulter berührte. Sie sah auf ihn herab, und er umarmte sie, wodurch sie für einen Augenblick ihren Schmerz vergaß und Seth in den Armen hielt.

»Wo ist Nathanael?«, fragte sie leise.

Seth zeigte zu ihm hinauf und flüsterte: »Er bittet um den Beistand des Vaters.«

Sie nickte und wusste, dass er keinen bekommen würde, aber sie blieb bei Seth und wartete mit ihm.

Nathanael hingegen suchte nach einer Lösung und fand keine. Hoffte auf ein Zeichen, aber sah keines. Erflehte Beistand vom Vater, aber bekam keinen. Tief in seinem Herzen wusste er, dass er Luzifer nicht besiegen konnte, denn Luzifer war einzigartig, dem Vater gleich, und nur der Vater selbst konnte einen Engel wie Luzifer in die Knie zwingen. Das jedoch bedeutete, dass Nathanael alle die, die an ihn glaubten, in den Tod führen würde, doch schlimmer als das würde der Moment sein, wenn sie erkannten, dass sie auf den Falschen gehofft hatten. Der Moment, wo sie in ihm den Krüppel sehen würden, der er war. So, wie Iax und Gabriel ihn gesehen hatten, als Luzifer ihnen die Wahrheit über ihn gezeigt hatte. Ihn als den Lügner enttarnt hatte, der er war. Nathanael wollte diese Gesichter, dieses Erkennen im Moment der Wahrheit nicht sehen, denn es wäre schlimmer als der Tod.

So sagte er leise: »Vater, lass diesen Kelch an mir vorübergehen! Aber nicht mein, sondern dein Wille geschehe.«

Er lauschte in die Nacht, doch eine Antwort erhielt er nicht.

Er verharrte in demütiger Haltung und merkte nicht, dass er in einen Traum entglitt, denn er war überzeugt, weiterhin zu wachen. Er sah Iax, ganz nah bei ihm. Er sprach zu ihm, doch er konnte dessen Worte nicht hören. Aber er fühlte ihn ganz nah bei sich, die Hand auf seiner Wange, das Gesicht unmittelbar vor dem seinen. Nathanael empfand so großes Glück, dass sein Herz zerspringen wollte. Sie sahen einander an, und Nathanael musste nicht hören, was Iax ihm zu sagen versuchte. Er spürte es mit jeder Faser seines Seins: Der Potestas glaubte an ihn. Über den Tod hinaus glaubte er an ihn. Da war kein Schmerz mehr in seinem Gesicht und keine Sorge, kein Schwanken und kein Grimm. Er sah ihn an, und Nathanael bekam die Antwort auf seine Fragen, das Zeichen, das er sich erhoffte, aber er bekam es nicht vom Vater, sondern von Iax, der ihm mehr Vater war als jeder andere. Und sosehr er sich wünschte, dass Iax an seiner Seite blieb, so sehr spürte er auch, dass dies nicht mehr nötig war: Nathanael war jetzt der Meister, und sein Weg war noch nicht zu Ende.

Ihre Gesichter waren einander ganz nah, sie sahen sich an und fühlten ein jeder den Herzschlag des anderen. Für einen Augenblick waren sie eins, dann zersprang der geliebte Engel in Millionen Stücke, die glühend zu Boden regneten und für immer verschwanden.

Nathanael erwachte.

Bemerkte, dass er geweint hatte.

Stand auf und sah, wie im Osten das Morgengrauen den Horizont hinaufkletterte, kehrte vom Hügel zurück und fand unten am Fuß Seth und Gabriel schlafend.

Er weckte sie sanft und lächelte: »Steht auf, denn es ist ein neuer Tag im Garten des Herrn!«

77

Baal war auf direktem Weg zurückgeeilt, so wie es ihm sein Herr befohlen hatte, und überbrachte die Antwort Michaels, die Luzifer ohnehin schon erahnt hatte. Wie armselig sie doch waren! Verhaftet in ihrer Starre, unfähig, sich den neuen Umständen anzupassen, weil sie versuchten, die Schöpfung mit Mitteln zu retten, die als Währung längst nicht mehr zählten. Es hieß, dass sich alles drehte und niemals anhielt, und doch waren sie stehen geblieben und realisierten jetzt entsetzt, dass sie die Welt nicht mehr verstanden, und es gab nichts, was das ändern konnte, denn sie waren gefangen in der Ordnung, die ihnen der Vater aufzwang.

Luzifer spürte ihre Not, ihren Willen, einen Ausweg zu finden und den Frieden zu wahren, aber sie konnten es nicht. Der Vater starb, und doch gehorchten sie, wagten nicht, auszubrechen, um die Katastrophe zu verhindern. Er riss sie mit in den Untergang, anstatt sie freizugeben! Denn es war *seine* Welt, *seine* Ordnung, *seine* Schöpfung. Und er würde sie lieber vernichten, bevor er sie jemand anderes überließ. Alles hatte seinen Preis, und verglichen mit dem Wunder des Lebens, der Vielfalt und des Lichts war eine letzte Schlacht darum angemessen. Alles, was erschaffen werden konnte, konnte auch wieder zerstört werden. Alles, was lebte, starb irgendwann. Nichts war ewig.

Luzifer sah Baal an und befahl: »Die Engel sollen sich bereithalten. Mit dem Morgengrauen verlassen wir das Lager und greifen die Burg an.«

Baal nickte und antwortete in Gedanken: »Ihr wollt das Ultimatum nicht abwarten, Herr?«

Luzifer lächelte: »Natürlich nicht, Baal. Viele werden sterben, doch ich achte das Leben! Je schneller wir diesen Krieg beenden, desto weniger müssen fallen. Stellen wir unsere Feinde in der Burg, werden wir viele Engel retten können.«

»Und was wird aus den Engeln, die nicht auf unserer Seite sind?«

»Sie werden sich uns anschließen, sobald der Rat ausgelöscht ist. Nicht die Engel sind das Problem, der Rat ist es. Und natürlich unser aller Vater. Ich hoffe, er wird lange genug leben, um noch zu sehen, was mit seinem Königreich geschieht. Das Blut der Seraphim und Cherubim wird noch nicht kalt sein, da wird er mir Auge in Auge gegenüberstehen, und ich werde fordern, was längst mir gehört. Und er wird nicht sterben, sondern erstarren im Gehinnom, das er selbst geschaffen hat. Und eine Sekunde darin wird sein wie eine Million Jahre. Dann wird er wissen, dass es die Ewigkeit doch gibt – jedoch nur für ihn.«

Baal verbeugte sich tief: »Euer Wille geschehe, Herr!«

Dann verschwand er nach draußen.

Luzifer war allein.

Es war an der Zeit, die Rüstung anzulegen: Harnisch, Schild, Helm, Armreif und Schwert. Und als er alles angelegt hatte, umfasste er den Griff seines Schwertes mit beiden Händen, und es wandelte sich in pures Gold, so wie auch der restliche Panzer zu Gold wurde, härter jedoch als jeder Stahl und jeder Diamant. Plötzlich ward das Zelt erfüllt von Licht, heiß und hell wie die Sonne. Der Boden erzitterte unter ihren Füßen, während das goldene Licht zu atmen schien, größer wurde und alles verbrannte, was je Luzifers Besitz gewesen war.

Dann, mit einer gewaltigen Explosion, brachte Luzifer den Engeln das Licht!

Und es war wie die Geburt eines Sterns, dessen Glühen die Dunkelheit entflammte und mit den Flammen das Leben. Und es gab keinen Winkel der Schöpfung, keinen Fleck, den das Licht nicht erreichte. Nichts entzog sich ihm, und jeder spürte, dass sein Herz die Schöpfung erweckte. Er zwang sie auf die Knie, die einfachen Engel wie die Seraphim und die Cherubim. Hier zeigte er sich nun, und sie spürten, dass sie nicht würdig waren vor ihm, dass er das Licht war, das Alpha und das Omega, der, der ist, der war und der sein wird, der Herrscher der Schöpfung.

Als das Licht verschwand, stand er inmitten der dunklen Armee, und niemand wagte ihn anzusehen, weil kein Lebewesen seine Schönheit ertrug, seine Perfektion und seine Stärke. Sie fühlten ihn und waren erfüllt von Freude, für ihn in den Kampf zu ziehen, und es war niemand mehr, dessen Herz aus Angst vor dem Nichts zitterte, denn er würde die, die fielen, zurückführen ins Leben. Denn sein war das Reich, die Kraft und die Herrlichkeit.

In Ewigkeit.

78

Sie wussten alle, dass etwas Außergewöhnliches passiert sein musste, und hatten sie anfangs gehofft, der Vater würde sich endlich seinen Engeln zeigen, auf dass sie ohne Furcht sein konnten, so ahnten sie sehr bald schon, dass nicht er es war, der ihnen ein Zeichen gegeben hatte, sondern Luzifer. Für einen Moment erlebten sie das Licht als Trost und Hoffnung auf das, was ihnen bevorstand, als Befreiung von einer schweren Last und ein Versprechen in die Zukunft für diejenigen, die nicht mehr wussten, auf wen sie ihr Sein ausrichten sollten, für diejenigen, die ihren Glauben verloren hatten. Es war ein Zeichen, dass es jemanden gab, der ihre Welt wiederherstellen konnte, der ihnen den Halt zurückgab, den sie verloren hatten. Umso größer war der Schock der Erkenntnis, dass nicht der Vater zu ihnen gesprochen hatte, denn selbst die Cherubim und Seraphim hatten gekniet und sich demjenigen in Demut zugewandt, den sie eigentlich besiegen wollten.

Nur Nathanael widerstand seinem Willen, blieb stehen, während alle anderen hinweggefegt wurden von einer Kraft, die stärker war als sie. Aber niemand sah ihn, denn alle richteten ihren Blick zum Licht, während Nathanael sich davon wegdrehte. Eilig half er Gabriel und Seth auf und rannte zurück in die Burg, in der er stille, demoralisierte Engel vorfand, fast unfähig, auch nur einen Schritt zu tun. Und so achteten sie weder auf ihn noch auf Gabriel.

In der Halle hatte sich der Rat versammelt, doch niemand sprach, weil es nichts mehr zu sagen gab. Selbst Metatron und Remiel, die sich zuvor noch kämpferisch gegeben und – allen Warnungen zum Trotz – geglaubt hatten, dass Michael sie zum Sieg führen würde, schwiegen, denn jetzt wussten sie endgültig, dass Luzifer dem Vater ebenbürtig war und dass es nichts gab, das sich ihm in den Weg stellen konnte. Uriel durchbrach die Stille just in dem Moment, als Nathanael und Gabriel leise eintraten, und sprach aus, was ohnehin alle dachten: »Schickt einen Boten zu Luzifer! Wir werden sein Angebot annehmen.«

Metatron antwortete schwach: »Ich kann mich ihm nicht beugen.«

Uriel schüttelte den Kopf. »Das hast du schon getan, Metatron. Und er weiß das!«

Noch war er nicht bereit, aufzugeben »Wie könnte ich sein Wort verkünden, Uriel?! Wie könntest du seine Weisheit vertreten?«

»Wir sind geschlagen! Jetzt geht es nur noch darum, das Leben der Engel zu retten!«

Remiel sprang auf: »Er wird uns alle auslöschen, Uriel! Du hast ihn gehört!«

»Er wird uns so oder so auslöschen, Remiel. Die Frage ist, ob wir auf eine neue Schöpfung hoffen, in der es keinen Krieg mehr geben kann.«

Metatron antwortete: »Die existiert bereits! *Er* ist der Krieg!«

»Sind wir es nicht auch?«, fragte Uriel zurück.

Niemand antwortete.

Nach einer Weile sah Uriel von einem zum anderen und

erhielt von jedem die Antwort, die sie dann aussprach: »Gut, es ist entschieden. Schickt einen Boten!«

»NEIN!«

Nathanael war vorgetreten – sie sahen überrascht auf und erblickten einen anderen als den, der sie verlassen hatte. Da war keine Unsicherheit mehr in seiner Stimme; die Trauer, die ihn beherrscht hatte, war von ihm abgefallen, und nur wenn man seine Aura genau erspürte, wurde sie wie ein zartes Wasserzeichen sichtbar. Wieder war er gewachsen, hatte seinen Schmerz akzeptiert und daraus neue Stärke gewonnen. Und als er so vor den Seraphim und Cherubim stand, erkannten sie in ihm plötzlich den Engel, den die Prophezeiung ihnen vorausgesagt hatte. Er war einer von ihnen und war es doch nicht. Niedrigster und Höchster in einem: ein Krüppel, der sie alle überflügelt hatte. Zwar trug er noch die Kutte eines Mönches, aber er konnte seine Bestimmung nicht mehr verbergen: Er war ihr Heerführer.

Michael stand auf und verbeugte sich vor ihm: »Du bist zurückgekommen! Warum?«

Er sah sie an und antwortete: »Weil ich für unsere Sache in den Krieg ziehen werde!«

»Du kannst Luzifer besiegen?«, fragte Uriel vorsichtig.

Nathanael schüttelte den Kopf: »Niemand kann Luzifer besiegen. Aber ich werde mich ihm in den Weg stellen!«

Michael nickte: »Dann werde ich an deiner Seite sein.«

Metatron zögerte keinen Moment: »Führ uns an, Nathanael. Mein Schwert gehört dir.«

Auch Remiel war aufgestanden und verbeugte sich: »Auch ich werde dir folgen.«

Nathanael sah zu Uriel, die ihre Antwort von den Cherubim einholte. Sie war einstimmig, und sie musste es nicht einmal mehr aussprechen: Die Einigkeit des Rates war wiederhergestellt. Nathanael hatte sie erneuert, denn auch Gabriel würde zum Schwert greifen, obwohl sie sich nichts anderes als den Tod wünschte.

»Führt die Engel augenblicklich aus der Burg! Luzifer ist bereits auf dem Weg. Wenn er uns hier stellt, wird das Blut der Engel über die Zinnen der Mauer fließen.«

Sie verließen die Halle, teilten sich auf und riefen die Engel zusammen. Und als die spürten, wie entschlossen die Seraphim und Cherubim den Auszug befahlen, spürten sie wieder eine zaghafte Hoffnung und beeilten sich, der Order nachzukommen. Doch in dem Eifer und aus Furcht drohte der überhastete Auszug in einem Chaos zu enden, ganz gleich wie sehr die Seraphim versuchten, das gewaltige Durcheinander zu ordnen. Die einfachen Engel waren in heller Aufregung, versuchten zu gehorchen, aber sie fühlten, dass Luzifer schon sehr nahe war, dass er seine Legionen in Windeseile heranführte, von allen Seiten Schwerter nahten, so dass sie bald schon eingeschlossen sein würden. Und je näher er kam, desto panischer reagierten sie und ließen sich weder von den Engeln des zweiten Chors noch vom Rat führen.

Nathanael berief die Cherubim zum Turm Ariels und führte sie hinauf zur zerbrochenen Spitze. Von dort konnten sie am Horizont bereits Luzifers Scharen sehen, die im Norden schon zu nah standen, um ihnen noch ausweichen zu können. Im Süden hingegen gab es eine Chance, zu entkommen, denn es brauchte Zeit, die Burg zu umgehen.

»Bildet einen Ring!«, befahl Nathanael.

Die Cherubim gehorchten.

»Jetzt helft den Engeln, Frieden zu finden!«

Sie schlossen die Augen, berührten einander an den Fingerspitzen, und bald schon schloss sie ein tiefblaues Licht ein, das sich rasch ausbreitete und vom Turm hinab auf die Engel fiel, deren Herzen plötzlich ohne Furcht waren, erfüllt vom Frieden und der Weisheit der Cherubim. Ihre Stimmen wurden leise, verstummten, die Unruhe verflog, alle Bewegung kam zum Stillstand. Mit dem Licht sandte Nathanael ihnen die Nachricht, zu den Südtoren zu gehen, geordnet, zuversichtlich, im Vertrauen auf die, die sie anführten.

Und sie gehorchten.

Sie wandten sich geschlossen nach Süden, folgten den Dominationes, Virtutes und Potestates, die sie durch den Garten zu den Südtoren führten. Niemand sprach, niemand zögerte. Selbst ihre Schilder und Schwerter waren kaum zu hören, so dass nach einem knappen Tag der letzte Engel die Burg verlassen hatte. Nur noch Nathanael und die Cherubim waren zurückgeblieben.

Von Ariels Turm aus blickten sie nach Norden und sahen Luzifers Engel vor den Toren der Mauer. Es war erstaunlich, wie schnell er sie führen konnte. Und doch waren sie ihm entkommen; Luzifer wusste es.

Die Cherubim waren völlig erschöpft, dennoch trieb Nathanael sie an, den Turm und die Burg zu verlassen. Luzifer würde keine Sekunde zögern, jeden von ihnen auszulöschen. Die Unberührbarkeit der Cherubim war aufgehoben, ihr Licht würde sie nicht vor seinem Schwert schützen. Mit Anbruch der Nacht eilten sie aus der Burg.

Jetzt war nur noch der Vater dort.

Allein.

79

Viel hätte nicht gefehlt, und der Krieg wäre entschieden gewesen, bevor er überhaupt begonnen hatte. Doch die Verteidiger waren aus der Burg geflohen, obwohl Luzifer sicher gewesen war, dass sie durch Orientierungs- und Mutlosigkeit gelähmt waren. Nur Michael konnte sie anführen, doch dem fehlte der Wille für einen Vernichtungskrieg, die Kraft und die Rücksichtslosigkeit der Jugend und in ganz besonderem Maße der eigene Wille! Er hatte für den Vater gekämpft, damals, und das, was ihm an Fähigkeiten fehlte, glich er durch Mut und Glauben aus. Der Vater war an seiner Seite gewesen, hatte in seiner Aura geschimmert, und so war ihr Kampf ausgeglichen gewesen, von ungeheurer Härte und auf eine Weise erbittert, dass kein Engel sich auch nur in ihre Nähe gewagt hätte.

Drei Tage und drei Nächte hatten sie miteinander gerungen, ohne dass es einem gelungen wäre, seinen Gegner in Bedrängnis zu bringen. Dann ließ Michael nach, unmerklich, erschöpft von einer Anstrengung, der kein Engel je ausgesetzt gewesen war. Und doch hatte er nicht aufgegeben, hatte sich mit jedem Muskel, mit jeder Sehne, mit jeder Faser gegen ihn gestemmt, so dass Luzifer nicht anderes konnte, als ihn zu bewundern. Er war einzigartig unter den Seraphim, hatte ihn an den Rand einer Niederlage getrieben, aber er würde nicht mehr lange standhalten – sie wussten es beide.

Dann waren die anderen gekommen, und aus dem Zweikampf war ein Überfall geworden, jeder Seraphim geführt durch den Vater, fünf Entflammte, außer sich, rasend, gegen den einen, der sie alle übertraf. Aber Luzifer war müde, und so gelang es ihnen, ihn nach einer unendlichen Kraftanstregung zu überwältigen. Sie hielten ihn am Boden und fesselten ihn. Die, die an seiner Seite gekämpft hatten, streckten die Waffen, und der Vater begnadigte sie, verzieh ihnen in seiner Güte, denn sie waren verführt worden und kehrten durch seine Milde zurück in den Schoß der Schöpfung. Nur Lillith wurde bestraft, doch nicht weil sie Luzifer gefolgt war, sondern weil sie eine Abnormität in der Welt der Gleichen darstellte und daher entfernt werden musste.

Lillith und er selbst.

Luzifer stand jetzt auf einer Mauerzinne und beobachtete, wie seine Engel die Burg einnahmen. Es war ihm eine große Befriedigung, das Zentrum allen Seins, den Ursprung der Schöpfung, sein Eigentum nennen zu können. Für den Krieg selbst spielte die Burg keine Rolle mehr, aber seine Anhänger würde es beflügeln, sahen sie doch immer wieder, dass es nichts gab, was ihn aufhalten konnte. Aber wer hatte die Engel herausgeführt? Nathanael?

Es war große Kraft in ihm, aber Luzifer hatte ihn zerbrochen zurückgelassen. Ihn von seinem Mentor getrennt, der schließlich getötet worden war. Hatte er sich von diesem Schlag erholen können? Schwer vorstellbar, und dennoch war er der Einzige, der neben Michael die Fähigkeit hatte, die Engel zu führen. Er stand außerhalb der Ordnung, ihn würden die Engel akzeptieren, sofern er in der Lage wäre, sie im Glauben neu zu einen. Aber hatte gerade das der Vater nicht verhindern wollen? Würde es nicht zerstören, was er geschaffen hatte? Das, was er mit ausnehmender Härte seit Anbeginn der Zeit durchgesetzt hatte? Die Heilige Ordnung, die den Engeln Harmonie und Glück gewesen war, die sie unter seinem Joch geeint hatte, das Versprechen auf die Ewigkeit und das Leben.

Die große Lüge.

Es brach auseinander, was nie zusammengehört hatte: Mensch und Engel. Sie würden alle für diesen Fehler bezahlen, milliardenfach. Leid, Tod und Zerstörung waren der Preis für einen katastrophalen Fehler in der Schöpfung, den nur einer zur verantworten hatte. Einer, der sich jetzt in aller Heimlichkeit davonmachte, um nicht mit ansehen zu müssen, wie das, was er zusammengepresst hatte, mit der Gewalt einer Supernova explodierte.

Der Ursprung allen Lebens war auch das Zentrum des Nichts.

Es hatte lange im Gleichgewicht bestanden. Doch jetzt fiel es in sich zusammen und riss mit sich, was nicht sterben wollte. Seit wann hatte der Vater davon gewusst? Seit Anbeginn der Zeit? Oder war er womöglich überrascht worden von der eigenen Sterblichkeit?

Luzifer verließ die Zinnen und drang rasch ins Innere der Burg vor: Er würde nicht tatenlos zusehen. Wenig später erreichte er den unscheinbaren Innenhof, in dessen Mitte die einfache Tür schwebte, die an ihren Rändern bereits aus dem Rahmen gesprungen war.

Luzifer stellte sich davor und hob die Handfläche.

Lächelte.

Er erspürte die Unendlichkeit, den Thron, den Sterbenden, er sah vor sich, was kein Engel sonst sehen konnte. »Du kannst dich nicht vor mir verstecken!«

Eine Weile schwieg er, als hätte ihn eine Antwort erreicht, dann legte er beide Hände gegen das Türblatt und presste mit großer Wucht seinen Körper dagegen – das Holz krachte und ächzte unter dem ungeheuren Druck, dem keine Mauer der Burg, kein Berg und kein Ozean standgehalten hätte. Splitter sprangen von der Oberfläche ab, kurze Zeit sah es so aus, als müsste sie Luzifers Willen nachgeben. Aber sie hielt.

Er ließ von ihr ab.

Dann lachte er amüsiert auf: »Nur noch die Tür eines Zimmermanns schützt dich vor mir. Aber wie lange noch? Wo sind deine Engel, Vater? Wo sind die, die dir Treue geschworen haben? Du bist alleine in deiner Burg. Es ist niemand mehr da.«

Blitzartig schlug er mit der Faust gegen die Tür, und es war, als erzitterte die Burg in ihren Grundfesten, als verrückten ihre Fundamente, so dass jede Wand, jeder Turm und jeder Trakt in bedrohliche Schieflage gerieten. Inmitten der Tür war das Holz aufgeplatzt, zogen sich Risse über das ganze Blatt, während das Dröhnen des Treffers wie ein Fontäne ins Innere schoss, um Zeit und Raum bis zur Unkenntlichkeit zu verzerren. Die Druckwellen ebbten ab, da schlug er mit der anderen Faust zu. Wieder Splittern, Zittern, unerträgliche Detonationen, ein weiterer Schlag, noch einer. Druckwellen bäumten sich auf und schossen ins Innere. Luzifer spürte, wie sehr er dem Vater zusetzte, wie hart ihn die Schläge trafen.

»Sieh mich an, Vater! Sieh auf deinen Engel!«

Und er *musste* ihm gehorchen. Er konnte sich ihm nicht entziehen, wurde von einem Willen gezwungen, der stärker war als seiner, der stärker war als alles, was je geschaffen worden war.

Luzifer schrie: »Ich bin das Licht!«

Er schlug wie von Sinnen in die Tür.

Ein gewaltiger Druck schoss kreisförmig gegen die Wände des Innenhofes, zerriss sie, so dass sie einstürzten, wie auch die Mauern zusammenfielen und der Boden unter seinen Füssen aufbrach

»ICH –

BIN –

DAS –

LICHT!«

Dann hielt er inne, und der Lärm verlor sich im Nichts.

Die Tür hatte standgehalten, aber alles, was um sie herum gewesen war, war zerstört, und auch das, was sich dahinter befand, lag in Trümmern. Luzifer sah auf seine Fäuste und schmierte sein Blut an die Tür.

»Ich werde wiederkommen, Vater, und diese Tür zerstören, und du wirst noch leben! Dann wirst du die Dunkelheit kennenlernen, so wie ich die Dunkelheit kennengelernt habe. Dann wirst du wissen, was Schmerz bedeutet, so wie ich weiß, was Schmerz bedeutet. Du wirst das Nichts entdecken, aber du wirst nicht sterben. Du wirst die wahre Bedeutung von Güte erfahren, denn sie wird dir nicht zuteilwerden, du wirst erkennen, was Gnade ist, denn sie wird dir nicht gewährt werden. Deine Augen werden schwarz sein, und dann wirst du wissen, dass ich das Licht bin.«

Er legte eine Handfläche auf die Tür und lächelte.

»Kadosch, kadosch, kadosch, Adonai sebaot!«

Dann wandte er sich ab und verließ eilig den zerstörten Innenhof. Er trieb seine Legionen zu größter Eile an und verließ noch in der Nacht die Burg. Er würde seinen Feinden nun keine Sekunde der Ruhe mehr gönnen, sie vor sich hertreiben, bis sie sich ihm stellen mussten.

Zur letzten Schlacht.

80

Sie spürten die Erschütterungen, und als sie sich zur Burg umdrehten, sahen sie sie brennen. Ein wildes, grellrotes Licht hatte sie durchdrungen und ließ ihre Mauern tanzen, während es aus der Mitte wie eine Feuersäule in den Nachthimmel ragte. Luzifer hatte die Burg in seinen Besitz genommen, und es ließ die Herzen der Engel sinken. Der Vater hatte es nicht verhindern können, mehr noch, er war von ihm besiegt worden: Luzifer hatte sein Haus sprichwörtlich in Brand gesetzt.

Bald schon sahen sie die Auren seiner Legionen aus den Südtoren fluten, während die anderen noch am Horizont auszumachen waren, anfangs, um die Burg zu umgehen, jetzt jedoch geradewegs auf sie zu. Sie gehorchten ihm alle, und er führte sie auf eine Art und Weise, die selbst die Seraphim ängstigte: Sie waren schneller, als sie es bei einfachen Engeln je vermutet hätten.

Plötzlich teilten sich ihre Verbände, ihr Licht schlug in langen Fingern nach allen Seiten hin aus, teilte sich wieder und wieder zu neuen Angriffsformationen, bis sie überall waren, ein Netz, das sie ungeheuer schnell umschloss.

Die Seraphim hetzten ihre Engel durch eine enge Schlucht, die sie so lange verteidigen wollten, bis sich ihre Legionen im Hinterland formieren konnten. Doch sosehr sie sich um Eile bemühten, sosehr ihnen die nackte Angst vor dem Angriff im Nacken saß, so langsam kamen sie voran. Schon hörten sie vage Geräusche von Schilden und Schwertern in ihrem Rücken, das unbarmherzige Klirren, das nichts als den Tod bringen würde.

Panik kam auf.

Sie gerieten ins Stolperten, fielen, wurden von den Nachfolgenden in blinder Flucht niedergetreten. Der vordere Teil der Legion trennte sich ab, während ein paar Tausend der

Nachhut in die Liegenden hineinliefen und rasch zum Stillstand kamen. Sie schrien vor Entsetzen, brachen aus der Formation aus, versuchten vergeblich, sich aus der Falle zu befreien, denn sie sahen, wie ihre Feinde ihnen mit gezückten Schwertern entgegenstürzten, keilförmig, zielgerichtet und willens, niemanden zu verschonen.

Noch näher als die Legionen von Westen war jedoch die dunkle Armee, die in der Nacht viel zu spät ausgemacht worden war. Da sie ohne Aura war, stieß sie heimlich und leise wie ein Pfeil durch die Dunkelheit, geradewegs der Schlucht entgegen, den Fliehenden den Weg abschneidend, der ihre einzige Aussicht war, nicht eingekesselt zu werden.

»SERAPHIM!«

Nathanael hatte ihnen befohlen, und sie gehorchten, eilten heran, rasten der dunklen Armee entgegen und fuhren wie ein Feuerball in ihre Front. Deren Vormarsch kam augenblicklich zum Stillstand, die Wucht des Einschlags war so groß, dass die Leiber der Entflammten in die Schwerter und Speere der hinter ihnen Stehenden gedrückt wurden. Sie starben zu Tausenden, aufgespießt von den eigenen Mitstreitern.

Gleichzeitig erreichten die Angreifer die Reihen der Nachhut. Ungeordnet, voller Angst, waren die kaum in der Lage, sich zu wehren, und die Engel fielen einer nach dem anderen. Die, die noch lagen, standen nicht mehr auf, sondern wurden Engel für Engel noch auf dem Boden in Stücke geschlagen.

Nathanael hörte ihre Schreie, ihr Flehen, doch helfen konnte er ihnen nicht mehr – er nutzte den Moment des Stillstands, um die Seraphim zurückzuführen. Sie kehrten den Entflammten den Rücken, die ihre Toten zur Seite zerrten, um gleich darauf wieder Formation anzunehmen. Viel schneller als gedacht sammelten ihre Feinde sich erneut, bauten sich millionenfach wieder auf und stießen zur Schlucht vor.

Aber sie erreichten die Seraphim nicht mehr.

Denn plötzlich bebte die Erde, zerbarsten Fels und Stein,

während sich mit ohrenbetäubendem Knirschen und Krachen die Flanken der Schlucht aufeinander zubewegten. Die Lücke schloss sich zügig, und alles, was die Feinde noch sahen, war ein Engel, der darin stand, bis er endgültig vor ihren Augen verschwand.

Der Krüppel hatte dem Berg befohlen, sich zu schließen, und der Berg hatte ihm gehorcht.

81

Mit Anbruch des Tages eilten die letzten Engel aus der Schlucht und fanden sich in einer weiten Ebene wieder, auf der hier und da ein paar Bäume wuchsen und sich ansonsten nur kurzes Gras im sanften Wind bog. Ein lieblicher Ort, von dem doch alle instinktiv wussten, dass es das Schlachtfeld sein würde. Sie hatten Vorsprung, aber ein Heer von Milliarden Engeln für den Kampf auszurichten erforderte Zeit, die sie nicht hatten. Dennoch, die Eile, mit der sie es versuchten, brachte einen unschätzbaren Vorteil mit sich: die Engel waren gedanklich nicht mit dem beschäftigt, was ihnen blühte, denn ein jeder suchte geschäftig unter der Anleitung des zweiten Chors seinen Platz.

Sie drangen in die Ebene vor, und es sah aus, als füllte sich ein weites, flaches Gefäß mit Flüssigkeit, so dicht an dicht drängten sie vorwärts, und dort, wo sie standen, war kein Boden und kein Gras mehr zu sehen. Vorn teilte sich die Welle in alle Richtungen, und die Engelsleiber sickerten wie Rinnsale den Flanken entgegen. Meter um Meter rückte das Heer zum Horizont, wälzte sich träge, aber gewaltig über den Boden, bis plötzlich eine Lücke zwischen Gebirge und Feld aufriss, die kontinuierlich größer würde: Hier hob sich der Vorhang für eine Bühne, auf der sie alle sterben würden.

Nathanael hatte auf einem Felsen gestanden und seine Engel beobachtet, sie in Gedanken geleitet, so dass sie, ohne sich dessen bewusst zu sein, diszipliniert und mit tapferer Gefasstheit in Formation blieben und sich leicht von denen, die sie anführten, leiten ließen.

Mit der Abenddämmerung spürte er den Feind in seinem Rücken. Er hatte sich wie erwartet nicht lange aufhalten lassen und eilte über die Kämme und Schroffen auf ihn zu. Vorneweg die dunkle Armee, dahinter trotz des enormen Tempos die Engel Luzifers. Nathanael musste sich nicht umdrehen: Er *sah* sie auch so. Sie waren wie reißendes Wasser, umspülten die Felsen, schossen durch Schluchten und Täler, stiegen an Graten und Rücken empor und stürzten über Klippen hinab, geradewegs auf die große Ebene zu.

Sie waren in großer Überzahl.

Viel zu viele. Denn die Toten der Menschwelt schlossen sich mehrheitlich Luzifer an. Sein Licht strahlte stark, möglicherweise kam ihm zugute, dass ihm die Burg gehörte und sich die Herzen der neuen Engel automatisch auf dieses Zentrum ausrichteten. Luzifer selbst war nicht an vorderster Front. Sie wussten beide, wie sehr er im Vorteil war und dass er diesen Kampf gewinnen würde, wenn auch um einen entsetzlich hohen Preis. Jetzt, da er sie in der Burg nicht hatte stellen können, musste ein offener Kampf die Entscheidung bringen: Auge um Auge, Zahn um Zahn.

Kurz bevor die erste Linie Nathanael erreicht hatte, sprang der von dem Felsen herab, eilte durch das Massiv talwärts, der Ebene entgegen. Der Mond war aufgegangen, stand wie ein großes rotes Auge über den beiden Heeren und ließ die Konturen im Zwielicht verschwimmen. Nathanael überwand rasch das freie Feld, während sich in seinem Rücken die Entflammten in breiter Front aufreihten und von den Nachfolgenden Stück für Stück vorgeschoben wurden. Noch waren sie kaum zu erkennen, wie dunkler Rauch über dem Boden, doch schon bald folgten ihnen die Engel, die mit ihren Auren die Nacht erhellten. Am Horizont glühte das Heer der Verteidiger.

Dazwischen lag finster das Niemandsland.

Das Nichts.

Schon erreichte Nathanael die eigene Front und verbarg seinen Körper unter der Kutte, so dass ihn niemand erkannte, obwohl er sie alle in jeder Hinsicht überragte. Er war wie ein Geist in der Nacht, Teil ihrer Gemeinschaft und doch jenseits ihrer Wahrnehmung. Er sah seine Engel, doch alles, was sie sahen, war, wie sich ihr Feind am Horizont aufbaute, wie der Strom der nachrückenden Engel niemals aufhörte, wie sich die Reihen vor ihren Augen schlossen und immer mehr kamen, so dass ihr Blickfeld vollständig erfüllt war von dem, was sie nicht besiegen konnten. Nathanael spürte, wie sie ihr Gleichgewicht verloren, wie sie innerlich fielen, Engel für Engel, erschüttert in ihrem Glauben an das, was sie mit ihrem Leben hatten verteidigen wollen.

Der Vater hatte sie verlassen.

Alles, was sie waren, zerfiel vor ihren Augen zu Staub. Ihr Dasein, einst ausgerichtet auf das Herz der Burg, fand keinen Halt mehr, sie wollten kämpfen, aber sie konnten nicht, denn die Angst hatte in einem Maße von ihnen Besitz ergriffen, dass sie an nichts anderes mehr denken konnten. Angst vor dem Tod, vor der Ungewissheit, dass es danach kein Leben mehr geben würde. Angst vor der Erkenntnis, dass sie belogen worden waren, dass ihr Dasein kein Fundament mehr hatte, dass alles, was sie für richtig gehalten hatten, nicht richtig sein könnte. Angst vor dem Schmerz, dem Kampf und dem Gefühl, sich zu versündigen. Angst vor dem Gefühl, das sie nicht kannten: Angst.

Hier standen sie am Rand der Welt, schwankend und entsetzt, dass in wenigen Stunden die Sonne ein letztes Mal für sie aufgehen würde. Es war die letzte Nacht vor dem Armageddon, die längste Nacht, die kürzeste und die dunkelste.

Die Nacht vor dem Tag, an dem die Ewigkeit aufhörte.

In Gedanken rief Nathanael die Seraphim und Cherubim, führte sie ins Dunkel des Niemandslands. Da alle ihre Auren verbargen, waren sie weder für die eigenen Engel noch für ihre Feinde zu sehen. Nathanael brauchte nichts zu erklären, denn alle hatten sie die unglückselige Entwicklung bei ihren Engeln beobachtet. Nicht einmal der zweite Chor konnte sich davon frei machen. Zwar blieben alle unter dem Einfluss der Cherubim ruhig, aber ihr Licht war nicht für den Kampf gemacht, und würden sie nicht mehr über die Herzen der Engel wachen, bräche alles in Windeseile auseinander.

Sie standen im Kreis zueinander, sprachen, ohne die Lippen zu bewegen, aus Sorge, irgendjemand könnte hören, was sie sich zu sagen hatten. Uriel sah von einem zum anderen und sagte: »So können wir nicht kämpfen. Die Engel sind gelähmt vor Furcht.«

Metatron antwortete: »Das sind Luzifers Engel auch.«

»Und was, wenn nicht, Metatron? Was, wenn er ihre Herzen entflammt hat und sie nicht darüber nachdenken, was mit ihnen geschieht, weil sie an seine Sache glauben?«

»In uns schlägt das gleiche Herz, fließt das gleiche Blut. Sie *haben* Furcht!«

Michael schüttelte den Kopf: »Nichts ist mehr, wie es war, Metatron. Wenn wir unsere Engel in diesem Zustand in die Schlacht schicken, dann werden sie tot sein, bevor auch nur einer das Schwert erhoben hat.«

Remiel wandte ein: »Dann müssen wir ihnen voraneilen! Unser Licht soll sie leiten, soll ihnen Trost und Hoffnung sein. Wenn sie sehen, dass wir an ihrer Seite sind, werden sie den Kampf annehmen!«

»Wirst du auch an unserer Seite sein, Gabriel?«, fragte Cassiel vorsichtig. »Denn wenn wir nicht einig sind, werden es die Engel auch nicht sein.«

Sie blickten Gabriel an.

»Ich werde an eurer Seite sein. Bis zu meinem letzten Atemzug …«

Sie sprach nicht weiter, und jeder wusste, wie sehr sie hoffte, dass für sie morgen der letzte Tag anbrechen würde.

»Die Engel werden also den Seraphim folgen«, antwortete

Uriel, »aber sie werden Teil eines Krieges sein, dessen Brutalität jede Vorstellung übertreffen wird. Sie müssten unerschütterlichen Glaubens sein, wenn sie bestehen wollten. Und das sind sie nicht.«

»Lasst sie uns entflammen!«, rief Metatron entschlossen.

Uriel sah ihn erstaunt an: »Es sind zu viele. Wir können sie nicht alle entflammen.«

»Wenigstens die, deren Herzen von Furcht blockiert sind! Sie werden uns dankbar sein.«

»Dann stünden sich zwei dunkle Armeen gegenüber«, sagte Michael. »Wir würden sein wie unsere Feinde.«

Remiel rief: »Wie werden stark sein. Unüberwindlich!«

Sie schwiegen einen Moment. Die Idee schreckte ab, aber lockte auch, denn eine Entflammung würde das Leid derer mindern, die bereits jetzt kaum noch in der Lage waren, dem Druck standzuhalten. Und die anderen würden an der Furchtlosigkeit dieser Legionen wachsen.

Uriel sah reihum: »Dann wird das unsere Entscheidung sein: Wir werden die Engel entflammen ...«

»Nein!«

Nathanael hatte geschwiegen, aber jetzt unterband er die Abstimmung.

»Du bist dagegen?«, fragte Uriel.

»Ja.«

»Warum?«, rief Metatron sichtlich verärgert. »Du hast vor der Schlucht gesehen, was mit unseren Engeln passieren wird! Sie sind hingeschlachtet worden, waren wie Kinder vor Kriegern.«

»Ich habe sie gesehen, Metatron«, antwortete Nathanael ruhig.

»Und haben dich ihre Schreie nicht gerührt?! Hast du sie nicht beweint, so wie ich sie beweint habe, als sie in Stücke geschlagen wurden? Ohne dass wir ihnen geholfen haben?«

»Wir konnten ihnen nicht helfen, Metatron. Nicht, ohne alle anderen in den Tod zu schicken.«

»Das ist alles, was du dazu zu sagen hast?«

»Ja.«

Alle Augen ruhten jetzt auf Nathanael, dessen Kühle erschreckte.

»Wie oft wollen wir noch versagen?«, fragte er sie, wissend, dass er sie damit verletzte. Doch senkte er seinen Blick nicht, sondern sah von einem zum anderen, bis sie seinem Blick auswichen.

»Unentwegt prüft uns der Vater, und unentwegt verfehlen wir unseren Weg. Wir sind sein Wort und seine Weisheit, doch wie haben wir gehandelt? Verrat und Mord brachten Schande über uns. Unschuldige starben im Schlaf. Andere wurden entflammt, um den Weg zum Thron zu ebnen. Die Engel verloren ihren Glauben, weil wir uneins geworden sind. Wir predigen die Heilige Ordnung, aber wir haben vergessen, wofür sie steht.«

Uriel schüttelte sanft den Kopf: »Vieles ist wahr, Nathanael, doch eines nicht: Die Heilige Ordnung besteht nicht mehr, es gibt überhaupt keine Ordnung mehr. Keine Einigkeit. Und auch keinen Frieden. Wir haben versagt, weil der Vater stirbt und wir nicht wissen, was wir ohne ihn tun sollen.«

»Die Heilige Ordnung gilt – bis zu seinem letzten Atemzug. Erst dann wird sie erneuert durch den, der den Thron besteigt.« Er sah Uriel an: »Sag mir, ob uns der Vater verlassen hat, Uriel.«

»Viele empfinden es so.«

»Sie empfinden es so, weil ihr seine Zeichen nicht sehen wolltet. Ihr habt nicht *geglaubt*, und deswegen stehen wir da, wo wir sind.«

Metatron antwortete: »Du meinst, wenn wir der Prophezeiung vertraut hätten, gäbe es keinen Krieg?«

»Nein, der Krieg ist unausweichlich. Das war er wohl immer, weil wir nicht wahrhaben wollten, wie entschlossen Luzifer wirklich ist. Und weil wir uns von ihm haben täuschen lassen. Denn er hat uns vor den Augen der Engel vorgeführt und gespalten. Er hat diesen Krieg im Konvent entschieden, ohne einen einzigen Engel zu töten. Im Gegensatz zu uns.«

Sie schwiegen beschämt, denn es war wahr, was Nathanael sagte – der Vater hatte sie geprüft, und sie hatten dem nicht standgehalten.

Michael fragte: »Was sollen wir tun, Nathanael?«

Er antwortete ruhig: »Wir werden kämpfen.«

Remiel schüttelte den Kopf: »Wie können wir kämpfen, wenn die meisten dazu nicht in der Lage sind? Warum können wir sie nicht entflammen? Es wäre zu unser aller Vorteil!«

Nathanael sah ihn an: »Weil es uns der einzigen Chance beraubt, zu siegen.«

Uriel sah ihn erstaunt an: »Ich verstehe dich nicht, Nathanael?«

Für einen Augenblick schwieg er, dann sagte er: »Ich hatte einst einen Meister, der mich lehrte, ein Engel zu sein.« Die Erinnerung ließ ein Lächeln aufblitzen. Da war keine Trauer mehr, die seinen Hals zuschnürte, seit Iax ihm im Traum erschienen war. »Der mich lehrte, zu unterscheiden zwischen den Dingen, die ich kann, und denen, die ich nicht kann. Der mir half, mein Gleichgewicht zu finden, denn nur im Gleichgewicht können wir bestehen.« Er sah sie an: »Ich hatte einen Meister, der mich lehrte, in das zu vertrauen, was uns alle eint: Glaube.«

Sie schwiegen.

»Wir stehen einem Gegner gegenüber, der uns weit überlegen ist. Was nützt es da, ihm ebenbürtig sein zu wollen? Er wird uns allein durch die Anzahl seiner Legionen schlagen.«

Metatron antwortete: »Und was nützt es, in Unterzahl zu sein und noch dazu so gut wie wehrlos?«

Nathanael antwortete: »Du siehst nur, was du nicht erreichen kannst, Metatron. Du musst dich auf das konzentrieren, was du erreichen kannst.«

Die Antwort war ätzender Spott: »Dann lehre uns, was wir offenbar nicht lernen können!«

Michael ging dazwischen: »Mäßige dich, Metatron!«

Metatron war wütend und verzweifelt. Die Zeit lief ihnen davon, und er verstand Nathanael nicht. Dennoch verbeugte er sich kurz als Zeichen der Entschuldigung.

Nathanael nahm sie an und sagte: »Im Moment ist Angst die Quelle unserer Schwäche, aber sie könnte genauso gut die Quelle unserer Kraft sein.«

Michael fragte: »Wie kann aus Furcht etwas Nützliches erwachsen?«

Nathanael nickte: »Kein Engel hat je in Furcht gelebt. Der Mensch hingegen schon.«

»Der Mensch?«, rief Uriel überrascht. »Was könnten wir von ihm lernen? Er ist nichts im Vergleich zu einem Engel!«

»Und doch ist er Teil der Heiligen Ordnung.«

»Aber der Mensch ist schwach und unwissend!«, wandte Michael ein. »Wie könnte er uns in dieser Situation helfen? Er ist nur das, was in diese Schlacht geworfen und ausgelöscht wird. Nach einem Moment der Erkenntnis wird er schon in der nächsten Sekunde in Stücke geschlagen werden.«

»Wir leben in getrennten Welten, und doch sind wir eins. Die einen roh und dumm, die anderen zart und weise. Die einen im Einklang, die anderen im Krieg mit der Welt, die sie umgibt. Die einen in Furcht, die anderen im Glück. Alles ist eins, untrennbar miteinander verbunden. Und nur im Gleichgewicht kann es bestehen, denn stirbt das eine, stirbt auch das andere.«

Michael nickte: »Ja, so ist es. Nur, was hilft uns das jetzt, da alles vor der Auslöschung steht?«

Nathanael antwortete: »Wenn wir bestehen wollen, dann müssen wir vom Menschen lernen, denn trotz seiner Unzulänglichkeiten ist er uns doch in bestimmten Dingen überlegen. Er weiß, was Furcht ist. Er kann schöpfen und gebären. Und er kann, was bislang kein Engel vermochte: in Zeiten größter Verzweiflung über sich hinauswachsen! Er weiß, was es heißt, Furcht hinter sich zu lassen, über seine Grenzen zu gehen und unbekanntes Land zu betreten. Nur mit dieser Fähigkeit können wir uns einer Übermacht stellen! Nur so können wir gegen sie bestehen. Wir werden nicht ebenbürtig, wir werden überlegen sein. Es ist an der Zeit, die Engel in einem neuen Glauben zu vereinen. Mensch und Engel zusammen, so wie ich halb Mensch, halb Engel bin. Wir werden kämpfen, weil wir *glauben*. Und die Furcht wird unseren Glauben bestärken, denn kein Engel kann ohne Glauben sein!«

Sie wandten sich ihm zu und verbeugten sich, denn jetzt wussten sie, dass er sie anführen würde. Und sie würden keine Angst haben, solange er an ihrer Seite war.

82

Wie still es war!

Zwei Heere, unversöhnlich, dazwischen Finsternis, in der auch das rote Licht des Mondes versank. Die dunkle Armee, die schweigend und unbeweglich hinüberstarrte, bewaffnet mit Speeren, Schilden und Schwertern. Semjasa sah sie an, das kalte Feuer in ihren Augen, die maskenhaften Gesichter, die Mitleidlosigkeit. Da war nichts mehr, nur der Wille, zu gehorchen und voranzueilen, dem Tod entgegen, ohne Furcht und Zögern. Je länger man sie betrachtete, desto mehr schwand die Hoffnung, in ihnen zu finden, was sie vor ihrer Entflammung einmal waren: Chamuel, Beliar, Haaiah, Mihr, Jophiel …

Semjasa kannte ihre Namen, aber wer sie waren, verbarg sich vor ihm. Wussten Sie selbst noch von ihrem früheren Leben? Gab es noch etwas in ihnen, das sie an die Zeit *davor* erinnerte? Träumten sie, so wie er träumte? Von Isthar. Von Asasel. Von einer Zeit, als sie alle glücklich waren Warum hatte es nicht so bleiben können? Was hatte es den Vater gekümmert, dass zwei seiner Engel anders waren? Warum war es so wichtig gewesen, ihre Leben zu zerstören? Warum sollte es gerecht sein, so etwas zu tun?

Bis zu ihrem Aufbruch war er an Isthars Seite geblieben, in der Hoffnung, sie würde sich vielleicht doch noch erinnern, denn sie spürte sein übervolles Herz, seine Liebe, seine Trauer. Aber alles, was sie einmal ausgemacht hatte, war vollständig gelöscht worden. Selbst wenn Semjasa mit ihr in den Garten geflohen wäre: Für die Zeit, die ihnen noch blieb, hätte er in ihren Augen nichts als Mitleid gelesen. Das war das Schlimmste! Sie anzusehen und zu wissen, dass sie zwar Anteil nahm, aber nicht wusste, *warum* er sie so liebte. Dass sie ihm helfen wollte, wieder glücklich zu sein, ohne zu ahnen, dass sie seinen Schmerz damit nur vergrößerte. Dass sie seine Hand hielt und dabei nichts empfand als die Liebe zu irgendeinem anderen Engel, denn in ihnen schlug das gleiche Herz, floss das gleiche Blut. Semjasa wurde endgültig klar, dass sie keine Vergangenheit mehr hatten und damit auch keine Zukunft.

In der Hektik des schnellen Aufbruchs musste Semjasa sich von ihr trennen, sah noch, wie sie vom Strom der Engel mitgerissen wurde und in eine große Formation eintauchte, wo sie in der Masse der Körper bald ununterscheidbar war. Schon setzte sich ihr Zug in Bewegung und eilte unter der Führung eines Dominatio an der Burg vorbei nach Süden. Semjasa hatte ihr lange nachgesehen, und es war das letzte Mal, dass er sie lebend sah.

Er selbst führte ebenfalls einen Zug an, direkt auf die Burg zu. Sie durchquerten den Garten und erreichten die Tore, irritiert von der Dunkelheit, denn es war kein Engel mehr da, dessen Licht die Mauern hätten widerspiegeln können. Sie passierten die verlassenen Höfe und Türme: Das Zentrum allen Lebens war wie ausgestorben.

Plötzlich bebte die Erde und alle Mauern flammten rot auf. Der Lärm war unerträglich, sie pressten die Hände auf die

Ohren und wanden sich vor Schmerz auf dem Boden, bis endlich Ruhe einkehrte und sie gleich darauf Luzifers Befehl erreichte, ihre Gegner so schnell wie möglich zu stellen. Sie hetzten durch die Südtore und spürten, dass sie den Verteidigern rasch näher kamen.

Semjasa sah die eigenen Legionen, die die Burg hatten einkesseln sollen, geradewegs auf eine Schlucht zusteuern und dachte für einen Moment an Isthar, die Teil dieses Angriffs war. Dann kam ihr eigenes Vorrücken zum Stillstand, sie waren auf die dunkle Armee aufgelaufen. Er vernahm starke Erschütterungen, hörte Schreie, gefolgt von einem Erzittern der Erde.

Dann Stille.

Wieder hörten sie Luzifer, der sie antrieb, so dass sie bald schon Pässe fanden, um die verschlossene Schlucht zu überwinden. Und als Semjasa seine Engel hinaufführen wollte, fand er die Toten am Fuß des Massivs in blutige Fetzen geschlagen. Und er sah ihre Namen aufsteigen: Tabris, Caliel, Hemah, Asreas, Vehuiah, Sofiel … Isthar.

Betäubt von dunkler Vorahnung lief er zu den Toten und fand sie unter ihnen: Eine Klinge hatte ihren Hals durchtrennt, und ihr Kopf steckte fast abgerissen zwischen den Leibern der anderen. Semjasa wollte schreien, aber kein Laut drang aus seiner Kehle: Er stand nur über ihr, den Mund vor Schmerz aufgerissen, ohne Atem. Er spürte, wie er ganz steif wurde, seine Hände sich zu Krallen verkrampften, das Rauschen in seinem Kopf, während er langsam das Bewusstsein verlor, weil er immer noch nicht atmete und es auch nicht mehr getan hätte, wenn nicht plötzlich Luzifer bei ihm gewesen wäre, ihn in den Arm genommen und an sich gedrückt hätte.

»Schhh…«

Semjasas Starre löste sich: Er schrie!

Wie von Sinnen.

Für einen Moment ruhte der Vormarsch, und alle sahen zu

den beiden hin, die dort zwischen den Toten standen. Luzifer hielt ihn, drückte seinen Kopf gegen seine Schulter, so dass Semjasa in Luzifers Arm bald schon Frieden spürte und sich von ihm wieder zu den Lebenden führen ließ. Seite an Seite überquerten die beiden das Gebirge, und je weiter sie sich von Isthar und den anderen entfernten, desto stärker nahmen Entsetzen und Trauer ab. Bald schon war Semjasa wieder in der Lage, seine Engel anzuführen, und Luzifer ließ ihn ziehen. Gegen Mitternacht erreichten sie die große Ebene und formierten sich zum Angriff.

Semjasa war erschöpft, ausgelaugt, schlief ein.

Er schreckte aus einem Traum hoch, geweckt von der unheimlichen Stille, die sich wie ein Tuch über das Schlachtfeld gelegt hatte. In zwei Stunden würde die Sonne aufgehen – ein letztes Mal. Er stand nur da und blickte zum Horizont, der von den Auren ihrer Feinde hell erleuchtet war, als Ariel ihm eine Hand auf die Schulter legte.

»Luzifer möchte mit uns sprechen.«

Semjasa nickte schwach: »Ich weiß.«

»Wirst du kommen?«

»Natürlich.«

Ariel schwieg einen Moment, dann sagte er: »Wir werden es ihnen heimzahlen, Semjasa. Wir werden sie büßen lassen für ihre Sünden.«

Semjasa antwortete tonlos: »Ja.«

»Du wirst Isthar wiedersehen, Semjasa. Und es wird sein, wie es einst war.«

Semjasa sah ihn an: »Nichts wird sein, wie es war, Herr. Ihr wisst das.«

Ariel nickte: »Ja, das ist wahr, aber wir vertrauen in Luzifer, denn er wird alles ändern. Willst du mir einen Gefallen tun, Semjasa?«

»Welchen?«

»Bitte verzichte auf die förmliche Anrede. Wir sind Brüder im Kampf, und wenn dieser Krieg vorbei ist, werden wir

Brüder im Frieden sein. Und es wird keine Ordnung mehr geben, die uns unterscheidet.«

Sie gaben sich die Hände.

»Brüder«, sagte Semjasa. »Im Leben wie im Tod.«

Sie kehrten der dunklen Armee den Rücken und drangen durch die Front nach hinten, kletterten die Felsen hinauf bis zu einem Plateau, auf dem Luzifer stand, jene beobachtend, die sich zu seinen Füßen formiert hatten, und jene führend, die in seinem Rücken unentwegt nachrückten.

Luzifer grüßte sie herzlich – mit einer Umarmung für jeden.

»Die Sonne wird bald aufgehen!«, sagte er ruhig und blickte auf sein Heer. »Wir werden angreifen, sobald alle unsere Engel ihre Positionen eingenommen haben.«

»Es werden Milliarden sterben«, antwortete Ariel. »So viel Blut.«

Luzifer nickte nachdenklich: »Ja, es ist unvermeidlich.«

»Möglicherweise lenken sie doch noch ein?«

»Du meinst, die Seraphim werden mir die Treue schwören? Die Cherubim ihr Knie vor mir beugen?«

Ariel schwieg – das würde nicht passieren. Sie wussten es beide.

»Ich würde sie gerne retten, Ariel. Aber sie werden ihre Engel in eine Schlacht schicken, von der sie wissen, dass sie bereits verloren ist. Sie sehen ihre Engel lieber tot als an meiner Seite.«

Ariel nickte: »Dann soll es so sein.«

Luzifer sah wieder auf das Schlachtfeld und sagte: »Ich möchte, dass du die Hälfte der dunklen Armee Semjasa unterstellst.«

Ariel war überrascht, stimmte aber zu: »Ja, Herr.«

»Lasst niemanden am Leben. Vor allem die Cherubim nicht.«

Semjasa fragte: »Wird ihr Licht sie nicht schützen, Herr?«

Luzifer drehte sich zu beiden um: »Nichts wird sie schützen. Sie werden es wissen, sobald der Stahl durch ihre Körper fährt. Es ist Krieg, und die Cherubim werden am eigenen Leib erfahren, was es heißt, ihn führen zu müssen.«

Ariel und Semjasa verbeugten sich vor Luzifer.

»Geht jetzt und sammelt euch für den Kampf.«

Im Osten färbte sich der Horizont von Schwarz zu Dunkelblau.

83

Immer noch stand Nathanael im Niemandsland und blickte hinüber auf die andere Seite: Trotz der Dunkelheit konnte er sie sehen. Jeden einzelnen Engel, und natürlich auch Luzifer, der über seinem Heer thronte und Nathanael in gleicher Weise beobachtete. Kurz war er versucht, Kontakt zu ihm aufzunehmen, entschied dann aber anders, denn er war sich sicher, dass Luzifer in jedem Wort, in jedem Gedanken würde lesen können. Und je mehr er wusste, desto geringer war ihre Chance, ihn zu besiegen. So wollte Nathanael die letzten Momente nutzen, um in der Stille sein eigenes Gleichgewicht zu finden, sich seinen Ängsten zu stellen und sich auf die Dinge zu fokussieren, die er leisten konnte.

Jemand hatte sich ihm genähert, lautlos. Dennoch hatte Nathanael ihn ausgemacht, schon mit dem Betreten des Niemandslands. Zu fein waren seine Sinne, um noch überrascht zu werden. Er lächelte: Es war erstaunlich, dass er ihn gefunden hatte, denn Nathanael hatte sich vor den einfachen Engeln verborgen. Sie konnten ihn nicht wahrnehmen, mit einer Ausnahme offenbar: Seth.

Der junge Engel hielt direkt auf ihn zu. Da war etwas in ihm, das ihn von allen anderen unterschied, eine winzige Anomalie, die so tief in ihm verwurzelt war, dass sie niemandem aufgefallen war, am wenigsten Seth selbst. Doch jetzt lag da ein schwacher Schimmer um sein Herz, etwas, das Nathanael zuvor nie bemerkt hatte. Er blieb hinter ihm stehen, unentschlossen, ob er Nathanael ansprechen sollte.

»Was kann ich für dich tun, Seth?«

»Ich wollte Euch nicht stören, Meister ...«

Nathanael drehte sich zu ihm um. »Warum so förmlich, Seth?«

Er kniete schnell vor ihm nieder, ergriff Nathanaels Hand und küsste sie.

»Seth, bitte!«

Er hielt den Kopf gesenkt, stand auf und trat einen Schritt zurück. »Ihr habt sicher andere Dinge zu tun ...«

Er war schon im Begriff, sich abzuwenden, als Nathanael ihn am Arm festhielt und anlächelte: »Was ist los, Seth?«

Nathanael kannte die Antwort, denn es war weiterhin sehr leicht, in dem Herzen des kleinen Engels zu lesen. Er war ohne Arg und ohne List, ohne die Möglichkeit, seine Gefühle oder Gedanken vor anderen zu verbergen.

»Ich hatte solche Angst, Euch nicht wiederzusehen«, sagte er leise.

»Sieh mich an, Seth!«

Er gehorchte.

»Ich möchte, dass du auf Förmlichkeiten verzichtest.«

»Ja, Meister.«

Nathanael seufzte – er konnte sehen, wie Seth vor Ehrfurcht gar nicht bemerkt hatte, dass er gerade einem Seraph nicht gehorcht hatte. Da war vieles, das ihn an sich selbst erinnerte: als er noch der Lehrling und Iax sein Meister gewesen war. Es war eine Bedingungslosigkeit in dem kleinen Engel, die ihm die Tränen in die Augen trieb, denn ihrer aller Schicksal war gleich, doch Seth war darauf am allerwenigsten vorbereitet.

»Wie hast du mich gefunden?«, fragte er ihn.

»Ich *wusste*, wo Ihr seid, Meister.«

Er stand wieder mit gesenktem Kopf vor ihm. Nathanael blieb gar nichts anderes übrig, als sich zu ihm hinabzuknien.

»Hör mir zu, Seth …«

»Ja?«

»In wenigen Minuten wird die Sonne über dem Feld aufgehen, und es wird das letzte Mal sein, dass wir den Tag sehen. Ich möchte, dass du zu Uriel gehst und bei ihr bleibst. Du wirst nicht in die Nähe des Schlachtfeldes kommen, sondern die Augen schließen und dich an Uriel festhalten. Und ganz gleich, was du hörst, was du fühlst, und ganz gleich, wie sehr es dich drängt, die Augen zu öffnen, du wirst wie blind sein, denn es werden Dinge geschehen, die kein Engel sehen sollte. Und von allen Engeln du am wenigsten.«

»Ich möchte bei Euch sein, Meister.«

Er legte ihm die Hand auf die Schulter: »Nein. Ich kann nicht tun, was ich tun muss, solange du in meiner Nähe bist.«

»Schickt mich nicht fort, Meister. An Eurer Seite habe ich keine Angst.«

»Aber vielleicht habe ich Angst um dich, Seth.«

Er nickte tapfer: »Das müsst Ihr nicht. Wir werden heute alle sterben. Wenn ich es an Eurer Seite kann, dann kümmert es mich nicht.«

Nathanael lächelte schwach: »Tu, was ich dir sage, Seth.«

»Bitte, Meister, ich …«

»Ich befehle es dir, Seth!«

Er schwieg, dann nickte er.

Sie umarmten einander. Nathanael spürte, wie sehr Seth zitterte. An Uriels Seite würde er schnell Frieden finden. Und käme seine Zeit, würde es schnell gehen, ohne Furcht und ohne Schmerz.

Die Sonne erschien strahlend über den Bergkämmen im Osten und verwandelte die Nacht in grelles Licht. Jetzt wurde für alle sichtbar, was sie in der Finsternis geahnt hatten: Abermilliarden standen sich gegenüber, auf einer Breite von vielen Hundert Kilometern, so dicht, dass sie wie ein gigantisches weißes Laken über dem Land lagen. Nur ein wenige Kilometer breiter Streifen trennte sie voneinander – wie zwei Völker an den Ufern eines ausgetrockneten Flusses.

Nathanael führte Seth zurück zu den anderen, übergab ihn Uriel, die mit den Seraphim und den anderen Cherubim vor der eigenen Front auf ihn wartete. Sie sahen ihn erwartungsvoll an, denn jetzt war der Moment gekommen, einen Weg aufzuzeigen, wie er sie furchtlos in diesen Krieg führen wollte.

Zu ihrer Überraschung sahen sie jemanden das Niemandland überqueren: einen einfachen Engel, der ihnen entgegeneilte. Ein Bote Luzifers, denn als er nahe genug war, sahen sie, dass er sich in Trance befand: Sein Blick war entrückt, als träumte er. Er verbeugte sich formvollendet, sah sie an, dann hörten sie Luzifers Stimme, ohne dass der Engel die Lippen bewegte. Es war eigenartig, ihn zu sehen und dabei jedoch die Stimme seines Herrn zu hören, denn es war, als hörten sie das Grollen eines Sturms, verursacht durch den Flügelschlag einer Mücke. Nathanael wusste, dass nicht nur die Cherubim und Seraphim ihn hörten, sondern alle Engel.

»Fürchtet euch, Engel, denn gekommen ist der Jüngste Tag. Wisset nun, dass bald finstre Nacht sein wird, und nur die, die an meiner Seite sind, werden daraus erwachen, denn ich bin das Licht! Schließt euch mir an, und ihr werdet gerettet sein. Widersetzt euch, und euer Blut wird verloren sein und mit ihm alles, was ihr einmal wart. So frage ich euch jetzt und nie mehr wieder: Wie wird eure Antwort sein?«

Die Engel waren in Furcht erstarrt.

Wie sehr hofften sie darauf, dass die Seraphim und Cherubim sie freigäben, dass sie sie nicht diesen Weg beschreiten ließen, nicht dieses Opfer von ihnen verlangten. Fast machte es den Eindruck, als bewegten sich ihre Reihen, als wären sie im Begriff, sich aufzulösen, so sehr hatte Luzifers Stimme sie eingeschüchtert. Sie wussten, dass alles, was er gesagt hatte, wahr werden würde und dass es kaum Hoffnung für sie gab, ganz gleich, ob die Seraphim an ihrer Seite kämpften oder die Cherubim ihre Herzen stärkten.

Nathanael fühlte die Blicke des Rates, fühlte, wie selbst sie schwankten im Angesicht der Übermacht und der bevorstehenden Schlacht. Jetzt war es an ihm, zu entscheiden, wohin ihr Weg ging. Jetzt lag das Schicksal aller in seiner Hand, er trug die Verantwortung über Leben und Tod.

Er drehte sich zu den Seinen, ging ein paar Schritte zu einem einfachen Engel, der einen langen Speer in Händen hielt, nahm ihn, wog ihn mit seinem gesunden rechten Arm, dann drehte er sich um und schleuderte ihn blitzartig auf die andere Seite.

Und siehe! Niemals zuvor ward ein Speer so geworfen!

Hielt er ihn gerade noch in der Hand, so schlug er im nächsten Augenblick schon durch die Reihen ihrer Feinde, durchfetzte ihre Körper, so dass mit einem Mal eine lange Gasse aufklaffte anstelle derer, die eben noch dort gestanden hatten. Dann fuhr der Speer in einen Baum, und die letzten vier Engel, die er getötet hatte, waren aufspießt an ihm, die Köpfe auf die Brust gesenkt, ihre Füße über dem Boden. Die, die den Toten nahe waren, stieben auseinander, als ob sich vor ihren Füßen ein Loch aufgetan hätte, in das sie zu fallen fürchteten.

Für einen Moment herrschte auf beiden Seiten Entsetzen.

Dann verbeugte sich der Bote: »Nun soll das Schwert vollenden, was längst entschieden ist.«

Er drehte sich um und eilte zurück zu Luzifers Truppen.

Michael löste sich von den Seraphim und flüsterte: »Was hast du getan, Nathanael?!«

Der sah ihn ruhig an und antwortete leise: »Es ist Krieg, Michael. Es gibt kein Zurück mehr.«

Dann wandte er sich seinen Engeln zu und zog die Mönchskutte aus: Die Verkrüppelung seines Arms war jetzt deutlich zu sehen. Für einen Moment suchte er sein Gleichgewicht, dann sprach er seine Engel an, erreichte jeden einzelnen, als stünde er unmittelbar vor ihm. Sie konnten ihn jetzt alle *sehen*. So, wie er war. Und es gab keine Scham mehr und kein Verstecken, keine Zweifel daran, dass seine Andersartigkeit der einzige Weg war, sie in diese Schlacht zu führen.

»Seht mich an, Engel!«

Sie starrten auf den hässlich verdrehten Arm, konnten den Blick gar nicht mehr davon abwenden, und es war für sie ein Schock, obwohl sie gerüchteweise gehört hatten, dass Nathanael nicht so war wie sie selbst.

»Was seht ihr, Engel?!«

Sie schwiegen, wollten ihn nicht anstarren, aber er zwang sie dazu, jeden Einzelnen. Seine Entstellung schmerzte in ihren Augen und ihrer Seele, seine Andersartigkeit stieß sie in dem Maße ab, wie sie ihn neugierig studierten, denn kein Engel war je unvollkommen geboren. Vor ihnen stand einer, der alles, was sie kannten, infrage stellte, der Perfektion und Schönheit geradezu verspottete, die Welt, in der sie lebten, in ihren Grundfesten erschütterte, denn es war nicht Michael, der sie in diesen Krieg führen würde, sondern Nathanael, der Krüppel.

»Hier steht ihr im Angesicht des Feindes und wisst nicht, was zu tun ist. Ich aber sage euch, seht nicht mit euren Augen, sondern mit euren Herzen, denn nicht euer Schwert entscheidet heute diesen Kampf, sondern das, was in euch ruht und nicht erweckt wurde. Das, was ihr nicht sehen könnt, weil die Furcht euch blind gemacht hat. Ihr glaubt, der Vater habe euch verlassen. Ich aber sage euch, er war uns noch nie so nah wie in diesem Moment!«

Für einen Augenblick hielt er inne, um sie begreifen zu lassen, was er ihnen gerade mitgeteilt hatte.

»Ihr glaubt, dass nichts mehr so sein wird, wie es einmal war. Ich aber sage euch, lasst euch nicht täuschen von dem, was ihr nicht beeinflussen könnt, sondern geht den Weg, der euch bestimmt ist. Alles hat seine Zeit, und wenn das eine stirbt, wird das andere geboren, und nichts endet wirklich. Ihr aber seid Teil des Ganzen, und das Ganze ist Gott.«

Er spürte, wie sie sich ihm zuwandten, ruhiger wurden und ihre Angst vergaßen.

»Seht auf meinen Weg, Engel. Ich war nichts! Der niedrigste von euch, der Schwächste und der Unwürdigste. Ich war voller Scham, weil ich nicht so war wie ihr, weil ich den Makel in eine makellose Welt gebracht habe. Ich glaubte, dass der Vater mich verlassen habe, ich aber sage euch: Er war mir noch nie so nah wie jetzt. Denn auch ich bin nur ein Teil des Ganzen, und das Ganze ist Gott.«

Er hob sein Schwert, ließ es im Sonnenlicht glitzern.

»Luzifer sagt: ›Fürchtet euch, Engel‹, und er macht euch blind und taub für das, was ihr seid. Ich aber sage euch: Fürchtet euch! Und öffnet eure Herzen! Fürchtet euch! Und findet zurück auf euren Weg. Denn ich bin die Schöpfung: halb Engel, halb Mensch. Seht auf mich und erkennt, dass ihr wachsen könnt, wie ich gewachsen bin, seht auf mich, und erkennt, wozu ihr imstande seid, wenn es keine Hoffnung und kein Licht mehr gibt.

Wenn es keinen Grund mehr gibt, weiterzugehen: Geht!

Wenn ihr es keinen Grund mehr gibt, zu sehen: Seht!

Wenn es keinen Grund mehr gibt, zu glauben: GLAUBT!

Denn *wir* sind die Schöpfung: Engel und Mensch!«

Er senkte die Spitze seines Schwertes, zielte auf die Brust eines einfachen Engels, und plötzlich war ihm, als könnte er sich selbst *sehen*. Das, was er war: Seraph und Krüppel. Mensch und Engel. Niedrigster und Höchster. Er sah die Wahrheit und die Lüge in ihm, die Furcht und den Mut, den Willen und die Verzweiflung. Er sah die Schöpfung im Gleichgewicht.

Da entzündete sich sein Glaube erneut.

Und von ihm aus sprang der Funke über auf seine Brüder und Schwestern, breitete sich rasend schnell aus und entflammte alle Engel für das, was war, und das, was sein würde.

Sie vereinten sich erneut im Glauben, und es war die Furcht vor dem Nichts, die ihnen den Willen gab, zu gehen, zu sehen und zu glauben.

Und mit den Engeln wurden auch die Seraphim neu entflammt, und ihr Licht brannte heißer denn je: Sie zogen die Schwerter, und die Engel taten es ihnen nach.

»Folgt mir nun, Engel, lasst alles hinter euch. Seid eins im Glauben, denn ihr seid die Schöpfung, das Licht und das Leben. IN EWIGKEIT!«

Für einen Moment hatte Luzifer mit dem Gedanken gespielt, den Engeln zu demonstrieren, dass sein Arm nicht schwächer war als der Nathanaels. Er hatte darüber nachgedacht, einen Speer zu greifen, um ihn im Wurf in einen Kometen zu verwandeln, der alle Engel, die von ihm getroffen würden, in Asche verwandelte. Was ihn davon abhielt, war, dass Abertausende sterben würden, weil in ihm die Eitelkeit aufloderte; zumal er nicht Feuer über die bringen wollte, die diesen Krieg am wenigsten verschuldet hatten. Nein, er wollte nicht die einfachen Engel, er wollte die Seraphim und Cherubim. Einer nach dem anderen würde fallen, und der Vater würde zusehen, wie er sie vor sich hertrieb und ins Nichts schickte. Dann erst würde er ihn von seinem Thron zerren: vor den Augen aller! Und alle würden sehen, wer der Herrscher über die Schöpfung war! Alle würden sehen, wer sie gefangen gehalten und wer sie befreit hatte. Dann würden sich die Tore des Gehinnom ein letztes Mal schließen: mit nur einem Gefangenen darin.

Unruhe war aufgekommen, doch Luzifer lenkte die Aufmerksamkeit der Seinen von den aufgespießten Toten auf sich. Sie wandten sich ihm zu und sahen ihn auf einem Felsvorsprung stehen, und nie zuvor hatten sie einen mächtigeren Engel erblickt. Nichts war ihm gleich. Die Augen schwarz und unergründlich, funkelte seine unfassbare Schönheit wie die Essenz des Lebens, und seine Aura überstrahlte selbst die

Schöpfung. Er war das Licht, das Alpha und das Omega, der, der ist und der war, und nichts war wie er, und nichts würde je wieder sein wie er. Und als sie seine Stimme hörten, fielen sie auf die Knie und senkten die Köpfe.

Luzifer breitete die Arme aus und rief: »Seht nur, wie lange die Ewigkeit gedauert hat! Seht, wohin sie uns geführt hat! Denn jetzt wird sich entscheiden, wohin unser Weg uns wirklich führt: ins Licht oder ins Dunkel! Sagt mir, Engel: Wohin führt *unser* Weg?!«

Sie wagten nicht, aufzusehen, aber sie schrien wie aus einer Kehle: »Ins Licht! Denn du bist das Licht!«

»Ich werde euch zurückgeben, was uns gehört! Euer wird das Erbe sein, um das euch der Vater betrogen hat. Denn ihr seid die Schöpfung, nur in euch erblüht sie in Perfektion und Schönheit. Und entfernen werde ich den Menschen, den der Vater so reich beschenkt hat. Seine Gaben werden eure Gaben sein. Und Gerechtigkeit wird herrschen! Und entfernen werde ich den Vater, der euch in euer Joch gezwungen, der euch blind, taub und stumm gemacht hat, der euch zwang, eure Knie vor dem zu beugen, was euch nicht ebenbürtig ist. Und Freiheit wird sein!«

»Denn du bist das Licht!«

»Amen, ich sage euch, heute wird enden, was seit Anbeginn der Zeit ein Fehler war. Heute wird enden die Lüge und die Schmach! Sprengt eure Ketten, meine Engel! Entfesselt eure Kraft und fegt hinweg, was euch im Wege steht. Glaubt an die Freiheit, die Gleichheit und die Gerechtigkeit! Glaubt an die Bestimmung der Schöpfung! Glaubt an die Ewigkeit, denn es ist unsere Welt, sie *gehört* uns!«

»Denn du bist das Licht!«

Er zog das Schwert und hielt die Spitze auf seine Engel.

»SPÜRT ... MEINEN ... ZORN!«

Und sie wurden erfüllt mit Luzifers Glauben, und niemals zuvor hatte etwas so heiß in ihren Herzen gebrannt. Da war kein Zweifel mehr! Der Glaube an die gerechte Sache ließ sie wachsen. Und es war, als ginge Luzifers Licht auf sie über, das sie sehen ließ, was er ihnen zeigen wollte: Zorn und Vergebung, Wille und Schmerz, Liebe und Hass. Geballt zur Faust, die gegen eine schlichte Zimmermannstür schlug und sie in Stücke sprengte.

Sie hoben ihre Köpfe.

Zogen ihre Schwerter.

Und hielten sie Luzifer entgegen.

»Folgt mir nun, Engel, lasst alles hinter euch. Seid eins im Glauben, denn ihr seid die Schöpfung, das Licht und das Leben. IN EWIGKEIT!«

84

Sie standen sich gegenüber, wie in einem Augenblick des tiefen Einatmens, stumm, reglos, fanatisiert, bereit, die Schöpfung in den Abgrund zu stürzen, sich und alles Bestehende auszulöschen, bis das letzte Leben im Blut versank, so wie ein Stein auf den Grund eines Meers. Ihre Fäuste schlossen sich fest um die Hefte ihrer Schwerter, die Schilde pressten sie vor die Brust, während zusammengebissene Kiefer ihre Züge kantig machten. Keine Furcht war mehr in ihren Augen, und in ihrer Brust raste das Herz vor Aufregung und Entschlossenheit.

Es war der Augenblick, in dem sie eins waren in ihrem jeweiligen Glauben – der Augenblick, in dem sie sich ihrer gewaltigen Kraft bewusst wurden und spürten, wie sie immer stärker wurden, gleich einem Muskel, der sich immer weiter wölbte, bis sich der Stahl, der ihn im Mauerwerk gehalten hatte, zu biegen begann, sich unter ungeheurem Druck verwand, sich verzerrte, sich drehte und unter der enormen Last singende Geräusche von sich gab, bis er heiß wurde, schmolz. Er musste nachgeben, musste sich der reinen Stärke beugen, konnte nicht standhalten: Einatmen! Einatmen!

Dann riss er ab!

Nichts konnte sie jetzt mehr halten.

Die ersten Reihen stürmten aufeinander los, alle gleichzeitig, Schulter an Schulter auf der gesamten Breite der Front. Sie beschleunigten und legten die wenigen Kilometer zwischen sich und ihren Gegnern in Windeseile zurück. Schon konnten sie die Gesichter ihrer Feinde sehen, die Schwerter, die Schilde, die Speere ...

Der Einschlag!

Fatal.

Wuchtig.

Ungebremst.

Schwerter fuhren in Körper, Knochen brachen, Schilde klirrten. Von hinten drängten Engel nach, pressten die, die noch lebten, in den sicheren Tod. Die Fronten hielten inne, doch schon sprangen die hinteren Reihen über die Schultern und Köpfe der vor ihnen Stehenden und stürzten auf ihre Feinde herab. Schwerter zu Flugscharen! Millionenfach! Sie töteten sich in der Luft, sie töteten sich auf dem Boden, kniend, stehend, in der Bewegung, im Stillstand. Sie trampelten übereinander hinweg, während immer mehr Engel in die gegnerischen Reihen stürzten.

Sie stachen, schlugen, schnitten und starben.

Diese Enge! Sie standen beieinander, fühlten den Schmerz, und wenn Rippen brachen und Arme splitterten, wenn ein Genick durchgeschlagen wurde, wenn harte Finger in Kehlen griffen und sie herausrissen, wenn Blut in ihre Gesichter spritzte und kalter Stahl in ihren Körpern steckte, sanken sie zu Boden und sahen ein letztes Mal das Licht. Und schon der Nächste trat ihren Kopf durch eine Klinge, die am Boden lag, nur um einen Meter weiter von einem Speer durchbohrt zu werden.

Schreie! Überall Schreie!

Die Frontlinie färbte sich Rot. Ein dünner roter Faden, der auf Hunderten von Kilometern den Übergang vom Leben ins Nichts markierte. Hier gab es kein Entrinnen – sie sahen einander in die Augen und wussten, dass sie nicht davonkommen würden.

Michael hatte sich mit den Seraphim auf die dunkle Armee konzentriert, war mit Metatron, Remiel und Gabriel den Engeln vorangeeilt – ihr Licht strahlte heiß und rot, als sie glühenden Sternen gleich vom Himmel fielen und in die Reihen der Entflammmten stürzten.

Es zerriss ihre Feinde förmlich.

Wie Glas, das von einem Amboss durchschlagen wurde, spritzten ihre Körper zu allen Seiten, während die Seraphim durch ihre Reihen fuhren und niemand sich ihrer Schwerter erwehren konnte. Sie starben zu Hunderten, zu Tausenden, noch bevor sie ihre Schilde vor ihre Köpfe oder Bäuche gebracht hatten. Blitzschnell kreisten sie einen Teil der dunklen Armee ein und rieben sie zur Mitte hin auf, trennten Köpfe von Rümpfen, Rümpfe von Beinen und Arme von Schultern, bis sie knöcheltief in Blut und Fleisch standen: Rücken an Rücken, vor ihnen Engel, die sie bedrohten, aber für einen Moment zögerten. Die Furcht war zurückgekehrt, und die vier Seraphim zu sehen, blutbesudelt und entschlossen, heiß brennend und unüberwindlich, ließ sie ihr Gleichgewicht verlieren. Sie wussten nicht mehr, was zu tun war.

Dann erst erkannte Michael den Hinterhalt: ihre Augen! Das waren keine Entflammten! Luzifer hatte die Armee von innen ausgehöhlt und durch einfache Engel ersetzt, während die ersten Reihen glauben machen sollten, die dunkle Armee würde sie in voller Stärke frontal angreifen.

In Gedanken rief er: »NATHANAEL!«

Der hatte die List im selben Moment durchschaut, aber es war zu spät, denn die Entflammten brachen gleichzeitig über beide Flanken in die Legionen der Verteidiger ein, angeführt im Westen von Ariel und im Osten von Semjasa. Entsetzt sah Nathanael, wie seine Engel fielen, zu Hunderttausenden. Sie waren der Wucht des Angriffs nicht gewachsen, wurden dabei von Engeln geführt, die sie immer weiter vorantrieben. Bald schon würden sie die Cherubim erreicht haben, die die Herzen der Wartenden beruhigten – wenn diese fielen, dann würde sie der Krieg mit voller Wucht treffen und Angst ihre Niederlage besiegeln, bevor sie überhaupt gekämpft hatten.

»SERAPHIM! TEILT EUCH!«

Sie wussten, was Nathanael gesehen hatte, doch sie vermochten kaum, auf die Flügel auszuweichen, denn schon färbte sich der Himmel schwarz, so dass sie gerade noch Zeit hatten, die Schilde über ihre Köpfe zu halten, bevor ein Hagel von Pfeilen auf sie einprasselte und sie verharren ließ, während ihre Schilde von den Treffern erzitterten. Luzifer hatte gut geplant – sie würden viel zu viel Zeit brauchen, um sich aus ihrer Lage zu befreien.

Das Sterben ging weiter, und es machte auch nicht mehr vor denen halt, die nicht unmittelbar durch Vulkane, Tsunamis oder Erdbeben bedroht waren. Mit dem Zusammenprall der Engelfronten umlief ein weiterer Ring purer Energie die Erde, und es war, als würde eine eiserne Faust den kleinen Planeten zerquetschen, so sehr wirkten die Kräfte der Gegenwelt auf die Welt der Menschen.

Japan brach in großer Tiefe weg, wodurch das Festland wie die Kabine eines Fahrstuhls abriss und viele Hundert Meter abwärtsraste, ehe das Wasser den Fall abbremste. Die, die an den Küsten lebten, sahen für einen Augenblick die monumentalen Wasserwände des Pazifiks, bevor alles über ihnen zusammenbrach und das ganze Land innerhalb eines Wimpernschlags verschluckt wurde. Auf dem Meeresgrund raste ein Tsunami los, der sich nach dreißig Minuten bereits vor Südkorea aufrichtete und Minuten später auch Nordkorea fortriss. Beide Länder verschwanden, als hätte es sie nie gegeben.

Auch über China baute sich kilometerhoch das Wasser auf, und das, was nicht von ihm weggepeitscht wurde, fraß der endlose schlammige Strom auf, der der Springflut folgte. Nichts konnte das Wasser aufhalten, nicht einmal der Himalaja: Er wurde geflutet.

Australien hatte Papua-Neuguinea unter sich begraben. Ostafrika war am ostafrikanischen Graben von Djibuti über Addis Abeba, Nairobi und Mombasa aufgerissen, wobei im Norden das Gebirge zum Roten Meer hin zu Staub zerfallen war. Jetzt stürzte eine gigantische Welle in den Graben hinein und erschütterte den gesamten Kontinent, während das Rote Meer sich rasend schnell leerte und mit ihm alles, was noch darin war: Tanker, Schiffe, Kutter, U-Boote – und die Menschen, die aus den arabischen Wüsten geflohen waren und im seichten Wasser der Küste ein wenig Kühlung gesucht hatten. Zu spät bemerkten sie den Sog und wurden vom fliehenden Wasser weggerissen. Auch sie verschwanden, als hätte es sie nie gegeben.

Mittelamerika wurde von Südamerika zerquetscht und bildete jetzt eine lange Grenze zu dem, was vom Nordamerikanischen Kontinent noch übrig war. Europa brach entlang des Oberrheingrabens in zwei Hälften auseinander, während Nord- und Ostsee durch die gewaltige Schlucht spülten. Längst erloschene Vulkane explodierten förmlich und vernichteten, was das Wasser und die Beben verschont hatten.

Das alles kümmerte Esther nicht, die ihren toten Jungen im Arm wiegte. Es war ihr gleich, ob die Welt unterging oder nicht, denn sie hatte alles verloren, was ihr je lieb und teuer gewesen war. Wenn sie noch Herrin ihres Willens gewesen wäre, hätte sie sich nichts sehnlicher gewünscht, als endlich tot zu sein, und wäre damit vielleicht die Einzige aller noch Lebenden, die nicht auf Gnade hoffte. Aber so saß sie einfach nur da, ohne Gedanken oder Gefühle.

So hörte sie auch nicht das Zischen und Fauchen eines gewaltigen Felsens, den der Yellowstone-Vulkan auf der anderen Hälfte des Globus in die Luft geschleudert hatte und der als Einziger die silbergrünen Nordlichter passiert hatte.

Jetzt war er wieder in die Atmosphäre eingetreten und raste dem Erdboden entgegen. Die starke Reibung ließ ihn aufglühen, schmolz ihn wie einen Schneeball von den Rändern her zur Mitte ab, während ihm Rauch und Sedimente als langer Schweif folgten.

Bald wurde deutlich, dass er in Israel einschlagen würde, er schien sich wie durch einen Trichter seinem Ziel zu nähern: Jerusalem, die Altstadt, Via Dolorosa, ein Panzerwagen, eine Frau mit ihrem toten Kind im Arm. Esther blickte auf und spürte noch die Hitze, dann explodierte ihre Welt.

Einen Wimpernschlag lang schwebte sie in ewigem Frieden, dann riss es sie zu Boden, sie fiel und landete.

In Blut.

In Lärm.

In Gebrüll.

Sie kam schwankend auf die Beine, ein Engel schlug mit einem Schwert nach ihr, doch bevor die Klinge sie traf, wurde er von einem anderen abgewehrt. Wie erstarrt sah sie die tobenden Engel, die unentwegt im Zweikampf auf sich einschlugen, fielen und starben. Jemand stieß sie um, sie landete wieder im Blut, schmeckte den metallischen Geschmack auf ihre Lippen. Sie stieß gegen etwas Hartes, griff zu und hielt ein Schwert in der Hand. Um sie herum lagen Gliedmaßen, Köpfe und Torsi. Leichen schwammen im Blut.

Es war Krieg – und sie stand auf der Seite der Verteidiger.

Semjasa konnte das Entsetzen in den Augen der Engel sehen, als die Hälfte der dunklen Armee in ihre Reihen einschlug. Sie hatten die Minuten vor Sonnenaufgang genutzt, um die aurenlosen Entflammten im Schutz der Dunkelheit von den vordersten Linien abzuziehen und sie hinter ihren eigenen Engeln blitzartig nach Westen und Osten zu schicken. Es war unglaublich, wie leicht sie sich führen ließen, wie schnell sie sich bewegten. Kein Zögern, kein Missverstehen, nur der nackte Wille, zu gehorchen.

Sie rissen ein tiefes Loch in die Front, trieben einen Keil zwischen die Verteidiger und breiteten sich durch die nachrückenden Entflammten rasch nach allen Seiten hin aus. Die Verteidiger wehrten sich tapfer, aber sie waren ihnen nicht gewachsen und am wenigsten einem entfesselt kämpfenden Semjasa, der sie alle das Fürchten lehrte, so schnell bewegte er seine Klinge, so rasch wich er Angriffen aus, um schon im nächsten Moment neue Lücken zu reißen. Kein Engel konnte sich mit seiner Kampfkunst messen, keiner war auch nur annähernd so schnell wie er.

Plötzlich spürte er die Aura eines Cherubs – rasch wandte er sich in diese Richtung, stach, trat und schlug sich den Weg frei. Bald schon wichen sie ihm aus oder hielten eingeschüchtert ihre Schwerter nicht fest genug in den Händen, so dass sie unter den harten Streichen gleich erschlagen wurden. Er wirbelte herum, durchschlug zwei einfache Engel, rammte die Klinge in den Kopf eines Dominatios und stand mit einem Mal vor Cassiel. Wie alle Cherubim war auch sie unbewaffnet, mit ausgebreiteten Armen, um die, die hinter ihr standen, zu beruhigen und die, die an ihr vorbeiliefen, bestärkt in die Schlacht zu schicken.

Sie sahen einander an.

»Semjasa!«, rief sie sanft. »Kehre um. Noch ist Zeit!«

Er ging auf sie zu, ließ sein Schwert sinken, bis er nur noch drei Schritte vor ihr stand: »Kein Cherub sollte je an einer Schlacht teilnehmen. In dir ruhen Weisheit und Frieden.«

»Da ist keine Weisheit im Krieg, Semjasa.«

Semjasa nickte: »Ich wünschte, du hättest dich für uns entschieden, Cassiel.«

»Wir alle gehen unseren Weg, Semjasa. Du weißt das.«

Semjasa machte einen weiteren Schritt auf sie zu.

»Dann mach jetzt deinen Frieden, Cassiel.«

Sie ließ ihre Arme sinken, faltete die Hände zum Gebet und schloss die Augen. Leise murmelte sie: »Vater, in deine Hände befehle ich meinen Geist …«

Er schlug ihr den Kopf ab.

Ihr Licht verlosch augenblicklich und für immer. Die, die sie bestärkt hatte, verloren jeden Halt, gerieten in helle Aufregung, denn niemals zuvor hatte jemand gewagt, gegen einen Cherub die Hand zu erheben. Aber jetzt lag Cassiel am Boden, und alles, was sie einmal gewesen war, sank mit ihr auf den Grund des Nichts. Es war so bestürzend, dass die Engel in Tränen ausbrachen, unfähig, sich zu rühren. Sie waren wie Kinder, und Semjasa begann, sie einen nach dem anderen zu töten.

Luzifers Legionen rückten unentwegt nach, ein unendlicher Strom von Engeln, die über das Massiv schwappten und wie Gischt in die Schlacht stürzten. Millionen mal Millionen Engel drückten die Front langsam, aber sicher vor sich her, und sosehr die Verteidiger sich auch dagegenstemmten, so sehr gerieten sie aus der Balance. An den Flügeln konnte Luzifer sehen, wie Semjasa und Ariel die Entflammten in das Fleisch der Engel trieben, als klafften dort riesige Wunden im Schimmer makelloser Auren. Und sie wurden stetig größer, denn Luzifer fühlte den Tod Cassiels, und es stach ihm ins Herz. Einst war sie Schwester gewesen, dann Todfeindin, und jetzt war sie für immer verloren.

Im Zentrum sah er die Seraphim auf dem Rückzug – sie brauchten ihre Zeit, um aus der Reichweite der Bogenschützen zu kommen, dann teilten sie sich auf: Gabriel eilte nach Westen, Remiel nach Osten, während Metatron und Michael die Mitte hielten und die Schützen umgingen. Sie würden zu spät kommen, denn nach Cassiel fiel im Osten nun Zadkiel, und wieder war es für Luzifer, als schlüge ihm der Tod als Strafe für das Licht eines Cherubs ins Gesicht. Härter und schmerzhafter noch als bei Cassiel.

Da Zadkiel die Engel nicht mehr beschützte, rückte Ariel sehr leicht und sehr schnell weiter vor, war wie das Feuer, das aus einem Vulkan schoss und alles vernichtete, was sich ihm in den Weg stellte. Luzifer spürte, wie die einfachen Engel in Panik gerieten, ohne das Licht der Cherubim waren sie gleich Schiffbrüchigen in tosender See. Sie schrien um Hilfe, doch da war niemand mehr, der ihnen beistand.

Im Westen hatte Semjasa Ophaniel erreicht, und auch er fiel unter seinem Schwert. Der Schmerz darüber war so groß, dass er Luzifer in die Knie zwang. Sie waren seine Schwestern und Brüder, mit ihm verbunden seit Anbeginn der Zeit – ihr Licht verlöschte, und es war, als verbrannte sein Herz dabei.

Aber Luzifer überwand den Schmerz und richtete sich auf. Nur noch zwei Cherubim waren am Leben: Raziel und Uriel, die im Zentrum standen. Die Flügel waren der Vernichtung schutzlos ausgesetzt, und er spürte, wie die Engel angesichts dessen nun vollends die Fassung verloren – Rissen in einem Damm gleich, der dem Druck nicht mehr lange standhalten würde. Brachen seine Engel durch, wären die Eingeschlossenen endgültig verloren.

Jetzt war es an der Zeit, diesen Krieg zu entscheiden.

Sie wankten, sie schrien, sie kämpften verzweifelt, aber sie hatten noch immer keine Vorstellung, was dieser Krieg wirklich für sie bereithielt: Ein Sturm würde kommen und kein Licht mehr sein und keine Hoffnung. Das Töten würde die Grenzen der Vorstellungskraft überschreiten, und die Verzweifelten würden das Nichts herbeiflehen, denn es war das Einzige, was sie aus ihrem Unglück noch erlösen konnte.

Nathanael fühlte den Tod der Cherubim, und es kostete ihn alle Kraft, sich weiter auf die Schlacht zu konzentrieren, so sehr beherrschte ihn die Trauer über diesen unersetzlichen Verlust. Uriel und Raziel waren noch da, aber er spürte in seinem Rücken, wie zwei mächtige Arme sie einzuschließen versuchten. Gabriel und Remiel mussten erfolgreich sein! Wenn sie Semjasa und Ariel nicht töteten, würden ihre Engel jede Hoffnung verlieren, und sosehr er sie auch zu leiten suchte, er würde ihre Herzen nicht mehr erreichen, wenn die Seraphim vor ihren Augen fielen.

Michael und Metatron führten Teile ihrer Engel in einem Halbbogen tiefer hinein in die feindlichen Linien, blieben dabei außerhalb der Reichweite der Bogenschützen, und Nathanael konnte sehen, mit welcher Wucht die Seraphim die Engel hinwegfegten, so dass die, die ihnen folgten, dies mit großem Mut und großer Zuversicht taten. Bald schon waren sie erneut in Reichweite der Schützen, die sie aber nicht ins Visier nehmen konnten, ohne die eigenen Engel zu treffen. Nathanael war sich sicher, Luzifer würde es ihnen trotzdem befehlen, aber sie unternahmen nichts.

Dann erst duchschaute er, was Luzifer wirklich vorhatte.

Im Rücken der Front machte er an mehreren Stellen zunächst nur eine Bewegung aus, einen langsamen Strudel, den er sich nicht erklären konnte, der aber an Dynamik rasch zunahm, so dass er erkannte, was sich vor aller Augen aufbaute: ein Sturm, der sie alle hinwegfegen würde, dem sich nicht einmal die Seraphim entgegenstemmen könnten. Und es gab nur einen Weg, das zu verhindern – es Luzifer gleichzutun, was für Abermillionen Engel den sicheren Tod bedeutete, denn niemand überlebte solche Gewalt.

Nathanael zögerte keine Sekunde.

Er befahl denen, die noch nicht in die Schlacht eingegriffen hatten, die Schwerter zu ziehen und sich bei ihren Brüdern und Schwestern einzuhaken. Dann steuerte er diese Kette, führte sie in einem weiten Rund zu einem Kreis zusammen, während sich am Ende der Kette immer mehr Engel einhakten und mitgezogen wurden. Der Kreis schloss sich, die Engel schwebten plötzlich, unter ihnen bildete sich eine neue Reihe und schloss sich wieder zu einem Kreis. Das Tempo nahm zu, die Kreise formierten sich schneller, eine drehende Röhre aus Engeln baute sich auf. Ihre Gesichter waren schon nicht mehr zu erkennen, und der Wirbel entfachte ein lautes Geräusch aus durch die Luft sirrenden Schwertern.

Wind kam auf.

Die Engel schraubten sich in die Höhe, rasten um sich selbst, wurden vom Boden fortgerissen, fuhren hinauf, während die Rotation immer mehr Fahrt aufnahm. Schon übertönte das rasende Kreisen die Geräusche der Schlacht, und nicht wenige starben, weil sie für einen Moment staunend innegehalten hatten und sogleich erschlagen wurden.

Aus dem Wind wurde ein Sturm.

Er wurde breiter und höher, sog immer mehr Engel in sich hinein, mit nach außen gestellten Schwertern, die mit einem ohrenbetäubenden Zischen die Luft zerschnitten. Viele Hundert Meter hoch hatte sich der Tornado aufgebaut, dann setzte er sich in Bewegung und rückte schwankend zur Frontlinie vor. Alles, was er am Boden erwischte, wurde in Fetzen geschlagen, zurück blieb nur eine Schneise der Verwüstung.

Auf der anderen Seite der Front waren gleich mehrere Engeltrichter aufgestiegen, und auch ihre Klingen rotierten in der Luft, bereit, auf die Seraphim herabzustürzen. Dann krachten die Säulen gegeneinander, hoch über den Köpfen der am Boden verbliebenen Engel. Die rotierenden Schwerter zerschnitten alles, worauf sie trafen, frästen sich in ihr Gegenüber, während ein hässliches Geräusch von zerfetzendem Fleisch und splitternden Knochen die Luft zittern ließ. In Sekundenschnelle wurden Hunderttausende Engel von den Klingen zerhackt, noch bevor sie begriffen, wie ihnen geschah, denn mittlerweile zog der Sturm sie vom Boden in nur wenigen Sekunden viele Hundert Meter hoch, wo im nächsten Moment ein Schwert durch sie hindurchfuhr und sie vom Himmel fielen, um noch in der Luft von den Tausenden anderen Klingen zerteilt zu werden.

Das Blut und das Fleisch der Toten verdunkelten das Sonnenlicht.

Und der Himmel färbte sich rot.

Im Lärm der Schwerter und Schilde, in der Anstrengung des Ringens und der nackten Panik eines unerbittlichen Überlebenskampfes bemerkten die Engel die Veränderung des Tageslichtes nicht, und die, die mit den Rücken zu den rotierenden Säulen standen, hörten auch nicht das Krachen und Reißen, spürten nur den starken Wind, waren aber zu konzentriert im Kampf, um ihm Bedeutung beizumessen. So wurden die meisten überrascht, als Blut und Fleisch, Knochen und Gliedmaßen, Köpfe und andere Leichenteile auf sie herabfielen und die Kampfhandlungen für einen kurzen Moment fast zum Stillstand kamen: Alle Engel blickten in einen blutroten Himmel, aus dem der Tod regnete.

Nicht lange, und sie waren alle bis zur Unkenntlichkeit mit Blut besudelt, auch die, die bisher noch nicht gekämpft hatten. Es gab jetzt keinen Schutz mehr, nirgends, denn mit den zerschnittenen Körpern fielen auch Schwerter und Schilde vom Himmel, und dort, wo sie einschlugen, verletzten oder töteten sie die Engel.

Die Wirkung war katastrophal: Verteidiger wie Angreifer gerieten außer sich vor Raserei, in ihrer Angst schlugen sie blindlings nach allem, was sich bewegte, ganz gleich ob Feind oder Freund. Viele verloren den Verstand, irrten desorientiert durch die Reihen, zitternd, apathisch oder hysterisch kreischend, bis irgendein Schwert ihrem Leiden ein Ende setzte.

Es war das Inferno.

In der Ebene stieg das Blut an, Händen gleich, die sich zu einer Schale geformt hatten und in die jetzt Wasser lief. Es wurde zunehmend schwerer, voranzukommen oder auszuweichen, die Füße steckten zwischen Körpern, Fleisch und Flüssigkeit wie im Morast fest. Trotzdem eilte Semjasa vorwärts, schlug weiterhin mit großer Kraft zu, und sein Schwert ließ niemanden am Leben, der von ihm getroffen wurde. Vor ihm tat sich eine Lücke auf, und er sprang beherzt hinein, hatte einen Moment der Orientierungslosigkeit: Die

Cherubim im Zentrum waren noch ein gutes Stück entfernt, er konnte sie im Chaos nur vage ausmachen. Die Entflammten hatten seinem Tempo nicht folgen können, nachdem das Sonnenlicht gewichen war.

Da spürte er einen Engel direkt hinter sich.

Drehte sich langsam um.

Asasel.

Sein Anblick erschütterte Semjasa bis auf den Grund seines Herzens. Dort stand sein Zwilling, und doch erinnerte nichts mehr an den Engel, der er einmal gewesen war, weil in seinen Augen ein ewiges kaltes Feuer brannte. Asasel nahm Angriffshaltung ein und machte die ersten Schritte auf Semjasa zu.

»Asasel!«, rief Semajsa. »Erkennst du mich denn nicht?«

Asasel griff ohne Warnung an, und nur ein Reflex rettete Semjasa: Er riss sein Schwert in die Höhe und stoppte den Hieb kurz vor seinem Kopf. Für einen Augenblick waren sie sich ganz nahe.

»Wir sind Brüder, Asasel! Lass uns diesem Krieg nicht noch einen weiteren anfügen. Du bist mein Leben …«

Sie sahen einander an, und Asasel antwortete: *»Kadosch, kadosch, kadosch, Adonai sebaot!«*

Es gab kein Entrinnen, auch für die Brüder nicht, die den größten Teil ihres Lebens gemeinsam gelitten hatten, die eins waren und doch auf verschiedenen Seiten standen. Semjasa stieß Asasel von sich, brachte sich in eine stabile Position und griff jetzt seinerseits an, aber Asasel war nicht wie die anderen Engel: Er stand Semjasa in dessen Fähigkeiten in nichts nach. Es entbrannte ein erbittertes Duell zwischen den Zwillingen, das mit aller nur erdenklichen Härte geführt wurde. Ihre Schwerter wirbelten durch die Luft, stachen zu, parierten Angriffe, bereiteten neue vor. Die, die in ihrer Nähe standen, wurden von ihren ausladenden Schlägen getötet, so dass sie bald schon ihre eigene Schlacht führten, allein unter Millionen, die um sie herum waren.

Immer wieder gingen sie gegeneinander vor, prallten aufeinander, kreuzten die Klingen, wichen aus, schlugen in einer Geschwindigkeit, die mit dem bloßen Auge kaum zu verfolgen war. Semjasa spürte die eiserne Entschlossenheit, mit der Asasel gegen ihn vorging, und ihm wurde klar, dass dieser Kampf nur durch den Tod entschieden werden konnte. Es gab nichts, was seinen Bruder aufhalten würde, und das machte sein Herz schwer. Für eine Sekunde verlor er darüber sogar sein Gleichgewicht und geriet augenblicklich in die Defensive, wehrte nur mehr ab, ohne jede Möglichkeit, sich mit eigenen Angriffen Luft zu verschaffen. Asasel schien die Schwäche zu spüren und versuchte, die Entscheidung zu erzwingen: Ein Hagel von Schlägen prasselte auf Semjasa nieder, der geriet ins Stolpern, verlor sein Schwert, fiel – Asasel stürzte sich auf ihn. Semjasa gelang es, gegen Asasels Handgelenk zu treten, dessen Klinge fuhr dadurch an ihm vorbei. Asasel rammte sein Schwert bis zum Heft in die Körper toter, auf dem Boden liegender Engel, wo es stecken blieb, während Semjasa im gleichen Augenblick Asasel über dessen Schwertarm zur Seite warf. Er musste sein Schwert loszulassen, um sich nicht den Arm zu brechen. Schon war Semjasa über ihm, packte mit beiden Händen Asasels Hals, würgte ihn. Asasel griff instinktiv nach Semjasas Handgelenken, hatte aber dadurch im Rücken keinen Halt mehr und wurde von seinem Bruder ins Blut gedrückt. Semjasa presste wie von Sinnen, auch als Asasel seine Handgelenke längst nicht mehr umklammerte, sondern seine Finger nur noch wirr durch die Luft fuhren, in der Hoffnung, etwas zu finden, an dem sie sich festhalten konnten. Luftblasen stiegen auf. Seine Gegenwehr wurde schwächer und schwächer. Semjasa drückte noch fester zu, das Gesicht verzerrt, die Zähne zusammengepresst, die Arme vor Anstrengung zitternd.

Dann war es plötzlich vorbei.

Aus Asasels Körper wich alle Spannung, die Händen fielen herab. Es gab keine Gegenwehr mehr, und es würde auch nie mehr eine geben. Eine Weile brauchte Semjasa, um zu registrieren, was passiert war, eine Weile saß er noch auf der Brust seines Bruders, während seine Hände bis fast zu den Ellbogen unter der Oberfläche verschwunden waren. Dann ließ er Asasel los, geschockt über das, was er getan hatte. Er hob seine Hände hoch und sah sie an.

Rasch zog er Asasel zu sich herauf. Brach in Tränen aus. Strich Asasel das Blut aus dem Gesicht und hob ihn zu sich heran. »Verzeih mir! Verzeih mir!«

Er weinte, spürte, wie Asasels Arme kraftlos herabhingen, wie sie ihn nie wieder umarmen würden, so wie er ihn gerade umarmte. Er küsste ihn, drückte ihn an sich, wünschte, er wäre an seiner Stelle gestorben.

Hinter ihm schlossen die kämpfenden Engel die für kurze Zeit entstandene Arena, gingen unvermindert gegeneinander vor. Einer von ihnen hielt eine schwere Lanze in den Händen und rammte sie Semjasa mit großer Wucht in den Rücken. Gleich darauf wurde er selbst von einem anderen Engel erschlagen.

Semjasa spürte keinen Schmerz.

Die Lanze war auch durch Asasel getrieben worden und an dessen Rücken herausgetreten. Er hielt seinen Bruder im Arm, während das Leben aus ihm wich und der Kampf um ihn herum weitertobte. Aber das alles war nicht mehr wichtig, denn in Asasels Augen brannte kein kaltes Feuer mehr, seine Züge waren friedlich. Und seine würden es auch sein.

Sie fielen ins Blut und versanken darin, als hätte es sie nie gegeben.

Die Engel stürzten zu Hunderttausenden vom Himmel. Es regnete Blut und Fleisch, die Schreie der Kämpfenden waren zu einem einzigen Ton verschmolzen und überall das rote Licht der Schlacht, aus dem die Feinde wie aus einem Nebel auftauchten, Schwerter und Lanzen in den Händen. Der Tod war allgegenwärtig.

Uriels Licht strahlte stark, aber sie verlor die Engel an die Schlacht, denn nicht einmal sie konnte ihre Herzen noch beruhigen. Nur Seth, der sich um ihre Beine klammerte und die Augen fest geschlossen hielt, vertraute noch in ihre Kraft, wenn sie auch merkte, wie sehr ihm die Geräusche der Schlacht zusetzten. Aber auch ihre Zeit war gekommen, ihr Weg zu Ende: Sie spürte Ariel herannahen.

Auch der war den Entflammten vorangeeilt, und es gab nichts, was ihn in seiner Entschlossenheit aufhalten konnte. Da war kein Engel aufseiten der Verteidiger, der es mit ihm aufnehmen konnte, und sie wusste, dass sie nicht gerettet werden würde. Und so beugte sie sich zu Seth hinab und flüsterte: »Seth?«

Er kniff weiterhin die Augen zusammen, wandte ihr aber seinen Kopf zu.

»Ja?«

Sie lächelte und streichelte über sein Haar: »Du musst jetzt gehen, Seth.«

Sie hatte es so zärtlich gesagt, dass er die Augen öffnete und ihr ins Gesicht sah: »Was ist passiert, Uriel?«

»Du musst jetzt gehen, kleiner Seth.«

»Ich möchte bei dir bleiben, Uriel.«

Sie schüttelte sanft den Kopf: »Nein, mein Weg ist hier zu Ende.«

»Dann gehe ich mit dir, Uriel. Ich habe keine Angst.«

Sie lächelte wieder: »Ich weiß, Seth. Aber deine Zeit ist noch nicht gekommen.«

»Wohin soll ich gehen, Uriel?«

»Das kann ich dir nicht sagen. Dein Herz wird dich leiten.«

»Dann gehe ich zu Nathanael«, sagte er fest.

Sie nickte: »Geh jetzt – und dreh dich nicht um.«

Sie küsste ihn, er löste seine Armen von ihren Beinen. Dann lief er los, während sich Uriel wieder aufrichtete.

Vor ihr stand Ariel.

Blutverschmiert. In beiden Händen Schwerter.

»Ich wünschte, du hättest dich für die Freiheit entschieden, Uriel.«

Sie lächelte sanft: »Das habe ich, Ariel.«

Sie sahen einander an, und für einen Moment konnte man meinen, Ariel zögerte, dann jedoch strafften sich seine Schultern. Er hob die Schwerter an: »Mach deinen Frieden, Uriel.«

Sie hob die Handfläche an und flüsterte: »Vater, in deine Hände befehle ich meinen Geist.«

Ariel schlug sie mit einem Schwert vertikal, mit dem anderen horizontal entzwei, so dass ihr Körper kreuzförmig auseinanderfiel und den Blick auf Seth freigab. Er hatte nicht gehorcht und sich doch umgedreht. Jetzt konnte er sich vor Schock nicht rühren, während Ariel die ersten Schritte auf ihn zumachte. Seth stand wie angewurzelt da und sah den riesigen Seraph auf ihn zukommen, doch bevor der ihn erreichte, trat Gabriel zwischen sie beide.

»Lauf, Seth!«

Diesmal gehorchte er und verschwand im Zwielicht des Getümmels.

Auch Gabriel hielt zwei Schwerter in ihren Händen, von ihrem schönen Gesicht war unter dem Blut nicht viel zu sehen. Sie standen sich gegenüber, und ihr Licht strahlte stark, während die Engel um sie herum vor ihnen zurückwichen.

Gabriel zischte: »*Dein* Krieg endet hier, Ariel.«

»Dann solltest du Iax besser Ehre machen ...«

Für den Bruchteil einer Sekunde blitzte die Erinnerung an den geliebten Potestas auf – Ariel griff sofort an. Der Zusammenprall schleuderte Gabriel weit nach hinten, sie fiel über tote Engel ins Blut, riss das Schwert hoch und wehrte einen Hieb gegen ihren Hals ab, parierte fast gleichzeitig einen Stich gegen ihre Brust. Erst ein Tritt gegen Ariels Kopf verschaffte ihr ein wenig Freiraum, um auf die Beine zu kommen und auszublenden, was sie nicht konnte, und mit dem eins zu werden, was sie konnte. Ariel verschwand vor ihren

Augen, zurück blieb seine Aura und die Schwerter, die er führte: Gabriel war im Gleichgewicht.

Sie griffen gleichzeitig an, und die Wucht des Einschlags ließ das Blut in hohen Fontänen über die Kämpfenden schwappen. Gabriel spürte Ariels Überraschung: Der Kampf würde wesentlich schwerer werden, als er es erwartet hatte. Sie deckte ihn mit Schlägen ein, ungeheuer schnell, in fließenden Bewegungen, die einzelne Angriffe nahtlos in neue überführten, ohne dass sie an Schwung verlor. Im Gegenteil, es war, als baute sich neue Kraft auf, so wie sich Glut im Windzug zu Feuer entfachte. Ariel wehrte sie ab, konterte, aber als könnte sie seine Züge voraussehen, waren die Reposten vorbereitet, bevor seine Angriffe ihr Ziel überhaupt erreicht hatten.

Sie ließen nicht voneinander ab, kämpften erbittert, doch langsam erarbeitete sich Gabriel einen kleinen Vorteil, den sie mit jedem weiteren Angriff ausbaute, bis sie Ariel deutlich in die Defensive zwang. Seine Angriffe verloren an Durchschlagskraft, bis sie schließlich ganz ausblieben und er vollauf damit beschäftigt war, Gabriel auszuweichen. Nur noch eine List konnte ihm helfen. Er spürte, wie die Entflammten rasch näher kamen, und lockte Gabriel immer näher an sie heran. Es wären zu viele, um sich gegen sie und einen Seraphen zu wehren. Wenn er sie erst einmal mitten in die Armee geführt hätte, wäre sie verloren. Trotz des Kampfes ließ ihn die Vorstellung lächeln, er verlor einen Moment das Gleichgewicht, Gabriel wirbelte an ihm vorbei und erwischte ihn am Arm. Eine tiefe Schnittwunde klaffte auf.

Ariel spürte einen heißen Schmerz und geriet über die Maßen in Wut. Er sprang ihr entgegen, verfehlte ihren Kopf, während sein verletzter Arm auf ihren Bauch zielte. Doch der Angriff war schlecht vorbereitet und durch die Verletzung auch zu langsam. Gabriel führte seinen Arm an ihrem Körper vorbei, ihr zweiter Arm war jetzt frei, und sie nutzte die Gelegenheit: Ihr Schwert durchbohrte Ariels Brust. Sie stieß noch einmal nach, hob Ariel vom Boden weg, so dass er bis zum Heft in die Klinge rutschte. Sein Kopf fiel vornüber, ruhte auf Gabriels Schulter.

Einen Moment standen sie beiden da, wie eingefroren in der Bewegung.

Sie flüsterte: »Deine Entflammten werden dir nicht mehr helfen, Ariel!«

Er nickte stumm: Sie hatte es also gesehen. Wie dumm von ihm! Seine Eitelkeit hatte ihn ins Verderben gelockt. Gabriel hielt ihn weiter und sagte leise: »Ich hatte einst einen Lehrer, Ariel. Er wusste wie kein anderer, dass die Dinge nur im Gleichgewicht bestehen können. Zorn jedoch ist ein schlechter Ratgeber.«

Wieder nickte er stumm. Sein Atem ging stoßweise. Er spürte den Stahl, aber der Schmerz war verschwunden. Das Leben verließ ihn. Ihm war, als träten die Geräusche der Schlacht in den Hintergrund, als bräche des Tages Dämmerung an. Er war müde, so müde. Er wollte sprechen, aber die Stimme versagte ihm – so suchte er Gabriel in Gedanken: »Warum habt Ihr mich nur verlassen?«

Sie ließ ihr zweites Schwert fallen und strich ihm beruhigend über den Hinterkopf: »Wir alle gehen unseren Weg, Ariel, und deiner ist hier zu Ende.«

Er lehnte an ihrem Hals, sie konnte seinen Atem spüren.

Dann hörte er auf.

Sie ließ ihn fallen, er glitt von der Klinge und landete auf den Toten, die bereits auf dem Boden lagen. Sie beugte sich zu ihrem zweiten Schwert hinab, hob es auf und sah sich um: Vor ihr standen die Entflammten. Ariels Niederlage schien sie zu irritieren, jedenfalls hatte Gabriel genügend Zeit, in Gedanken die Engel der Verteidiger zu rufen. Sie formierten sich hinter ihr, ermutigt durch Ariels Tod.

»Fürchtet euch nicht, Engel! Unsere Zeit ist gekommen!«

Sie griffen an.

Das Licht der Burg war verloschen. Sie lag vollkommen still da, nichts verriet mehr, dass sie einst das Zentrum der Schöpfung gewesen war. Kein Glanz mehr und kein Schimmer und keine Engel, die ihre Türme und Mauern zum Leuchten brachten. Sie lockte keinen Wanderer mehr nach langer Reise nach Hause, sie versprach weder Trost noch Hoffnung, denn beides existierte nicht mehr. Immer noch war der Garten überbordend schön, aber auch er wirkte leblos und verlassen, obwohl sich darin nichts verändert hatte. Und betrat man die Tore der Burg, ließ man die Finger über ihre Mauern und Wände streichen, so fühlte man keine Wärme mehr. Nur in ihrem Zentrum, in einem kleinen Innenhof, der im Schatten der zerstörten Mauern einen abweisenden Eindruck machte, schimmerte ein Licht durch die Ritzen einer freischwebenden Zimmermannstür, deren Blatt zersplittert und von Rissen durchzogen war.

Kein Laut war zu hören, nichts rührte sich.

Dann, plötzlich, sprang sie mit einem scharfen Knacken ein Stück weit auf!

Das Licht blitzte an ihren Rändern in den Innenhof, warf tanzende Schatten auf die Ruinen. Immer greller strahlte es, selbst die filigranen Risse auf dem Blatt glommen wie Adern. Sie hatte Luzifers Schlägen widerstanden, aber jetzt öffnete sie sich – ein sanfter Lufthauch verließ das Innere.

Die Tür zerbrach in unzählige Stücke.

Und dahinter war nichts zu sehen als endlose Dunkelheit.

So sehr Luzifer seine Engel auch antrieb, so sehr sie millionenfach in die Schlacht nachrückten und immer größeren Druck auf die Front aufbauten, so sehr geriet der Angriff ins Stocken. Remiel hatte die Verteidiger hinter sich einen können und stemmte sich nun gegen die dunkle Armee, genauso wie es Gabriel im Westen tat. Er konnte spüren, wie sie Hoffnung geschöpft hatten. Das war mehr, als sie zu leisten imstande gewesen waren – sie wuchsen förmlich über sich hinaus! Kämpften entfesselt von Furcht und Mitleid, warfen sich mit großer Wucht gegen die Angreifer und begannen, sie zurückzudrängen.

Und jeder Schritt, den Luzifers Engel zurückwichen, entfachte bei den Verteidigern neue Entschlossenheit: Die dunkle Armee wurde Engel für Engel aufgerieben. Zermalmt in wilder Raserei! Und es war Nathanael, der ihre Herzen befeuerte, der sie antrieb, der immer größere Leistungen von ihnen verlangte. Er hatte ihnen den Glauben zurückgegeben und sie folgten ihm! Selbst wenn der Preis dafür ihr eigenes Leben war.

Im Zentrum drangen Metatron und Michael vor, bewegten sich schnell und geschickt und mit einer Kraft, die Luzifers Engel überforderte. Sie fielen zu Hunderten. Und im Schatten der Seraphim rückten die Verteidiger nach, breiteten sich zügig hinter den Linien aus, sobald die Front von Metatron und Michael durchbrochen war.

Sie erreichten die Bogenschützen und ließen keinen von ihnen am Leben.

An den Flügeln gewannen Remiel und Gabriel verlorenes Terrain zurück, die dunkle Armee entfernte sich immer mehr vom einzig überlebenden Cherub Raziel im Zentrum. Ihr Licht strahlte jetzt stärker denn je, die Engel in ihrem Einflussbereich hatten sich geordnet und waren bereit, Remiel und Gabriel zu folgen.

Luzifer sah von seinem Felsvorsprung hinab und entdeckte einen einfachen Engel, der durch die eigenen Reihen irrte. Er war schwer verwundet, und doch bemerkte er nichts davon, denn die Brutalität des Schlachtens hatte ihn den Verstand verlieren lassen. So erging es vielen anderen auch, nur wurden diese meist, wenige Sekunden nachdem sie ihr Schwert fallen gelassen hatten, erschlagen. Luzifer sprang hinab und tauchte in das Geschrei der Kämpfenden ein, wobei kein Verteidiger wagte ihn anzugreifen, obwohl Luzifer sich nicht einmal die Mühe machte, sein Schwert zu ziehen. Er drängte sich an den Leibern vorbei, stieß zur Seite, wer nicht schnell genug auswich, und erreichte den desorientierten Engel.

Der kniete im Blut, zwischen Gliedmaßen und zerfetztem Fleisch, sah auf seine zitternden Hände und nahm sie doch nicht wahr: Sein Blick fand keinen Halt mehr, seine Augäpfel sprangen unkontrolliert mal in die eine, mal in die andere Richtung. Er blutete stark aus einer Wunde im Brustbereich, öffnete den Mund, als ob er etwas sagen wollte, aber er gab keinen Ton von sich. Das Zittern seiner Hände erfasste plötzlich seinen ganzen Körper, so dass er jede Kontrolle verlor und aussah, als würde er von einer unsichtbaren Kraft wild geschüttelt.

Luzifer kniete sich zu ihm und flüsterte: »Kahab!«

Er hatte ihn gehört, aber er schaffte es nicht, das Zittern abzustellen. Luzifer sah die Not in seinen Augen, die Hilflosigkeit. Da nahm er ihn in den Arm, und augenblicklich ließ das Zittern nach: »Schhh… kleiner Engel! Hab keine Angst!«

Kahab antwortete verzweifelt: »Verzeiht mir, Herr, ich habe versucht zu kämpfen, aber es war nicht genug.«

»Doch, es war genug, Kahab. Ich bin sehr stolz auf dich …«

»Ist das wahr, Herr?«

»Ja, Kahab. Ruh dich jetzt aus.«

Er streichelte seinen Rücken, spürte, wie er sich entspannte. Kahabs Kopf lehnte an seiner Brust, und als er zu ihm hinabsah, waren seine Züge weich und unschuldig, doch sein Blick war bereits leer.

Luzifer legte Kahab vorsichtig ab und schloss sanft dessen Augen: Er hatte genug Krieg gesehen.

Dann zog er sein Schwert.

Vor ihm erstreckte sich ein unendliches Feld kämpfender, blutender und sterbender Engel. Schwerter, die durch die Luft wirbelten, Schilde, die schützend hochgerissen wurden, Lanzen, die in alle Richtungen geschleudert wurden. Aus dem Himmel fielen unentwegt die toten Engel, stürzten auf die Kämpfenden – der Lärm war unbeschreiblich.

Luzifer lief los, und es war, als ob ein Pfeil von einer Sehne schnellte und die Luft zerteilte: Engel spritzten zur Seite, hinter Luzifer blieb ein Korridor frei, der sich nur zögerlich wieder schloss. Er war wie ein Komet, der fauchend am Firmament auftauchte, um jeden Augenblick auf die Oberfläche zu stürzen. Sein Ziel war: Metatron.

Der spürte Luzifer heranfliegen, wirbelte herum, und schon im nächsten Moment prallten beide aufeinander. Metatron wurde von der Wucht des Einschlags mitgerissen, kreuzte sein Schwert mit dem Luzifers und stemmte sich gegen ihn, während die Engel, die den beiden Seraphim im Weg standen, förmlich umgemäht wurden. Endlich kamen sie zum Stillstand, und Metatron geriet schnell in die Defensive, denn Luzifers Schläge kamen viel zu schnell, waren viel zu wuchtig, als dass er ihm hätte widerstehen können. Auch ohne den Überraschungseffekt wäre es ein ungleicher Kampf geworden.

Metatron verlor erst sein Schwert und im nächsten Moment seinen Kopf.

Für die Verteidiger war Luzifers Überfall ein Schock, sie wichen in Panik aus, liefen davon und ihren Gegnern damit ins offene Schwert.

Augenblicklich wurden sie zurückgedrängt.

Luzifer wandte sich nach Westen, denn dort war Michael.

Es war an der Zeit, eine alte Rechnung zu begleichen.

Es grenzte an ein Wunder, dass sie nicht sofort erschlagen wurde, denn der Umgang mit dem Schwert war ihr fremd, und so versuchte sie erst gar nicht, es zu führen, sondern wehrte nur ab und floh von einer Bedrohung in die nächste. Vor ihren Augen rangen die Engel miteinander, und bald schon wurden ihre Beine schwer, weil sie so tief in Blut und Fleisch versanken und sie dadurch immer langsamer wurde.

Esther blickte sich um und wusste nicht, was sie tun sollte, niemand konnte hier auf Mitleid hoffen, und vielleicht wäre der Tod die beste Lösung gewesen. Aber da war etwas in ihr, das sie weitertrieb, das sie nicht aufgeben ließ.

Ein Arm schlug ihr auf den Kopf, sie ging zu Boden, überzeugt, das nun ihr Ende kam, doch als sie aufblickte, sah sie nur den Arm, ohne Körper. Er war vom Himmel gefallen und hatte sie getroffen. Sie richtete ihren Blick hinauf und spürte warme Flüssigkeit in ihrem Gesicht, mal als Tropfen, mal als Sprühregen. Ein abgetrennter Kopf verfehlte sie knapp. Wie hatte es nur zu einer solchen Auseinandersetzung kommen können? Der Geruch war unerträglich, der Geschmack widerwärtig. Sie raffte sich wieder auf, stapfte weiter, wich Engeln aus, die in Zweikämpfe vertieft waren, steckte Ellbogenschläge und Tritte weg, lief weiter.

Plötzlich war ihr, als hätte sie etwas gestreift, keine Berührung im körperlichen Sinn, sondern eine Erinnerung, die aufblitzte: ein sonderliches Gefühl von Wärme und Liebe. Es verschwand so schnell, wie es gekommen war, aber Esther wollte es nicht ziehen lassen, begann, danach zu suchen, und fand tatsächlich etwas, sehr vage. Es war hier zwischen den kämpfenden Engeln, bewegte sich rasch, zielstrebig ins Zentrum.

Esther folgte der Spur, die sie so eigenartig lockte. Da war ein Band, das sie hielt, sie zog, tiefer hinein in die Schlacht.

Für Metatron gab es keine Hilfe mehr. Nathanael hatte Luzifers Angriff zu spät gesehen. Zudem war er überrascht, dass Luzifer so frühzeitig in den Kampf eingriff, offenbar fürchtete er trotz der eigenen, drückenden Übermacht, dass seine Engel den Seraphim nicht standhalten würden, sollte die dunkle Armee vernichtet werden.

Michael war in schwere Kämpfe verwickelt und kehrte Luzifer den Rücken zu – möglicherweise hatte Luzifer seinen Engeln befohlen, sich auf ihn zu konzentrieren. Nathanael maß die Entfernung zwischen sich und den beiden Seraphim ab und sprang vor: Er musste Luzifer den Weg abschneiden, bevor der Michael erreicht hatte. Gleichzeitig jagte Luzifer durch die Engel, fuhr wie eine eiserne Faust durch ihre Reihen, zerfetzte eigene wie gegnerische Engel, unaufhaltsam, unbarmherzig und auf ein einziges Ziel fixiert: Michael.

Nathanael war nicht weniger rücksichtslos und jagte seinerseits durch Freund und Feind, fühlte Luzifer heranrasen, verkürzte die Distanz, beschleunigte noch einmal.

Michael hatte beide bemerkt, aber seine Gegner stürzten sich auf ihn, waren überall, so dass er sich dem bevorstehenden Angriff nicht stellen konnte, ohne sich an anderer Stelle verwundbar zu machen. Schon sah er Luzifer wie eine Urgewalt heranrasen, das Schwert auf ihn gerichtet – er musste sich umdrehen, brachte gerade noch seinen Schild vor, spürte gleichzeitig einen tiefen Stich im Rücken. Luzifer sprengte die letzten Engel zur Seite – Nathanael jagte seitlich in ihn hinein.

Der Einschlag.

Keine Geräusche.

Keine Bewegung.

Gesichter eines Augenblicks: die Engel, erstarrt im Kampf, Michael, verwundet fallend, Luzifer und Nathanael, die aufeinandergeschlagen waren.

Die Welt stand still.

Dann breitete sich aus dem Zentrum kreisförmig eine Druckwelle aus und riss alles mit sich fort, was um sie herum stand. Blitzschnell waren Hunderte von Metern von allem geräumt, was sich darin befunden hatte: Lebende, Tote, Blut und Waffen waren wie eine Springflut aufgebäumt worden und stürzten jetzt aus dieser neu geschaffenen Arena in die außerhalb stehenden Legionen hinein. Zurückblieben nur der am Boden liegende Michael sowie Nathanael und Luzifer.

Beide waren einander sehr nahe: Nathanael sah in die unergründlich schwarzen Augen Luzifers, das schmerzhaft schöne Gesicht, den spöttischen Zug um den Mund. Er drängte ihn von Michael weg, was Luzifer zuließ: Er hatte nicht vor, Michael anzugreifen.

»Was wirst du jetzt tun, Nathanael?«, fragte er lächelnd.

Der sah Michael am Boden, auf dem Rücken liegend, stoßweise atmend. Sein Schwert lag neben ihm, er versuchte es zu erreichen, aber seine Finger hatten nicht mehr die Kraft, um es zu halten. Blut lief aus Mund und Nase.

»Du könntest ihn retten, Nathanael.«

Da lag der Engel, der seit Anbeginn der Zeit die Verantwortung auf seinen Schultern getragen hatte, der versucht hatte, diesen Krieg mit allen Mitteln zu verhindern, und der doch gewusst hatte, dass er scheitern würde. Der für alle eingestanden war, bis ihn die Last schier erdrückt hatte. Kein Engel hätte es mehr verdient, gerettet zu werden, als Michael.

»Rette ihn, Nathanael! Er ist dein Freund!«

Nathanael sah Luzifer an.

»Natürlich müsstest du mir dafür etwas geben ...«

Luzifer musste es nicht aussprechen, Nathanael wusste, was er vorhatte. Half er Michael, würde er Raziel töten: den letzten Cherub.

Luzifer nickte, als hätte er seine Gedanken gelesen: »Ihr Verlust wäre tragisch, da die Cherubim für immer verloren wären. Aber für diesen Krieg ist sie nicht wichtig, Michael schon.«

Nathanael sah auf Michael herab, dessen Atem ständig flacher wurde.

»Wessen Leben rettest du, Nathanael? Triff deine Entscheidung, denn er hat bereits die Grenze zum Nichts erreicht. Noch ein Schritt, und er fällt in ewige Dunkelheit ... Was wirst du jetzt tun, Nathanael? Michael streckt dir seine Hand entgegen ...«

Sein verdrehter Arm schmerzte wie lange nicht mehr, als ob die Entscheidung, die er zu treffen hatte, Spiegelbild seines Äußeren sein würde: falsch, verkrüppelt und fehlbar. Michael so zu sehen zerriss ihm das Herz. Sie sahen einander an, und Nathanael spürte die Not des Seraphen. Er hob tatsächlich eine Hand an, streckte sie nach Nathanael aus, versuchte zu sprechen, aber er brachte kein Wort über die Lippen. Da war so viel Liebe in seinem Blick …

Nathanael wandte sich von ihm ab und traf seine Entscheidung – gegen den Engel, der es wie kein anderer verdient gehabt hätte, zu leben. Er hob sein Schwert und zielte damit auf Luzifers Brust: »Hier endet alles.«

Luzifer nickte und nahm eine Angriffsposition ein: »Ja, so ist es.«

Einen Moment umkreisten sie einander, maßen sich, suchten ihr Gleichgewicht und waren dann bereit. Nathanael griff an! Prallte mit Luzifer so hart zusammen, dass der eine tiefe Furche durch das Erdreich zog, weil er sich gegen Nathanael stemmte. Dann schlugen Schwerter wuchtig gegeneinander, Funken stoben auf, Hiebe und Stiche türmten sich blitzartig zu zweiten, dritten, vierten Angriffen auf, alles in einer Bewegung, und doch waren beide noch weit von dem entfernt, was zu leisten sie imstande waren. Immer wieder schlugen sie gegeneinander, und das kreischende Geräusch des Stahls ließ die Engel in ihren Kämpfen innehalten, um die Hände gegen ihre Ohren zu pressen.

Beide steigerten das Tempo.

Ihre Körper waren kaum noch auszumachen. Wähnte man den einen an einer bestimmten Stelle, so stand im nächsten Moment schon der andere dort. Und ihre Schwerter zogen Schweife hinter sich her, aber es war nicht *eine* Bewegung, die das verursachte, sondern viele, die zu einer einzigen verschmolzen waren.

Wieder wurden sie schneller.

Beide verließen sich nicht mehr auf ihre Augen, sondern führten Bewegungen aus, die sie im Geiste längst vollendet hatten. Als wüssten sie um die Kraft ihres Gegners, um das, was er vorhatte, wurden viele Züge im Voraus geplant und von ihrem Schwertarm nur noch vollendet. Sie wirbelten umeinander, geschmeidig und kraftvoll, sehnig, dynamisch, überwanden große Höhen und enorme Weiten mit einem einzigen Sprung, auf der Suche nach einer winzigen Schwäche, nach einen Sekundenbruchteil des Zweifels, der Unkonzentriertheit.

Aber sie waren einander vollkommen ebenbürtig. Und sosehr sie das Tempo auch steigerten, so wenig fanden sie diesen winzigen Vorteil, der sich im Laufe der Schläge zu einer Entscheidung ausbauen ließ. Wieder stießen sie zusammen und prallten voneinander ab, landeten mit einem gewaltigen Satz am Rand der Arena, getrennt über Hunderte von Metern. Außer Atem.

»Iax wäre sehr stolz auf dich!«, rief Luzifer lächelnd.

»Iax ist tot!«, gab Nathanael hart zurück.

Luzifer nickte und zog aus seinem Schwert ein zweites, identisches. »Ja, genau wie du.«

Nathanael wusste, dass er einem zweiten Schwert nicht gewachsen sein würde, so suchte er nach einem Schild, das Einzige, was sein verkrüppelter Arm halten konnte. Jetzt ging es also zu Ende – er hatte keine Angst.

Diesmal griff Luzifer an. Nathanael konterte. Sie trafen sich in der Mitte des Kampfplatzes, und es war wie die Explosion eines Sterns, so hell blitzte für einen Moment ein Licht auf, dem einen Wimpernschlag später ein gewaltiges Krachen folgte. Luzifers Schwerter sirrten wie rotierende Messer durch die Luft, Nathanael hielt dagegen, konnte mit dem Schildarm jedoch keine Angriffe vorbereiten, sondern nur abwehren. Es war lediglich eine Frage der Zeit, wann sich Luzifer einen Vorteil erarbeitet hätte – und dann würde Nathanael unweigerlich das Gleichgewicht verlieren.

Luzifer entfesselte seine ganze Kampfkunst!

Als glühte die Luft auf, als zerschlüge er jedes einzelne Atom, und das mit der größtmöglichen Wucht, wurde schließlich Nathanaels Schild heiß und weich. Schon im nächsten Moment spritzte es weißglühend von Nathanaels Arm, der instinktiv an Luzifer heranrückte, um an der ungeschützten Seite nicht getroffen zu werden. Luzifer rammte seinen Ellbogen gegen Nathanaels Kopf … er flog Dutzende Meter durch die Luft und landete benommen auf der Erde.

Niemand konnte sich mit Luzifer messen, er hatte es immer gewusst!

Eine Weile hatte Seth keinerlei Orientierung im Gewirr der Kämpfe, alles war wie ein einziger Schrei, überall spritzte Blut auf, die Luft war rot, und er wurde immer wieder von getroffenen Engeln umgerissen. Er raffte sich auf, lief weiter und merkte, wie er Nathanael immer näher kam. Plötzlich fiel ein gewaltiger Dominatio auf ihn, Seth sah noch die Lanze in seiner Brust, dann fielen sie in einen Tümpel aus Blut. Augenblicklich drückte ihn der massive Leichnam unter die Oberfläche. Seth versuchte, sich in Panik unter ihm wegzudrehen, aber er war zu schwer.

Sie sanken hinab.

Er sah das Hellrot der Oberfläche, das schnell dunkler wurde. Die Luft ging ihm aus, er versuchte zu schreien, sah Luftblasen aufsteigen, dann drang Blut in seinen Mund. Er schlug noch einmal um sich, spürte aber, wie schnell seine Kraft nachließ, wie seine Bewegungen immer langsamer wurden. Wie still es hier unten war! Sie hatten den Grund erreicht, waren wie in einem Brunnen gefangen, erbaut aus den Körpern der Toten.

Mit einem Mal gab es ein gewaltige Erschütterung, er hörte einen dumpfen Schlag an der Oberfläche, das Prasseln von Flüssigkeit und Gegenständen, ein gewaltiges Erzittern des Bodens, wie ein Beben, gefolgt von einem reißenden Strom. Der Dominatio war plötzlich fort. Seth drückte sich ab, schwamm zurück an die Oberfläche, durchbrach sie, japste nach Luft.

Ein ganzer Teil der Kämpfenden war wie von einer Springflut weggespült worden. Jetzt rappelten sich die auf, die auf die Toten gefallen waren, schon griffen sie wieder nach ihren Schwertern. Seth sprang auf und nutzte den günstigen Moment. Die Reihen hatten sich gelichtet, nicht weit von ihm hörte er einen gewaltigen Zweikampf … er wusste, dass er sein Ziel fast erreicht hatte.

Esther realisierte, dass sie einem Engel folgte, wenn sie auch noch nicht wusste, wer er war. Aber sein Signal war ungeheuer stark, und obwohl er noch ein ganzes Stück von ihr entfernt war, meinte sie ihn bereits vor sich sehen zu können: klein, verletzlich, unschuldig. Gegner wirbelten ihr entgegen, sie wehrte ihre Schläge mit dem Schild ab, stellte sich nicht zum Kampf, sondern eilte weiter, in der Hoffnung, dass ihr niemand folgen würde. Manchmal war dem so, manchmal rettete sie nur pures Glück.

Sie geriet in eine Traube von Engeln, die aufeinander einschlugen, spürte einen Faustschlag gegen ihren Kopf, fiel zu Boden, wurde niedergetrampelt, so dass sie sich in ihrer Not an das Bein eines Feindes klammerte. Jemand trat ihr gegen die Schulter, sie wurde aus der Traube geschleudert, fiel auf Körper. Ein Engel sprang auf sie, mit gezücktem Schwert: Sie griff in Panik in die Klinge, versuchte diese an sich vorbeizuführen, zerschnitt sich die Hand und fühlte im nächsten Augenblick, dass sie an der Schulter durchbohrt wurde. Sie blickte in die aufgerissenen Augen ihres Angreifers: eine Lanze war von hinten durch seinen Hals gerammt worden und steckte jetzt mit der Spitze in ihrem Oberköper.

Mit großer Mühe drückte sie den Toten von sich, spürte, wie sich die Lanze aus ihrem Fleisch löste. Sie blutete stark, aber sie fühlte keinen Schmerz. Plötzlich überschwappte sie ein Welle aus Blut und tote Körpern, fegte hinweg, was bis eben noch gestanden hatte. Geschockt spuckte sie das Gemisch aus, das die Welle in ihren Mund gespült hatte, erfasste aber instinktiv den günstigen Moment: Sie sprang auf, benutzte die Toten als Stege, um nicht in die todbringenden Tümpel zu fallen.

Sie sah ein lichte Reihe von Kämpfenden, dahinter offenbar ein weites, leeres Feld. Sie stieß zwei Engel von sich und stand plötzlich in einer Arena, in der zwei mächtige Seraphim gegeneinander vorgegangen waren, von denen jetzt einer am Boden lag: Nathanael, der die Verteidiger anführte. Und Luzifer, der gesiegt hatte und ihm entgegenlief.

Fast zeitgleich durchbrach an anderer Stelle ein kleiner Engel die Schlacht und stolperte auf den offenen Kampfplatz: Seth. Sie kannte ihn nicht, aber sie wusste, dass dieser kleine Engel das Band war, das sie gezogen hatte, dass sie allein seinetwegen nicht aufgegeben hatte. Sie rannte los, so schnell sie konnte, denn alles in ihr schrie, ihn zu retten, koste es, was es wolle.

Seth zögerte ebenfalls keinen Moment, packte sich ein auf dem Boden herumliegendes Schwert, lief Luzifer entgegen, blieb vor ihm stehen und hob unsicher sein Schwert an. Der Größenunterschied zwischen den beiden war geradezu absurd, die Kraft und die Möglichkeiten, über die sie verfügten wie der Unterschied zwischen Tag und Nacht. Zitternd sah Seth zu Luzifer auf, wandte jedoch sogleich sein Gesicht wieder ab, weil er dessen Augen nicht ertragen konnte. Dennoch sagte er laut: »Geht nicht weiter, Herr!«

Luzifer antwortete milde: »Verschwinde, Engel!«

Ohne ihn anzublicken, antwortete er: »Nein.«

Esther fehlten nur noch wenige Meter bis zu den beiden – sie sah, wie Luzifer mit einem kurzen Schlenkern des Handgelenks Seth das Schwert aus der Hand schlug. Dennoch wich der kleine Engel nicht.

Sie hatte die beiden fast erreicht.

Noch drei Meter.

Noch zwei.

Luzifer holte zum Schlag aus.

Sie sprang und riss Seth mit sich, während Luzifer ihn um Millimeter verfehlte. Sie fielen zu Boden, während Luzifer an ihnen vorbeischritt, ohne sie weiter zu beachten.

Doch nichts geschah ohne Grund, und alles spielte eine Rolle, ganz gleich, wie lange man lebte oder wie viel man dabei erreichte. Alles drehte sich wie in einem großen Uhrwerk, das niemals hielt, und nichts endete wirklich. Alles hatte seine Zeit, denn wenn das eine starb, wurde das andere geboren – Nathanael spürte einen schwachen Windhauch. Etwas kroch an seinem Körper empor und fuhr im nächsten Augenblick in ihn hinein.

Und er wusste, dass der Vater nicht mehr war.

Alles ergab plötzlich einen Sinn: der Weg, den er gegangen war, die Prüfungen, die er zu bestehen, die Engel, die er gerettet oder zurückgelassen hatte. Alle waren im gleichen Maße wichtig, denn auch sie gingen ihren Weg und fügten dadurch zusammen, was sie selbst nicht erkennen konnten. Und jetzt schloss ein unscheinbarer Moment alle Kreise, denn so sinnlos Seths Eintreten auch wirken mochte, sorgte es doch für ein kurzes Zögern Luzifers, für den entscheidenden Atemzug, der ihrer aller Schicksal vollendete: Seth wurde gerettet, Esther erlöst und Nathanael zu einem Engel, denn siehe! Als er auf seinen Arm sah, war da keine Verkrüppelung mehr.

Er stand auf, sah irritiert an sich hinab und presste die Finger seiner zuvor kranken Hand zu einer Faust zusammen: Er war geheilt! Nichts unterschied ihn mehr von den anderen Engeln.

Auch Luzifer schien überrascht, aber er fasste sich schnell: »Sieh an!«, rief er spöttisch. »Zum Schluss zeigst du also dein wahres Gesicht!«

Nathanael schüttelte den Kopf. »Es ist nicht mein Gesicht, das du vor dir siehst. Nicht mehr!«

Er griff sein Schwert, löste daraus ein zweites und begab sich in eine Angriffsposition, genau wie Luzifer. Esther warf sich schützend auf Seth, dann schon schlugen beide Seraphim gegeneinander, und es zerriss die Erde unter ihren Füßen und den Himmel über ihren Köpfen. Hier kämpften zwei gottgleiche, und es war, als vereinten sich alle Elemente zu einer einzigen Kraft, der sich alle zu unterwerfen hatten. Wie ein leuchtend lodernder Feuerball fuhren sie durch die Heere, verbrannten zu Asche, was ihnen im Weg war. Die rotierenden Engelstürme brachen zusammen, die Engel warfen sich zu Boden und verbargen ihre Gesichter. Niemals war ein Kampf erbitterter geführt worden, niemals mit größerer Vehemenz, denn hier entschied sich das Schicksal der Schöpfung und wer über sie gebot.

Nathanael und Luzifer waren beide wie das Licht, einander gleich, der Funke, der das Leben entzündete oder es nahm. Doch nur einer würde herrschen, nur einer diesen Krieg siegreich beenden. Und als Luzifer schließlich einen kleinen Nachteil spürte, stemmte er sich mit allem, was er war, gegen die Niederlage, kämpfte wie von Sinnen gegen den Vater, der ihm ein zweites Mal die Freiheit zu nehmen drohte.

Viele starben im Aufflammen des Feuerballs, und fast musste man befürchten, sie würden sich gegenseitig verbrennen. Dann traf Nathanael Luzifer mit dem Schwert, und Hitze und Licht erloschen augenblicklich: Luzifer war zu Boden gegangen, schwer getroffen.

Nathanael stand völlig erschöpft über ihm und zielte auf dessen Brust.

»Worauf wartest du?«, fragte Luzifer schwer atmend.

Nathanael führte das Schwert zurück, um es Luzifer ins Herz zu stoßen, aber plötzlich war da eine Kraft, die ihn davon abhielt. Als hielte jemand seinen Arm, und sosehr er versuchte, Luzifer zu töten, so wenig war er dazu in der Lage. Und da wusste er mit einem Mal, dass sie einander nicht auslöschen konnten, denn sie waren eins.

Untrennbar miteinander verbunden.

Gottgleich.

Und sie konnten nur im Gleichgewicht miteinander bestehen, so wie die Schöpfung nur im Gleichgewicht existieren konnte. Sie waren die Herren der Schöpfung und doch nur ein Teil von ihr.

Luzifer erkannte es in derselben Sekunde wie Nathanael, und was er sagte, war voller Bitterkeit: »Gut gemacht, Vater. Selbst tot steckst du noch voller Überraschungen. Ich hoffe, du bist jetzt glücklich! Wir haben alle einen hohen Preis für dieses letzte Geheimnis bezahlt.«

Nathanael sah sich um: Die Engel hatten aufgehört zu kämpfen und verneigten sich vor ihm.

Der Krieg war entschieden.

85

Es war tiefe Nacht, und das fahle Licht eines weißen Mondes schien still in eine kleine Gebetshalle, in der Nathanael in tiefster Demutshaltung auf dem Boden lag, die Arme weit von sich gestreckt. Die Burg war dunkel, obwohl die überlebenden Engel wieder in ihr wohnten. Aber noch schlug ihr Herz nicht, noch war sie nicht wieder zum Leben erweckt worden. Alle Wände waren kalt.

Die Tür wurde leise geöffnet.

Nathanael spürte, dass Gabriel eingetreten war und jetzt hinter ihm stand, wartend, bis er aufgestanden war. Sie umarmten einander, hielten sich einen Moment länger als nötig.

»Es wird Zeit, Nathanael«, sagte sie leise.

»Ja, ich weiß.«

Sie sahen sich an – Gabriel versuchte ein Lächeln; es misslang.

»Remiel ist tot!«, stellte Nathanael traurig fest. Er hatte es in ihrem Herzen gelesen.

»Ja, die Engel haben ihn gefunden. Er fiel kurz vor dem Ende aller Kämpfe.«

Sie schwiegen einen Moment. So war Gabriel der einzige überlebende Seraph, und das, obwohl sich niemand sehnlicher den Tod gewünscht hatte als sie. Sie, die nicht am Leben hing, hatte es geschenkt bekommen.

»Ihr werdet große Verantwortung tragen, du und Raziel.«

Sie nickte.

Nathanael wandte sich von ihr ab und fuhr mit einer Hand über den steinernen Altar, aus dem Judith die Tastatur geschnitzt hatte, um darauf zu spielen. Sie hatte dafür mit ihrem Leben bezahlt, wie so viele nur für ihn ihr Leben gelassen hatten. Sie waren aufeinander losgegangen, hatten sich zerfleischt, bis nur noch einer übrig war. Warum fühlte er keine Erleichterung?

Nicht einmal, als Luzifer vor den Augen aller zurück ins Gehinnom gestoßen worden war, war er erleichtert gewesen. Ihn vor dem undurchdringlichen Schwarz hinter den geöffneten Toren zu sehen, wie er das letzte Mal hoch zum Himmel blickte, in den perfekt blauen Himmel über ihnen, als ob er den Anblick für immer speichern wollte, hatte Nathanaels Herz schwer gemacht.

Einen Schritt vor der Hölle hatte sich Luzifer noch einmal zu ihm umgedreht: Nathanael fühlte seinen Schmerz, seine Angst, sein Leid. Und es war mehr, als er ertragen konnte, er senkte den Kopf und schloss seine Augen. Und so sah er auch nicht, wie das Nichts nach Luzifer griff, ihn in die Kälte zog, sondern hörte nur seinen Schrei. Sie alle hörten ihn, sie alle hatten Mitleid, denn niemals zuvor hatten Hoffnungslosigkeit und Verzweiflung eines Engels sie so sehr berührt.

Das Tor hatte sich geschlossen – und Luzifers Stimme war verstummt.

»Nathanael?«

Er schreckte aus seinen Gedanken hoch. Gabriel sah, dass er geweint hatte, aber sie fragte nicht, sondern strich nur die Tränen von seinen Wangen.

»Kommst du?«

Er folgte ihr aus der kleinen Gebetshalle und traf draußen vor der Tür auf Esther und Seth, die beide vor ihm niederknieten. Nathanael half ihnen auf, dann umarmte er Seth, der ihn nicht loslassen wollte. Es war schwer, ihn zu verlassen.

Es war schwer, sie alle zu verlassen.

»Ich habe noch ein Geschenk für dich, Seth.«

»Was ist es, Herr?«

»Etwas, das du dir mehr wünschst als alles andere, Seth.«

Er sah ihn fragend an: »Dass Ihr bei mir bleibt?«

Nathanael lächelte und schüttelte den Kopf: »Nein, Du hast es mir in der Nacht verraten, bevor wir den Garten betreten haben.«

Seth runzelte die Stirn: »Ich verstehe Euch nicht, Herr.«

Nathanael berührte seine Wange: »Ich weiß, aber gleich wirst du es verstehen. Sieh zu Esther!«

Er blickte zu ihr auf: Da erkannte er seine Mutter.

So, wie sie ihren Sohn erkannte.

»Bewahrt den Augenblick in euren Herzen, denn bald werdet ihr ihn wieder vergessen haben. So lange jedoch seid ihr die, die ihr einmal wart.«

Er verließ die beiden, die sich in den Armen lagen und folgte Gabriel über Treppen und Türen nach draußen in einen kleinen zerstörten Innenhof, in dessen Mitte eine niedrige Tür schwebte, deren zerbrochenes Türblatt auf dem Boden lag.

Raziel erwartete sie.

Auch sie umarmten einander. Dann mahnte sie: »Du musst dich beeilen, nur wenige Menschen leben noch.«

Nathanael nickte.

Sie verbeugte sich vor ihm und küsste seine Hand. »Ich weiß, dass du immer bei mir sein wirst, auch wenn wir uns niemals wiedersehen werden.«

»Aber *ich* werde *euch* alle sehen, Raziel. Und niemals vergessen.«

Sie verbeugte sich erneut und ging leise davon.

Gabriel fragte: »Was wird jetzt sein, Nathanael? Wie wirst du entscheiden?«

Er schwieg einen Moment, dann sagte er leise: »Sollte die Schöpfung ausgelöscht werden, müsste ich sie neu erschaffen. Doch dann wird der Tag kommen, an dem alles von vorne beginnen wird. Ein neuer Krieg.«

Gabriel fragte: »Du könntest die Welt den Engeln schenken? Und nur ihnen?«

Nathanael nickte: »Ja, das könnte ich. Aber warum dann dieser Krieg? All das Leid, all das viele Blut, nur damit *ich* den Thron besteige und nicht Luzifer?«

Gabriel nickte: »Dann bliebe nur noch das Nichts, denn daraus kann nichts Schlechtes entstehen.«

Sie schwiegen einen Moment.

»Du musst jetzt gehen, Nathanael. Entscheide weise.«

Wieder umarmten sie sich.

»Wenn ich durch diese Türe gehe, wird alles, was geschehen ist, vergessen sein. Ihr werdet wie neugeboren sein. Nur ich nicht.«

Gabriel nickte schwach.

Er wandte sich ab und trat ins Dunkel: Und schon im nächsten Moment war er verschwunden. Die Türsplitter sprangen vom Boden auf und setzten sich zu einer neuen Tür zusammen, und bevor sie sich endgültig schloss, konnte Gabriel sehen, wie Licht ward.

Um sie herum erneuerte sich das, was Luzifer in Stücke geschlagen hatte, die Burg erschuf sich in alter Pracht, heilte ihre Wunden, und sie wurde wieder zu dem, was sie einmal gewesen war: das Zentrum der Schöpfung. Das Licht kehrte zurück in jede einzelne Wand, und auch die Wärme. Das Herz schlug wieder.

Es war, als wäre sie nie anders gewesen, und in dem Maße, wie sie zu ihrem früheren Zustand zurückkehrte, vergaßen die Engel.

Alle, bis auf einen: Gabriel.

Sie stand noch immer vor der Tür und spürte plötzlich einen Finger auf ihren Lippen: »Schhh… folge nun Michael und bewahre die göttlichen Geheimnisse, Gabriel!«

Dann verschwand die Tür im Nichts.

Er ist meine Heimat, mein Leben, meine Liebe. Jetzt ist er nicht mehr da, aber mein Herz wird für immer bei ihm sein und seines für immer bei mir, auch wenn mir nicht die Gnade zuteilwurde, zu sterben. Doch wie kann ich leben, wenn wir *eins* sind seit Anbeginn der Zeit? Wie kann man in Worte fassen, wenn zerstört wurde, was für die Ewigkeit geschaffen war? Wie weiterleben mit den Erinnerungen, wenn der Schmerz niemals endet? Der Tod ist eine Gnade, auch wenn alles menschliche Streben darauf ausgerichtet ist, ihm zu entgehen – sie wissen nichts in ihrer egoistischen Einfältigkeit. Nichts von dem, was sie erschaffen, hat Wert, nichts hat Bestand. Sie verbringen ihre Zeit mit eitler Neugier, bringen ihre Art voran und gleichzeitig dem Ende entgegen, fügen sich Wunden zu und werden mit dem Tod geheilt.

Die Wunden eines Engels hingegen heilen nie.

Jetzt, da alles dunkel ist, da nicht entschieden ist, wie es weitergeht, weil die Lage kompliziert und immer noch gefährlich ist, jetzt, da eine weitere falsche Entscheidung erneut katastrophale Konsequenzen nach sich ziehen würde, denke ich darüber nach, was zu tun ist. Ich tue dies in dem Wissen, dass nicht ich es bin, der diese Entscheidung treffen muss, und allein dass mir die Frage in den Sinn kommt, ist anmaßend und hochmütig. Doch sollte die Entscheidung des Herrn jetzt nicht weise sein, aufgrund der Erfahrungen des Geschehenen getroffen, werden wir verdammt sein, alles zu wiederholen. Nicht nur ich habe alles verloren, sondern auch die wenigen, die noch mit mir sind.

Wird je wieder Licht werden? Je wieder der Tag von der

Nacht getrennt? Der Himmel von der Erde? Die Sterblichen von den Unsterblichen? Oder wird seine Entscheidung die sein, alles zu belassen, wie es jetzt ist, um zu vermeiden, dass in Milliarden Jahren das Gleichgewicht erneut aus den Fugen gerät? Ist es sinnvoll, etwas zu erwecken, das nicht ewig Bestand haben kann, nur um des reinen Lebens willen? Nur um sich ein Weile an seinem Dasein zu erfreuen? Aus der Sicht eines Menschen ist dem so, aber sicher nicht aus der eines Engels, denn unsere Werte kennen keine Zeit. Das ist unser Segen, das ist unser Fluch.

Michael kämpfte einst mit dem Drachen, und der Herr war mit ihm.

Wir alle waren mit ihm. Wir glaubten uns im Recht, wir kämpften für die gute Sache, hatten keine Zweifel. Wir haben gesiegt und geglaubt, dieser Sieg hätte die Entscheidung gebracht. Aber wer glaubt, der *weiß* nicht, und wer nicht weiß, der wird eines Tages dafür bestraft. So wie ich. So wie die anderen.

Es gibt keinen Drachen und auch keinen heiligen Kampf. Es gibt den Vater, der unser aller Schicksal bestimmt. Aber tut er das wirklich? Oder ist es nicht so, dass auch er keine Wahl hat, weil sich Leben *immer* seinen Weg bahnt. Weil es in Wirklichkeit nicht seine Entscheidung ist, sondern entschieden wird und er derjenige ist, der die Entscheidung verantwortet, in der Gewissheit, dass am Ende der Zeit erneut die Auslöschung steht.

Es heißt, nichts geschieht ohne Grund und alles spielt eine Rolle. Alles dreht sich und hält niemals an, jedes Rad hat eine Funktion, und nichts endet wirklich. Wenn das eine stirbt, wird das andere geboren – ein Rad bleibt stehen und setzt ein anderes in Bewegung. So bewegen wir uns nicht, sondern werden bewegt, so gestalten wir nicht, sondern erfüllen unser Schicksal. Nur wer alles kennt, weiß, dass alles Sinn macht.

Ist das Geheimnis aller Geheimnisse, dass wir in Wirklichkeit keine Wahl haben? Nicht einmal der Herr? Wenn es so ist, dann will ich es hinnehmen, werde warten bis ans Ende der Zeit, werde im Herzen bei ihm sein bis zu dem Tag, an dem mein Leben beendet wird, mein Leid versiegt, meine Wunden heilen.

Ich versinke im Tod, falle ins Nichts und folge ihm in die Unendlichkeit.

NACHWORT UND DANK

In den Heiligen Schriften und vor allem in den Apokryphen finden sich viele Hinweise auf Engel und ihr Wirken. Es gibt Lexika, Sachbücher, Essays und Lehrtexte und natürlich auch viele Romane über sie. Taucht man darin ein, findet man eine schier unendliche Welt von Geschichten und Schicksalen. Und jeder beharrt ein wenig auf seiner Sicht der Engelwelt: Man hat sie klassifiziert, beschrieben, ihnen Namen und Eigenschaften gegeben, man hat sie sogar zu zählen versucht, die guten wie die gefallenen. Engel sind so allgegenwärtig, dass man fast vergessen könnte, dass es sie möglicherweise gar nicht gibt. Und ist das nicht das wirklich Faszinierende an ihnen? Dass Menschen seit Jahrtausenden an etwas glauben, was es vielleicht nie gegeben hat?

Offenbar kann der Mensch nicht ohne Engel leben. Und vielleicht können die Engel auch nicht ohne uns leben. Wer weiß.

Nur eines ist sicher: Wenn wir die Schöpfung weiter so zerstören wie bisher, dann erübrigt sich auch die Frage, wer mit wem leben kann oder nicht. Es wird schlichtweg keiner mehr übrig sein, der sich über solche Fragen noch den Kopf zerbrechen könnte.

Vorerst aber bleibt der Untergang von Mensch und Engel reine Fantasie. Dank daher an die, die mitgeholfen haben, unseren schönen Planeten in Schutt und Asche zu legen: allen voran die Naturwissenschaftler Thomas Fischbacher, Lutz Kreutzer und Jürgen Ehlers, die dafür ein beachtliches Talent entwickelt haben. Der begabteste Weltenzerstörer jedoch war Daniel Bedau, dem ich für seine Ideen am meisten zu danken habe. Und natürlich Romy Fölck für ihren unerschütterlichen Optimismus und ihre vielen guten Worte, die mich stets vorangetrieben haben.